Ehernes Gesetz

John T.

Lescroart

Ehernes Gesetz

ROMAN

Aus dem Amerikanischen
von Karin Dufner

HEYNE

Die Originalausgabe erschien unter dem Titel
The First Law
bei Dutton, New York

Satz: Gramma GmbH, Germering
Gesetzt aus: Sabon 10,5 / 13,323 Punkt in QuarkXPress
Druck und Bindung: GGP Media GmbH, Pößneck
Printed in Germany

ISBN 3-453-00083-8

www.heyne.de

Für Lisa

Nunc et semper

Und hier stehen wir wie auf einem sich verdunkelnden Feld,
inmitten von wirrem Kampfeslärm und Fluchtgetümmel,
wo Armeen unwissend und des Nachts aufeinander treffen.

MATTHEW ARNOLD
»Dover Beach«

TEIL EINS

Kurz vor zwei Uhr an einem kühlen und bewölkten Mittwochnachmittag brachte Moses McGuire seinen alten Ford Pick-up mit quietschenden Reifen vor dem Haus seiner Schwester Frannie zum Stehen. Er drückte zweimal auf die Hupe.

Während er wartete, hauchte er in die gewölbten Hände, die einfach nicht warm werden wollten. Die Heizung im Auto konnte man vergessen, und außerdem hatte sich das Fenster auf der Fahrerseite auf halber Höhe verklemmt. Doch Moses wusste, dass es nicht allein am Wetter lag. Es waren die Nerven. Wieder wölbte er die Hände vor dem Mund, um sie zu wärmen. Er hupte noch einmal.

Die Tür ging auf, und sein Schwager Dismas Hardy kam raschen Schrittes die Stufen der Veranda herunter und den Pfad entlang, der den kleinen Rasen in zwei Hälften teilte. Normalerweise hatte er zur Begrüßung immer ein Lächeln auf den Lippen und einen albernen Witz auf Lager; heute jedoch war seine Miene ernst, und er hatte den Blick zu Boden gerichtet. Unter einem Arm hielt er ein verschnürtes Paket. Er trug Jeans, Bergstiefel und eine dicke Jacke, in deren Taschen er die Hände vergrub. Diese Jacke anzuziehen, dachte McGuire, war eine gute Idee, nicht so sehr wegen der Kälte, sondern um die Tatsache zu tarnen, dass er darunter eine kugelsichere Weste anhatte und bewaffnet war.

Hardy war zweiundfünfzig, also zwei Jahre jünger als McGuire. Die zwei Männer kannten einander seit über dreißig Jahren aus den Tagen in Vietnam. Während eines heftigen Beschusses hatte Hardy McGuire aus der Feuerlinie und in Sicherheit gezogen – beide Männer waren verwundet worden, und man hatte ihnen den Orden »Purple Heart« verliehen. Doch war es Hardy gewesen, der McGuire das Leben gerettet hatte, und die daraus entstandene Freundschaft würde ewig halten.

Nachdem Hardys erste Gehversuche im Erwachsenenleben gescheitert waren, hatte er jahrelang im Little Shamrock, Moses' Kneipe, gearbeitet. Und als Hardy wieder bereit gewesen war, sich auf ein eigenes Leben einzulassen, Verantwortung zu übernehmen, war er zu einem Viertel Miteigentümer der Kneipe geworden. Er hatte Moses' Schwester geheiratet und war Taufpate einer seiner Töchter, so wie Moses bei seiner Familie.

Dismas stieg ein und warf das Päckchen auf den Sitz zwischen ihnen. »Hier ist deine Weste. Ich hatte eine übrig.« Dieser Satz schien ihm nicht leicht über die Lippen zu gehen. Er holte tief Luft und warf einen letzten Blick zurück auf sein Haus, während Moses den Gang einlegte. Nachdem er sich wieder zu seinem Schwager umgedreht hatte, fragte er: »Was für eine Knarre hast du dabei?«

McGuire wies nach hinten auf die Ladefläche. »Da unter der Plane liegen fünfzig Schuss und außerdem meine Bockdoppelflinte.«

»Kaliber zwölf?«

»Ja, und da drin« – Moses zeigte auf das Handschuhfach – »habe ich meine Sig.«

»Automatik?«

Hardys missbilligender Tonfall war ihm nicht entgangen. »Sie blockiert nicht immer«, sagte er.

»Einmal genügt.«

»Ich werde sowieso die Flinte benützen.«

Der Pick-up bog um ein paar Ecken, und die Männer

schwiegen, bis sie die Geary Street erreichten. Wieder hauchte McGuire in die gewölbten Hände.

Endlich ergriff Hardy das Wort: »Bist du noch dabei?«

Als McGuire zu ihm hinüberblickte, waren seine dunklen Augen ausdruckslos. »Absolut. Du nicht?«

Hardys Lippen bewegten sich, und er schüttelte den Kopf. »Ich sehe keine andere Möglichkeit.«

»Das liegt daran, dass es keine gibt.«

»Ich weiß, ich weiß, es ist nur …«

»Dass man immer mehr als nur eine Möglichkeit hat?«

»Normalerweise schon.«

»Diesmal aber nicht«, unterbrach McGuire ihn und beschleunigte gereizt, um eine gelbe Ampel noch zu schaffen. »Du hast bereits alles ausprobiert.«

»Vielleicht doch noch nicht alles. Darüber mache ich mir Sorgen. Es wäre schade, wenn wir ausgerechnet jetzt wegen Geschwindigkeitsübertretung angehalten würden, findest du nicht?«

McGuire trat leicht auf die Bremse und drosselte das Tempo ein wenig. Dann schlug er mit der Hand aufs Armaturenbrett. »Los, Heizung, jetzt spring schon an. Scheiße!«

Hardy achtete nicht auf diesen Ausbruch. »Ich überlege mir nur«, sagte er, »was wir tun sollen, nachdem wir es hinter uns haben.«

»Dann sind wir am Leben, was hältst du davon? Anderenfalls wären wir nämlich tot. So einfach ist das.« Die nächste Ampel war rot, sodass er anhalten musste, und er nützte den Moment, um seinem Schwager in die Augen zu sehen. »Wie viele Menschen müssen diese Leute denn noch umbringen, Diz? Wie viele haben sie schon auf dem Gewissen?«

»Angeblich …«

»Verschon mich damit. Hast du sonst irgendwelche Zweifel, vernünftige oder anders geartete?«

»Nein.«

»Also verschon mich mit ›angeblich‹. Das glaubst du doch selbst nicht.«

»Schön und gut, aber vielleicht könnte Abe das FBI hinzuziehen. Dass er jetzt allein hingeht, um die Typen festzunehmen …«

»Er ist nicht allein. Er hat ja uns.«

Hardy kaute auf der Backe. »Wir sind aber keine Polizisten.«

»Wie wahr. Aber die Zeit ist zu knapp, um das FBI zu alarmieren, Diz. Geschweige denn, um die Bürokratie zu überzeugen, dass etwas unternommen werden muss. Das solltest gerade du am allerbesten wissen.«

»Ich sage doch nur, dass wir, wenn wir ein bisschen mehr Zeit hätten …«

McGuire schüttelte den Kopf. »Die Zeit ist um, Diz. Und die Gegenseite hat beschlossen, dass du als Nächster dran bist – das wäre übrigens eine gute Wette. Sie werden dich abknallen, wenn nicht heute, dann vielleicht morgen; und es wird ihnen egal sein, ob Frannie oder die Kinder gerade bei dir im Auto sitzen. Dann bist du einfach futsch. Wie die anderen.«

»Du hast ja Recht.«

»Ganz genau.« Die Ampel sprang um. McGuire trat aufs Gas. *»Glaubst du etwa, ich habe Lust dazu? Ich kann mir auch was Schöneres vorstellen.«*

»Ich denke nur, dass das Gesetz …«

McGuire schnaubte verächtlich. »Das Gesetz. Dein Scheißgesetz. Meinst du, das wird dich schützen? Ja, und zwar wie die anderen auch.«

»Das Gesetz ist mein Leben, Moses!«

»Es ist nicht dein Leben, sondern dein Job. Mit deinem Leben hat das gar nichts zu tun. Und Regel Nummer eins lautet, dass du dein eigenes Leben und das der Menschen, die du liebst, schützen musst.«

Hardy starrte aus dem Fenster.

McGuire kam immer mehr in Fahrt. »Diese Kerle geben einen Scheiß auf das Gesetz, Diz. Das müsste dir doch inzwischen klar sein. Und die Gesetzeshüter – zumindest die Bullen in dieser Stadt – haben sie sowieso gekauft. Und jetzt brau-

chen sie nur noch dich und deinen neugierigen Freund Abe auszuschalten, und schon sind sie aus dem Schneider. Und dann: Business as usual. Mit dem Unterschied, dass ihr beide tot sein werdet und meine Schwester womöglich auch. Und auf dieses Risiko lass ich mich nicht ein.« Er warf seinem Beifahrer einen kurzen Blick zu. »Willst du behaupten, dass du das trotz allem, was vorgefallen ist, nicht so siehst? Dass du nicht weißt, dass es passieren wird?«

»Nein, es ist mir schon klar, Mose. Ich begreife nur nicht, wie es so weit kommen konnte. Es ist einfach unwirklich.«

»Tja, erinnere dich an Vietnam. Das war auch unwirklich, bis einem die Kugeln um die Ohren gepfiffen sind. Und erst die Sache mit dem World Trade Center, die war noch unwirklicher. Du glaubst noch immer, dass Menschen sich vernünftig verhalten, dass es Regeln gibt. Doch was, wenn sie nicht eingehalten werden?«

»Meinetwegen. Aber wir stürmen nicht da rein und schießen drauf los. Wir geben Abe nur Deckung, mehr nicht.«

»Wenn du es sagst.«

»Außer, etwas geht schief.«

McGuire sah ihn von der Seite an. Ob er es ernst meinte? Hardy hätte vermutlich noch bei seiner eigenen Hinrichtung Witze gerissen. Der Pick-up bog auf die Stadtautobahn ein und fuhr nach Süden. Hardy nahm eine Dose aus der Jackentasche und hob den Deckel ab. Unter seinem linken Arm zog er einen massiven Police Special Colt aus blauem Stahl hervor, den er während seiner Dienstzeit als Polizist vor vielen Jahren getragen hatte. Nachdem er den Zylinder aufgeklappt hatte, drehte er ihn, nahm nacheinander kupferne Hohlmantelgeschosse Kaliber .357 aus der Dose und ließ sie in die Kammern gleiten.

Nachdem die Waffe mit sechs Schuss geladen war, schloss er sie und steckte sie wieder ins Halfter. Dann holte er einen zweiten Zylinder heraus und füllte methodisch – klick, klick, klick, als die Patronen in die Kammern rutschten – die Schnelllade-Vorrichtung.

I

John Holiday legte den Arm auf die Rückenlehne des Sofas in der Kanzlei seines Anwalts in der Sutter Street. An diesem Mittwochmorgen Anfang Juli war er lässig in ausgewaschene Bluejeans, Bergstiefel und ein weißes Hemd mit hohem Kragen gekleidet, das so sehr gestärkt war, dass es bei jeder Bewegung raschelte. Die andere Hand ruhte auf der wuchtigen silbernen, mit Türkisen verzierten Gürtelschließe. Die langen Beine hatte er über Kreuz auf dem Boden ausgestreckt.

Die Frauen fanden Gefallen an ihm, seit dem Zeitpunkt, da er nicht länger unter Pickeln litt. Seine tief liegenden Augen mit dem eigentümlichen weißlichen Blau von Gletscherwasser wirkten wie die Fenster zur Seele eines Dichters. Doch aus der Nähe betrachtet verrieten diese Augen Enttäuschung und Verlust, aber auch Tiefe. Ja, etwas Geheimnisvolles haftete ihnen an. Mit seiner lockeren Art, dem blassen Teint und dem scharf konturierten Kiefer ließ er die Frauenherzen höher schlagen; aber inzwischen nahm er das als selbstverständlich hin. Obwohl es ihm ein Rätsel war. Irgendwann war ihm sein hübsches Gesicht so auf die Nerven gegangen, dass er sich einen dichten und an den Seiten etwas herabhängenden Schnurrbart zugelegt hatte. Er war maisgelb, also einen Ton heller als sein Kopfhaar, doch machte er ihn keineswegs weniger attraktiv. Mit unbewegter Miene konnte man Holiday auch weiterhin auf unter dreißig schätzen, aber wenn er lachte, fügten die Falten zehn Jahre hinzu, was eher seinem tatsächlichen Alter entsprach. Er lachte gern, obwohl er mittlerweile nicht mehr so viel Grund dazu hatte.

Nun grinste er seinem Anwalt Dismas Hardy zu, der am Waschbecken stand und sich zum dritten Mal in zehn Minuten das Gesicht wusch. »Als ob das etwas nützen würde.« Holidays Stimme haftete noch ein Hauch des Tennessee-Akzents seines Vaters an, und sie hatte einen schmeichelnden Klang wie eine sanfte Südstaatenbrise.

»Würde es schon, wenn ich mich abtrocknen könnte.«

»Jedenfalls hat es die ersten beiden Male auch nichts gebracht.«

Hardy hatte das letzte Papierhandtuch verbraucht und stand nun im Anzug neben dem Schrank, während das Wasser von seinem Gesicht ins Waschbecken tropfte. Holiday rappelte sich lässig vom Sofa auf, wühlte im Papierkorb neben dem Schreibtisch und förderte eine Hand voll benutzter Papierhandtücher zutage, die er Hardy reichte. »Niemand soll mir nachsagen, dass ich nicht hilfsbereit wäre.«

»Auf diesen Gedanken würde ich niemals kommen.« Hardy tupfte sich das Gesicht ab. »Also, wo waren wir gerade?«

»Du wirst in fünfundvierzig Minuten bei Gericht erwartet und bist so verkatert, dass du nicht mehr weißt, wo wir gerade waren? Wenn du dich als mein Anwalt so benehmen würdest, würde ich dich rausschmeißen.«

Hardy ließ sich in einen Sessel sinken. »Wenn ich dein Anwalt wäre, würde ich dich nicht so gut kennen, um mich mit dir zu betrinken. Gott sei Dank.«

»Du bist nur aus der Übung. Das ist wie beim Reiten. Wenn man abgeworfen wird, muss man gleich wieder aufsitzen.«

»Das habe ich letzte Nacht getan. Zweimal.«

»Sieh mich nicht so an. Wenn mich nicht alles täuscht, hat niemand dich mit der Waffe bedroht. Warum rufst du nicht an und sagst, du seist krank? Besorg dir eine … wie nennt man das noch mal?«

»Vertagung.« Hardy schüttelte den Kopf. »Geht nicht. Es ist ein wichtiger Fall.«

»Also wäre eine Vertagung erst recht angebracht, wenn du nicht klar denken kannst. Aber du sagtest doch, es ginge nur um Rauschgift und eine Nutte.«

»Aber mit erschwerenden Umständen«, erwiderte Hardy.

Er hatte schon seit fast zehn Jahren nichts mehr mit einer Prostituierten zu tun gehabt. Während seiner Zeit bei der Staatsanwaltschaft war hin und wieder eine Anklage wegen Prostitution auf seinem Schreibtisch gelandet, die er meist als moralisch fragwürdig, politisch suspekt und als Verschwendung von Steuergeldern eingestuft hatte. Seiner Ansicht nach waren Nutten zwar keine Heiligen, aber meistens selbst Opfer, sodass er als Staatsanwalt versucht hatte, durch die Verhaftung der Mädchen Druck auf ihre Drogendealer und Zuhälter – die wahren Kriminellen – auszuüben. Hin und wieder klappte das auch. Seit er selbst eine Kanzlei eröffnet hatte, übernahm er solche Fälle nicht mehr, da sich mit der Verteidigung von Bordsteinschwalben kaum Geld verdienen ließ. Die Gerichte verwiesen derartige Fälle gewöhnlich an einen Pflichtverteidiger oder im Fall eines Interessenkonflikts an eine Privatkanzlei.

Auf diese Weise war Gina Roake, eine erfolgreiche Verteidigerin, an Aretha LaBonte geraten. Allerdings hatte Gina derzeit so viel um die Ohren, dass sie sich nicht in der Lage sah, sich auch noch mit diesem Fall eingehend zu befassen. Wenn sie ihren Mandanten gerecht werden wollte, musste sie einige von ihnen abgeben, und zu denen gehörte auch Aretha. Zufällig hatte sie den Fall gegenüber ihrem Freund David Freeman erwähnt, in dessen Kanzlei Hardy ein Büro gemietet hatte. Freeman hatte sofort die Ohren gespitzt und Geld gewittert. Da er immer die Augen offen hielt, war er in jüngster Zeit über einige ähnlich gelagerte Fälle gestolpert.

Inzwischen war seit Arethas Verhaftung ein Monat vergangen. Ihr Fall war interessant und möglicherweise auch lukrativ, da sie nicht von einem gewöhnlichen Polizeibeamten im Dienst der Stadt San Francisco festgenommen worden war, sondern von einem Mitarbeiter einer Firma namens WGP Inc., einem privaten Bewachungsdienst für Geschäftsleute. Das war aufgrund der ungewöhnlichen Gesetzeslage in San Francisco möglich. In der Blütezeit der Bürgerwehren hundert Jahre zuvor war die Stadt zu dem Schluss gekommen, dass die Polizei nicht in der Lage war, die Bürger, die innerhalb des Stadtgebiets unternehmerisch tätig waren, angemessen zu schützen. Die Betroffenen hatten bei der Polizei zusätzliche Streifen angefordert, doch war weder das Geld noch das Personal vorhanden, um ihrem Wunsch zu entsprechen. Aus diesem Grund ersann die Stadt eine ungewöhnliche Lösung: Sie richtete Patrouillenbezirke ein und verkaufte die Lizenzen für den Bewachungsdienst an Privatpersonen. Damals wie heute war die Zuteilung dieser Patrouillenbezirke Aufgabe des Polizeichefs; die Ausbildung und die Erteilung einer Lizenz erfolgte durch die Stadt. Der Inhaber eines lizenzierten Bewachungsunternehmens war dazu berechtigt, für die Streifengänge Mitarbeiter einzustellen. Und so befehligte jeder Wachdienst bald seine autonome bewaffnete Einheit mitten in der Stadt. Das Wort der Bewachungsunternehmer war Gesetz, und sie waren lediglich der Polizei von San Francisco Rechenschaft schuldig, die nur seltene, oberflächliche Kontrollen durchführte. Die Wachdienstmitarbeiter trugen Uniformen und Abzeichen, die denen der städtischen Polizei täuschend ähnlich sahen, waren bewaffnet und konnten Verhaftungen vornehmen.

Aretha LaBonte war innerhalb eines zwölf Straßenzüge großen Gebiets südlich des Union Square festgenommen worden, das als »Bezirk zweiunddreißig« oder einfach als »Zweiunddreißig« bekannt war. Er war einer von sechs Patrouillenbezirken, die WGP – eine Firma, die einem spendenfreudigen Geschäftsmann namens Wade Panos gehörte – in der Stadt besaß. Panos beschäftigte insgesamt etwa neunzig Mitarbeiter und genoss deshalb und auch wegen des gewaltigen Gebiets, das er kontrollierte, in San Francisco viel Einfluss.

Arethas Festnahme war nicht die erste Verhaftung wegen Erregung öffentlichen Ärgernisses, die Freeman in Panos' Bezirken untergekommen war. Als Freeman Erkundigungen einzog – seinen »Schnüffeltest« machte, wie er es nannte –, kamen viele weitere Beschwerden gegen die Mitarbeiter des Sicherheitsdienstes ans Licht, und zwar wegen unnötiger Gewaltanwendung, dem Unterschieben von belastendem Beweismaterial und grobem Verhalten. Wenn Hardy erreichte, dass Aretha von dem durch den Mitarbeiter des Sicherheitsdienstes erhobenen Vorwurf freigesprochen wurde, wenn man noch weitere ähnlich gelagerte Fälle ausfindig machte und das Material für einen Prozess ausreichte, konnten er und Freeman eine Zigmillionen-Dollar-Klage gegen Panos anstrengen. Auch die Polizei von San Francisco würde in diesem Fall auf der Liste der Angeklagten stehen, denn schließlich hatte man dort diese Missstände stillschweigend geduldet.

Doch im Augenblick fühlte sich Hardy nicht unbedingt in der Lage, für das Gute zu kämpfen. Er rieb sich die Schläfen und atmete dann tief ein und aus. »Es geht nicht nur um Prostitution, sondern um sehr viel mehr, deshalb ist eine Verzögerung das Letzte, was wir brauchen können. Möglicherweise gibt es viel Geld zu verdienen, doch zuerst muss ich diesen Zeugen in der Luft zerreißen. Wenn er umkippt, starten wir durch. So lautet der Plan.«

»Der in die Binsen gehen wird – so wie du im Moment aussiehst.«

»Das wird schon wieder. Schmerz ist das beste Konzentrationsmittel. Und ich will diesen Typen platt machen.«

»Welchen Typen?«

»Den Hauptbelastungszeugen der Anklage. Den Wachmann, der die Verhaftung vorgenommen hat. Nick Sephia.«

Plötzlich saß Holiday kerzengerade da. »Der fiese Nick?«

»Klingt ganz danach.«

»Was hat er denn diesmal angestellt?«

»Dem Mädchen Stoff untergeschoben.«

»Lass mich raten: Sie hat ihn nicht rangelassen oder sich

geweigert, für seinen Schutz zu zahlen; also hat er ihr was angehängt.«

»Hast du das Lied schon öfter gehört?«

»Es ist ein Oldie, aber immer noch sehr beliebt, Diz. Jeder kennt ihn.«

»Wer ist jeder?«

Ein Achselzucken. »Alle im Viertel. Die Leute eben.«

Plötzlich war Hardy ganz Ohr. Holiday besaß eine Kneipe namens Ark mitten in »Zweiunddreißig«. Verdammt, er war gestern der Letzte in dem Laden gewesen. Doch aus irgendeinem Grund war er bis jetzt nicht auf den Gedanken gekommen, dass Holiday ihm potenzielle Nebenkläger in der Sache Panos würde nennen können. »Hast du Namen für mich, John? Leute, die mir etwas erzählen könnten? Ich habe in den vergangenen Monaten mit vielen Leuten im Viertel gesprochen. Doch keiner traut sich, den Mund wirklich aufzumachen.«

Ein verächtliches Schnauben. »Weicheier. Die haben nur Schiss.«

»Angst vor Wade Panos?«

Holiday zupfte an einem Ende seines Schnurrbarts und nickte bedächtig. »Ja klar. Vor wem denn sonst?«

»Das frage ich dich.« Hardy griff sich an die Stirn, dann sagte er: »Hör zu, John, genau darauf sind Freeman und ich aus. Wir brauchen Zeugen, die bestätigen, dass Vorgänge wie die Verhaftung durch diesen Sephia, den ich heute in der Luft zerreißen werde, an der Tagesordnung sind und dass die Stadt davon weiß und seit Jahren ein Auge zudrückt. Wenn dir jemand einfällt, dann sag es mir bitte.«

Holiday nickte nachdenklich. »Ich könnte dir ein, zwei Zeugen besorgen, vielleicht auch mehr«, erwiderte er. »Da kommen einige in der Gegend in Frage.« Er sah Hardy an. »Du weißt doch bestimmt, dass Nick der Neffe von Wade ist?«

»Von Panos? Also hat sein eigener Onkel ihn rausgeschmissen?«

»Ich würde es eher so sagen: Er hat verhindert, dass der Junge sich noch mehr Ärger einbrockt. Jetzt arbeitet er im Diamond Center.«

»Hast du ein Auge auf ihn?«

»Wir haben hin und wieder zusammen an einem Tisch gesessen. Poker.«

»Was illegal ist, worauf ich dich als dein Anwalt hinweisen muss. Hast du wenigstens gegen ihn gewonnen?«

Ein Achselzucken. »Ich spiele nicht, um zu verlieren.«

Die Spielrunde am Mittwochabend traf sich nun schon seit Jahren im Hinterzimmer von Sam Silvermans Pfandleihe in der O'Farrell Street, einen Häuserblock vom Union Square entfernt. Da es etwa zwanzig Stammgäste gab, musste man seinen Platz bis Dienstagmittag reservieren, denn Silverman beschränkte die Anzahl der Spieler auf sieben pro Abend. Niemand tat so, als handelte es sich um ein geselliges Beisammensein unter Freunden. Wer um viel Geld spielt, macht sich leicht Feinde, insbesondere dann, wenn das Startkapital tausend Dollar beträgt. Zwanzig weiße Jetons à zehn Dollar, fünfzehn rote à zwanzig und zehn blaue à fünfzig, aufgereiht in vier oder fünf kleine Häufchen, konnten rasch verschwinden, manchmal sogar innerhalb einer einzigen Runde.

Einen Bourbon pur in einem schweren Barglas vor sich, saß John Holiday gleich links von Silverman. Zwei Plätze weiter hatte sich Nick Sephia niedergelassen, und er kochte vor Wut. Eine Stunde zuvor war er verspätet erschienen und hatte sich zwischen seine üblichen Begleiter – Wades kleinen Bruder Roy Panos und einen Kollegen vom Diamond Center namens Julio Rez – gesetzt. Die anderen Spieler am Tisch waren Fred Waring, ein schwarzer Börsenmakler von Mitte vierzig, und Mel Fisher, ein Geschäftsmann im Ruhestand.

Mit Mitte dreißig war Sephia der Jüngste am Tisch. Außerdem war er bei weitem der Kräftigste, einen Meter neunzig groß und etwa hundert muskulöse Kilogramm schwer. Während Silverman das Geld des jungen Griechen entgegennahm und seine Jetons abzählte, hängte Sephia das Sakko seines elegant geschnittenen hellgrünen Anzugs ordentlich über die Stuhllehne. Sein Gesicht war hochrot, und er trug eine finstere Miene zur Schau. Nachdem er sich gesetzt hatte, zupfte er den Knoten seiner goldfarbenen Seidenkrawatte unter seinem Adamsapfel hervor. Er kochte förmlich vor Wut.

Das übliche Geplänkel erstarb. Nach ein paar Runden, während der niemand ein Wort sprach, schob Roy Panos dem zu spät Gekommenen eine Zigarre zu. Holiday trank einen Schluck Bourbon. Nach einer Weile verkündete Silverman, er müsse eine Pinkelpause einlegen. Sephia zündete die Zigarre an und blies den Rauch durch die Nase aus. Waring und Fisher erhoben sich, um sich die Beine zu vertreten und sich etwas zu trinken einzuschenken. Holiday, der sich an Sephias Unbehagen weidete, ahnte, welche Laus dem jungen Mann über die Leber gelaufen war, und konnte der Versuchung einfach nicht widerstehen. »Schlechten Tag gehabt, Nick?«

Sephia brauchte eine Minute, um zu entscheiden, ob er darüber reden wollte. Schließlich schüttelte er angewidert den Kopf. »Beschissene Rechtsverdreher. Ich habe den halben Tag bei Gericht verbracht.«

»Warum? Was hast du denn ausgefressen?«

»Was ich ausgefressen habe?« Angewidert blies er Rauch aus. »Nichts, wenn's dich interessiert.«

Roy Panos war weniger wortkarg. »Sie haben seine Beweise gegen eine Nutte nicht zugelassen, die er vor ein paar Monaten wegen Stoff einkassiert hat. Sie behaupten, er hätte ihr das Zeug zugesteckt.«

»Also?«, meinte Holiday. »Wo liegt denn das Problem, wenn du es nicht warst?«

Sephias dunkle Augen verengten sich zu Schlitzen. Sollte dieser Holiday sich auf seine Kosten amüsieren, würde er ihm an die Gurgel springen. »Der Typ hat mich als beschissenen Lügner hingestellt. Als ob ich mich noch genau an jede Nutte erinnern könnte. Die eine hat den Stoff im Geldbeutel, die andere in der Handtasche. Ist doch scheißegal, wo genau das

Zeug war. Oder wie es dahin gekommen ist. Wenn es da ist, ist sie schuldig, Thema erledigt. Oder hab ich nicht Recht?«

»Verdammt richtig.« Julio Rez, ein mittelgroßer Latino, drahtig und nervös, sprach ohne Akzent. Irgendwie hatte er sein linkes Ohrläppchen eingebüßt, doch versuchte er erst gar nicht, es unter den Haaren zu tarnen, denn er trug einen kurzen Haarschnitt. »Dann ist sie fällig.«

»Die Kleine heute haben sie aber laufen lassen«, sagte Panos zu Holiday. »Weil sie den Stoff nicht als Beweis zugelassen haben.«

»Warst du auch bei Gericht?«

Panos schüttelte den Kopf. »Ich nicht, aber Wade. Mein Bruder. Er ist stinksauer.«

»Hoffentlich nicht auf mich«, sagte Sephia.

Panos tätschelte ihm den Arm. »Nein, nein, auf die Anwälte. Dreckschweine.«

»Warum sollte dein Bruder sauer auf Nick sein?« Holiday nahm wieder einen Schluck aus seinem Bourbonglas.

»Weil er damals für ihn gearbeitet hat. Die Sache wirft ein schlechtes Licht auf Wade. Schließlich ist Nick für ihn Streife gegangen. Und wenn er eine Nutte einkassiert, hat sie gefälligst auch im Knast zu bleiben. Jetzt fangen sie vielleicht an, Wades Laden genauer unter die Lupe zu nehmen.«

»Der Richter hat mir ganz schön die Hölle heiß gemacht«, fügte Sephia hinzu. »Dieses Arschloch von einem Anwalt hat ihn dazu gebracht, mir Meineid vorzuwerfen, und außerdem hat er den großen Max rausgekehrt: ›*Nach meinem Dafürhalten lässt die Aussage des Wachmanns, was die Umstände der Verhaftung betrifft, die Glaubwürdigkeit vermissen.*‹ Ja, ja, Mr. Hardy, du kannst mich mal.«

Holiday tat überrascht. »Hardy? So heißt auch mein Anwalt. *Dismas* Hardy?«

Nun funkelte Sephia ihn wütend an. »Woher soll ich denn das wissen, verdammt? Aber wenn mir dieser Typ noch mal über den Weg läuft, wird er sich wünschen, er wäre mir nie begegnet.«

»Also hat er das Gericht offenbar überzeugt, dass du der Frau das Zeug untergeschoben hast.«

Sephia musterte Holiday eindringlich, dann sagte er in ruhigem, drohendem Ton: »Sie hat nicht bezahlt. Wade wollte, dass sie aus dem Revier verschwindet. Meistens bedeutet das Intensivstation. Und ich dachte, ich tu der Nutte einen Gefallen.«

Dismas Hardys Frau Frannie neigte erstaunt den Kopf zur Seite. Sie hatten gerade in dem kleinen spanischen Restaurant in der Clement Street, nicht weit von ihrem Haus in der 34. Avenue, Platz genommen. »Du trinkst keinen Wein?«, fragte sie.

»Heute nicht.«

»Was trinkst du denn dann?«

» Wasser. Ganz einfach.«

»Fühlst du dich nicht wohl?«

»Doch, doch. Manchmal habe ich eben keine Lust auf Alkohol.«

»Ach, richtig. Ich erinnere mich an den Tag kurz nach Vincents Geburt.« Ihr Sohn Vincent war inzwischen dreizehn. Sie legte ihre Hand auf seine. »Spürst du noch die Nachwehen von gestern Abend?«

Ein amüsiertes Grinsen, dann erwiderte er ernst: »Im fraglichen Augenblick habe ich nichts gemerkt. Offenbar bin ich, was den Alkohol angeht, aus der Übung.«

Frannie drückte seine Hand. »Das kann auch seine Vorteile haben, weißt du.« Ihr Tonfall war sanft. »Und John?«

»Er war unterhaltsam, charmant und sturzbetrunken, dachte ich zumindest. Wie immer. Aber heute Morgen erschien er frisch wie ein Gänseblümchen bei mir in der Kanzlei. Wahrscheinlich hat er seine Drinks in die Blumentöpfe gekippt.«

»Wann bist du eigentlich nach Hause gekommen?«

»So gegen eins. Das ist nur eine Vermutung. Du hast jedenfalls schon geschlafen.«

»War ne gute Idee, mit dem Taxi loszufahren, nicht wahr?«

»Hm. Anscheinend bin ich auch mit dem Taxi nach Hause gekommen, oder?«

»Wenn John dich nicht heimgebracht hat.«

Hardy presste die Finger gegen die Schläfen. »Nein, ich glaube, das können wir ausschließen.«

Ein besorgter Blick. »Du erinnerst dich wirklich nicht?«

»Nein. Das heißt, ich weiß es noch genau. Bis heute Morgen habe ich auch nicht gedacht, dass mir etwas fehlt. Doch dann hat der Elch in meinem Kopf einfach nicht aufgehört, nach meinem Gehirn zu treten.« Er zuckte die Achseln. »Aber du kennst ja John ...«

»Vielleicht solltest du nicht mehr versuchen, mit ihm mitzuhalten.«

»Das raten mir alle. Aber manchmal kann man nicht anders.«

Der Kellner servierte einen Korb mit frisch gebackenem Brot, Oliven und einen würzigen Hartkäse. Während Frannie ihren üblichen Chardonnay bestellte, blieb Hardy wie angekündigt bei Wasser. Nachdem der Kellner fort war, nahm er den roten Faden wieder auf. »Er ist lustiger als die meisten Menschen«, sagte er, »und interessanter – mit Ausnahme von dir.«

»Was für ein reizendes Kompliment. Und so ehrlich.« Sie lächelte ironisch. »Ich habe kein Problem mit ihm, wirklich nicht. Mit dir auch nicht. Ich weiß nur nicht, was du an ihm findest. Wenn du eine Frau wärst, meinetwegen. Ich mag es nur nicht, wenn du am nächsten Tag Kopfweh hast.«

»Ich auch nicht. Aber wenn man sich mit John Holiday rumtreibt, geht man das Risiko ein, dass man manchmal zu viel erwischt. Und trotzdem war der heutige Tag nicht ganz für die Katz. Vielleicht sollte ich doch etwas trinken. Um zu feiern.«

»Was denn?«

»Du erinnerst dich doch an den Antrag auf Nichtzulassung der Beweismittel.«

Er berichtete ihr von seinem Nachmittag im Gerichtssaal, davon, dass der Richter Nick Sephias Beweise abgelehnt hatte, was zur Einstellung des Verfahrens gegen Aretha LaBonte führte. »Nicht, dass das eine entscheidende Veränderung in ihrem Leben bewirken wird. Obwohl sie, wenn sie schlau ist, nicht länger in einem von Wade Panos' Revieren arbeiten wird. Doch allein dafür zu sorgen, dass er mit so etwas nicht mehr durchkommt, war eine nette Erfahrung. Anschließend hatten David und ich noch einen kleinen dramatischen Auftritt mitten im Justizgebäude.«

Das mürrische und zerzauste vierundsiebzigjähre Energiebündel von einem Anwalt, das David Freeman hieß, gönnte Wade Panos und seinem gedungenen Gorilla Nick Sephia die Genugtuung nicht. Außerdem widersprach es seinen Grundsätzen, sich – ganz gleich unter welchen Umständen – Schmerzen und Schwäche anmerken zu lassen, insbesondere in seinem beruflichen Umfeld. Also hatte nicht einmal Dismas Hardy, der dabei gewesen war, bemerkt, dass er noch immer große Schmerzen hatte.

Anfangs hatte Freeman sogar versucht, Gina etwas vorzumachen. Nachdem sie sechs volle Tage lang das Telefon auf automatische Wiederwahl gestellt hatte, war es ihr endlich gelungen, für sie beide einen Tisch im Gardy Danko, einem Sternerestaurant, zu reservieren. Deshalb wollte Freeman nicht jammern und ihr den besonderen Abend verderben, auf dessen Planung sie so viel Mühe verwendet hatte. Also hatte er nach der erfolgreichen Anhörung und dem kleinen Zusammenstoß mit Sephia und Panos auf eine Siegesfeier mit Hardy verzichtet und sich vom Justizgebäude aus direkt auf den Heimweg gemacht. Zu Hause spülte er eine Hand voll Aspirintabletten mit einem ordentlichen Schluck Calvados hinunter, ließ sich ein heißes Bad einlaufen und entspannte sich in der Wanne, bevor er sich ins Bett schleppte. Dreieinhalb Stunden später katapultierte der Wecker seinen schmerzenden Körper in einen benommenen Wachzustand.

Aufgrund der Schmerzen brauchte er eine halbe Stunde, um sich anzuziehen. Freeman vertrat den Grundsatz, dass Geschworene elegant gekleideten Menschen misstrauten, daher waren sechs seiner sieben Anzüge braun und stammten von der Stange. Der siebte jedoch war ein khakifarbener Designeranzug, den Gina ihm im letzten Jahr zu Weihnachten geschenkt hatte. An diesem Abend zog er ihn an, zusammen mit einer roten Seidenkrawatte und einem maßgeschneiderten Hemd aus fester, cremefarbener Baumwolle. Seine ausgetretenen Schuhe waren der einzige Hinweis auf Freemans sonstige Bekleidungsgewohnheiten.

Als Gina um sieben Uhr kam, um ihn abzuholen, hatte er sich schon ein wenig erholt und glaubte, das Schlimmste überstanden zu haben. Doch dem war nicht so. Erstaunt über seine elegante Aufmachung, blieb sie kurz in der Tür stehen, stieß dann einen bewundernden Piff aus, weidete sich eine Weile an seinem Anblick und machte dann einen Satz nach vorn. Sie warf ihm die Arme um den Hals und drückte ihn fest an sich.

Ein Aufschrei entfuhr ihm.

»Was ist los? Fühlst du dich nicht wohl, David? Was hast du?«

Er fasste sich mühsam, atmete kurz und stoßweise aus.

Nun, zwei Stunden später, wachte er von seinem dritten kurzen Nickerchen auf. Er lag im Schlafanzug im Bett, Gina saß neben ihm und hielt seine Hand. »Du solltest wirklich zum Arzt gehen«, sagte sie.

Er schüttelte den Kopf. »Was nicht kaputt ist, braucht man auch nicht zu reparieren. Und ich habe mir nichts gebrochen.«

»Aber du bist verletzt.«

Er wollte die Schultern heben und verzog stattdessen das Gesicht. »Morgen tanze ich schon wieder, du wirst sehen.« Er legte eine Hand an den Nacken, drehte den Kopf ein paarmal hin und her, hielt inne und sah sie verlegen an. »Ich komme mir vor wie ein Idiot.«

»Warum? Du kannst doch nichts dafür.«

»Nein. Aber ich wusste, mit wem ich es zu tun hatte, und hätte darauf vorbereitet sein sollen. Früher hätte ich mir den Burschen vorgeknöpft.«

»Darauf vorbereitet, dass Nick Sephia dich zu Boden schlägt?«

Der alte Mann, dem man im Moment jeden Tag seiner Lebensjahre ansah, nickte erschöpft. »Sie haben mich in die Falle gelockt.«

»Wie das?«

»Ein Kinderspiel bei einem vertrauensseligen Menschen wie mir.« Er seufzte angewidert auf. »Ich hatte bereits eine kleine Auseinandersetzung mit Mr. Panos, dem Älteren, nachdem Dismas Sephia im Zeugenstand einen Kopf kürzer gemacht hatte.«

»Was um alles in der Welt hat dich dazu getrieben?«

»Schlicht und einfach mein Größenwahn.« Wieder ein Seufzer. »Ich konnte der Versuchung nicht widerstehen, mich ein bisschen aufzuplustern. Andererseits dachte ich, ich wäre dabei ganz dezent gewesen. Es sollte ihm eine Art Warnung vor dem sein, was ihn noch erwarten könnte.«

Gina gestattete sich den Anflug eines Lächelns. »Daher auch dein Spitzname ›der Diplomat‹.«

»Jedenfalls ließ er sich davon nicht täuschen. Also standen anschließend ein paar ihrer Jungs, auch Dick Kroll – du kennst doch Dick, Sephias Anwalt? –, Panos, sein kleiner Bruder und einer von Nicks Freunden, den ich auch schon bei Gericht gesehen habe, so ein schmieriger Latino, auf dem Flur herum. Sie hielten offenbar eine Art Kriegsrat ab. Als Wade sieht, wie ich mit Hardy aus dem Gerichtssaal spaziere, winkt er mir über Nicks Schulter zu, ich solle doch mal herkommen.«

»Und du bist hingegangen?«

»Was hätte ich sonst tun sollen? Also habe ich Diz gebeten, kurz zu warten. Ich dachte, ich hätte Wade einen ordentlichen Schrecken eingejagt, worauf er mit Kroll gesprochen und beschlossen hätte, sofort eine Abmachung mit mir zu treffen.«

»Wieder dein Größenwahn.«

In Anerkennung der Wahrheit hob Freeman die Schultern etwa zwei Zentimeter. »Berufsrisiko, wenn man zufällig als Genie geboren ist. Ich glaube, es ist zu spät, noch etwas dagegen zu unternehmen.« Wieder der Versuch eines Achselzuckens. »Jedenfalls bin ich noch ungefähr zwei Schritte entfernt, als Nick, dieser Fiesling, sich plötzlich umdreht – hoppla, da hätte ich doch fast den Bus verpasst –, und im nächsten Moment liege ich bäuchlings auf dem Boden. Nick beugt sich über mich. ›Pardon, alter Junge, hab Sie gar nicht gesehen.‹« Jetzt funkelten seine Augen wieder wie immer. »Seine Entschuldigung kann er sich sonst wohin stecken. Wade hatte ihm ein Zeichen gegeben, und er drehte sich aufs Stichwort um. Das war eine Warnung: ›Leg dich nicht mit mir an, sonst tun wir dir weh.‹« Freeman versuchte, sich im Bett aufzurichten, doch seine Knochen sträubten sich. Er gab auf und ließ sich zurück aufs Kissen sinken.

Gina legte ihm die Hand auf die Brust und strich ihm dann über die Wange. »Männer«, meinte sie liebevoll. »Vielleicht war es einfach nur ein dummer Unfall, oder nicht?«, fügte sie dann hinzu.

»Nein. Völlig unmöglich.«

»Also willst du dich an ihnen rächen, richtig?«

Er nickte. »*I'll do it my way*, um mit Frank Sinatra zu sprechen, aber da kannst du deinen Arsch drauf verwetten.« Als er ihre tadelnde Miene sah, fügte er hinzu: »Eine andere Sprache verstehen die nicht.«

»Und was ist mit dir? Welche Sprache verstehst du?«

»Was soll das heißen?«

»Du hast sie gewarnt, und sie haben dich angegriffen. Jetzt bist du wieder dran, und so geht es weiter. Bis jemand ernsthaft verletzt wird. Kann man die Sache denn nicht anders regeln?«

»Nicht mit solchen Typen. Da kann man sich nur wehren, das ist die einzige Chance.«

Gina legte die Hände in den Schoß. »Du willst also weiterkämpfen. Und was soll das beweisen?«

»Wenn eine Seite gewinnt, ist Schluss. Und ich beabsichtige zu gewinnen.«

»Und darum geht es letztlich, richtig? Darum, wer gewinnt.«

»Genau. Was sonst?«, sagte er trotzig. »Worum sollte es sonst gehen?«

Gina schwieg einen Moment und seufzte dann entnervt auf. Schließlich sah sie ihn an und erhob sich. »Wie männlich du bist.«

»Es gibt Schlimmeres, als ein Mann zu sein, Gina. Was erwartest du von mir?«

Sie musterte ihn. »Ich will, dass du dich klug verhältst. Lass dich nicht von ihnen in ihre Spielchen hineinziehen. Begib dich nicht auf ihre Ebene, zumal du Gefahr läufst, ernsthaft verletzt zu werden. Halt dich raus und lass dem Gesetz seinen Lauf.«

»Genau das ist meine Absicht. Was sollte ich anderes tun?« Freeman klopfte auf das Bett. »Komm, setz dich wieder. Ich bin doch nicht lebensmüde. Glaubst du etwa, ich habe vor, mich mit denen zu prügeln?«

Gina nahm wieder ihren Platz neben ihm ein. »Das hörte sich eben ganz danach an.« Sie griff nach seiner knochigen Hand.

»Nein, ich sage dir, was ich tue. Ich werde strikt nach Gesetz vorgehen und ihnen auf diesem Weg einen ordentlichen Denkzettel verpassen. Aber eines verrate ich dir.«

»Was?«

»Es wird trotzdem sehr persönlich sein. Sehr persönlich.«

Lieutenant Abraham Glitsky, einst Leiter der Mordkommission von San Francisco, hatte einen schwarzen und einen jüdischen Elternteil; in seinem Job hatte er sich durch eine beunruhigend wirkende Mischung aus Sachverstand und stiller Wut ausgezeichnet. Nur selten stahl sich ein Lächeln in seine durchdringenden blauen Augen. Eine Hakennase ragte über seinen breiten Mund, den man wegen der dicken Narbe, die quer über beide Lippen verlief, nicht so rasch wieder vergaß.

Nun erschien seine furchteinflößende Gestalt in der Tür seiner Doppelhaushälfte. Er trug weder Schuhe noch Socken, und seine nackten Beine lugten unter einer schmutzigen Küchenschürze hervor. Über seiner rechten Schulter hing eine Windel, befleckt mit orangefarbenen Spuren pürierter Babynahrung. In seiner linken Armbeuge saß seine zehn Monate alte Tochter Rachel. Irgendwie hatte sie es geschafft, eines ihrer rosa Kinderschühchen auszuziehen, während Glitsky die Tür öffnete, und nun baumelte der Schuh an seinem Ohr.

»Wo ist der Fotoapparat, wenn man mal wirklich einen braucht?«, erkundigte sich Hardy.

Frannie trat einen Schritt vor. »Komm, Abe, gib sie mir.«

In einem unausgesprochenen wöchentlichen Ritual endete Frannies und Dismas' gemeinsamer Mittwochabend wieder einmal hier. Seit Rachels Geburt konnte Frannie offenbar nicht genug von der Kleinen bekommen. Sie stand kurz vor ihrem vierzigsten Geburtstag, und ihre Kinder waren bereits beide Teenager. Ob Dismas und sie noch ein Baby bekommen sollten? Es war noch Zeit. Gerade noch. Sofern Dismas auch wollte. Doch ein Baby war so ziemlich das Letzte, was auf seiner Wunschliste stand.

Er war sich nicht sicher, ob diese Besuche von Vorteil waren – weil Frannie so ihr Bedürfnis nach Nähe zu einem Baby befriedigen konnte – oder sich eher nachteilig auswirkten, weil es womöglich ihren Kinderwunsch noch schürte.

Glitsky reichte Frannie das Baby und befreite sein Ohr von dem winzigen Schuh.

»Lass es doch hängen«, sagte Hardy grinsend. »Es steht dir wirklich. Und das Rosa harmoniert großartig mit den Farben auf der Windel.«

Glitsky warf einen Blick auf seine Schulter. »Ich weiß nicht, was du gegen die Farben hast.« Er tippte auf die Windel. »Das ist einfach nur Essen, das es nicht ganz bis in ihren Mund geschafft hat.«

»Typisch Mann!« Frannie riss ihm die Windel von der Schulter und legte sie sich selbst um. Dann stülpte sie das Schühchen über Rachels Fuß und bedachte die beiden Männer nacheinander mit einem strafenden Blick. »Vielleicht sollten wir es bei dem Thema bewenden lassen und lieber hineingehen?«

Sie ging in Richtung Wohnzimmer. Doch Hardy, der ihr folgte, wollte das Thema nicht auf sich beruhen lassen, denn schließlich ließen sich hier wertvolle Punkte machen. »Weißt du, Fran, wenn du wirklich noch ein Baby willst, wirst du dich mit vollgespienen Windeln auseinander setzen müssen.«

»Das wäre ja auch nicht das erste Mal«, erwiderte sie, über die Schulter gewandt. »Insofern ist es für mich überhaupt kein Thema.«

Treya erschien um die Ecke. »Wer will noch ein Baby?«

Zehn Minuten später waren alle versorgt – die Hardys mit Kaffee, die Glitskys mit Tee – und saßen um den großen, viereckigen Tisch, der beinahe die ganze Küche einnahm. Rachel döste. Eigentlich war es Zeit für ihr Bettchen, doch weder Treya noch Frannie schienen sich von ihr trennen zu wollen. Die Attraktion des Abends war ein Teller mit hausgemachten Kokosmakronen, noch heiß aus dem Ofen, und voller klebriger Süße. »Diese Kekse«, sagte Hardy nach dem ersten Bissen zu Treya, »schmecken unbeschreiblich. Ich wusste gar nicht, dass normale Menschen solche Makronen zustande bringen.«

»Abe kann es. Was allerdings nicht heißen soll, dass er normal ist.«

»Nicht annähernd«, erwiderte Dismas. »Aber wenn er wirklich so gut bäckt, ist er vielleicht doch noch zu etwas zu gebrauchen.«

»Ihr seid beide zu gütig.« Glitsky drehte sich zu Hardy um. »Woher, dachtet ihr, dass die Makronen kommen?«

»Ich habe geglaubt, sie sind vom Himmel gefallen wie Manna in der Wüste. Offen gestanden habe ich mir Manna immer mit Makronengeschmack vorgestellt. Ihr nicht? Ich meine das ernst.« Dismas' Miene erhellte sich. »Hey, Manna-Makronen, das wäre doch kein schlechter Markenname. Abes Manna-Makronen. Sie würden uns reich machen …«

»Könnte ihn bitte jemand zum Schweigen bringen«, flehte Frannie.

»Eine Spitzenidee, Diz«, mischte sich Abe ein. »Aber wie schade. Am Montag nächste Woche fange ich wieder an zu arbeiten.«

Treya warf ihm einen vorsichtigen Blick zu. »Das hoffst du.«

»Gut«, räumte er ein. »Ich hoffe es.«

»Warum auch nicht?«, fragte Dismas. »Wie lange warst du jetzt zu Hause?«

»Am Montag werden es dreizehn Monate, zwei Wochen und drei Tage.«

Glitsky hatte ein schlechtes Jahr hinter sich, das mit einem Bauchschuss aus nächster Nähe begonnen hatte. Nach der ersten Operation war die Heilung zunächst zufrieden stellend verlaufen, er war im Rollstuhl herumgefahren und hatte sich geschont. Dann jedoch war es zu Komplikationen gekommen. Eine sekundäre Infektion hatte sich als Bauchfellentzündung entpuppt und einen erneuten Krankenhausaufenthalt nach sich gezogen. Dort hatte er sich eine Lungenentzündung eingefangen, und dieser doppelte Ansturm von Keimen hätte Abe fast zum zweiten Mal das Leben gekostet. Von Rachels Geburt im letzten August bis in den späten Herbst hinein war er dann geschwächt und niedergeschlagen gewesen. Die Wunde wollte einfach nicht zuheilen, sodass er erst im Februar dieses Jahres wieder angefangen hatte zu gehen. Vor ein paar Monaten hatte er begonnen, an seiner Kondition zu arbeiten, und Ende Mai hatten die Ärzte ihn schließlich für arbeitsfähig erklärt. Doch nun hieß es, der Lieutenant, der Glitsky als Leiter der Mordkommission vertreten hatte, müsse zuerst versetzt werden, und derzeit sei keine Stelle frei, die seinem Rang und seiner Berufserfahrung entspreche.

Also hatte Glitsky sich noch ein wenig in Geduld geübt.

»Was soll das heißen, du hoffst, dass du am Montag wieder anfängst?«, fragte Dismas. Offenbar war seine Rückkehr ins Berufsleben noch immer nicht sicher, obwohl es inzwischen Anfang Juli war. »Was könnte dagegen sprechen? Du spazierst rein, begrüßt deine Leute, setzt dich an deinen Schreibtisch und holst die Erdnüsse raus.« Der Schreibtisch des Lieutenants in der Mordkommission war berüchtigt für seine grenzenlosen Vorräte an Kalorienbomben.

Abe verzog das Gesicht.

»Wie es aussieht«, sagte Treya, »ist das nicht so einfach.«

Dismas aß eine Makrone und trank einen Schluck Kaffee. »Warum? Hat jemand vom Büro dich etwa in dieser Schürze gesehen? Ich wette, das ist es. Wir können sie wegen Diskriminierung verklagen. Es ist dein gutes Recht, eine Schürze zu tragen, wenn dir danach ist.«

»Dismas, halt den Mund«, meinte Frannie. »Was ist los, Abe?«

»Tja, der Polizeichef hätte mich natürlich gern zurück, aber vielleicht auf einem anderen Posten.«

»Was für einem Posten?«, erkundigte sich Dismas. »Möglichweise wirst du ja befördert.«

»Diesen Eindruck hatte ich nicht. Die Rede war von der Lohnbuchhaltung.«

»Der Chef der Lohnbuchhaltung ist doch ein Sergeant«, erwiderte Dismas. »Oder irre ich mich?«

»Früher war es zumindest so.« Abe hielt nachdenklich inne. »Anscheinend macht man sich Sorgen, dass ich mich zu sehr für meine Tätigkeit in der Mordkommission engagiere.«

»Und das scheint ein Manko zu sein«, ergänzte Treya.

»Wie bitte?«, fragte Frannie. »Sollst du dich in der Arbeit etwa langweilen?«

»Du warst ein Jahr lang zu Hause«, sagte Dismas. »Wie können die da von übertriebenem Engagement sprechen?«

Abe nickte. »Ein paar dieser Argumente habe ich auch erwähnt.«

»Und?«

»Und dann wurde, wie wir alle wissen, vor ein paar Jahren meine Tochter ermordet. Danach hatte ich einen Herzinfarkt, und schließlich wurde ich im Dienst angeschossen.«

»Von diesen Ereignissen hängt doch nur eines direkt mit deinem Job zusammen.« Treya runzelte die Stirn. »Außerdem hat er geheiratet und ist Vater geworden. Vielleicht spielt auch das eine Rolle, wer weiß.«

Abe zuckte die Achseln. »Das ist bloß ein Vorwand. In Wirklichkeit liegt es daran, dass sie wegen meiner langen Krankheit einen Neuen in die Mordkommission versetzen mussten …«

»Gerson, richtig?«, fragte Dismas.

»Genau. Vermutlich haben sie ihm weisgemacht, es wäre auf Dauer, als sie ihn befördert haben. Und da ich die Unverschämtheit besessen habe, gesund zu werden, habe ich sie in eine peinliche Lage gebracht.«

»Dann sollen sie doch *ihn* wieder versetzen«, meinte Dismas. »Was sagt denn die Gewerkschaft dazu?«

»Dass Gerson sich bis jetzt wacker geschlagen hat und dass es ungerecht ist, ihm den Job wieder wegzunehmen, bevor er sich richtig bewiesen hat. Das könnte sich später schlecht in seinem Lebenslauf machen. Ich hingegen hätte mir meine Sporen ja schon verdient.«

»Und zur Belohnung wirst du jetzt abgeschoben?«, sagte Frannie. »Und degradiert?«

»Nicht degradiert«, erwiderte Treya. »Er wird jetzt *Lieutenant* in der Lohnbuchhaltung.«

»Ich weiß nicht einmal, wo die Lohnbuchhaltung ist«, sagte Abe. »Geschweige denn, was man dort eigentlich tut.«

»Das ist doch prima«, entgegnete Dismas. »Wo kämen wir denn hin, wenn die Leute über ihren Job Bescheid wüssten.«

»Gott behüte.« Abe machte eine entsetzte Miene. »Und das Tolle daran ist, dass man mir gütigerweise erklärte, es handle sich nicht etwa um eine Strafe, sondern um eine Chance, meinen Lebenslauf aufzupolieren. Wenn ich ein Jahr in der Lohnbuchhaltung verbringe, werde ich anschließend womöglich Captain auf einem Revier. Und ehe ich mich's versehe, bin ich noch ein paar Jahre später stellvertretender Polizeichef.«

»Der Traum seines Lebens«, sagte Treya und verdrehte die Augen.

Dismas wusste, worauf Treya hinauswollte. Nach vierzehn Jahren bei der Polizei war Abe zum Inspector Sergeant in der Mordkommission befördert worden und hatte noch einmal acht Jahre gebraucht, um Lieutenant der Abteilung zu werden. Abe hatte keine Sehnsucht nach einem breit gefächerten Erfahrungsspektrum in der Verwaltung. Er wollte Mörder fangen.

»Hast du mit Batiste geredet?«, fragte Dismas. Frank Batiste war vor kurzem zum stellvertretenden Polizeichef befördert worden. Jahrelang war er Captain der Inspectors und Abes Mentor bei der Polizei gewesen. »Vielleicht könnte er ja mal seine Beziehungen spielen lassen.«

Aber Abe schüttelte den Kopf. »Was, glaubst du, an wen ich mich als Erstes gewandt habe?«

Dismas runzelte die Stirn. »Ich dachte, er steht auf deiner Seite.«

»Tja ...« Abe verzog das Gesicht.

Treya wusste, dass ihr Mann sich nur ungern über einen Kollegen beklagte, und sprang für ihn in die Bresche. »Offenbar hat sich bei Frank auch einiges verändert.«

»Was zum Beispiel?«, fragte Frannie.

»Es liegt nicht an Frank.« Abe konnte nicht zulassen, dass schlecht über einen Kollegen gesprochen wurde, auch wenn etwas Wahres dahintersteckte. »Er hat eben seine Verpflichtungen. Seine Frau hat seit einem Jahr kein Haus mehr verkauft. Die Kinder besuchen das College. Es sind harte Zeiten.«

»Und deshalb legt er dir jetzt Steine in den Weg? Was soll das?«

»Ich mache ihm eigentlich keinen Vorwurf, Diz. Er kann es sich nicht leisten, mir zuliebe seinen Job zu riskieren.«

»Das würde er auch gar nicht«, widersprach Treya. »Dazu hat er zu gute Beziehungen.«

»Wahrscheinlich hat man vor einem Jahr dasselbe über mich gesagt«, erwiderte Abe. »In letzter Zeit hat sich viel verändert.« Er zuckte die Achseln. »Frank hatte Anweisung von oben und war nur der Bote. Wenn er sich geweigert hätte, mir die Nachricht zu überbringen, hätten sie sich eben jemand anderen gesucht. Er gehört nicht mehr zum Team. Ihm blieb nichts anderes übrig.«

Treya schüttelte den Kopf. »Aber dir zu sagen, dass ein guter Polizist dorthin geht, wohin man ihn schickt, das hätte es nicht gebraucht. Das tut kein Freund.«

»Dasselbe könnten meine Leute auch von mir zu hören kriegen.« Abe, dem dieses Gespräch offenbar unangenehm war, tat, als suchte er etwas auf dem Tisch. »Und was die Freundschaft betrifft: Frank ist mein Vorgesetzter; er hat nur seinen Job gemacht.«

»Also lässt du dich wirklich in die Lohnbuchhaltung versetzen?«, erkundigte sich Frannie. »Ich kann mir gut vorstellen, wie du den ganzen Tag lang Zahlen addierst.«

Abes Mundwinkel zuckten. »Bestimmt stehen mir dort eine Menge verborgener Genüsse bevor. Am Montag weiß ich mehr.«

»Hast du schon über Alternativen nachgedacht?«, fragte Hardy.

Abe sah Treya an, doch sein Lächeln wirkte gequält. »Wir haben ein Baby«, meinte er. »Was soll ich sonst tun?«

2

Es war ein Donnerstagabend Anfang November. Da am Wochenende zuvor die Uhren umgestellt worden waren, war es um sechs bereits stockfinster. Es war sogar noch dunkler als gewöhnlich, weil die Straßenlaternen in der O'Farrell Street zwischen Stockton Street und Powell Street nicht brannten. Vielleicht liefen die Zeitschaltuhren ja noch auf Sommerzeit.

Ein schneidender Wind mit einer Geschwindigkeit von dreißig Stundenkilometern blies von der Bucht herüber. Hin und wieder wehte er einen dicken Tropfen vor sich her, der das erste richtige Unwetter der Saison ankündigte. Obwohl Sam Silvermans Pfandleihe sich nur einen Häuserblock südlich vom stets stark belebten Union Square befand, war die Straße an diesem Abend – vermutlich wegen des scheußlichen Wetters und der Dunkelheit – menschenleer.

Silverman hatte die Ladentür bereits abgeschlossen und beide Flügel des Schutzgitters zugeschoben. Nun musste er vor dem Gehen nur noch einmal kurz die Tür aufsperren, rasch nach draußen treten, das Gitter vollständig schließen und mit einem Vorhängeschloss sichern. Er blieb ein wenig länger als sonst in der Tür stehen und runzelte die Stirn. In der ersten Woche hatte die eine Stunde weniger Tageslicht stets eine bedrückende Wirkung auf ihn.

Mit einem Seufzer machte er kehrt und marschierte den

Mittelgang seines Ladens entlang. Dabei berührte er einige der Schätze aus dem Leben anderer Menschen, für die er ihnen Geld geliehen hatte: Gitarren, Saxophone und Schlagzeuge, Silberbestecke, Messer, ein wertvolles Porzellanservice, Puppen, Fernseher, Radios, Mikrowellengeräte. Das meiste war in der Hoffnung auf die Zukunft neu gekauft und dann für immer weggegeben worden, Gerümpel aus zweiter Hand, an dem nicht mehr der Hauch eines Traums haftete.

An der rückwärtigen Theke blieb er noch einmal stehen, um die Auslage zu betrachten. Schmuck war mit Abstand die gängigste Ware, doch die Uhren, Ringe, Halsketten und Ohrringe erschienen ihm trotz ihrer Schönheit noch kläglicher als die übrigen Dinge. Es handelte sich zum Großteil um Geschenke, die irgendwann einmal sorgsam ausgewählte Symbole der Liebe, eines gegebenen Versprechens oder eines gemeinsamen Lebens gewesen waren. Nun lagen sie in der Pfandleihe unter Glas und warteten darauf, für einen Bruchteil ihres eigentlichen Werts verkauft zu werden; ihre emotionale Bedeutung untergegangen in Zeit und Bedürftigkeit.

Er schüttelte den Kopf, um die düsteren Gedanken zu vertreiben. Der Winteranfang hatte stets diese Wirkung auf ihn. Vielleicht war er ja im Begriff, jene Krankheit zu entwickeln, bei der man ständig traurig war, wenn scheußliches Wetter herrschte. Aber nichts da! Schließlich hatte er sein ganzes Leben in San Francisco verbracht und weiß Gott genug Gelegenheit gehabt, sie sich einzufangen.

Es lag nur daran, dass es so früh dunkel wurde.

Wieder warf er einen Blick auf die Vordertür und sah sein eigenes Spiegelbild in der Scheibe – einen kleinen, ein wenig gebeugten, ordentlich gekleideten alten Juden. Es war schwarz da draußen. Eine Zeit lang verharrte er reglos. Als er hörte, wie der Wind auffrischte und dann wieder verebbte und wie Regentropfen langsam auf das Dachfenster fielen, kehrte er schlagartig in die Gegenwart zurück. Er hob den Kopf zur Geräuschquelle – dem vergitterten Dachfenster, das nur ein schwarzes Loch in der Decke war.

Vielleicht hätte er den Vertrag mit Wade Panos doch verlängern sollen, schoss ihm durch den Kopf. In einer scheußlichen Nacht wie dieser hätte ihn die Vorstellung beruhigt, dass einer von Panos' kräftigen, bewaffneten Mitarbeitern ihn zwei Straßen weiter bis zur Ecke begleitete, wo sich der Nachttresor der Bank of America befand. Doch er und Sadie hatten alles durchgerechnet und beschlossen, dass es sich einfach nicht mehr lohnte, vor allem, weil Wade schon wieder dabei war, die Preise zu erhöhen.

Sicher, es war ein Trost, dass private Wachleute – insbesondere auf dem Weg zur Bank – ein Auge auf einen hatten. Andererseits hatten die Gewaltverbrechen in diesem Stadtviertel stark nachgelassen. In den letzten zwanzig Jahren war nicht einmal eine Schaufensterscheibe eingeschlagen worden. Nein, der private Wachdienst war ein Luxus, den er eigentlich nicht brauchte und sich auch nicht mehr leisten konnte. Schließlich fuhr die städtische Polizei hier Streife, allerdings nicht so häufig.

Silverman überlegte, ob er im Revier anrufen und einen Polizisten anfordern sollte, der ihn zur Bank begleitete. Doch selbst wenn man dort einen Beamten erübrigen konnte, würde er mindestens noch eine Stunde im Laden auf ihn warten müssen. Vielleicht sollte er den Gang zur Bank einfach auf den nächsten Tag verschieben. Aber schon immer hatte er am Donnerstag nach dem Pokerabend das Geld zur Bank gebracht. Außerdem hatte er am vergangenen Abend so viel eingenommen wie schon lange nicht mehr.

Er schaltete die kleine Nachtbeleuchtung in der Schmuckvitirine an. Genug gegrübelt! Wenn er sich nicht beeilte, würde er auf dem Weg zur Bank auch noch klatschnass werden. Während er die Zahlenkombination des Safes eingab, sann er wieder darüber nach, ob Sadie und er vielleicht in diesem Jahr ihre Sachen packen und sich eine Eigentumswohnung kaufen sollten. So eine wie die, die sie im letzten Sommer in Palm Springs besichtigt hatten. Oder vielleicht eine in Scotsdale?

Doch als sie vor ein paar Jahren im Sommer hingefahren waren, war es schrecklich heiß gewesen. Und es hätte bedeutet, seinen Freundeskreis und die Synagoge aufzugeben. Wollte er das wirklich? Was sollte er in Palm Springs ohne Nat Glitsky anfangen, der in all den Jahren wie ein Bruder für ihn gewesen war? Und Nat, der gerade noch ein Enkelkind bekommen hatte, würde ganz sicher nirgendwo hinziehen. Sam liebte Sadie, aber sie war ein Bücherwurm – eine Eigenbrötlerin, die sich in ihre Lektüre vertiefte –, kein Mensch, der gern spielte. Nat hingegen hatte eine Schwäche für Spiele – Backgammon, Domino, Scrabble und alles, was mit Karten zu tun hatte. Nein, eigentlich wollte Sam gar nicht weg von hier. Wenn es nur abends länger hell bliebe!

»Alter Nörgler«, sagte er laut zu sich selbst und schüttelte den Kopf. Im Hinterzimmer ging er in die Hocke, gab die Kombination ein und öffnete die Tür des Safes. Als er den alten, rotbraunen Lederbeutel herausnahm, stellte er erschrocken fest, wie dick er war. Er zog den Reißverschluss auf und ließ den Daumen über den oberen Rand der Geldscheine gleiten. Knapp zweiundzwanzigtausend Dollar, das war mehr als der Umsatz, den der Laden sonst in zwei Monaten erwirtschaftete – den Erlös der Pokerabende mitgerechnet. So viel Geld hatte er schon seit Jahren nicht eingezahlt.

Er zog den Reißverschluss wieder zu und steckte den Beutel in die Innentasche seiner Jacke. Nachdem er sich ein letztes Mal im Laden umgesehen hatte, nahm er seinen Filzhut vom Hutständer und zog ihn fest in die Stirn, damit der Wind draußen ihn nicht wegblies. Dann machte er das Licht aus und ging zur Tür. Dort blieb er ein letztes Mal stehen und blickte in beide Richtungen die Straße entlang. Nichts Verdächtiges.

Er griff nach der Tür und zog sie auf.

Der Plan war ganz einfach. Es musste schnell gehen und überraschend sein. Sie trugen dicke Jacken, Latexhandschuhe und Skimasken, um nicht erkannt zu werden. Keiner durfte ein Wort sagen, bevor Silverman nicht bewusslos geschlagen war.

Der alte Mann hielt mit der einen Hand seinen Hut fest und zog mit der anderen die Tür hinter sich zu, als die drei Männer aus ihren Verstecken in Hauseingängen links und rechts von seinen Schaufenstern sprangen, die Skimasken über die Gesichter streiften und sich auf ihn stürzten. Der Größte von ihnen schob die Tür auf, während die anderen beiden Silverman an den Armen packten, ihm den Mund zuhielten und ihn hinein- und den Gang entlangzerrten.

Im Hinterzimmer machten sie Licht. Inzwischen hatte der alte Mann den Mund freibekommen und schrie wie am Spieß. Er machte sogar Anstalten, sich gegen die Angreifer zur Wehr zu setzen, obwohl er nicht die geringste Chance hatte. Allerdings war die Verzögerung lästig.

Und da lästige Verzögerungen nicht zum Plan gehörten, holte der große Mann einen Revolver aus der Tasche. Der Opa schlug sich recht wacker, sträubte sich, strampelte und stöhnte und fluchte vor Anstrengung. Wegen seines Herumgezappels streifte ihn der erste Hieb mit dem Pistolenlauf nur, doch er reichte, um ihn vor Schreck erstarren zu lassen. Der nächste traf Silvermans Schädel, sodass er bewusstlos zusammensackte. Sein Körper wurde schlaff, und die Einbrecher ließen ihn zu Boden sinken, wo er reglos liegen blieb.

Der große Mann wusste genau, wonach er suchte. Er brauchte nur zwei Sekunden, um die Überwachungskamera über der Tür auszuschalten. Fünf Sekunden später hatte er den rotbraunen Lederbeutel in der Hand und erhob sich. Dann nahm er die Skimaske ab und schleuderte sie zu Boden. Seine Komplizen entledigten sich ebenfalls ihrer Masken und steckten sie ein. »Okay«, verkündete der große Mann. »*Vámonos.*«

Er ging voraus, löschte die Lichter im Laden wieder und war schon an der Tür und fast draußen, als jemand rief: »Wartet, Leute!«

Der Mann mit der Pistole blieb stehen und drehte sich um. Warten gehörte auch nicht zum Plan, der lautete, das Geld zu schnappen, sich zu verdrücken und den dunklen Laden hinter sich abzuschließen. Wenn Silverman – falls überhaupt – wieder zu sich kam, würden sie längst über alle Berge sein.

»Was machst du da, verdammt?«

Der dritte Komplize beugte sich hinten im Laden über die Vitrine mit dem Schmuck, der im dämmrigen Licht der Nachtbeleuchtung schimmerte. »Er hat tolles Zeug hier. Das können wir nicht einfach liegen lassen.«

»Doch, können wir. Beeil dich.«

Der große Mann hatte die Tür geöffnet und warf einen Blick auf die Straße. »Wir brauchen den Schmuck nicht. Wir müssen weg, aber dalli.«

Der Mann hinten im Laden bewegte sich zwar, allerdings in die falsche Richtung. Er lief um die Theke herum, zerrte an der Glasscheibe und versuchte, sie auszuhebeln. »Er muss irgendwo einen Schlüssel haben. Vielleicht in seiner Tasche.«

»Scheiß drauf! Jetzt komm schon!«, zischte der Mann an der Tür.

Sein Partner fingerte weiter an der Theke herum.

Auf der Straße ertönte ein Geräusch. »Scheiße. Da sind Leute.«

Die beiden Männer vorn im Laden duckten sich unter das Fenstersims, als zwei Paare am Laden vorbeischlenderten. Direkt vor der Tür blieben sie stehen, sodass ihre Stimmen im Laden zu hören waren. Warum gingen sie denn nicht weiter? Auf der Stirn des großen Mannes erschienen Schweißperlen, die er mit dem Handrücken wegwischte.

Er nahm den Revolver aus der Tasche.

Weitere Personen gesellten sich dazu, und dann setzten alle lachend ihren Weg fort.

Der große Mann blickte nach draußen. Die Luft schien rein zu sein. Doch hinten an der Theke hielt sein Partner etwas hoch – einen Schlüssel? – und machte sich am Schloss zu schaffen.

»Mein Gott, wir haben keine Zeit für …«

Im nächsten Moment wurden seine Worte bestätigt, denn die Zeit reichte tatsächlich nicht mehr für die Ausführung ihres Plans.

Offenbar war Silverman wieder zu sich gekommen und hatte im Hinterzimmer auf einen Alarmknopf gedrückt. Plötzlich wurde es taghell, und das ohrenbetäubende, schrille Dauerklingeln der Alarmanlage ertönte.

Mit aufgerissenen Augen starrte der große Mann ins grelle Licht, riss die Tür auf und brüllte: »Los, gehen wir!« Diesmal wurde der Schmuck in der panischen Flucht nach draußen zurückgelasssen, denn endlich gehorchten seine beiden Partner. Als sie an ihm vorbei waren, wollte auch er hinaus auf die Straße stürmen, als er links hinter sich eine Bewegung wahrnahm. Silverman hatte sich aufgerappelt, stand, eine Hand auf dem Kopf und mit blutüberströmtem Gesicht, da und hielt sich an einem Regal fest.

Im selben Moment, als er die verdatterte Miene des Pfandleihers bemerkte, wusste der große Mann, dass dieser ihn offenbar erkannt hatte. »Ich fasse es nicht ...«, stammelte Silverman, dann fehlten ihm die Worte.

Der große Mann schüttelte enttäuscht und angewidert den Kopf – der schöne Plan war nun nichts mehr wert –, ging drei Schritte auf den alten Mann zu, als wollte er ein Gespräch mit ihm anfangen. Doch alles, was er sagte, war: »Ach, Mist, Sam.«

Dann hob er die Pistole und schoss zweimal. Die zweite Kugel traf Silverman ins Herz.

Die Straßenlaternen in der O'Farrell Street sprangen an, als der Wachmann Matt Creed, der in »Zweiunddreißig« Streife ging, um die Ecke eines langen Häuserblocks in der Market Street bog. Creed war erst ein knappes Jahr bei dem Bewachungsunternehmen beschäftigt, doch wusste er sofort, womit er es zu tun hatte, als er das Jaulen der Alarmanlage hörte und sah, wie zwei Männer vor ihm in wilder Flucht aus einem Laden stürmten.

»Hey, Moment mal!«, schrie er in den Lärm der Sirene. Zu seiner Überraschung blieben die Männer tatsächlich stehen und drehten sich nach ihm um. Creed rief noch einmal, lief los und öffnete dabei seine Jacke, um seine Waffe aus dem Halfter zu nehmen. Doch er war noch keine fünf Schritte gekommen, als …

Peng!

Neben seinem Kopf splitterte die Backsteinmauer, sodass sich Bröckchen über ihn ergossen. Creed kauerte sich an die nächste Hausmauer. Ein weiterer Mann kam aus Silvermans Laden gestürmt und war nur noch einen halben Häuserblock entfernt. Creed erhob sich, trat vom Gebäude weg ins Licht der Straßenlaterne und rief wieder: »Stopp! Bleiben Sie sofort stehen!«

Die Gestalt hielt inne, wirbelte herum und hob ohne zu zögern den Arm. Kurz sah Creed schimmernden Stahl aufblitzen, hörte einen lauten Knall und gleichzeitig einen Einschlag. Es war das erste Mal, dass auf ihn geschossen wurde, und während der Angreifer die Flucht ergriff, duckte er sich und erstarrte.

Als er sich wieder gefasst hatte, zur Waffe griff und mit zitternden Händen versuchte anzulegen, war der dritte Mann mit den anderen beiden verschwunden. Creed rannte los und sah gerade noch, wie ein davoneilender Schatten an der nächsten Straße nach rechts abbog. Creed nahm die Fußgänger, die sich auf beiden Straßenseiten an die Hausmauern pressten, nur undeutlich wahr, als er, entlang der Cable-Car-Schienen, die Straße entlangstürmte, vorbei an den Bäumen, die gegen Ende der Powell Street in unregelmäßigen Abständen aus dem Asphalt ragten.

Als er die Cable-Car-Wendeschleife in der Market Street erreichte, war von den Männern nichts mehr zu sehen. Vermutlich hatten sie sich getrennt und in unterschiedliche Richtungen aus dem Staub gemacht. Doch selbst wenn sie zusammengeblieben wären, hätte Creed nicht ermitteln können, welche der möglichen sechs oder sieben Richtungen sie an dieser Kreuzung eingeschlagen hatten. Innerhalb des nächsten halben Blocks gingen immer wieder Straßen und Seitengassen ab, von denen jede als Fluchtroute in Frage kam. Außerdem befand sich an der Wendeschleife auch der Eingang zur U-Bahn-Station.

Da Creed nicht nahe genug an die Männer herangekommen war, um sich irgendwelche Merkmale einzuprägen, würden sie, sobald sie zu rennen aufhörten, für ihn nicht mehr von normalen Passanten zu unterscheiden sein. Er hatte das Gefühl, dass der Mann, der auf ihn geschossen hatte, größer gewesen war als die anderen, aber mehr konnte er auch nicht sagen.

Eine Windböe trieb eine Regenfront heran, sodass sich das leichte Nieseln in einen Wolkenbruch verwandelte. Creed hörte immer noch das Jaulen von Silvermans Alarmanlage. Er blickte ein letztes Mal die Market Street entlang, sah aber nichts, was sich zu verfolgen lohnte. Er betrachtete seine Pistole, die seine Hand noch umklammerte. Und dann, plötzlich und ganz unerwartet, gaben seine Beine unter ihm nach.

Er taumelte zur nächsten Hauswand und lehnte sich dagegen. Nachdem er die Waffe wieder ins Halfter gesteckt hatte, knöpfte er den Regenmantel über seiner Jacke zu, um nicht nass zu werden. Danach kehrte er im Laufschritt zurück zu Silvermans Laden. Es dauerte keine Minute.

Die Alarmanlage läutete beharrlich, die Tür stand sperrangelweit offen. Die Lampen im Ladeninneren beleuchteten die Straße vor dem Gebäude. »Ist jemand hier drin?«, brüllte Creed. Er wartete ab. »Mr. Silverman?«, rief er dann, noch ein wenig lauter diesmal.

Endlich kam ihm der zündende Gedanke, das Funkgerät vom Gürtel zu nehmen und die Zentrale aufzufordern, die reguläre Polizei zu verständigen. Anschließend trat er mit gezückter Pistole in den erleuchteten, vom Getöse der Alarmanlage erfüllten Laden. Doch nachdem sein Blick auf die Leiche gefallen war, nahm er nichts mehr um sich herum wahr.

Es sah aus, als hielte das Opfer auf dem Fußboden ein Nickerchen, nur mit dem Unterschied, dass seine Arme in einem unnatürlichen Winkel vom Körper weggestreckt waren. Außerdem rann eine bräunlich rote Flüssigkeit unter seinem

Rücken hervor und sammelte sich in einer kleinen Vertiefung im Parkettboden.

Sergeant Inspector Dan Cuneos Gesicht wirkte schwammig, seine Züge waren ausdruckslos, und die faltige Haut ließ darauf schließen, dass er einmal dicker gewesen war. Der dünne, braune Schnurrbart unter der platten Nase trug nicht eben dazu bei, den Eindruck einer merkwürdigen Leere in seinem Gesicht abzumildern. Im Gegensatz dazu hatte er jedoch einen markanten Kiefer, eine tiefe Kinnspalte und ein Filmstarlächeln mit makellosen Zähnen. An diesem Abend hatte er einen schwarzen Rippenrolli an und eine schwarze Tuchhose. Er war ein professioneller und erfahrener Ermittler. Dummerweise jedoch hatte er eine ganze Anzahl von Marotten – nervöse Ticks, nichts Schlimmes, Anstößiges –, aber sein Partner Lincoln Russell – ein hoch gewachsener, schlanker Afroamerikaner und ebenfalls ein alter Hase – fand sie zunehmend unerträglich.

Russell bereitete es Kopfzerbrechen, denn die Situation erinnerte ihn an seine Gefühle für seine erste Frau Monica, kurz bevor er zu dem Schluss gekommen war, dass er sich von ihr scheiden lassen musste, wenn er sie nicht umbringen wollte. Sie war kein schlechter Mensch und auch als Lebenspartnerin nicht zu verachten, doch hatte sie ein schrilles Kichern, das er irgendwann einfach nicht mehr aushielt. Sämtliche Sätze, ja, eigentlich fast alles, was sie sagte, endeten bei ihr mit einem kurzen »hi-hi«, manchmal sogar mit einem »hi-hi-hi«, ganz gleich, um welches Thema es sich auch handelte. Es schien, als wäre ihr jedes Wort, jeder Gedanke und jeder gottverdammte Impuls, spontan etwas von sich zu geben, peinlich.

In den letzten Wochen ihres Zusammenlebens ertappte Russell sich dabei, dass er schon vor Wut kochte, ehe er überhaupt die Eingangstür erreichte, wenn er sich das »Hallo, Schatz, hi-hi« und den keusch hingehauchten Kuss ausmalte. Dann ballten sich seine Hände zu Fäusten.

Er wusste, dass es nicht fair von ihm war. Monica konnte nichts dafür. Wohl hatte er ihr erklärt, wie sehr es ihn störte, und sie höflich darum gebeten, doch ein wenig darauf zu achten, wenn sie es wieder tat, was *praktisch immer* war. Und möglicherweise damit aufzuhören.

»Ich gebe mir Mühe, Lincoln, wirklich, hi-hi. Ach, tut mir Leid, hi…«

Was er an Dierdre, seiner jetzigen Frau, vielleicht am meisten liebte, war, dass sie nie über etwas lachte.

Und nun fing der Kollege, der seit mehr als sechs Jahren sein Partner war, ein verdammt guter Polizist, ein netter Kerl und vielleicht der zweitwichtigste Mensch in seinem Leben, an, ihm genauso auf die Nerven zu fallen wie Monica. Und diesmal hielt Russell es durchaus für wahrscheinlich, dass er tatsächlich gewalttätig werden würde, wenn er es Dan nicht abgewöhnen konnte.

Zum Beispiel heute an diesem scheußlichen Abend. Sie waren zum Tatort eines Mordes gleich am Rand des Tenderloin-Bezirks gerufen worden. Ein alter armer Schlucker, zusammengeschlagen und erschossen. Und weshalb? Wegen ein paar hundert Dollar? Die Ladentür wies keine Einbruchspuren auf. Niemand hatte sich am Safe zu schaffen gemacht. Vermasselter Raubüberfall, lautete Russells erste Theorie. Vermutlich zugedröhnte Junkies, die es nicht geschafft hatten, das Diebesgut abzutransportieren. Es war ein tragischer Anblick gewesen: Offenbar war der Mann seit Ewigkeiten verheiratet – auf dem Schreibtisch stand das Foto einer alten Dame. Bilder von Kindern und Enkelkindern an der Wand. Grauenhaft. Dumm, sinnlos und grauenhaft.

Und da war sein Partner, der aus vollem Hals »Volare« vor sich hin summte. Er summte auch, während der junge Wachmann, Creed, der noch unter Schock stand, seine Aussage machte. Als er den Polizeifotografen, die alles im Laden knipsten, folgte, summte er noch immer. Er summte, während der Assistent des Gerichtsmediziners die Verletzungen in Augenschein nahm. Hin und wieder sang er sogar ein paar Textzeilen auf Italienisch oder Englisch. »Volare, huh-huh, cantare, oh, oh, oh, oh …«

Inzwischen war es halb elf. Sie waren schon seit drei Stunden am Tatort. Als jemand an die Tür klopfte, ging Cuneo hin, um aufzumachen. Und plötzlich begann er, laut zu singen: *»Just like birds of a feather, a rainbow together we'll find.«*

Nun wurde es Russell endgültig zu bunt. »Dan.«

»Was ist?« Er war sich keiner Schuld bewusst.

Russell spreizte die Finger beider Hände und schüttelte den Kopf. »Schluss mit der Musikbegleitung.«

Cuneo sah ihn fragend an, überprüfte dann die Person an der Tür, begriff, nickte und hielt endlich den Mund. Die plötzliche Stille senkte sich über Russell wie ein Vakuum. Der Regen trommelte auf das Dachfenster über ihm.

»Ich bin Wade Panos, Inhaber der Bewachungslizenz für diesen Bezirk.«

Und offenbar kein Waschlappen. Kräftig gebaut, einen Amboss an der Stelle, wo bei den meisten Menschen die Stirn saß, und Augenbrauen wie die Borsten einer Grill-Reinigungsbürste. Durchdringende schwarze Pupillen. »Was dagegen, wenn ich reinkomme?«

Unter seinem Trenchcoat war Panos in Uniform. Theoretisch waren die Lizenzinhaber dazu verpflichtet, ihre Reviere persönlich in Uniform abzuschreiten – doch andererseits konnten Hummeln theoretisch auch nicht fliegen. Aber Panos machte sich wenigstens die Mühe, sich dementsprechend zu kostümieren. Er sah vom Scheitel bis zur Sohle aus wie ein hart arbeitender Polizist.

Cuneo öffnete die Tür. »Kein Problem.«

Panos grunzte etwas zum Dank, drängte sich an Cuneo vorbei und ging nach hinten, wo Silvermans Leiche in einem geschlossenen Leichensack lag. Der Wagen des Gerichtsmediziners stand schon vorn, und man würde den Toten jeden Moment abtransportieren. Aber Panos blieb neben dem Leichensack stehen und beugte ein Knie. »Was dagegen?«

Der Assistent des Leichenbeschauers sah Cuneo, der Panos zur rückwärtigen Tür gefolgt war, fragend an. Der Inspector nickte zustimmend, und der Assistent zog den Reißverschluss auf. Panos schob den Stoff beseite, um Silvermans Gesicht besser betrachten zu können. Ein tiefer Seufzer entfuhr ihm, er ließ den Kopf hängen und schüttelte ihn ein paarmal bedrückt.

»Kannten Sie ihn?«, erkundigte sich Cuneo.

Panos antwortete nicht sofort. Stattdessen seufzte er wieder und richtete sich auf. Dann drehte der Inhaber des Bewachungsunternehmens sich um und bedachte Cuneo mit einem schmerzerfüllten Blick. »Seit vielen Jahren.«

Cuneos Marotten hatten ihre Ursache darin, dass er sich stets voll und ganz konzentrierte. Er war in Gedanken so sehr bei den Einzelheiten eines Tatorts oder eines Verhörs, dass er in eine Art Trance verfiel und gar nicht mehr wahrnahm, wie er sich verhielt. Und dann fingen das Summen, das Gepfeife oder das Klopfen mit den Fingern an.

Nun gesellte sich Panos zu Russell in den vorderen Teil des Ladens. Obwohl sie nebeneinander standen, wechselten sie kaum ein Wort. Inzwischen war die Leiche fortgeschafft worden, und die Spurensicherungsexperten packten ihre Gerätschaften zusammen. Cuneo untersuchte sorgfältig das Büro und gab dabei Auszüge aus »Kanon und Gigue in D-Dur« von Pachelbel zum besten. Er hatte bereits die vom Stromkreis getrennte Videokamera und ein Einschussloch in der Wand entdeckt, das Geschoss sichergestellt und ein paar Fingerabdrücke genommen.

Matt Creeds Schicht war nach der Befragung durch die Polizeibeamten in Silvermans Laden zu Ende gewesen. Nun stand er wieder in der Tür, diesmal mit einem Papptablett voller Kaffeebecher, die er in einem 24-Stunden-Imbiss in der Market Street geholt hatte. Beim Anblick seines Chefs zuckte er zusammen. »Mr. Panos«, sagte er. »Ist alles in Ordnung?«

»Das würde ich nicht behaupten.«

»Nein, ich weiß, so habe ich es nicht gemeint.«

»Schon gut, Creed. Ist der Kaffee für alle?«

Creed warf einen Blick auf seine Hände. »Ja, Sir.«

Ein paar Minuten später waren die Spurensicherungsexperten fort; Panos, Creed und Russell standen in der Tür des Büros, wo Cuneo die Schubladen von Silvermans Schreibtisch durchwühlte und alles, was ihm als mögliches Beweisstück erschien, in verschließbaren Plastikbeuteln verstaute. Inzwischen hatte er zwar zu summen aufgehört, dafür schlürfte er den heißen Kaffee durch die Öffnung im Plastikdeckel des Bechers, und zwar mit einem nervtötenden Geräusch, wie ein Kind, das den letzten Rest seines Milkshakes durch einen Strohhalm saugt.

Als er plötzlich weitere menschliche Wesen bemerkte, blickte er leicht erschrocken auf. Doch er fing sich rasch wieder, schlürfte noch einen Schluck Kaffee und wandte sich an Panos: »Sie sagten, er sei nicht mehr Ihr Kunde gewesen?«

»Nein, aber er war es viele Jahre lang.« Panos nahm auf Silvermans Schreibtisch Platz und blies in seinen Kaffeebecher. »Letzten Sommer musste ich meine Gebühren erhöhen, und da konnte er es sich nicht mehr leisten. Doch ich habe Mr. Creed gebeten, trotzdem ein bisschen aufzupassen.«

Creed nickte. »Bei jeder Runde habe ich vorbeigeschaut.«

Cuneo beugte sich zurück, und der Klappstuhl gab ein knarrendes Geräusch von sich. »Wie genau ging das vonstatten?«

»Ich habe immer mit der Taschenlampe reingeleuchtet.«

»Kostenlos«, ergänzte Panos. »Er hat die Augen offen gehalten.«

»Aber er – Silverman – hat Sie nicht mehr bezahlt?«

»Richtig.«

»Also« – Cuneo beugte sich wieder vor und stützte die Ellenbogen auf die Knie – »warum sind Sie dann hier?«

Die Frage brachte Panos aus dem Konzept. Er schien verärgert zu sein und warf Lincoln Russell, der mit verschränkten Armen auf der Türschwelle stand, einen Blick aus seinen schwarzen Augen zu. Aber Russell zuckte nur die Achseln.

»Der Zwischenfall hat sich während Mr. Creeds Schicht ereignet, weshalb es ihn offensichtlich betraf. Und Creed gehört zu meinen Leuten. Außerdem kannte ich, wie ich bereits sagte, Sam, den Verstorbenen.«

»Doch dieser Laden liegt theoretisch nicht in Ihrem Bezirk? ›Zweiunddreißig‹, richtig?« Cuneo trank wieder einen Schluck Kaffee.

Panos richtete den Oberkörper auf und verschränkte die Arme. »Ja, ›Zweiunddreißig‹, na und?«

Cuneo lehnte sich zurück. »Da der Tote ein Freund von Ihnen und ein ehemaliger Kunde ist, müssten Sie doch mehr über diesen Laden wissen als der normale Mann von der Straße, richtig? Und wenn ja, was, glauben Sie, ist hier wohl passiert?«

Panos atmete geräuschvoll aus. »Darf ich Sie was fragen? Haben Sie oder die Leute von der Spurensicherung hier einen roten Lederbeutel gefunden? Vielleicht in Sams Taschen?«

»Was für einen Lederbeutel?«

Panos hielt die Hände etwa fünfundzwanzig Zentimeter auseinander. »Ungefähr so groß. Sehr alt, vielleicht eher rotbraun als rot.«

Cuneo warf einen Blick auf Russell, der den Kopf schüttelte. »Kein Beutel«, erwiderte Cuneo. »Was ist damit?«

»Kein Beutel bedeutet, dass der Fall klar ist. Das wollte ich damit sagen.«

»Und warum das?«, fragte Russell, der immer noch in der Tür stand.

»Wir sind ganz Ohr«, fügte Cuneo hinzu.

Panos verlagerte sein Gewicht auf dem Schreibtisch und stützte sich auf eine Hand. »Also«, begann er. »Erstens müssen Sie wissen, dass Sam am Donnerstag immer sein Geld zur Bank brachte.«

»Jeden Donnerstag?«, hakte Russell nach.

Panos nickte. »Man konnte die Uhr danach stellen. Alle, die ihn kannten, wussten das. Ich habe ihn selbst oft zur Bank of America begleitet. Das Geld hatte er in dem rotbraunen Beutel. Und der ist jetzt offenbar weg.«

»Also«, meinte Cuneo, »wollte er heute Abend zur Bank, und jemand, der ihn kannte, hat beschlossen, ihm den Beutel abzunehmen?«

»Drei Typen«, verbesserte Creed. »Einer war ziemlich groß.«

»Okay, dann eben drei.« Cuneo summte einen einzigen langen Ton. »Muss wohl ziemlich viel Geld gewesen sein, wenn sie es durch drei teilen wollten.«

»Schon möglich«, erwiderte Panos. »Doch das weiß ich nicht.«

Cuneo beschrieb eine ausladende Geste durch den Raum. »Hat er mit diesem kleinen Laden so gut verdient?«

Panos zuckte die Achseln. »Am Mittwochabend wurde hier Poker gespielt.«

Die beiden Inspectors wechselten Blicke. »Wer?«, fragte Russell.

»Ein paar Jungs. Es war seit vielen Jahren eine feste Runde. Sam hat pro Spiel zehn Dollar einkassiert, außer beim Blackjack, da war er die Bank.«

Russell pfiff leise. »Pro Spiel?«

Panos nickte. »Das war der Einsatz. Pro Spieler und Spiel. Zehn Dollar.«

Schweigen entstand, während jeder nachzurechnen schien. Cuneo summte wieder einen lang gezogenen Ton. »Da ging es um viel Geld«, sagte er. »Dann ist das da der Tisch?«

»Richtig.«

»Wir müssen wissen, wer die Spieler waren«, sagte Russell. »Hat er eine Liste geführt?«

»Das bezweifle ich«, entgegnete Panos. »Wie ich Sam kenne, hatte er alles im Kopf. Aber vielleicht kann ich es für Sie rauskriegen.«

»Dafür wären wir Ihnen sehr dankbar.« Cuneo machte sich Notizen. »Also, die Täter kamen maskiert …«

»Sie waren nicht maskiert«, widersprach Creed. »Nicht, als sie rausrannten.«

»Aber sicher, als sie reinkamen«, meinte Cuneo. »Denn Silverman kannte sie. Und sie kannten ihn und den Laden hier.«

Er wies auf die Überwachungskamera über der Tür. »Zum Beispiel, dass dieses Ding da hängt.«

Panos unterbrach ihn. »Woher wissen Sie, dass sie tatsächlich Masken trugen?«

Cuneo griff in die Tasche und holte einen 4-Liter-Plastikbeutel heraus, in dem er die auf den Boden gefallene Skimaske verstaut hatte.

»Schweine«, sagte Panos.

»Wer?«, fragte Cuneo.

Panos hatte den Kiefer vorgeschoben und die Brauen zusammengezogen. »Vielleicht sind wir schlauer, wenn wir rausgekriegt haben, wer bei dem Spiel dabei war.«

»Richtig«, erwiderte Cuneo. »Aber es handelt sich hier um die Ermittlungen in einem Mordfall. Sie müssen uns nur die Liste der Mitspieler geben, den Rest übernehmen wir.«

Panos nickte. »Einverstanden. Aber ich würde mich freuen, wenn Sie mich auf dem Laufenden halten. Falls Sie Hilfe brauchen, Sams Mörder zu finden, können Sie auf mich zählen.«

3

Nach dem Tod seiner ersten Frau Flo hatte Glitsky einige Jahre lang eine Haushälterin beschäftigt, die auch im Haus wohnte. In Jalisco, Mexiko, geboren, trug sie dennoch den deutschen Namen Rita Schultz. Geschlafen hatte sie im Wohnzimmer der Doppelhaushälfte hinter einem Wandschirm, und sie war mit der Zeit fast ein Familienmitglied geworden. Nach der Hochzeit, als Treya und ihre sechzehnjährige Tochter Raney bei Glitsky und seinem ebenfalls sechzehnjährigen Sohn Orel eingezogen waren, wurde Rita nicht mehr gebraucht, und Glitsky hatte ihr zu seinem Bedauern kündigen müssen.

Doch seit Treya vor acht Monaten wieder ihre Stelle im Büro des Oberstaatsanwalts angetreten hatte, arbeitete Rita – auch wenn sie nicht mehr im Haus wohnte – wieder fünf Tage pro Woche bei den Glitskys und kümmerte sich um das Baby. Vor zwei Monaten waren die beiden großen Kinder ausgezogen, um aufs College zu gehen – Orel nach San Jose State, die Alma Mater seines Vaters, und Raney auf die andere Seite des Kontinents aufs Johns Hopkins, wo sie ein volles Stipendium erhalten hatte und Medizin studieren wollte. Das Baby Rachel wurde aus Abes und Treyas Schlafzimmer ausquartiert und schlief nun in Raneys früherem Zimmer hinter der Küche.

Während des Sommers hatten Abe und Treya das Haus endlich ein wenig aufgemöbelt. Sie hatten den alten, abgenützten grauen Berber-Teppichboden im Wohnzimmer herausgerissen und waren darunter auf ein Parkett aus hellem Holz gestoßen. Dann hatten sie die noch aus den Siebzigern stammende Tapete beseitigt und die Wände in einem weichen toskanischen Gelb gestrichen. Der neue Anstrich des Hauses hatte sie dazu motiviert, sich neue Möbel anzuschaffen. Sie hatten ein modernes braunes Ledersofa gekauft, einen passenden Zweisitzer, ein paar bunte Teppiche sowie einen Couchtisch und zwei Beistelltische aus Rattan. Die vorderen Fenster wurden mit hölzernen Fensterläden ausgestattet.

Das Haus war keineswegs geräumig, und Glitsky wohnte nun schon seit über zwanzig Jahren dort. Doch dank der Veränderungen der jüngsten Zeit fragte er sich manchmal, wenn er in der Morgendämmerung, Rachel auf dem Arm, in das neu gestaltete Wohnzimmer trat, wo er sich befand. Alles schien verändert. Nicht nur ihr Haus – seit den Terroranschlägen eigentlich die ganze Welt –, auch wenn diese neue Realität vermutlich eher psychisch als physisch wahrnehmbar war. Inzwischen waren alle seine Söhne ausgezogen, er hatte seinen alten Job verloren, er führte eine zweite Ehe mit einer jungen Frau, und seit zehn Monaten war er nun Vater einer kleinen Tochter.

Es war wieder einer dieser nachdenklichen Momente. Er stand, Rachel auf dem Arm, am Fenster, und sie blickten gemeinsam auf die vertraute Straße hinaus. Das Gleiche hatte er Dutzende von Malen mit Isaac, Jacob und Orel getan, als sie Babys gewesen waren. Doch mit Rachel tat er es auch, um sich davon zu überzeugen, dass er sich ihr gegenüber genauso verhielt wie gegenüber seinen Söhnen und dass sein Haus kein fremdes Gebiet war.

Er öffnete die Fensterläden und ließ den Blick die Straße entlang bis zu dem Punkt schweifen, wo sie sich mit der Lake Street kreuzte. Der Regen hatte die ganze Nacht über angehalten, doch beim ersten Morgengrauen hatte der Wind endlich nachgelassen. Nun herrschte draußen dichter Nebel, und die hohe Wolkendecke würde sich vermutlich den ganzen Tag oder noch länger halten. Glitsky starrte ins Leere, drückte seine Tochter an sich und tätschelte ihr sanft den Rücken.

Ein Fußgänger erschien an der Kreuzung und bog in seine Straße ein. Obwohl seine Gestalt in einen schweren Regenmantel gehüllt war und der Mann einen Hut mit Krempe tief in die Stirn gezogen hatte, erkannte Glitsky ihn auf Anhieb.

»Was will der Opa denn hier?«, fragte er seine Tochter. Stirnrunzelnd – denn es konnte sich nur um schlechte Nachrichten handeln – beobachtete er, wie sein Vater, die Hände in den Taschen und mit gesenktem Blick, langsam näher kam. Als Nat am Haus angekommen war, ging Glitsky zur Tür und machte auf. Nat stieg schon die Stufen hinauf, den tropfenden Hut in der Hand, einen Fuß schwer vor den anderen setzend.

»Was gibt's?«, erkundigte sich Glitsky.

Sein Vater blieb stehen, ehe er den Treppenabsatz erreichte. Er hob den Blick, ließ jedoch gleichzeitig die Schultern hängen. »Abraham.« Er sprach den Namen seines Sohnes aus, als hätte sich sein Lebensziel mit diesem Wiedersehen erfüllt. Er seufzte auf. »Sam Silverman«, sagte er kopfschüttelnd. »Jemand hat ihn erschossen.«

Nat legte die restlichen Stufen zurück, und Abe trat beiseite, um ihm Platz zu machen. Während Nat seinen Mantel an den Haken neben der Tür hängte, ging sein Sohn, um Treya zu wecken und ihr das Baby zu übergeben. Als er zurückkam, saß sein Vater, die ineinander verschlungenen Hände zwischen den Knien, auf der Kante des neuen Zweisitzers. Ein gebrechlicher alter Mann.

Er war zwar bereits achtzig, doch normalerweise hätte das niemand vermutet. Abe ging vor ihm in die Hocke.

»Hast du überhaupt geschlafen, Dad?«

Nat schüttelte verneinend den Kopf. »Sadie hat mich gegen Mitternacht angerufen. Ich bin sofort zu ihr gefahren.«

»Wie verkraftet sie es?«

Sein Vater hob die Schultern und ließ sie wieder sinken. Das genügte als Antwort. Treya kam, das Baby auf dem Arm, herein. »Und wie verkraftest *du* es, Nat? Möchtest du einen Tee?«

Er blickte auf und zwang sich zu einem Lächeln. »Ein Tee wäre prima«, erwiderte er.

Treya schob sich an ihrem Mann vorbei und setzte sich neben Nat. Rachel streckte ihr winziges Händchen aus, um sein Gesicht zu berühren. Als sie »Opa« sagte, huschte ein Lächeln über sein Gesicht. Treya legte ihm den Arm um die Schultern, lehnte kurz den Kopf an seine Wange, küsste ihn auf die Schläfe und stand wieder auf. »Wir sind gleich zurück.«

Die Männer blickten ihr nach. Dann sah Nat Abe an. »Warum macht jemand so etwas? Ausgerechnet Sam. Sam, der keiner Fliege was zuleide tun konnte.«

Wie oft hatte Abe diesen Satz während seiner Zeit in der Mordkommission nicht schon gehört! Und die Antwort war immer dieselbe: Es gab keinen Grund, keine Erklärung. Also versuchte er auch nicht, etwas darauf zu erwidern. Stattdessen fragte er: »Weißt du, wie es passiert ist?«

»Was erwartest du denn von mir? Ich bin nicht mehr in der Mordkommission.«

»Soll das heißen, dass dich dort alle vergessen haben?«

Die beiden Männer saßen am Küchentisch. Rita war inzwischen eingetroffen, und sie hörten, wie sie Rachel im Wohnzimmer ein Kinderbuch auf Spanisch vorlas. Treya zog sich an, um zur Arbeit zu gehen.

Abe wollte auf keinen Fall so barsch zu seinem Vater sein, aber auch nach vier Monaten auf seinem neuen Posten reagierte er gereizt, wenn die Sprache auf sein Beschäftigungsverhältnis bei der Polizei kam. Er zwang sich zu einem ruhigen Tonfall. »Die Leute erinnern sich zwar noch gut an mich, Dad, aber ich arbeite nicht mehr dort. Es würde aussehen, als wollte ich mich einmischen.«

»Dann mischst du dich eben ein.«

»Und wie stellst du dir das vor?«

»Mach ihnen klar, dass dieser Fall wichtig ist. Dass es Leute gibt, die es interessiert, wer Sam erschossen hat.«

Abe drehte seine Tasse hin und her. »Alle Opfer sind wichtig, Dad. Bei den meisten Menschen, die erschossen werden, gibt es jemanden, dem sie etwas bedeutet haben.«

Nat klopfte dreimal scharf mit dem Zeigefinger auf den Tisch. »Verschon mich mit diesem ›allen ist es wichtig‹, Abraham. Ich kenne deine Geschichten. Der Großteil der Morde wird doch mangels Zeugen ad acta gelegt. Ich weiß, wie bei der Polizei gearbeitet wird, und ich verlange von dir nur, dass du für eine andere Herangehensweise sorgst. Was kann es schaden?«

»Was kann es schaden.«

»Genau das habe ich eben gesagt.«

»Ich habe schon verstanden.« Abe seufzte. »Und was genau soll ich deiner Ansicht nach tun?«

»Einfach am Ball bleiben. Dafür sorgen, dass sie nicht lockerlassen.« Nat legte seinem Sohn die Hand auf den Arm. »Abraham, hör mir zu. Wenn sie sehen, dass es eine Familienangelegenheit ...«

Abe wusste, dass das keine Rolle spielen würde, wenigstens keine große. Die mit dem Fall befassten Inspectors – er kannte nicht einmal ihre Namen – waren entweder fähige Polizisten oder eben nicht, und das bestimmte mehr als alles andere, ob Sam Silvermans Mörder ermittelt und verhaftet werden würde. »Und dann?«, fragte er. »Meinst du, sie würden dann gründlicher suchen?« Er schüttelte den Kopf. »Sie werden so gründlich suchen, wie sie es eben ohnehin schon tun, Dad. Entweder finden sie den Täter oder nicht. So läuft es eben, und damit basta. Es wird nichts daran ändern, wenn ich dazwischenfunke; im Gegenteil, es könnte sogar von Nachteil sein.«

In Nats Augen loderten Ungeduld und Zorn auf. »Also was? Willst du es nicht einmal versuchen? Möchtest du etwa, dass die Schweine, die Sam erschossen haben, ungeschoren davonkommen?«

Abe hatte Mühe, seinen Ärger im Zaum zu halten. »Die Entscheidung liegt nicht bei mir. Es ist nicht mehr mein Job.«

»Ich rede hier nicht von deinem Job; dein Job ist mir egal. Es geht darum, das Richtige zu tun.« Nat holte tief Luft und legte Abe die Hand auf den Arm. »Nur, damit sie Bescheid wissen, dass es wichtig ist, mehr nicht.«

Abe betrachtete die Hand seines Vaters. Seit er in der Lohnbuchhaltung angefangen hatte, hatte er sich kein einziges Mal in der Mordkommission blicken lassen, nicht einmal, um Hallo zu sagen. Allmählich wurde ihm klar, dass seine ablehnende Haltung seinem Vater gegenüber vermutlich eher mit seinen eigenen Dämonen zu tun hatte als mit der Frage, ob er genug Einfluss hatte, um die laufenden Ermittlungen zu beschleunigen. Es konnte ja wirklich nicht schaden. Er berührte die Hand seines Vaters. »Einverstanden«, sagte er. »Aber ich kann dir nichts versprechen.«

»Nein, natürlich nicht, Gott behüte.«

Die Lohnbuchhaltung verfügte über vier Räume, jeder davon sechzehn Quadratmeter groß. Glitsky saß allein in seinem Zimmer. Er nannte einen grünen städtischen Normschreibtisch, vier Holzstühle, einen Computer und einen Drucker (der auch von der restlichen Abteilung benutzt wurde) sein Eigen. Durch die Fenster in der rückwärtigen Wand fiel Tageslicht herein; sie zeigten auf die wie immer idyllische Bryant Street und das Gewerbegebiet im Süden. Die restlichen Wände wurden von nicht zusammenpassenden schwarzen, grauen und grünen Aktenschränken eingenommen; zwischen zwei Schränken stand ein vom Boden bis zur Decke reichendes Bücherregal aus Metall, das von gebundenen Computerausdrucken der Lohnabrechnungen aus den letzten vier Jahren überquoll.

Eine Stunde nach Arbeitsantritt führte Glitsky ein Gespräch mit Jerry Stiles in seinem Büro. Stiles war der leitende Lieutenant des Drogendezernats. Davor war er nach Ansicht vieler Leute der mit Abstand beste Drogenfahnder der Stadt gewesen. Seine Verhaftungsstatistik bestätigte dies ebenso eindrucksvoll wie die Menge des von ihm beschlagnahmten Rauschgifts. Drei Jahre vor seiner Beförderung war er zum »Polizisten des Jahres« gewählt worden. Stiles war achtunddreißig Jahre alt.

Trotz seiner Verwaltungsaufgaben fand er immer wieder einen Anlass, auf die Straße zurückzukehren. Er trug einen ungepflegten Bart und sah aus, als hätte er seine fettigen braunen Locken seit der letzten Footballmeisterschaft nicht mehr gekämmt. Man hätte ihn jederzeit mit einem Penner von der Straße verwechseln können, doch das war eben Berufsrisiko.

Deshalb war Glitskys enges, stickiges Büro nicht unbedingt der geeignetste Ort, um mit ihm zu plaudern.

Das Büro befand sich eine Etage über der Mordkommission im vierten Stock des Justizgebäudes. Glitskys Mitarbeiterstab, der ihn in seiner neuen Aufgabe als Chef der Lohnbuchhaltung unterstützte, bestand aus fünf Verwaltungsangestellten im öffentlichen Dienst, zwei Polizeisergeants auf Teilzeitstellen und einem ständig wechselnden Praktikanten im Rang eines Streifenpolizisten. Eigentlich hatte Glitsky an diesem Vormittag geplant gehabt, nach einem kurzen Zwischenstopp an seinem Schreibtisch in der Mordkommission vorbeizuschauen, solange er noch den nötigen Elan dazu hatte. Doch er hatte auf seinem Stuhl eine Nachricht von Frank Batiste vorgefunden, die besagte, Stiles werde ihn innerhalb der nächsten Stunde aufsuchen. Glitsky und Batiste hatten Stiles' Lage bereits in einem heftigen Wortwechsel erörtert.

Er und Stiles unterhielten sich eine Weile und tauschten die neuesten Nachrichten aus. Sie hatten in der Vergangenheit öfter zusammengearbeitet und sich immer gut verstanden. Außerdem waren sie beide im Dienst angeschossen worden, eine Gemeinsamkeit, die sie zusammenschweißte. Stiles ließ ein paar unflätige Bemerkungen fallen, die deutlich machten, was er von Glitskys Versetzung hielt. Glitsky sagte nichts, doch die Anteilnahme tat ihm gut.

Doch als die Luft im Raum immer strenger zu riechen begann, beschloss Glitsky, aufs Thema zu kommen. Er ging um den Schreibtisch herum, versuchte, die Fenster zu öffnen – erinnerte sich wieder daran, dass sie hermetisch abgeriegelt waren –, und setzte sich erneut. »Also«, begann er, »tut mir Leid, dass du nach deiner Schicht herkommen musstest.«

»Hey.« Ein Achselzucken. »Ich mache sowieso Überstunden. Also bin ich sowieso im Haus, kein Problem. Was ist denn los?«

»Witzig, dass du darauf zu sprechen sprechen kommst …«

»Die Überstunden? Meckert schon wieder jemand wegen meiner Überstunden rum?« Stiles richtete sich auf seinem Stuhl auf, und seine Augen funkelten zornig. »Die können mich mal am Arsch lecken.«

»Tja …« Diesen bürokratischen Schwachsinn hasste Glitsky an seinem neuen Posten am meisten. »Ich gebe die Nachricht bloß weiter, Jerry, auf Anweisung von oben. Ich schreibe übrigens keinen Bericht über dieses Gespräch.«

»Scheiß drauf. Als ob mich das kratzen würde. Wer hat dir denn die Anweisung gegeben? Nur so aus Neugier.«

»Das spielt keine Rolle.«

»Schon gut. Was, glaubst du, ist zurzeit bloß mit Frank los?«

»Keine Ahnung. Vielleicht wird er erwachsen.« Glitsky hatte keine Lust, sich über Batiste zu unterhalten. Er nahm einen Computerausdruck von dem Stapel, der vor ihm lag, warf einen Blick darauf, drehte ihn um und schob ihn über den Tisch.

Kampfbereit beugte Stiles sich vor und griff danach. Als er sprach, hallte seine Stimme laut in dem kleinen Raum wider. »Und wie soll ich das verstehen? Erwarten die, dass ich meine Jungs auffordere, jede Nacht loszuziehen, ihr Leben zu riskieren, sich mit Abschaum abzugeben und zu stinken wie eine Kloake – und das alles kostenlos?«

Glitsky hatte die Ellenbogen auf den Tisch gestützt. Er legte kurz die Fingerspitzen vor dem Mund aneinander und wies dann auf den Ausdruck. »Die Überstunden deiner Abteilung liegen mehr als zwanzig Prozent über den amtlichen Richtlinien.« Er hob den Blick und sah seinen Kollegen an. »Ich wurde gebeten, dich darauf aufmerksam zu machen.« Obwohl Glitsky Schimpfwörter eigentlich vermied, wäre er angesichts dieses Schwachsinns beinahe der Versuchung erlegen. »Und das habe ich hiermit erledigt.«

»Gut. Und was jetzt?« Stiles starrte noch ein paar Sekunden auf den Ausdruck. »Im Drogendezernat arbeiten wir *nachts*, Abe. Nachts erwischen wir böse Jungs, und der Staatsanwalt stellt sie *tagsüber* vor Gericht. Ziemlich häufig an einem Tag nach einer Nachtschicht. Und da werden wir vorgeladen und müssen auch erscheinen, das ist der Grund für unsere Überstunden. Wir sind die gottverdammten Hauptbelastungszeugen. Ohne uns gibt es keinen Prozess. Kapiert? Was also erwarten die von uns?« Doch Stiles rechnete nicht mit einer Antwort, er wollte nur seinem Ärger Luft machen. »Nachts arbeiten wir deshalb, weil der Abschaum um diese Zeit aus seinen Löchern kriecht. Um diese Zeit kaufen sie ihren Stoff, drehen ihre Dinger und tragen ihre Kämpfe aus. Tagsüber ist tote Hose!« Stiles drehte sich auf seinem Stuhl um, stand auf, setzte sich wieder und blickte finster über den Schreibtisch hinweg.

Glitsky hüllte sich in Schweigen wie ein Buddha.

Stiles redete sich immer mehr in Rage. »Wenn die den Jungs keine Überstunden bezahlen wollen, sollen sie eben nächtliche Gerichtsverhandlungen einführen. Natürlich wäre dann niemand mehr auf der Straße, der die Arbeit macht. Wir könnten die Dreckschweine auch bitten, ihre Geschäfte zwischen acht und fünf abzuwickeln, also während der Bürozeiten.« Er fuhr sich mit der Hand über die Stirn und schüttelte ungläubig den Kopf. »So eine Scheiße, ich fasse es nicht.«

Glitsky beugte sich ein Stück vor. »Vielleicht solltest du dein Anliegen dem Polizeichef vortragen, Jerry. Oder du weist deine Jungs an, nur noch tagsüber zu arbeiten.«

»Dann würden wir niemanden mehr erwischen.«

»Doch deine Einheit würde sich an die Haushaltsvorgaben halten, und das ist doch das Wichtigste, oder? Wen interessiert schon die Kriminalität?« Glitsky sah nicht aus, als ob er scherzte.

Stiles schwieg eine Weile. »Abe, wir sind bei der *Polizei*! Was denken diese Witzbolde sich eigentlich dabei?«

Nachdem Stiles fort war, stand Glitsky auf, umrundete seinen Schreibtisch und spähte ins Zimmer nebenan. Zwei seiner Sachbearbeiterinnen – Mercedes und Jacqueline – saßen in etwas vertieft an ihren Schreibtischen vor ihren Computern. Als er sich in der Tür räusperte, hob Jacqueline nicht einmal den Kopf; offenbar war sie in ihrem Liebesroman an einer besonders pikanten Stelle angelangt. Doch Mercedes blickte von ihrem Kreuzworträtsel auf und strahlte Glitsky an. »Lieutenant, neun Buchstaben. Beiname von Jackson. Endet mit einem L.«

Er brauchte nur knapp zehn Sekunden. »Stonewall.«

»Genau! Stonewall. Ich habe immer an Michael gedacht, aber das hat nur sieben Buchstaben. Stonewall. Andrew, richtig? Sie sind spitze, Lieutenant.« Sie warf Jacqueline einen Blick zu. »Stonewall«, sagte sie.

Ihre Kollegin nickte. »Hmmmm.«

Glitsky wies auf den Flur. »Ich muss etwas erledigen. Könnt ihr Mädels die Stellung halten?«

Doch Mercedes hatte sich wieder über ihre Zeitung gebeugt, füllte sorgfältig die Kästchen aus; sie schien es gar nicht zur Kenntnis zu nehmen, als er hinausging.

Eine Etage tiefer lag der Ort, der all die Jahre lang sein zweites Zuhause gewesen war. Schon seltsam, wie nah sich die Mordkommission bei seinem momentanen Büro befand, wo nie etwas von Bedeutung geschah und auch nie etwas geschehen würde. Vermutlich trennten die Abteilungen nicht mehr als zwanzig Meter, und dennoch waren es zwei verschiedene Welten.

Als er mitten in dem vertrauten Raum stand, war er erstaunt, wie wenig sich hier in den anderthalb Jahren seit seinem letzten Besuch verändert hatte. Wie immer an einem Vormittag während der Woche war niemand da. Einige Beamte ermittelten in verschiedenen Fällen, andere waren bei Gericht oder – was immer häufiger vorkam – wegen Urlaub, angeblicher Krankheiten, Fortbildungsseminaren oder aus einem Dutzend anderer Gründe nicht erschienen. Jemand hatte die voll funktionstüchtige Verkehrsampel von Braccos Schreibtisch entfernt und sie an die Decke gehängt. Ein bodenlanges Poster, das das World Trade Center im Augenblick des zweiten Flugzeugaufpralls darstellte, klebte an der Säule hinter Marcel Laniers Schreibtisch. Die alte Pinnwand daneben – früher reserviert für die abstoßendsten und drastischsten Tatortfotos – war mit einem Osama-bin-Laden-Thema umgestaltet worden: Die mit Pinnadeln angebrachten E-Mail-Ausdrucke zeigten, wie der Terrorist auf vielfältige Weise – mit verschiedenen Waffen und auch Tieren – sexuell missbraucht wurde.

Ansonsten war die Raumdekoration mehr oder weniger dieselbe geblieben. Ebenso wie der Geruch, doch zumindest wusste Glitsky, woran das lag: Wie immer hatte der Letzte, der ging, die Kaffeemaschine angelassen, sodass der Rest am Boden der Kanne zu Kohle verschmort war. Automatisch steuerte Glitsky darauf zu, vergewisserte sich und schaltete das Gerät ab.

»Kann ich Ihnen helfen?«

Als er die Stimme hörte, richtete sich Glitsky auf und drehte sich um. Der Lieutenant war lautlos aus seinem Büro gekommen. Vielleicht war Glitsky ja auch von den vielen Eindrücken abgelenkt gewesen. Jedenfalls fühlte er sich für einen Sekundenbruchteil, als wäre er in einen Hinterhalt geraten, obwohl das ganz sicher nicht die Absicht des Mannes gewesen war.

Es handelte sich um Barry Gerson. Glitsky erkannte das Gesicht sofort von den Zeitungsfotos, die er hatte betrachten dürfen, als die Ernennung bekannt gegeben worden war. Er war zehn Jahre jünger als Glitsky und somit auch kein Teenager mehr. Gerson hatte einen kleinen Bauchansatz und neigte zu Hängebacken, ansonsten war er nicht gerade fettleibig.

Hier in seinem Territorium machte er den entspannten Eindruck eines Menschen, der alles im Griff hat. Er lächelte, wenn auch nur der Form halber »Sie sind bestimmt Abe Glitsky.«

»Ich bekenne mich schuldig.«

»Mir war gar nicht klar, dass Sie schon wieder im Dienst sind.«

»Schon seit vier Monaten.« Glitsky gab sich zurückhaltend. Er wies zur Decke. »Lohnbuchhaltung, dort wo das Leben tobt.«

Gerson schmunzelte. »Ist man Ihnen auch mit diesem Mist gekommen, Sie müssten in den verschiedenen Abteilungen Verwaltungserfahrung sammeln?«

Ein Nicken. »Und ich werde dadurch ein besserer Polizist. Das spüre ich jeden Tag.«

»Ich auch«, erwiderte Gerson und fügte, ein wenig ernster, hinzu: »Tut mir Leid, dass ich der böse Bube war.«

Glitsky zuckte die Achseln. »Jemand musste es ja sein. Nicht Ihre Schuld.« Dann sagte er: »Mir sind noch keine Klagen zu Ohren gekommen, auch wenn ich nicht behaupten kann, dass ich viel von früheren Kollegen gehört hätte.«

Gerson neigte den Kopf zur Seite, als überraschte ihn diese Anmerkung. Das Lächeln hätte weniger gekünstelt sein können. »Nicht einmal von Lanier?«

Die Frage kam nicht sehr überraschend. Marcel Lanier war ein altgedienter Inspector bei der Mordkommission und hatte vor gut zwei Jahren die Prüfung zum Lieutenant abgelegt. Es war kein Geheimnis, wie sehr er darauf brannte, Glitskys Nachfolger zu werden. Er hatte sogar einige angebotene Gelegenheiten abgelehnt, verschiedene Erfahrungen in der Verwaltung zu sammeln, und stattdessen lieber auf den Posten in der Mordkommission gewartet. Und dann war ihm Gerson vor die Nase gesetzt worden. Wie Glitsky war auch Lanier mit der Mordkommission verheiratet. Und durch seine Weigerung, sich versetzen zu lassen, noch ehe er die Gelegenheit gehabt hatte, sich dort als Lieutenant zu bewähren, hatte er sich in der Chefetage unbeliebt gemacht. Allerdings hatte

Glitsky schon seit über sechs Monaten nicht mehr mit ihm gesprochen.

»Keine Silbe«, meinte er zu Gerson. »Hatten Sie Schwierigkeiten mit ihm?«

Der Lieutenant schien zu überlegen, was er darauf antworten sollte. Dann schüttelte er den Kopf. »Nein, er ist schon in Ordnung.« Und dann schien er plötzlich genug von dem einleitenden Geplänkel zu haben. »Also, was kann ich für Sie tun?«

Zwei Stunden nach seinem Gespräch mit Gerson saß Glitsky in einem fensterlosen Raum in der Lohnbuchabteilung. Es war ziemlich eng hier, da das Zimmer nicht nur bergeweise Papiere und allen möglichen Krimskrams, sondern auch die Schreibtische von zwei Mitarbeitern beherbergte. Die beiden Inhaber des Büros hatten nur selten gleichzeitig Dienst, sodass ein Schreibtisch eigentlich genügt hätte. Allerdings kam niemand auf die Idee, den zweiten Schreibtisch zu entfernen, um mehr Platz zu schaffen. Denn das hätte natürlich zur Folge gehabt, dass die beiden Mitarbeiter nicht mehr über einen jeweils eigenen Schreibtisch verfügt hätten – was eine untragbare Demütigung gewesen wäre. Und offenbar war der Stolz auf den eigenen Schreibtisch nur eines in einer Reihe ähnlich bedeutsamer Themen, mit denen man sich in dieser Abteilung auseinander setzen musste.

Glitsky hatte sich mit Deacon Fallon in dieses Büro zurückgezogen, denn dieser hatte wieder einmal Schwierigkeiten mit Jacqueline, der Liebesromanexpertin aus dem Büro auf der anderen Seite des Flurs. Da Fallon Polizeisergeant war, hatte er einen besseren Stundenlohn als Jacqueline. Trotz seiner Teilzeitstelle bildete er sich aus irgendwelchen Gründen ein, ihr Vorgesetzter zu sein, denn schließlich war sie nur eine einfache Sachbearbeiterin und aus dem Schreibbüro einer anderen Behörde hierher versetzt worden. Inzwischen jedoch arbeitete sie bereits seit fünf Jahren – also drei Jahre länger als Fallon – in der Lohnbuchhaltung, und zwar auf einer Ganztagsstelle.

Fallon war Anfang vierzig. Seine Frau bekleidete eine gehobene Stellung in der »Privatwirtschaft«, wie er gern betonte. Mit Unterstützung der Polizeigewerkschaft hatte er eine Abmachung mit der Stadtverwaltung getroffen, sodass Deacon häufig zu Hause bei den Kindern bleiben konnte. Da er nun schon seit zwanzig Jahren bei der Polizei war, hätte er, ausgestattet mit einer Pension, in den Ruhestand gehen können. Doch schließlich gab es ja diese Teilzeitstellen, mit denen sich die auf die Altersbezüge anrechenbare Zeit um ein Jahr für je zwei Jahre im Dienst erhöhen ließ. Was Deacon für ein gutes Geschäft hielt.

Glitsky saß auf der Ecke von einem der beiden Schreibtische und lehnte sich mit verschränkten Armen zurück. Es war ihm langweilig, und er hatte Schwierigkeiten, sich zu konzentrieren. Plötzlich merkte er, dass Fallon – der beim Reden vor ihm auf und ab tigerte – offenbar eine Antwort von ihm erwartete. »Verzeihung, wie bitte?«

Fallon seufzte. »Jacqueline. Sie sagt, dass sie schon immer zwischen zwölf und eins zu Tisch gegangen ist, obwohl wir wissen, dass das nicht stimmt; sie meint, sie hat es nicht nötig, etwas daran zu ändern. Aber Cathy und ich ...«

»Cathy?«

»Meine Frau.«

»Ah ja.«

»Also Cathy und ich haben uns für diesen sechswöchigen Webdesign-Kurs angemeldet. Ich weiß, ich weiß, aber es handelt sich um die neuesten Entwicklungen im Internet, glauben Sie mir. Das wird ein großer Renner. Die geschäftlichen Möglichkeiten sind gigantisch, Abe, Sie sollten sich vielleicht selbst mal damit befassen, die Chancen sind ...« Als er sah, wie wenig Begeisterung er mit diesem Thema bei Glitsky weckte, verstummte er. »Jedenfalls findet der Kurs zweimal wöchentlich statt, und zwar am Dienstag und am Donnerstag um zwölf Uhr mittags.«

»Was sich zufällig mit Ihrer Arbeitszeit überschneidet.«

»Richtig. Das heißt, ich habe ja eine Stunde Mittagspause,

was völlig ausreicht. Jede Unterrichtseinheit dauert fünfundvierzig Minuten.« Glitsky wusste genau, worauf Fallon hinauswollte: Wenn er zwanzig Minuten früher ging, eine halbe Stunde zu spät zurückkam und dann sein Mittagessen am Schreibtisch verzehrte, konnte er den Kurs in diese »Stunde« hineinquetschen. Sicherlich wurde niemand ein Wort über diesen Missbrauch von Pausenzeiten verlieren, denn schließlich war es nur eine der kleinen Vergünstigungen für Leute, die bereit waren, für ihre Mitmenschen ihr Leben zu riskieren. »Aber es muss zwischen zwölf und eins sein, und Jacqueline weigert sich zu tauschen.«

Erwartungsvoll sah er Glitsky an, der noch immer in der gleichen Position dasaß. Seine Körperhaltung war entspannt, die Arme hatte er weiterhin vor der Brust verschränkt. Er wirkte, als dächte er angestrengt nach.

»Abe?« Keine Antwort. »Ich meine, schließlich will ich mich deshalb nicht an die Gewerkschaft wenden müssen.« Er versuchte eine andere Taktik. »Vielleicht könnten Jacqueline und ich ja auch gleichzeitig Pause machen; es sind ja nur sechs Wochen.«

Schließlich holte Glitsky tief Luft und blickte sein Gegenüber an. »Als ich hier anfing, habe ich in Ihrer Akte gelesen, dass Sie am liebsten zwischen eins und zwei Mittag machen. Soweit ich infomiert bin, war Jacqueline damals bereit, auf zwölf zu wechseln, damit das Büro immer besetzt ist.«

»Ja.« Dass seine Kollegin sich bereits früher kompromissbereit gezeigt hatte, schien bei Fallon keinen großen Eindruck hinterlassen zu haben. »Aber das war, bevor dieser Kurs anfing, und ich bin schließlich hier der Sergeant. Außerdem hat sie doch nichts Wichtiges vor, sondern trifft sich bloß mit ihren Freundinnen. Und verdammt, es sind doch nur sechs Wochen …«

Später erzählte Glitsky Treya, nur ein Klopfen an der Tür habe ihn vor einer Anzeige wegen schwerer Körperverletzung, wenn nicht sogar wegen Totschlags bewahrt. Es war Mercedes, die meldete, Frank Batiste sei am Apparat und wolle sofort mit ihm sprechen. Er bedankte sich bei ihr, rutschte von der Schreibtischkante und eilte aus dem Zimmer, ohne Fallon auch nur eines Blickes zu würdigen.

Es regnete unvermindert weiter. Glitsky erschien das leichte Nieseln stärker, als es eigentlich war, da er nicht vorgehabt hatte, das Gebäude zu verlassen, und deshalb keine Jacke trug. Batiste hatte ihn beim Aufzug erwartet, dann schritten sie wortlos weiter zum Haupteingang des Justizgebäudes und hinaus auf die Straße.

»Wohin gehen wir?«, fragte Glitsky auf der Vortreppe.

»Ich dachte, zu Lou. Einverstanden?« Batiste beschleunigte seinen Schritt, sodass Glitsky nichts anderes übrig blieb, als ihm rasch über die Bryant Street und die Treppe hinunter ins Souterrain unter dem Kautionsbüro zu folgen. Dort betrieb Lou der Grieche schon seit mehr als dreißig Jahren die beliebteste Stammkneipe für die Hüter von Recht und Gesetz. Die letzten Mittagsgäste beendeten gerade ihre Mahlzeit, sodass die beiden sofort einen Tisch unter einem der hoch liegenden Fenster bekamen, die unmittelbar oberhalb des Rinnsteins auf eine Seitengasse zeigten.

Lou, der nicht gerade von Schüchternheit geplagte, redselige Wirt, kannte jeden Mitarbeiter im Justizgebäude beim Vornamen. Er erschien am Tisch, bevor sie noch richtig Platz genommen hatten, und offerierte ihnen ein einmaliges Sonderangebot: die beiden allerletzten Portionen einer der außergewöhnlichen kulinarischen Schöpfungen aus der Küche seiner Frau. „Reispfanne Athen: Schweinegeschnetzeltes, Rührei, ein bisschen Sojasauce, glaube ich, Gurken und Taramosalata. Die anderen Gäste waren ganz aus dem Häuschen.«

»Taramosalata«, meinte Glitsky. »Das ist doch Fischeierpaste.«

Lou grinste. »Das habe ich Chui auch gesagt, aber deshalb ist sie ja so ein Genie. Mit Taramosalata ist es wie mit Sardellen – man gibt sie nur des Aromas wegen dazu, aber man schmeckt sie gar nicht richtig.«

»Ich wette, ich würde es schmecken«, erwiderte Glitsky.

»Klingt fantastisch, Lou«, sagte Batiste. »Aber ich glaube, wir möchten lieber nichts essen. Danke.«

Nachdem Lou sich fünf Schritte entfernt hatte, um ihre Bestellung – Tee und Kaffee – weiterzugeben, ergriff Glitsky das Wort: »Es geht doch bestimmt nicht um Jerry Stiles und die Überstunden in seiner Abteilung?«

Batiste sah sich in alle Richtungen um. Obwohl niemand in Hörweite war, beugte er sich über den Tisch. »Ich fand, es wäre vielleicht gut, wenn wir beide uns mal unterhalten, Abe. Nur du und ich, von Mann zu Mann. Schließlich dachte ich, dass wir alte Freunde sind.«

Glitsky fand, dass jemand, der einen Kollegen als Freund betrachtete, ihn nicht während der Arbeitszeit zu einer ernsthaften Unterredung zitierte. Aber er nickte. »Das mit dem ›denken‹ kannst du weglassen, Frank.«

»Gut.« Batiste verschränkte die Hände auf dem Tisch. »Ich weiß, dass du von deinem neuen Posten nicht unbedingt begeistert bist. Und ich kann das sehr wohl verstehen. Vor meiner Versetzung in die Mordkommission habe ich ein Jahr in der Personalabteilung verbracht, also weiß ich, was du durchmachst. Wie lange ist es nun schon, zwei Monate?«

»Vier, aber die Zeit vergeht wie im Fluge.«

Ein mitleidiger Blick. »So lange schon?« Batiste seufzte. »Tja, nicht dass du denkst, ich hätte dich da oben vergessen. Die restliche Verwaltung übrigens auch nicht. Es wird nicht ewig dauern.«

»Kommt mir aber bereits so vor.« Glitsky bemühte sich um ein Grinsen. Er wollte, dass das Gespräch locker und freundlich blieb.

»Ich kann mir denken, dass es sich für dich so anfühlt, aber ich halte Ausschau nach einer Möglichkeit, dich da rauszuholen. Nach einer Stelle im gleichen Dienstrang oder eine Stufe höher. Vielleicht kannst du irgendwann sogar zurück in die Mordkommission.«

»Das sind gute Nachrichten, Frank. Danke.«

Lou erschien mit den Getränken, doch auch nachdem er wieder fort war, herrschte eine Zeit lang Schweigen. Der Regen trommelte jetzt stärker gegen die Fensterscheiben, und beide Männer schienen dem Geräusch zu lauschen. Batiste gab ein wenig Zucker in seine Tasse und rührte nachdenklich um. Glitsky blies in seinen Tee.

Endlich nahm Batiste den Faden wieder auf. »Ich versuche nur, dir klar zu machen, dass es sich lohnen wird, wenn du noch eine kleine Weile durchhältst. Du hast viele Fürsprecher, Abe. Du warst ein Held, und nun erträgst du der Mannschaft zuliebe, dass deine Talente so … so verschwendet werden. Glaube nicht, dass das niemandem auffällt.«

»Nun, das freut mich«, entgegnete Glitsky.

»Ich meine das wirklich ernst.«

»Ja, natürlich.« Glitsky stellte die Tasse ab und fixierte sein Gegenüber. »Warum höre ich dann noch ein ›aber‹?«

Batiste verzog das Gesicht zu einem Lächeln. »Könnte das deinem sorgsam gepflegten und wohlverdienten Ruf als Zyniker zuzuschreiben sein?«

Glitsky brachte ein ähnliches Lächeln wie Batiste zustande. »Könnte. Doch ich vermute eher, dass Gerson mit dir gesprochen hat.«

Eine kurze Pause, dann ein Nicken. »Möglicherweise.«

Glitsky seufzte tief auf und drehte seine Tasse auf dem Tisch. Er hasste es, Erklärungen abgeben und sich rechtfertigen zu müssen. Seine Stimme klang mühsam beherrscht. »Silverman, das Opfer, war der beste Freund meines Vaters, Frank. Ich habe Barry lediglich gebeten, mich auf dem Laufenden zu halten. Ganz zwanglos.«

»Das habe ich auch gehört.« Batiste, das Sinnbild der Unschuld, breitete die Hände aus. »Er hat es auch nicht als Beschwerde formuliert. Es kam nur während eines Mittagessens zur Sprache.«

Glitsky nickte, etwas beschwichtigt. »Meinetwegen. Aber wo liegt das Problem?«

»Ich sage es dir als dein Freund und wiederhole nur das,

was ich vorhin gemeint habe. Für sich allein betrachtet, hat es nichts zu bedeuten. Hey, du hast dich erst einmal eingemischt. Es war immerhin der Kumpel deines Vaters. Wer hätte dafür kein Verständnis?«

»Genau, das erste Mal. Seit vier Monaten bin ich wieder hier, und dann schaue ich ein einziges Mal in der Mordkommission vorbei ...«

Batiste streckte die Hand über den Tisch und berührte die von Glitsky. »Du hörst mir zwar zu, Abe, aber du verstehst mich nicht. Es ist kein Problem. Wirklich nicht. Weder für Barry noch für mich.« Er zog die Hand zurück. »Ich spreche nur von der Zukunft. Du solltest ein wenig vorsichtiger sein. Schließlich möchtest du nicht, dass die Leute – und nicht nur Barry – falsche Schlüsse ziehen. Sonst nichts. Manche Menschen sind eben empfindlich. Du weißt doch bestimmt, was ich meine.«

»Das Gleiche habe ich heute Morgen meinem Vater erklärt.«

»Also. Siehst du?«

»Okay. Und dennoch habe ich mir gedacht, dass es nichts schaden könnte, wenn ich mir die Informationen aus erster Hand besorge. Ich hab die Karten vor Barry auf den Tisch gelegt. Ich möchte weder ihm noch sonst jemandem den Ast absägen.«

»Das unterstellt dir auch niemand.«

»Genauso gut hätten Lanier, Thieu, Evans« – alles Mitarbeiter der Mordkommission – »meine Fragen beantworten können. Aber ich wollte nicht hinter Barrys Rücken Erkundigungen einziehen.« Wie ihn diese Erklärungen anstrengten! »Ich dachte, wenn es meinen Dad beruhigt, ist schon etwas gewonnen.«

»Ich verstehe dich, Abe, wirklich. Ebenso gut wie ich verstehe, dass du die Mordkommission zurückhaben möchtest. Doch ich wäre kein Freund, wenn ich dir nicht deutlich sagen würde, dass das nicht die richtige Methode ist.«

»Das habe ich doch gar nicht beabsichtigt.«

»Ja, das glaube ich. Doch ich will, dass zwischen uns eines klar ist: Ich versuche gerade, deine Karriere ein wenig zu beschleunigen, und es wäre gar nicht hilfreich, wenn du mir dazwischenpfuschst.«

Glitsky schüttelte den Kopf. »Warum einfach, wenn es auch kompliziert geht, nicht wahr, Frank? Aber jetzt mal ehrlich: Ich bin wirklich bereit für einen anderen Posten.«

»Ich tue mein Bestes, Abe, Ehrenwort.« Er leerte seine Kaffeetasse. »Glaubst du, du hältst noch ein paar Monate durch?«

Glitsky stellte ebenfalls die Tasse ab. »Wenn mit ›ein paar‹ nicht viel länger als vier gemeint sind.«

4

Die beiden Inspectors Dan Cuneo und Lincoln Russell hatten eine lange Nacht hinter sich, die erst bei Morgengrauen endete, sodass sie erst gegen zehn Uhr morgens im Büro erschienen. Bei ihrem Eintreffen stellten sie fest, dass sie nach nur sechs Wochen auf wundersame Weise das positive Ergebnis eines DNS-Tests erhalten hatten, der im Zusammenhang mit einem noch ungeklärten Sexualmord stand. Deshalb war ihr erstes Ziel der Videoverleih – wo Shawon, der Verdächtige, arbeitete –, um ihm Handschellen anzulegen. Nachdem sie die Verhaftungsformalitäten hinter sich gebracht hatten und endlich Zeit für Wade Panos erübrigen konnten, war es schon eine Stunde vor Einbruch der Dunkelheit. Was aufgrund des steten Regens auch keinen großen Unterschied machte.

Panos' Firmenzentrale befand sich nicht in der Innenstadt im Bezirk zweiunddreißig, sondern ein paar Kilometer weiter südlich in einem Niemandsland aus kaum genützten Piers und mehr oder weniger aufgegebenen Lagerhäusern, die die Bucht unterhalb des China Basin säumten. Das Viertel gehörte zum Bezirk dreiundsechzig. Es schien Lichtjahre entfernt von den luxuriösen Bootshäfen, wie sie unweit der Bay Bridge beim auf Hochglanz polierten Embarcadero und dem PacBell Park entstanden waren.

Cuneo parkte am Randstein direkt vor dem eingeschossigen Quader mit Flachdach und überprüfte noch einmal die

Adresse. »Ich bewundere Menschen, die kein Geld für Festkosten verschwenden«, meinte er. Weder die einsame Glastür noch das große Panoramafenster ließen erkennen, was sich dahinter befand, denn die Scheiben waren mit schwarzen Rollos versehen. An der Wand neben der Tür wiesen grün angelaufene Messingbuchstaben das Gebäude als den Sitz von WGP Ente_p_ises, Inc. aus. Cuneo sah seinen Partner an. »Offenbar hat der Roto-Rooter ein paar ›r‹ gebraucht und sie geklaut.«

Russell hatte keine Ahnung, wovon er sprach, und auch keine Lust, es herauszufinden. Er stieg aus und folgte Cuneo ins Gebäude. Es war viel geräumiger, als es von außen den Eindruck machte. Von einem Flur hinter dem gut ausgestatteten Empfangstisch gingen einige Büros ab. Eine hübsche dunkeläugige junge Frau, die einen dicken weißen Pulli mit Schalkragen trug, sah von ihrer Computertastatur auf und fragte lächelnd: »Kann ich Ihnen helfen?«

»Das können Sie wirklich.« Cuneo ließ die Zähne aufblitzen.

Energisch schob Russell sich an seinem Partner vorbei und zeigte seinen Dienstausweis vor. »Wir sind von der Mordkommission und haben gestern Abend in Mr. Silvermans Pfandleihe mit Mr. Panos gesprochen. Er erwartet uns.«

»O ja. Sie sind die Herren, die vorhin angerufen haben.«

»Tja, zumindest einer von uns«, erwiderte Cuneo und fügte zur Erläuterung hinzu: »Ist ein Herr.«

»Schön zu hören. Die werden nämlich immer knapper.«

Er hielt ihr die Hand hin. »Inspector Dan Cuneo. Und das ist Inspector Russell, Vorname überflüssig.«

Sie ergriff seine Hand. »Liz Ballmer. Nett, Sie kennen zu lernen.« Sie warf Russell einen Blick zu. »Sie beide natürlich.« Ihr Lächeln verflog, und sie schluckte nervös. »Ich sage Bescheid, dass Sie da sind.«

Es war ein eindrucksvolles, wenn auch nüchtern eingerichtetes Büro. Anstelle von Fenstern waren dicht unter der Decke Glasbausteine angebracht, die in dem Couchtisch vor dem Ledersofa ihre Entsprechung fanden. Die restliche Möblierung – ein paar Sessel und ein Zweisitzer – bestand aus Chrom und Leder. Eine Wand war fast vollständig von gerahmten Fotos in einem Passepartout bedeckt, die Panos mit verschiedenen Prominenten – dem Bürgermeister von San Francisco, dem Polizeichef, beiden Senatoren, einigen Rockstars und anderen Berühmtheiten – zeigten.

»Die waren hier«, sagte Panos. »Alle.«

Cuneo warf einen Blick auf die Liste der Pokerspieler von Silvermans Runde. Er saß neben Panos' gewaltigem Schreibtisch und klopfte mit zwei Fingern die Titelmelodie von *Bonanza* vor sich auf den Couchtisch. »Sogar mit Adressen«, meinte er. »Sehr schön.«

Panos nickte. »Ich dachte, ich spare Ihnen das Herumgerenne.« Wie am vergangenen Abend trug er Uniform. Dampf stieg aus einer großen Kaffeetasse, die rechts neben ihm auf dem Beistelltisch stand. »Einer der Mitspieler – Nick Sephia« – er zeigte mit dem Finger auf einen Namen –, »das ist mein Neffe. Er hat auch für mich gearbeitet.«

»Seit wann ist Poker denn legal?«, fragte Russell.

»Kennen Sie jemanden bei der Sitte, der sich damit rumärgern will?«, gab Panos zurück. »Von denen spielen doch viele selbst. Jedenfalls kennt Nick alle Jungs von der Mittwochsrunde, also die fünf, sechs, wenn man ihn mitzählt. Heute ist offenbar Ihr Glückstag.«

Cuneo hörte auf zu klopfen. »Warum?«

Panos trank einen Schluck Kaffee. »Weil Sie so nicht mit jedem einzeln reden müssen.«

Russell rutschte zur Sofakante vor. »Und wie ließe sich das vermeiden?«

»Sie fangen mit John Holiday an. Je von ihm gehört?«

Cuneo schüttelte den Kopf. »Ist der nicht in Tombstone gestorben?« Dann: »Warum hätte ich von ihm hören sollen?«

»Er ist vor kurzem mit dem Gesetz in Konflikt geraten. Es stand sogar in der Zeitung.«

»Was hat er denn angestellt?«, fragte Russell.

»Er besaß einmal eine Apotheke. Holiday Pharma. Klingelt da bei Ihnen was?«

Cuneo sah Russell fragend an und zuckte die Achseln. »Nö«, antwortete er. »Was war damit?«

»Er hatte die Angewohnheit, Rezepte entgegenzunehmen, ohne sich darum zu kümmern, ob sie auch die Unterschrift eines Arztes trugen. Als Beweismaterial gab es ein Video, das zeigte, wie verschiedene Kunden direkt vor seiner Nase auf der Ladentheke ihre eigenen Rezepte ausstellten.«

»Wann genau war das?«, erkundigte sich Russell. »Ich glaube, ich hab doch was drüber gelesen.«

Panos überlegte kurz. »Vor etwa einem oder anderthalb Jahren.«

»Und er ist nicht mehr im Gefängnis?«, verwunderte sich Cuneo.

»Er wurde überhaupt nicht erst eingesperrt, denn er hat sich einen Staranwalt genommen, der eine Abmachung mit der Staatsanwaltschaft getroffen hat. So ist er mit unlauterem Geschäftsgebaren und einem Verstoß gegen die Standesordnung durchgekommen, musste ein paar Stunden Sozialdienst leisten und hat seine Zulassung verloren. Doch das war's dann auch schon. Er ist mehr oder weniger ungeschoren davongekommen.«

Cuneos Finger trommelten wieder – diesmal die Ouvertüre von *Wilhelm Tell*, ta-da-dum, ta-da-dum, ta-da-dum-dum-dum … »Also halten Sie Holiday für den Schützen?«

»Ich sage nur, dass Sie sich Arbeit sparen, wenn Sie zuerst mit ihm sprechen. Sofern Sie ihn nüchtern antreffen.« Er trank einen Schluck Kaffee. »Mein Bruder Roy arbeitet gerade im Bezirk zweiunddreißig. Vielleicht kann der Ihre Fragen beantworten.«

»Sie sind ja die Hilfsbereitschaft in Person«, meinte Cuneo.

Falls Cuneo darauf abgezielt haben sollte, Panos zu provozieren, war diese Bemühung vergeblich. Der Bewachungsunternehmer ließ sich davon nicht anfechten. Er breitete die Hände aus. »Ich mochte Sam Silverman, Inspector. Ich mochte ihn sehr. Und ich verfüge über Mittel, die es Ihnen erleichtern könnten, den Täter zu finden. Die Entscheidung liegt natürlich ganz bei Ihnen, ob Sie Gebrauch machen wollen von meiner Unterstützung.«

»Was macht denn Ihr Bruder, dass er uns helfen könnte?«, erkundigte sich Russell.

»Roy? Er ist Mitarbeiter im Wachdienst, so wie Mr. Creed, den Sie gestern Abend kennen gelernt haben. Er geht Streife und kennt die Mitspieler.«

»Die Mitspieler der Pokerrunde?«, hakte Russell nach.

»Das auch«, entgegnete Panos. »Aber ich habe das eher allgemein gemeint. Er hat gewisse Verbindungen.«

»Arbeitet er immer im Bezirk zweiunddreißig?«

Panos nickte. »Meistens. Er mag das Treiben in der Innenstadt.« Ein Achselzucken. »Er könnte Ihnen Mühe ersparen, mehr nicht. Bestimmt weiß er, wo Sie Holiday finden, ohne dass Sie sich die Hacken ablaufen müssen.«

Cuneo schnippte gegen die Liste der Mitspieler. »Warum ausgerechnet Holiday? Abgesehen von dem Ausrutscher mit der Apotheke?«

»Er hat zum Beispiel am Vorabend bei Sam sechstausend Dollar verloren.«

Russell fuhr hoch, als er die Zahl hörte. »Sechstausend?«

»Das ist die Summe, die Nick mir genannt hat.«

Cuneo stieß einen Pfiff aus. »Er ist mit sechs Riesen in der Tasche zum Spiel erschienen?«

»Woher hatte er so viel Geld?«, fragte Russell.

»Er besitzt eine Kneipe, das Ark.« Panos wies nach Norden. »Auch in Zweiunddreißig. Eine richtige Kaschemme, aber offenbar mit gutem Alkoholumsatz. Jedenfalls hatte er am Mittwoch genug Geld dabei, und er hat alles verloren.«

»Ich kenne das Ark«, meinte Cuneo. »Vielleicht könnte Ihr Bruder uns vor der Tür treffen und uns erzählen, was er weiß. Sagen wir, in einer halben Stunde?«

»Ich rufe ihn sofort an«, erwiderte Panos.«

»Sechs Riesen?« Russell konnte es noch immer nicht fassen.

»Ja, ja«, antwortete Panos. »Könnte doch sein, dass er sich das Geld zurückholen wollte. Denken Sie nicht?«

Durch Dunkelheit und Nieselregen fuhren sie zurück in die Innenstadt. Cuneo ließ heftig Luft durch die Lücke zwischen seinen Vorderzähnen zischen und klopfte den Rhythmus auf dem Lenkrad mit. Nachdem Russell das zehn Häuserblocks lang erduldet hatte, konnte er nicht mehr an sich halten. »Hast du dich je auf Hyperaktivität oder so was untersuchen lassen, Dan?«

Sein Partner sah ihn an. »Nein, warum?«

»Weil du es schon gar nicht mehr merkst.«

»Was merkst?«

»Dass du ständig irgendwelche Geräusche machst, Lieder summst, einen Takt klopfst und so weiter.«

»Tue ich das wirklich?« Eine Pause. »Willst du mich verarschen?«

»Nein. Es stimmt. Gerade jetzt hast du es wieder gemacht.« Russell imitierte ihn. »Und dazu hast du auf dem Lenkrad den Rhythmus mitgeklopft.«

»Wirklich? Ich habe an die Typen von der Pokerrunde gedacht.«

»Und gestern Abend war es *Volare*. Und vorhin im Büro bei Panos hast du mit den Fingern *Lone Ranger* oder *Bonanza* oder so was getrommelt.« Russell klopfte den Rhythmus aufs Armaturenbrett. »Ich möchte ja nicht rummeckern, aber so geht das in einer Tour, und ich wollte dich nur fragen, ob du etwas dagegen unternehmen könntest.«

Cuneo war bei Gelb über eine Ampel gefahren und trat aufs Gas. Er warf seinem Partner einen Blick zu. »Ständig?«

Russell überlegte. »Meistens.«

Cuneo verzog das Gesicht.

»Ich glaube, du tust es immer dann, wenn du dich auf etwas konzentrierst, wie eben, als du an die Typen von der Pokerrunde gedacht hast«, sagte Russell. »Wenn wir beide allein sind, geht es ja noch an, aber in Gegenwart von Zeugen …«

»Ja, ich verstehe.« Schweigend setzten sie ihren Weg noch einen Block fort, bis Cuneo sich wieder seinem Beifahrer zuwandte. »Vielleicht könnten wir ein Signal vereinbaren. Du könntest dich zum Beispiel am Ohr zupfen, wenn ich es wieder tue.«

»Warum nicht.«

»Und wenn wir allein sind, sag es mir einfach.«

»Ich will dir doch nicht ständig auf den Wecker gehen.«

»Geh mir ruhig auf den Wecker. Du tust mir damit einen Gefallen.«

»Tja, das wird sich zeigen.«

Ein paar Blocks weiter steckten sie mitten im Regen im freitäglichen Berufsverkehr südlich der Market Street fest, als Russell erneut das Wort ergriff. »Du tust es schon wieder, Dan. *California Girls.*«

Clint Terry hatte einen Riecher für Schwierigkeiten, und auch diesmal erkannte er das Problem auf Anhieb. Wenn Roy Panos allein aufkreuzte, gab es ohnehin schon Ärger, doch diesmal hatte er noch Verstärkung mitgebracht, ganz sicher Bullen, das sagte ihm seine Nase. Und Bullen und Schwierigkeiten waren praktisch ein und dasselbe.

Im Spiegel hinter dem Tresen sah er, wie sie hereinkamen, in der Tür stehen blieben und sich im Raum umschauten. Kurz verharrten sie im vorderen Teil des Lokals, um sich zu besprechen und den Laden in Augenschein zu nehmen. Das einzige heile Fenster zeigte auf einen Massagesalon auf der anderen Straßenseite. Das andere war mit Brettern vernagelt. Die Barhocker waren am Boden festgeschraubt. Der Tresen war mit Kratzern übersät und einige Male überlackiert worden.

Clint Terry maß einsdreiundneunzig und wog einhundertdreißig Kilo. Als junger Mann wäre er beinahe berühmt geworden, und man hatte ihm eine glänzende Zukunft vorausgesagt. Nach seinen Erfolgen als Rechtsaußen für Michigan State hatte er eine halbe Saison bei den Packers gespielt, bis zwei Gegner ihn in die Zange genommen und ihm alle drei wichtigen Knochen im rechten Bein gebrochen hatten. Der Moderator Bob Costas hatte im landesweiten Fernsehen von einem verdammt guten Trick gesprochen. Das Band mit Clints letzten Minuten als Profi-Footballer wurde immer wieder in Sendungen mit Titeln wie »Die hässlichsten Momente des Footballs« ausgestrahlt.

Nachdem seine Footballkarriere im Alter von vierundzwanzig Jahren so jäh geendet hatte, zog Clint an die Westküste, um seine Sexualität zu entdecken. Er hatte gehört, dass man in San Francisco alternativen Lebensentwürfen offener gegenüberstand, und das hatte sich als richtig entpuppt. Um seine Brötchen zu verdienen, heuerte er als Rausschmeißer in einem Stripteaseschuppen in North Beach an. Drei Jahre lang kam er ganz gut über die Runden, bis er in einem Anfall übertriebenen Arbeitseifers einen Touristen zu heftig vermöbelte und wegen Totschlags vor Gericht gestellt wurde.

Inzwischen war er dreißig Jahre alt und vorbestraft, er hatte seine vier Jahre in Folsom abgesessen. Sechzehn Monate hatte er gebraucht, um sich wieder an das Leben außerhalb der Gefängnismauern zu gewöhnen, und es gefiel ihm draußen um einiges besser als drinnen. Außerdem hatte er einen Lebenspartner, den er liebte, und viel mehr brauchte er nicht zum Glücklichsein. Auf einen besseren Job als den hinter dem Tresen wagte er nicht mehr zu hoffen; er wollte ihn auf keinen Fall verlieren.

Die Polizisten waren bis zur Theke vorgedrungen Terry wischte den Tresen mit einem Handtuch ab und legte ein paar Bierdeckel aus. Wie immer, wenn er mit Gesetzeshütern sprechen musste, hatte er Schmetterlinge im Bauch, doch er versuchte, möglichst nicht darauf zu achten, und zwang sich zu einem Lächeln. »Hallo, Roy. Kann ich Ihnen helfen, meine Herren?«

Die Dienstmarken, die ausdruckslosen, ernsten Gesichter, der eine Typ schwarz, der andere weiß. Inspectors von der Mordkommission. Der Schwarze sagte: »Wir suchen John Holiday. Wissen Sie, wo er ist?«

»Nein, Sir. Ich habe ihn heute noch nicht zu Gesicht gekriegt.«

»Wann haben Sie ihn zuletzt gesehen?«, erkundigte sich der Weiße. Er griff nach einem Bierdeckel und schnippte mit den Fingern der anderen Hand dagegen.

»Ich glaube, gestern. Er hat den Laden aufgeschlossen. Worum geht es denn?«

Roy Panos trat vor und stützte die Ellenbogen auf den Tresen. »Dreimal darfst du raten, Clint. Veranstalten wir doch mal ein kleines Quiz. Worum geht es wohl, wenn jemand von der Mordkommission aufkreuzt?«

Terry wischte sich die Hände an dem Handtuch ab und ließ den Blick den Tresen entlangschweifen. Etwa ein Dutzend Gäste saßen auf Barhockern, und keiner von ihnen hatte ein leeres Glas vor sich.

»Sind Sie nervös, Clint?« Wieder der Weiße, der immer noch an dem verdammten Bierdeckel herumspielte. Er schien selbst ganz schön unter Strom zu stehen.

»Nein.« Er fuhr mit dem Handtuch durch die Rinne im Tresen. »Ich bin nur gerade bei der Arbeit ...«

»Ach ja, genau«, fuhr der Schwarze fort. »Und dennoch haben wir gehofft, Sie könnten uns eine Minute opfern, vielleicht hinten im Büro. Sie haben doch hier ein Hinterzimmer, oder?«

»Klar, aber wie ich schon sagte ...« Er machte eine vage Handbewegung.

Der Weiße seufzte tief auf und legte endlich den Bierdeckel zur Seite. »Also wollen Sie nicht mit uns sprechen?«

»Das hab ich doch gar nicht gesagt. Außerdem rede ich schon die ganze Zeit mit Ihnen. Sie brauchen mir nur zu verraten, was Sie wissen wollen.«

»Er möchte uns helfen, Dan«, meinte der schwarze Polizist. »Also können wir seinem Bewährungshelfer melden, dass er kooperiert.«

»Das ist eine kluge Antwort«, erwiderte der Polizist namens Dan in einem vergnügten Tonfall, der sich unterschwellig bedrohlich anhörte. »Insbesondere von einem ehemaligen

Sträfling. Das lässt mich darauf vertrauen, dass in den Gefängnissen doch ganze Arbeit geleistet wird.« Er wandte den Blick nicht von seinem Partner ab. »Frag ihn, wo er gestern Abend war.«

»Gestern Abend? Ich war hier. Die ganze Nacht, von sechs bis zwei.«

»Und dabei hatte ich ihn noch gar nicht gefragt«, sagte der schwarze Polizist. »Siehst du? Er erzählt uns alles freiwillig, ein Sinnbild der Hilfsbereitschaft.«

»Ja«, erwiderte Dan. »Aber ist dir aufgefallen, dass er sogar wusste, für welchen Zeitraum wir uns interessieren?« Er wandte sich wieder an Terry. »Was haben Sie dazu zu sagen, Clint?«

»Ich habe keine Ahnung, wovon Sie reden. Sie wollten wissen, wo ich gestern Abend war, und ich habe geantwortet, ich war hier.«

»Also können Sie nicht in Silvermans Pfandleihe gewesen sein?« Dan fletschte die Zähne. »Haben Sie schon gehört, was da passiert ist?«

Terry spürte, wie ihm Schweißtropfen auf die Stirn traten. »Ja, klar. Es hat geheißen, es wäre eine Bande gewesen.«

»Nein, nur drei Typen.« Dan lächelte ihn an. »Aber eines ist mir nicht ganz klar: Sie haben nicht gewusst, worüber wir reden wollten, als wir heute Abend hier aufgekreuzt sind? Auch nicht, als wir gesagt haben, wir seien von der Mordkommission? Doch über die Sache mit Silverman waren Sie im Bilde?«

»Ich habe das nur nicht miteinander in Verbindung gebracht«, erwiderte Terry. »Und John kann es nicht gewesen sein.« Er schüttelte den Kopf und wischte wieder über die Rinne im Tresen. »John würde so was nie tun.«

»Es handelt sich doch um denselben John Holiday, der letztes Jahr festgenommen wurde …«

»Da ging es um etwas anderes«, protestierte Terry. »Und er ist freigesprochen worden. Außerdem war keine Gewalt im Spiel. John würde nie gewalttätig werden.«

»Offen gestanden«, sagte der schwarze Polizist, »ist es interessant, dass Sie wieder Holiday erwähnen, und zwar im Zusammenhang mit Gewalt. Er muss ja gar nicht geschossen haben. Möglicherweise steckt er aber hinter der Sache, ohne dass er sich die Finger schmutzig gemacht hat. Und dann ist anscheinend etwas schiefgegangen.«

»Ja«, stimmte Dan sofort zu, um Terry keine Gelegenheit zu lassen, gründlich über das Gesagte nachzudenken. »Einer unserer besten Zeugen war nämlich einer von Roys Partnern, der gestern Abend Streifendienst hatte. Wie heißt er noch mal, Roy?«

Panos amüsierte sich offenbar köstlich. »Matt Creed. Du erinnerst dich doch an Matt, oder, Clint?«

Der Barmann nickte.

»Dieser Laden gehörte früher auch zu unserer Kundschaft«, erklärte Roy.

Dan nickte ebenfalls; offenbar war er ganz fasziniert von dieser Geschichtsstunde. »Tja, Matt sagt, es besteht kein Zweifel daran, dass der Größte der drei Täter Silverman erschossen hat. Der Große war auch der Letzte, der abgehauen ist. Ein Riese, wie ein Footballspieler.«

Terry stützte sich auf dem Tresen auf. »Ich war hier«, stieß er hervor.

»Ich liebe stimmige Aussagen«, verkündete Dan vergnügt und sah seine beiden Begleiter an. »Er hat es jetzt drei Mal wiederholt, ist euch das aufgefallen? Ohne sich zu widersprechen. Das ist immer ein Zeichen dafür, dass der Betreffende die Wahrheit sagt.« Plötzlich begann er, die Titelmelodie von *Die Brücke am Kwai* zu pfeifen. Mitten in einer Liedzeile hielt er inne. »Wer hatte bis sechs Schicht?«

Einer der Gäste knallte sein Glas auf die Theke. »Bedienung! Pennst du da hinten? Ich will noch was trinken!«

In den nächsten Minuten schenkte Terry Getränke aus und kehrte schließlich wieder zu den Polizisten zurück, die sich nicht von der Stelle gerührt hatten.

»Wissen Sie, wenn ich es mir genauer überlege, wäre ein

Glas Wasser jetzt nett«, sagte Dan. Während Terry ein Glas zur Hand nahm und es füllte, fragte er: »Also, wer hat gestern bis sechs gearbeitet?«

»Habe ich das noch nicht erwähnt? Ich sagte doch, dass John aufgeschlossen hat.«

»Also war er bei Schichtwechsel hier?«

»Ja, für ein paar Minuten. Dann hatte er eine Verabredung.«

»Eine Verabredung? Mit wem?«

»Keine Ahnung. Das müssen Sie ihn selbst fragen.«

»Das werde ich, wenn ich ihn treffe.« Dan trank einen Schluck Wasser und pfiff noch ein paar Takte von *Die Brücke am Kwai*. Inzwischen hatte er das Verhör übernommen und war nicht mehr zu bremsen. »Also war Randy auch hier?«

Terry bedachte Panos mit einem lauernden Blick. »Was hat der da Ihnen erzählt?«

»Nichts. Nur dass Sie und Randy was miteinander haben. Sie sind viel zusammen.«

»Das stimmt.«

»Sie wirken, als müssten Sie sich dafür rechtfertigen.«

»Ich rechtfertige gar nichts. Randy hat nichts mit der Sache zu tun.«

»Womit?«

»Mit dem, worüber wir hier reden. Silverman.«

»Ich habe Silverman doch gar nicht erwähnt, sondern nur gefragt, ob Randy gestern Abend hier war.«

»Er hat nichts damit zu tun.«

»Im Gegensatz zu Holiday?«

»Nein, so habe ich es nicht gemeint.« Terry fuhr sich mit der Hand durchs Haar. »Hören Sie zu ... egal, was passiert ist, es ist nicht Randys Sache.«

»Aber er war hier?« Der junge weiße Polizist ließ nicht locker. »Seien Sie nicht dumm, Clint. Wenn er hier war, ist er Ihr Alibi. Strengen Sie Ihren Verstand an.«

»Ich habe doch schon gesagt, dass er hier war.«

»Genau genommen haben Sie das nicht. Aber jetzt sagen Sie, das wäre so gewesen?«

Terry nickte. »Nachdem John gegangen ist, waren wir allein hier. Keine Ahnung, wie lange, vielleicht ein oder zwei Stunden. Es war nicht viel los.«

So ruckartig, wie er sich vorgebeugt hatte, lehnte Dan sich wieder zurück, grinste triumphierend und breitete die Arme aus. »Also! Wunderbar! Mehr wollten wir gar nicht hören. Sie, Randy und Holiday waren gestern Abend um sechs zusammen hier. Das war doch gar nicht so schwierig, oder?«

»Dieser Randy wohnt bei Ihnen, richtig?«, schaltete sich der schwarze Polizist wieder in das Spiel ein. »Wissen Sie, ob er jetzt zu Hause ist? Vielleicht könnten Sie uns die Adresse geben.«

Als sie das Ark verlassen hatten, blieben die beiden Polizisten auf dem Gehweg vor dem Lokal stehen, um auf Roy zu warten, der auf der Toilette war. »Dieser Roy gefällt mir«, sagte Cuneo. »Sein Bruder hatte Recht, er kennt die Mitspieler.«

Russell wies mit dem Kopf auf die Kneipe. »Glaubst du, Terry war dabei?«

»Zumindest scheint dieser Roy davon überzeugt zu sein.«

»Das wäre doch ziemlich einfach, oder? Gleich der Erste, den wir vernehmen?«

Cuneo zuckte die Achseln. »So was ist schon öfter passiert.«

»Aber uns nicht.«

Ein Grinsen. »Vielleicht noch nicht. Es gibt immer ein erstes Mal, richtig?« Die Tür des Lokals öffnete sich. »Hallo, Roy, das ist ja prima gelaufen. Danke.«

»War mir ein Vergnügen. War ganz schön beeindruckend, Ihnen bei der Arbeit zuzuschauen. Noch eine Minute, und er wäre in Tränen ausgebrochen.«

»Er wirkte ein wenig nervös«, sagte Cuneo.

»Das wäre ich an seiner Stelle auch gewesen.«

»Warum, Roy? Halten Sie ihn für schuldig?«, fragte Russell. »Ich meine Terry.«

Roy überlegte. »Stimmt es, dass der Täter ein großer Mann gewesen sein soll? Oder haben Sie das erfunden, um ihm einen Schrecken einzujagen?«

Russell nickte. »Das hat Mr. Creed ausgesagt. Es waren drei, und einer davon war auffallend groß.«

Roy musterte die beiden Inspectors. »Clint ist nicht gerade klein«, stellte er fest.

»Nein, ist er nicht.« Cuneo warf seinem Partner einen Blick zu und wandte sich wieder an Roy. »Was ist mit diesem Randy, Clints Freund? Arbeitet der auch für Holiday?«

»Sie sind alle Kumpel«, antwortete Roy. »Abschaum.«

»Kennt Mr. Creed Terry?«, erkundigte sich Cuneo.

»Vom Sehen, sicher.«

»Ich meine, ob er ihn als den Täter identifizieren könnte. Bei einer Gegenüberstellung.«

»Das wäre einen Versuch wert«, sagte Russell.

»Gleich werden wir schlauer sein«, meinte Roy Panos und sah auf die Uhr. »In zehn Minuten beginnt seine Schicht. Vermutlich ist er jetzt im Büro und stempelt ein. Sie können gerne mitkommen, ich bin sowieso gerade auf dem Weg dorthin. Es sind nur ein paar Blocks.«

Matt Creed war tatsächlich im Büro und trug sich gerade für die Nachtstreife ein. Nachdem er Roy beiläufig begrüßt hatte, fiel sein Blick auf seine Begleiter, und er erkannte sie auf Anhieb. »Es geht wieder um Silverman, richtig?«, wandte er sich zuerst an Roy. Dann meinte er zu Cuneo: »Hatten Sie inzwischen schon Glück?«

»Wir gehen einigen Anhaltspunkten nach«, antwortete Cuneo. »Roy meint, Sie kennen Clint Terry?«

Als Creed fragend die Augenbrauen zusammenzog, erklärte Roy: »Den Barmann aus dem Ark.«

»Ach ja, jetzt weiß ich, wen Sie meinen«, erwiderte Creed. »Warum?«

»Sie haben gestern Abend ausgesagt, der Täter sei ein großer Mann gewesen. Mr. Terry ist groß.«

Creed zog die Stirn in Falten, dann sagte er: »Glauben Sie, er hat Silverman erschossen?«

»Das wissen wir nicht«, entgegnete Russell. »Aber wir müssen die Möglichkeit in Betracht ziehen. Erinnern Sie sich, ob Sie Mr. Terry gestern Abend während Ihrer Streife im Ark gesehen haben?«

Creed schüttelte den Kopf. »Ich habe gar nicht reingeschaut. Die Kneipe gehört nicht mehr zu unserer Kundschaft.«

»Aber Sie sind doch an dem Lokal vorbeigekommen, oder?«, erkundigte sich Cuneo. »Kurz bevor Sie zu Silverman kamen. Wissen Sie noch, ob das Ark offen war?«

Der junge Wachmann grübelte nach, zuckte dann jedoch die Achseln. Die Niedergeschlagenheit stand ihm ins Gesicht geschrieben. »Die Tür war zu, das Fenster ist zugenagelt. Wenn sie geöffnet hatten, fand da drinnen bestimmt keine Party statt. Doch mehr kann ich Ihnen auch nicht sagen. Ich habe niemanden reingehen oder rauskommen sehen, aber ich habe auch nicht richtig darauf geachtet.« Er blickte Cuneo in die Augen. »Glauben Sie wirklich, es könnte Terry gewesen sein?«

»Sie sind derjenige, der ihn verfolgt hat. Wir haben gehofft, Sie könnten uns das beantworten.«

»Sie sagen, der Täter wäre groß gewesen«, fügte Russell hinzu. »So groß wie Terry?«

Kurz schloss Creed die Augen. »Kann sein. Aber es geschah alles so schnell, und es war dunkel. Außerdem habe ich mir vor Angst fast in die Hose gemacht. Ich denke nicht, dass ich ihn bei einer Gegenüberstellung identifizieren könnte, falls Sie darauf hinauswollen.«

Cuneo ließ sich nicht so rasch entmutigen. »Also gut. Aber Sie würden es auch nicht ausschließen?«

»Nein, vielleicht könnte er es auch gewesen sein.«

»Also doch«, meinte Cuneo.

»Und wer waren die anderen?«, erkundigte sich Creed. »Sie scheinen wohl Randy Wills und John Holiday zu verdächtigen.«

Cuneo schnalzte mit der Zunge. »Da bringen Sie mich auf einen Gedanken. Wie kommen Sie denn darauf?«

»Weil sie immer zusammenstecken. Man sieht sie fast nur zu dritt.«

»Holiday war bei Silvermans Pokerrunde«, ergänzte Russell.

Roy Panos nickte mit finsterer Miene. »Er hat sechs Riesen verloren.«

Cuneo schnalzte wieder mit der Zunge. »Spricht bei den anderen beiden Typen, die Sie gesehen haben, etwas dagegen, dass es Holiday und Wills gewesen sein könnten?«

»Nein, aber sie sind auch nicht stehen geblieben, um mit mir zu plaudern. Die anderen könnten irgendwelche x-beliebige Kerle gewesen sein.«

»Doch Sie können Holiday und Wills nicht ausschließen, richtig?« Cuneo ließ sich nicht beirren.

»Nein, auch sie könnten's gewesen sein.«

Das Zungenschnalzen verstummte. »Also gut.«

Dismas Hardy saß im Büro, lauschte der Stimme seiner Frau über den Lautsprecher und notierte sich, was er auf dem Heimweg aus dem Lebensmittelladen mitbringen musste, wenn er ein guter Ehemann sein und ihr den Weg ersparen wollte. Normalerweise ging sie zu Fuß hin, denn die Safeway-Filiale befand sich gleich um die Ecke. Doch bei dem Regen musste sie das Auto nehmen, was bedeutete, dass der Parkplatz, den sie anschließend würde suchen müssen, womöglich weiter entfernt vom Haus sein würde als der Supermarkt.

»Nicht womöglich, sondern ganz bestimmt«, sagte Dismas. »Wenn ich einen Parkplatz finde, der näher ist als Safeway, führe ich normalerweise einen Siegestanz auf. Also, was steht auf der Liste?«

Er schrieb, während sie diktierte. »Kaffee, Käse, Kirschen, Kandiszucker.«

»Alles Sachen, die mit ›K‹ anfangen, schon verstanden. Sonst noch was?«

Eine kurze Pause entstand. »Ach, wie wär's zum Beispiel mit einem Kupferklöppel?«

»Kapiert, Klara. Bis in einer Stunde.«

Er legte auf, rückte ein neu gerahmtes Foto seiner Frau in die Mitte des Schreibtischs und musterte es. Seine Züge wurden weicher, und seine Mundwinkel kräuselten sich in einem Lächeln.

Es war eine Porträtaufnahme, die er vor kurzem an einem warmen Spätsommermorgen zu Hause gemacht hatte. Zum ersten Mal seit Menschengedenken hatten Rebecca und Vincent das Wochenende bei Freunden verbracht. Frannie hatte eben die Karawane von Glaselefanten auf dem Kaminsims im Wohnzimmer zurechtgerückt. Auf dem Foto funkelten ihre Augen schalkhaft, und ein Grinsen spielte um ihre Lippen. Was man auf dem Bild nicht sah, war, dass sie sich gerade auf dem Wohnzimmerboden geliebt hatten, etwas, das keineswegs alle Tage vorkam. Die Kamera hatte neben Hardys Lesesessel gelegen, da hatte er sie geschnappt und Frannies Namen gerufen.

»Himmelst du schon wieder deine Frau an?«

Erwischt. »Wir verlieben uns zurzeit wieder neu ineinander.«

»Schön für dich.« David Freeman stand, ein großes Weinglas in jeder Hand, in der Tür. Er schlurfte durchs Büro, stellte eines davon auf Hardys Schreibtisch und schob es ihm zu. »Châteauneuf-du-Pape, Cuvée des Générations, 1999. Das Tröpfchen ist zu gut, um es allein zu trinken, und die Frischlinge unten arbeiten alle.«

»Vielleicht arbeite ich ja auch.«

Der alte Mann schüttelte den Kopf. »Um diese Zeit an einem Freitagabend recht unwahrscheinlich. Ich kenne dich. Du bist fertig.« Er war hinter Hardy getreten. »Neues Foto. Das ist wirklich schön. Allerdings wundert es mich, dass sie dir erlaubt, es öffentlich zur Schau zu stellen.«

Hardy spielte den Ahnungslosen. »Wovon redest du? Warum sollte sie es mir verbieten?«

Freeman warf ihm einen wissenden Blick zu. »Vielleicht deshalb, weil sie unterhalb dieses unschuldigen und hübschen Gesichts nichts anhat?«

Hardy kannte inzwischen Freemans scharfen Blick, dennoch tat er überrascht. »Woher, zum Teufel … ?«

»Für einen Liebhaber nackter Frauen, zu denen ich mich selbst zähle, ist es absolut offensichtlich.« Freeman deutete auf das Glas. »Und jetzt probier den Wein und sag mir, wie du ihn findest.«

Hardy gehorchte. »Er ist ziemlich gut, und ich finde, dass du ein Scheusal von nahezu mythologischen Ausmaßen bist. Außerdem habe ich nur etwa fünf Minuten Zeit, denn du bist bestimmt aus geschäftlichen Gründen hier, und der Wein ist nichts weiter als ein Trick.«

Freeman ließ sich aufs Sofa sinken. »Bei dem Wein handelt es sich um eine aufrichtig gemeinte großzügige Geste meinerseits, doch offen gestanden habe ich in der Sache Panos von Dick Kroll gehört.«

»Die Sache Panos wird mir immer sympathischer.«

»Bei mir kann man allmählich von fortgeschrittener Schwärmerei sprechen. Insbesondere angesichts deines jüngsten Beitrags.«

»Das war doch nichts weiter, David«, erwiderte Hardy. »Den Großteil habe ich Abe und John Holiday zu verdanken.«

Freeman verzog das Gesicht.

»Okay, du magst ihn nicht. Aber du musst zugeben, dass er nützlich für uns ist.«

Das war, wie beide Männer wussten, eine schamlose Untertreibung. Holiday war überzeugt, dass Mitarbeiter von WGP verdeckt gegen ihn ermittelt und maßgeblich zu seiner Verhaftung beigetragen hatten, und sann deshalb auf Rache. Innerhalb von vier Monaten hatte er nicht weniger als sieben erboste Kunden und/oder Opfer von WGP in Freemans Kanzlei geschleppt, von denen vier nun mit an Bord waren. Ihre Vorwürfe reichten von Betrug und Zufügung seelischer Grausamkeit bis hin zu tätlichem Angriff und Körperverletzung. Natürlich war der Hauptangeklagte in allen Fällen Wade, doch auch sein Bruder Roy und sein Neffe Nick Sephia sowie neun weitere derzeitige und ehemalige Mitarbeiter von WGP gehörten dazu.

Im Justizgebäude war es ein offenes Geheimnis, und auch Glitsky hatte damals in seiner Zeit bei der Mordkommission bemerkt, dass Panos ein fauler Apfel und korrupt wie sein Unternehmen war. Seine »Gebührenerhöhung« im letzten Jahr war nichts weiter als eine mehr oder weniger offene Schutzgelderpressung gewesen. Glitsky wusste, dass einige Firmen erst beschlossen hatten, seine Dienste nicht mehr in Anspruch zu nehmen, um später wieder Kunden zu werden, nachdem man ihnen die Fensterscheiben eingeschlagen oder sie beraubt hatte. Zwei Männer waren auf der Straße überfallen worden, und einem Ladenbesitzer hatte man die Katze getötet. Alle hatten Anzeige erstattet, doch die Polizei war den Vorwürfen nicht weiter nachgegangen. Glitsky verbrachte die meiste Zeit in der Lohnbuchhaltung damit, die Aktenspuren zu verfolgen und seinem Freund Diz mögliche Kläger zu nennen. Inzwischen hatte er Hardy die Liste mit den Namen übergeben, und die meisten hatten sich der Klägergemeinschaft angeschlossen.

Hardy war der Ansicht, dass es am Sieg des Guten nicht mehr viel zu rütteln gab. »Und was wollte Mr. Kroll?«, fragte er.

»Er möchte vor der nächsten schriftlichen Zeugenvernehmung weitere Gespräche mit uns führen.«

Hardy zuckte die Achseln. »Hast du ihm erklärt, dass es der Sinn und Zweck von schriftlichen Zeugenvernehmungen ist, dass die Beteiligten miteinander ins Gespräch kommen?«

»Ich meine, ja. Auf jeden Fall habe ich ihm gesagt, dass wir uns ab kommenden Dienstag so viel unterhalten können, wie er will, aber er möchte das Ganze verschieben, am liebsten auf nächstes Jahr.«

»Das würde ich an seiner Stelle auch wollen. Was hast du ihm gesagt?«

»Natürlich habe ich abgelehnt.« Freeman starrte eine Weile ins Leere und bohrte sich im Ohr. Dann nahm er sein Glas, ließ den Wein darin kreisen und trank einen Schluck. »Ich habe so ein Gefühl im Bauch; offenbar will er uns auf den Zahn fühlen, ob wir uns auch außergerichtlich vergleichen würden.«

Hardy, der gerade sein Glas zum Mund hatte führen wollen, hielt mitten in der Bewegung inne und stellte das Glas wieder ab. »Wir fordern dreißig Millionen Dollar, David. Rodney King hat sechs Millionen gekriegt, und er war allein. Wir haben vierzehn Kläger. Also für jeden zwei Millionen und ein paar Zerquetschte. Was könnte Kroll uns da wohl Interessantes zu bieten haben?«

»Ich glaube, genau diese Frage nagt an ihm. Ich hatte den Eindruck, dass er mit seiner Versicherung geplaudert hat, und die übernimmt bei absichtlichem Fehlverhalten die Kosten nicht. Ganz zu schweigen von den Bußgeldern, die wir ebenfalls auf sechs bis acht Millionen hochtreiben könnten und für die es auch keinen Versicherungsschutz gibt. Wenn wir gewinnen, ist Panos pleite.«

»Was ja unsere Absicht war.«

»Und zwar eine lobenswerte.«

»Hat er eine Summe erwähnt?«

»Nicht im eigentlichen Sinne.«

»Aber?«

»Aber er wird uns wohl vorschlagen, die Anträge dahingehend zu ändern, dass Panos nur wegen Fahrlässigkeit und nicht wegen Vorsatzes angeklagt wird. Auf diese Weise müsste die Versicherung für sämtliche Entschädigungsleistungen geradestehen, die man uns zuspricht.«

»Und warum sollten wir das tun? Um ihnen eine Freude zu machen?«

»Darüber wollte er vor den Zeugenvernehmungen sprechen. Ich wette, er wird die Stadt anschwärzen und uns Predigten über die Polizei von San Francisco halten, sie beschuldigen, sie sei bei der Aufsicht über seine Leute kriminell nachlässig gewesen. Damit unterstützt er unsere Sache und erhält als Gegenleistung Versicherungsschutz, egal welches Urteil wir gegen ihn erwirken.«

»Was für ein Schmierlappen.«

»Stimmt, aber er ist nicht dumm«, erwiderte Freeman. »Vielleicht sollten wir auch so schmierig sein wie er, was meinst du?«

»Nein, das sind wir einfach nicht. Schmierig.«

»Ich bin ganz deiner Ansicht, auch wenn es keine schlechte Strategie wäre. Und noch besser wäre es, wenn er uns eine direkte Einigung vorschlägt, sagen wir mal für eine Viertelmillion pro Kläger, wodurch dreieinhalb Millionen in die Kasse kämen. Davon ist ein Drittel für dich und für mich. Die Versicherung übernimmt alles, und Panos kommt duftend wie eine Rose aus der Sache raus. Wir verdienen ein ordentliches Sümmchen. Die Stadt verfügt über eine Eigenversicherung, also sind die Kosten gedeckt. Und alle haben gewonnen.«

Hardy schüttelte den Kopf. »Ich glaube das nicht. Da müsste Panos' Versicherung mitspielen, und warum sollte sie?

»Vielleicht hat Panos die Summe ja parat. In bar.«

»Dann wäre das mit dem Rosenduft aber hinfällig. Immerhin wäre er dann drei Millionen leichter.«

»Aber immerhin noch im Geschäft. Wir einigen uns, unterzeichnen ein vertrauliches Dokument, er erhöht seine Gebühren und hat trotzdem gewonnen.«

Hardy nickte mit finsterer Miene. »Das ist so wunderschön, dass ich weinen könnte. Wir müssten also nur ein oder zwei Wörter ändern?«

»Genau.«

»So wie bei schuldig oder nicht schuldig. Der Unterschied ist nur ein Wort.« Kurz fragte sich Hardy, ob Freeman etwa mit dem Gedanken spielte, das Angebot anzunehmen – auch wenn Kroll es noch gar nicht ausgesprochen hatte, weil er vielleicht nicht auf den Gedanken gekommen war. »Findest du das verlockend?«, erkundigte er sich.

Freeman ließ den Wein kreisen, schnupperte an dem Kelch, zog die Nase wieder zurück und nickte. »Klar. Wenn ich es nicht verlockend fände, hätten wir es nicht mit einem erörterungswürdigen moralischen Dilemma zu tun. Doch es ist zur Hälfte dein Fall. Ich muss allerdings zugeben, dass ich es für eine solide und praktisch anwendbare Strategie halte, die auch nicht unbedingt gesetzeswidrig ist. Wenn wir ablehnen, wird es viel schwieriger werden, zu gewinnen.«

Jetzt schwenkte auch Hardy sein Glas. »Also darf ich mitentscheiden?«

»Ich bestehe darauf«, sagte Freeman.

»Lass mir eine Minute Zeit. Wie viel würde ich absahnen?«

»Tja, Kroll hat keine genauen Zahlen genannt. Doch wenn ich seine Gedanken richtig errate, geht er von dreieinhalb Millionen Dollar aus; und ich wette, dass du persönlich eine halbe Million brutto kassieren würdest.«

Schweigen entstand im Raum. »Das sind mehrere Jahre Arbeit«, sagte Hardy.

»Mindestens.«

Um Hardys Mundwinkel zuckte es. Dann seufzte er tief auf. »Fürs Protokoll: Ich fühle mich offiziell in Versuchung geführt.« Dann stellte er sein Glas ab und ging zum Fenster, wo er die Jalousie auseinander zog und eine Weile hinaus auf die Straße starrte. Als er sich wieder umdrehte, war seine Miene finster. »Okay«, meinte er. »Nachdem das geklärt wäre, machen wir die Typen jetzt platt.«

5

Für einen so wohlhabenden Mann lebte Wade Panos bemerkenswert zurückgezogen.

Da er täglich in Uniform zur Arbeit ging, brauchte er keine elegante Kleidung. Sein Toyota mit Allradantrieb gab ihm die nötige Bewegungsfreiheit. Das Vierzimmerhaus in der Rivera Street, das er mit Claire bewohnte, unterschied sich kaum von den Häusern seiner Nachbarn im unteren Richmond District. Jeden Samstag mähte er den Rasen, brachte den Müll hinaus und plauderte über den Gartenzaun hinweg mit seinen Nachbarn. Von außen betrachtet wirkte Wade wie der nette Herr von nebenan.

Nach seinem Highschool-Abschluss hatte er als Mitarbeiter im Streifendienst im Bezirk zweiunddreißig angefangen. Sein Vater hatte damals die Lizenz für dieses Revier gehabt. In jenen Tagen führte George Panos ein strenges Regiment, sorgte für die Sicherheit von zweihundert Kunden und ging stets zu Fuß Streife.

Schon bald stellte Wade fest, dass sein Vater sich eine großartige Gelegenheit entgehen ließ, denn in dieser Branche ließ sich ordentlich Geld verdienen. Die Menschen sehnten sich nach Sicherheit, insbesondere dann, wenn man ihnen klar machte, was ihnen sonst Schreckliches zustoßen könnte. Außerdem hatte Wade einen Riecher für Geschäfte wie Prostitution, Drogenhandel und Glücksspiel, die sich außerhalb des gesetzlichen Rahmens bewegten und ganz besonders seines Schutzes bedurften. Anstatt sie zu verjagen oder bei der regulären Polizei anzuzeigen, bot er den Betroffenen eine Zusammenarbeit an.

Mit fünfundzwanzig hatte Wade genug verdient, um der Stadt die Lizenz für seinen ersten eigenen Bezirk abzukaufen. Zehn Jahre später, als nach dem Tod seines Vaters auch der Bezirk zweiunddreißig auf ihn überging, besaß er insgesamt sechs Lizenzen und beschäftigte fast neunzig Mitarbeiter. Er hatte noch rechtzeitig expandiert, denn etwa fünf Jahre zuvor hatte die Stadt die Anzahl der Lizenzen pro Person auf drei beschränkt. Doch da sich seine Bezirke seit der Zeit seines Großvaters in Familienhand befanden, durfte er sie behalten. Laut Buchführung machte er knapp eine Million Dollar Gewinn jährlich.

Bis vor kurzem war er in Wirklichkeit doppelt so hoch gewesen. In den letzten drei Jahren hatte er sich dumm und dusselig verdient. Er hatte wirklich keinen Grund zur Klage.

Da der Großteil seiner Einkünfte aus Bargeld bestand, hatte Wade sich zu einem Geldwäscheexperten entwickelt und zu diesem Zweck eine Holdinggesellschaft gegründet. Diese besaß vier Lokale in verschiedenen Teilen der Stadt, von denen jedes einen ordentlichen legalen Profit abwarf, sodass sich das schmutzige Geld gut verstecken ließ. Als fähiger Geschäftsmann hielt Wade stets Ausschau nach heruntergewirtschafteten Kneipen, die er zu einem Schnäppchenpreis kaufte und renovieren ließ, sodass sie einen seriösen Anschein machten. Außerdem stellte er bald fest, dass sich dank seiner Beziehungen und Geschäftspraktiken der Niedergang eines bereits angeschlagenen Lokals, auf das er ein Auge geworfen hatte, beschleunigen ließ.

Auf das Ark hatte er es bereits seit einigen Jahren abgesehen, und da er wusste, dass John Holiday nun schon vier Monate lang seine Geschäfte störte, brannte er mehr denn je darauf, den Laden zu übernehmen. Er wollte den Mistkerl zurück auf die Straße werfen, wo er hingehörte. Wegen der ausgezeichneten Lage mitten in der Innenstadt würde die Kneipe, wenn man sie einigermaßen gemütlich herrichtete, bestimmt zahlreiche Kunden aus den umliegenden Kanzleien, Banken und auch den Polizeirevieren anziehen: ein hervorragender Standort für seine Zwecke. Allerdings sah es nicht danach aus, als würde das gegen ihn angestrengte Verfahren so rasch eingestellt werden. Dick Kroll biss bei Freeman und Hardy auf Granit, sodass Wade selbst Mittel und Wege würde finden müssen, um dem Tatendrang der beiden Anwälte Einhalt zu gebieten.

Wenn das Ark endlich ihm gehörte, hatte er auch die Möglichkeit, dem Sohn seiner kleinen Schwester Rosie zu einem abgesicherten und bequemen Leben zu verhelfen. Nick Sephia war für alle eine Belastung geworden. Zugegeben, er hatte schon einige Male unter Beweis gestellt, wie treu er Wade ergeben war. Doch seine mangelnde Urteilsfähigkeit brachte ihn häufig in Schwierigkeiten, wie zum Beispiel auch im Fall der kleinen LaBonte. Wade hoffte, dass Nick mit ein wenig Lebenserfahrung und mit zunehmendem Alter als Geschäftsführer einer Kneipe seine Talente besser unter Beweis stellen würde, statt durch unüberlegten Einsatz seiner Muskelkraft das ganze Unternehmen zu gefährden. Ihm fehlte es ganz einfach an Selbstbeherrschung, die einen guten Leibwächter auszeichnete.

Offen gestanden hatte Wade ein schlechtes Gewissen wegen Nick, denn dieser hatte durch seine Schuld ohne Vater aufwachsen müssen. Als Wade vor etwa zwanzig Jahren bemerkt hatte, dass sein Schwager Sol Rosie schlug, hatte er ihn so verprügelt, dass ihm Hören und Sehen vergangen war. Anschließend hatte er ihn vor die Wahl gestellt, aus der Stadt zu verschwinden oder zu krepieren. Nicks Vater hatte sich für das kleinere Übel entschieden.

Nun war es Freitagabend kurz vor acht. Wade trug einen Frack und wartete auf Claire, die sich oben noch zurechtmachte. Er saß auf einem Campingstuhl an einem Klapptisch vor einem riesigen Puzzlespiel, an dem er gerade arbeitete. Der

Tisch stand auf der verglasten Veranda hinter dem Haus. Draußen regnete es immer noch leicht.

Für gewöhnlich befasste Wade sich in der halben Stunde zwischen Nachhausekommen und Abendessen mit seinem Puzzle. Eines dieser großen Puzzles fertig zu stellen dauerte etwa zwei Wochen. Anschließend legte Claire das fertige Puzzle auf eine Pressspanplatte und klebte es fest. Sie behauptete, dass sie die Bilder an Obdachlosenunterkünfte oder Schulen verschenkte, aber Wade konnte sich eigentlich nicht vorstellen, dass jemand so etwas wirklich haben wollte. Er hielt es durchaus für möglich, dass Claire die meisten Puzzles einfach wegwarf und ihm das Märchen mit den Spenden auftischte, um ihn nicht zu kränken.

Aber eigentlich war ihm das egal.

Es bereitete ihm Freude, ein Puzzle zusammenzusetzen, und dieses hier stellte eine besondere Herausforderung dar. Der vordere Teil des Bildes zeigte nichts als das Wasser in einem Schwimmbecken – alle möglichen Blautöne und Schatten. Der Rand war schon fertig, also quasi ein Drittel. Als eine aus fünf Teilen bestehende Stelle endlich passte, lehnte er sich zufrieden zurück.

»Claire!«

»Zwei Minuten noch«, flötete sie aus dem Schlafzimmer.

Er runzelte die Stirn. Zwei Minuten? Also noch etwa zehn. Er stand auf, zupfte an seiner Fliege und kehrte in die Küche zurück, wo auf einem der Hocker am Tresen die Zeitung mit dem aufgeschlagenen Lokalteil lag. Die Geschichte brachte ihn zum Geschäftlichen zurück.

In dem Artikel ging es um den neuen russischen Kamov-Ka-32-Helikopter, den einer von Wades Klienten, Georgia AAA Diamonds, der Polizei von San Francisco gespendet hatte. Die Abmachung bestand darin, dass die Juwelenhändler den Hubschrauber dazu benutzen konnten, ihre Edelsteinimporte unter Polizeischutz direkt vom firmeneigenen Jet auf dem Flughafen südlich von San Francisco in die Innenstadt zu transportieren.

Das abgebildete Foto, das unter anderen Dmitri Solon, den vierunddreißigjährigen Geschäftsführer des Unternehmens, zeigte, war ziemlich schmeichelhaft für den jungen Manager. Gemeinsam mit Bürgermeister Washington, Polizeichef Dan Rigby, einigen Stadträten und Mitarbeitern der kalifornischen Justiz posierte er neben der Maschine. Es war erstaunlich, dachte Wade ein wenig stolz, in welch kurzer Zeit es ihm und Solon gelungen war, ein so stabiles *krysha* – russisch für Dach – zu errichten, das sich nun schützend über Georgia AAA spannte.

Inzwischen kannte Wade Solon recht gut. Er war ein aalglatter Geschäftsmann, sprach fließend Englisch und war der Schützling von Severain Grotny, dem Leiter des russischen Ministeriums für Edelmetalle und Edelsteine. Angeblich war Solon aus zwei Gründen nach San Francisco gekommen. Erstens, um ein hochmodernes Zentrum für den Schliff und den Vertrieb von Diamanten einzurichten; und zweitens – und das war das eigentliche Ziel –, um dem internationalen Monopol des Diamantenkartells De Beers die Position streitig zu machen.

Wade konnte sich ein Schmunzeln nicht verkneifen, als er die in dem Artikel verbreiteten Allgemeinplätze las, denn er kannte die Wahrheit über Georgia AAA. Und die lautete, dass Solon und Grotny das Unternehmen als Tarnung benutzten, um nichts Geringeres als den russischen Staatsschatz zu plündern. Das wusste Wade, weil Solon vor etwa achtzehn Monaten, noch vor Firmeneröffnung, sein Kunde in einem seiner anderen Bezirke geworden war. Schon bald hatten das Treiben, das Wade dort beobachtete, sowie die zwielichtigen Gestalten, die sich um das fragliche Gebäude herumdrückten, seinen Argwohn geweckt.

Deshalb hatte Wade eine Spezialeinheit zur Überwachung eingesetzt. Ungefähr zwei Monate später hatten er und sein Neffe Nick unter einem Vorwand einen von Solons russischen Mitarbeitern aufgehalten, als dieser eines Abends das Gebäude verließ. Der Mann trug einen Beutel mit ungeschliffenen Diamanten im Wert von – wie Wade später feststellte – etwa vierzehn Millionen Dollar bei sich. Anstatt den Zwischenfall bei der Polizei von San Francisco zu melden, hatte Wade den Mann Solon vorgeführt.

Das Gespräch, das sich daraus entwickelte, war mehr als erhellend gewesen und hatte Wade den Atem verschlagen.

Nachdem deutlich geworden war, dass Wade es eher auf eine Zusammenarbeit als auf eine Störung der Geschäftstätigkeit abgesehen hatte, schien Solon fast erleichtert, sich alles von der Seele reden zu können. Das Firmenvermögen von Georgia AAA – circa einhundertsiebzig Millionen Dollar in Form von Diamanten, Schmuck, Silber und zum Großteil Gold (*fünf* Tonnen Gold) – stammte direkt aus dem russischen Staatsschatz. Es handelte sich dabei hauptsächlich um Gedenkmünzen anlässlich der Olympiade im Jahr 1980. Die Wertgegenstände waren in Grotnys Diplomatengepäck mit der Lufthansa eingeflogen worden. Nach der Ankunft in den Vereinigten Staaten sorgte Solon für eine Weiterleitung an Premier Metals, den wichtigsten Goldvertrieb an der Westküste. Nachdem Premier die Münzen eingeschmolzen hatte, wurde für Georgia AAA ein Konto eingerichtet und das dort deponierte Gold gutgeschrieben.

Der Kreditrahmen von einhundertsiebzig Millionen Dollar war Solon ein wenig zu Kopf gestiegen. Obwohl das vierstöckige Gebäude, das sein neues Diamantenzentrum beherbergen sollte, eigentlich für fünf Millionen Dollar zu haben gewesen wäre, bezahlte er elf Millionen dafür. Drei Millionen gab er für seine riesige Villa in den Hügeln von Kensington aus; achthunderttausend investierte er in zwei Rennboote, über eine Million in einen Rolls-Royce sowie zwei Aston Martins und rund achtzehn Millionen in eine Gulfstream, einen zweimotorigen Firmenjet. Er tätigte auch noch weitere Einkäufe: Eigentumswohnungen am Lake Tahoe, ein kleiner Weinberg im Napa Valley und eine Tankstellenkette in der Bay Area. All das sollte das Bild untermauern, das Solon gern vermitteln wollte, nämlich dass er über unbegrenzte Finanzmittel und außergewöhnlich gute Beziehungen verfügte.

Wieder betrachtete Wade das Zeitungsfoto. Der junge russische Unternehmer hatte sich nicht lumpen lassen.

Allerdings wäre er ohne Wade Panos, der ihm beim Bau seines *krysha* geholfen und ihm politische Kontakte vermittelt hatte, nicht weit gekommen. Und all das hatte an dem Abend begonnen, als Wade und Nick den Boten mit dem Beutel voller Diamanten abgefangen hatten. Wade hatte Solon eine einfache Frage gestellt: Warum schmuggelte Georgia AAA Steine im Wert von vierzehn Millionen Dollar außer Haus, wenn das Unternehmen doch sein Geld damit verdiente, Diamanten zu schleifen und zu verkaufen? Die Antwort lautete, dass nur ein Bruchteil der aus Russland importierten Diamanten je die hochtechnisierte Schleifwerkstatt von Georgia AAA zu sehen bekäme. Die überwiegende Menge werde an eine Filiale von Georgia AAA in Antwerpen geschickt, wo man sie, ausgestattet mit fingierten Lieferscheinen aus Angola und Zaire, gegen Bargeld verkaufe, und zwar interessanterweise an De Beers. Der Erlös werde dann entweder nach San Francisco oder an Grotny in Moskau überwiesen.

Im Grunde genommen war es Geldwäsche in großem Stil, wobei Diamanten aus dem russischen Staatsschatz auf den Weltmarkt geworfen und in Bares umgetauscht wurden. Das Georgia AAA Diamond Center war trotz all seiner repräsentativen Pracht nichts weiter als eine Fassade mit dem Zweck, diesen gewaltigen Umsatz an nicht registrierten Diamanten zu tarnen. Und da sich das Unternehmen mitten in einem von Wade Panos' Bezirken angesiedelt hatte, war es ihm buchstäblich in den Schoß gefallen.

Sein Honorar im vergangenen Jahr hatte etwas über sechs Millionen Dollar betragen. Eine nette Summe dafür, dass Nick anstelle von einem Mitarbeiter Solons die Diamanten zwischen Flughafen und Diamond Center hin- und hertransportierte und Solon ein wenig Personenschutz und politische Kontakte gewährt wurden. Das meiste wurde direkt auf Wades Konto auf den Caymans überwiesen, der Rest wurde ihm in San Francisco ausbezahlt, wo Wade das Geld dafür einsetzte, um sein eigenes *krysha* instand zu halten. Das Wort gefiel ihm – ein Dach, das einen schützte. Die Leute, die man dafür bezahlte.

Nick allerdings war ein Problem.

Auch an seinem neuen Posten machte Nick weiter Schwierigkeiten. Weil er jung, starrsinnig und gewalttätig war, eignete er sich überhaupt nicht zum Mitarbeiter im Bewachungsdienst. Wade hatte gehofft, mit der einfachen Tätigkeit bei Georgia AAA zwei Fliegen mit einer Klappe zu schlagen. Erstens würde sein Neffe so keine Zeit für dumme Streiche haben, und zweitens hatte Wade auf diese Weise einen eigenen Mann – und dazu noch einen Verwandten – in die Firma eingeschleust, der gegenüber Solon seine Interessen vertrat.

Doch nach einem guten Jahr hatte sich herausgestellt, dass beide Hoffnungen vergeblich gewesen waren. Nick hatte zu viel Freizeit, keine wirkliche Aufgabe und zu viel Geld. Er kehrte überall in der Stadt den großen Max heraus, zettelte Prügeleien an, spielte um Geld und machte sich wichtig. Wenn er seine Lieferung abwickelte, kam er großspurig, geckenhaft gekleidet und mürrisch ins Büro von Georgia AAA stolziert und brachte alle – angefangen von den Schleifern bis zu Solon selbst – auf die Palme.

Noch besorgniserregender war, dass er inzwischen nur noch im Doppelpack mit Julio Rez auftrat. Wade kannte Rez nicht gut, aber er traute ihm durchaus zu, dass er Nick eines Tages um die Ecke brachte und sich die Diamanten unter den Nagel riss, die sie ausliefern sollten.

Also musste er Nick von diesem Posten abziehen und ihm einen richtigen Job mit Verantwortung, vielleicht im Ark, besorgen. Dann würde er seinen Bruder Ray bei Solon unterbringen. Ray konnte gut mit Menschen umgehen.

Wade richtete sich abrupt auf und zerrte an seinem Kragen, um ihn zu lockern. Er betrachtete sich im Spiegel an der Küchenwand. Seine Hautfarbe erschreckte ihn, ein ungesundes rosiges Gelb. Er hatte das Gefühl, seinen eigenen Blutdruck hören zu können. Rasch berührte er seine Nase, um festzustellen, ob sie blutete.

Schau dich nur an! Was tust du da?

Hier stand er, Wade Panos, ein Mensch, über den niemand so einfach hinweggehen konnte, und grübelte über die Einzelheiten seiner Strategie nach. Dabei waren das wirkliche und allergrößte Problem diese beiden gottverdammten Anwälte, die allem Anschein nach versuchten, sein Unternehmen in den Ruin zu treiben. Sie bedrohten das, wofür er sein Leben lang gearbeitet hatte. Gut, er hatte Verständnis dafür, dass sie die Gelegenheit nutzen wollten, ein ordentliches Sümmchen zu verdienen. Er nahm an, dass sie ebenso Geschäftsleute waren wie er, die jede Chance beim Schopf packten. Daraus konnte er ihnen keinen Vorwurf machen. Und vielleicht stimmte es auch, dass er, Wade, das Glück in den letzten Jahren ein wenig herausgefordert und in den Revieren zu viel Druck gemacht hatte, sodass sie nun in diese Kerbe hineinschlagen konnten. Also gut, das Gerichtsverfahren war ein Alarmsignal. Vielleicht sollte er seine Mitarbeiter in Zukunft ein wenig an der kurzen Leine führen. Inzwischen warf seine Abmachung mit Solon ohnehin den größten Gewinn ab. Doch ohne die Reviere und Wades *Präsenz* in dieser Branche, die ihm seine Macht verlieh, würde auch diese Geschäftsbeziehung auf tönernen Füßen stehen. Und das wäre eine Katastrophe.

Freeman und Hardy hatten ihm die Botschaft vermittelt, dass sie ihn durchschaut hatten. Also würde er sich bedeckt halten und dafür sorgen, dass sie für ihre Bemühungen anständig entlohnt wurden. Was wollten diese habgierigen Dreckskerle denn sonst noch? Er hatte anklingen lassen, er sei bereit, ein Angebot zu machen, um die Angelegenheit aus der Welt zu schaffen. Und er hatte ihnen sogar Beweise zur Verfügung gestellt, damit sie der Stadt etwas am Zeug flicken konnten.

Scheißkerle.

»Was ist los?« Claire stand in der Küchentür. Er hatte gar nicht gehört, wie sie heruntergekommen war. »Du schaust ja so böse«, sagte sie. »Und du siehst krank aus. Ist dir nicht gut?«

»Mir geht es prima.« Er schüttelte den Kopf. »Es ist nichts. Nur das Geschäft.«

»Ich dachte, alles läuft bestens.«

»Tut es auch.«

»Und trotzdem runzelst du die Stirn?«

Er zuckte die Achseln und überlegte, ob er sie mit seinen Grübeleien wegen des Gerichtsverfahrens belasten sollte. Besser nicht. Und dann kam ihm – wie ein Blitz aus heiterem Himmel – plötzlich der zündende Gedanke. Hoyle hatte ihn darauf gebracht: Er brauchte gar nicht nach Krolls Methode vorzugehen. Kroll würde gar nichts davon erfahren. Er konnte das leidige Gerichtsverfahren auf seine Weise umgehen oder zumindest die Angelegenheit nach Belieben verzögern. Schließlich hatte er ein vernünftiges Angebot gemacht, und wenn Freeman und Hardy mitsamt ihren Kundschaftern und Wasserträgern stur bleiben wollten, war es nicht seine Schuld, falls ihnen etwas zustieß. Sie hatten es sich selbst zuzuschreiben.

»Wade?«

Er wandte sich wieder seiner Frau zu. »Ich fürchte, ich werde für Nicky wieder einen anderen Posten suchen müssen, das bereitet mir Kopfzerbrechen.«

Nun runzelte sie die Stirn. »Vielleicht solltest du ihm doch endgültig den Stuhl vor die Tür setzen.«

»Das geht nicht«, erwiderte er. »Rosie …«

Sie winkte ab. »Deine arme Schwester Rosie.«

»Sie hatte es nicht leicht, Claire.«

»Da ist sie nicht die Einzige. Nicky hat uns schon genug Schwierigkeiten gemacht. Er hat uns schon viel Geld gekostet, und es wird noch schlimmer werden. Denk an meine Worte.«

»Irgendwann wird er erwachsen sein und sich bessern.«

Sie schüttelte den Kopf. »In seinem Alter hattest du bereits drei Bezirke und deine eigene Firma. Ihm zu helfen ist, als ob man gutes Geld dem schlechten hinterherwirft. Wo willst du ihn jetzt wieder einsetzen?«

»Ich habe ans Ark gedacht.«

»Das uns, soweit ich informiert bin, nicht gehört.«

»Noch nicht.« Ein Gedanke keimte in ihm. »Doch wie sich herausgestellt hat, steckt der Wirt des Ladens mit den Typen unter einer Decke, die Sam Silverman erschossen haben. Wenn sie ihn drankriegen, wird er das Geld dringend brauchen. Und ich werde den Laden für ein Butterbrot kriegen.«

»Um ihn dann Nicky zu geben? Da gibt es geeignetere Leute, Wade. Auch wenn er zur Familie gehört.« Claire, eine kleine, dralle Frau, starrte trotzig zu ihm hoch und verschränkte die Arme vor der Brust.

Nach einer Weile beugte er sich zu ihr und küsste sie versöhnlich auf die Wange. »Nichts ist in Stein gemeißelt, Claire.« Lächelnd hakte er sie unter und schob sie zur Eingangstür. »Und wo wollen wir heute Abend unser Geld ausgeben?«

Hardys Tochter Rebecca war gerade süße sechzehn geworden. Und an diesem Abend war sie zum ersten Mal mit einem Jungen verabredet. Natürlich war sie schon oft mit einer gemischten Clique im Kino oder im Einkaufszentrum gewesen, doch heute war Schulball, und ein siebzehnjähriger Schüler des letzten Jahrgangs namens Darren Scott hatte sie gefragt, ob sie mit ihm hingehen wolle.

Auch Frannie hatte sich für diesen Anlass ein bisschen schick gemacht. Mit ihrem Rock und dem lachsfarbenen Pullover erinnerte sie entfernt an June Cleaver aus *Erwachsen müsste man sein*. Das rote Haar hatte sie zu einem strengen Knoten aufgesteckt und ein wenig Wimperntusche und Lippenstift aufgetragen. Vincent, ihr knapp vierzehnjähriger Sohn, war mit ein paar Freunden bei einem Footballspiel.

Nun stand Dismas mit Frannie in der Küche und wartete auf Rebeccas großen Auftritt aus dem Schlafzimmer, wo sie eine halbe Stunde zuvor nach dem Duschen verschwunden war. Er sprach in dem gedämpften Flüsterton, den Eltern manchmal anschlagen, wenn ihre Kinder sich in Hörweite befinden. »Ich bin eben nicht besonders begeistert davon, dass das Einzige, was ich über diesen Typen, der meine Tochter ausführen will, weiß, sein Name ist. Darren Scott. Sofern er wirklich so heißt.«

Frannie warf ihm einen Blick über die Schulter zu. »Dismas. Natürlich heißt er so. Etwas anderes bekomme ich schon seit Wochen nicht mehr zu hören. Darren, Darren, Darren.«

Hardy ließ sich nicht beirren. »Das bedeutet nicht, dass er den Namen nicht auch erfunden haben kann. Vielleicht haben Rebecca und er das ja geplant und wollen zusammen durchbrennen. Wenn ich mir einen Namen ausdenken würde, dann sicher Darren Scott. Das meine ich ernst. Und falls er auf die Idee kommt und draußen auf der Straße hupt, lass ich sie erst gar nicht gehen.«

»Das darfst du ihr selbst sagen.«

»Das werde ich auch.«

»Was?« In ihrem schlichten schwarzen Kleid mit Spaghettiträgern, dessen Saum siebeneinhalb Zentimeter über dem Knie endete, sah Rebecca unglaublich erwachsen aus. Dazu trug sie Stöckelschuhe und eine Nylonstrumpfhose. Irgendwann im vergangenen Jahr hatte sie sich die Ohrläppchen durchstechen lassen. Die goldenen tropfenförmigen Ohrringe passten zu dem dünnen Goldkettchen, das Dismas ihr geschenkt hatte. Das rote Haar – die gleiche Haarfarbe wie ihre Mutter – hatte sie hochgesteckt, und ein Hauch von Glitzer zierte ihre Wangen. »Was wirst du?«, wiederholte sie, und kurz huschte ein besorgter Ausdruck über ihr Gesicht.

»Nichts«, erwiderte Frannie und ging auf sie zu. »Dein Vater benimmt sich nur wieder albern. Du siehst wunderschön aus.«

Rebecca vollführte eine Pirouette und strahlte über das Lob ihrer Mutter. »Was meinst du, Daddy?«

Im ersten Moment fehlten Dismas die Worte; er räusperte sich. »Ich finde, dass dieser Darren Scott ein echter Glückspilz ist. Hoffentlich lernen wir ihn auch kennen.«

Mutter und Tochter wechselten einen amüsierten Blick. Dann hüpfte Rebecca durch den Raum und schlang die Arme um ihren Vater. »Natürlich werdet ihr das. Ich würde nie mit jemandem ausgehen, den mein Lieblingsdaddy nicht kennt. Er müsste jeden Moment hier sein.«

Wie auf ein Stichwort läutete es an der Tür.

»Das ist er!« Rebecca drehte sich wieder zu ihrer Mutter um. »Sehe ich wirklich gut aus?«

»Es kommt nicht aufs Aussehen an …«, begann Frannie.

»Ich weiß, Mom, sondern darauf, wer man ist. Aber sehe ich gut aus? Wirklich?«

Frannie verzichtete auf den mütterlichen Vortrag und umarmte sie. »Fantastisch.«

Währenddessen marschierte Dismas den Flur entlang, fest dazu entschlossen, höflich und gleichzeitig streng und respekteinflößend zu wirken. Er wischte sich über die Augen, riss die Tür auf – und vor ihm stand Abe Glitsky.

»Nein, meine Tochter kriegst du nicht!« Seine Stimme war streng. »Darren!« Und er knallte seinem Freund die Tür vor der Nase zu.

Als er sie kurz darauf wieder öffnete, grinste er. Dann bemerkte er einen schlaksigen jungen Mann, der hinter Glitsky auf der Vortreppe stand und ängstlich über dessen Schulter spähte. »Entschuldigen Sie«, sagte er. Der Junge wirkte so verstört, dass dieser Zustand vermutlich den restlichen Abend anhalten würde. »Wohnt hier Rebecca Hardy?«

»Er machte einen netten Eindruck«, sagte Glitsky. »Ich bezweifle, dass er vorbestraft ist.«

»Was für eine beruhigende Bemerkung: Meine Tochter geht also mit einem Typen aus, der noch nie im Knast war.«

Sie saßen am Esstisch, Abe eine Tasse Tee vor sich, Dismas und Frannie hatten sich einen Wein eingeschenkt.

»Dismas hatte sich extra innerlich darauf vorbereitet, nicht unfreundlich zu sein«, erklärte Frannie.

»Ich fand mich richtig höflich«, protestierte Hardy. »Das mit Abe an der Tür sollte ein Witz sein. Ich hatte keine Ahnung, dass Darrel schon da war.«

»Darren«, verbesserte Frannie.

»Habe ich das nicht gesagt?«

»Es war einfach der falsche Zeitpunkt«, ergänzte Abe mit bitterernster Miene. »Hätte jedem passieren können.«

»Jedenfalls habe ich ihm so Stoff zum Nachdenken gegeben«, meinte Hardy. »Zum Beispiel, wenn er erwägen sollte, Rebecca später als halb zwölf nach Hause zu bringen.«

»Vermutlich wird er nicht einmal auf die Idee kommen«, erwiderte Frannie, »nachdem du ihn sechsmal daran erinnert hast.«

»Es waren keine sechs Mal«, widersprach Dismas. »Höchstens zwei Mal. Abe kann das bestätigen. Es waren doch bestimmt keine sechs Mal, oder, Abe?«

Abe trank einen Schluck Tee und setzte eine Unschuldsmiene auf. »Verzeihung, aber ich habe nicht richtig aufgepasst.«

Abe und Dismas hatten zwischen sich auf dem Esstisch ein Schachbrett aufgebaut. Doch man konnte eigentlich nicht von einem fairen Kampf sprechen: Obwohl Abe die meisten der vielen im Laufe der Jahre gespielten Partien gewonnen hatte, taten sie beide so, als wären sie ebenbürtige Gegner.

Dismas erklärte seine schlechte Siegerquote damit, dass er ungeduldiger war als sein Freund; kaum kam ihm ein Zug in den Sinn, hatte er die Figur auch schon gezogen. Abe hingegen ging beim Spielen bedächtig und methodisch vor, außerdem trank er niemals Alkohol, während Dismas sich ein oder zwei Bier und manchmal, so wie jetzt, einen oder zwei Cognac nach dem Essen genehmigte, nachdem er zum Essen bereits Wein getrunken hatte. Selbstverständlich wies Dismas jeglichen Verdacht, das dies eine Auswirkung auf seine Strategie oder seine Spielfähigkeit haben könnte, weit von sich.

Abe wiederum hatte nichts dagegen, Dismas' Fehler weidlich auszunützen, und nun war seinem Freund schon wieder einer unterlaufen, der unweigerlich in einem Schachmatt enden würde. Also machte Abe den nächsten Zug, lehnte sich zurück und entspannte sich. Er war müde, da er noch vor Morgengrauen wegen der kleinen Rachel aufgestanden war. Sie hatte leichtes Fieber und bekam möglicherweise auch einen Zahn. Im Gegenzug hatte Treya ihn heute Abend mehr oder weniger aus dem Haus geworfen, damit er ausgiebig mit seinem Freund Dismas über die fordernde Haltung seines Vaters und seine Schwierigkeiten im Beruf sprechen konnte.

Dismas sah vom Schachbrett auf. »Du siehst gar nicht gut aus.«

»Du auch nicht. Was soll's?« Abe seufzte. »Aber ich gebe zu, dass ich ein bisschen müde bin.«

»Ha! Jetzt kommen die ersten Ausreden.«

»Wofür?«

»Für den Fall, dass ich dich schlage.«

Sein Schachpartner verzog keine Miene und griff nach seiner Teetasse. »Wir werden sehen. Ich glaube, du bist am Zug.«

»Ha, er wird schon nervös.« Dismas hob den Cognacschwenker und betrachtete das Spiel. Ihm war klar, dass Abe sich im Vorteil wähnte, doch kam er nicht um alles in der Welt dahinter, warum. »Mir wäre eine Tochter, die Zähne kriegt, jedenfalls lieber als eine, die sich mit Jungs trifft.«

»Wenn du möchtest«, schlug Abe vor, »bringe ich Rachel vorbei. Wir könnten tauschen.«

»Nein danke!«, rief Frannie. Sie saß mit einem Buch in der Hand im Wohnzimmer.

»Gut, dann lassen wir das mit den Töchtern«, meinte Dismas, »und wenden uns der älteren Generation zu. Was ist denn mit deinem Vater? Gesundheitliche Probleme?«

Abe schob den Stuhl zurück und schlug die Beine übereinander. »Hast du von der Sache mit Sam Silverman gehört?«

Dismas schüttelte den Kopf. »Den kenne ich nicht. Was ist mit ihm?«

»Er war Nats bester Freund und hatte eine Pfandleihe in der Nähe vom Union Square. Jemand hat ihn letzte Nacht in seinem Laden erschossen. Übrigens bist du immer noch am Zug. Es sei denn, du willst aufgeben, was ich dir raten würde. Wie dem auch sei. Nat scheint nicht zu kapieren, dass ich nicht mehr in der Mordkommission bin. Er hat mich gebeten, Einblick in die Ermittlungen zu nehmen und dafür zu sorgen, dass alles richtig läuft. Als ob das so einfach wäre. Also bin ich heute wider besseren Wissens runtergegangen und habe mit Gerson geredet …«

»In der Mordkommission. Und wie ist das angekommen?«

»Etwa so, wie zu erwarten war. Nach der Begrüßungszeremonie ließ die Gastfreundschaft schlagartig nach. Gerson hat es sogar geschafft, Batiste gegenüber eine Bemerkung fallen zu lassen. Offenbar handelte es sich um einen dieser seltsamen Zufälle, von denen man so häufig liest, denn das Thema kam ausgerechnet aufs Tapet, als sie gemeinsam zu Mittag gegessen haben.«

»Stell dir das mal vor«, sagte Dismas.

»Jedenfalls hat Frank mich zurückgepfiffen. Aus und vorbei. Nicht, dass ich mich wirklich eingemischt hätte. Hast du vor, heute noch zu ziehen?«

»Ich genieße die Vorfreude. Und was ist jetzt mit Nat?«

»Ich habe es ihm noch nicht gesagt, und es wird ihm gar nicht gefallen. Vielleicht beschließt er sogar, sich auf eigene Faust an die Mordkommission zu wenden, was eine Katastrophe wäre.«

In der Küche läutete das Telefon, und Frannie sprang auf, um ranzugehen, obwohl sie im Wohnzimmer und damit weiter weg saß. »Vielleicht ist es eines der Kinder«, erklärte sie, als sie an ihnen vorbeilief. Sie hob ab, wechselte ein paar freundlich klingende Worte und stand kurz darauf wieder in der Tür. »Es ist John Holiday. Er sagt, es sei wichtig.«

»Das kann ich mir denken.« Dismas schob seinen Stuhl zurück. »Zwei Minuten«, meinte er zu Abe.

»Willst du nicht zuerst ziehen?«

Quasi im Vorbeigehen schob Dismas einen Bauern ein Feld nach vorn. »Bald hat dein letztes Stündlein geschlagen.« Mit diesen Worten ging er in die Küche.

Zehn Minuten später kehrte Dismas ins Esszimmer zurück, wo Frannie und Abe nebeneinander am Tisch saßen. Während er mit Holiday telefoniert hatte, hatte er gehört, wie die beiden immer wieder auflachten. Das war bei Abe so selten, dass ihm schon eine Bemerkung auf der Zunge lag. Doch sobald er in den Raum blickte, bemerkte er den Grund.

Die beiden sahen sich den Stapel von Geburtstagskarten an, die Holiday nun schon seit einem Jahr an willkürlich gewählten Daten an Dismas schickte, wenn er eine fand, die besonders komisch, beleidigend oder beides war. Bei der letzten handelte es sich um eine romantisch verschwommene Aufnahme eines Redwood-Waldes, durch den Sonnenstrahlen fielen. Darunter stand ein kitschiges Gedicht, das die majestätische Schönheit und Langlebigkeit dieser Bäume pries, »die schon abertausende von Jahren zur Schönheit und Pracht dieser Erde beitragen«. Wenn man die Karte aufschlug, las man auf der Innenseite: »Danke, dass Sie sie gepflanzt haben.«

»Die sind wirklich lustig«, gab Abe zu.

Dismas nickte. »Über die ersten siebzehn habe ich auch noch gelacht.«

»Ich wünschte, mir wäre so was eingefallen. Hey«, er schnippte mit den Fingern, »vielleicht ist es ja noch nicht zu spät.«

»Es ist viel zu spät«, sagte Dismas.

»War es wichtig?«, wollte Frannie wissen.

Ein Achselzucken. »Alles ist relativ.« Dismas kehrte zu seinem Stuhl zurück, beugte sich einen Moment über das Schachbrett und sah Abe fragend an. »Du hast eine Figur verschoben.«

»Nur einen kleinen Läufer. Ich war am Zug.«

»Mehr hast du nicht verändert?« Er starrte noch immer auf das Spiel und setzte sich leise fluchend.

»Aber, aber.« Der Lieutenant drohte mit dem Finger, sah auf die Uhr und stand auf. »Jetzt ist Schluss mit der Orgie. Ich glaube, ich gehe jetzt und erlöse Treya.«

»Und was machst du mit Nat?«

Die Frage ließ Abe eine Weile innehalten. »Ich glaube, er wird sich damit abfinden. Ich enttäusche ihn nur so ungern.«

Alle drei waren zur Tür gegangen. Frannie hielt sie auf, während Abe seine Jacke anzog.

»Wenn du möchtest«, schlug Dismas vor, »können wir beide morgen einen Erkundungsgang zum Tatort unternehmen. Vielleicht erfahren wir ja was, und dein Dad fühlt sich besser, wenn er merkt, dass du etwas unternimmst. Wir könnten auch ein paar verfrühte Weihnachtseinkäufe erledigen.«

»Da muss ich erst in meinem Terminkalender nachsehen«, erwiderte Abe. »Aber die Idee klingt gut. Würdest du das wirklich für mich tun?«

»Klar. Wozu sind Freunde sonst da? Sagen wir, zwischen zehn und elf?«

»Ich gebe dir Bescheid.«

Nachdem er fort war, schloss Frannie die Tür und drehte sich zu Dismas um. »›Vielleicht ein paar verfrühte Weihnachtseinkäufe?‹ Seit wann das?«

»Einmal ist immer das erste Mal«, entgegnete Dismas.

»Gut, aber was steckt sonst noch dahinter?«

»Der Anruf von John. Er hatte mir doch etwas Wichtiges mitzuteilen. Die Polizei will ihn im Zusammenhang mit dem Mord an diesem Silverman – dem Freund von Abes Vater – befragen.«

»Und warum?«

»Weil sie vermuten, dass er etwas damit zu tun hat.«

»Zu tun hat? Wie könnte John etwas mit dem Mord zu tun haben? In welcher Hinsicht?«

»Insofern, dass er Silverman möglicherweise ermordet haben könnte.«

6

Die Sonne kämpfte sich durch den Nebel, während Dismas am Küchentisch die Morgenzeitung las und auf Abes Anruf wartete, der nicht kam. Schließlich, so gegen elf, rief er selbst bei ihm an und hinterließ eine Nachricht. Dann versuchte er, Holiday zu Hause zu erreichen – vergeblich – und anschließend im Ark. Niemand da.

Das Haus war nun seit anderthalb Stunden menschenleer. Schon jahrelang träumte Dismas von dem wundersamen Tag, an dem sein und Frannies Leben nicht mehr von den Bedürfnissen der Kinder – den Unterrichtsstunden, den Baseballspielen, den Erkältungen, den Hausaufgaben und all dem Kleinkram der letzten sechzehn Jahre – bestimmt sein würde. Und nun, da dieser Zeitpunkt gekommen zu sein schien, war Dismas gar nicht mehr so sicher, ob ihm das auch gefiel.

Frannie hatte die Kinder irgendwo absetzen wollen. Und anschließend war sie – an einem Vormittag am Wochenende – mit einem ihrer Patienten verabredet. Auch bei dieser Wendung wusste er nicht so recht, was er davon halten sollte. Frannie war zwar noch Studentin, aber sie hatte sich mit einer Freundin, der Psychologin Jillian Neumann, zusammengetan, und machte nun zwanzig Stunden die Woche ein Praktikum als Familientherapeutin.

Der Tag, der sich vor ihm erstreckte, war ebenso leer wie sein Haus. Er ging in die Küche, nahm die schwarze Gusseisenpfanne von ihrem Haken über dem Herd und strich mit den Fingerknöcheln darüber: weich wie Seide.

Ohne nachzudenken, gab er eine große Prise Salz – Frannie war auf koscheres Salz umgestiegen und hatte immer eine Schale voll neben dem Herd stehen – in die Pfanne und zündete das Gas an. Dann warf er einen Blick in den Kühlschrank, schnappte sich ein Sierra Nevada Pale Ale vom obersten Regal, öffnete es und trank. Zwei Minuten später hatte er Olivenöl in die Pfanne gegeben sowie Knoblauch und Frühlingszwiebeln; dann mischte er übrig gebliebenen Reis mit einer Dose Sardinen und einer ordentlichen Dosis geschrotetem rotem Pfeffer. Dabei schoss ihm durch den Kopf, dass er offenbar zu oft bei Lou dem Griechen aß, da er inzwischen Geschmack an solchen Kreationen gefunden hatte. Er wurde noch mutiger, gab Sojasauce, ein wenig Naturjoghurt und schließlich ein Ei hinzu, um alles zu binden. Das Endergebnis sah alles andere als appetitlich aus, aber er konnte es kaum erwarten, sich an den Tisch zu setzen und zuzulangen. Womöglich hatte er zufällig eines der Geheimrezepte von Lous Frau Chui nachgekocht – Spezial-Reispfanne Athen oder etwas in der Art.

Doch vor dem Essen ließ er die Gasflamme noch eine Weile brennen; er gab den Inhalt in eine Schüssel und streute abermals Salz in die Pfanne. Nachdem er mit einem Geschirrtuch zwei- oder dreimal durch die Pfanne gewischt hatte, schüttete er die Salzreste in den Müll. Die Zauberpfanne sah wieder aus wie zuvor – schwarz, schimmernd und geölt.

Während er sein Meisterwerk verspeiste, kehrten seine Gedanken wieder zu Holiday zurück. Auf den ersten Blick schien der auf Abwege geratene Apotheker kein typischer Freund von ihm zu sein. Der starke Alkoholkonsum, das Glücksspiel, die Frauen. Gut, er stand hinter dem Tresen und versuchte, die Kneipe, die er geerbt hatte, am Leben zu erhalten, doch seine berufliche Zukunft kümmerte ihn recht wenig. Das allein unterschied sie schon voneinander. Außerdem hatte Holiday die Geduld seiner Eltern und seiner konservativen Vorstadtfamilie bis aufs Äußerste strapaziert, ihre Wertvorstellungen mit Füßen getreten und ihre Hoffnungen enttäuscht.

Das lag daran, dass John Holiday selbst die Hoffnung aufgegeben hatte. Der Lebensmut war ihm vor sechs Jahren abhanden gekommen, als seine Frau und seine acht Monate alte Tochter – Emma und Jolie – bei einem Unfall mit Fahrerflucht gestorben waren. Der Fahrer hatte eine rote Ampel missachtet und nicht einmal den Fuß vom Gas genommen.

Auch Hardy hatte ein Kind verloren. In einem anderen Leben hatte er einen Sohn namens Michael gehabt, der nur sieben Monate alt geworden war. Der Kleine hatte sich eines Tages irgendwie an den Stäben seines Gitterbettchens hochgezogen und war auf den Parkettboden gefallen. In den nächsten zehn Jahren – seine Ehe mit Jane Fowler und seine beginnende juristische Karriere hatten der Belastung durch die Trauer nicht standgehalten – ertränkte Hardy seinen Kummer in Guinness Stout und verdingte sich als Barmann im Little Shamrock. Wie Holiday war er ständig betrunken.

Er konnte nachvollziehen, warum Holiday so geworden war. Er machte ihm keine Vorwürfe, verurteilte ihn nicht und erwartete auch nicht, dass irgendjemand verstand, was sie miteinander verband. Es war eben, wie es war.

Er hatte die Gabel in den Teller gelegt. Während er über das Leben seines Freundes nachdachte, fragte er sich, ob es ihn wirklich zum Mörder gemacht haben konnte.

Holiday war in einer gutbürgerlichen Familie in San Mateo aufgewachsen. Sein Vater Joseph hatte drei unabhängige, lukrative Sportartikelläden besessen, die in den Achtzigern von einer landesweiten Kette aufgekauft worden waren. Johns Mutter Diane war Hausfrau und versorgte die Kinder – John, dessen jüngeren Bruder Jimmy und die beiden Schwestern Margie und Mary –, bis Mary in den Kindergarten kam, und arbeitete dann wieder als Lehrerin.

John besuchte eine katholische Knabenschule, war ein begabter Baseballspieler und Leichtathlet; er war der »Fahnenspieler« der Schule, dessen Namen auf der in der Turnhalle hängenden Fahne stand. Ein paar Jahre hielt er den kalifornischen Schülerrekord im 750-Meter-Lauf. Bei Mitschülern und Lehrern gleichermaßen beliebt, wurde er in seinem letzten Schuljahr zum Schulsprecher gewählt. Auch seine schulischen Leistungen ließen nichts zu wünschen übrig: Als Sechstbester seines Jahrgangs war er Stipendiat einer landesweiten sowie einer kalifornischen Stipendiatsgesellschaft.

Beachtliche Leistungen, die aber wenig über Holidays Persönlichkeit aussagten. Zwischen seinem fünfzehnten Lebensjahr, als er seine Unschuld verlor, und seinem einunddreißigsten, als er heiratete, lag eine wilde Zeit. Sein erstes Mal fand mit Anne Lerner statt, einer Nachbarin und Freundin seiner Mutter, die …

Es war ein warmer, windiger Nachmittag im späten Frühling. John und seine drei besten Schulfreunde kauften gerade Limo bei Safeway, wo eine der Mütter sie nach dem Baseballspiel hingefahren hatte. In der Warteschlange an der Kasse stand Anne Lerner – die jüngste von Mutters verheirateten Freundinnen und die schärfste, wie John fand. Sie hatte ein wirklich niedliches stupsnasiges Gesicht und ein strahlendes Lächeln; sie war immer sehr nett zu den Jungs. Auch Johns Freunde gaben zu, dass sie auf sie standen. Mrs. Lerner war die einzige Erwachsene, deren Name fiel, wenn die Jungs, wie so oft, die tollsten Mädchen mit dem geilsten Busen und so weiter auflisteten. An diesem Tag sah sie mit ihren langen, gebräunten Beinen, den kurzen weißen Tennisshorts und dem aschblonden Haar, das ihr über die Schultern fiel, fast aus wie ein Teenager.

In ihrem Einkaufswagen türmten sich die Tüten, und die vier Jungs überschlugen sich fast, um ihr zu helfen, die Einkäufe in den Kombi zu laden. Sie wohnten alle oben auf dem Hügel in einer Gegend, die auf Mrs. Lerners Weg lag, und sie erbot sich, sie mit dem Auto mitzunehmen. Die Jungen zwängten sich in den Wagen. John saß vorn, und als sie sich vorbeugte, um den Schlüssel ins Zündschloss zu stecken, entging ihm nicht, dass sich der oberste Knopf ihrer Bluse geöffnet hatte. Sie bemerkte seinen Blick, grinste ihn verschmitzt an und knöpfte die Bluse zu.

Nachdem alle bis auf John ausgestiegen waren, fragte Mrs. Lerner, ob er so nett sei, zu ihr nach Hause – nur ein paar Straßen weiter – mitzukommen, um ihr beim Ausladen der Einkäufe zu helfen. Ihre Töchter seien beide übers Wochenende mit den Pfadfinderinnen zum Zelten gefahren, und ihr Mann sei wieder einmal auf Geschäftsreise und werde erst gegen Mitte der Woche zurückkehren.

John schleppte die Tüten ins Haus. Er musste vier- oder fünfmal gehen, und währenddessen öffnete sich wieder der oberste Knopf. Dann der darunter. Als John die letzte Tüte auf die Anrichte stellte und sich zu ihr umdrehte, war nur noch ein Knopf übrig.

»Danke, John. Kann ich dir etwas anbieten? Ein Glas Wasser?«

Gebannt starrte er hin, als die Bluse von ihren Schultern glitt, doch er stammelte, nein, er müsse jetzt nach Hause.

Sie machte einen Schritt auf ihn zu. »Bist du sicher? Du kannst doch noch ein bisschen bleiben. Möchtest du wirklich nichts?«

Er schluckte – sein Mund war auf einmal ganz trocken – und betrachtete ihr Gesicht, auf dem ein geheimnisvolles Lächeln lag, ein Ausdruck, wie er ihn noch nie zuvor gesehen hatte. Sie kam noch ein Stück näher, bis sie ganz dicht vor ihm stand und er ihren wundervollen Duft riechen konnte – Mandeln und ... und noch etwas anderes. Sie legte den Kopf schräg und blickte zu ihm auf. »Was?«, fragte sie neckisch. »Sag schon.«

Sie folgte seinem Blick und schaute auf die Knopfleiste. »Ach, diese dämlichen Knöpfe.« Ihre Hand wanderte ganz, ganz langsam zu dem Knopf, der noch geschlossen war, und dann war auch der plötzlich offen. Sie führte seine Hände zu der kleinen Schließe vorn an ihrem BH und half ihm, ihn zu öffnen.

»Was für eine reizende Jugendromanze«, meinte Hardy. »Wie alt war sie?«

»Fünfunddreißig. Vierzig. Irgendwo dazwischen.«

»Wenn du erst fünfzehn warst, hat sie dich vergewaltigt.«

»Diz, bitte, Vergewaltigung klingt so hässlich. Ich bevorzuge das Wort ›verführt‹. Außerdem hab ich keine bleibenden Schäden davongetragen. Ehrlich gesagt« – ein lässiges Grinsen – »schaue ich seit einiger Zeit wieder ab und zu bei ihr vorbei. Und weißt du was? Sie ist immer noch scharf.«

»Das freut mich für euch beide. Für den Ehemann allerdings weniger.«

»Der hat längst das Zeitliche gesegnet. Seine Prostata hat schlappgemacht.« Holidays Grinsen wurde noch breiter; er wusste, dass er Hardy mit seinem Gerede provozierte. Sie saßen auf Klappstühlen in der Sonne vor den offenen Türen des Ark; noch waren keine Gäste da. Holiday trank ein Bud Lite aus der Flasche. Sein Arbeitshemd aus braunem Jeansstoff stand zur Hälfte offen.

»Sosehr mich deine Vergangenheit fasziniert – aber ich bin nicht deswegen hier. Hast du schon mit den Bullen geredet?«

»Ich hatte noch nicht das Vergnügen.«

»Waren sie denn nicht bei dir zu Hause?«

»Kann sein.« Holiday nahm einen Schluck Bier, und seine dunkelblauen Augen funkelten. »Aber ich glaube, ich habe letzte Nacht nicht dort geschlafen, also weiß ich es nicht genau. Doch ich hab hier kurz vorbeigeschaut, und Clint hat mir von den Bullen erzählt; daraufhin habe ich dich angerufen.«

»Und wie ich mich über deinen Anruf gefreut habe ...« Hardy spähte in den hellen Himmel und rutschte seinen Stuhl in den Schatten an der Tür. »Und was sagst du dazu?«

»Dass ich weder Sam Silverman noch sonst jemanden erschossen habe.«

»Bist du ganz sicher?«

Ein Nicken. »Eigentlich schon. An so etwas würde ich mich doch bestimmt erinnern.«

»Hast du ein Alibi für die Tatzeit?«

Das Grinsen verflog schlagartig. »Jetzt fragst du wie damals, als du zum ersten Mal mein Anwalt warst.«

»Und das hat ziemlich gut geklappt. Zumindest darf man im Gefängnis nichts trinken. Weder Bud Lite noch sonst etwas.«

»Brauchst du etwa einen neuen Mandanten?«

»Hey, *du* hast mich angerufen! Ein Mordfall ist das Letzte, worauf ich jetzt Lust habe. Und nur ein Tipp – du solltest genauso empfinden. Wenn Frannie nicht in der Arbeit wäre, würde ich jetzt mit ihr zu Mittag essen, statt zu versuchen, dich aus der Scheiße herauszuholen. Aber wie immer, wenn du Rat und Hilfe nötig hast, bin ich dir sofort zur Seite geeilt.«

»Gut.« Holiday beugte sich auf seinem Klappstuhl vor und stützte die Ellenbogen auf die Knie. Sein Zeigefinger steckte im Hals der Bierflasche, die er vor seinen Füßen auf dem Boden kreisen ließ. »Wo waren wir stehen geblieben?«

»Bei deinem Alibi.«

Holiday verzog nachdenklich das Gesicht. »Von welchem Abend sprechen wir?«

Hardy schlug einen barschen Ton an. »Verschon mich damit, John. Es war der Abend nach eurer Pokerrunde, also am Donnerstag. Heute ist Samstag. Also erinnere dich gefälligst daran, was vor zwei Tagen und weiß Gott wie vielen Drinks passiert ist.«

»Ganz im Vertrauen, ich war mit einer Frau verabredet«, erwiderte Holiday. »Erst Abendessen, dann Kino.«

Hardy lehnte sich zurück und breitete triumphierend die Hände aus. »Siehst du. Das war doch gar nicht so schwer.« Allerdings war die Miene seines Freundes weit davon entfernt, entspannt zu sein. »Was ist?«, fragte Hardy.

»Tja, da wäre noch etwas.«

Hardy wartete eine Minute ab, ehe er wieder das Wort ergriff. »Soll ich raten, oder rückst du jetzt endlich raus mit der Sprache?«

»Nein, ich erzähle es dir.« Holiday zog den Finger aus der Flasche und nahm einen weiteren Schluck. »Erstens ist die fragliche Dame verheiratet, weshalb sie nichts mit der Sache zu tun haben wollen wird.«

» Vielleicht wird man ihr keine andere Wahl lassen. Wer ist sie?«

»Das darf ich nicht sagen. Nicht einmal dir. Ihr Mann würde ...« Er beendete den Satz nicht.

»Tja, das sind ja ganz tolle Nachrichten. Dann kann ich also davon ausgehen, dass der Gatte noch unter den Lebenden weilt.«

»O ja, du kennst ihn bestimmt.«

»Ich kenne ihn?«

»Ich meine, er ist ziemlich bekannt. Ein Promi. Deshalb darf sie auf keinen Fall in die Sache reingezogen werden.«

»Prima. Einfach spitze. Du treibst es also mit einer Prominentengattin. Darf ich fragen, ob es sich um eine langjährige Beziehung handelt? Ich meine, zwischen dir und ihr, nicht zwischen ihr und ihrem Mann.«

»Wir waren ein paar Monate zusammen, aber es ist wahrscheinlich aus.« Holiday zuckte die Achseln. »Am Donnerstag haben wir mehr oder weniger Schluss gemacht. Vor dem Kino und vor dem Abendessen, wenn du es genau wissen willst.«

»Genau ist immer gut. Wir sollten weiter nach dieser Methode vorgehen.« Hardy lachte rau auf. »Also bist du gar nicht mit dieser namenlosen verheirateten Frau zum Abendessen und ins Kino gegangen und hast deshalb kein Alibi für die Mordzeit? Meinst du das damit? Und darf ich als kleine Anmerkung hinzufügen, welchen Spaß ich mit dir hätte, wenn dir das vor Gericht im Zeugenstand passieren würde?«

»Aber ich war mindestens bis halb sieben mit ihr zusammen. Darauf wollte ich hinaus, Diz. Da war Silverman doch schon tot.«

Hardy schüttelte den Kopf. Er wusste nicht, ob er verzweifeln oder loslachen sollte. Obwohl er Holiday jedes Wort glaubte – wer würde sich schon solche Mühe geben, sich eine derart konfuse und absurde Erklärung zurechtzulegen? –, konnte sein Freund in ernsthafte Schwierigkeiten mit der Justiz geraten, wenn es ihm nicht gelang, diese wichtigen Fakten geordnet darzustellen. »Ich glaube, ich könnte was zu trinken gebrauchen, John. Führst du alkoholfreie Getränke? Club Soda? Preiselbeersaft?«

Während Holiday sich hinter dem Tresen zu schaffen machte, trug Hardy die Klappstühle hinein und ließ sich auf einem der am Boden befestigten Barhocker nieder. »Nur aus reiner Neugier: Wohin kann man mit einer Prominentengattin zum Essen gehen, ohne erkannt zu werden?«

Holiday spritzte Soda vom Zapfhahn über ein wenig Eis und presste den Saft eines Limettenstückchens hinein. »Chinatown«, antwortete er. »Für die sehen wir alle gleich aus. Hey, das stimmt wirklich. Dort ist man mehr oder weniger unsichtbar.« Er reichte Hardy das Glas. »Aber entscheidend ist doch, ob Silverman schon tot war, als wir zum Essen gegangen sind, richtig?«

»Ich weiß nicht. Die genauen Zeiten sind mir nicht bekannt. Aus Glitskys Erzählung habe ich mir zusammengereimt, dass es am Abend gewesen sein muss. Aber ob es halb sechs oder halb sieben war, kann ich nicht sagen. Möchtest du mir nicht ganz im Vertrauen verraten, wer die Frau ist?«

»Wozu? Sie würde es einfach abstreiten. Insbesondere jetzt. Schließlich hatte sie sowieso immer eine Ausrede parat für den Fall, dass ihr Mann sie gefragt hätte, wo sie gewesen ist. Pass auf, vielleicht brauchen wir ihre Aussage ja gar nicht. Waren es nicht drei Typen?«

Hardy zuckte die Achseln. Seine Informationen über den Fall waren äußerst spärlich.

»Tja«, meinte Holiday. »Aber ich sage dir, dass es drei waren. Clint, mein Barmann von der Nachtschicht, hat es mir erzählt, die Bullen hätten versucht, ihm Angst einzujagen und die Sache mir, Clint und Clints Freund Randy in die Schuhe zu schieben. Clint ist schwul.«

»Was du nicht sagst«, erwiderte Hardy. »Und haben Clint und Randy ein Alibi?«

»Sie waren ab sechs die ganze Zeit über zusammen. Clint stand hinter dem Tresen.«

»Und es gab Gäste, die das beschwören könnten?«

»Es werden schon Leute hier gewesen sein.«

»Sehr überzeugend, John, weiß Gott. Weiß Clint die Namen irgendwelcher Gäste?«

»Bestimmt fallen ihm ein paar ein.«

Der Anwalt nahm einen Schluck Club Soda und strich mit dem Finger über die vielen Schichten Lack auf dem Tresen. »John, erinnerst du dich an unsere ersten Gespräche, nachdem man dich wegen der gefälschten Rezepte festgenommen hatte? Als du es einfach nicht fassen konntest, warum sich jemand so sehr für verschreibungspflichtige Medikamente interessiert, dass er anderen Menschen deshalb zusetzt?«

»Ich kapiere es immer noch nicht. Ein erwachsener Mensch sollte kaufen können, was er will. Und wenn er sich damit umbringt, ist es auch egal, es ist schließlich sein freier Wille.«

»Das ist wirklich eine sehr ungewöhnliche Auffassung, und wir können gerne irgendwann darüber debattieren, doch vielleicht sollten wir uns für den Augenblick darauf einigen, dass ein Mord eine schwerer wiegende Sache ist.«

Holiday war dabei, Zitronen zu zerteilen. Er blickte auf. »Ich habe Sam wirklich nicht umgebracht, Diz. Damals, da war ich wirklich schuldig.«

»Warum hast du mich dann gestern deswegen angerufen?«

Holiday wandte sich wieder der Zitrone zu. »Clint war vollkommen fertig, weil die Bullen da gewesen waren. Wahrscheinlich habe ich mich davon anstecken lassen.«

»Doch jetzt hast du dich wieder beruhigt?«

Ein Achselzucken. »Ich war es wirklich nicht. Und Clint und Randy waren es auch nicht. Die Bullen können es doch nicht uns dreien anhängen, wenn keiner von uns am Tatort gewesen ist.«

Hardy trank einen Schluck Soda und schwieg.

Wieder hielt Holiday inne. »Was soll dieser Blick?«

»Gar nichts. Ich hatte nur kurz vergessen, dass noch nie jemand wegen eines Verbrechens verhaftet worden ist, das er nicht begangen hat.«

»Sie werden mich nicht verhaften. Clint haben sie gestern auch nicht festgenommen, und dabei stand er direkt vor ihnen.«

»Okay, du hast mich überzeugt. Du schwebst nicht in Gefahr. Aber tu mir einen Gefallen. Wenn die Bullen vorbeikommen, um mit dir zu reden, ruf mich sofort an. Mach keine Aussage.«

Holiday verzog das Gesicht. »Aber Hallo darf ich doch sagen. Wenn ich auf ihre Begrüßung nicht antworte, könnten sie übellaunig werden. Das habe ich in Experimenten nachgewiesen.«

»Klar, sag ruhig Hallo. Meinetwegen back ihnen auch einen Kuchen.« Hardy leerte sein Glas, stand auf und marschierte ohne ein weiteres Wort zur offenen Tür hinaus.

Nachdem er sich ein wenig beruhigt hatte, rief er vom Autotelefon aus zu Hause an, doch niemand meldete sich. Auch bei Glitsky schaltete sich wieder der Anrufbeantworter an. Einer der seltenen Tage ohne Arbeit und ohne Familie: Er überlegte, ob er nach Hause fahren und sich körperlich betätigen sollte – schließlich warteten neunzehn Kubikmeter Holz darauf, gestapelt zu werden; oder er konnte joggen gehen. Stattdessen beschloss er, seiner eigenen, gut geführten und gemütlichen Kneipe einen Besuch abzustatten, um mit jemandem zu sprechen, der über ein funktionstüchtiges Gehirn verfügte.

»Der Typ ist ein Idiot«, meinte er zu Moses McGuire. In früheren Zeiten, als seine Prioritäten noch andere gewesen waren, hatte sein Schwager einen Doktortitel in Philosophie an der Cal Berkeley erworben. Sie warteten, bis der tosende Schaum in Dismas' Guinness-Glas in sich zusammenfiel. »Ich weiß nicht, warum ich meine Zeit mit ihm vergeude.«

»Du magst ihn, das ist der Grund. Ich mag ihn auch. Er ist der älteste Sohn, richtig?«

»Hat das was zu bedeuten?«

Moses hatte wie immer einen Macallan in einem Wasserglas vor sich auf dem Tresen stehen. Er aß eine Pirogge, die er im Imbiss an der Ecke geholt hatte, und spülte das Ganze mit Scotch hinunter. »Hast du irgendwelche guten Freunde, auf die das nicht zutrifft?«

Rasch ging Hardy im Geiste die Liste durch – McGuire, Freeman, Glitsky, Pico Morales, ja, sogar Graham Russo, ebenfalls ein ehemaliger Mandant. Und nun Holiday. »Das ist interessant.«

Für McGuire handelte es sich um eine altbekannte Offensichtlichkeit, weshalb er die Achseln zuckte. »Es könnte daran liegen, aber du darfst daraus nicht in allen Fällen auf den Charakter eines Menschen schließen. Er erinnert mich an die Typen, die wir damals an der Uni kannten. Sex, Drogen, Rock 'n' Roll, jede Nacht durchmachen. Du warst ja selbst dabei.«

»Nicht wirklich. Ich habe nicht in Berkeley studiert.«

»Aber du warst in den Sechzigern schon geboren, wenn ich mich nicht irre.«

»Weißt du was, Mose? Ich habe die Sechziger gehasst. Das einzig Gute in diesem Jahrzehnt waren die Beatles.«

»Komm schon. Was ist mit den Turtles? Herman's Hermits?«

Hardy konnte sich ein Grinsen nicht verkneifen. »Genau darauf will ich hinaus. Aber trotzdem würde ich 1968 zum schlimmsten Jahr unseres Lebens wählen. Also verstehe ich den Ausspruch, dass Holiday uns an diese guten alten Zeiten erinnert, nicht unbedingt als Kompliment.«

»Ich verrate dir was, und das hat nichts mit den Sechzigern zu tun.« Moses beugte sich über den Tresen, bis sein Gesicht mit der gebrochenen Nase nur wenige Zentimeter vor dem seines Schwagers schwebte. Seine Stimme war leise, fast ein Flüstern, und dennoch eindringlich. »Er ist genauso wie du, als du hier gearbeitet hast. Bevor du angefangen hast, mit Frannie zu gehen, und beschlossen hast, endlich erwachsen zu werden, warst du auch nicht besonders scharf auf Regeln.«

Diese Bemerkung saß, und Hardy geriet ins Grübeln, während McGuire sich wieder aufrichtete, um sich den übrigen fünf Gästen in der Kneipe zu widmen. Hardy nahm einen Schluck von seinem Nachmittagsbier und betrachtete sein Gesicht im Spiegel hinter der Theke.

Moses hatte Recht. Niedergedrückt von Trauer, Verlust und Schuldgefühlen wegen des Tods seines Kindes und des Scheiterns seiner Ehe, hatte er den Großteil des darauf folgenden Jahrzehnts hinter genau diesem Tresen verbracht. Er war ein Anwalt ohne Kanzlei, ein Denker ohne Gedanken gewesen, zu nicht viel mehr in der Lage, als jeden Morgen aufzustehen. Und manchmal hatte er sich sogar davon überfordert gefühlt.

Inzwischen war er glücklich verheiratet, hatte eine florierende Kanzlei und zwei halbwüchsige Kinder. Hardy führte ein erfülltes – manchmal auch zu volles – Leben, das von mehr oder weniger wichtigen Dingen, von Alltag, Beziehungen und Verantwortung geprägt war. Holidays Dasein hingegen unterschied sich völlig davon, aber er hatte es nicht selbst verschuldet. Er, Hardy, durfte nicht vergessen, dass Holiday von einem Tag zum anderen lebte, stets in Erwartung eines Funkens von Sinn oder Hoffnung. Und bis es so weit war, würde er sich eben trösten, so gut es ging: mit einer Frau, einer Flasche oder mit leicht verdientem Geld vom Pokertisch.

MacGuire stand wieder vor ihm, schenkte sich noch einen Schluck Scotch ein, gab einen Eiswürfel dazu und rührte mit dem Finger um. »Wo waren wir stehen geblieben?«

»Bei der Feststellung, dass ich ein von Vorurteilen strotzender alter Idiot bin.«

»Eine Aussage, die wahrhaft der Sechziger würdig ist, das berühmte Werturteil.« Sein Schwager tätschelte ihm den Arm. »Aber mit dem alten Idioten musst du dich noch ein paar Jährchen gedulden.«

»Aber das Traurige daran ist, Mose, dass ich inzwischen an Werten hänge.«

McGuire kicherte. »Tja, die meisten Grundsätze aus den Sechzigern – Werte sind schlecht, Kiffen schadet nicht, Treue ist unwichtig – haben sich im Laufe der Zeit als hinfällig entpuppt. Nur diese lästige alte Toleranz gegenüber anderen Lebensweisen, die ist uns erhalten geblieben.«

»Und die Beatles«, ergänzte Dismas. »Vergiss die Beatles nicht.«

»Aber von denen sind, wie dir vielleicht aufgefallen ist, auch nur noch zwei übrig«, erwiderte Moses.

7

Hardy hatte keine Gelegenheit mehr, mit Glitsky zu sprechen, bis dieser am Montagnachmittag unangemeldet in seiner Kanzlei erschien. Das Fieber des Babys hatte nicht am Zahnen gelegen. Und als es am Samstagmorgen auf vierzig Grad gestiegen war, waren Treya und er in die Notaufnahme gefahren: Röteln.

»Du hättest mich anrufen sollen«, meinte Hardy. »Rebecca hatte das auch mal. Ich hätte die Diagnose per Telefon stellen können.«

»Wenn sie das nächste Mal um drei Uhr morgens zu schreien anfängt, erfährst du es als Erster.«

»Ich freue mich schon darauf.« Die letzten Stunden hatte Hardy damit verbracht, die technischen Daten einer angeblich vollautomatischen Lastwagen-Waschanlage zu studieren, die einer seiner Mandanten für anderthalb Millionen Dollar gekauft hatte. Allerdings hatte die Anlage vom ersten Tag an keine einzige der in der Broschüre des Herstellers angepriesenen Eigenschaften erfüllt. Die Differenz zwischen der Menge wieder aufbereiteten Brauchwassers, die die Anlage tatsächlich bewältigen konnte, und der in der Broschüre garantierten Anzahl von Litern war nach Hardys Ansicht so gewaltig, dass ein Lastzug mit achzehn Rädern mühelos durchgepasst hätte. Diese Tatsache war ihm nach gründlicher Kontrolle der Zahlen klar geworden. In einem knappen Monat sollte der Fall vor Gericht verhandelt werden.

Deshalb hatte er nun ein wenig Zeit für seinen Freund. »Also, was ist los? Hast du dir heute freigenommen?«

Manchmal konnte Glitsky einfach nicht still sitzen. Zuerst ging er zum Fenster und blickte hinaus. Dann zog er die Pfeile aus Hardys Dartsscheibe. »Erstaunlicherweise habe ich meine wichtigen Aufgaben bereits« – er sah auf die Uhr – »vor sechs Stunden erledigt.«

»Du bist offensichtlich unterfordert. Hoffentlich hast du wenigstens einen beschäftigten Eindruck gemacht.«

Glitsky warf einen Pfeil. »Ich habe hinter der Tür gesessen und mit den Zähnen geknirscht.«

»Sechs Stunden lang? Das muss ja die Hölle für deine Backenzähne gewesen sein.«

»Meine Backenzähne sind mir egal.«

»Das würde sich rasch ändern, wenn du dir beim Zähneknirschen einen davon abbrichst. Ich wette, dass das mit der Knirscherei im Schlaf weitergeht.«

Glitsky drehte sich zu ihm um. »Was hältst du von einem Dartspfeil im Augapfel?«

»Vorsicht, du würdest wahrscheinlich danebenwerfen.« Hardy stand auf, umrundete seinen Schreibtisch und wartete, dass Glitsky den dritten Pfeil warf. »Und hast du noch was über den Fall Silverman rausgefunden?«

»*Noch was* würde bedeuten, dass ich überhaupt schon was rausgefunden hätte.« Er warf.

»Und dennoch hast du heute sechs vollkommen einwandfreie Stunden vergeudet, in denen du ebenso gut hättest ermitteln können.«

»Zufällig bin ich nicht mehr Detective.«

»Und außerdem auch ein miserabler Dartsspieler.« Hardy zog die Pfeile heraus und kehrte zu der Linie zurück, die mit Klebeband auf dem Fußboden markiert war. Er drehte sich um, hielt kurz inne, um Position einzunehmen, und warf einen dreifachen Zwanziger – einen ausgesprochen schwierigen

Wurf. »Im Moment fragst du dich vermutlich, warum ich so gut im Werfen bin.«

»Ich grüble Tag und Nacht über diese Frage nach. Nat hat übrigens Erkundigungen über Silverman eingezogen.«

»Ohne deine Hilfe? Wie hat er denn das angestellt?«

Glitsky knirschte schon wieder mit den Zähnen. »Während ich mit Rachel beschäftigt war, hat er Sadie – Silvermans Frau – geraten, sie solle es auf dem offiziellen Dienstweg versuchen. Also hat sie die Mordkommission angerufen.«

»Und?« Hardys Konzentration war mit einem Mal wie weggeblasen, und die nächsten beiden Pfeile gingen ins Leere.

Glitsky war an der Reihe; er zog die Pfeile heraus. »Und weder gestern noch heute hat sich jemand bei ihr gemeldet. Kein Mensch.«

»Wahrscheinlich waren die Jungs zu beschäftigt.«

»Wahrscheinlich. Also hat sich Nat vor etwa einer Stunde an mich gewandt. Ob ich noch mal nachhaken könnte? Und ich habe Lanier angerufen.«

»Ein wirklich fähiger Mann. Wirfst du jetzt oder nicht?«

»Machen wir eigentlich ein Spiel? Ich ziele einfach aufs Schwarze.«

»Schaffst du sowieso nicht.«

Glitsky warf einen Pfeil und verfehlte sein Ziel um etwa zehn Zentimeter; warf den nächsten – verfehlte es wieder. Den dritten – auch daneben.

»Tolle Runde«, meinte Hardy. »Und was hat Lanier gesagt?«

»Dass er Gerson den ganzen Tag noch nicht gesehen hat.«

»Immerhin ein Fortschritt.«

Glitsky trat zur Seite, um Hardy an der Linie Platz zu machen. »Aber – und das wird dir gefallen – die beiden Typen, die den Fall bearbeiten, Russell und Cuneo …«

»Kenne ich die?«

»Würde mich wundern. Jedenfalls hat Lanier die Stechuhr kontrolliert: Sie waren weder am Wochenende noch heute im Büro.«

Hardy traf ins Schwarze. »Vielleicht waren sie unterwegs und haben ermittelt.«

»Lanier ist anderer Ansicht. Dann hätten sie vorher eingestempelt. Inzwischen geht ohne Papierkram bei uns gar nichts mehr. Wer nicht einstempelt, kriegt einen bösen Brief von der Lohnbuchhaltung. Das sollte ich doch am besten wissen.«

Hardy warf rasch die letzten beiden Pfeile, sodass alle drei sich in der Mitte der Scheibe drängten. Dann ließ er sich auf seinem Schreibtisch nieder. »Bestimmt holen sie es irgendwann nach.« Er hielt inne. »Wahrscheinlich sollte ich dir das gar nicht sagen ...«

Glitsky, der gerade die Pfeile aus der Scheibe zog, drehte sich fragend um.

»Die Burschen schnüffeln einem meiner früheren Mandanten hinterher, der, wie ich wohl kaum hinzufügen muss, nichts mit der Sache zu tun hat. Erinnerst du dich an John Holiday?«

Glitsky schaltete sofort. »Der Apothekenfritze.«

»Richtig. Und zwei seiner Freunde, die alle Alibis haben.«

Endlich fiel der Groschen. »Der Anruf von Freitagabend.«

Hardy nickte. »Ich gebe es ja nur ungern zu, aber das war der Grund, warum ich mir am Samstag mit dir den Tatort ansehen wollte. Wenn du möchtest, können wir das ja heute nachholen.«

Glitsky überlegte eine Weile und schüttelte dann den Kopf. »Eigentlich bin ich ja zu dir gekommen, um das mit dir in Angriff zu nehmen. Aber was sollen wir dort tun, außer uns Schwierigkeiten einzuhandeln? Wie kommen wir überhaupt rein?«

»Wahrscheinlich hast du Recht«, erwiderte Hardy.

»Ich sorge zuerst dafür, dass Gerson Sadie zurückruft, und finde heraus, ob sie schon eine heiße Spur haben. Doch jetzt zu deinem Mandanten. Was gefällt ihnen so an ihm?«

»Er hat keine Ahnung. Und er scheint sich deshalb auch keine großen Sorgen zu machen.«

»Aber trotzdem hat er dich angerufen.«

Hardy zuckte die Achseln. »Das war der anfängliche Schreck. Inzwischen hat er ihn überwunden. Allerdings ist sein Barmann vorbestraft, und sein Alibi macht vermutlich auch nicht viel her. John glaubt, die Cops haben nur mal auf gut Glück nachgefragt, um zu erfahren, ob er etwas weiß.«

»Und weiß er was?«

»Nein. An dem Abend war er ein paar Häuserblocks weiter und stand hinterm Tresen.«

Glitsky runzelte die Stirn. »Und warum ist das kein gutes Alibi?«

»Offenbar war an dem Abend nicht viel los. Nur wenige Gäste saßen an der Bar, wenn überhaupt welche. Er und sein Partner – der andere mutmaßliche Verdächtige – geben einander ein Alibi. Doch viel mehr haben sie nicht vorzuweisen.«

»Und was ist mit deinem Mandanten, diesem Holiday?«

»Er war mit einer Freundin beim Essen. Chinatown«, fügte er hinzu.

»Also ist er aus dem Schneider.«

Ein verkniffenes Lächeln. »Ja.«

»Tja.« Nachdenklich schürzte Glitsky die Lippen. »Wenn die Cops diesem Typen auf die Bude rücken, ist das ein Zeichen dafür, dass sie wenigstens was unternehmen.« Er seufzte tief auf. »Es ist nicht meine Aufgabe, das muss ich mir immer wieder vor Augen halten. Wahrscheinlich ist Geduld nicht unbedingt meine Stärke.«

»Du willst mich sicher auf den Arm nehmen«, sagte Hardy. »Wann hat das denn angefangen?«

Matt Creed hatte die letzten beiden Abende freigehabt. Nun war er wieder im Dienst und ging, beide Hände in den Taschen, seine Strecke ab. Bei jedem Atemzug stand ihm eine Dampfwolke vor dem Mund. Außerhalb des Lichtkegels der Straßenlaternen war die Nacht pechschwarz, wie um die Zeit, als es die Woche zuvor vor Silvermans Laden haarig geworden war. Die Abfolge der Ereignisse war während des Wochenendes immer wieder in Creeds Kopf abgelaufen wie eine Endlosspule. Der Schuss und der gleichzeitige Einschlag neben seinem Ohr war so viel lauter gewesen als alles, was er je auf dem Schießstand durch die Kopfhörer gehört hatte; der Knall hallte noch immer in seinem Gedächtnis wider.

Als Creed an der Market Street um die Ecke bog und das Ark auf der anderen Straßenseite erreichte, bemerkte er den Dämmerschein, der durch die Tür fiel. Er blieb stehen und versuchte, sich die Szene vom vergangenen Donnerstag zu vergegenwärtigen und sich an irgendetwas zu erinnern. Doch es war so ein gesichtsloses Stück Straße, ein Ort ohne besondere Eigenschaften, dass einfach nichts in seinem Gedächtnis haften geblieben war. Eines der Fenster war mit Pressspanplatten vernagelt, das andere hatte eine dunkel getönte Scheibe, der Eingang wirkte wie ein schwarzes klaffendes Maul. Matt konnte sich beim besten Willen nicht erinnern, ob er überhaupt in diese Richtung geschaut hatte, als es am Allerwichtigsten gewesen war.

Hier war er nun, als Polizist verkleidet, aber mit seiner Aufgabe völlig überfordert. Seine angeblichen Pflichten waren derart weit entfernt von der Wirklichkeit, dass ihm flau im Magen wurde. Creed war zweiundzwanzig Jahre alt und besuchte tagsüber Kurse in Kriminologie am City College. Die Stelle als Mitarbeiter im Wachdienst bei WGP Enterprises hatte er deshalb angenommen, weil sie ordentlich bezahlt war und zudem die Möglichkeit bot, mit finanzieller Unterstützung von Panos später die Polizeiakademie zu besuchen. Mit einem Abschluss am City College, einer Ausbildung an der Polizeiakademie und der Berufserfahrung bei Panos wollte er sich später dann bei der städtischen Polizei bewerben. Sein Lebensziel war es, Inspector bei der Mordkommission zu werden, und er hatte dieses Ziel schon zum Greifen nah gewähnt.

Bis zum letzten Donnerstag, als er überhaupt nichts gesehen und noch weniger bemerkt hatte. Obwohl er der einzige Zeuge des Verbrechens war, war er kaum eine Hilfe gewesen und hatte gerade mal den Kaffee holen dürfen. Wade Panos – der große Boss persönlich! – war am Donnerstagabend in Silvermans Laden gewesen. Creed hatte das mulmige Gefühl, dass er sich die Worte in den Mund hatte legen lassen, als Roy mit zwei echten Inspectors von der Mordkommission erschienen war. Vor lauter Bemühung, sich bei ihnen beliebt zu machen und ernst genommen zu werden, war er auf ihre Verdächtigungen eingegangen und hatte Randy Wills und Clint Terry mehr oder weniger der Tat beschuldigt.

Creed war Randy Wills zwar schon ein paarmal im Ark begegnet, kannte ihn aber nur vom Sehen. Terry hingegen, ein wirklich anständiger Kerl, hatte damals, als sie noch Panos' Klienten gewesen waren, Creed oft einen Kaffee oder eine Cola ausgegeben. Offen gestanden hatte er die beiden Männer, die zuerst aus dem Laden gerannt waren, kaum gesehen, sodass es sich genauso gut um Marsmännchen mit zwei Köpfen hätte handeln können. Und was den Mörder betraf? Ja, der hatte ziemlich groß gewirkt, doch beim Weglaufen, aus einem Abstand von fünfundzwanzig Metern, bei Dunkelheit und Regen hätte der Täter, der zudem in eine dicke Jacke gehüllt war, jeder x-Beliebige sein können. Warum nicht sogar eine Frau?

Inzwischen befürchtete Creed, dass er die Cops von der Mordkommission auf die Fährte von völlig unschuldigen Menschen gelockt hatte. Doch wie sollte er den möglicherweise angerichteten Schaden wieder gutmachen?

Ohne es zu bemerken, hatte er das Ark betreten. Es war Montagabend und tote Hose. Zwei Gäste saßen an der Theke, dahinter ragte Clint Terrys hünenhafte Gestalt auf. Plötzlich überkam es Creed wie ein Blitz aus heiterem Himmel, dass der Täter unmöglich so groß gewesen sein konnte.

»Hey, Matt, willst du nach uns sehen? Oder frierst du?«

»Ist nicht gerade warm, Clint.«

»Ich habe ein paar Pappbecher da. Möchtest du einen Kaffee zum Mitnehmen? Zwei Würfel Zucker und Sahne, richtig?«

»Das wäre nett, danke. Alles in Ordnung hier?«

»Bestens.« Eine Pause. »Gestern Abend war Roy mit zwei Bullen von der Mordkommission hier.«

»Ja, das habe ich gehört. Die Sache Silverman, richtig?«

»Hat er zumindest gesagt. Aber ich hatte während dieser Zeit hier Schicht. Vielleicht hast du mich gesehen?«

»Ich habe an dem Abend nicht reingeschaut, Clint. Tut mir Leid.«

»Tja, spielt wahrscheinlich sowieso keine Rolle. Die Bullen waren nicht wieder hier. Aber pass auf, von heute ab würde ich mich freuen, wenn du beim Vorbeikommen mal den Kopf reinsteckst. Der Kaffee geht dann auf mich.«

Obwohl der Kaffee ihn aufwärmte, vermochten weder Clints Gastfreundschaft noch das dampfende Gebräu ihn aufzuheitern. Als Creed die Ellis Street erreichte, hatte er sich mehr oder weniger entschieden, mit Russell und Cuneo zu sprechen und seine frühere Aussage zurückzunehmen. Vielleicht bot sich ja die Gelegenheit, denn bei Silverman brannte gerade Licht.

Durch die Tür sah Creed einen alten Mann auf einem Stuhl an der Theke sitzen. Eine alte Frau stand im Mittelgang vor den Regalen und machte sich Notizen auf einem Klemmbrett. Er beobachtete sie eine Weile. Sie wirkten entspannt, wenn auch ein wenig niedergeschlagen. Sie wechselten immer wieder ein paar Worte, wenn die Frau beim Schreiben innehielt. Als Creed an die Scheibe klopfte, erschraken sie beide, doch dann erkannte die Frau die Uniform und kam an die Tür, um aufzumachen.

»Kann ich Ihnen helfen?«, erkundigte sie sich. Creed schätzte sie auf Ende sechzig, Anfang siebzig. Sie hatte ein scharf geschnittenes, vogelähnliches Gesicht und flaumiges weißes Haar. Bestimmt wog sie nicht mehr als fünfzig Kilo. Allerdings hatte sie nichts Gebrechliches oder Schüchternes an sich. Ihre Augen – keine Brille – musterten ihn argwöhnisch.

»Dasselbe wollte ich Sie auch fragen«, erwiderte Creed.

»Wie sollten Sie mir helfen können? Sie arbeiten doch für WGP, oder?« Sie betrachtete das Namensschild auf seiner Brusttasche. »Tja, Mr. Creed, ich bin Sadie Silverman, Sams Frau. Wir gehören nicht mehr zu Ihren Kunden.«

»Ja, Ma'am, dessen bin ich mir bewusst. Ich habe nur das Licht gesehen und …« Er verstummte achselzuckend.

Plötzlich stand der Mann neben ihnen. Er legte Sadie die Hand auf die Schulter, öffnete die Tür ganz und winkte Creed hinein. »Ich bin Nat Glitsky«, verkündete er und streckte die Hand aus. »Ein Freund der Familie. Wir machen gerade Inventur. Waren Sie an dem Abend, als es passiert ist, hier?« Er schloss die Tür und legte den Riegel vor.

»Ja, Sir, ich war der …« Wieder verstummte Creed. »Ich habe die Leiche gefunden.«

»Wissen Sie, ob die Polizei etwas mitgenommen hat?«

»Nein, ich glaube nicht. Meinen Sie, aus den Regalen?«

»Niemand gibt mir Auskunft«, sagte Sadie. »Und niemand hält es für nötig, mich zurückzurufen. Also bin ich mit Nat hierher gekommen.«

Nat legte der Frau die Hand auf den Arm. »Die Polizei hat Sadie nur verraten, dass Sam bei einem versuchten Raubüberfall getötet wurde. Offenbar waren es drei Männer. Haben Sie sie gesehen?«

»Nur aus der Entfernung«, erwiderte Creed ausweichend. »Einer von ihnen hat zweimal auf mich geschossen. Ich habe sie zwar verfolgt, konnte sie aber nicht einholen.«

»Wenn Sie doch nur ein paar Minuten früher gekommen wären …« Sadie seufzte tief auf. »Was waren das für Räuber und Mörder? Warum haben sie sich ausgerechnet diesen Laden ausgesucht? Warum mussten sie Sam …«

Ihr Kiefer begann leicht zu zittern, und Nat legte ihr den Arm um die Schulter. »Schon gut, Sadie, schon gut.« Er brachte sie zu dem Stuhl neben der Schmuckvitrine, auf dem er gesessen hatte, ließ sie Platz nehmen und kehrte dann in den Mittelgang zurück, wo Creed inzwischen stand. »Es wäre nett zu erfahren, ob sich überhaupt jemand für den Zwischenfall hier interessiert«, meinte er. »Mehr nicht. Unternimmt man denn etwas, um die Täter zu finden?«

»Die Mordkommission ermittelt. Zwei Inspectors waren am Freitagabend hier, um mich zu befragen.«

»Und was haben Sie geantwortet? Was wissen Sie?«

»Dasselbe, was ich auch Ihnen gesagt habe. Drei Kerle. Mindestens einer davon bewaffnet. Mr. Panos vermutet, dass sie das Geld mitgenommen haben, das Mr. Silverman zur Bank bringen wollte. Eigentlich hätte er einen alten Lederbeutel bei sich haben müssen.«

»Das war es also!«, rief Sadie aus. »Donnerstag war Banktag.«

»Wer ist Mr. Panos?«, hakte Nat nach.

»Mein Chef«, entgegnete Creed.

Sadie hatte sich inzwischen wieder gefasst; sie erhob sich. »Er ist der Inhaber des Bewachungsunternehmens, das wir früher beschäftigt haben. Doch im letzten Sommer hat er die Gebühren erhöht, und wir mussten den Vertrag kündigen.«

Nat verzog verdattert das Gesicht. »Moment mal. Warum war dieser Panos am Donnerstag hier, wenn er den Laden gar nicht mehr bewacht?«

»Weil ich Zeuge war«, erwiderte Creed. »Die Bullen haben ihn übrigens dasselbe gefragt. Er und Sam kannten sich wohl.« Er wandte sich an Sadie. »Es hat ihn wirklich schwer getroffen, Ma'am. Er hat den Inspectors versprochen, ihnen zu helfen, wo er nur kann. Und ich weiß, dass er am Freitag, als sie mich vernommen haben, mit ihnen zusammengearbeitet hat«, fügte er, an Nat gewandt, hinzu.

»Woher wissen Sie das?«, verwunderte sich Nat.

»Sein Bruder Roy – Mr. Panos' Bruder also – war bei den Verhören der Verdächtigen dabei.«

»Also gibt es doch schon Verdächtige?«, erkundigte sich Sadie.

Creed zog eine gequälte Miene. »Die Inspectors haben ein paar Jungs überprüft, die bei einer Pokerrunde mitgespielt hatten. Offenbar hatte einer von ihnen am Vorabend viel Geld verloren, und sie glaubten, er könnte zurückgekommen sein, um es sich zu holen. Mr. Panos hat den Inspectors eine Liste mit den Namen der Anwesenden gegeben.«

Als es laut an der Tür klopfte, zuckten alle drei zusammen.

Ein dunkles, bedrohliches Gesicht mit Hakennase spähte durch die Scheibe, und Creed griff schon nach seiner Pistole. Doch Nat legte ihm die Hand auf den Arm und hielt ihn zurück. »Das ist nur mein Sohn«, sagte er.

»Was machst du denn hier, Dad?« Der einschüchternd wirkende Schwarze nahm eine Menge Platz auf dem Mittelgang ein. Unwirsch wandte er sich an Creed und zeigte seine Dienstmarke vor. »Mein Name ist Glitsky, Polizei San Francisco. Und wer sind Sie?«

»Mitarbeiter im Bewachungsdienst, Matt Creed, Sir.«

Doch Glitsky hatte sich schon umgedreht. »Nat, was machst du hier?«

Der alte Mann ließ sich jedoch nicht beirren. »Sadie wollte bloß …« Er hielt inne. »Wir hielten es für eine gute Idee, Inventur zu machen. Von der Polizei hat sich niemand bei ihr gemeldet. Sie hat einen Schlüssel, und so dachten wir, wir schauen mal nach, was sie mitgenommen haben. Um vielleicht etwas herauszufinden, Abraham, da offenbar niemand bereit ist, uns Auskünfte zu geben.«

»Ja, ja, schon verstanden.« Mit einem Kopfschütteln sah Glitsky sich um. Dann ging er zur Tür des Hinterzimmers, betrachtete den bräunlichen Fleck auf dem Boden und warf einen kurzen Blick auf die Schmuckvitrine. Schließlich kehrte er wieder zu seinem Vater zurück. »Ich habe dir doch versprochen, dass ich so bald wie möglich mit Gerson rede, Dad, um zu versuchen, etwas rauszukriegen. Gestern war er nicht im Büro.«

Er holte tief Luft und wandte sich zu Sadie um. »Mrs. Silverman«, sagte er. »Ich weiß, wie schwer es ist, Geduld aufzubringen – vor allem für jemanden, der in tiefer Trauer ist wie Sie. Ich habe höchstes Mitgefühl mit Ihnen. Ich war sechzehn Jahre bei der Mordkommission, und zwar nicht nur als einfacher Polizist, sondern auch als Leiter der Abteilung. Also glauben Sie mir, dass ich mich auskenne. Wenn die Polizei etwas weiß, wird sie es Ihnen mitteilen. Doch dass mein Vater jetzt zusammen mit Ihnen hier am Tatort erscheint, erschwert die

Sache nur noch. Ich darf nicht zulassen, dass er sich in irgendeiner Weise in die Ermittlungen einmischt.«

Als Creed klar wurde, dass er sich mit Lieutenant Glitsky, dem ehemaligen Chef der Mordkommission, in einem Raum befand, beschloss er, unter allen Umständen mit ihm zu sprechen, auch wenn das bedeutete, dass er seine Runde verspätet fortsetzen würde. Selbst eine beiläufige Unterhaltung mit einem Polizisten von Glitskys Dienstrang und Erfahrung konnte vielleicht später zu einem Empfehlungsschreiben führen oder anderweitig von Vorteil sein. Möglicherweise konnte der Lieutenant ihm ja auch einen Rat geben, wie er Cuneo und Russell auf seine fragwürdige Identifizierung von Clint Terry ansprechen sollte.

Als Glitsky mit seinem Vater und Mrs. Silverman den Laden verließ, heftete Creed sich deshalb unbemerkt an ihre Fersen, während die drei die Straße entlanggingen und die Tiefgarage von Macy's betraten.

Er wartete in einer Nische, bis Mrs. Silvermans Wagen verschwunden war, und versuchte, den richtigen Moment abzupassen. Wie Glitsky so dastand, die Hände in die Hüften gestemmt, und den Heckscheinwerfern des Lexus nachblickte, schienen Wut, Enttäuschung und vielleicht auch Erschöpfung in ihm zu brodeln. Nach einer Weile hob er die Hand an die Stirn und rieb sich die Schläfen.

»Alles in Ordnung, Sir?«

Sofort war Glitsky wieder ganz Polizist. »Es geht mir ausgezeichnet, Mr. Creed. Ich habe gar nicht bemerkt, dass Sie noch bei uns sind.« Als Glitsky sich in Bewegung setzte, lief Creed ihm nach. »Tut mir Leid, dass ich Sie vorhin im Laden so angefahren habe. Ich habe mich über meinen Vater geärgert. Es war nicht Ihre Schuld.«

»Danke, Sir.« Vielleicht war ja das die richtige Einleitung. Sie hatten den Ausgang der Garage erreicht und standen wieder auf der Straße. »Die Spurensicherung war bis etwa vier Uhr morgens da.«

Glitsky hielt inne und betrachtete ihn. »Woher wissen Sie das? Sind Sie auch dabeigeblieben?«

»Ich bin nach meiner Schicht wiedergekommen.« Creed zuckte die Achseln. »Ich besuche Kurse in Kriminologie. Obwohl ich der erste Zeuge am Tatort gewesen war, schien sich niemand für mich zu interessieren. Ich war nur neugierig, wie es im wirklichen Leben funktioniert.«

»Und wie hat es funktioniert?«

»Soweit ich es beurteilen konnte – aber das sagt ja nicht viel –, waren sie ziemlich gründlich.«

Glitsky vergrub die Hände in den Jackentaschen. Einige Sekunden vergingen. »Und warum waren Sie als Erster dort? Sind Sie angerufen worden?«

»Nein, es war eigentlich nur ein Zufall. Ich war auf der Straße, gleich da drüben« – er zeigte mit dem Finger auf eine Stelle auf der anderen Straßenseite –, »als bei Silverman der Alarm losging. Ich sah, wie ein paar Typen zur Tür rausrannten. Also habe ich ihnen nachgerufen, sie sollen stehen bleiben. Und da hat einer auf mich geschossen. Zweimal.«

Glitskys Mund verzog sich unwillkürlich zu einem Lächeln. »Und offenbar daneben, wie ich sehe.«

»Ja, Sir.«

»Da haben Sie aber Glück gehabt.« Sein Blick wanderte zum Laden. »Allerdings ist es auch eine ziemliche Entfernung. Jedenfalls kann man nie genug aufpassen, dass man nicht getroffen wird.«

»Das tue ich auch.«

»Tja, ich eigentlich auch, aber es kommt häufig anders, als man denkt.«

»Sind Sie mal angeschossen worden?«

Das war die falsche Frage. Die Miene des Lieutenants verdüsterte sich. »Nichts, womit man angeben müsste«, entgegnete er barsch.

Glitsky rang mit sich. Er hatte keine große Lust, seine Zeit mit müßigem Geplauder mit diesem jungen Privatbullen zu vergeuden, auch wenn dieser einen aufgeweckten, engagierten und idealistischen Eindruck machte. Das waren Eigenschaften, die Glitsky eigentlich nicht mit Panos' Mitarbeitern verband, insbesondere seit er – Hardy und seinem schwebenden Verfahren zuliebe – die Polizeiberichte noch einmal studiert hatte. Außerdem hatte er selbst auch schon öfter mit WGP zu tun gehabt, und nur wenige dieser Begegnungen waren erfreulich verlaufen.

Andererseits war dieser Junge der erste Zeuge am Tatort gewesen und hatte das Verbrechen mit eigenen Augen beobachtet. Zweifellos war er von den zuständigen Inspectors vernommen worden, und Glitsky hatte keinen Grund zu vermuten, dass diese Befragung mangelhaft gewesen sein könnte. Er kannte Cuneo und Russell nicht. Sie waren Gersons Leute, und nichts sprach dagegen, dass sie zwei der fähigsten und eifrigsten Polizisten in ganz San Francisco waren. Nichts, bis auf seine jüngsten Erfahrungen mit besagter Behörde.

»Wirklich nichts, womit man angeben müsste«, sagte er nochmals, nachdem er festgestellt hatte, dass er zuvor zu unfreundlich geklungen hatte. »Und ... Sie haben diese Typen also tatsächlich gesehen?«

»Tja, um ehrlich zu sein, Lieutenant, habe ich nur drei Gestalten beobachten können, die in der Dunkelheit vor mir wegliefen. Ich könnte keinen von ihnen wiedererkennen, und wenn es um mein Leben ginge.«

»So was kann passieren. Ich würde mir darüber nicht den Kopf zerbrechen.« Das offene Gesicht des jungen Mannes verdüsterte sich. »Was ist?«, erkundigte sich Glitsky.

Creed seufzte tief auf und wirkte plötzlich verlegen. »Vielleicht habe ich mich zu sehr bemüht zu helfen.«

Glitsky hatte schon viele Geständnisse erlebt und kannte deshalb die Anzeichen dafür, wenn jemand sein Herz ausschütten wollte. Also lehnte er sich an eine Parkuhr, verschränkte die Arme und sah Creed abwartend an.

»Ich habe ihnen – den Inspectors – gesagt, dass der Mann, der auf mich geschossen hat, ziemlich groß war. Also sind sie am nächsten Tag wieder aufgekreuzt und meinten, sie wollten einen Typen unter die Lupe nehmen, der hier im Viertel arbeitet, einen Barmann drüben im Ark. Ob ich den kenne? Ob ich glaube, dass er es gewesen ist? Und ich denke ... nein, um ehrlich zu sein, weiß ich nicht, was ich gedacht habe. Vielleicht wollte ich mich ja auch nur wichtig machen. Also habe ich geantwortet, ja, vielleicht war er es. Ich meine, ich habe nur gesagt, es konnte so gewesen sein, und dann habe ich den Inspectors erzählt, er hätte zwei Freunde, mit denen er immer zusammensteckt ...« Creeds Stimme erstarb.

»Und nun befürchten Sie, Sie hätten sich geirrt?«

Bedrückt schüttelte Creed den Kopf. »Ich weiß es wirklich nicht. Heute Abend war ich dort – im Ark –, und er stand hinter dem Tresen. Ich meine, er könnte es gewesen sein, vielleicht, durchaus möglich, aber den Inspectors gegenüber war ich mir viel sicherer und habe den Eindruck vermittelt, dass ich ihn eindeutig identifizieren könnte.«

»Also rufen Sie sie am besten an und erklären Sie es ihnen«, schlug Glitsky vor.

»Einfach so?«

»Ja. Wahrscheinlich gehen sie zurzeit einem halben Dutzend verschiedener Hinweise nach und freuen sich über jeden Hinweis. Glauben Sie mir, die werden Ihnen dankbar sein.«

»Und mich für einen Idioten halten.«

Glitsky lächelte. »Mögen die Jungs doch denken, was sie wollen. Allerdings würde mich interessieren, wie die Kollegen überhaupt auf diesen großen Kerl gekommen sind. Gibt es da einen Zusammenhang?«

»Ja, gibt es. Das Ark. Da liegt die Verbindung.«

»Und die wäre?«

»Dieser John Holiday, dem der Laden gehört. Offenbar war er auch bei Silvermans Pokerrunde – Sie wissen doch, dass jeden Mittwochabend diese Pokerrunde stattfand? Jedenfalls war Holiday am Vorabend des Mordes dort und hat eine Menge Geld verloren. Mr. Panos hatte davon gehört und es den Inspectors erzählt. Nachdem sie Holiday im Ark nicht angetroffen haben, haben sie sich Clint vorgeknöpft. Den großen

Kerl. Den Barkeeper. Und anschließend haben sie mich dann gefragt, ob er es gewesen sein könnte.«

»Sprechen Sie mit den Inspectors«, sagte Glitsky. »Vielleicht haben diese Typen ja sonst noch Dreck am Stecken.«

»Ich möchte bloß nicht, dass sie wegen meiner Aussage Zeit verlieren. Und außerdem ...«

»Was denn?«

»Diese Typen, Holiday, Clint und Randy Wills, die sind meiner Ansicht nach ziemlich harmlos. Und ich will nicht, dass sie Schwierigkeiten kriegen, wenn sie gar nichts mit der Sache zu tun haben.«

Glitsky kaute auf der Backe und dachte angestrengt nach. »Darüber würde ich mir den Kopf nicht zerbrechen«, meinte er schließlich. »Wenn sie es waren, werden früher oder später Beweise dafür auftauchen, und dann wird man sie schnappen. Wegen Ihrer Aussage allein wandern sie sicher nicht in den Knast, das garantiere ich Ihnen. Doch ich halte Sie auf, und meine Frau glaubt, dass ich schon auf dem Heimweg bin.« Er zeigte mit dem Finger auf Creed. »Aber Sie rufen die Inspectors an, versprochen?«

»Jawohl, Sir.«

Fünfundvierzig Minuten später, als Creed südlich der Market Street Streife ging, sah er Roy Panos, der gerade in Carr's Coffee Shop Pause machte. Wie Creed hatte er heute Nacht Dienst und trug Uniform. Roy war in ein Gespräch vertieft, und nachdem Creed das Café betreten hatte, stellte er fest, dass es sich bei dem anderen Mann, der ihm den Rücken zukehrte, um Nick Sephia handelte. Da er kein großer Fan von Nick war – vor dessen Wechsel zum Diamond Center hatt er ein paarmal mit ihm zusammengearbeitet –, überlegte er, ob er sich umdrehen und wieder gehen sollte. Doch da hatte Roy ihn schon bemerkt, winkte ihn heran und ruschte ein Stück, um ihm Platz zu machen.

»Hey, Mattie.« Creed verabscheute diesen Kosenamen und hatte einmal den schweren Fehler begangen, das Roy gegenüber zu erwähnen – mit dem Ergebnis, dass er nun für den Rest seiner Tage mit Mattie, kleiner Matt oder Mataroni angesprochen werden würde. Allerdings konnte man Roy nicht lange böse sein, denn er überschlug sich immer vor Freundlichkeit. An diesem Abend war er so aufgekratzt, dass Creed sich fragte, ob er womöglich getrunken hatte. Vielleicht war er auch nur nervös. »Ich habe den Jungs gerade erzählt – du kennst doch Nick und Julio ... nein? Julio Rez, Matt Creed.«

Creed streckte den Arm über den Tisch und schüttelte die Hand eines gut gekleideten, auffällig glatt rasierten Latinos mit wachen Augen und einer finsteren Miene, dem die knappe Hälfte des linken Ohrs fehlte. »Sehr erfreut«, sagte der Mann, als wäre der Zusatz »dich kennen zu lernen« schon zu viel gewesen.

Creed spürte Aggressivität und aufgestaute Energie, möglicherweise von Kokain herrührend. Er fragte sich, ob Nick, der inzwischen als Diamantenkurier zu den oberen Zehntausend in der Sicherheitsbranche zählte, nun einen eigenen Leibwächter hatte. Als Rez sich vorbeugte, um Creeds Hand zu schütteln, klaffte sein Sakko auseinander, sodass ein Schulterhalfter und der Knauf einer Automatik zu sehen waren.

All diese Beobachtungen machte Creed innerhalb eines Sekundenbruchteils. Roy bestritt weiter das Gespräch. »Ich habe den Jungs gerade von dir erzählt. Jetzt mache ich diesen Job schon seit fünfzehn Jahren, leuchte mit der Taschenlampe in ein Fenster – nichts – und gehe weiter zum nächsten. Und unser Mattie hier, der erst ein knappes Jahr dabei ist, braucht nur um die Ecke zu biegen – und: *Peng!* Ihm fliegen die Kugeln um die Ohren, ein paar Typen rennen weg, und er hinterher, wie im gottverdammten Wilden Westen. Scharfe Sache.«

»Ich bin jederzeit bereit zu tauschen«, erwiderte Creed. »Ich habe den Job eigentlich wegen der Sache mit der Taschenlampe angenommen.«

»Magst du es nicht, wenn man auf dich schießt?«, fragte Sephia. »Ich stehe nämlich drauf, ich schwöre bei Gott. Das macht mich total geil.«

»Gibt es eigentlich irgendwas, von dem du nicht geil wirst, Nick?«, fragte Roy.

Sephia überlegte kurz. »Da fällt mir im Moment nichts ein.«

Rez wandte sich an Creed. »Roy sagt, du hättest die Arschlöcher im Ark wiedererkannt.« Es klang weniger wie eine Frage als wie eine Herausforderung. Wie zuvor schon seine Begrüßung.

»Wiedererkannt ist vielleicht ein bisschen übertrieben«, erwiderte Creed.

»Er ist nur bescheiden«, wandte Roy ein. »Er wird sie alle in den Knast bringen. Holiday, Terry und seine kleine Freundin. Wie heißt der Typ noch mal?«

»Randy Wills.« Rez brauchte gar nicht zu überlegen. Er hatte alles im Kopf. Ein richtiger Buchhalter.

»Wills, Terry, Holiday, die ganze Bande«, wiederholte Roy. »Auf den Jungen ist nicht nur ein paarmal geschossen worden, er hat sogar noch vor seinem einjährigen Dienstjubiläum einen Mord aufgeklärt.«

»Das stimmt nicht ganz.«

Aber Roy ließ sich nicht beirren. »Hey, es stimmt doch, Matoosh. Nach deiner Identifizierung werden die Typen ein paar Jährchen in den Knast wandern.«

»Na ja ...«

»Du scheinst nicht sehr begeistert zu sein«, sagte Rez. Mit einem verkniffenen Lächeln und einem starren Blick aus Katzenaugen beugte er sich über den Tisch.

Creed spürte, wie ihm der Schweiß den Nacken hinunterlief. »Die Sache ist, dass sie es vielleicht gar nicht waren.«

Roy schnaubte und lachte verächtlich auf. »Was redest du da? Natürlich waren sie es. Du bist doch derjenige, der sie gesehen hat, richtig? Wie könnten sie es also nicht gewesen sein?«

Nachdem Creed sich bereits den Mund verbrannt hatte, beschloss er weiterzureden. »Genau darüber wollte ich ja mit dir sprechen. Kennst du einen Lieutenant Glitsky?«

Roy nickte. »Klar. Der hat früher die Mordkommission geleitet. Was ist mit ihm?«

»Tja, sein Vater war ein Freund von Silverman, und heute Abend waren sie bei ihm.«

»Wer war bei wem?«, fragte Rez.

»Glitsky und sein Vater. Und Silvermans Frau. Im Laden.«

»Was haben sie dort getan?« Sephias Gesicht rötete sich plötzlich.

Creed schüttelte den Kopf. »Eigentlich gar nichts. Sie sind nicht dazu gekommen. Ursprünglich wollten sie Inventur machen, aber sie hatten noch nicht richtig angefangen, als Glitsky aufgekreuzt ist und sie heimgeschickt hat.«

»Sieh mal an«, sagte Roy. »Also bearbeitet Glitsky jetzt den Fall? Was soll das?«

»Nein, ich glaube, er war nur wegen seines Vaters da. Auf jeden Fall habe ich ihn gefragt, was ich tun soll, wenn ich mir, was die drei Männer angeht, doch nicht so sicher bin, wie die anderen Inspectors glauben.«

»Und was hat er geantwortet?«

Ein Achselzucken. »Ich soll es ihnen einfach sagen. Keine große Sache. Sie würden sich drüber freuen.«

»Moment mal, nicht wenn ...«, protestierte Sephia.

Aber Roy unterbrach ihn mit einer entschlossenen Handbewegung und blickte ihn über den Tisch hinweg an. »Ganz richtig!«, rief er aus und wiederholte, ein wenig leiser: »Ganz richtig.« Gleichzeitig gab er Sephia und Rez mit einem warnenden Lächeln zu verstehen, den Mund zu halten. »Schließlich haben sie sicher keine große Lust, hinter den Falschen herzujagen.« Er wandte sich wieder an Creed. »Aber bist du dir diesmal sicher? Letztens warst du doch ziemlich überzeugt vom Gegenteil.«

Creed schüttelte bedrückt den Kopf. »Ich weiß überhaupt nichts mehr. Sie könnten es natürlich auch gewesen sein. Ich wollte nur nicht, dass die Inspectors glauben, dass ich mir sicher bin, und ihre Ermittlungen auf meiner Aussage aufbauen ...« Er kratzte an der Tischplatte herum.

Roy nickte zustimmend. »Hey, im Grunde hat Glitsky Recht. Du musst es ihnen sagen. Ich treffe mich später heute Abend mit ihnen im Justizgebäude.« Roy klopfte auf die Tasche seines Jacketts. »Wades kleines Dankeschön für unsere guten Freunde bei der Polizei. Karten fürs nächste Spiel der Forty-Niners, an der 50-Yard-Linie. Wenn du möchtest, richte ich es ihnen aus.«

Creed war die Erleichterung deutlich anzumerken. Roy Panos konnte viel besser mit Menschen umgehen als er, insbesondere mit städtischen Polizisten. Ihm würde es gelingen, Creeds Zweifel an der Identifizierung so auszudrücken, dass er nicht wie ein Idiot dastand. So konnte Creed die peinliche Situation vermeiden, selbst den Inspectors gegenübertreten und zugeben zu müssen, dass er in seinen Bemühungen zu helfen übereifrig gewesen war und einen Fehler gemacht hatte. »Bist du sicher?«, fragte er Roy. »Würdest du das wirklich für mich tun?«

Roy grinste und kniff Creed in die Wange. »Für meinen kleinen Matooshka ist mir doch nichts zu viel.«

Creed verstand das als Signal zum Aufbruch. Er erhob sich von der Bank und verabschiedete sich. Er hatte das Lokal noch nicht verlassen, als Nick sich schon über den Tisch beugte. »Er darf seine Aussage nicht zurückziehen, Roy«, sagte er eindringlich. »Denn so sind die Bullen wenigstens beschäftigt.«

Roy Panos nahm seine Kaffeetasse und trank einen Schluck. »Das wird er auch nicht«, erwiderte er.

Sephia schlug auf den Tisch, um seine Worte zu untermauern. »Hallo, Roy? Genau das hat er doch gerade angekündigt.«

Roy nahm noch einen Schluck und stellte langsam die Tasse ab. »Ich weiß nicht, ob du mir richtig zugehört hast, aber ich habe ihm nur versprochen, es den beiden Inspectors auszurichten. Und das werde ich ganz einfach vergessen.«

»Das reicht nicht«, widersprach Rez und drehte seine Tasse auf dem Tisch in und her.

»Möglicherweise bringt er trotzdem alles durcheinander«, fügte Sephia hinzu.

Roy schüttelte den Kopf. »Passt auf, Jungs, Creed weiß überhaupt nichts. Jetzt werdet mal nicht paranoid. Auch wenn er sich noch bei Cuneo und Russell meldet und sagt, dass er sich, was Terry betrifft, nicht sicher ist, kann uns gar nichts passieren.«

»Er könnte sie ins Grübeln bringen«, wandte Rez ein. Er ließ noch immer die Tasse kreisen, ohne aufzublicken.

»Dazu wird es nicht kommen, insbesondere deshalb, weil ich es nicht ausrichten werde.«

»Es gefällt mir immer noch nicht«, sagte Sephia.

Rez nickte zustimmend und sah Sephia schließlich an. »Creed ist ein Problem«, meinte er.

»Creed ist kein Problem! Er zweifelt nur daran, dass Terry es gewesen sein könnte. Mehr steckt nicht dahinter.«

»Aber wenn er nicht mehr reden kann, wäre das Thema ein für alle Mal erledigt«, stellte Sephia fest.

»Macht keinen Unsinn, Jungs«, warnte Roy. »Ich habe alles im Griff, Ehrenwort.«

Langsam ließ Rez seinen leeren Blick über den Tisch schweifen, bis er an Roy hängen blieb. Dann nickte er abfällig mit dem Kopf. »Okay«, sagte er.

8

»Ist das derselbe Mann, der stolz darauf ist, nach John F. Kennedys altbewährtem Motto zu leben, das lautet, keine Erklärungen abzugeben und sich nie zu beklagen? Ich glaube, ich habe dich diese Worte inzwischen etwa einhundertvierzehnmal aussprechen hören.«

»Ich bin sicher, dass ich sie jedes einzelne Mal ernst gemeint habe.«

»Und?«

»Und an diesem besonders schönen Tag« – die Sonne lachte, während sie zusammen zur Arbeit fuhren – »werde ich eben dennoch einige Erklärungen abgeben müssen, ehe es mir gelingen wird, etwas wirklich Gutes zu tun.«

»Allerdings werden diese Erklärungen weder geschätzt noch verstanden werden. Und dasselbe gilt für das wirklich Gute, falls es das tatsächlich ist.«

Glitsky starrte geradeaus auf die Straße.

Seine Frau ließ nicht locker. »Wann wirst du es endlich lernen, Abe? Es hat keinen Zweck, nach einem Motto zu leben – und mag es noch so brillant sein –, wenn man im Bedarfsfall nicht danach handeln kann. Wie zum Beispiel heute. Glaub mir. Es wäre besser, wenn du die Finger davon lässt.«

Er bemühte sich um einen höflichen Tonfall. »Und was schlägst du stattdessen vor?«

Sie drehte sich zu ihm um. »Das weißt du genau.«

»Nein, deshalb frage ich ja.«

Sie seufzte. »Also gut. Ich schlage vor, dass du überhaupt nichts unternimmst. Du gehst rauf in dein Büro, machst die Tür zu und liest ein gutes Buch.«

»Ohne mich um den ganzen anderen Kram zu kümmern?«

Sie warf ihm einen Blick zu. »Genau. Weil es nicht deine Aufgabe ist. Du bist nicht für das verantwortlich, was da unten passiert. Du solltest dich erst gar nicht dafür interessieren.«

»Und wie kann ich das bewerkstelligen? Verrat es mir.«

»Es ist ganz einfach. Du sagst dir: ›Liebes Ich, du sitzt hier im Büro, weil du eine Frau und ein Kind und zwei Söhne auf dem College hast und deshalb den Gehaltsscheck und die Sozialleistungen brauchst. Das ist der Grund, warum du zur Arbeit gehst.‹ Und damit basta.«

»Empfindest du so für deinen Job?«

»Offen gestanden, nein. Ich liebe meinen Beruf. Aber ich bin in einer anderen Situation.«

»In welcher Hinsicht?«

Sie verdrehte die Augen. »Ich kann es nicht fassen, dass wir überhaupt dieses Gespräch führen. Es ist deshalb anders, weil mir die Aufgabe, für die ich bezahlt werde, wichtig ist. Du hingegen hängst an einem Job, für den dich niemand bezahlt. Es ist so, als ob du dich für die Schwierigkeiten von Astronauten interessieren würdest. Bestimmt haben Astronauten viele Probleme, aber weißt du was, Abe? Es sind nicht deine!« Sie schlug auf die Mittelkonsole. »Und genau so verhält es sich mit der Mordkommission!«

Schweigend fuhren sie einen Häuserblock weiter. »Also soll ich nicht mit Gerson sprechen?«, fragte Abe schließlich.

Wieder seufzte Treya. »Wenn du glaubst, etwas zu wissen, ruf jemanden von deinen Leuten dort an. Du hast doch noch Freunde, oder? Marcel, Paul. Sie werden deine Einwände Gerson gegenüber wiederholen und ihm erzählen, was du ihnen gesagt hast, nämlich dass die Identifizierung möglicherweise zweifelhaft ist. Dann lädst du sie auf einen Hamburger ein, und alle sind zufrieden. Was ist denn daran so schwierig?«

»Ich weiß nicht«, erwiderte Glitsky. »Ich weiß es wirklich nicht. Es kommt mir einfach falsch vor. Und außerdem werde ich trotzdem erklären müssen, warum ich bei Silverman war, wenn Gerson es herausfindet, was er sicher wird.«

»Wie sollte er es herausfinden? Wer wird es ihm verraten? Der junge Privatpolizist?«

»Keine Ahnung, aber er wird es erfahren. So läuft es immer, und in Anbetracht dessen ist es besser, wenn er es gleich von mir hört.«

Sie hatten einen der Parkplätze unter der Autobahnbrücke, ein paar Straßen entfernt vom Justizgebäude, erreicht. Glitsky schaltete den Motor aus, machte aber keine Anstalten auszusteigen. Treya klappte den Sonnenschutz hinunter und trug langsam und betont ruhig Lippenstift auf. Dabei atmete sie schwer durch die Nase. Als sie fertig war, schloss sie – wieder sorgfältig – den Lippenstift und versenkte ihn in ihrer Handtasche. Dann drehte sie sich zu ihrem Mann um. »Also?«

»Ich werd's mir überlegen.«

Glitsky saß mit Marcel Lanier, einem langjährigen Kollegen von der Mordkommission, bei Lou. Nicht ohne Stolz zitierte er seine Frau, die ihn davon überzeugt habe, dass ein Grundsatz sinnlos sei, wenn man ihn in dem Moment, in dem er einen wirklich weiterbringen würde, über Bord werfe. Es sei, als ob man als Pfadfinder bei einer Wildwassertour der höchsten Schwierigkeitsstufe vergesse, seine Schwimmweste anzuziehen. »Was bringt es dir dann, wenn man dir zuvor ›Allzeit bereit‹ eingetrichtert hat?«

Lanier sah ihn im Dämmerlicht argwöhnisch an. »Ich weiß, dass du nicht trinkst, Abe, insbesondere nicht um diese Uhrzeit. Ansonsten würde ich mir Sorgen um dich machen. Wovon zum Teufel redest du?«

Glitsky blies in seinen Tee. »Davon, warum ich Gerson nicht erklären kann, dass ich mich für den Fall Silverman interessiere.«

»Und was hat das mit den Pfadfindern zu tun?«

Der Tee war viel zu heiß, und Glitsky setzte die Tasse ab. »Schon gut, Marcel. Belassen wir es dabei. Eigentlich wollte ich mit dir über Wade Panos sprechen.«

Lanier zog die Miene eines Menschen mit chronischem Sodbrennen. »Muss das unbedingt sein?«

Kurz nach elf, etwa zwei Stunden nachdem Glitsky Lanier berichtet hatte, dass Creed, was die Identifizierung der Täter betraf, Zweifel bekommen hatte, klopfte es laut an seine Tür. Glitsky nahm die Füße vom Schreibtisch, klappte den neuesten Roman von Patrick O'Brian – *Desolation Island* – zu, öffnete die Schreibtischschublade, ließ das Buch verschwinden und ordnete ein paar Papiere vor sich an. »Herein!«, rief er.

Glitsky war nicht überrascht, Barry Gerson vor sich zu sehen. Er stand auf, bemühte sich um eine herzliche Begrüßung, bat den Lieutenant herein, schüttelte ihm die Hand und bot ihm einen Stuhl an. »Erwidern Sie den Freundschaftsbesuch?«, erkundigte er sich.

Höflich wie ein Beerdigungsunternehmer neigte Gerson ein kleines Stück den Kopf. »So ähnlich.«

»Aber doch nicht ganz.«

»Nein, Abe, um ehrlich zu sein, nicht.«

»Also gut.« Glitsky richtete sich auf und verschränkte die Finger vor sich auf der Tischplatte. »Wie kann ich Ihnen helfen?«

»Eigentlich bin ich hier, um dieselbe Frage an Sie zu richten. Ich dachte, ich hätte Ihnen, als Sie gestern bei mir in der Mordkommission waren, klar gemacht, dass meine Tür immer für Sie offen steht und dass Sie nur fragen müssen, wenn Sie etwas brauchen.«

»Richtig, und ich weiß das auch zu schätzen, Barry, wirklich, das müssen Sie mir glauben.«

»Aber?«

»Aber dann hatte ich ein Gespräch mit« – beinahe hätte er Batiste erwähnt, bremste sich aber noch rechtzeitig – »mit ein paar Kollegen, die meinten, ich solle dieses Angebot nicht überstrapazieren, weil es so aussehen könnte, als würde ich versuchen, mich durch die Hintertür wieder in die Abteilung einzuschleichen.«

»Was Sie nicht vorhaben.«

»Nein, natürlich nicht.« Glitsky schob seinen Stuhl zurück und verschränkte die Arme hinter dem Kopf. »Ich kümmere mich hier oben um meine eigenen Angelegenheiten, das heißt, ich halte Ausschau nach Unregelmäßigkeiten bei den Gehaltsabrechnungen.«

Doch Gerson schien den Witz nicht komisch zu finden. »Also streiten Sie ab, dass Sie gestern Abend bei Silverman waren?«

Glitsky musste ein Schmunzeln unterdrücken. Natürlich war Gerson – wie er Treya vorausgesagt hatte – dahintergekommen, und Glitsky freute sich fast, dass er Recht behalten hatte. »Bis jetzt hat mich noch niemand danach gefragt. Wenn es jemand tut, so wie Sie jetzt, würde ich es natürlich zugeben.«

Gerson nickte. »Dürfte ich mich nach dem Grund erkundigen?«

»Aber natürlich. Mein Vater ist mit Mrs. Silverman hingefahren, was ich für keinen guten Einfall hielt. Ich war keine zehn Minuten dort.«

»Und das soll ich Ihnen glauben?«

Glitsky seufzte entnervt. »Wie ich Ihnen gestern schon sagte, war mein Vater Silvermans bester Freund.«

»Das haben Sie erwähnt. Ich erinnere mich.« Gerson richtete sich auf seinem Stuhl zu voller Größe auf. »Und wie ich Ihnen, soweit ich mich recht entsinne, gestern mitgeteilt habe, wollte ich Sie informieren, sobald wir in diesem Fall neue Erkenntnisse gewinnen.«

»Aber natürlich. Und das weiß ich auch zu schätzen. Die Sache war nur, dass mein Vater und die Ehefrau des Toten noch nichts von Ihnen gehört hatten und deshalb beschlossen haben, Inventur zu machen. Ich habe meinem Vater erklärt, dass ich es aufgrund des Gespräches mit Ihnen für keine gute Idee halte, wenn er sich einmischt. So ist es gewesen.«

»Ich war gestern unterwegs, und Cuneo und Russell hatten frei. Deshalb hat sich noch niemand mit der Witwe in Verbindung gesetzt.« Als er Glitskys Blick bemerkte, fügte er hinzu: »Hey, so was passiert manchmal.«

»Ja, tut es.« Sehr gut, dachte Glitsky, jetzt habe ich ihn in Erklärungsnotstand gebracht.

»Also sind Sie einfach zu Silverman gefahren und haben die beiden dort angetroffen?«

»Er hatte mich angerufen und eine Nachricht hinterlassen. Außerdem brauche ich diese Fragen nicht zu beantworten. Ich habe nichts mit diesem Fall zu tun.«

Ein triumphierendes Lächeln spielte um Gersons Lippen. »Und weil Sie nichts mit dem Fall zu tun haben, haben Sie heute Vormittag auch nicht mit Lanier gesprochen.«

»Na und?« Glitsky schob seinen Stuhl zurück, damit er die Beine übereinander schlagen konnte. »Wollen Sie die Wahrheit wissen, Lieutenant? Ich habe versucht, Ihnen einen Gefallen zu tun.«

»Aus reiner Herzensgüte, was?«

»Ob Sie es glauben oder nicht, ich verstehe ein wenig von Ihrem Job, und ich dachte, ich könnte Ihnen etwas Mühe ersparen.«

»Und wie genau wollten Sie das anstellen?«

»Kennen Sie Wade Panos?«

»Nur dem Namen nach.«

»Und was hat er für einen Ruf?«

»Dass er gute Arbeit leistet. Vielleicht sind seine Leute manchmal ein bisschen grob, aber WPG hält den Abschaum in seinen Bezirken in Schach.«

»Und mehr nicht?«

Ein Achselzucken. »Was sollte sonst noch sein?«

Glitsky beugte sich wieder vor. »Wussten Sie, dass Panos gerade verklagt wird?«

»Wer wird das nicht? Die Leute verklagen einander doch ständig. Das hat nichts zu bedeuten.«

»Schon möglich. Nur dass diesmal vierzehn Kläger im Spiel sind und etwa dreißig Millionen Dollar fordern.«

»Ich frage Sie noch einmal: Was beweist das? Verdammt, Sie kennen das schließlich. Wir werden auch ständig von irgendjemandem verklagt. Gewaltanwendung, Verletzung der Privatsphäre, Schulkinder werden ihrer Süßigkeiten beraubt – was immer Sie wollen.«

»Stimmt leider«, räumte Glitsky ein. »Vermutlich schätzen Sie die Lage richtig ein, und Panos ist ein Heiliger.«

»Das habe ich nie behauptet.« Und als er Glitskys zweifelnde Miene sah, fügte Gerson hinzu: »Aber worauf wollen Sie eigentlich hinaus?«

»Dass ich es mir gründlich überlegen würde, bevor ich ihn bei den Ermittlungen in einem Mordfall mitmischen lasse.«

»Er mischt nicht mit. Er hat uns nur ein paar Hinweise gegeben. Die Namen der Pokerspieler.«

Glitsky verschränkte die Finger auf dem Schreibtisch. Er schwieg.

Gersons Stimme wurde lauter. »Und die Namen, die er uns genannt hat, haben meine Jungs tatsächlich weitergebracht. Haben Sie ein Problem damit?«

»Überhaupt nicht.«

»Also, was ist?«

»Die üblichen Verdächtigen, was? Zwei Jungs mit Vorstrafenregister.«

»Genau genommen drei. Randy Wills ist auch kein Chorknabe. Ja, die üblichen Verdächtigen. Kommt jeden Tag vor.«

»Keine Frage.« Glitskys Miene war nichts zu entnehmen. »Haben Ihre Jungs auch die passenden Beweise zu ihren Verdächtigen gefunden?«

»Sie werden ihre Haftbefehle bekommen.«

Glitsky kicherte und nickte dann verständnisvoll. »Haben sie sonst noch jemanden im Visier?«

»Warum sollten sie, wo doch die Jungs, die Panos uns geliefert hat, einen guten Eindruck machen?«

»Sie haben Recht«, erwiderte Glitsky verständnisvoll. »Das wäre Zeitverschwendung und einfach albern.«

In Gerson wuchs – vielleicht berechtigterweise – der Eindruck, dass Glitsky ihn zu den weniger intellektuell begabten Zeitgenossen zählte. Vor zehn Minuten war er – das Sinnbild der moralischen Entrüstung – hier hereingestürmt, nur um zusehends in niedrige Gefilde abzurutschen und sogar dort noch an Boden zu verlieren. Seiner Stimmung war das nicht gerade zuträglich.

Er erhob sich.

»Passen Sie auf«, sagte Gerson. »Ganz gleich, ob Sie es albern finden, bin ich jetzt derjenige, der die Abteilung leitet. Meine Leute erhalten ihre Anweisungen ausschließlich von mir, und ich bin nur zu Ihnen gekommen, um Ihnen mitzuteilen, dass das auch weiterhin gilt. Die Sache Silverman ist mein Fall, ich bestimme die Richtung der Ermittlungen. Gestern war ich nett zu Ihnen und habe Ihnen den kleinen Finger gereicht – und Sie nehmen gleich die ganze Hand und verstecken sich hinter Ihrem alten Herrn. Jetzt sage ich Ihnen mal was. Sie halten sich und Ihren Vater raus aus der Sache, und zwar ganz und gar. Sonst zerre ich Sie vor den Polizeichef. Und glauben Sie bloß nicht, dass ich das nicht ernst meine.« Seine Stimme war nun heiser und gepresst vor Wut, und es kostete ihn Mühe, sich in dem kleinen Raum zu beherrschen. »Außerdem möchte ich Sie daran erinnern, dass inzwischen *jeder* Mord in dieser Stadt mein Fall ist und dass meine Jungs ausschließlich für *mich* arbeiten.«

Glitsky wusste, dass er sich mit der nächsten sarkastischen Bemerkung einen Kinnhaken einhandeln würde, und ihm lag schon eine auf der Zunge. Es wäre wirklich ein Heidenspaß gewesen. Aber er lehnte sich nur zurück, verschränkte abermals die Arme im Nacken und nickte. »Schon verstanden«, sagte er.

David Freeman musste um halb zwei Uhr nachmittags im Büro sein, um einem der Nebenkläger, der in der Sache Panos eine eidesstattliche Aussage machen sollte, das Händchen zu halten. Am Vormittag des vergangenen Tages hatten sie mit einem sanftmütigen Professor für vergleichende Religionswissenschaften am City College begonnen, der einen Turban trug. Casif Yasouf war Mitte fünfzig. Eines Tages, kurz nach den Terroranschlägen, war er zu Fuß zu seinem Wagen gegangen, der in der Downtown Center Garage parkte. Er kam von einer Sitzung im St. Francis Hotel und hatte das Pech, dem uniformierten Roy Panos in die Arme zu laufen. Der Wachmann misshandelte gerade einen Obdachlosen in einer Seitengasse und beförderte ihn und seinen Einkaufswagen mit Fußtritten zur Westgrenze von Bezirk zweiunddreißig.

Laut Mr. Yasoufs Schilderung hatte er als engagierter Bürger versucht, das Schlimmste zu verhindern, und den Wachmann darauf hingewiesen, dass ein solches Verhalten nicht angemessen sei. Daraufhin habe Panos von dem Obdachlosen abgelassen, sich zu Yasouf umgedreht, ihn mit der einen Hand am Hemdkragen gepackt und hochgehoben, ihm mit der anderen Hand zweimal fest ins Gesicht geschlagen und ihn aufgefordert, doch mit seiner Windel um den Kopf nach Arabien zurückzugehen. Verängstigt und blutend hatte Mr. Yasouf schließlich die Flucht ergriffen. Am nächsten Morgen hatte er den Vorfall bei der Polizei gemeldet und auch Panos' Namen genannt, den er auf dem Namensschild gelesen hatte. Doch zwei Tage später hatte er die Anzeige zurückgezogen. Und zwar weil jemand sein Auto in Brand gesteckt hatte.

Die Vernehmung hatte mehr als zwölf Stunden gedauert, und als Freeman in seine Wohnung am Fuße des Nob Hill zurückkehrte, war es schon ein Uhr morgens. Gina Roake schlief in seinem Bett. Wie jede Nacht seit seinem gewalttätigen Zusammenstoß mit Nick Sephia vor ein paar Wochen.

Vor etwa einem Jahr hatte sich das Verhältnis zwischen David und Gina verändert. Bis dahin hatte Freeman sich diskret einen Harem von bis zu zwölf ständig wechselnden Frauen gehalten. Schließlich war er ein wohlhabender und erfolgreicher alter Mann, finanziell abgesichert, weltgewandt und gebildet;

er führte ein Leben, das nicht mit den Verpflichtungen vereinbar war, die seiner Ansicht nach unweigerlich mit einer monogamen sexuellen Beziehung einhergingen. Deshalb hing stets ein Schrank voller Damenmorgenmäntel für seine Besucherinnen bereit, und das Badschränkchen war gut mit Zahnbürsten, Cremes und Ähnlichem bestückt.

Mit vierundvierzig war Gina ebenfalls kein Teenager mehr. Wie Freeman hatte sie einige langjährige, aber nicht sehr ernste Beziehungen hinter sich und war nie verheiratet gewesen. Viele Jahre lang waren sie und Freeman sich immer wieder auf beruflicher und gesellschaftlicher Ebene – im Gerichtssaal, bei Wohltätigkeitsveranstaltungen, in Restaurants und auch gelegentlich im Richterzimmer – begegnet, ohne dass sie mehr als Höflichkeitsfloskeln ausgetauscht hätten.

Bei Freeman war es alte Tradition, dass er allein feierte, wenn er einen wichtigen Prozess gewann – ein gutes Essen, begleitet von einem alten, edlen Wein und gefolgt von einem oder zwei Cognacs; er speiste in einem der besten Restaurants der Stadt, im Top of the Mark oder in einem der anderen Türme, dem St. Francis oder dem Fairmont. An jenem Abend hatte er im Crown Room des Fairmont an einem kleinen Tisch am Fenster mit Blick auf die Bucht gesessen und sich seinen Paradis schmecken lassen. Dabei hatte er den Gang einer gut gebauten Frau mittleren Alters bewundert, die gerade aus dem Aufzug kam, und natürlich entging ihm nicht, dass sie allein war. Doch das spielte keine Rolle, wie er sich sagte. Auf diese Weise pflegte er keine Frauenbekanntschaften zu schließen.

Im Laufe des Abends hatte er den gewonnenen Prozess immer wieder Revue passieren lassen und sich an den Höhepunkten bis hin zum Urteil »nicht schuldig« ergötzt. Die Leute ahnten ja gar nicht, was für ein seltenes und wunderbares Ereignis es war, wenn man in San Francisco als Verteidiger den Sieg davontrug. Auch die besten Verteidiger der Welt gewannen kaum mehr als fünf Prozent ihrer Prozesse. Freemans Rate bewegte sich um die vierzehn Prozent – er hielt sich schließlich auch für ein Genie, das seinesgleichen suchte. Und da hatte er gar nicht so Unrecht.

Aber nun war der Prozess vorbei. Er würde nicht einmal in Berufung gehen müssen. Sein Verstand, der fast ein Jahr lang verschiedene Strategien gewälzt hatte, war auf einmal wie leer gefegt. Er fühlte sich leicht beschwingt und dank des Essens und des Weins angenehm gesättigt. Der Cognac war die Krönung all dieser Vollkommenheit. Freeman starrte aus dem Fenster auf die funkelnden Lichter.

Als er das Gesicht wieder dem Raum zuwandte, stand plötzlich die Frau vor ihm.

»David? Ich habe mir gedacht, dass Sie es sind.«

Er lächelte, noch immer nicht ganz aus seinen Träumereien aufgetaucht. »Gina. Hallo. Was für eine angenehme Überraschung.«

»Ich möchte Sie nicht stören, falls Sie beschäftigt sind.«

»Nein, nein, überhaupt nicht. Bitte setzen Sie sich, wenn Sie möchten.«

Gina nahm Platz, und nachdem sie sich bis zum Lokalschluss unterhalten hatten, fuhr sie mit dem Taxi nach Hause. Im Laufe des nächsten Monats lud David sie neunmal zum Mittagessen ein – Verabredungen zum Mittagessen waren ihm anfangs lieber, weil sie unverfänglicher waren als ein gemeinsames Abendessen. So konnte jeder von ihnen noch während der Kennenlernphase einen Rückzieher machen, ohne das Gesicht zu verlieren und ohne dass die Freundschaft – nach Freemans Auffassung ohnehin wichtiger als körperliche Anziehungskraft – Schaden nahm.

Doch in Ginas Fall geschah etwas Merkwürdiges. Als der Zeitpunkt gekommen war, da sie unweigerlich miteinander schlafen würden, brach David sämtliche Kontakte zu anderen Frauen ab. Bevor er sie zum ersten Mal zu sich nach Hause einlud, warf er kurzerhand den Inhalt des Morgenmantelschranks und alle weiblichen Kosmetikartikel weg. Dann, ganz allmählich, begann sie im Laufe der Zeit, ihre eigenen Kleidungsstücke bei ihm zu hinterlassen, und mittlerweile hatte sie eine eigene Schublade in seiner Kommode und den ganzen Schrank für sich. Seit fast drei Monaten hatte sie keine Nacht mehr in ihrer Wohnung verbracht.

An diesem Morgen war Freeman gerade noch rechtzeitig aufgewacht, um mitzubekommen, wie Gina auf dem Weg ins Büro zur Tür hinauseilen wollte. Er erinnerte sie daran, dass die eidesstattlichen Vernehmungen in der Sache Panos begonnen hatten, und fragte sie, ob sie zum Mittagessen nach Hause kommen würde, vielleicht sogar ein wenig früher als sonst, da sie wer weiß wie lange keine Zeit mehr für ein gemeinsames Abendessen finden würden.

Nun sah er auf die Uhr. Zwanzig nach elf. Sie musste jeden Moment zurück sein. Eine von Ginas CDs – Klavierkompositionen von Billy Joel – spielte dezent im Hintergrund. Er rieb die Handflächen aneinander und stellte erschrocken fest, dass sie feucht vor Nervosität waren. Dann erhaschte er einen Blick auf sich selbst in einem Wandspiegel und schüttelte schmunzelnd den Kopf. Er, David Freeman, hatte sich nicht einmal von einem Plädoyer vor dem Obersten Gerichtshof aus der Ruhe bringen lassen, und er konnte sich nicht daran erinnern, wann er das letzte Mal auch nur einen Anflug von Lampenfieber verspürt hatte. Aber nun musste er zugeben, dass genau das der Fall war. Er wandte sich vom Spiegel ab und ging zu der kleinen Essecke in der engen, voll gestellten Küche. Für gewöhnlich herrschte Chaos auf dem Tisch, der meterhoch mit Notizblöcken, juristischen Fachbüchern, halb leeren Kaffetassen, Weingläsern, manchmal Flaschen, Zeitungen, Ordnern und Aktenmappen zugestapelt war.

Heute jedoch sah alles ordentlich und makellos aufgeräumt aus. Zwei Stunden hatte er mit der Beseitigung des Chaos verbracht. Jetzt bedeckten nur zwei schlichte Platzteller aus Silber und zwei Champagnergläser aus Kristall den Tisch, und in der Mitte des gestärkten weißen Tischtuchs ragte eine gelbe Lilie empor, in der sich die Farbe des Sonnenlichts, das sanft auf die Tischkante fiel, wiederholte. Auf der anderen Seite des Tisches stand ein silberner Sektkübel, von dem die Wassertropfen perlten. Darin ruhte eine Flasche Veuve Clicquot *Grande Dame* in kühler Pracht. Freeman hatte bei Rick, dem Küchenchef des Rue Charmaine im Erdgeschoss, ein leichtes Mittagessen bestellt – Hechtklößchen in Safranbrühe und einen Salat aus Artischockenherzen und Pancetta –, das um Punkt zwölf geliefert werden sollte.

Als er einen letzten Blick auf sein Spiegelbild warf, musste er wieder schmunzeln. Kein Mensch würde ihn normalerweise für attraktiv halten, aber an diesem Morgen hatte er sich Mühe gegeben, und er sah so gut aus, wie es ihm möglich war – das hieß, dass er vermutlich kleinen Kindern keine Angst mehr eingejagt hätte. Er trug seinen besten Anzug und eine Krawatte mit rostroten und goldenen Streifen. Außerdem war es ihm gelungen, sich zu rasieren, ohne sich dabei zu schneiden; Hals und Kragen waren frei von den sonst für ihn typischen Blutkrusten. Das musste genügen.

Und da war sie schon, pünktlich und bester Laune, und küsste ihn auf die Wange. Mein Gott, er liebte sie ja so sehr.

»Sie sehen aber prima aus, Mister. Wenn ich nicht in zwei Stunden eine Sitzung hätte …« Wieder küsste sie ihn und trat dann einen Schritt zurück. »Ich dachte, Mandanten hätten kein Vertrauen zu gut angezogenen Anwälten.«

»Ich habe mich ja auch nicht wegen der Mandanten schick gemacht.« Noch immer hielt er ihre Hand, die er ergriffen hatte, als sie auf ihn zugetreten war. »Komm, ich will dir etwas zeigen.«

In der Küchentür blieb sie stehen und drehte sich zu ihm um. »Wer bist du, und was hast du mit meinem Freund David gemacht?« Dann, ein wenig ernster: »Das ist wunderschön, David. Gibt es einen besonderen Anlass? Sag jetzt nicht, dass heute unser erster Jahrestag ist und dass ich es vergessen habe.«

»Der heutige Tag könnte in der Tat ein besonderer werden«, erwiderte er. Er holte tief Luft und fuhr fort: »Ich wollte nur wissen, ob du Interesse daran hättest, jemanden wie mich zu heiraten.«

Sie blickte rasch zu Boden und dann wieder hoch und

starrte ihn verdattert an. »Jemanden wie dich? Meinst du das hypothetisch?«

»Nein. Ich habe mich falsch ausgedrückt. Möchtest du mich heiraten?«

Zwei scheinbar ewige Sekunden, in denen sie sich weiter an den Händen hielten, rührte sie sich nicht von der Stelle und blickte ihm ins Gesicht. Dann schlug sie die Hand vor den Mund. »Oh, David …« Tränen traten ihr in die Augen. »Ich hätte nie gedacht …« Völlig verwirrt sah sie ihn an. Eine Träne lief ihr die Wange hinunter.

Aber sie brachte immer noch kein Wort heraus.

»Ich liebe dich. Bitte sag Ja.«

»O Gott, ja. Natürlich. Ja.« Sie schlang ihm die Arme um den Hals und küsste weinend immer wieder sein Gesicht, seine Augen und seine Lippen. »Ja, ja, ja, ja, ja.«

»Diesen Samstag?«

Es war später Nachmittag. Sie legten gerade eine Pause in der eidesstattlichen Vernehmung ihrer alten Freundin Aretha LaBonte ein, weil diese sich kurz frisch machen wollte.

Panos' Anwalt Dick Kroll wartete hinten im Konferenzraum, wartete und machte sich Notizen. Der große, sonnendurchflutete Raum, der an ein Gewächshaus erinnerte, wurde allgemein Solarium genannt. Freeman und Hardy hatten sich in das Büro des alten Mannes zurückgezogen, angeblich, um ihre Kaffeetassen nachzufüllen.

Freeman nickte. »Wenn du Zeit hast.«

»Klar nehme ich mir die Zeit, daran liegt es nicht. Und ich fühle mich sehr geschmeichelt. Ich bin nur ein bisschen erstaunt, nein, ich bin total perplex. Ich habe gar nicht geahnt, dass du auf Freiersfüßen gehst.«

»Tja, siehst du? Du weißt eben auch nicht alles.«

»Und ist Samstag nicht ein bisschen früh, nachdem ihr euch erst heute verlobt habt?«

»Warum sollten wir noch warten, wo wir uns doch entschieden haben?«

»Ich weiß nicht. Die meisten Leute halten es eben so. Sie verschicken Einladungen, planen die Hochzeit.«

Freeman schüttelte den Kopf. »Kommt nicht in Frage, Diz. Wir haben keine Lust auf eine Hochzeitsfeier. Nur ein Trauzeuge – du –, eine Trauzeugin und ein Standesbeamter. Oh, und Ginas Mutter.«

»Nett, dass du an sie denkst. Darf Frannie auch kommen?«

»Und Frannie natürlich. Das versteht sich doch von selbst.«

Hardy trank einen Schluck Kaffee. »Weißt du, dass ich dann zum zweiten Mal in zwei Jahren Trauzeuge sein werde? Bei Glitsky war ich es auch schon.«

»Prima.« Freemans Begeisterung hielt sich in Grenzen. »Also bist du wenigstens in Übung.«

»Die brauche ich nicht. Es war ziemlich einfach. So wie jetzt die Sache mit Aretha.«

Wieder schüttelte Freeeman den Kopf. »Werd nicht selbstzufrieden. Kroll ist ein guter Mann, auch wenn er keine Moral kennt. Vielleicht ist das sogar der Grund, warum er so gut ist.«

»Ich weiß nicht«, erwiderte Hardy. »Bis jetzt habe ich nichts davon bemerkt.«

Freeman öffnete die Tür zum Flur. Aretha war zurück und saß lächelnd auf ihrem Platz im Solarium. Freeman winkte Kroll zu, der wütend in ihre Richtung starrte und mit einer ungeduldigen Geste auf seine Uhr wies. Freeman winkte noch einmal und wandte sich wieder an Hardy. »Ihm fällt bestimmt noch etwas ein.«

»Ich meine doch nur, dass wir ihn in der Tasche haben. Ich wüsste nicht, welch *legale* Mittel er sonst noch in petto hätte.«

»Wart's ab«, entgegnete Freeman, »du wirst schon sehen.« Dann fügte er hinzu: »Was meinst du mit legal? Kennst du sonst noch etwas anderes?«

Die Kanzlei von Richard C. Kroll befand sich in einem der kürzlich umgebauten Lofts südlich der Market Street an der Ecke Dritte Straße und Folsom. In den letzten zwanzig Minuten war Kroll auf seinem Drehstuhl Karussell gefahren und hatte durch das hohe Fenster im ersten Stock Ausschau nach Wade Panos' vertrauter Gestalt unten auf der Straße gehalten. Es war der Tag nach der letzten Vernehmung von Aretha La-Bonte in David Freemans Kanzlei.

Nun bemerkte er Wade einen halben Häuserblock entfernt. Er trug wie üblich Uniform, blieb immer wieder stehen, um im Vorbeigehen einen Blick in die Läden zu werfen, und grüßte hin und wieder einen Passanten auf der Straße. Ein außergewöhnlich erfolgreicher Mann in seinem Element. Panos stolzierte selbstbewusst und unangreifbar über die Straße wie ein Marschall bei einer Parade.

In Krolls Magen rumorte es, und er presste die Hand darauf. Nachdem er ein paar Tabletten gegen Sodbrennen aus einem Röhrchen in seiner Schreibtischschublade genommen hatte, stand er auf und begutachtete sein Gesicht im Spiegel über der Hausbar, um sicherzugehen, dass man ihm die schlechte Nachricht, die er würde überbringen müssen, nicht auf den ersten Blick ansah. Als seine Sekretärin über die Gegensprechanlage meldete, dass Wade eingetroffen sei, saß er, augenscheinlich in seine Arbeit vertieft, wieder am Schreibtisch. Panos öffnete die Bürotür; Kroll blickte auf und wies auf den Lehnsessel vor seinem Schreibtisch, um sich nochmals seinem Ordner zuzuwenden.

Nachdem er den Ordner zugeklappt hatte, fand er schließlich den Mut, seinen Mandanten anzusehen. Wade hingegen hatte es sich bequem gemacht, ein Bein angewinkelt über dem anderen Knie und die Augen halb geschlossen. Er war schon immer ein geduldiger Mann gewesen, und die kurze Wartezeit, bis sein Anwalt ihm endlich seine Aufmerksamkeit schenkte, schien ihn überhaupt nicht zu stören. Doch als Kroll seinen Ordner schloss, fuhr er aus seiner Trance hoch und kam sofort zur Sache. »Also, wie schlimm steht es?«, fragte er.

Kroll zwang sich zu einem Lächeln. »Woher willst du wissen, dass es schlimm ist?«

»Du wolltest mich sehen, Dick, also ist es schlimm. Deshalb mag ich dich ja so. Andere Leute eröffnen einem Hiobsbotschaften am Telefon oder hinterlassen eine Nachricht. Aber du? Du hast den Mumm, dich persönlich drum zu kümmern, damit der Schock nicht so groß ist. Also, wie schlimm steht es?«

Kroll legte die Fingerspitzen aneinander. »Sieht ziemlich übel aus.«

Panos nickte. »Schieß los.«

»Unser Antrag auf ein Schnellverfahren wurde abgelehnt.«

»Und das heißt?«

»Dass der Richter beschlossen hat, es zu einem richtigen Prozess kommen zu lassen.«

Panos wirkte ganz ruhig und lehnte sich sogar noch ein Stück zurück. »Gut«, meinte er. »Du sagtest doch schon von Anfang an, dass dieser Antrag keine große Chance haben wird. Es hat einfach nicht geklappt. Aber das ist keine große Überraschung, richtig?«

»Nein, die kommt nämlich erst noch.«

Wie ein neugieriger Hund neigte Panos den Kopf zur Seite. »Ich höre.«

Kroll hatte die Fingerspitzen noch immer fest aneinander gepresst, jetzt nahm er die Hände auseinander und verschränkte die Arme auf dem Schreibtisch »Wie du dich bestimmt erinnerst, bestand unsere Strategie darin, zu verhindern, dass du persönlich als Angeklagter genannt wirst, weil anscheinend keiner der Kläger direkt durch dich zu Schaden gekommen ist?«

»Richtig. Es geht nur um WGP und ein paar meiner Mitarbeiter …« Als er Krolls kritischen Blick bemerkte, hielt er mitten im Satz inne. »Was ist?«

»Genau an diesem Punkt haben Freeman und Hardy angesetzt. Sie wollen mit aller Macht erreichen, dass du dich nicht länger hinter der Firma verstecken kannst. Und offenbar ist ihnen das jetzt geglückt.«

Panos saß noch immer zurückgelehnt da, und seine Körperhaltung wirkte entspannt, aber er runzelte die Stirn. »Jetzt komme ich nicht mehr mit, Dick. Was hat das zu bedeuten?«

»Es bedeutet …« Kroll verstummte, schüttelte den Kopf, griff nach einem anderen Ordner und schlug ihn auf. »Ich lese dir die wichtigsten Stellen vor. Was hältst du davon: ›Die Kläger haben ausreichend Beweise vorgelegt, die das Bestehen eines verhandelbaren Sachverhalts dahingehend begründen, dass WGP Enterprises Incorporated, ein in Kalifornien ansässiges Unternehmen, und Wade Panos als natürliche Person in Wahrheit identisch sind‹?« Er riskierte einen Blick auf Panos. »Freeman und Hardy behaupten, das Unternehmen sei nur eine Fassade, weshalb man dich persönlich zur Rechenschaft ziehen müsse. Offenbar hat der Richter das geschluckt.«

»Dick, ich besitze die Firma nun schon seit dreißig Jahren, und davor gehörte sie meinem Dad.«

»Ich weiß, ich weiß.« Kroll seufzte. »Aber ihre Argumentation geht offenbar dahin, dass das Unternehmen unterkapitalisiert ist, und darüber hinaus führen sie noch weitere formale Aspekte an. Und da du der einzige Anteilseigner bist, bestimmst du allein das Alltagsgeschäft der Firma. Laut Auffassung des Gerichts ist das Unternehmen deshalb keine juristische Person, sondern nur ein künstliches Konstrukt, um persönliche Haftung zu vermeiden.«

»Ich scheiß auf ihr Konstrukt. Ich spende durch das Unternehmen für wohltätige Zwecke. Meine Mitarbeiter werden mit Schecks des Unternehmens bezahlt. Das Unternehmen ist so real wie ein Herzinfarkt, Dick.«

»Ich teile deine Ansicht, Wade, und ich werde diesen Standpunkt auch vor den Geschworenen vertreten. Möglicherweise komme ich auch damit durch. Doch der Richter hat bestimmt, dass die Entscheidung von den Geschworenen gefällt werden muss, und damit haben wir uns jetzt herumzuschlagen.«

»Und was passiert, wenn wir unterliegen?«

»Dann bist du haftbar. Persönlich.«

Panos schien in einen tranceähnlichen Zustand zu verfallen.

»Und ich fürchte, es kommt noch schlimmer«, fuhr Kroll fort. »Es heißt auch, dass man eine eidesstattliche Versicherung von dir verlangen wird, bevor die Geschworenen irgendwas zu hören bekommen. Du und ich müssen in Freemans Kanzlei antanzen, wo eine Gerichtsstenografin alles protokollieren wird. Du wirst unter Eid stehen.«

Panos schlug wieder die Augen auf, verschränkte die Hände im Schoß und holte tief Luft.

Als er nichts erwiderte, fuhr sein Anwalt fort: »Es bedeutet auch, dass Freeman und Hardy dich fragen dürfen, woher dein ganzes Geld stammt und wie du es verdient hast.«

Zum ersten Mal reagierte Panos gereizt. »Dann erhebst du eben Einspruch, richtig?«

Kroll nickte. »Ja, das werde ich. Das Problem ist nur, dass ein Einspruch bei einer eidesstattlichen Vernehmung nur im Protokoll vermerkt wird. Beantworten musst du die Frage trotzdem. Und später entscheidet dann der Richter, ob die Antwort zulässig ist.«

»Später?«

»Viel später.«

Panos' Brust hob und senkte sich langsam.

»Die Sache ist«, fuhr Kroll fort, »dass sie dich in einer eidesstattlichen Vernehmung praktisch alles fragen können. So haben sie schließlich auch Clinton drangekriegt. Nicht weil er irgendwas mit Paula Jones hatte, sondern weil er unter Eid aussagte, er hätte niemals Sex mit einer anderen Frau gehabt. Und als Monica dann ausgepackt hat …«

Panos unterbrach ihn mit einer Handbewegung. »Verschon mich mit der Geschichtsstunde, Dick. Was für Folgen hat das hier und jetzt für mich?«

Kroll legte sich seine Antwort sorgfältig zurecht. »Es heißt, dass Freeman und Hardy jedes Konto, das du bei irgendeiner Bank hast, überprüfen dürfen. Es könnte sein – damit will ich nicht sagen, dass es so kommen muss, aber da ich Freeman kenne, ist es wahrscheinlich –, dass die Jagdsaison auf deine Bücher eröffnet wird, und damit sind nicht nur die Geschäftsbücher gemeint. Sie werden wissen wollen, wie hoch dein Nettovermögen ist.«

»Warum? Wieso ist mein Nettovermögen denn so wichtig?«

»Weil davon die Höhe des Bußgeldes abhängt, Wade. Ein Bußgeld soll eine angemessene Strafe sein und wehtun. Je wohlhabender du bist, desto höher die Buße, und umso mehr …«

Wieder unterbrach Panos Kroll mit einer Handbewegung Seine Miene wirkte nach wie vor beherrscht und ruhig, was Kroll in Anbetracht der Lage fast ein wenig beängstigend fand. Panos ließ ein leises Lachen vernehmen. »Weißt du noch, wie es angefangen hat? Wie hast du es noch mal genannt? Eine schikanöse Anzeige?«

»Ich erinnere mich.«

Wieder das furchteinflößende Lächeln. »Ich würde sagen, dass diese beiden Mistkerle ein wenig zu weit gegangen sind, findest du nicht?« Er beugte sich in seinem Sessel vor. »Okay, du bist mein Anwalt. Was empfiehlst du mir jetzt?«

Kroll tat, als müsse er erst nachdenken, obwohl er die ganze Zeit über mit dieser Frage gerechnet hatte. »Vielleicht sollten wir ihnen einen außergerichtlichen Vergleich anbieten.«

Panos ließ diesen Vorschlag kurz auf sich wirken. Dann: »Wie viel?«

»Ein paar Millionen wirst du schon lockermachen müssen, so drei oder vier.«

Panos schüttelte den Kopf und stieß eine unflätige Bemerkung aus. »Glaubst du, sie gehen darauf ein?«

Kroll zuckte die Achseln. »Ich würde es an ihrer Stelle vermutlich nicht tun, insbesondere nicht nach dieser Entscheidung des Richters. Doch Nachfragen kann ja nicht schaden. Uns bleibt eigentlich nichts anderes übrig.«

Panos brummte etwas. »Es gibt immer mehrere Möglichkeiten«, sagte er, blickte sich im Raum um und sah dann seinen Anwalt an. »Aber leg schon mal los. Mach ihnen ein Angebot.«

9

Dan Cuneo wohnte in Alameda, auf der San Francisco gegenüberliegenden Seite der Bucht. Am Montagmorgen um elf hatte er einen Zahnarzttermin. Obwohl er jetzt, so kurz vor der Verhaftung des Mörders, nur ungern auf einen Arbeitstag verzichtete, hatte er keine große Lust, seinen Partner mit einer tauben Unterlippe anzusabbern.

Er hatte unzählige Zeitschriftenartikel gelesen und hunderte von Stunden dämliches Psychogequatsche über die so genannte innere Kündigung über sich ergehen lassen. Doch alle Fachleute stimmten in einem Punkt überein: Wer verhindern wollte, dass er ausbrannte, musste den Kontakt zum wirklichen Leben aufrechterhalten und durfte nicht Tag und Nacht nur Polizist sein. *Wenn du einen Arzttermin hast, geh hin. Wenn du wirklich krank bist, bleib zu Hause. Der Job ist nicht dein Leben.* Und so hatte er sich schließlich selbst davon überzeugt, dass er den Fall Silverman nicht vernachlässigte, nur weil er sich einen Tag freinahm.

Er hatte in den letzten Jahren elf Karenztage angespart, indem er auch bei Krankheit den Dienst stets an erste Stelle gesetzt hatte. Doch heute hatte er eben den verdammten Termin und – noch bevor Silverman erschossen worden war – beschlossen, diesen unter allen Umständen wahrzunehmen, ganz egal, was auch dazwischenkam, und es kam immer etwas dazwischen. Das war ein Zeichen von geistiger Gesundheit.

Um die Stimme seines Gewissens zum Verstummen zu bringen, ehe sein Entschluss doch noch ins Wanken geriet, hatte er am Samstagmorgen seinen Partner angerufen und ihm gesagt, dass er sich am Montag krankmelden würde. Russell, der in Sunnyvale, siebzig Kilometer entfernt von San Francisco, wohnte, ergriff die Gelegenheit, einen Angelausflug zur Bucht zu planen. Er hatte noch drei ungenutzte Karenztage auf dem Konto und vertrat wie jeder andere städtische Mitarbeiter, den er kannte – bis auf Cuneo –, die Auffassung, dass es Unglück brachte, zu viele davon anzusammeln. Also ging Russell am Montag zum Angeln.

Nach drei Tagen Abwesenheit vom Büro erwartete die Inspectors am Dienstag Unmengen von Papierkram, als sie kurz nach 7 Uhr 45 einstempelten. Sie mussten mehrere Dutzend Anrufe beantworten und die Abschriften von Zeugenvernehmungen durchsehen, sodass sie dreieinhalb Stunden an ihren Schreibtischen verbrachten; anschließend machten sie eine Stunde lang Mittagspause bei McDonald's gegenüber vom Justizgebäude.

Um eins stand dann ein vierstündiger, seit langem anberaumter Pflichtlehrgang zum Thema Einfühlungsvermögen in der Polizeiakademie auf dem Plan. Zwar spottete jeder Polizist in San Francisco über diese Versuche, Gesetzeshüter in Sozialarbeiter zu verwandeln, doch musste man mit Gehaltseinbußen rechnen, wenn man sich nicht blicken ließ.

Heute ging es um Transsexualität, tatsächlich ein aktuelles Thema, denn die Stadt hatte vor kurzem entschieden, dass die Krankenversicherung der städtischen Mitarbeiter auch die Kosten von Operationen zur Geschlechtsumwandlung übernahm. Durch diese Neuerung waren einige Mängel in Bezug auf das Einfühlungsvermögen bei städtischen Bediensteten im Publikumsverkehr ans Licht gekommen. Insbesondere bei der Polizei, und nun war man dabei, Richtlinien im Umgang mit den Betroffenen bei der Festnahme und der erkennungsdienstlichen Behandlung zu erstellen. Der springende Punkt war das Selbstverständnis der jeweiligen Person. Wer sich als transsexuell definierte, musste von der Polizei auch als Frau behandelt werden; nicht jedoch Penisträger – diese Personen wanderten grundsätzlich in die Männerabteilung.

Doch trotz aller Erläuterungen war der Grundgedanke einigen Teilnehmern schleierhaft geblieben. Nach dem Vortrag auf der Fahrt durch die Dämmerung zurück in die Innenstadt klopfte Cuneo den Rhythmus von *Wipeout* aufs Lenkrad. Er unterbrach sich kurz und warf seinem Partner einen Blick zu. »Wenn ich mir also den Schwanz nicht abschneiden lassen will, darf ich kein Mädchen sein.«

Russell sah ihn strafend an. »Lehrgangsziel verfehlt: Ist dir das klar?« Als er bemerkte, dass Cuneo es offenbar ernst meinte, fuhr er fort: »Es geht nicht ums Wollen, Dan. Man kann dem Verstand nach ganz und gar Frau sein und trotzdem noch einen Schwanz haben. Vielleicht möchte man ihn ja nicht mehr loswerden, oder es ist womöglich zu teuer …«

»Nicht in diesem Fall. Die Krankenkasse zahlt ja.«

»Gut, nicht in diesem Fall. Aber meistens schon.«

»Wenn ich in dieser Situation wäre«, meinte Cuneo, »würde ich hierher ziehen, mir einen Job bei der Stadt besorgen und mir dann das Ding abhacken lassen.«

So wurde das Thema in verschiedenen Variationen durchgespielt, bis sie die Mordkommission erreichten, wo Cuneo sich endlich mit der Sache Silverman befassen wollte. Zumindest lag ihm daran, zu erfahren, ob es neue Entwicklungen gegeben hatte. Doch inzwischen hatten die Inspectors zehn Dienststunden hinter sich, und Cuneo wusste, dass Russell nach Hause zu seiner Familie wollte. Also schlenderte er mehr oder weniger lässig zur offenen Tür von Gersons Büro und blieb dort stehen, bis der Lieutenant zufällig aufblickte.

»Dan, da sind Sie ja. Haben Sie und Lincoln eine Minute Zeit?«

Das Zimmer hatte sich seit der Ära Glitsky sehr verändert. Es war alles andere als geräumig, und früher hatte der riesige Schreibtisch in der Mitte zwangsläufig dafür gesorgt, dass sich Besprechungen auf einen kleinen Personenkreis beschränkten.

Gegenüber dem Schreibtisch hatte ein unbequemer Holzstuhl gestanden, der dem Besucher einen knappen Meter Platz ließ. Jede weitere Person musste stehen.

Gerson hingegen hatte sich für ein Schreibtischmodul entschieden, das die Wand entlang und um die Ecke verlief und Computer, Drucker, Fax und Telefon beherbergte. Auf diese Weise blieb die Mitte des Raums frei, sodass das Büro größer wirkte. Der Lieutenant war passionierter Barschangler, daher zierten die Wände einige seiner Trophäen sowie gerahmte Werbeplakate von Booten und Angelausrüstung. An seinem letzten Geburtstag hatte die ganze Abteilung zusammengelegt und ihm einen Barsch aus Plastik geschenkt, der, wenn man auf einen Knopf drückte, *Don't Worry, Be Happy* sang. Nun hing der Fisch über seinem Computer.

Cuneo, Russell und Gerson saßen sich in ergonomisch geformten Rollstühlen gegenüber. Gerson schilderte gerade sein Gespräch mit Glitsky. »Er glaubt, dass Wade Panos unsere Ermittlungen sabotiert.«

Cuneo war ganz Ohr und pfiff eine lautlose Melodie vor sich hin. Russell beugte sich vor, stützte die Ellenbogen auf die Knie und fragte: »Und wie kommt er darauf?«

»Er argumentiert damit, dass Panos keinen sehr tollen Ruf hat.«

Cuneo hörte auf zu pfeifen. »Der Mann ist ein großzügiger Spender. Wovon redet er?«

»Er meint damit einige seiner Leute, die Mitarbeiter im Wachdienst.«

»Und was soll mit denen sein?«, erkundigte sich Russell.

Ein Achselzucken. »Ein paar von ihnen sind anscheinend manchmal ein bisschen übereifrig. Ein wenig grob zu unseren obdachlosen Mitbürgern, wenn sie sie aus ihren Revieren vertreiben.«

»Sehr gut«, meinte Russell. »Irgendwer muss es ja tun.«

»Die sind wohl deshalb so grob, weil sie anders als wir bei der Polizei nicht in den Genuss von Lehrgängen in Einfühlungsvermögen kommen.«

»Sie scherzen zwar, Dan«, sagte Gerson, »aber so falsch liegen Sie gar nicht. Offenbar liegt da wirklich einiges im Argen, zumindest hat es für eine Klage gegen Panos ausgereicht. Wahrscheinlich sollte er seine Leute fester an die Kandare nehmen. Aber wenn Sie mich fragen, liegt es daran, dass Glitsky ein Polizist alter Schule ist und Panos eben nicht. Glitsky hat etwas gegen die privaten Wachdienste.«

»Also geht Glitsky davon aus, dass Wade Panos uns Knüppel zwischen die Beine wirft?«, erkundigte sich Cuneo. »Warum sollte er das tun?«

»Keine Ahnung«, erwiderte Gerson. »Aber Glitsky ist überzeugt davon. Wissen Sie, dass er in Silvermans Laden war? Und gestern Vormittag hat er mit Lanier gesprochen.«

»Lanier?« Cuneo richtete sich auf. »Worüber denn? Was hat Lanier damit zu tun? Ich meine, mit dem Fall Silverman.«

»Ich weiß nicht.« Gerson zuckte die Achseln. »Die Sache mit Panos.«

»Welche Sache mit Panos?« Russell warf seinem Partner einen Blick zu und wandte sich dann wieder an Gerson. »Haben wir da was übersehen, Barry?«

»Offenbar fragt sich Glitsky, warum Panos sich überhaupt eingemischt hat.«

»Warum?« Russells Stimme wurde lauter. »Ich verrate Ihnen, warum! Er ist in Silvermans Laden gekommen, weil einer seiner Mitarbeiter die Leiche gefunden hat. Das war der Grund. Dann stellte sich heraus, dass er zufällig von dieser Pokerrunde wusste, von der das Geld stammt, das Silverman gestohlen wurde. Am nächsten Tag hat er uns die Namen der Mitspieler gegeben, und einer von ihnen steckt offenbar mit den Tätern unter einer Decke. Wo ist dabei das Problem? Jetzt soll einer behaupten, das wäre keine gute Polizeiarbeit.«

»Das tue ich doch gar nicht. Und mit Ihnen habe ich auch kein Probem. Auch nicht mit Ihren Ermittlungen.«

»Ich hätte noch eine Frage an Sie, Barry«, sagte Cuneo. »Was geht das diesen Glitsky überhaupt an? Warum interessiert er sich dafür?«

Gerson presste die Lippen zusammen und zögerte, da er nur ungern schlecht über einen anderen Lieutenant sprach. Dann jedoch kam er zu dem Schluss, dass seine Inspectors im Bilde sein mussten. »Mein Bauchgefühl sagt mir, dass er zurück in die Mordkommission will. Sein Dad kannte Silverman. Wahrscheinlich rechnet er sich deshalb einen Vorteil aus.«

»Und was erhofft er sich davon?«, fragte Cuneo.

»Das kann ich ehrlich gesagt auch nicht beantworten. Wenn ich einmal vom Positiven ausgehe, unterstelle ich ihm, dass er uns, das heißt Ihnen beiden, irgendwie behilflich sein will. Ich denke schon seit einer Weile darüber nach, aber verstehe es einfach nicht.« Er schüttelte den Kopf. »Vielleicht ... aber nein.«

»Was ist?«, hakte Cuneo nach.

»Nichts.«

»Sie wollten doch gerade was sagen«, meinte Russell.

Gerson sah die beiden nacheinander an und überlegte. »Tja, ich halte das für sehr unwahrscheinlich, aber wenn Glitsky Zweifel an Ihren Informanten sät, könnten Sie womöglich zögern, die notwendigen Verhaftungen vorzunehmen. Das wirft ein schlechtes Licht auf Ihre Arbeit, was wiederum auf mich zurückfällt, und dann wird man bald meine Ablösung fordern.«

»Und in diesem Fall würde man Glitsky aus dem Hut zaubern?«, sagte Cuneo. »Das glaube ich nicht.«

»Machen Sie sich deshalb wirklich Sorgen, Sir?«, erkundigte sich Russell.

»Ich kann nicht behaupten, dass ich deshalb schlecht schlafe. Aber wenn Sie es schaffen, die Verdächtigen rasch festzunehmen, würde es mir nicht das Herz brechen. Ich ...« Er verstummte wieder.

Beide Inspectors sahen ihn erwartungsvoll an.

Gerson seufzte schicksalsergeben. »Als ich das Thema gegenüber Batiste zur Sprache brachte, meinte er, dass noch was anderes dahinterstecken könnte. Bei Glitsky.«

»Und das wäre?«, fragte Russell.

Wieder hielt Gerson inne; dann senkte er die Stimme. »Ich möchte aber, dass es wirklich unter uns bleibt, einverstanden?« Die Inspectors nickten. »Tja, dieser Lieutenant Glitsky hat zwei Freunde, beides Anwälte – wir sprechen hier von *guten* Freunden, Verteidigern, nämlich den Typen, die Klage gegen WGP erhoben haben. Denen dürfte es gar nicht in den Kram passen, wenn Panos ausgerechnet jetzt gute Presse bekommt, weil er uns bei der Aufklärung der Mordfälle geholfen hat. Denn das würde auf die Geschworenen einen positiven Eindruck machen.«

Russell beugte sich vor. »Soll das heißen, dass Glitsky sich von denen vor den Wagen spannen lässt?«

Gerson zuckte die Schultern. »Ich will ihm ja nichts unterstellen, sondern gebe nur einen Hinweis wieder, den ich von Batiste habe. Doch da es Ihre Ermittlungen beeinflussen könnte, möchte ich, dass Sie es wissen, auch wenn ich nicht sicher bin, wie glaubwürdig der Hinweis ist. Außerdem wird gemunkelt, Ihr Verdächtiger – Holiday, richtig? – sei im Viertel unterwegs, um Zeugen gegen Panos zusammenzutrommeln.«

»Warum? Was haben die denn davon?«, verwunderte sich Cuneo.

»Die Forderung beläuft sich auf etwa dreißig Millionen Dollar, das bedeutet zehn für die Anwälte, wenn sie gewinnen. Wie hört sich das an? Außerdem kriegt Glitsky seinen Posten zurück, wenn wir in der Mordkommission irgendwie Mist bauen.«

»Wir werden keinen Mist bauen, Barry«, protestierte Russell. »Die Sache ist wasserdicht. Zuerst knöpfen wir uns vormittags diesen Holiday vor und säen zwischen ihm und seinen Komplizen Argwohn. Irgendwann wird jemand den Mund aufmachen, und dann kassieren wir die Typen ein.«

»Sind Sie sicher, dass die drei es waren?«

»Der Junge, dieser Creed, hat sie mehr oder weniger identifiziert.« Russell breitete die Arme aus. »Oder haben Sie andere Vorschläge, Barry? Nein, es passt alles zusammen.«

Als Russell und Cuneo ausstempelten, war es schon stockdunkel. Am nächsten Morgen um zehn wollten sie dem Ark einen Besuch abstatten. Da Holiday Frühschicht hatte, würden sie ihn dort abfangen und sich gründlich mit ihm unterhalten.

Cuneo überlegte, ob er Russell dazu überreden sollte, noch am selben Abend vorbeizuschauen, um Clint Terry und Randy Wills ein wenig auf den Zahn zu fühlen. Doch er wusste, wie wichtig es Lincoln war, pünktlich nach Hause zu kommen. Außerdem hatte Cuneo eine Verabredung mit Liz aus Panos' Büro, und man hatte bei den meisten Frauen schlechte Karten, wenn man schon beim ersten Mal kurzfristig absagte. Hinzu kam, dass sie heute elf Stunden Dienst hinter sich hatten, und es hatte in letzter Zeit wegen der vielen Überstunden nichts als Ärger gegeben. Also bedeutete es keinen Weltuntergang, wenn sie mit der Sache bis zum nächsten Tag warteten. Seit Freitag war schließlich auch nicht viel passiert. Es war nun einmal seine Marotte, dass es ihm immer viel zu langsam ging. Und dabei verlief dieser Fall genau in den richtigen Bahnen.

Seit halb neun am vergangenen Freitag, als Creed ihnen widerstrebend bestätigt hatte, Terry, Wills und Holiday könnten vielleicht die Täter sein, hatten die beiden Inspectors nicht weiter in der Sache Silverman ermittelt. Inzwischen war es Dienstag um halb sieben, vierundneunzig Stunden später.

Es war eine kleine, aber willkommene Überraschung. Am frühen Abend hatten die Anwälte die Befragung von Aretha LaBonte beendet, was hieß, dass Hardy rechtzeitig zum Abendessen zu Hause sein würde. Von seinem Büro im Obergeschoss aus rief er Frannie an, um ihr die frohe Botschaft zu übermitteln, hörte seine Nachrichten ab – nichts von Bedeutung – und packte ein paar Prozessakten in seinen Aktenkoffer. Unten angekommen, blieb er in Davids Bürotür stehen. Dick Kroll, der noch geblieben war, um ein wenig zu plaudern, war inzwischen fort. Freeman saß allein an seinem Schreibtisch und zündete den Stummel seiner Zigarre an, die er am frühen Nachmittag zu rauchen angefangen hatte.

»Hast du überhaupt eine Vorstellung davon, wie fantastisch es ist, einfach hier hereinzuspazieren, ohne dass Phyllis mich fragt, was ich von dir will?«, meinte Hardy.

Freeman ließ die Zigarre über einem Streichholz kreisen und zog daran. Als sie brannte, tat er noch einen zufriedenen Zug und legte sie dann im Aschenbecher ab. Phyllis, die langjährige Empfangssekretärin, herrschte wie eine Despotin über die Lobby; sie hatte die wichtige Aufgabe, den Zugang zu Freeman zu beschränken. Hardys Vorschläge, das Arbeitsverhältnis mit ihr zu beenden, wiederholten sich ständig und wurden von Freeman zumeist ignoriert.

»Offenbar wird unserem Mr. Kroll allmählich mulmig«, verkündete Freeman zufrieden, »und zwar keine Minute zu früh.« Er machte eine viel sagende Handbewegung. »Er hat uns gerade einen außergerichtlichen Vergleich vorgeschlagen.«

»Wie viel?«

»Vier Millionen. Offenbar lässt meine Menschenkenntnis nach. Ich hätte auf dreieinhalb getippt.«

»Ich erinnere mich.« Hardy trat ins Büro und machte es sich auf einem Stuhl bequem. »Aber vier sind immer noch viel weniger als dreißig.«

Freeman stieß eine dicke Wolke Rauch aus. »Ja, ist es. Obwohl es, wie Mr. Kroll mir erklärte, immer noch eine Million und ein bisschen Kleingeld für uns bedeuten würde, und zwar sofort. Anscheinend geht er davon aus, dass unser Honorar – deines, meines und das der Kanzlei – für uns der ausschlaggebende Faktor ist. Dass unsere Mandanten – und auch seine – ebenfalls eine Rolle spielen könnten, ist ihm noch gar nicht in den Sinn gekommen.«

Hardy schlug die Beine übereinander. »Und wie würden sich die vier Millionen aufteilen?«

»Jeder Kläger würde knapp dreihunderttausend kriegen, was nach Abzug der Steuern ungefähr einhundertfünfzig pro Nase bedeutet.«

»Trotzdem«, erwiderte Hardy. »Geld ist Geld.«

Freeman tat das mit einer Handbewegung ab. »Pah! In ein oder zwei Jahren wäre es ausgegeben. Außerdem handelt es sich um sein erstes Angebot. Ich habe laut und deutlich Nein gesagt. Und dabei etwas dazugelernt.«

»Was denn?«

»Dass Panos vier Millionen Dollar besitzt, die er uns überlassen würde, ohne die Versicherung deshalb zu behelligen. Woher hat er so viel Geld?« Freeman kaute eine Weile auf seiner Zigarre herum. »Wie dem auch sei, ich habe Kroll klipp und klar erwidert, mein Ziel sei es, seinem Mandanten das Handwerk zu legen. Der Mann sei ein gewöhnlicher Verbrecher, und das wisse er ganz genau.«

Hardy grinste. »Du hättest nicht so um den heißen Brei herumreden, sondern deinen Gefühlen freien Lauf lassen müssen. Also, was hat er darauf geantwortet?«

»Er tat ein wenig empört, meinte, dass ein persönlicher Rachefeldzug uns beide nicht weiterbringen würde. Ich würde mich unverantwortlich meinen Mandanten gegenüber verhalten.« Freeman kicherte. »Dann sagte er, er werde sich demnächst an dich wenden.«

»An mich? Warum denn?«

»Er glaubt wohl, dass du ein offeneres Ohr für die Stimme der Vernunft hast. Ich habe gemeint, er solle sich keinen Zwang antun. Hoffentlich hast du nichts dagegen.«

»Ganz und gar nicht. Ich verweise ihn einfach wieder zurück an dich.«

Freeman nickte schmunzelnd. »Genau das habe ich ihm prophezeit.«

»Und was hat er dazu gesagt?«

»Dass ich mir mit meiner Blockadehaltung nichts als Schwierigkeiten einhandeln würde.«

Hardy beugte sich vor. »Er hat dir gedroht? Direkt?«

Aber Freeman tat das mit einer Handbewegung ab. »So schlimm war es nicht. Billige Schauspielerei, mehr nicht. So läuft es bei diesen Leuten eben. Doch im Grunde ihres Herzens sind sie Feiglinge. Stimmst du mir da nicht zu?«

»Im Großen und Ganzen schon. Allerdings bedeutet das nicht, dass sie nicht ein paar krumme Touren versuchen könnten.«

»Niemals. Diese Typen haben solche Angst, dass sie mir auch welche einjagen wollen. Nichts als Theaterdonner, und außerdem bin ich, wie du ja weißt, kugelsicher.«

Hardy verzog das Gesicht. »Ich kann es nicht leiden, wenn du das sagst.«

Der alte Mann schmunzelte. »Das weiß ich; darum macht es auch solchen Spaß. Aber pass auf, nächste Woche wird Kroll uns sechs oder vielleicht sogar acht Millionen anbieten. So weit wird es kommen. Möglicherweise werde ich ihm sogar mein Ohr leihen. Vielleicht aber auch nicht.« Er grinste zufrieden. »Habe ich schon erwähnt, dass ich meinen Beruf liebe?«

»Des Öfteren«, erwiderte Hardy. »Und ich liebe meine Familie, an deren Busen ich mich nun flüchten werde. Soll ich dich zu Hause absetzen?«

»Nein.« Freeman wies auf die Papierstapel auf seinem Schreibtisch. »Ich muss noch arbeiten. Außerdem kommt Gina sowieso erst in ein oder zwei Stunden nach Hause.«

»Holt sie dich ab?«

»Soll das ein Witz sein? Es sind doch nur sechs Blocks! Außerdem brauche ich die Bewegung. Also bis morgen. Fahr vorsichtig.«

Rebecca saß am Esstisch und verzog angewidert das Gesicht. »Bah, ist das eklig!«, rief sie aus.

»Ich finde es cool«, widersprach Vincent.

»Es ist nicht eklig, Rebecca. Sie lieben sich.«

»Aber er ist so … Ich meine, ihr wisst genau, was ich sagen will.«

»Alt?«, schlug Frannie vor. »Ein Opa?«

»Nicht nur das. Ich meine, ja, er ist alt, aber er ist auch, ich meine, irgendwie so …«

Ihr Vater drohte ihr mit dem Zeigefinger. »Hier wird nur Gutes über jemanden gesagt. Schließlich sprechen wir über

David Freeman. Er ist ein bedeutender Mann und hat genauso ein Recht auf Liebe und eine glückliche Ehe wie ich mit deiner Mutter.« Er zwinkerte Frannie zu.

»Aber, mein Gott.« Rebecca schien die Erklärung nicht zufrieden zu stellen. »Wenn ich mir vorstelle, dass Gina ihn küsst!« Sie erschauderte beim bloßen Gedanken.

»Und wahrscheinlich bleibt es nicht beim Küssen.«

»Danke, Vincent«, sagte Frannie. »Das reicht.«

»Und wenn wir schon mal beim Thema sind«, schaltete Dismas sich wieder ein, »kenne ich ein neues lustiges Spiel. Rebecca fängt an.« Er wandte sich an seine Tochter. »Die Aufgabe lautet folgendermaßen: Sprich einen ganzen Satz, ohne die Wörter ›irgendwie‹ und ›meinen‹ zu benutzen.«

Rebecca drehte sich ohne zu zögern zu ihrem Vater um und bedachte ihn mit einem ironischen Lächeln. »Wie schade, dann könnte ich nicht mehr sagen, dass ich meinen Vater *irgendwie* mag, obwohl ich seine *Meinung* oft nicht teile.«

Das stachelte Vincent an, der die Arme hochriss, als hätte sie gerade einen Punktsieg errungen. »Spitze! Sechs Punkte für Rebecca!«

Dismas grinste breit. »Das mit den sechs Punkten mag stimmen, aber leider geht der Punktesieg mit lebenslangem Hausarrest einher.«

Nach dem Abendessen zogen sich Frannie und Dismas mit ihren Weingläsern ins Wohnzimmer zurück, während die Kinder den Tisch abräumten und das Geschirr spülten. Eine verhältnismäßig neue Entwicklung und das Ergebnis von Dismas' Feldzug mit dem Ziel, die Lebensqualität zu Hause zu verbessern. Frannie saß, ein Bein untergeschlagen, auf dem Sofa. Dismas hatte es sich in seinem Ohrensessel gemütlich gemacht und die Füße auf die Ottomane gelegt. Da sie nun nicht mehr ständig von den Kindern unterbrochen wurden, hatten sie sich wieder Freemans bevorstehender Hochzeit zugewandt. »Bist du sicher, dass es ihm gut geht?«, erkundigte sich Frannie. »Ich meine gesundheitlich.«

»David? Der hat eine Rossnatur. Warum fragst du?«

»Weil es so plötzlich ist. Vielleicht hat er ja erfahren, dass er an einer tödlichen Krankheit leidet, und möchte, dass Gina alles erbt.«

»Dann könnte er sie auch in seinem Testament bedenken.« Lächelnd schüttelte er den Kopf. »Ich glaube, sie lieben einander, so merkwürdig das auch klingen mag.«

»Warum sagst du das?«

Dismas trank einen Schluck Wein und senkte die Stimme. »Tja, Rebecca hatte vorhin beim Essen gar nicht so Unrecht. David sieht nicht unbedingt aus wie Brad Pitt, nicht einmal wie Wallace Shawn.«

»Und das ist wichtig, weil …?«

»Ist es nicht, ich weiß. Wir sollten über derartige Oberflächlichkeiten erhaben sein. Trotzdem …«

Frannie setzte ihren Lehrerinnenblick auf. »Und da wundern wir uns, warum Rebecca sich ständig mit ihrem Aussehen beschäftigt.«

Dismas grinste breit. »David wird sie auf diesem Gebiet nie schlagen.«

»Hoffentlich nicht. Aber nur zu deiner Information: Mir wäre ein David Freeman jederzeit lieber als zum Beispiel ein John Holiday.«

»Das ist sehr edel von dir, aber ich glaube, da wärst du in der Minderheit.«

»Doch zum Glück brauche ich diese Entscheidung ja nicht zu fällen, da ich bereits einen recht annehmbaren Ehemann habe.«

»Recht annehmbar«, wiederholte Dismas. »Und da behaupten die Leute, dass in der Ehe die Leidenschaft nachlässt.« Er leerte sein Glas. »Du hast mich gerade an etwas erinnert …« Er stand auf.

»Was ist?«

»Ich war so mit diesen Vernehmungen beschäftigt, dass ich mich gar nicht mehr um John gekümmert habe. Die Sache, wegen der er mich am Freitag angerufen hat.«

»Steckt er in Schwierigkeiten?«

»Vermutlich nicht. Sonst hätte ich hoffentlich davon gehört. Ich ...« Das Telefon läutete; in der Küche wurde beim ersten Läuten abgenommen. Dismas drehte sich zu Frannie um und verzog das Gesicht. »Tja, wenn das Darren ist, können wir die nächste Stunde vergessen.«

Aber seine Tochter rief: »Dad! Für dich!«

Matt Creed rüttelte an der Eingangstür und leuchtete dann mit der Taschenlampe in die geräumige Eingangshalle des Reisebüros Luxury Box. Alles war so, wie es sein sollte, was ihn nicht weiter überraschte. Schließlich handelte es sich hier um den Teil seiner Route, der durch das wohlhabendere Revier unweit des Union Square verlief. Trotz der jüngsten Versuche der Stadt, das Herumlungern in den stark von Touristen frequentierten Vierteln zu unterbinden, ging der überwiegende Teil der Straftaten und Ordnungswidrigkeiten im Bezirk zweiunddreißig auch weiterhin auf das Konto der obdachlosen oder psychisch kranken Mitbürger.

Anders als viele seiner Kollegen versuchte Creed nicht, diese Unglücklichen ganz und gar aus seinem Revier zu vertreiben. Er schritt zwar ein, wenn sie in den Hauseingängen oder den Grundstücken seiner Kunden nächtigten, ihre Einkaufswagen parkten, urinierten oder anderen körperlichen Verrichtungen nachgingen; ansonsten ließ er sie aber in Ruhe.

Heute Abend jedoch, es war inzwischen spät, eine Stunde vor Ende seiner Schicht, bog Creed nach links in die Stockton Street ein und ging etwa zehn Schritte weit, als er an der Mündung einer Seitengasse im Schatten eine hastige Bewegung bemerkte. Creed kannte diese Stelle gut. Die Seitengasse endete am Lieferanteneingang eines Gebäudes im nächsten Häuserblock, und es handelte sich eher um eine Einfahrt als um eine richtige Straße. Da die Gasse windgeschützt war und außerdem über einen Müllcontainer verfügte, in dem einige nahe gelegene Restaurants ihre Essensreste entsorgten, war sie in den Abendstunden ein beliebter Schlafplatz für die Obdachlosen im Viertel. Für gewöhnlich kam Creed gegen Ende seiner Schicht hier vorbei.

Doch als er sah, wie eine Flasche über die Straße auf ihn zukullerte, gegen den Randstein knallte und zu seinen Füßen zerbrach, blieb er stehen. Unter gewöhnlichen Umständen hätte er das nie getan, aber vermutlich saß ihm die Schießerei von vor ein paar Tagen noch in den Knochen, sodass er die Pistole zog und die Straße überquerte. Am Eingang der Gasse hörte Creed Schritte, die sich rasch entfernten. Er hielt inne und presste sich an die Mauer des daneben stehenden Gebäudes, um Atem zu schöpfen. Nach dem Abenteuer letzte Woche bei Silverman überlegte er, ob er die Mündung der Gasse sichern und per Funk Verstärkung anfordern sollte. Roy Panos war bestimmt irgendwo im Revier unterwegs und würde in höchstens zehn Minuten hier sein.

Dann jedoch dachte er an die Standpauke, die er sich von Roy einhandeln würde: Er sei anscheinend überfordert, wenn ein Obdachloser eine Flasche nach ihm warf, und komme nicht allein mit der Situation klar. Damit würde er womöglich in Wades Achtung sinken, denn dieser machte keinen Hehl daraus, was er von zögerlichem Verhalten hielt. Wer für Panos arbeitete, musste ein richtiger Macho sein – oder sich nach einem anderen Job umschauen.

Er spürte, wie sein Kiefer sich verspannte, während er die Zähne zusammenbiss. Alle seine Sinne waren hellwach. Eigentlich wusste er, dass es nur an der Schießerei der vergangenen Woche lag, aber dann fiel ihm Nick Sephias Witz von letzter Nacht wieder ein, es mache ihn geil, wenn auf ihn geschossen werde. Creed hatte daran nichts komisch finden können. Wenn er nur daran dachte …

Offenbar ging seine Fantasie mit ihm durch! Schließlich handelte es sich hier nicht um einen Einbruch, sondern nur um einen randalierenden Obdachlosen. Creed hatte ihn doch selbst gesehen – oder zumindest seinen Schatten. Ein Penner, der sich irgendwo eine Weinflasche besorgt und einen Wutanfall bekommen hatte, als diese leer war. Vermutlich hatte er den Wachmann gar nicht gesehen, geschweige denn absichtlich auf ihn gezielt. Creed schüttelte den Kopf über seine eigene Schreckhaftigkeit und stellte erstaunt fest, dass er immer noch die Pistole in der Hand hielt. Er steckte sie ins Halfter – denn ganz gleich, was hier los sein mochte, Schusswaffeneinsatz war ganz sicher nicht angesagt – und schaltete die Taschenlampe ein.

Nachdem er noch einmal tief Luft geholt hatte, trat er in die Seitengasse.

Sie war nur gut drei Meter breit und etwa fünfundzwanzig bis dreißig Meter lang. Trotz des starken Lichtstrahls seiner Taschenlampe konnte er den Müllcontainer ganz hinten links kaum erkennen. Normalerweise saßen um diese Zeit ein paar Männer auf der Laderampe, konnte man in den Türeingängen entlang der Seitengasse hie und da ein paar Haufen ausmachen, die sich als in Zeitungen und Kleidungsschichten gewickelte Obdachlose entpuppten. Doch heute Nacht war niemand da.

Und dabei besaß die Seitengasse keinen anderen Zugang als den, durch den er selbst hineingekommen war. Also versteckte sich der Mann, der die Flasche geworfen hatte, gewiss hinter dem Müllcontainer. Creed ging noch zehn oder zwölf Schritte weiter. »Hey!«, rief er, und seine Stimme hallte geisterhaft von den Mauern wider. »Kommen Sie raus. Ich will Ihnen nichts Böses, nur mit Ihnen reden.«

Nichts.

Leise vor sich hin fluchend, wartete Creed einige Zeit ab und leuchtete mit der Taschenlampe den Müllcontainer an. »Machen Sie schon«, meinte er. »Ganz gleich, was los ist, wir finden eine Lösung, okay?« Er überlegte, ob er die Sache einfach vergessen, die Gasse verlassen, auf die Stockton Street zurückkehren und zum nächsten Polizeirevier gehen, dem Lieutenant den Vorfall melden sollte. Und der würde dann ein paar seiner Männer losschicken, die nach dem Rechten sahen. Die Panos brauchten nichts davon zu erfahren. Was sollte er denn überhaupt mit dem Penner anfangen, falls dieser wirklich aus seinem Versteck kam? Ihn zum Revier schleppen? Ihm eins überbraten? Ihn unter die Dusche stellen und auf einen Kaffee einladen? Nein.

Vergiss es, sagte er sich. Das ist doch albern.

Also drehte er sich um und machte sich auf den Rückweg zur Straße. Er war sechs oder acht Schritte weit gekommen, als dicht hinter ihm wieder eine Flasche zerbrach. Die winzigen Splitter verteilten sich, glitzernd wie Diamanten, ringsum auf dem Boden. Creed machte vor Schreck einen Satz.

Ärgerlich wirbelte er herum. »Okay, Arschloch, du willst also ein bisschen Spaß haben?« Mit seiner Taschenlampe leuchtete er den Müllcontainer von allen Seiten ab. »Jetzt komm raus! Sei nicht blöd.« Nach weiteren drei Metern versuchte er es noch einmal mit der Taschenlampe.

Plötzlich eine Bewegung hinter dem Müllcontainer. Er lenkte den Lichtstrahl darauf und machte einen Schritt auf die Gestalt zu. Dann hörte er ein Geräusch, und wieder eine Bewegung, diesmal etwas links von ihm, und zwar vor dem Müllcontainer, etwa zwei Meter von ihm entfernt.

Er drehte sich ein wenig …

Und war tot.

TEIL ZWEI

Irgendwann an diesem Tag – die Zeit verlor immer mehr an Bedeutung – war Gina Roake zusammen mit den anderen in Dismas Hardys Büro gesessen; mit diesen Männern, die sich so gar nicht zu Racheengeln zu eignen schienen. Nach der Besprechung jedoch bestand für Gina kein Zweifel, wohin die beiden wollten und was sie vorhatten.

Sie ließ den Moment Revue passieren, als David sie gebeten hatte, seine Frau zu werden. Es war der überraschendste, erschreckendste und unerwartetste Augenblick ihres Lebens gewesen. Stocksteif und reglos saß sie nun an dem kleinen, wackeligen Tisch, der inzwischen – ohne Leinentischtuch, Porzellan und Kristall – aussah wie immer. Hatte die wunderschöne Zeremonie wirklich hier stattgefunden? Eine Ewigkeit schien seitdem vergangen zu sein.

Sie betrachtete ihre Hände. Wieder zuckte sie beim Anblick des Rings zusammen, hielt die linke Hand mit der rechten fest und starrte darauf, während noch mehr unermessliche Zeit verging.

Die Küche befand sich in einem runden Erker, der aus einer Ecke der Wohnung ragte. Das Glas in den gewölbten Originalfenstern war vermutlich fünfundsechzig Jahre alt. Wer hindurchschaute, sah die Welt in Wellen wie durch klares Wasser. Nun blickte Gina den Hügel hinab auf die unwirkliche Erde, die sich einfach weiterdrehte, als wäre nichts *geschehen. Autos fuhren über die Kreuzung einen Häuserblock entfernt; ein Pärchen umarmte und küsste sich an einer Hauswand; eine Frau schob einen Kinderwagen in ihre Richtung.*

Gina hatte sich schon seit Tagen nicht mehr fürs Büro angezogen und trug Jeans, Tennisschuhe und ein UOP-Sweatshirt. Das Haar hatte sie mit einem blauen Band zusammengebunden, und sie war ungeschminkt. Nun rieb sie die Hände aneinander, musterte sie, und mit einem Mal erschienen sie ihr wie die einer alten Frau. Sie hatte an den Nägeln gekaut; der eine Woche alte rote Nagellack war abgeblättert und sah jämmerlich aus. Gina ballte die rechte Hand zur Faust, lockerte sie und schloss sie dann wieder, so lange, bis es weh tat. Alt oder nicht, in diesen Händen steckte noch immer viel Kraft.

Vielleicht erschreckte sie am meisten, zu erkennen, dass ihr die Worte ihrer alten Freunde bei der Besprechung in Hardys Kanzlei Angst machten. Seit so vielen Jahren schon bestand Ginas Alltag daraus, mit den großen Jungs zu spielen, die Mandanten zu trösten oder zu maßregeln, sich ihren männlichen Freunden und Liebhabern gegenüber als verdammt noch mal ebenbürtig zu beweisen; im Gerichtssaal gnadenlos zuzuschlagen, sich nichts vormachen zu lassen und keine Kompromisse einzugehen. Deshalb war sie auch so erfolgreich. Deshalb hatte David sich in sie verliebt.

Lange Zeit hatte sie gedacht, es habe an ihrer Persönlichkeit gelegen, aber inzwischen war das nicht mehr so klar. Gar nichts mehr war klar. Sie wusste nicht mehr, wer sie war, wer sie sein wollte und was sie tun sollte. Doch unter dieser Ratlosigkeit schlummerte eine rasende Wut. Noch nie war sie derart zornig gewesen, und sie hatte gar nicht gewusst, dass so etwas überhaupt möglich war. Das Bedürfnis, jemandem wehzutun, war fast als Schmerz im Magen spürbar. Und das machte ihr die größte Angst.

Ihre Gedanken wanderten erneut zu den Männern in Hardys Kanzlei, die sie schon seit Ewigkeiten zu kennen glaubte.

Es waren Kollegen, die für Recht und Gesetz eintraten. Während ihres Studiums hatte Gina bei Dismas, der damals noch ein junger Anwalt gewesen war, in der Staatsanwaltschaft hospitiert. Glitsky, der schon lange vor seiner Zeit in der Mordkommission eine Instanz gewesen war, verteidigte stets leidenschaftlich Recht und Gerechtigkeit und hielt sich pedantisch an die Buchstaben des Gesetzes.

Und diese Rechtsprofis hatten sich heute Morgen plötzlich mit einem Mann wie John Holiday verbündet? Holiday, Dismas und Abe saßen mit einem Mal in einem Boot, daran bestand kein Zweifel.

Und welche Position sollte sie, eine gute Anwältin, dazu beziehen? Sollte sie sich auf ihre Seite schlagen? Wenn sie nicht daran geglaubt hätte, dass das Gesetz ungeachtet der Umstände immer Gültigkeit besaß, wäre sie doch all die Jahre lang eine Betrügerin gewesen! Diese Männer waren überzeugt davon, dass das Gesetz nicht mehr in der Lage war, sie zu schützen. Aber gab ihnen das das Recht, die Sache selbst in die Hand zu nehmen? Musste man es dulden oder zumindest Verständnis dafür haben, wenn die Angehörigen und Freunde eines Opfers blutige Rache übten, weil die Polizei nicht unbedingt Himmel und Erde in Bewegung setzte, um die Mörder in irgendeinem Slum oder Armenviertel aufzuspüren?

Nein, dieser Ansicht war Gina ganz und gar nicht. Das verstieß gegen ihre Grundsätze. Und sie kannte Glitsky und Hardy und wusste, dass die beiden eigentlich genauso dachten. Zumindest bis heute.

Seit heute war alles anders.

Und Gina war jetzt die Komplizin dieser Männer, ihrer einzigen wahren Verbündeten. Wie der einstimmig gefasste Beschluss lautete, wurde klar, nachdem Abe Diz' Kanzlei verlassen hatte. Abe hatte sich auf den Weg gemacht, um die Verhaftungen selbst vorzunehmen, da es ihm nicht gelungen war, seine Kollegen bei der Polizei dazu zu bewegen. So lautete zumindest die offizielle Begründung.

Allerdings wussten alle, dass Panos und seine Bande sich nicht widerstandslos würden festnehmen lassen. Schließlich hatten sie bewiesen, dass sie nicht nur gewaltbereit waren, sondern dass ihnen jedes Mittel recht war, wenn ihnen jemand Knüppel zwischen die Beine warf. Die Uhr lief weiter.

Also hatte Glitsky keine andere Wahl und deshalb eine Entscheidung getroffen. Obwohl er von einer Verhaftung sprach, war sie ganz sicher, dass er früher – vielleicht sogar ein paar Stunden früher – am Pier 70 eintreffen würde, um einen Hinterhalt zu vermeiden. Jedenfalls einige Zeit vor dem Termin, den er mit Gerson um vier Uhr vereinbart hatte. Und wenn die Gegenseite wirklich erschien, würde er bereit sein, zu kämpfen und möglicherweise auch zu töten. Er hatte Hardy, Holiday und selbstverständlich auch Gina nicht um Unterstützung gebeten. Ganz im Gegenteil hatte er versucht, sie daran zu hindern, und sie in deutlichen Worten darauf hingewiesen, dass er Polizist sei und im Dienst handele. Diz, Holiday und jeder andere, der sich einmischte, könne sich hingegen eine Anzeige wegen Selbstjustiz einhandeln und solle deshalb besser die Finger davon lassen.

Wenn sie die Schießerei überhaupt überlebten, würden sie für den Rest ihrer Tage ruiniert sein.

Aber natürlich hatte Glitsky seinen Freunden genau erklärt, wohin er wollte, wann es so weit war, was er vorhatte und mit welchen Folgen er rechnete.

Ein Windstoß ließ die alten Fenster erzittern. Dann heulte der Sturm die Straße entlang wie ein Todesengel. Das Pfeifen wurde zu einem Stöhnen und schließlich zu einem Rauschen. Dann herrschte Stille.

Gina hatte eine Beretta .40 Automatik in ihrer abgeschlossenen Schreibtischschublade liegen. Ein Polizist, mit dem sie vor vielen Jahren gegangen war, hatte sie davon überzeugt, dass sie die Waffe eines Tages würde gebrauchen können. Häufig hatte sie mit dem Gedanken gespielt, das Ding wegzugeben. Als Anwältin musste man einfach daran glauben, dass Waffen überflüssig waren. Sie hatte sich aber nicht dazu durchringen können. Und da es der Gipfel der Absurdität gewesen wäre, eine Waffe zu besitzen, aber nicht imstande zu sein, sie zu laden und abzufeuern, ging Gina alle paar Monate auf den Schießstand und verschoss ein paar Magazine, um in Übung zu bleiben. Im Laufe der Jahre hatte sie sich nicht nur an die Waffe gewöhnt, sondern war dabei auch zu einer recht guten Schützin geworden. Das Schießen machte ihr Spaß – der Geruch des Pulvers, der ohrenbetäubende Lärm, der kräftige Rückstoß und ein Gefühl von Macht, so weit entfernt von den Räuber-und-Gendarm-Fantasien, die sie anfangs gehabt hatte.

Inzwischen wusste sie es: Eine großkalibrige Handfeuerwaffe zu benutzen bedeutete, dem Tod ins Auge zu sehen und sich in gewisser Weise auch mit dem Konzept des Tötens auseinander zu setzen. Ein Schuss zerfetzte Fleisch, pulverisierte Knochen und löschte in einem Sekundenbruchteil Leben aus. So schnell, dachte sie, nein, schneller, als Gott es nehmen konnte. Das Gefühl war berauschend.

Gina saß immer noch an Davids Küchentisch und betrachtete ein letztes Mal ihre Hände. Als ihr Blick wieder auf den Ring fiel, durchfuhr sie, jäh wie ein Stromstoß, die Erkenntnis dessen, was sie alles hatte ertragen müssen.

Im Laufschritt eilte sie zur Tür und auf die Straße hinaus. Sie musste zuerst zu ihrem Schreibtisch und dann zum Auto. Genug gegrübelt. Sie war nun einmal, wer sie war – in Herzen, Seele und Körper jedem Mann ebenbürtig und ihren Freunden eine wertvolle Verbündete. Sie hatte mit ihnen gelitten und gehörte nun zu ihnen. Schließlich waren sie alle gemeinsam in die Sache verwickelt, und die anderen würden sie brauchen.

Sie blickte auf die Uhr und fing an zu rennen.

10

Der klügste Inspector der Mordkommission von San Francisco, wenn nicht der ganzen Welt, arbeitete stets allein. Paul Thieu, seit sechs Jahren dabei, hatte Dienst, als um kurz nach ein Uhr morgens der Anruf einging. Ein Wachmann namens Matthew Creed hatte sich am Ende seiner Schicht nicht bei seinem Stützpunkt im Tenderloin abgemeldet. Als Mitarbeiter des Wachdienstes und städtische Polizisten gemeinsam die Gegend absuchten, fanden sie seine Leiche. Er war erschossen worden – zwei Schüsse aus nächster Nähe – und lag ausgestreckt neben einem Müllcontainer, keine zwei Häuserblocks entfernt vom Union Square.

Thieu verbrachte den Großteil der restlichen Nacht mit den Spurensicherungsexperten am Tatort, und auch wenn ein entscheidender Hinweis fehlte, so bemerkte er einige Auffälligkeiten, die möglicherweise Licht auf das Verbrechen warfen. Er entdeckte zwei Scherbenhäufchen, wo offenbar Flaschen zerbrochen waren, und zwar einen auf der Stockton Street, wenige Meter vor der Mündung der Gasse, und einen am Anfang der Gasse. Normalerweise wurden Glasscherben gar nicht erst als Beweismittel in Betracht gezogen – schließlich kamen sie auf vielen Straßen der Stadt so häufig vor wie Tautropfen. Doch Thieu war nun einmal ein eingefleischter Verfechter der Methode, alle Informationen zu sammeln, auf die man stieß, immer in der Hoffnung, dass sie sich doch noch als wichtig erweisen könnten. Also bat er die Spurensicherungsexperten, alle Scherben einzusammeln, die groß genug für einen Fingerabdruck waren.

Außerdem fand er einen verhältnismäßig gut erhaltenen Schuhabdruck Größe sechsundvierzig, und zwar von einem Lederschuh oder einem mit glatter Sohle. Aus dem Müllcontainer war eine stinkende, klebrige Flüssigkeit gesickert, und anscheinend war jemand zuerst in die Pfütze und anschließend auf die trockene Straße getreten. Der Schuhabdruck musste nicht unbedingt vom Täter stammen. Schließlich war die Laderampe am Ende der langen Gasse bekanntermaßen ein Treffpunkt für Obdachlose, weshalb die große Wahrscheinlichkeit bestand, dass es der Fußabdruck eines Penners war.

Andererseits war Thieu ein Pedant. Der Radius des verspritzten Blutes war bereits vorläufig analysiert und fotografiert worden – ziemlich schwierig mitten in der Nacht –, und die Lage des Fußabdrucks stimmte mehr oder weniger mit der Stelle überein, wo der Täter gestanden haben musste, und zwar vorn an der Ecke Stockton Street und seitlich vom Müllcontainer. Das war zwar kein wasserdichter Beweis, aber zumindest ein Anhaltspunkt, dem Thieu weiter nachgehen wollte. Also bat er die Spurensicherungsexperten, etwas von der Flüssigkeit zusammenzukratzen und als Beweisstück sicherzustellen.

Dass das Opfer Uniform trug, erleichterte ihm seine Bemühungen. Creed war zwar nur Wachmann gewesen, hatte aber dennoch in gewisser Weise zur Familie gehört. Deshalb würde jeder Mitarbeiter und jede Mitarbeiterin der Spurensicherung sich so viel Zeit nehmen, wie Thieu verlangte, wenn es denn zur Aufklärung des Mordes an einem Gesetzeshüter beitrug.

Obwohl sie keine Patronenhülsen fanden, entdeckten sie zufällig eines der beiden .38er-Geschosse, die Creeds Körper durchschlagen hatten. Sie hatten vorn kleine glatte Löcher hinterlassen; es handelte sich zwar nur um zwei Einschussstellen, aber der Rücken des Opfers war eine einzige offene Fleischwunde. Das ließ Thieu zunächst vermuten, dass es keine Hohlspitzgeschosse gewesen sein konnten und dass es ihm deshalb gelingen würde, wenigstens eine der beiden Patronen aufzustöbern. Seine Vermutung erwies sich als richtig. In einem selbst gebastelten Polster, das jemand an der Mauer befestigt hatte, damit die Lastwagen sich den Lack nicht zerkratzten, stellte man eines der Geschosse sicher. Die nahezu unversehrte Patrone war in die oberste, aus einem Autoreifen bestehende Schicht eingedrungen und in dem dicken Holzbalken dahinter stecken geblieben.

Allerdings hatte ein Geschoss an sich noch nichts zu bedeuten. Die Wahrscheinlichkeit, die Waffe zu finden und sie einem Besitzer zuzuordnen, war ziemlich gering, weshalb nur eine winzige Chance bestand, das Verbrechen tatsächlich aufzuklären. Aber Thieu war froh, als dieses Stück Blei in eine Plastiktüte versenkt wurde und sich nun auf dem Weg in die Asservatenkammer befand. Man konnte ja nie wissen.

Persönliche Eindrücke spielten für Thieu ebenfalls eine Rolle, wenn auch eine weniger konkrete als die übrigen Indizien. Außerdem waren besagte Eindrücke im Gegensatz zu greifbaren Beweisen flüchtig, weshalb Thieu alles gewissenhaft mit der Schreibmaschine festhielt, damit er ja nichts vergaß. Er war gerade noch in diese Aufgabe vertieft, als Gerson um Punkt halb neun hereinkam. Eigentlich hatte Thieu bereits seit zweieinhalb Stunden frei, doch das kümmerte ihn nicht. Auch hatte er nicht vor, die Überstunden abzurechnen. Er brauchte das Geld nicht und war zuversichtlich, dass die Erbsenzähler, die letztlich für Beförderungen zuständig waren, schon irgendwann herausfinden würden, um wie viel kostengünstiger als die anderen er seine Fälle löste. Außerdem hatte Thieu sonst keine Interessen. Und keine Hobbys.

Seit einer Viertelstunde tröpfelten seine Kollegen herein, und das Büro füllte sich mit Geräuschen und dem Geruch nach Kaffee. Sarah Evans hatte eine Countrysängerin entdeckt, die genauso hieß wie sie, und ihr Radio dudelte leise. Thieu versuchte, trotzdem weiterzuarbeiten, und er musste sich mächtig konzentrieren.

Doch es sollte einfach nicht sein, zumindest nicht jetzt. Gerson durchquerte den Raum und blieb überraschenderweise – das Verhältnis zwischen den beiden Männern konnte man bestenfalls mit dem Wort Toleranz umschreiben – vor Thieus Schreibtisch stehen. Er wartete, bis dieser aufblickte. »Haben Sie einen Moment Zeit, Paul? Ich wäre Ihnen sehr dankbar. In meinem Büro. Danke.« Der Lieutenant machte kehrt und ging wieder.

Das war bis jetzt noch nie passiert. Sicher ging es nur um irgendwelchen bürokratischen Papierkrieg. Mit einem Seufzer schob Thieu seinen Stuhl zurück und stand auf. Er konnte nicht anders, als den derzeitigen Lieutenant mit seinem alten Chef Glitsky zu vergleichen. Wenn Abe, so wie Gerson gerade eben, an seinen Schreibtisch gekommen wäre und gesehen hätte, dass Thieu konzentriert arbeitete – womöglich sogar an einem Mordfall, den er aufklären musste –, wäre er so rücksichtsvoll gewesen, ihn in Ruhe zu lassen, bis er fertig war. Oder er hätte ihn gefragt, was er gerade tat und ob er schon weitergekommen sei. Und dann hätten sie miteinander gefachsimpelt.

Aber so etwas lag Barry Gerson nicht. Als Thieu sein Büro betrat, saß er mit dem Rücken zur Tür da und studierte Zahlenreihen auf seinem Computerbildschirm. Thieu klopfte an die Wand. »Sir?«

Gerson schaltete den Bildschirm ab, drehte sich auf seinem Stuhl um und wies auf einen Sitzplatz. »Ich wollte Sie nicht aufhalten, wenn Sie jetzt nach Hause möchten«, begann er.

»Schon gut, ich brauche noch eine gute halbe Stunde. Was kann ich für Sie tun?«

Gerson kam sofort auf den Punkt. Er machte eine vage Handbewegung in Richtung Schreibtisch. »Ich habe den Bericht über Ihren Einsatz letzte Nacht gelesen; vermutlich haben Sie gerade noch an dem Fall gearbeitet. Der Wachmann …«

»Matt Creed«, ergänzte Thieu.

»Genau. Es besteht die Möglichkeit, dass sein Tod mit einem anderen Mordfall zusammenhängt.« Als Thieu ihn fragend ansah, fuhr er fort: »Ich weiß nicht, ob Sie die Sache Silverman verfolgt haben …«

»Klar.« Gerson wusste es zwar nicht, aber Thieu verfolgte alle Fälle. »Pfandleihe in der O'Farrell Street. Wann war das noch mal? Letzten Donnerstagabend? Cuneo und Russell, richtig?«

»Und obwohl Sie so gut informiert sind, hatten Sie keine Ahnung, womit Sie es im Fall Creed zu tun haben?«

Thieu ging nicht auf den herablassenden Tonfall ein. »Ich bin nicht allwissend, Sir. Genau genommen kenne ich nur die nackten Tatsachen.« Thieu hatte keine Lust, sich auf ein Wortgefecht mit Gerson einzulassen, und setzte eine aufmerksame Miene auf. »Was hatte Creed damit zu tun?«

»Er war der einzige Zeuge des Raubüberfalls auf Silverman und hat die drei Verdächtigen ein paar Straßen weit verfolgt, sie aber dann aus den Augen verloren. Anschließend kehrte er zum Laden zurück und fand die Leiche.«

»Gut.« Thieu hatte keine Ahnung, worauf Gerson hinauswollte, und beschloss, ihn einfach weiterreden zu lassen. Er lehnte sich lässig auf seinem Stuhl zurück und schlug ein angewinkeltes Bein über das andere.

Gerson räusperte sich und fuhr endlich fort. »Die Sache ist die, dass Cuneo und Russell Creed vernommen haben. Er hat die Täter mehr oder weniger identifiziert.«

Das überraschte Thieu, doch er verzog keine Miene. »Mehr oder weniger?«, fragte er. Er wusste nicht, was das zu bedeuten hatte. »War er sicher? Hat er Namen genannt? Oder hat er die Täter in einer Fotokartei wieder erkannt?«

»Er kannte sie namentlich. Die Inspectors hatten keine Zeit, ihm Fotos vorzulegen. Doch Creed hat den Kreis der Verdächtigen auf ein Trüppchen von drei heruntergekommenen Gestalten im Tenderloin eingegrenzt. Clint Terry, Randy Wills und John Holiday.«

Thieu speicherte die Namen sofort in dem Hochleistungsrechner ab, den er zwischen den Ohren trug. Er war entsetzt, dass sechsundneunzig Stunden nach dem Mord noch niemand dem Hauptbelastungszeugen Fotos vorgelegt hatte. Doch er schwieg weiter und ließ sich nichts anmerken als höfliches Interesse.

»Kurz und gut, es ist vielleicht sinnvoll, den Fall Creed den für die Sache Silverman zuständigen Inspectors zu übertragen. Immerhin scheint es, dass die beiden Morde wirklich miteinander zusammenhängen. Vielleicht wurden sie sogar vom selben Täter begangen. Schließlich haben die beiden Kollegen schon einen Vorsprung bei den Ermittlungen. Aber ich wollte das natürlich nicht über Ihren Kopf hinweg entscheiden.«

Thieu traute seinen Ohren nicht. Wenn zwischen zwei Morden ein Zusammenhang zu bestehen schien, arbeiteten die zuständigen Inspectors in diesen beiden Fällen normalerweise zusammen. Doch nun wollte man ihn kaltstellen. »Ich habe nichts dagegen, Sir«, erwiderte er tonlos. »Wenn Sie möchten, werde ich die Kollegen gerne über alles informieren, obwohl es noch nicht viele Erkenntnisse gibt. Aber die Entscheidung, wer einen Fall bearbeitet, liegt selbstverständlich ganz bei Ihnen.«

»Sie sind also nicht böse?«

»Überhaupt nicht«, meinte Thieu und fügte, um die Stimmung aufzulockern, hinzu: »Es ist ja nicht so, dass mir die Arbeit ausgehen würde.«

»Nein, da haben Sie vermutlich Recht.«

Obwohl es Thieu eigentlich nicht störte, den neuen Fall abzugeben, hatte er trotzdem – und das war typisch für ihn – noch eine Frage. »Also nehmen Sie an, die Verdächtigen haben irgendwie herausgefunden, dass Creed sie erkannt hat. Daraufhin haben sie ihn umgebracht, damit er nicht mehr aussagen kann?«

Gerson verzog das Gesicht. »Ich weiß nur, dass er in dem einen Fall Zeuge und in dem anderen Opfer ist und dass Ihre Kollegen schon länger in der Sache ermitteln. So schlagen wir vielleicht zwei Fliegen mit einer Klappe, habe ich mir gedacht.« Er breitete die Hände aus und erhob sich. »Das Zauberwort heißt Effizienz. Das sehen die in der Chefetage gern.«

Thieu, der bemerkte, dass er entlassen war, erhob sich ebenfalls. Aber er wollte sichergehen, dass er und Gerson sich auch richtig verstanden hatten. »Wenn Sie möchten«, sagte er, »könnte ich heute Morgen noch ein wenig bleiben und die Kollegen mit dem Fall vertraut machen.«

Doch Gerson machte eine wegwerfende Handbewegung. »Danke, aber Sie hätten doch sowieso schon Feierabend. Sie können ja Ihren Bericht fertig schreiben. Zusammen mit dem Bericht vom Tatort müsste das genügen. Wenn die zwei noch Fragen haben, können sie sich ja an Sie wenden.«

Cuneo war nicht sicher, ob die beiden Fälle tatsächlich miteinander in Verbindung standen. Es wäre schon ein großer Zufall, dass Creed in zwei Morde verwickelt war, die sich innerhalb einer Woche im Bezirk zweiunddreißig ereignet hatten, ohne dass die Täter identisch waren. Und dennoch musste das nach Cuneos Ansicht nicht zwangsläufig auf einen Zusammenhang hinweisen. Eine Verbindung war seiner Ansicht nach nur dann wahrscheinlich, wenn die Verdächtigen wussten, dass Creed sie erkannt hatte.

»Und woher hätten sie das wissen sollen?« Eine Stunde nachdem Thieu sich verabschiedet hatte, saßen er und Russell im Büro des Lieutenants. Beim Sprechen zuckten Cuneos Beine in einem Rhythmus, den nur er spüren konnte. »Wenn die Täter es wussten, musste es ja dazu kommen, richtig? Ich meine, sie mussten sich darüber im Klaren sein, dass Creed eine Bedrohung für sie darstellt.«

»Stimmt«, erwiderte Russell. »Und deshalb müssen sie es gewusst haben.«

»Und genau darauf will ich hinaus. Woher? So blöd kann Creed doch nicht gewesen sein. Wie hätte er es deiner Meinung nach anstellen sollen? Glaubst du, er hat im Ark vorbeigeschaut und den dreien eröffnet, dass er sie erkannt hat?«

»So direkt nicht, aber so ähnlich.« Gerson kam die Möglichkeit nicht so abwegig vor. »Kommen Sie, Dan, der Junge ist in seinen ersten echten Mord verwickelt. Er ist der wichtigste Zeuge, verdammt. Also wird es es sicher jemandem erzählen wollen. Schließlich ist er fast vor Stolz geplatzt, oder nicht?« Er sah Russell an.

Dieser stimmte zu. »Und dieser Jemand hat es jemand anderem gesagt, bis zu guter Letzt Terry davon erfahren hat. Schließlich sind vier ganze Tage vergangen. Das ist genug Zeit, mehr als genug.«

Cuneo hörte auf, mit den Beinen zu zappeln. »Meinetwegen«, sagte er. »Wenn ihr beide das so schlüssig findet, bin ich dabei. Allerdings lässt sich diese Theorie sofort und eindeutig überprüfen.«

Russell griff das Stichwort auf. »Ballistische Untersuchung«, verkündete er.

Cuneo nickte. »Wir haben auch die Kugel, mit der Silverman getötet wurde. Zwei Kugeln, dieselbe Waffe, und wir haben unseren Zusammenhang. Und wenn der erst mal feststeht, kriegen wir in Sekundenschnelle einen Haftbefehl und können uns an die Schatzsuche machen.«

Nachdem sie Gersons Büro verlassen hatten, ging Russell zum Computer und schickte unter dem Betreff »Mordfall – DRINGEND« eine E-Mail ans Labor. Inzwischen lagen die beiden Geschosse sicher schon in der Asservatenkammer im Keller des Justizgebäudes. Sobald sie im Labor waren – zwischen dem Justizgebäude und dem Labor fand ein reger Pendelverkehr statt –, konnte man mithilfe eines Elektronenmikroskops einen Vergleich vornehmen. Das dauerte nicht länger als eine Viertelstunde.

Mit ein wenig Glück würden sie das Ergebnis heute noch bekommen.

Während Russell sich mit dem Computer beschäftigte, hörte Cuneo die Voice Mail ab. Am Abend zuvor hatte Roy Panos angerufen: Er hatte zwei Karten für ein Spiel der 49er – ausgezeichnete Plätze – für dieses Wochenende, die er nicht nutzen konnte. Falls Russell und Cuneo interessiert waren, konnten sie sich in John's Grill mitten im Bezirk zweiunddreißig treffen, um die Karten abzuholen.

Natürlich war der Anruf vor dem Mord an Creed eingegangen, weshalb Cuneo Roy zurückrief und sich erkundigte, ob er noch in der Stimmung zu einem Mittagessen unter Freunden sei. Roy erwiderte, er sei zwar todmüde und habe kaum geschlafen, werde sich aber trotzdem gern mit den Inspectors treffen. Vielleicht könne er ihnen ja auch etwas über Creed erzählen, solange die Spur noch heiß sei.

Schließlich schafften es Cuneo und Russell, sich aus dem Justizgebäude loszueisen. Um fünf vor zehn parkten sie gegenüber vom Ark und warteten auf die Gelegenheit, sich endlich John Holiday vorzuknöpfen und außerdem herauszufinden, wo er in der vergangenen Nacht gewesen war. Cuneo stieg aus und klopfte etwa fünfzehn oder zwanzig Sekunden lang lautstark an die Tür der Kneipe, ohne dass jemand öffnete.

Um Viertel vor elf hielt Russell es keine Minute länger im Auto bei seinem zappeligen Partner aus. Nachdem er noch einen Blick auf die Tür des Ark geworfen hatte, bog er um die Ecke und in die Gasse ein, die zum Hintereingang führte. Doch auch sie war verschlossen. Drinnen brannte kein Licht, und nichts wies darauf hin, dass jemand da war.

Sie hatten sich mit Roy Panos um halb zwölf in John's Grill verabredet. Also ließ Cuneo um zehn vor halb zwölf den Motor an und legte den Gang ein. »Wie verdient der Typ seine Brötchen, wenn er den Laden nicht aufmacht?«

»Vielleicht macht er ja gar nicht mehr auf. Kann ja sein, dass er sich verdrückt hat.«

Cuneo sah ihn an, zeigte mit dem Finger auf ihn und betätigte einen imaginären Abzug.

John Holidays Geschichte über eine seiner zahlreichen Affären, die er Dismas Hardy aufgetischt hatte, war erstunken und erlogen. In Wirklichkeit hatte er sich verliebt und wollte für den Fall, dass es in die Brüche ging, nicht wie ein Idiot dastehen.

Während Cuneo und Russell John vor dem Ark erwarteten, war er in Michelles wunderschöner Wohnung. Die kleine

Zweizimmerwohnung war überaus ordentlich und befand sich in dem etwas abgelegenen, nicht von Touristen überlaufenen Teil der »kurvigsten Straße der Welt«, der Lombard Street. Die Straße endete an einer Klippe, sodass man auch im ersten Stock aus dem Panoramafenster einen unbezahlbaren freien Blick auf die Bucht und die Golden Gate Bridge hatte. Michelle hatte die Wohnung achtzehn Jahre zuvor als Studentin bezogen und sie, der Mietpreisbindung sei Dank, halten können. Würde sie heutzutage in San Francisco eine Wohnung suchen, bekäme sie für diesen Preis gerade mal einen Geräteschuppen. Michelle war freie Journalistin; hin und wieder veröffentlichte sie in landesweiten Zeitschriften, und sie schrieb regelmäßig für einige der Stadtviertelzeitungen und Werbeblätter. Außerdem verfasste sie Restaurantkritiken und konnte dadurch ihr Einkommen durch kostenlose Abendessen für sich und häufig auch für einen Gast aufbessern.

Der erste Kontakt zwischen Michelle und Holiday war anonym per E-Mail erfolgt. Da Michelle ihre Artikel nur mit »M. Maier« signierte, hatte Holiday anfangs gar nicht gewusst, dass er mit einer Frau korrespondierte. Im Frühsommer hatte sie in einer Werbepostille namens *The Russian Hill Caller* über ein kleines neues Restaurant berichtet, das »Tapa the Bottom« hieß und am Fuße des Russian Hill spanische Tapas anbot. Michelles Restaurantkritiken hoben sich angenehm aus dem gewohnten Einheitsbrei aus Schilderungen von Speisekarte und Inneneinrichtung, vermischt mit philosophischen und kulturgeschichtlichen Betrachtungen und persönlichen Erlebnissen, ab. Der Artikel hatte in Holiday lange schlummernde Gefühle geweckt.

Seine Flitterwochen mit Emma hatte er an der spanischen Costa Brava verbracht, und zwar in einem kleinen Fischerdorf namens Tossa de Mar, etwa sechzig Kilometer von Barcelona entfernt. Damals hatte allein schon die Luft dort für Holiday nach Verheißung gerochen. Er hatte gespürt, dass von nun an alles in seinem Leben möglich sein würde und dass die Leere, die sein Dasein früher einmal bestimmt hatte, ein für alle Mal vorbei war. Und diese kurze Phase der Hoffnung hatte nach Safran, Knoblauch, Oregano und Zwiebeln geschmeckt.

Gleich nach der Lektüre des Artikels war Holiday ins Tapa the Bottom geeilt und hatte sich von jedem Bissen in die Vergangenheit zurückversetzt gefühlt. Schnecken in Pfeffersauce, Babycalamares, Tortillas und dazu knuspriges Brot mit Tomaten und Knoblauch. Als er, beschwingt von einer ganzen Flasche gekühltem Rosé, nach Hause zurückkehrte, schrieb er M. Maier eine E-Mail an die Adresse des *Caller*, um sich für die Empfehlung zu bedanken. Ohne groß darüber nachzudenken, endete er mit den Worten: »In letzter Zeit ist mir das Glück ein wenig aus dem Weg gegangen, doch als ich dort gegessen habe, war ich glücklich.«

Am nächsten Tag hatte sie ihm geantwortet, und von da an schrieben sie einander regelmäßig und lernten sich immer besser kennen. Da sie feststellten, dass sie praktisch Nachbarn waren, vereinbarten sie schließlich ein Treffen. Michelle erschien in ihrer – wie sich später herausstellte – üblichen Aufmachung: einem Militärmantel, einem locker sitzenden Tarnanzug, Kampfstiefeln und einem sonderbaren Hut aus ihrer Sammlung missgestalteter Kopfbedeckungen aus dem Secondhandladen. Mit ihrer dicken, schwarz geränderten Brille, dem tief in die Stirn gezogenen Hut und dem zerzausten dunklen Haar, das ihr ins ungeschminkte Gesicht fiel, zog sie nicht gerade bewundernde Blicke auf sich.

Holiday hatte das Mittagessen genossen. Doch obwohl er Michelle sehr nett fand, war sie einfach nicht die Art von Frau, um die er sich bemüht hätte. Sie war eindeutig kein oberflächlicher Mensch. Sie sprudelte über vor Leidenschaft, Gedanken, Gefühlen, Einfällen und Schlagfertigkeit. Nicht sein Typ, jedenfalls nicht seit Emma. Und ganz eindeutig anders als die Frauen, mit denen er in letzter Zeit ins Bett gegangen war.

Dennoch hörte er nicht auf, ihr E-Mails zu schicken. Sie antwortete. Es kam zu einem zweiten rein platonischen Mittagessen.

Während ihre Freundschaft sich weiterentwickelte, lernte er langsam auch ihre außergewöhnliche Schönheit zu schätzen. Sie hatte lange Beine, einen vollen Busen, einen sinnlichen breiten Mund, einen feurigen Blick und seidenweiche, makellose Haut. All diese Vorzüge schien sie unter der schlabberigen Kleidung, den ausgeflippten Hüten und den Uniformteilen zu tarnen, damit sie sich durch die Welt bewegen konnte, ohne belästigt zu werden.

Bei ihren anfänglichen Mittagessen hatte sie beinahe ungepflegt gewirkt. Dann erfuhr Holiday, dass sie häufig von Männern verletzt worden war, die sich nur für ihr Äußeres interessierten. Sie vertraute ihm an, sie habe immer davon geträumt, einen Blinden zu heiraten, denn der würde sie sicher um ihrer selbst willen lieben und nicht nur wegen ihrer so genannten Verpackung.

Besagte Verpackung kontrastierte auffällig mit einem niedrigen Selbstvertrauen, wie Holiday fand. Während sich für ihn die Freundschaft mit Michelle immer mehr in Richtung Beziehung entwickelte, wuchs ihr Argwohn ihm gegenüber. Wenn er sie spüren ließ, dass er sie auch körperlich begehrte, reagierte sie mit Angst. Schließlich hatten die anderen Männer dasselbe gewollt, und deshalb war Holiday offenbar genauso wie sie.

Die Absurdität der Situation – die erste Frau, der er seit Emma treu war, misstraute ihm – entging ihm nicht. Und am Donnerstagabend fand deshalb der schlimmste Streit zwischen ihnen statt, den sie je gehabt hatten. Holiday war erbost aus dem Imperial Palace gestürmt, noch bevor die Dim-Sum-Vorspeise serviert worden war. Erst am Sonntag – nach einer Eskapade Freitagnacht hatte Holiday zu Recht ein schlechtes Gewissen – hatten sie sich wieder versöhnt.

Also hatte er Hardy nicht in allen Dingen belogen.

An diesem Morgen lag Holiday, auf den Ellenbogen gestützt, neben Michelle im Bett. Als er von seiner Zeitung aufblickte, erinnerte er sich wieder an ihre erste Begegnung mit ihr. Er musste schmunzeln, als er daran dachte, wie wenig sie ihn damals als

Frau interessiert hatte. Inzwischen jedoch war er von ihrem Anblick hingerissen. Sie trug eine modische Lesebrille und einen weißen, mit Orchideen bedruckten Seidenpyjama, dessen Jacke nicht ganz zugeknöpft war, sodass sie einen Spaltbreit aufklaffte, wenn Michelle sich beim Lesen vorbeugte.

Als er die Hand ausstreckte und ihre Brust umfasste, legte sie ihre darüber und hielt ihn fest, allerdings ohne das Lesen zu unterbrechen. Er wandte sich wieder seiner Zeitung zu und blätterte um. Doch offenbar spürte sie seine Anspannung.

»Was ist, John? Hast du was?«

Er hatte die Hand von ihrer Brust genommen und las noch ein paar Sekunden weiter, um sich zu vergewissern, dass er die Schlagzeile richtig verstanden hatte. Ja. Dann blickte er auf, und die Sorge ließ sein Gesicht unvermittelt älter wirken. Holiday zögerte, denn wie er wusste, hielt sie nicht viel davon, dass er sein Geld als Wirt des Ark verdiente. Als er tags zuvor von der Arbeit nach Hause gekommen war, hatte er ihr von Clint, Panos' Leuten und von der Polizei erzählt. Wie immer hatte sie sich nicht sonderlich dafür interessiert. Also hatte er die Sache auf sich beruhen lassen und sich stattdessen nach ihren Akquiseschreiben an *Gourmet, Sunset* und *Bon Appetit* erkundigt, denen sie einen Artikel über die Genüsse gegrillten Obstes anpries.

Die Geschichte, wie er an das Ark gekommen war, kannte sie bereits. Er war mit dem früheren Wirt Joey Lamont gut befreundet gewesen. Joeys siebzigster Geburtstag rückte näher, und John hatte nach dem Verkauf der Apotheke die Taschen voller Geld. Also hatten sie eine Abmachung getroffen, und die Kneipe kam offiziell gar nicht erst auf den Markt. Und nun stand sie schon wieder im Mittelpunkt der Ereignisse, ganz gleich, ob es ihm nun gefiel oder nicht.

»Matt Creed wurde umgebracht«, sagte er.

»Kanntest du ihn?«

»Ja, er war unser Mann vom Wachdienst. So eine Art Privatbulle, von einer Sicherheitsfirma.«

»Und jemand hat ihn getötet?«

»Erschossen.« Auf der Suche nach Einzelheiten überflog er den kurzen Artikel. »Aus nächster Nähe oder zumindest aus geringer Entfernung.«

Sie zog sich die Decke über die Schultern. »Bitte sag, dass es nichts mit dir oder deiner Kneipe zu tun hat.«

Er schwieg und starrte auf die bedruckte Seite.

»John?«

Schließlich seufzte er. »Er ist der Junge, der Silverman gefunden hat. Das stand am Samstag in der Zeitung. Die Polizei war schon da und hat Clint dazu befragt.«

»Was meinst du mit Junge?«

»Er war zweiundzwanzig, heißt es hier.«

Michelle zog die Decke noch fester um sich und stand auf. Sie ging zum Panoramafenster, blieb dort stehen und sah hinaus. »Wenn wir eine gemeinsame Zukunft haben sollen, will ich mit so etwas nichts zu tun haben«, meinte sie. »Mit Morden. Es gibt einen Zusammenhang, oder?«

Er setzte sich auf. »Davon steht hier nichts. Es scheint nichts darauf hinzuweisen.«

Doch er hätte besser den Mund gehalten.

»Ich begreife einfach nicht, warum du die verdammte Kneipe nicht verkaufst. Oder sie wenigstens renovierst, wenn sie dir so wichtig ist.«

»So wichtig ist sie nun auch wieder nicht. Sie sorgt nur dafür, dass mein Geld arbeitet, damit ich es eines Tages nicht mehr muss. Heute könnte ich sie für das Doppelte des damaligen Preises verkaufen und mich zur Ruhe setzen.« Um die Stimmung ein wenig aufzulockern, fügte er hinzu: »Aber was würde ich dann mit meiner Zeit anfangen?«

»Ich habe eine echt verrückte Idee.«

»Und die wäre?«

»Etwas Sinnvolles vielleicht?«

Wut ergriff ihn, und es kostete ihn Mühe, sich zu beherrschen. »Sind wir etwa gerade dabei, uns zu streiten?«

Sie ließ sich auf der Ottomane neben dem Lesesessel nieder und senkte den Kopf, sodass er ihr Gesicht nicht sehen konnte.

»Wäre es dir lieber, wenn wir uns trennen würden?«, fragte er. »Schließlich will ich nicht, dass du unglücklich bist.«

Als sie aufblickte, war sie den Tränen nah. »Du kanntest zwei Menschen, die letzte Woche erschossen wurden. Weißt du nicht, wie angsteinflößend das für jemanden ist, der dich liebt? Und dann behauptest du – und glaubst es anscheinend selbst –, dass die beiden Morde nichts mit dir und nichts miteinander zu tun haben.« Traurig schüttelte sie den Kopf. »Natürlich haben sie das, John. Natürlich haben sie das.«

Roy Panos bezahlte. Er bestand darauf.

Während er in sein Steak schnitt, sah er den beiden Inspectors, die ihm gegenübersaßen, in die Augen. Dann steckte er ein Stück Fleisch in den Mund, legte Messer und Gabel weg und hob die rechte Hand. »Ich schwöre bei Gott. Terry hatte frei. Ich habe gegen acht reingeschaut …«

»Ich dachte, Holiday hätte den Vertrag mit Ihnen gekündigt«, meinte Russell.

Roy nickte. »Ja, aber seit der Sache mit Silverman dachte ich, es könnte nicht schaden, ein Auge auf die Kneipe zu haben, Richtig?«

»Richtig.« Cuneo hatte Petrales mit Kapern und Zitronensauce auf seinem Teller und summte beim Kauen vor sich hin. »Also hatte Holiday gestern Nachtschicht?«

»Ja.«

»Haben Sie mit ihm geredet?«, fragte Russell. Er hatte sich für das Tagesgericht entschieden: Lammkoteletts mit Spargel und Knoblauch-Kartoffelpüree.

»Wie gesagt, ich habe kurz reingeschaut und Hallo gesagt und einen Kaffee getrunken. Er hat sich erkundigt, wo Mattie steckt.«

»Creed?« Cuneo legte die Gabel weg. »Warum denn das?«

Roy zuckte die Achseln. »Weil Mattie normalerweise zuerst die nördliche Runde ging. Doch gestern Abend habe ich sie übernommen.«

»Warum?«, wollte Russell wissen.

»Aus keinem besonderen Grund. Nur zur Abwechslung.«

»Hat Holiday sonst noch was gesagt?«

Panos hatte vor dem Essen einen Whiskey auf Eis getrunken. Nun leerte er sein zweites Glas Wein und schenkte nach. Dann nahm er einen Schluck, stellte das Glas hin und drehte nachdenklich am Stiel. Als er antwortete, klang es fast entschuldigend. »Ich wollte ihn nicht aufscheuchen, damit der Überraschungseffekt nicht dahin ist, wenn Sie mit ihm sprechen.«

»Also haben Sie nichts von Creed erwähnt?«, fragte Cuneo.

»Was zum Beispiel?«

»Dass er praktisch mit dem Finger auf die drei gezeigt hat.«

Roy überlegte eine Weile. »Darauf sind wir gar nicht gekommen. Doch da Sie es jetzt ansprechen: Holiday hat mich tatsächlich gebeten, Mattie auszurichten, er solle doch vorbeikommen, falls ich ihm begegnen würde. Er müsse ihn etwas fragen.«

Die beiden Inspectors wechselten Blicke.

Plötzlich glomm in Roys düster dreinblickenden Augen ein Funke auf; offenbar war ihm die Tragweite seiner Worte bewusst geworden. »Er wollte sichergehen, dass Mattie wirklich Dienst hat, richtig? Dieser Dreckskerl. Und ich habe es ihm verraten. Scheiße.« Einen Moment sah es aus, als würde Roy gleich in Tränen ausbrechen.

Russell streckte die Hand aus und klopfte zwischen ihnen auf den Tisch. »Dann wäre es eben in einer anderen Nacht passiert. Sie trifft keine Schuld.«

»Diese Dreckskerle«, wiederholte Panos. »Und jetzt kann Mattie die Täter nicht mehr identifizieren …«

»Zerbrechen Sie sich deswegen nicht den Kopf«, erwiderte Cuneo.«Die Jungs haben gestern Nacht ein paar Fehler gemacht. Wir sind ihnen dicht auf den Fersen.«

»Wie dicht?«

Und da Panos im Grunde genommen zu ihnen gehörte – ja eigentlich so etwas wie ein Kollege war –, erzählten die Inspectors ihm alles.

11

Am vergangenen Abend war Hardy zweimal durch das Innenstadtviertel gefahren, um einen auch nur halbwegs legalen Parkplatz zu ergattern. Außer sich vor Empörung und Angst hatte er schließlich aufgegeben und sich auf den Weg zu seinem ein paar Blocks entfernten Büro gemacht, wo er einen Stellplatz in der Tiefgarage sein Eigen nannte. Dann war er zurück auf die Straße und im Laufschritt zum Eingang der Notaufnahme des St. Francis Memorial Hospital geeilt, wo Gina Roake ihn in der Aufnahmestation erwartete.

»Wie geht es ihm?«

Ihr Gesicht war fleckig, und sie beherrschte sich mühsam. »Nicht sehr gut. Er ist schon seit zwei Stunden da drin und immer noch nicht bei Bewusstsein. Sie lassen mich nicht zu ihm.«

»Was ist passiert?«

»Er wurde zusammengeschlagen, Dismas. Etwa eine Stunde, nachdem ich zu Hause war, klopften zwei Polizisten an die Tür. Sie hatten seine Brieftasche bei sich, in der sein Führerschein mit der Adresse steckte, und …«

»Er hatte noch seine Brieftasche? War Geld drin?«

»Ich weiß nicht. Ich habe nicht einmal …«

Als sie bemerkte, dass Hardy den Blick abgewandt hatte, drehte sie sich um. Eine junge Frau im grünen OP-Anzug kam ins Wartezimmer. Gina berührte Dismas am Arm und ging auf sie zu. Er folgte ihr, und angesichts der Miene der jungen Ärztin bekam er es mit der Angst zu tun.

»Für den Moment haben wir getan, was wir konnten«, sagte sie. »Wir verlegen ihn jetzt auf die Intensivstation, wo wir ihn im Auge behalten können.«

»Aber wie geht es ihm?«, fragte Gina.

Kurz sah die Ärztin Dismas und dann wieder Gina an. »Er hat eine schwere Gehirnerschütterung erlitten und innere Blutungen. Er ist noch nicht wieder bei Bewusstsein.« Sie holte tief Luft, ehe sie es aussprach: »Ich würde seinen Zustand als kritisch bezeichnen.«

Gina schloss die Augen und ließ die Schultern hängen. Nach einer Weile öffnete sie die Augen wieder und nickte. »Kann ich denn überhaupt nichts tun?«

Die Ärztin schüttelte den Kopf. Sie müsse jetzt gehen, um die Verlegung auf die Intensivstation zu beaufsichtigen, und kehrte in die Notaufnahme zurück.

Wortlos setzten sich Gina und Dismas nebeneinander ins Wartezimmer. Zu seinem Erstaunen stellte Dismas fest, dass sie nicht allein waren. Eine junge schwarze Frau saß ihnen gegenüber, wiegte ein Baby im Arm und starrte ins Leere. Ein älterer Asiat las Zeitung.

Irgendwo hinter ihm stieß eine junge Stimme ein Stöhnen aus, und in der Ferne gellten Sirenen durch die Nacht.

Nach einer Weile erschien ein Pfleger mit einem großen Plastiksack, sah sich um und kam auf sie zu. »Sind Sie die Angehörigen von Mr. Freeman? Ich habe seine persönlichen Sachen hier, die Sie vielleicht an sich nehmen sollten.«

Als Gina nach dem Beutel griff, bemerkte Dismas zum ersten Mal den Ring – ein Diamant, doppelt so groß wie der von Frannie, neu gefasst und funkelnd. Gina öffnete den Beutel, spähte hinein und schloss ihn wieder. »Sein guter Anzug«, sagte sie, wie zu sich selbst. »Den habe ich ihm geschenkt.« Sie drehte sich zu Hardy um, und ihre Lippe zitterte ein wenig. Sie biss darauf. »Wie konnte das passieren?«, fragte sie. »Wer hat ihm das angetan?«

Nach einer schlaflosen Nacht stattete Hardy um kurz nach sechs Uhr morgens dem Krankenhaus einen erneuten Besuch ab. Es war zwar lange vor der Besuchszeit, und er rechnete sich keine großen Chancen aus, zu Freeman vorgelassen zu werden, doch würde er in einem direkten Gespräch mit einem menschlichen Wesen mehr Informationen erhalten als am Telefon.

Im Schwesternzimmer erfuhr er, dass sich Freemans Zustand seit dem vorigen Abend nicht verändert hatte. Doch wenigstens hatte keine Verschlechterung stattgefunden, und er schwebte in keiner größeren Lebensgefahr als noch vor ein paar Stunden. Gestärkt durch diese Nachricht, ging Hardy den Flur entlang ins Wartezimmer der Intensivstation, wo, wie er von der Schwester wusste, eine Besucherin von Freeman die Nacht verbracht hatte.

Offenbar hatte Gina auch kaum geschlafen. Sie saß allein im Zimmer und wirkte im frühen Morgenlicht, als wäre sie in den letzten sechs Stunden um fünf Jahre gealtert. Ihre Augen waren geschwollen und gerötet, und das Haar stand ihr zu Berge. Als Hardy zur Tür hereinkam, fuhr sie sich gerade mit den Fingern durch das Haar, als wollte sie schwere Kopfschmerzen vertreiben.

Bei seinem Anblick stand sie auf, ging auf ihn zu, legte ihm die Arme um den Hals und lehnte sich kurz an ihn. Hardy bemerkte die Plastiktüte mit Freemans Anzug auf dem Boden neben dem Sofa, auf dem Gina gesessen hatte. Offenbar war sie wirklich nicht zu Hause gewesen.

Nachdem sie Platz genommen hatten, stellte Hardy ihr die jüngste Prognose in einem möglichst günstigen Licht dar. Er fragte sie, ob er etwas für sie tun könne, und als sie den Kopf schüttelte, erbot er sich, sie nach Hause zu fahren.

Wieder verneinte sie wortlos. Sie seufzte, fuhr sich mit der Hand durchs Haar und rieb sich die Schläfen. »Wahrscheinlich sollte ich mich um meine Mandanten kümmern. Ich weiß, dass ich heute Morgen einen Termin habe, aber nicht mit dir, oder? Ich muss Betsy Bescheid sagen.« Sie blickte an Hardy vorbei ins Leere. »Es ist doch schon Morgen, richtig?«

»Fast«, erwiderte Hardy. »Du solltest nach Hause gehen und schlafen, Gina.« Das war zwar leichter gesagt als getan, aber er musste streng mit ihr sein. »Hier wird sich so bald nichts tun. Die Schwester sagte, es könnte noch eine Weile dauern.«

»Ich weiß, ich weiß«, widersprach sie. »Aber ich möchte lieber bleiben. Ich habe gedacht ...«

Hardy wartete ab, doch sie sprach nicht weiter. »Ich könnte dich jetzt in Davids Wohnung fahren«, schlug er vor. »Schlaf ein bisschen und ruf später deine Kanzlei an. Falls du wirklich gebraucht wirst, kannst du in fünf Minuten dort sein. Was hältst du davon?«

Über eine halbe Minute lang blieb sie reglos sitzen. Dann seufzte sie tief auf, griff nach der Plastiktüte und erhob sich. »Du hast Recht. Schon überredet.«

Eine Viertelstunde später traute Hardy seinen Augen kaum. So viele legale Parklücken hatte er rund um das Justizgebäude noch nie gesehen. Dann jedoch fiel ihm der Grund ein: die Uhrzeit. Er wollte sich beeilen, um vielleicht noch jemanden von der Nachtschicht anzutreffen.

Wie durch ein Wunder befand er sich zehn Minuten später tatsächlich im Gespräch mit Inspector Hector Blanca. Blanca war ein dunkelhäutiger Latino, Sergeant bei der Bereitschaftspolizei und leitete die Untersuchung des Überfalls auf Freeman. Er las gerade den Bericht aus der Feder des Streifenpolizisten, der Freeman gefunden hatte, als Hardy vor seinem Schreibtisch erschien. Nachdem man sich einander vorgestellt hatte, versicherte ihm der Anwalt, er sei ein Freund von Abe Glitsky und früher ebenfalls Polizist gewesen, also kein Winkeladvokat, der auf der Suche nach Schmerzensgeldklagen hinter Krankenwagen herjage. »Also war dieser Freeman Ihr Partner?«

Das stimmte formal zwar nicht ganz, aber Hardy hielt das für nebensächlich. »Hoffentlich ist er das noch immer.«

Der Sergeant verzog das Gesicht. »Verzeihung, so habe ich es nicht gemeint. Was sagt man im Krankenhaus?«

Hardy erzählte es ihm, auch wenn er sich an Blanca gewandt hatte, um Informationen zu bekommen, nicht um welche weiterzugeben. »Seine Verlobte Gina Roake hat mir erklärt, er hätte seine Brieftasche noch bei sich gehabt. Daher kannten Ihre Jungs auch seine Adresse.«

»Stimmt. Die Täter haben ihn fast totgeschlagen, aber ihm weder Brieftasche, Uhr noch sonst etwas abgenommen.«

»War noch Geld drin?«

Blanca versuchte, sich nichts anmerken zu lassen. »Sechshundertvierzehn Dollar, genau dort, wo sie hingehörten.«

Hardy ließ die Information eine Weile auf sich wirken. »Also kommt ein Raubüberfall nicht in Frage. Sie haben ihn selbst gesehen. Worum ging es?«

»Keine Ahnung. So etwas Brutales habe ich nur selten erlebt. Vögelt er vielleicht mit der Frau eines anderen rum?«

»Nein«, entgegnete Hardy.

»Damit wollte ich sagen, falls es möglicherweise etwas Persönliches war ...«

»Ja, ich verstehe. Aber mir fällt nichts ein ...« Hardy hielt inne.

»Was ist?«, erkundigte sich Blanca.

»Ich denke nur gerade an den ziemlich unschönen Prozess, den wir zurzeit anstrengen. Doch so etwas ist mir noch nie untergekommen, und ich bin jetzt schon seit zwanzig Jahren Anwalt.«

»Meinen Sie wirklich? Ich klammere mich an jeden Strohhalm.«

Nachdem Hardy noch eine Weile gegrübelt hatte, schüttelte er den Kopf. »Nein. Das kann nicht sein.«

»Gut. Aber ganz egal, was der Grund war, eines sage ich Ihnen: Die Täter haben ihm richtig wehtun wollen. Stiefel und stumpfe Gegenstände, da waren nicht nur Fäuste im Spiel.«

Hardy wollte sich lieber gar nicht vorstellen, wie Freeman sich hilflos auf der Straße krümmte, während eine Horde von Schlägertypen sich an ihm schadlos hielt. »Waren es also mehr als einer?«

Ein Achselzucken. »Ich würde drauf wetten.« Er klopfte mit den Fingern auf die Schreibmaschinentastatur und sah Hardy dann in die Augen. »Und noch etwas, Sir. Als die Täter abgehauen sind, haben sie ihn für tot gehalten.«

»Und es wurde nichts gestohlen?«

Blanca schüttelte den Kopf. »Zumindest nichts, was auf den ersten Blick auffallen würde.«

»Und wer käme dann als Täter in Frage?«

Blanca runzelte angestrengt die Stirn. »Um ehrlich zu sein, das ganze Universum. Sie können sich gar nicht vorstellen, wie viele Leute heutzutage einfach durchgeknallt sind.«

»Ich denke, das kann ich durchaus. Sie meinen, jemand ist einfach so in Wut geraten und hat ein Opfer gesucht?«

»Es sah so aus, aber wer kann das wissen? Vielleicht hat derjenige es wirklich nur zum Spaß getan.« Er unterbrach sich kurz, dann sagte er: »Aber bei einem alten Herrn wie ihm? Das ergibt keinen Sinn, aber was macht schon Sinn? Ich sag Ihnen, was ich jetzt tue. Ich mache mich auf die Suche nach Berichten über ähnliche Überfälle in dieser Gegend. Vielleicht finden wir ja was. Übereinstimmungen in der Vorgehensweise oder so.«

»Danke«, erwiderte Hardy. »Das ist bestimmt eine gute Idee.«

Gut, dachte Hardy. Er hatte ein wenig Detektivarbeit geleistet, ohne dabei auf neue Erkenntnisse zu stoßen. Doch der wahre Grund, warum er an diesem Mittwochmorgen zuallererst und so früh ins Krankenhaus und ins Justizgebäude gefahren war, bestand darin, dass er dringend in seine Kanzlei musste.

Die Kanzlei Freeman & Kollegen hatte offiziell von halb neun Uhr morgens bis halb sechs Uhr abends geöffnet. Wie in den meisten Kanzleien wurde auch hier von den angestellten Anwälten erwartet, dass sie im Jahr auf zweitausend Stunden kamen, die Mandanten in Rechnung gestellt werden konnten. Bei zwei Wochen Jahresurlaub bedeutete das vierzig anrechenbare Stunden pro Woche, auch wenn ein Feiertag hineinfiel. Ein tüchtiger Anwalt, der effizient arbeitete, schaffte es, den Papierkrieg und sonstige nicht anrechenbare Tätigkeiten – Mittagessen zum Beispiel – in zwei Stunden pro Tag zu erledigen. Das bedeutete, dass er, wenn er seine Stunden gelegentlich nicht doppelt in Rechnung stellte – ein Vergehen, das bei Freeman zur Kündigung führte, sofern man dabei ertappt wurde –, etwa zehn Stunden täglich an seinem Schreibtisch saß. Häufig musste ein Anwalt auch am Wochenende arbeiten, um die Feiertage und die seltenen freien Tage, an denen er keine anrechenbaren Stunden erwirtschaften konnte, weil die Kanzlei geschlossen war, wieder hereinzuholen.

Die gewaltige Menge von zweitausend Stunden war vielleicht der wichtigste Grund, warum Hardy nie in Freemans oder in eine andere Kanzlei eingetreten war. Das hieß zwar nicht, dass er nicht ebenfalls rund um die Uhr – oder im Notfall sogar noch länger – arbeitete. Aber so hatte er zumindest theoretisch die Möglichkeit, seine Stunden herunterzufahren und weniger zu verdienen, wenn ihm danach war. Allerdings verhinderten die monatlichen Festkosten, dass er dieses Ideal auch in die Praxis umsetzte. Freemans Vollzeitmitarbeitern hingegen stand dieser Ausweg gar nicht erst offen, und da in sämtlichen Kanzleien die gleichen Bedingungen herrschten, boten sich ihnen keine großen Alternativen.

Also war die Kanzlei nicht menschenleer, als Hardy kurz vor acht Uhr die Treppe hinaufging und die Lobby betrat. Nur die gedrückte Stimmung war ungewöhnlich.

Am Empfang – Phyllis war noch nicht da – hatte jemand das Radio auf einen Nachrichtensender eingestellt. Ein Grüppchen von etwa zehn Mitarbeitern hatte sich darum geschart. Hardy kannte drei von ihnen ziemlich gut – Amy Wu, Jon Ingalls und Graham Russo. Als Russo Hardy bemerkte, kam er ihm entgegen. Die Blicke der anderen folgten ihm. »Weißt du was Neues über David?«, fragte er. »Amy hat im Auto das Ende eines Berichts gehört, aber …«

Russo und die anderen erkannten an Hardys Miene, dass

das, was Wu gehört hatte, wahr und außerdem besorgniserregend war. Hardy schilderte ihnen kurz die Lage und versuchte, möglichst alle Fragen zu beantworten. Währenddessen erschien Phyllis – wie immer die Lippen streng aufeinander gepresst – auf der Treppe. Offensichtlich erstaunt über die Menschenansammlung, blieb sie hinter Hardy stehen.

Hardy brach mitten im Satz ab, als er die Mienen seiner Zuhörer bemerkte, und drehte sich um.

»Was ist los?«, fragte Phyllis. »Was hat das zu bedeuten?«

»David ist im Krankenhaus«, sagte Hardy. »Jemand hat ihn geschlagen.«

»Was meinen Sie mit geschlagen? Er führt doch gerade gar keinen Prozess.«

»Das habe ich wörtlich gemeint. Er wurde überfallen und zusammengeschlagen.«

Sie schien immer noch nicht zu verstehen. Schließlich wich sie einen Schritt zurück und legte die Hand aufs Herz. »Aber warum? Ist er schwer verletzt?«

»Wie ich gerade den anderen erzählt habe, sieht es ziemlich schlimm aus. Er ist noch nicht wieder bei Bewusstsein.«

Phyllis warf einen Blick auf Freemans Büro, als erwartete sie, dass er jeden Moment herausspazierte. Da rief einer der Anwälte, die sich um den Empfang drängten: »Moment, jetzt kommt etwas!« Alle wandten sich gleichzeitig um und verstummten.

»... ein berühmt-berüchtigter Anwalt in dieser Stadt wurde in der vergangenen Nacht, einige Straßen von seiner Wohnung entfernt, zusammengeschlagen aufgefunden. Die Polizei kennt das Motiv für diesen gewaltsamen Übergriff noch nicht. Mr. Freeman wurde ins St. Francis Memorial Hospital eingeliefert. Sein Zustand ist weiterhin kritisch. Offenbar handelte es sich nicht um einen Raubüberfall, auch wenn die Polizei sich weigert ...«

Hardy und die übrigen Anwälte verpassten den Rest der Meldung, denn bei dem Wort »kritisch« stieß Phyllis einen leisen Schrei aus und sackte in sich zusammen.

In seinem Büro fand Hardy auf dem Anrufbeantworter drei Nachrichten von seinem Freund Jeff Elliot vor, der für den *Chronicle* die tägliche Kolumne »Stadtgespräch« verfasste. Nachdem sie ihre Informationen am Telefon ausgetauscht hatten, fragte Elliot: »Und welche Auswirkungen hat das auf dich?«

»Meinst du persönlich oder beruflich?«

»Beides.«

»Tja, er ist derjenige, der hier die Aufträge anschafft, also haben die Leute ziemlich Angst. Wenn er nur ein paar Wochen verreist ist, merkt man schon, dass die Mandanten ausbleiben. Phyllis ist sogar in Ohnmacht gefallen. Wusstest du, dass er Gina gerade einen Heiratsantrag gemacht hatte?«

Eine kurze Pause entstand. Elliot schien diese Nachricht erst einmal zu verdauen. »Und was hat sie dazu gesagt?«

»›Ja‹. Er hat ihr einen Ring geschenkt.«

Wieder eine Pause. »Hatte sie vielleicht einen anderen?«

»Der David umbringen wollte, um seinen Rivalen aus dem Weg zu räumen? Ich glaube nicht. Sie hat die ganze Nacht im Krankenhaus verbracht.«

»Trotzdem …«

»Ich halte das für weit hergeholt, Jeff. Du kannst sie ja fragen, wenn du möchtest.«

»Und wie geht es dir?«

»Ich mache mir Sorgen. Dass er noch nicht bei Bewusstsein ist, gefällt mir gar nicht. Es heißt, sein Zustand sei kritisch, und die Schwester heute Morgen hat nicht unbedingt Optimismus verbreitet. Blanca – du kennst ja Blanca – ist der Ansicht, dass der oder die Täter ihm wirklich wehtun wollten.«

»Warum?«

»Keine Ahnung. Ein Raubüberfall war es nicht, außer er hätte etwas Ungewöhnliches bei sich gehabt, wovon wir nichts wissen. Auf jeden Fall ist seine Brieftasche noch da – ebenso wie seine Rolex.«

»Und was glaubst du?«

»Ich tappe absolut im Dunkeln. Möglicherweise war er einfach ein Zufallsopfer. Jemand hat an ihm seine Aggression ausgelassen. Einfach so zum Spaß. So etwas passiert öfter. Moment, da versucht jemand, mich anzurufen. Möchtest du warten?«

»Nein, danke. Ich habe noch viel zu tun. Wenn ich was Neues höre, gebe ich dir Bescheid.«

»Dismas Hardy«, meldete er sich, nachdem er auf die andere Leitung umgeschaltet hatte.

»Diz, hier ist Dick Kroll. Ich habe gerade erfahren, was David zugestoßen ist. Mein Gott ...«

»Ja, ich habe noch keine Ahnung, wie das geschehen konnte. Hatten wir heute nicht eine Vernehmung angesetzt?« Hardy stützte die Stirn in die Hand und massierte sich die Schläfen.

Kroll war voller Mitgefühl. »Das können wir ja verschieben, so lange, wie Sie möchten. Das Wichtigste ist jetzt, dass David wieder auf die Beine kommt. Wie sieht es aus?«

Zum hundertsten Mal spulte Hardy herunter, was er wusste, und beantwortete die gleichen Fragen. Kein Raub. Kein Motiv. Keine Anhaltspunkte. Ein wehrloser älterer Herr war grundlos zusammengeschlagen worden. Als er fertig war, herrschte lange Schweigen in der Leitung.

»Ich weiß gar nicht, was ich dazu sagen soll, Diz. Ich bin wirklich schockiert. Kann ich etwas für Sie tun?«

Hardy überlegte kurz. »Vielleicht könnten Sie sich umhören, ob ein Mitarbeiter Ihres Mandanten etwas bemerkt oder aufgeschnappt hat. Sie sollen die Augen offen halten. Aber es war doch nicht eines von Wades Revieren, oder?«

»Ich weiß nicht. Wo genau ist es denn geschehen?«

»Zwei Häuserblocks nördlich von hier. Eigentlich gleich um die Ecke.«

»Dann nicht. Bezirk zweiunddreißig endet unten an der Post Street.«

»Es war sein üblicher Nachhauseweg, den er immer ging, schließlich war er kugelsicher«, fuhr Hardy fort. »Verdammt.«

»Was ist?«

Hardy seufzte auf. »Nichts. Mir ist nur eingefallen, dass ich ihm angeboten hatte, ihn nach Hause zu fahren.« Er stieß einen Fluch aus.

»Machen Sie sich keine Vorwürfe. Sie trifft keine Schuld.« Kroll räusperte sich. »Also passen Sie auf: Ich will Sie heute nicht mit noch mehr Schwierigkeiten belasten. Sie melden sich einfach, wenn Sie mit den Vernehmungen fortfahren wollen. Da David zurzeit nicht einsatzfähig ist, werden Sie wohl die Leitung übernehmen?«

»Dazu ist es noch zu früh, Dick, einverstanden? So weit will ich noch nicht einmal denken.«

»Aber natürlich. Ich erwarte Ihren Anruf. Kann ich wirklich gar nichts für Sie tun?«

»Im Moment wüsste ich nicht, was. Trotzdem danke.«

»Ich werde für ihn beten. Was halten Sie davon?«

Hardy hätte nie gedacht, dass Kroll religiös sei. Er war ein skrupelloser Anwalt und kämpfte mit schmutzigen Tricks, aber man konnte ja nie wissen. »Das schadet bestimmt nicht«, erwiderte er. »Danke.« Schon wieder piepste es auf der anderen Leitung. Er sah auf die Uhr: Die üblichen Bürostunden begannen erst in sieben Minuten, und er war bereits seit zwei Stunden im Einsatz. »Dismas Hardy«, meldete er sich.

Es war das erste Mal, dass Hardy Glitsky in seinem neuen Reich im fünften Stock besuchte. Der Lieutenant beugte sich gerade über die Tastatur eines Computers. In dem beengten Zimmer saßen zwei Frauen – eine von ihnen ungewöhnlich beleibt. Glitsky machte eine Bemerkung über ein neues Computerprogramm, das im Laufe des nächsten Jahrzehnts angeschafft werden und die Arbeit viel besser und schneller erledigen würde. Hardy, dessen Stimmung ohnehin schon auf dem Nullpunkt angelangt war, fand diese Szene unbeschreiblich traurig.

Glitsky, der wohl den Schatten hinter sich spürte, brach mitten im Satz ab, richtete sich auf und drehte sich rasch um.

Alles an ihm – von seiner Körperhaltung bis hin zu seinem finsteren Blick – deutete darauf hin, dass er kurz davor war, sich auf den Eindringling zu stürzen, wer immer es auch sein mochte. Bei Hardys Anblick schien er in sich zusammenzusacken, und er wirkte für einen Moment beinahe enttäuscht. Doch dann malte sich Sorge in sein Gesicht. »Ist mit dir alles in Ordnung?«, fragte er. »Und mit den anderen?«

Damit war natürlich seine Familie gemeint. Dass Hardy, völlig verstört und erschöpft wirkend, mitten an einem Mittwochnachmittag unangemeldet bei ihm hereinschneite, versetzte Glitsky in Alarmstimmung.

Hardys Antwort trug nicht dazu bei, ihn zu beruhigen. »Hast du einen Moment Zeit?«

Glitsky entschuldigte sich bei seinen Mitarbeiterinnen, ging mit seinem Freund in sein Büro und schloss die Tür hinter sich. »Was ist los?«

»Hast du das mit David nicht gehört?«

Als Glitsky das Gesicht seines Freundes musterte, verdüsterte sich sein Blick. »Jetzt sag nicht, er ist tot.«

»Noch nicht, aber es sieht gar nicht gut aus.« Die Schilderung dauerte keine Minute. Glitsky nahm hinter seinem Schreibtisch Platz, während Hardy bedrückt stehen blieb und die Hände in die Taschen steckte. »Ich komme gerade aus dem Krankenhaus. Zum dritten Mal. Gina ist bei ihm.«

Glitsky lehnte sich auf seinem Stuhl zurück, legte die Finger an die Lippen und formte sie zu einem Dach.

»Um ehrlich zu sein«, fuhr Hardy fort, »weiß ich gar nicht, warum ich eigentlich hier bin. Den ganzen Vormittag habe ich in meinem Büro Anrufe entgegengenommen, aber der bloße Gedanke an Arbeit …« Er zuckte die Achseln. »Entschuldige, dass ich dich so überfalle.«

»Wenn ich mich recht entsinne«, erwiderte Glitsky, »habe ich das bei dir auch schon ein paarmal gemacht.«

Doch ihr übliches Geplänkel klang hohl, sodass die beiden Männer bald in schweigende Grübelei verfielen. Schließlich zog Hardy sich einen Stuhl heran und ließ sich schwer darauf sinken. »Ich weiß wirklich nicht, warum ich hier bin«, wiederholte er.

Glitsky dachte eine weitere Minute nach. »Er ist also zu Fuß nach Hause gegangen?«

Hardy nickte. Er rang mit sich und sprach es schließlich aus. »Beinahe hätte ich Blanca gesagt, dass ich Panos verdächtige.«

Bei diesen Worten sah Glitsky ihn fragend an und beugte sich vor. »Tust du das denn?«

Hardy schüttelte den Kopf. »Ich kann es mir nicht vorstellen. Kroll hat mich heute Morgen angerufen, sobald er es erfahren hatte. Er wirkte ehrlich bestürzt.«

»Und das spricht gegen Panos? Weil er seinen Anwalt nicht informiert hat? Wenn ich vorhätte, jemanden zusammenzuschlagen oder umzubringen, würde ich das meinem Anwalt auch nicht erzählen. Weder vorher noch nachher. Aber was hatte Panos gegen David? Ich weiß, dass ihr gegen ihn Klage erhoben habt, aber ...«

»Lass einfach mal die Worte ›dreißig Millionen Dollar‹ auf der Zunge zergehen, Abe, dann hast du deine Antwort. Wenn wir den Prozess gewinnen, wird Panos wahrscheinlich pleite sein.« Diese Einzelheiten zu erörtern lenkte Hardy ein wenig von seinem Kummer ab. Er wurde zusehends lebhafter. »Kroll hat David letztens vier Millionen für einen außergerichtlichen Vergleich angeboten.«

»Vier Millionen? Und was hat der Alte dazu gesagt?«

»Er hat ihn ausgelacht. Kroll war natürlich empört und meinte, dann werde er David eben übergehen und sich an mich wenden. Vermutlich hielt er mich für einen Waschlappen, der sofort nachgeben würde. David erwiderte, das könne er gern versuchen, doch ich würde ihn ohnehin wieder an ihn zurückverweisen. Daraufhin ist Kroll leicht sauer geworden und hat David gedroht, er solle besser auf der Hut sein.«

»Wovor?«

»Vielleicht vor dem, was ihm jetzt passiert ist.«

Glitsky neigte den Kopf zur Seite. »Glaubst du das wirklich?«

»Im Moment glaube ich noch gar nichts, Abe. Aber neben Stiefeltritten und Stöcken waren vielleicht auch Gummiknüppel im Spiel. Normale Straßengangster haben keine Gummiknüppel.«

»Ja, vielleicht, du sagst es.«

»Stimmt. Und es ist schließlich in der Innenstadt passiert. Da muss man sich seine Stöcke schon selbst mitbringen, denn auf der Straße liegen sie nicht herum, richtig?«

»Vielleicht war es auch ein Wagenheber oder ein Pistolenknauf.«

Hardy schüttelte den Kopf. »Wenn man einen Wagenheber ein paarmal über den Kopf gezogen kriegt, ist man sofort tot, meinst du nicht? Das mit der Pistole wäre hingegen möglich.«

»Worauf willst du hinaus?«

»Diese Einzelheiten sind mir eben erst eingefallen. Ich bin mir noch nicht sicher. Jedenfalls hatten die Täter nicht die Absicht, ihn zu berauben. Sie waren mit schweren Gegenständen ausgerüstet und haben ihm aufgelauert.«

Das Telefon läutete zweimal. Dann sprang der Anrufbeantworter mit der fröhlichen Begrüßung: »Glitsky, Lohnbuchhaltung, hinterlassen Sie eine Nachricht« an. Irgendein Sergeant diktierte seine Telefonnummer und bat um Rückruf wegen seiner angesammelten Überstunden.

Weder Glitsky noch Hardy kümmerten sich um die Unterbrechung.

Sobald der Sergeant aufgelegt hatte, fuhr Hardy fort: »Du solltest noch etwas wissen. Etwas, das sich ebenfalls gestern ereignet hat. Blanca und Jeff Elliot haben beide vermutet, es könnte etwas damit zu tun haben. Doch ich habe gerade mit Gina gesprochen, und es ist einfach unmöglich.«

»Okay, was ist es?«

Er erzählte Glitsky von der Verlobung, dem Ring und der abwegigen Vermutung, dass Gina vielleicht etwas mit einem anderen Mann hatte. »Jedenfalls habe ich sie gefragt. Ich weiß nicht, ob ich damit unsere Freundschaft um zwei Jahre zurückgeworfen oder ihr mit dem Verdacht, sie könne sich einen ganzen Stall Männer halten, geschmeichelt habe. Aber sie hat nicht gelogen. Ich glaube ihr.«

»Dann glaube ich ihr auch.«

»Also. So steht die Sache.« Es war alles gesagt worden. Und wieder wurde Hardy von Erschöpfung ergriffen. »Und was jetzt? Die Ermittlungen werden bestimmt im Nebel verlaufen.«

Fast hätte Glitsky gesagt, dass Freeman ihnen ja alles selbst schildern konnte, wenn er wieder zu sich kam. Falls er starb, würde die Sache an die Mordkommission weitergeleitet werden, wo Paul Thieu sich ihrer annehmen und sicher etwas herausfinden würde. Doch ihm war klar, dass diese Anmerkung nicht sehr tröstlich klingen würde. Und wenn jemand anders als Thieu den Fall bekam – ein alter Mann, bewusstlos, keine Hinweise –, würde die Identität des Täters wohl für immer ein Geheimnis bleiben. Deshalb hob er die Schultern. »Blanca ist in Ordnung«, meinte er. »Vielleicht kriegt er ja was raus.«

»Ja.« Hardy streckte seine müden Knochen und stand ächzend auf. »Tja …«

Wieder läutete das Telefon. Glitsky bedachte es mit einem finsteren Blick und stand ebenfalls auf, ohne Anstalten zu machen, an den Apparat zu gehen. Er wollte gerade Hardy die Tür aufhalten, als er die Stimme von Marcel Lanier hörte. Also blieb er stehen und griff nach dem Hörer.

»Schieß los«, sagte er.

Hardy stand in der Tür und hob zum Abschied die Hand. Glitsky, der mit einem Ohr hinhörte, schnippte mit den Fingern und winkte ihn dann wieder herein. »Ja, ich bin da«, sprach er in die Muschel. Er lauschte aufmerksam und erwiderte schließlich: »Das weiß ich zu schätzen, Marcel. Danke.«

Hardy verharrte an der Tür. »Was wollte er?«

Glitsky hob die Hand, ließ sich auf der Schreibtischkante nieder und verzog nachdenklich das Gesicht.

Hardy platzte fast vor Ungeduld. »Jetzt red schon, verdammt.«

Glisky seufzte auf. »Einer von Panos' Jungs ist letzte Nacht erschossen worden. Der Junge, der Silverman gefunden hat. Creed. Matt Creed.«

»Kanntest du ihn?«

»Ich bin ihm nur einmal begegnet, am Montagabend, ein paar Stunden nachdem ich bei dir gewesen bin. Doch er hat einen guten Eindruck bei mir hinterlassen. Weißt du noch, dass ich meinem Dad gesagt habe, es sei keine gute Idee, Silvermans Laden zu betreten, bevor die Mordkommission ihn nicht zurückgerufen hätte?«

Hardy nickte. »Klar.«

»Tja, er war an diesem Abend trotzdem dort, und da musste ich ihn zurückpfeifen. Da ist Creed zufälligerweise dazugekommen.«

»Was wollte er?«

»Er ist nur Streife gegangen, hat Licht gesehen und hat einen Blick in den Laden geworfen. Ein netter Junge.«

»Und jemand hat ihn erschossen?«

Für einen Moment ließ Glitsky den Kopf hängen. »Gestern Nacht. Auf Streife.« Er hielt inne, ehe er weitersprach. »Marcel hat gerade mit Paul Thieu gesprochen und von der Verbindung zu Panos erfahren. Er dachte, das würde mich vielleicht interessieren.«

»Warum?«

»Marcel und ich hatten vor kurzem ein kleines Gespräch über Wade. Ich dachte, er könnte Gerson möglicherweise etwas ausrichten, um ihm gewisse Schwierigkeiten zu ersparen.« Ein Achselzucken. »Doch das hat wohl nicht geklappt.«

»Was sollte er ihm denn ausrichten?«

»Dass Panos vermutlich nicht der Richtige ist, um der Mordkommission bei den Ermittlungen im Fall Silverman zu helfen.«

»Hat er das denn getan?«

»Er hat es versucht, indem er ein paar Namen fallen ließ, unter anderen auch den deines Freundes Holiday, den Creed übrigens ursprünglich als einen der drei Einbrecher bei Silverman identifiziert hatte.«

»Da muss er sich geirrt haben. John hatte …«

Glitksy hob die Hand. »Immer mit der Ruhe. Creed hatte seine Meinung geändert. Er wollte doch von einer Identifizierung absehen. Ich hab ihm geraten, die mit dem Fall befassten Inspectors anzurufen und ihnen Bescheid zu geben.«

»Und hat er?«

»Keine Ahnung. Ich nehme es an. Außerdem spielt es ja keine Rolle mehr. Du sagtest ja, Holiday hätte ein Alibi.«

Hardy setzte sich wieder auf seinen Stuhl. »Plötzlich glaube ich, dass Panos doch etwas mit dem Überfall auf David zu tun hat«, sagte er schließlich.

Glitsky nickte zögernd, doch der erfahrene Polizist in ihm wollte sich noch nicht festlegen. »Das müsste man mal genauer unter die Lupe nehmen.«

»Und wie stellen wir das an?«

»Was?«

»Das mit dem unter die Lupe nehmen?«

Glitsky kratzte sich die Wange. »Du könntest Blanca gegenüber eine Bemerkung fallen lassen. Vielleicht findet sich am Tatort, wo David zusammengeschlagen wurde, ja irgendein Indiz. Möglicherweise ist es aber nur ein Zufall.«

»Theoretisch teile ich deine Meinung.«

»Und nur damit wir beide uns richtig verstehen – schreib es dir bitte hinter die Ohren: Ich werde in dieser Sache keinen Finger rühren. Die letzten Umfrageergebnisse sind gerade hereingekommen, und sie alle stimmen darin überein, dass es nicht meine Aufgabe ist.«

12

Das städtische Polizeilabor, eines von verschiedenen Gebäuden eines ehemaligen Navy-Komplexes, hatte eine Renovierung hinter sich und entsprach nun dem neuesten Stand der Technik. Hier waren auch die gepanzerten Polizeifahrzeuge untergebracht. Hunters Point war nicht gerade die beste Adresse, doch die alteingesessene Hamburgerbude namens Dago Mary's gleich vor dem Gelände machte sie zu einem beliebten Ausflugsziel für San Franciscos Gesetzeshüter.

Nach dem Mittagessen mit Roy im John's Grill waren Russell und Cuneo zurück zum Ark gefahren, hatten wieder an die Tür geklopft und noch eine Stunde mit vergeblichem Warten vergeudet. Offenbar würde das Lokal heute nicht mehr öffnen, zumindest nicht vor dem Abend. Schließlich gaben sie es auf und machten sich auf den Weg zu Holidays Privatadresse im Marina District. Dort verriet ihnen ein Stapel Zeitungen auf der Türschwelle, dass der Gesuchte schon seit einer Weile nicht mehr zu Hause gewesen war.

Russell schaffte es nicht, an Dago Mary's vorbeizufahren, ohne eine Stärkungspause einzulegen. Verdammt, wenn sie schon einmal da waren, lautete seine Begründung. Es würde doch keine Viertelstunde dauern. Anschließend war noch genug Zeit, die Ergebnisse der ballistischen Untersuchung aus dem Labor abzuholen, in die Innenstadt zurückzukehren und sich mit den zweifellos zusammenhängenden Fällen Creed und

Silverman zu befassen. Und sich ein paar Haftbefehle zu besorgen. Um gewissen Leuten so richtig die Hölle heißzumachen.

Bis sie die Wachtürme passiert und das Auto geparkt hatten und endlich an der Rezeption des Labors standen, hatten sie weitere fünfzehn Minuten vergeudet. Ein kleiner, verglaster Raum, ausgestattet mit Schreibtisch, Telefon und Computer, versperrte den Blick auf das Labor selbst. Als die beiden Inspectors eintraten, war der Empfang nicht besetzt. Also warteten sie eine Weile, in der Hoffnung, dass sich schon noch jemand blicken lassen würde.

Schließlich reckte Cuneo den Hals, um sich bemerkbar zu machen, und rief laut »Hallo!«.

»Versuchen wir es damit«, sagte Russell: Neben der Tür, die nach drinnen führte, befand sich ein Knopf. Er drückte darauf. Stille. »Vielleicht läutet es nur drinnen.« Er drückte noch einmal und ließ den Finger liegen.

»Hey! Hey! Schluss mit der Klingelei. Wir kommen ja schon.«

Endlich ging die Tür auf und gab einen zierlichen, blassen Mann mittleren Alters frei. Er trug eine Baumwollhose und ein kariertes Oberhemd. Eine dünne, dunkle Haarsträhne fiel ihm über die Stirn. Mit dem richtigen Schnurrbart hätte er sich gut als Hitler-Darsteller bewerben können. Auf dem Namensschild auf seiner linken Brusttasche stand »M. Lester«; Mr. Lester machte ein finsteres Gesicht. »Beruhigt euch, Jungs, wo drückt der Schuh?«

Cuneo wies auf den Empfangstisch. »Offenbar hält hier niemand die Stellung.«

»Tja, Sherry hat heute frei. Tut mir Leid.«

»Also«, sagte Cuneo, »wir sind hier, um die Ergebnisse einer ballistischen Untersuchung abzuholen. Mordkommission. Mein Partner Russell hat sie als dringend angemeldet.«

Lesters Miene wurde noch finsterer, als er sich an Russell wandte. »Ich habe Ihnen doch deshalb eine E-Mail geschickt.«

»Die habe ich nicht gekriegt.«

Der Mann blieb beharrlich. »Ich habe Ihre E-Mail aber umgehend beantwortet. Das war keine fünf Minuten später.«

»Ich habe sie aber trotzdem nicht gekriegt«, erwiderte Russell. »Was stand denn drin?«

»Es ging um Ihr Beweisstück. Ich habe Sie gebeten, es selbst im Justizministerium abzuholen und herzubringen. Die Grippe setzt uns schachmatt. Die Hälfte der Belegschaft ist krankgeschrieben. Wir haben nicht einmal einen Fahrer für den Kurierdienst.«

Cuneo holte Luft und zwang sich zu einem ruhigen Ton. »Und weil mein Partner die E-Mail mit ›Mordfall – Dringend‹ überschrieben hatte, haben Sie, als Sie nichts von ihm gehört haben, einen Streifenwagen oder einen Boten damit beauftragt, dieses wichtige Beweisstück zu Ihnen ins Labor zu bringen, damit wir rechtzeitig die Ergebnisse der ballistischen Untersuchung erhalten. Das haben Sie doch getan, oder? Sagen Sie mir, dass es so war.«

Nach der Schlappe im Labor hielt Cuneo Russell vor Augen, dass das Gespräch mit John Holiday, ungeachtet all ihrer Bemühungen, immer noch ausstand. Vielleicht war der Verdächtige ja seit ihrem letzten Besuch im Ark aufgekreuzt. Deshalb schlug Cuneo vor, ein drittes Mal an diesem Tag hinzufahren und es auf einen letzten Versuch ankommen zu lassen.

»Das bringt doch nichts, Dan. Der ist bestimmt schon über alle Berge.«

»Das glaube ich nicht.«

»Warum nicht? Er kommt nicht zur Arbeit. Seine Wohnung ist verwaist. Er weiß, dass wir ihn, Terry und Wills des Mordes an Silverman verdächtigen. An seiner Stelle hätte ich mich längst verdrückt.«

»Nur dass Roy Panos, wenn du dich noch erinnerst, sagte, er hätte gestern Abend mit ihm geredet. Als er im Ark vorbeigeschaut hat, stand Holiday hinter dem Tresen. Und seitdem hat sich nichts verändert.«

»Creed wurde erschossen. Das ist nicht gerade nichts.«

Cuneo blickte sich zu ihm um. »Einverstanden. Aber wenn Holiday Tresendienst hatte, was Roy bestätigt, kann er Creed nicht umgelegt haben, richtig? Er weiß, dass wir ihm das nicht anhängen können. Und wenn er nach dem Mord an Silverman nicht abgehauen ist, dann doch jetzt erst recht nicht.«

Dieser Einwand versetzte Russell etwa einen Häuserblock lang in Schweigen. »Versteh mich nicht falsch«, sagte er schließlich. »Es juckt mir in den Fingern, noch mal hinzufahren und mir den Typen vorzuknöpfen. Aber ohne das Ergebnis der ballistischen Untersuchung wüsste ich nicht, worüber wir mit ihm reden sollten. Vor allem wenn er mit dem Mord an Creed nichts zu tun hat.«

»Ich habe nie behauptet, dass er nichts damit zu tun hat. Auch wenn er selbst nicht abgedrückt hat, kommen Terry und Wills weiterhin in Frage. Wenn die Dinge so liegen, hätte Terry zweimal geschossen. Wir könnten Holiday anbieten, dass wir vielleicht die Kronzeugenregelung auf ihn anwenden, wenn er gegen die beiden aussagt. Möglicherweise beißt er an.«

»Wenn er da ist.«

»Auch wenn er nicht da ist, könnten wir etwas erfahren, indem wir noch mal mit Terry reden.«

»Und wenn er da ist, sind wir seine Freunde.«

»So wird's gemacht«, erwiderte Cuneo. »Geben wir ihm eine Chance.«

Randy Wills stand in seiner Wohnung vor dem Badezimmerspiegel und überprüfte seinen Lippenstift. Vor einer knappen Stunde hatte er ein Bad genommen und sich am ganzen Körper rasiert. Er blickte an sich hinunter, strich seinen Rock glatt. Wieder sah er in den Spiegel. Zum Glück hatte er nie starken Bartwuchs gehabt. Nach der gründlichen Rasur und dank des Make-ups hatte er die glatten Wangen einer sehr hübschen Frau mit strahlenden Augen, einer Stupsnase und einem zarten Kiefer. Er trug eine schimmernde, natürlich wirkende kastanienbraune Perücke. Ein schwarzer Rollkragenpullover tarnte seinen Adamsapfel, der als Einziges verriet, dass er nicht das war, wofür er sich ausgab.

Draußen dämmerte es. Durch das Schlafzimmerfenster fiel das fahle spätnachmittägliche Licht herein. Beinah stolz ließ Randy den Blick durch das Zimmer und dann durch die vorderen Räume – Küche und Wohnzimmer – schweifen.

Er und Clint lebten in einer Parterrewohnung in der Jones Street, nur fünfhundert Meter vom Ark entfernt. Von draußen wirkte das Gebäude zwar nicht sehr einnehmend, aber die beiden Männer hatten sich hier ein gemütliches Zuhause geschaffen. Seit Randy im Alter von sechzehn Jahren New Mexico verlassen hatte, hatte er nicht mehr so schön gewohnt.

Als Randy ins Ark kam, warf er sich an der Tür kurz in Pose – die Hüfte vorgestreckt, die Brust gereckt. Clint stand hinter dem Tresen und sprach mit ein paar Gästen. Als er aufblickte, war ihm nicht anzumerken, dass er Randy erkannte. Nur ein freundliches Nicken, als ob Randy ein x-beliebiger Gast wäre. Hielt er ihn wirklich für eine Fremde? War er heute Nacht so attraktiv?

Er setzte sich auf einen Barhocker neben die Gäste, schlug die Beine übereinander und stützte sich auf die Theke. »Hallo, Clint«, sagte er. »Ich hätte gern einen Wodka Gimlet, bitte.«

Clints Gast, ein Mann mit aufgedunsenem Gesicht, starrte ihn an. Der andere Mann, ein Schwarzer, beugte sich über den Tresen. »Wer ist denn Ihre Freundin, Clint?«

Randy lächelte in die Runde und nahm Blickkontakt auf. Dann hielt er dem Mann neben sich die Hand hin. »Ich bin Randy Wills«, sagte er in seiner weiblichsten Stimme. Dann wandte er sich dem anderen Mann zu. »Hallo.« Clint amüsierte sich sicher königlich, dachte er.

Aber Clint blickte nur zu Boden und schüttelte den Kopf. Zu Randys Erstaunen ergriff der Mann mit dem aufgedunsenen Gesicht nicht die ihm dargebotene Hand. Stattdessen zückte er eine Dienstmarke und stellte sich und seinen Partner vor.

Clint legte seine große Hand auf die von Randy. »Tut mir Leid«, meinte er. »Die Inspectors sind gerade gekommen. Sie suchen John.«

»Warum?«, fragte Randy und sah die beiden Inspectors abwechselnd an. »Was hat er denn angestellt?«

»Wir möchten mit ihm sprechen«, entgegnete Russell. »Soweit wir informiert sind, hat er gestern hier gearbeitet.«

»Das stimmt«, erwiderte Terry.

»Aber heute haben Sie Dienst?«

»Nur noch ein oder zwei Stunden. Dann löst John mich hier ab.«

»Heute?«, fragte Cuneo. »Ich dachte, er arbeitet sonst meistens tagsüber.«

»Normalerweise schon. Aber manchmal wechseln wir auch ab. Wir sind flexibel.«

»Schön für Sie«, antwortete Russell. »Also waren Sie gestern Nacht nicht hier?«

»Nein, ich sagte doch schon, dass wir ...«

»Das ist richtig«, fiel Cuneo ihm ins Wort. Dann wandte er sich an Randy. »Wir haben gerade mit Clint darüber geplaudert, was er gestern Nacht so gemacht hat. Und jetzt möchten wir Sie dasselbe fragen. Wo waren Sie?«

Als Clint versuchte, seinem Freund etwas mitzuteilen, beugte Russell sich vor und drohte mit dem Finger. »Aber, aber, einsagen gilt nicht.«

»Was ich gemacht habe?« Randy warf Clint einen Blick zu, und dieser nickte fast unmerklich. »Wann? Gestern Nacht?«

»Richtig, gestern Nacht«, wiederholte Cuneo.

Ein Blick über den Tresen. »Ich war mit Clint zusammen. Warum?«

»Dazu kommen wir noch«, gab Russell zurück. »Jetzt würde uns noch interessieren, wie Sie den gestrigen Abend verbracht haben. Es sei denn, es gibt einen Grund, warum Sie uns das lieber verschweigen würden.«

»Nein, den gibt es nicht. Warum denn auch?« Wieder ein Blick zu Clint. »Also, wir haben früh zu Abend gegessen, und zwar zu Hause. Dann sind wir ins Finocchio's gegangen, um uns die Show anzusehen«, erwiderte er. »Ich habe dort früher gearbeitet.« Als er ihr eisiges Schweigen bemerkte, fügte er hinzu. »Ich bin Tänzer. Tja, zumindest war ich das einmal.«

»Das war nicht schlecht«, sagte Cuneo. Dann drehte er sich zu seinem Partner um. »Die müssen irgendeinen Code haben.«

Russell griff das Stichwort sofort auf. »Haben Sie im Finocchio's mit irgendjemandem geredet? Um wie viel Uhr war das übrigens?«

»Keine Ahnung. Wie spät war es, Clint? Elf, zwölf? Irgendwas in dieser Gegend.«

»Kein Einsagen«, wiederholte Cuneo. »Mein Partner hat Sie gefragt, ob Sie mit jemandem gesprochen haben.«

»Wahrscheinlich mit dem Kellner. Er erinnert sich vielleicht.«

»Aha. Und wann sind Sie dort angekommen?«

»Das weiß ich wirklich nicht mehr genau. Keine Ahnung.«

»Später als zehn?«

»Kann sein. Ich glaube schon. Warum? Was war denn gestern Abend?«

»Er fragt, was gestern Abend war«, meinte Cuneo zu Russell. Dann drehte er sich wieder zu Randy um. »Falls Sie es also noch nicht wissen: Ein Wachmann namens Matt Creed wurde etwa drei Häuserblocks von hier erschossen.«

Entsetzt schlug Terry die Hand vor die Brust. »Nicht Matt«, stöhnte er.

Cuneo zeigte mit dem Finger auf ihn. »Verschonen Sie mich mit diesem Theater.« Er warf seinem Partner einen finsteren Blick zu, klopfte zweimal auf den Tresen und hatte offenbar Mühe, sich zu beherrschen. Dann griff er nach einem Glas und ließ es eine Weile auf dem Tresen kreisen. Schließlich wirbelte er wieder zu Randy herum. »Also, ich frage Sie noch einmal. Was haben Sie gestern Nacht gemacht?«

»Das habe ich Ihnen doch schon erklärt. Wir haben gegessen und uns dann eine Show angesehen.«

»Und wie lange waren Sie dort?«, hakte Cuneo nach.

»Wo?«

Plötzlich packte Cuneo das Glas und schleuderte es in die Flaschen hinter dem Tresen, dass die Glasscherben laut klirrend in alle Richtungen spritzten. »Willst du mich verarschen, du beschissene Schwuchtel? Willst du dich über mich lustig machen? Dir werd ich's zeigen.«

Russell war näher zu Cuneo getreten, bereit, seinen Kollegen zurückzuhalten, falls es noch einmal zu einem solchen Ausbruch kommen sollte.

Terry hatte sich weggeduckt und war zurückgewichen. Nun kam er wieder an den Tresen. Seine Hände zitterten. »Aber, meine Herren. Was soll das? Wir haben nichts verbrochen. Wirklich nicht.«

Eine Weile war es in der Kneipe mucksmäuschenstill. Nichts außer lautes Atmen war zu hören. Dann beugte sich Russell vor und bohrte Clint Terry einen Finger in die Brust. »Es ist noch lange nicht vorbei«, sagte er. Er wandte sich an Cuneo. »Gehen wir, bevor noch was passiert.«

Anschließend schlugen die Inspectors eine Stunde in der Tenderloin-Wache tot. Sie sprachen mit dem für den Sicherheitsdienst zuständigen Verbindungsmann, um herauszufinden, ob einer der Wachmänner oder ein Polizist im Laufe des Tages irgendetwas herausgefunden hatte. Aber vergeblich.

Schließlich kehrten sie, ein wenig beruhigt und gut vorbereitet, ins Ark zurück, um ein paar Worte mit John Holiday zu wechseln. Inzwischen war es draußen stockdunkel. Sechs Gäste saßen am Tresen. Terry und Wills waren gegangen, und ein Mann, auf den die Beschreibung von Holiday passte, stand hinter der Theke. Noch ehe sie richtig saßen, hatte er schon Cocktailservietten vor ihnen ausgebreitet.

»Guten Abend, Inspectors«, sagte er. Obwohl sie sich noch gar nicht zu erkennen gegeben hatten, war er ihnen einen Schritt voraus. »Was möchten Sie trinken?«

»Gar nichts«, erwiderte Cuneo. Er legte seine Dienstmarke

auf den Tresen und nahm Platz. »Wir wollen Ihnen ein paar Fragen stellen.«

»Klar«, entgegnete Holiday lächelnd. »Könnten Sie sich bitte einen Moment gedulden.« Er wandte sich an einen Kunden am anderen Ende der Theke und nahm eine Bierflasche aus dem Kühlschrank. Nachdem er sie geöffnet und eingeschenkt hatte, kehrte er zu den Inspectors zurück. »In der Gastronomie bringt es Unglück, wenn man seine Gäste verdursten lässt.« Wieder ein Lächeln. »Möchten Sie wirklich nichts? Es geht auf Kosten des Hauses.«

Cuneo hatte sich auf einem Barhocker niedergelassen und klopfte mit allen zehn Fingern auf den Tresen. »Sie haben offenbar viel Spaß.«

Ein Nicken. »Ich genieße jede Minute. Das Leben ist ohnehin kurz genug, und es gibt keine Generalprobe. Also, was kann ich für Sie tun, meine Herren?«

»Uns ein paar Fragen beantworten«, sagte Russell. »Zum Beispiel, wo Sie letzten Donnerstagabend gewesen sind.«

Holiday schnalzte in gespielter Enttäuschung mit der Zunge. »Ach, solche Fragen also. Offenbar geht es um ein Verbrechen.«

»Sie wissen genau, worum es geht«, zischte Cuneo.

»Offen gestanden bin ich nicht sicher«, erwiderte Holiday. »Als Matt Creed gestern Nacht erschossen wurde, hatte ich hier Dienst. Das kann es also nicht sein. Und falls es wirklich um ein Verbrechen geht, muss ich Sie leider enttäuschen, denn da kann ich Ihnen nicht weiterhelfen.«

»Der letzte Donnerstagabend«, wiederholte Russell.

»Mist«, erwiderte Holiday. »Das ist wirklich sehr traurig, denn ich weiß die Antwort. Und ich glaube, sie würde Ihnen wirklich gefallen. Aber mein Anwalt hat mir gedroht, mich umzubringen, wenn ich mit Ihnen über irgendwelche Verbrechen spreche, ohne ihn zuerst anzurufen.«

»Also haben Sie mit Ihrem Anwalt geredet?«, hakte Russell nach. »Warum denn das?«

Holidays Lächeln war wie festgefroren. »Wir sind gute

Freunde«, sagte er, »und plaudern oft miteinander. Dismas Hardy ist wirklich ein toller Typ. Kennen Sie ihn?«

»Und er hat Ihnen geraten, nicht mit uns zu sprechen?«, erkundigte sich Cuneo. »Warum?«

»Ich hatte vor einiger Zeit einen kleinen Zusammenstoß mit dem Gesetz. Er hielt es einfach für die bessere Vorgehensweise. Wenn der Anwalt nicht dabei ist, nützen manche Polizisten das nämlich skrupellos aus. Sie würden es nicht glauben.«

»Dann rufen Sie ihn an.« Cuneo war schon wieder kurz davor, die Geduld zu verlieren. »Und sagen Sie ihm, er soll herkommen.«

»Ich würde ja gerne, aber heute haben er und seine Frau ihren gemeinsamen Abend. Sie gehen jeden Mittwoch zusammen aus. Das Geheimnis einer glücklichen Ehe, wie er behauptet. Außerdem würde es sowieso nichts nützen, denn wenn er hier wäre, würde er mir verbieten zu antworten. In diesen Dingen ist er unerbittlich.«

»Wie viel Geld haben Sie bei Silverman verloren?«, fragte Cuneo.

Holiday seufzte. »Kann ich nicht sagen. Das war nämlich eine Frage. Ach herrje, schauen Sie nur. Noch ein Gast mit einem leeren Glas. Bin gleich wieder bei Ihnen. Laufen Sie nicht weg.«

Holiday nahm wieder zwei Bestellungen am anderen Ende des Tresens entgegen. Während er einschenkte, gingen die beiden Inspectors zur Tür.

»Nett, mit Ihnen zu reden!«, rief er ihnen nach. »Einen schönen Abend noch.«

13

Der gemeinsame Abend war tatsächlich das Geheimnis von Hardys Ehe, doch der heutige verlief alles andere als angenehm.

Natürlich hatte er mit einem erneuten Besuch im Krankenhaus begonnen. Hardy hätte am liebsten darauf verzichtet – es war schon das dritte Mal an diesem Tag –, doch Frannie hatte darauf bestanden, David zu sehen. Da sie das wahre Ausmaß der Verletzungen nicht kannte, hatte sie geglaubt, etwas für ihn tun zu können, um ihn aufzumuntern. Ihm zum Beispiel Kekse mitzubringen. Irgendetwas.

Sie hatte sich wohl nicht klar gemacht, was ein tiefes Koma tatsächlich bedeutete. Das gestand sie vierzig Minuten später ihrem Mann, noch bevor sie ein Weinglas vor sich hatte. Sie saß an einem Tisch hinten im Fior d'Italia und weinte leise vor sich hin. »Ich habe ihn kaum erkannt. Noch nie habe ich jemanden mit so vielen Verbänden gesehen. Sein ganzes Gesicht ...« Sie blickte Dismas flehend an, als stünde es in seiner Macht, die Tatsachen zu verändern.

Dismas legte die Hand auf ihre und ermunterte sie, sich auszusprechen.

»Obwohl ich gar nicht das Opfer bin, fühle ich mich so ausgeliefert«, sagte sie. »Wie kann so etwas nur geschehen?«

»Gina hat fast genau dasselbe gesagt.«

»Die arme Gina. Und das, nachdem sie heiraten wollten …« Sie hielt inne, während der Kellner diskret ihre Getränke servierte. Der Kellner nahm ihre spärliche Bestellung – sie teilten sich die Vorspeise und einen Teller Carbonara – entgegen. Da er spürte, dass heute nicht der richtige Abend war, um das Tagesgericht zu empfehlen oder Konversation zu betreiben, zog er sich rasch zurück.

»Ich habe keinen Hunger«, sagte Hardy. »Nur Lust, denjenigen umzubringen, der David das angetan hat.«

»Glaubst du, das würde etwas nützen?«

»Schaden könnte es wenigstens nicht.« Hardy meinte das nicht ironisch, denn er war wirklich nicht zum Scherzen aufgelegt. Er schob den Unterkiefer vor, starrte geradeaus und ließ langsam sein Wasserglas in dem feuchten Ring kreisen, den es auf der Tischplatte hinterlassen hatte. »Schweine«, stieß er hervor. »Wenn die glauben, dass sie mich damit weich kriegen, haben sie den größten Fehler ihres Lebens gemacht.«

»Wer? Ich dachte, die Täter seien unbekannt.«

»Das stimmt auch.«

»Und wer will dich dann weich kriegen?« Offenbar war ihm etwas herausgerutscht, was er lieber für sich behalten hätte. Er verzog den Mund. Frannie kannte diesen Gesichtsausdruck und wusste, dass er jeden Moment die Beherrschung verlieren konnte. »Dismas?«

Er nahm sein Glas und leerte es in einem Schluck. »Ich weiß nicht einmal, wo ich anfangen soll.«

»Womit anfangen?«

»Beweise zu finden.« Bedrückt senkte er den Kopf. »Ich sollte einfach ein ernstes Wort mit den Burschen reden.«

»Das ist eindeutig keine gute Idee. Wenn sie schon so mit David …«

»Und darauf setzen sie natürlich. Darauf, dass wir alle vor Angst erstarren und die Hände in den Schoß legen.«

Sie beugte sich zu ihm vor. »Bist du wirklich sicher, dass du weißt, wer es war?«

»Ich habe einen Verdacht. Nichts weiter, aber ich wette, dass es stimmt.«

»Also, dann sag es der Polizei. Dort wird man der Sache nachgehen. Schließlich kennt man dich dort.«

»Hmm. Du und ich, wir erinnern uns vielleicht noch daran, dass ich vor langer Zeit einmal Polizist und anschließend ein gnadenloser Staatsanwalt war, doch das ist Schnee von gestern. Inzwischen bin ich Verteidiger und stehe auf der anderen Seite …«

»Hier gibt es keine Seiten. Die Leute, die David zusammengeschlagen …«

Doch Hardy schüttelte den Kopf. »Nach Ansicht der Polizei handelt es sich bei den Tätern entweder um eine Horde von Jugendlichen oder eine organisierte Räuberbande, die allerdings nichts gestohlen hat. Findest du eine dieser beiden Theorien auch nur im Geringsten plausibel?«

»Nein.«

»Und was bedeutet das?«

»Dass der Täter einen Grund haben musste.«

»Genau. Zum Beispiel jemand, der riskiert, dreißig Millionen Dollar zu verlieren, wenn David ihn vor den Kadi zerrt.«

»Wie heißt der Beklagte noch mal?«

»Wade Panos. Ein toller Typ. Besitzt ein Bewachungsunternehmen. Eine richtige Stütze der Gesellschaft.«

»So jemand schlägt doch keine Leute zusammen, Dismas. Das ergibt auch keinen Sinn.«

»Er braucht es doch nicht selbst zu tun, Frannie. Dazu hat er seine Leute.«

»Es läuft immer wieder aufs Gleiche hinaus. Sprich mit der Polizei.«

Hardy holte tief Luft und zwang sich zur Ruhe. »Nein, das hatten wir doch auch schon mal. Ich bin Verteidiger.«

»Und was bedeutet das?«

»Wenn du als normale Durchschnittsbürgerin Opfer eines Verbrechens wirst, dich an die Polizei wendest und Gründe nennst, warum du jemanden im Verdacht hast, wird man dir einigermaßen interessiert zuhören. Äußere jedoch ich einen Verdacht – ein Verteidiger und somit Abschaum der Menschheit –, werden meine Worte durch ein Prisma aus Zweifeln gefiltert. Insbesondere dann, wenn ich einen Prozessgegner beschuldige. Da du mich als den gutmütigen Menschen kennst, der ich nun einmal bin, kannst du dir vermutlich nicht vorstellen, dass jedes Wort aus meinem Mund in Wirklichkeit eine Lüge zu meinem eigenen Vorteil und jede meiner guten Taten ein skrupelloser Versuch ist, meine Zeitgenossen zu manipulieren.«

»Ich finde, du übertreibst.«

»Aber nicht sehr.«

»Abe sieht dich bestimmt nicht so.«

»Vielleicht nicht immer, doch wie du dich bestimmt erinnerst, hatten auch wir unsere Meinungsverschiedenheiten. Und selbst bei Abe ging es dabei immer um dasselbe Thema. Wenn ich zur Tür hereinspaziere, lautet die Frage sofort, was ich im Schilde führe. Was habe ich in Wahrheit vor? Der Gedanke, ich könnte etwas zu verschenken haben oder der Polizei einfach nur helfen wollen, kommt niemandem in den Sinn. Außerdem ist Abe kein richtiger Polizist mehr.«

Bei diesen Worten runzelte Frannie die Stirn. »Ich wette, er würde dir in dieser Sache helfen, wenn du ihn darum bittest.«

»Genau das habe ich heute Nachmittag getan, und er hat abgelehnt.«

Das Stirnrunzeln wurde heftiger. »Wie hast du dich denn ausgedrückt? Vielleicht war ihm nicht klar, dass es dich persönlich betrifft.«

Hardy zuckte die Achseln. »Er weiß, dass es um David geht, das ist doch persönlich genug. Außerdem weiß er, dass ich jetzt für den Prozess zuständig bin. Eigentlich ist er sogar derjenige, der mich überhaupt auf Panos gestoßen hat.«

»Womit er dir bereits geholfen hat.«

»Insoweit schon. Aber er wird sich in der Angelegenheit nicht an seine Kollegen wenden, das versichere ich dir. Das hat er klipp und klar gesagt. Nicht seine Zuständigkeit.«

Frannie drehte am Stiel ihres Weinglases. »Und wer ermittelt in Davids Fall? Hast du mit dem Beamten gesprochen?«

Dismas lehnte sich in seinem Stuhl zurück. Natürlich! Manchmal sah man den Wald vor lauter Bäumen nicht. Alles, was er Frannie über die Vorurteile erklärt hatte, die man bei der Polizei gegen Verteidiger hegte, stimmte absolut. Doch hatte heute Morgen Hector Blanca sich nicht als ausgesprochen hilfsbereit erwiesen? Vielleicht war der Inspector von der Bereitschaftspolizei ja die Ausnahme, die die Regel bestätigte.

Bei besagtem Gespräch hatte Hardy den Namen Panos erst gar nicht erwähnt, da es nur ein spontaner, durch nichts bewiesener Verdacht gewesen war. Doch inzwischen hatte er von Matt Creeds Tod und dessen Verbindung mit dem Mord an Silverman erfahren. Das war zwar nicht viel, aber wenn Blanca die Kerle, die David zusammengeschlagen hatten, dingfest machen wollte, glaubte Hardy vielleicht sein Interesse wecken zu können, sofern es ihm gelang, jegliches Misstrauen im Vorfeld zu zerstreuen.

»Was ist?«, fragte Frannie. »Was denkst du?«

»Dass du manchmal ein Genie bist. Du hast Recht. Der Polizist, der in Freemans Fall ermittelt – sein Name ist Blanca –, könnte möglicherweise etwas tun.«

»Was spricht dagegen, Dismas? Es ist schließlich sein Job.«

»Ja«, erwiderte Hardy. »Klar. Und weißt du was? Egal, ob er in dieser Sache etwas unternimmt oder nicht, den Job behält er trotzdem.«

»Was hat das zu bedeuten?«

»Nehmen wir zum Beispiel an, er hat mit einem Typen zu tun, der seinen Nachbarn vermöbelt hat, oder mit einer Kneipenschlägerei. In beiden Fällen – wie auch in den meisten anderen – hat er ein Opfer und einen Verdächtigen mit einem Motiv. Bei einem scheinbar zufälligen Raubüberfall wie bei Freeman stehen die Chancen ziemlich hoch, dass die Polizei der Antwort auf die Frage nach dem Täter niemals auch nur ein Stückchen näher kommen wird. Das heißt, dass jede Minute, die Blanca mit Ermittlungen zubringt, ihm womöglich als reine Zeitverschwendung vorkommt.«

Bedrückt starrte Frannie auf das Tischtuch zwischen ihnen.

Als der Kellner mit den Tellern erschien, herrschte Schweigen am Tisch. Er spürte die bedrückte Stimmung und sagte kein Wort, als er den Brotkorb und den Teller mit den Vorspeisen – Oliven, rote und gelbe gegrillte Paprikaschoten, Sardellen, Salami, Caponata – vor sie stellte. Das Restaurant war eines ihrer Lieblingslokale und der Vorspeisenteller eine langjährige Tradition. Doch weder Dismas noch Frannie griffen zu. Nach etwa einer Minute trank Frannie seufzend einen Schluck Wein. »Es ist eine Schande, in einem so tollen Restaurant nichts zu essen. Sollen wir es für heute gut sein lassen und uns auf den Heimweg machen?«

Doch sie fuhren nicht sofort nach Hause.

Sie hatten einen Parkplatz drei Häuserblocks weiter den Hügel hinauf gefunden, und zwar in einem dunklen Stück der Union Street unweit der Grant Avenue. Ein beißender Wind wehte ihnen ins Gesicht, und sie stemmten sich beim Gehen dagegen an. Deshalb sahen sie sich beide nicht um und achteten nicht auf ihre Umgebung, bis sie ihre Parklücke erreichten.

Hardy fuhr einen fünf Jahre alten Honda und hatte die Alarmanlage schon vor einiger Zeit abgeschaltet, da sie ohnehin nur grundlos losging.

Doch diesmal hätte es sich vielleicht gelohnt.

Die Windschutzscheibe war vollständig und gründlich zerschmettert woren. Vier oder fünf deutliche Einschlaglöcher waren zu erkennen, bei zweien davon war sogar das Sicherheitsglas durchstoßen worden. Die restliche Scheibe war ein Spinnennetz aus winzigen Rissen, die im Dämmerlicht, das vom Washington Square am Ende der Straße herüberschien, weißlich schimmerten.

»Oh, mein Gott!«, rief Frannie aus und schlug die Hand vor den Mund.

Hardy war viel zu sehr mit seiner eigenen Reaktion beschäftigt, die darin bestand, einen gewaltigen Schwall unflätiger Verwünschungen auszustoßen. In blinder Wut wirbelte er herum und hieb mit der Faust heftig gegen die Windschutzscheibe, sodass weitere Glassplitter ins Wageninnere rieselten.

Während er zornig weiterfluchte, hielt er sich die blutende Hand und holte dann noch einmal nach der Windschutzscheibe aus. Dann war der erste Wutanfall verraucht, und er stützte sich mit der unverletzten Hand schwer auf die Motorhaube. Sein Atem ging rau und stoßweise.

Frannie hatte sich an die Hauswand gepresst. Trotz ihres dicken Mantels zitterte sie, und sie konnte nicht sagen, ob es wegen des eisigen Windes oder vor Angst war. Das Verhalten ihres Mannes erschien ihr erschreckender als die Verwüstung selbst, denn normalerweise neigte er so gar nicht zur Gewalt und zum Fluchen. Auch unter gewöhnlichen Umständen wäre Dismas wegen so eines Zwischenfalls – einer eingeschlagenen Windschutzscheibe – wütend geworden und hätte seinem Ärger eine Weile Luft gemacht. Doch noch nie hatte er sich so gebärdet, wie sie es soeben erlebt hatte. Ganz gleich, was auch der Grund sein mochte, offenbar war Dismas bis ins Mark erschüttert.

Zögernd trat sie vor und berührte leicht die Windschutzscheibe. Sie knisterte wie Zellophan, als ein paar Glassplitter nach innen aufs Armaturenbrett fielen. Unwillkürlich wich sie einen und dann noch einen Schritt zurück. »Dismas, was ist da passiert?«

Seine Miene war so finster wie seine Worte. »Das war eine Warnung.«

»Wovor?«

»An mich. Wegen des Prozesses.«

Sie wusste nicht, was sie darauf erwidern sollte. Der Überfall auf David hatte ihn sehr mitgenommen, sodass dieser Verdacht natürlich auf der Hand lag. Allerdings glaubte sie, dass er seine Vermutung kaum beweisen konnte. Doch jetzt war nicht der richtige Zeitpunkt, um sich darüber zu streiten oder die Sache auch nur zu erörtern. Sie kam näher und berührte ihn am Rücken. »Ist mit deiner Hand alles in Ordnung?«

Frannie übernahm das Kommando, öffnete die hintere Tür und half ihrem Mann beim Einsteigen. Endlich saßen sie beide nebeneinander auf dem Rücksitz im Wagen, wo sie vor dem

Wind geschützt waren. Während Hardy schweigend seine verletzte Hand hielt, riskierte Frannie schließlich einen Vorschlag: »Wir sollten die Polizei verständigen.«

Sie erwartete keine Antwort, und es kam auch keine. Also griff sie zum Mobiltelefon, beschrieb das Problem, nannte die Adresse und rief dann ihren Bruder zu Hause an, damit er sie abholen kam. Währenddessen saß Hardy nur stocksteif auf dem Beifahrersitz und starrte durch das Kaleidoskop der zerbrochenen Scheibe ins Leere.

Da der Streifenwagen ohnehin in North Beach unterwegs gewesen war, war er in knapp zehn Minuten vor Ort. Als Hardy das Blaulicht um die Ecke auftauchen sah, hielt er sich wieder dazu in der Lage, einem anderen Menschen gegenüberzutreten und einigermaßen vernünftige Antworten zu geben. Er und Frannie öffneten die Wagentüren und standen auf der Straße, als die beiden uniformierten Beamten auf sie zukamen.

Die Situation war nur allzu offensichtlich. Die Polizisten nahmen professionell die Aussagen der Hardys auf und zeigten sogar Mitgefühl. Während der Polizist, dessen Namensschild ihn als Simms auswies, zum Auto zurückkehrte, um einen Abschleppwagen zu rufen, ging der andere – Reyas – mit seiner Taschenlampe um das Fahrzeug herum. Er war noch nicht weit gekommen, als er innehielt und sich über die Motorhaube beugte, um sie genauer in Augenschein zu nehmen. »Das hier sieht aus wie Blut«, sagte er.

»Ist es auch«, erwiderte Hardy. »Nämlich meins. Ich habe die Beherrschung verloren und gegen die Windschutzscheibe geschlagen.« Er hielt die Hand hoch. »Nicht gerade meine Sternstunde«, fügte er hinzu. »Und nicht sehr schlau von mir.«

Reyas nickte und wandte sich an Frannie. »Mrs. Hardy«, meinte er. »Sie beide haben sich doch nicht gestritten, oder?«

Die Frage überraschte sie, und sie warf Dismas einen unwillkürlichen Blick zu, bevor sie wieder Reyas ansah. »Nein, Sir. Wir kamen gerade vom Essen, wie wir gesagt haben. Im Fior d'Italia.«

Er schien zu überlegen. Nachdem er die Motorhaube umrundet hatte, leuchtete er sie beide mit der Taschenlampe an. »Mrs. Hardy«, sagte er dann. »Würden Sie mich bitte kurz zum Streifenwagen begleiten.«

Wieder warf sie ihrem Mann einen Blick zu, und dieser nickte kurz, obwohl ihm diese neue Entwicklung gar nicht gefiel. »Schon gut.«

Er drehte sich um und schaute ihnen nach. Hardy wusste, was gespielt wurde. Officer Reyas wollte Frannie allein sprechen, damit sie seine Fragen ohne Einmischung oder Druck vonseiten ihres Ehemannes beantworten konnte. Außerdem brauchte er mehr Licht – der Streifenwagen parkte unter einer Laterne –, um sie sich besser ansehen und feststellen zu können, ob sie verletzt war. Falls die Polizisten den Eindruck gewannen, die zerbrochene Windschutzscheibe sei in Wirklichkeit Ergebnis eines gewalttätigen Ehestreits, würden sie ihm, Hardy, Handschellen anlegen und ihn ins Justizgebäude bringen. Und damit hätten sie, wie er dachte, gar nicht so Unrecht gehabt.

Doch sie würden keine Hinweise darauf finden.

Inzwischen pochte seine Hand. Als er sie betrachtete und versuchte, sie zur Faust zu ballen, wurde ihm klar, dass er sich vermutlich den kleinen Finger gebrochen hatte. Das Blut war fast getrocknet, doch die Schwellung war trotz der Kälte beträchtlich. Die Schmerzen und die Unannehmlichkeiten erschienen ihm als die doppelte und gerechte Strafe für sein idiotisches Verhalten.

Eine finstere und tödliche Ruhe ergriff ihn. Es gab keinen Zweifel, was dieser Zwischenfall heute Abend zu bedeuten hatte. Er ging auf dasselbe Konto wie der Überfall auf David und vielleicht auch der Mord an Creed. Sein Wutausbruch von gerade eben war genau die falsche Methode, mit der Sache umzugehen. Er musste unbedingt Ruhe bewahren.

Wieder blickte er über die Straße. Reyas und Simms sprachen beide mit Frannie, und zum Glück – so dachte Dismas – hielt seine temperamentvolle rothaarige Frau ihre berüchtigte

Zunge im Zaum. Nach etwa drei Minuten kehrte sie, begleitet von den beiden Polizisten, zurück. Frannie hatte ihnen erklärt, dass ihr Bruder Moses sie abholen würde.

Doch die Beamten waren noch nicht fertig. Simms hatte den Notizblock in der Hand. »Mr. Hardy, Ihre Frau sagt, Sie hätten einen Verdacht, wer das gewesen sein könnte.«

Hardy bemühte sich um einen lässigen Tonfall. »Nur einen vagen«, entgegnete er. »Ich führe gerade einen Prozess gegen jemanden. Und wenn ich gewinne, geht der Beklagte Pleite.«

»Möchten Sie uns den Namen nennen?«

»Das könnte ich zwar, aber das würde nichts nützen, denn er hat es sicher nicht selbst getan, sondern einen seiner Männer geschickt.« Hardy holte tief Luft, um sich zu beherrschen. »Außerdem werden Sie hier keine Indizien finden. Bestimmt hat niemand etwas angefasst. Die Schläge gegen die Windschutzscheibe wurden offenbar mit dem viel zitierten stumpfen Gegenstand ausgeführt.«

»Ja, Sir«, erwiderte Simms. »Doch wenn Sie möchten, dass wir besondere Hinweise in unseren Bericht aufnehmen, ist jetzt der richtige Zeitpunkt dafür. Wie Sie schon sagten, kann es durchaus sein, dass uns das bei der tatsächlichen Untersuchung des Falls nicht weiterbringt. Aber es wäre gut, einen Namen zu haben, falls noch einmal etwas geschieht. Wenn Sie uns dann anrufen und von einem zweiten Mal sprechen, wird man sich fragen, warum Sie das erste Mal Ihren Verdacht nicht gemeldet haben.«

»Was meinen Sie mit ›falls noch einmal etwas geschieht‹?«, erkundigte sich Frannie.

Die beiden Polizisten wechselten Blicke. Sie hatten sich doch eindeutig genug ausgedrückt. Aber Hardy ersparte es ihnen zu antworten. »Es wird gar nichts geschehen«, sagte er zu seiner Frau. »Wenn diese Leute sehen, dass sie mich nicht einschüchtern können, werden sie aufhören.«

»So wie bei David?«, höhnte sie.

»Wer ist David?«, hakte Reyas nach.

Hardy seufzte. »Der Anwaltskollege, der zusammen mit mir die Kläger vertritt. David Freeman. Er wurde gestern Nacht zusammengeschlagen und liegt noch immer im Krankenhaus.«

»Im Koma«, fügte Frannie hinzu. »Sein Zustand ist kritisch.«

Wieder sahen Reyas und Simms einander schweigend an. Schließlich tippte Simms auf seinen Notizblock. »Vielleicht sollten Sie uns wirklich den Namen nennen«, sagte er.

Moses McGuire erschien, kurz nachdem der Abschleppwagen mit dem Auto der Hardys abgefahren war. Schwager und Schwester quetschten sich ins Führerhaus seines Pick-ups. Die Fahrt verlief nicht sehr vergnügt, doch Moses überredete die beiden, in seiner Kneipe einen Happen zu essen, damit sie sich ein wenig beruhigen konnten. Nachdem er seine Schwester mit Wein versorgt hatte, verband er Hardys Hand und verabreichte ihm dann einen doppelten Martini. Der Großteil der Spannung hatte sich inzwischen gelegt; nun saßen sie an einem Tisch hinten im Little Shamrock und verzehrten den aus dem Fior d'Italia mitgebrachten Vorspeisenteller.

Moses leerte sein Scotchglas. »Ich habe eine Idee«, verkündete er.

»Ideen sind immer gut«, erwiderte Dismas. »Lass hören.«

»Paul!«, rief Moses dem Barmann zu, hielt sein leeres Glas hoch und zeigte darauf. Anschließend drehte er sich wieder zu seinem Schwager um. »Wo wohnt denn dieser Panos?«

»Hmmm.« Frannie schüttelte den Kopf. »Gar keine gute Idee.«

»Warum?«, gab Moses zurück.

»Das kannst du dir doch denken. Du würdest die Sache damit hochschaukeln.«

»Findest du? Was spricht dagegen? Ich finde die Idee prima. Wir fahren zu ihm, schmeißen ihm ein paar Fenster ein und amüsieren uns ein bisschen.«

Dismas kaute nachdenklich an einer Olive. »Dein Vorschlag hat in seiner Direktheit einen gewissen altmodischen Charme.«

Moses erwärmte sich für sein Thema. »Ich könnte es auch machen, ohne es dir zu erzählen.« Er grinste seine Schwester an.

Diese stellte ihr Weinglas auf den Tisch. Ihre Miene verfinsterte sich. »Wehe, wenn du das tust. Das meine ich ernst, Moses.«

Hilfe suchend wandte sie sich an ihren Mann, doch dieser zuckte nur die Achseln. »Ich kann ihm nichts verbieten, Frannie. Er ist ein großer Junge.«

»Wobei *Junge* das Schlüsselwort ist.« Sie sah ihren Bruder an. »Lass bloß die Finger davon.«

Der Barmann stellte den Drink vor Moses. Er nahm den Faden wieder auf. »Was empfiehlst du dann?«

Die Frage schien sie in Verlegenheit zu bringen. »Ich empfehle überhaupt nichts. Die Polizei sagte doch, sie würde sich darum kümmern.«

McGuire lachte dröhnend auf. »Und wenn die Cops nichts finden, was passiert dann?«

»Vielleicht finden sie ja was«, beharrte Frannie.

»Sie hat Recht«, meinte Dismas. Er hatte für diesen Abend genug von Meinungsverschiedenheiten. Und da das Gespräch zwischen Moses und Frannie in einen Streit auszuarten drohte, hielt er es für das Beste, die beiden ein bisschen zu bremsen. »Vielleicht kommen sie ja wirklich weiter, Mose. Wer weiß.«

Moses, der inzwischen ein paar Gläser Scotch intus hatte, bedachte Dismas mit einem eisigen Blick. »Verräter. Und wie, darf ich fragen, stellst du dir das vor? Dass einer von Panos' Gorillas seine Visitenkarte im Rinnstein zurücklässt?« Er musterte die beiden. »Hört auf zu träumen. Ihr habt mir doch schon erzählt, dass die Bullen wegen des Überfalls auf euren Mr. Freeman auch nichts unternommen haben, und der ist sogar eine einigermaßen bekannte Persönlichkeit. Glaubt ihr im Ernst, dass jemand euer dämliches Auto auch nur eines Blickes würdigen wird? Darauf, Freunde, könnt ihr ewig warten.«

»Mein Auto ist nicht dämlich«, erwiderte Dismas. »Wenn ich genauer darüber nachdenke, ist es vermutlich klüger als viele meiner Mandanten.«

»Nur zu, Diz, mach dich lustig darüber. Ich finde es aber gar nicht komisch.« Moses gab einen Löffel Caponata auf ein wenig Focaccia und schob den Happen in den Mund. »Diese Typen machen mich echt sauer.«

»Das habe ich fast geahnt.« Dismas arbeitete noch an seiner neu gewonnenen Ruhe. Er legte die verletzte und inzwischen verbundene Hand auf Frannies Knie und grinste ihr verkniffen zu. »Um ehrlich zu sein, sind wir auch ein wenig erbost.«

»Aber du wirst ihm nicht die Fenster einwerfen«, beharrte sie. »Dann bist du nämlich auch nicht besser als er.«

»Tut mir Leid, kleine Schwester, aber das stimmt nicht.« Bevor der Vietnamkrieg dem Wissenschaftler, der Moses als junger Mann gewesen war, den Garaus gemacht hatte, hatte er in Berkeley in Philosophie promoviert. »Da gibt es einen winzigen Unterschied.«

»Nein, es ist genau das Gleiche. Und nenn mich nicht kleine Schwester.«

»Meinetwegen, streich die kleine Schwester. Aber verschon mich mit diesem Mist, dass es das Gleiche ist.«

Dismas' Bemühungen, den Geschwisterstreit zu schlichten, waren zum Scheitern verurteilt. Da das Little Shamrock nicht sehr groß war – etwa dreieinhalb Meter breit und vier lang –, hallte Moses' Stimme von den Wänden wider und übertönte sogar die Musikbox.

»Es ist ein gottverdammter Riesenunterschied. Und weißt du, warum? Die *anderen* haben angefangen! Was hältst du von dieser Anmerkung?« Er zeigte mit dem Finger auf seine Schwester. Seine Brauen waren zusammengezogen, die Augen funkelten zornig. »Sie haben euch *zuerst* geschädigt, und wenn du glaubst, dass das nicht ein gewaltiger Unterschied ist, liegst du absolut falsch, verdammt.«

»Beruhig dich, Mose«, meinte Dismas. »Es ist doch nur ein Gespräch, okay?«

McGuire wirbelte zu ihm herum. »Willst auch du behaupten, dass wir auch nicht anders wären als die Gegenseite? Das ist absoluter Bullshit. Wir haben nichts mit denen gemeinsam.«

Frannie war offenbar gegen McGuires Ausbrüche abgehärtet, denn sie hatte sie schon viel öfter erlebt als ihr Mann. Sie stand auf, setzte sich neben ihren Bruder und legte den Arm um ihn. »Und da fragen sich die Leute, wie ich so aufmüpfig werden konnte«, sagte sie und küsste ihn auf die Wange. »Okay, du bist ganz anders als die Gegenseite. Versprich mir nur, dass du niemandem die Fenster zerschießt.«

Noch nicht vollends beschwichtigt, beugte Moses sich vor, griff nach seinem Scotchglas, hob es an die Lippen und setzte es wieder ab. Dann gab er seiner Schwester einen Kuss. »Wer redet denn hier von schießen?«, sagte er lächelnd. »Ich hatte eher an eine Steinschleuder gedacht.«

14

Der Anruf ging um vier Uhr achtunddreißig bei der Mordkommission ein. Sobald Paul Thieu von der vorläufigen Identifizierung erfuhr, glaubte er zu wissen, womit er es zu tun hatte. Doch er hatte seine Gründe – nicht zuletzt Liebe zu seinem Beruf –, so ordentlich und methodisch vorzugehen wie immer. Zuerst musste er zum Tatort, um sich selbst ein Bild zu machen.

Gerson hätte sich ohnehin bedankt, wenn er ihn um diese unchristliche Zeit aus den Federn gejagt hätte. Und falls es am Tatort so aussah, wie Thieu nach dem Bericht der Zentrale vermutete – Doppelmord oder möglicherweise erweiterter Suizid –, würde die Spurensicherung auch noch nicht sehr weit gekommen sein, wenn man es endlich riskieren konnte, den Lieutenant zu wecken.

Es war ein kalter, dunkler Morgen, als Thieu das Justizgebäude durch den Haupteingang verließ. Auf der Bryant Street, gleich am Fuße der Stufen, parkten ein paar Streifenwagen. In einem war das Glimmen einer Zigarette zu sehen. Thieu wollte nicht einmal die wenigen Minuten verschwenden, die es gedauert hätte, seinen Dienstwagen, einen Ford Taurus, zu holen. Also hielt er seine Dienstmarke an das Fenster auf der Fahrerseite. »Entschuldigen Sie, dass ich Ihre Kaffeepause störe, Officers, aber es gibt einen Mordfall acht Häuserblocks weiter, und ich wäre gern schon vor zehn Minuten dort gewesen.« Er klopfte auf das Wagendach. »Wie schnell läuft denn diese Kiste?«

Mit heulenden Sirenen – die Requirierung eines Streifenwagens hatte durchaus seine spaßige Seite – wurde er knapp fünf Minuten später an der verlangten Adresse abgesetzt. Zwei weitere Streifenwagen standen bereits auf der Straße, doch vom Wagen des Gerichtsmediziners oder der Spurensicherung war noch nichts zu sehen.

Das Gebäude hatte nicht den Ehrgeiz, sich von den übrigen abgewohnten und schäbigen dreistöckigen Häusern in dieser Straße abzuheben. Mit ihren gleichförmigen Eingangstüren, den vergilbten Fassaden und den Graffiti von unterschiedlicher Farbe und Herkunft standen die Mietskasernen neben ihren völlig identischen Nachbarn und waren eine deprimierender als die andere. Thieu wusste, dass es in den Wohnungen drinnen ziemlich ähnlich aussah wie draußen – und zwar unweigerlich wie in einem Schweinestall. Fleckige alte Matratzen ohne Bettwäsche, kaputte Möbel mit fehlenden Polstern, kahle Wände, von denen die gewellten Tapeten in Bahnen herunterhingen, ohne dass sich jemand die Mühe machte, sie endgültig zu entfernen. In der Küche türmte sich das schmutzige Geschirr, der Herd erstickte unter einer verkohlten Fettschicht, und der Kühlschrank war ein Biotop für Schimmelkulturen. Thieu vermutete, dass sich der Geruch – Zigarettenqualm, Urin, Akohol, Erbrochenes, Verwesung und Moder – nie mehr aus den Räumen würde vertreiben lassen.

Wenn ein Mordfall gemeldet wurde, war es normalerweise die Aufgabe des Sergeants vom zuständigen Revier, zum Tatort zu kommen und diesen abzusichern, bis ein Inspector der Mordkommission eintraf. In diesem Fall war nach Vorschrift verfahren worden: Ein gewisser Sergeant R. Penrose – wie es auf seinem Namensschild stand – vom Revier Tenderloin unterhielt sich in der offenen Haustür mit einem uniformierten Streifenpolizisten. Um sich vor dem Wind zu schützen, hatten sich die beiden Männer ins Treppenhaus zurückgezogen.

Als Thieu sich vorstellte, bemerkte er Penroses erleichterte Miene: Der Mord fiel eigentlich nicht mehr in seinen Zuständigkeitsbereich. Thieu schätzte ihn auf etwa gleichaltrig, also Mitte dreißig, doch seine steife, schüchterne Art ließ ihn jünger wirken. »Das ist Officer Lundgren«, sagte Penrose. Obwohl Thieu darauf brannte, die Wohnung zu betreten, wusste er, dass es klüger war, sich zuerst alle Informationen zu beschaffen. »Er und sein Partner draußen im Wagen haben die Beschwerde aufgenommen.«

Da Beschwerden bei der Polizei in diesem Teil der Stadt außergewöhnlich selten vorkamen, war Thieus Interesse sofort geweckt. »Wer hat sich denn über was beschwert?«, erkundigte er sich.

»Die Vermieterin.« Lundgren wies hinter sich ins Dämmerlicht, wo eine zierliche Asiatin, in einen dicken Mantel gehüllt, am Fuße der Treppe stand. »Mrs. Chu. Sie spricht nicht sehr gut Englisch. Sie wollte offenbar schlafen und ...«

»Entschuldigen Sie, Officer«, fiel Thieu ihm ins Wort. Er wandte sich an Sergeant Penrose. »Vielleicht kann ich ja mal kurz mit ihr reden.«

Penrose nickte. Falls er überrascht war, ließ er sich das nicht anmerken. Er winkte Mrs. Chu zu sich. Obwohl Thieu nicht sehr groß war, reichte Mrs. Chu ihm nicht einmal bis an die Schulter. Sie schien etwa sechzig zu sein, und als sie aus der Dunkelheit trat, bemerkte Thieu den fadenscheinigen Mantel, das dünne, kurz geschnittene graue Haar und die roten Converse-Tennisschuhe. Sie wirkte ebenso eingeschüchtert wie Penrose.

Das ist es, dachte Thieu. Die Leute hier machen alle einen verängstigten Eindruck.

Er sprach sie auf Mandarin an, das er fließend beherrschte, und sie entspannte sich ein wenig, als sie die vertrauten Klänge hörte. Sie erwiderte, sie hätten ferngesehen (nicht geschlafen, wie Officer Lundgren berichtet hatte) und versucht, die Lautstärke des Radios aus der Wohnung unter ihr zu übertönen. Normalerweise seien die Mieter ruhig und höflich gewesen, aber heute Nacht habe offenbar eine Party stattgefunden. Die Gäste seien kurz nach Mitternacht erschienen. Ja, es seien vermutlich einige Personen gewesen, mindestens drei, vielleicht auch mehr. Sie hätten als Erstes das Radio eingeschaltet, und zwar sehr laut. Wegen des Getöses habe sie ihren eigenen Fernseher nicht mehr hören können. Doch da in diesem Haus öfter Lärm herrschte, mischte man sich lieber nicht ein. (Thieu wusste, dass das Stören von »Partys«, also Drogenkonsum, Sex oder beides, im Tenderloin häufig mit Gewalt beantwortet wurde.) Außerdem sei einer der Männer unten sehr kräftig, weshalb sie ihn nicht habe reizen wollen. Also habe sie ziemlich lange abgewartet. Doch irgendwann, vor etwa einer Stunde, habe sie endlich schlafen wollen und sei nach unten gegangen, um an die Tür zu klopfen.

Doch niemand habe geantwortet, obwohl das Radio immer weiter dröhnte. Schließlich habe sie die Polizei gerufen, und die Beamten ...

Thieu bedankte sich bei Mrs. Chu und wandte sich wieder an Sergeant Penrose. »Ich gehe jetzt besser rein. Der Gerichtsmediziner und die Spurensicherung müssen jeden Moment hier sein. Ich fürchte, Sie werden heute nicht mehr viel Schlaf kriegen. Tut mir Leid, Sergeant.«

»Ich glaube, das mit dem Schlafen wird sowieso noch eine Weile auf sich warten lassen. Jedes Mal, wenn ich die Augen zumache ...« Er hielt inne und wies auf die geschlossene Tür. Wieder dieser verängstigte Blick. Penrose berührte Thieu am Arm, eine Geste, die so gar nicht zu einem Polizisten passen wollte und die unter den gegebenen Umständen nicht einer gewissen Dramatik entbehrte. »Machen Sie sich auf etwas gefasst«, sagte er. »Es ist ein Albtraum.«

Das Morgengrauen überfiel ihn aus dem Hinterhalt.

Gerade erst hatte Thieu die Wohnungstür geöffnet und wegen der Stockfinsternis draußen das Licht angeknipst. Er fand, dass die Wohnung nicht nur bewohnbar, sondern erstaunlich gut in Schuss war – Blumen, polierte Oberflächen,

Ordnung und Sauberkeit überall. Am wenigsten hätte er die geschmackvollen Möbel erwartet, die anspruchsvollen Zeitschriften und die gerahmten Kunstdrucke an den in einem Terrakottaton in Wischtechnik gestalteten Wänden. Eine Minute später stand er an einem Fenster, das auf eine Seitengasse hinausging, und spähte in den blauen Himmel hinauf. In den guten drei Stunden, die hinter ihm lagen, hatte er es nicht geschafft, den Anblick des Blutbads hinter sich im Schlafzimmer zu verwinden.

Es war ein Irrtum gewesen anzunehmen, dass die Spurensicherung kaum weitergekommen sein würde, wenn es Zeit war, Gerson anzurufen. Die Kollegen waren schon fast fertig und wollten die Leichen wegbringen lassen. Doch Thieu gestattete es noch nicht, obwohl ihm der Anblick Übelkeit verursachte. Nach stundenlanger Arbeit hatte endlich jemand die beiden hinteren Fenster und die Eingangstür geöffnet. Nun war es in der Wohnung nur noch knappe zehn Grad warm, doch Thieu fühlte eine Hitze wie in einem Backofen.

Er wusste, dass er Gerson jetzt informieren musste, doch er sah dennoch auf die Uhr, um sich zu vergewissern. Dann drehte er sich um und beschloss, kurz nach draußen zu gehen – er musste raus aus diesem Zimmer –, um sich von einem der Streifenwagen oder vom Transporter des Gerichtsmediziners aus bei seiner Abteilung zu melden. Er achtete darauf, wohin er trat, um ja nicht in eine Blutlache zu geraten, und versuchte – wieder einmal vergeblich –, den Blick von der grausigen Szene abzuwenden.

Doch bevor er sein Vorhaben wahrmachen konnte, wurde er von Lennard Faro aufgehalten. Faro war Spurensicherungsexperte, ein magerer und ernsthafter Mann, der sich seit kurzem ein kleines Kinnbärtchen stehen ließ, das er sein »Käferchen« nannte. In beiden Ohrläppchen trug er Ohrringe, am rechten sogar zwei. Obwohl er noch keine dreißig Jahre alt war, glaubte er, in seinem Beruf schon alles gesehen zu haben. Selbst die unvorstellbar grausige Szene am heutigen Tatort hatte keine Reaktion in ihm ausgelöst, und Thieu ertappte sich bei der Frage, ob es sich hierbei um Verdrängung handelte. Schließlich wusste er nur zu gut, was bei ihm selbst hinter der professionellen Fassade ablief, die er nach außen hin vermittelte. Vielleicht war Faro nur der bessere Schauspieler. Doch selbst wenn man beruflich ständig mit solchen Fällen zu tun hatte, konnte niemand nach einem Blutbad wie diesem so einfach zur Tagesordnung übergehen.

Aber Faro bewahrte seine Haltung. Eindeutig besser als Thieu. Die vorangegangene Nacht hatten sie bereits gemeinsam auf Händen und Knien in der Gasse zugebracht, in der Matt Creed erschossen worden war. Und so hatte der Spurensicherungsexperte Thieu bei seiner Ankunft mit den altbekannten Worten »Wir müssen uns einmal unter angenehmeren Umständen treffen« begrüßt. Doch das war gewesen, bevor er die Leichen gesehen hatte.

Nun war Faro um eine Erfahrung reicher. Doch sein Tonfall war zwar angemessen ernst, aber ohne eine Spur von Ekel. Plötzlich erkannte Thieu, woran das lag: Lennard Faro grauste es nicht, was schon eine Leistung an sich war. »Wir haben einen Kühlwagen hier, Paul. Willst du sie trotzdem liegen lassen?«

»Ja«, erwiderte Thieu. »Ich rufe jetzt sofort Gerson an. Ein paar Stunden mehr können ja nicht schaden.«

Faro warf einen sachlichen Blick zurück in den Raum. »Nein. Ein bisschen halten sie sich noch. Aber das Team möchte zum Ende kommen und …« Als er Thieus Miene – eine Mischung aus Wut und Entschlossenheit – bemerkte, hielt er inne. »Ich sage ja nur, dass es jetzt schon die zweite Nacht am Stück ist. Wenn Menschen müde sind, leisten sie nicht so viel. Die Wohnung ist versiegelt. Wir können ja ganz früh zurückkommen. Oder die Tagesmannschaft mit dem Sicherstellen und Eintüten beauftragen. Was hältst du davon?«

Thieu wusste, dass er manchmal einen zu strengen Eindruck machte. Also zwang er sich zu einem Lächeln und wies auf die Eingangstür. »Lass uns kurz rausgehen und frische Luft schöpfen, okay?« Als sie an der Tür waren, von wo aus man das Schlafzimmer nicht mehr sehen konnte, fühlte Thieu sich schon um einiges ruhiger.

Er wandte sich wieder an Faro. »Ich verstehe dich ja, Len«, sagte er in verständnisvollem Ton, »aber in diesem Fall wäre es hilfreich, wenn deine Leute noch ein bisschen bleiben könnten, zumindest bis der Lieutenant hier ist und euch nach Hause schickt.«

»Glaubst du wirklich, Gerson kommt persönlich?« Offenbar konnte sich Faro das nicht vorstellen. »Es wäre das erste Mal, oder?«

Thieu sparte sich seinen Kommentar. »Ganz gleich, ob er nun selbst hier aufkreuzt oder nicht, wird er den Fall, wie gestern auch den Mord an Creed, ganz sicher Cuneo und Russell übertragen.« Faros Hand fuhr ans Kinnbärtchen, während er die Worte auf sich wirken ließ. »Ich wette mit dir, dass das hier mit dem Fall Creed zusammenhängt, und zwischen dem und der Sache Silverman besteht ganz sicher eine Verbindung. Sofern du also einverstanden bist, fände ich es sinnvoll, wenn deine Jungs noch da wären, um Fragen zu beantworten, wenn die neue Mannschaft kommt. Wahrscheinlich dauert es keine Viertelstunde mehr. Außerdem«, fügte er hinzu, »müssen die beiden es sich auch noch anschauen.«

Faros Miene verdüsterte sich. »So was braucht sich niemand anzuschauen«, sagte er.

Thieu wurde von einem Gefühl wie Erleichterung ergriffen, und er beschloss auszusprechen, was ihn beschäftigte. »Weißt du, Len, ich freue mich, das zu hören. Ich habe schon gedacht, dass dich das gar nicht berührt.«

Faro zupfte an seinem Kinnbärtchen und schüttelte langsam den Kopf. »Ganz im Gegenteil«, sagte er.

Als Thieu den Lieutenant telefonisch erreichte, war dieser wie erwartet nicht begeistert von dem Vorschlag, selbst zu erscheinen und den Tatort zu begutachten. Und nachdem er erfahren hatte, dass es sich bei den Opfern um Clint Terry und Randy Wills, die beiden Hauptverdächtigen in den Mordfällen Creed und Silverman, handelte, teilte er Thieu – unter Anwendung der üblichen Ausflüchte und Höflichkeitsfloskeln – mit, er werde aus organisatorischen Gründen auch diesen Fall Cuneo und Russell zuteilen. Er erklärte Thieu, die beiden Inspectors würden heute Morgen erst ein wenig später ins Büro kommen, da sie vor Dienstantritt noch die Ergebnisse einer ballistischen Untersuchung im Labor abholen müssten. Doch Gerson versprach, sofort nach dem Telefonat mit Thieu die Zentrale zu verständigen, damit die Kollegen auf direktem Wege zum Tatort geschickt wurden.

Mit diesen Worten legte er auf und ließ Thieu und Faro auf der Straße neben dem Transporter des Gerichtsmediziners stehen. Doch als Thieu Faro erklären wollte, warum Gerson den Fall Cuneo und Russell zugeteilt hatte, fiel ihm der Spurensicherungsexperte schon nach wenigen Sätzen ins Wort. »Moment mal, Moment mal! Soll das heißen, die beiden Typen da drin waren *Verdächtige* im Fall Creed?«

Thieu nickte. »Ja, sie und ein Dritter namens Holiday sollen angeblich auch Silverman auf dem Gewissen haben.«

Faro zupfte an seinem Kinnbärtchen. »Und was habt ihr für eine Theorie?«

»Was meinst du damit?«

»Du hast doch gerade Gerson gesagt, dieser Mord hinge mit den Fällen Creed und Silverman zusammen. Und deshalb schickt er Cuneo und Russell her, richtig?«

»Richtig.«

»Und wo liegt der Zusammenhang?«

»Darin, dass sie Verdächtige in beiden Mordfällen waren.«

Aber Faro schüttelte den Kopf. »Sie haben Silverman getötet. Und dann legen sie Creed um. Jetzt sind sie beide tot. Und dieser Holiday ist als Einziger noch übrig?«

»Ja, sieht so aus. Und deshalb ist er …« Thieu neigte den Kopf zur Seite. »Wo liegt das Problem, Len?«

Faro überlegte eine Weile, dann erwiderte er: »Es könnte ein gewaltiger Zufall sein, aber wir lernen in unserer Ausbildung, Zufälle zu verabscheuen und ihnen zu misstrauen. Sie kommen trotzdem vor. Dennoch ist meine Vermutung, dass ihr mit eurer Theorie, was Silverman und Creed angeht, danebenliegt. Da gibt es absolut keine Verbindung.«

»Das kann einfach nicht sein. Es sind doch dieselben Typen.«

»Schon möglich. Ich habe ein halbes Dutzend solcher Tatorte gesehen.«

»Genau so? Ganz bestimmt nicht.« Thieu wies in Richtung Wohnung.

Faro nickte heftig. »O ja, genau so oder so ähnlich. Das ist ein schief gegangener Aufrissversuch. Da verwette ich meine Dienstmarke. Die Fälle Silverman und Creed sind jetzt vielleicht abgeschlossen, wenn man diesen Holiday mal außer Acht lässt, aber diese Sache hier, die solltest du behalten.«

»Behalten? Was meinst du damit?«

»Dass es dein Fall ist. Er hat nichts mit Cuneos und Russells anderen Fällen zu tun.«

Thieu rieb die Hände aneinander, um sie zu wärmen. »Doch, falls …«

»Nein, außer du hältst Holiday für den Täter, wogegen ich jede Wette eingehen würde. Oder glaubst du, er war es?«

»Keine Ahnung. Vielleicht ist er doch in die Sache verwickelt. Es würde Sinn machen.«

»Eine Meinungsverschiedenheit unter Raubmördern?«

»Oder so ähnlich.«

Plötzlich erschauderte Faro. »Mein Gott, ist das kalt. Ich sage meinen Leuten, dass wir eine Stunde Pause machen. Sie sollen sich einen Kaffee holen. Er kramte in seinen Taschen, zog den Schlüsselbund heraus und wies mit dem Finger auf eines der Fahrzeuge. »Der braune da drüben ist mein Wagen.« Er warf Thieu die Schlüssel zu. »Setz dich schon mal rein und mach die Heizung an. Ich komme gleich.«

Thieu grübelte immer noch über Faros Theorie vom schief gegangenen Aufriss nach, als Faro die Tür öffnete und sich auf dem Beifahrersitz niederließ. »Also, wo waren wir stehen geblieben?«

»Dabei, dass ich den Fall behalten sollte.«

»Genau. Nicht, dass ich Dan und Lincoln zu nahe treten wollte. Ich finde ihre Vermutung nur an den Haaren herbeigezogen.«

Thieu schlang sich die Arme um den Leib; im Wagen war es noch immer kalt. »Und was ist deiner Meinung nach passiert?«

»Was passiert ist? Ganz einfach. Die beiden Opfer waren gestern Abend auf der Rolle und haben jemanden kennen gelernt, der ein bisschen Spaß haben wollte. Sie haben ihn mit zu sich genommen. Hast du das Pulver auf der Kommode gesehen? Zehn zu eins, dass das Koks ist, vielleicht sogar Heroin oder Speed. Also dröhnen sie sich zu, sind bald ziemlich zugeknallt. Und einer hat sich ausgezogen – der Große ...«

»Das ist Terry. Warum er zuerst?«

»Tja, dazu komme ich noch. Pass auf, ob das zusammenpasst. Also ist Terry an den Sessel gefesselt, so wie jetzt, und vielleicht spielen die anderen beiden ein bisschen mit ihm rum – also der, den sie aufgegabelt haben, und der, der sich für ein Mädchen hält ...«

»Wills.«

»Ja, die beiden legen also los. Da greift der Typ, den sie aufgegabelt haben, nach unten und – hoppla! – hat auf einmal eine Überraschung in der Hand.«

»Wills ist keine Frau.«

»Eindeutig nicht. Auch nicht ein bisschen. Also flippt der andere aus. Der Gerichtsmediziner wird uns genau erklären können, was er als Nächstes getan hat. Doch ich würde vermuten, dass er Wills erst ein bisschen herumgeschubst und ihn dann erdrosselt hat. Er ist immer noch high von dem Stoff, den sie eingeworfen haben, und außerdem tobt er vor Wut, weil er reingelegt wurde. Fühlt sich in seiner Mannesehre – wenn du so willst – gekränkt, auch wenn er es eigentlich schon von Anfang an wusste. Außerdem hat er gerade Wills umgebracht, während Terry gefesselt dasitzt und alles beobachtet hat. Was soll er jetzt tun? Er ist aggressiv und total überdreht. Er muss hier raus, aber zuerst gibt es etwas zu erledigen. Vielleicht geht er ins Bad, dort entdeckt er das Rasiermesser, mit dem Wills sich am ganzen Körper rasiert. Er kommt wieder rein …«

»Ich glaube, von da an kann ich dir folgen«, unterbrach Thieu. Auch wenn er ein mit allen Wassern gewaschener Inspector von der Mordkommission war, zitterte er am ganzen Leib. Weniger vor Kälte als wegen der gerade geschilderten Szene. Er hätte es keine Sekunde länger ertragen, Faros Fortsetzung seiner drastischen und detailgetreuen Schilderung zuzuhören: wie der Täter Randy Wills Schritt für Schritt erst ausgezogen und zu guter Letzt kastriert hatte; wie er beiden Opfern schließlich die Kehle durchgeschnitten hatte.

Faro brauchte einen Moment, um sich von seiner Vorstellung loszureißen. Er drehte sich zu Thieu um. »Es hatte nichts mit Creed, Silverman oder mit einem anderen Mord zu tun. Die Motive liegen anderswo, und es sollte dein Fall sein, wenn du ihn denn willst.«

So gern John Holiday Clint Terry auch hatte – und er liebte ihn wie einen Bruder –, er würde den unzuverlässigen Mistkerl trotzdem feuern müssen. Das dachte er, während er die Stühle von den Tischen nahm, wo er sie bei Lokalschluss um zwei gestern Nacht eigenhändig hingestellt hatte. Warum hatte er sich eigentlich die Mühe gemacht? Nachdem sich der letzte Stuhl wieder an seinem Platz befand, sah er auf die Uhr. Zwölf Uhr Mittag. Erst vor zehn Stunden hatte seine Schicht geendet. Ein Glück, dass er zufällig vorbeigekommen war, um nach dem Rechten zu sehen. Die Tür war verschlossen gewesen, und niemand stand hinter dem Tresen. Da die Kneipe seine einzige Einkommensquelle war, musste sie immer geöffnet sein, damit Geld reinkam, er flüssig blieb und nicht eines Tages gezwungen war, den Laden für einen Schleuderpreis zu verkaufen.

Er glaubte immer noch, dass er irgendwann eine Glückssträhne haben würde, vielleicht beim Poker. So was gab es. Die Sache mit Michelle zum Beispiel: Auch sie war ein absoluter Glücksfall für ihn. Wenn er ein paar Monate guten Umsatz machte, konnte er das Ark renovieren, die Kneipe mit Profit verkaufen und sich ein seriöseres Betätigungsfeld suchen.

Was war heutzutage nur mit den Leuten los?, fragte er sich. Ein schwuler Strafentlassener wie Clint mit zweifelhaftem Ruf und ohne richtige Berufsausbildung würde doch niemals wieder einen so guten Arbeitsplatz wie diesen hier ergattern. Mit einem Chef, der kein Erbsenzähler war, mit flexiblen Arbeitszeiten und guter Bezahlung. Was – wenn überhaupt – dachte Clint sich bloß dabei, schon den zweiten Morgen zu verschlafen? Und damit seinen Job zu riskieren? Holiday verlangte doch nicht viel mehr von diesem Riesentrottel, als dass er zur Arbeit erschien, insbesondere dann – *insbesondere!* –, wenn er selbst die vorangegangene Nachtschicht übernommen hatte. Und heute war er schon wieder dran. Genug war genug.

Er würde es tun müssen. Es blieb ihm nichts anderes übrig.

Zum Glück hatte er vor dem Abschließen am Tag zuvor den Getränkebestand nachgefüllt und sämtliche Glasscherben und das Durcheinander beseitigt – damit Clint beim Aufmachen nicht mehr so viel zu tun haben würde. Nun war, wenn auch zwei Stunden zu spät, alles bereit. Er öffnete die Tür des Lokals und schaltete die Neonreklame mit der Aufschrift »Open« ein.

Wie es öfter vorkam, wartete draußen schon ein Mann. Während Holiday hinter den Tresen zurückkehrte, nahm der Gast, ein drahtiger Asiat, auf einem Barhocker Platz. »Guten Morgen«, sagte Holiday. »Was darf ich Ihnen bringen?«

»Ein Bierchen?«

»Aus der Flasche oder vom Fass? Wir haben Sam Adams und Anchor Steam.«

»Welches ist kälter?«

»Das Anchor. Das Fass ist schon länger hier und hatte reichlich Zeit zum Abkühlen. Aber sind Sie sicher, dass Sie was Kaltes wollen? Bei der Eiseskälte draußen?«

»Anchor ist in Ordnung«, sagte der Gast.

Holiday drehte sich um, nahm ein Glas aus dem Regal, hielt es an den Zapfhahn und zapfte einen halben Liter. Als er sich wieder dem Gast zuwandte, bemerkte er den Zwanzigdollarschein auf dem Tresen. Daneben die aufgeklappte Brieftasche des Mannes auf dem zerkratzten Holz. Die Dienstmarke.

Zögerlich stellte er das Bier ab. »Ich habe den beiden Jungs, die gestern hier waren, schon gesagt, dass ich ohne meinen Anwalt keine Fragen beantworte. Das gilt immer noch. Soll ich ihn anrufen?«

»Ich habe dienstfrei und die einfachste Frage der Welt, das verspreche ich Ihnen. Ganz gleich, was Sie mir antworten, ich werde einfach mein Bier austrinken, nach Hause gehen und mich aufs Ohr legen.«

Aus irgendeindem Grund – weil Clint schon wieder blaumachte, die lockere Art des Mannes oder weil er es ganz einfach satt hatte, ständig auf der Hut zu sein – ging Holiday auf den Vorschlag ein. »Okay. Ist ja egal. Eine Frage«, entgegnete er.

»Wo waren Sie gestern um Mitternacht?«

Holiday lachte laut auf. »Das war's schon? Das ist Ihre einzige Frage? Nichts leichter als das. Ich war hier, und zwar *genau hier*« – er klopfte zweimal auf den Tresen –, »und habe an diesem uralten Ungetüm die Gäste bedient, mit Hingabe, manche behaupten sogar mit Stil.«

»Also hatten Sie Gäste? Leute, die Sie kennen?«

»Mindestens zwischen sechs und acht. Aber jetzt habe ich Ihnen schon die zweite Frage beantwortet.«

»Genau«, erwiderte Thieu. Er hob das Glas, schloss die Augen und leerte es zur Hälfte. »Tolles Bier«, meinte er. Dann: »Danke.«

Er nahm seine Brieftasche, stand vom Barhocker auf und ging zur Tür, wo er innehielt und sich noch einmal umdrehte. »Der Rest ist für Sie.«

Die Masse an Indizien in der Wohnung von Terry und Wills war so überwältigend, dass Cuneo und Russell beinahe ihren Ekel vergaßen, der sie beim Eintreffen am Tatort des Grauens ergriffen hatte. Thieu war natürlich dageblieben. Die beiden wussten es zwar noch nicht, aber Gerson war Faros Theorie nicht gefolgt und hatte es abgelehnt, Thieu den Fall zu überlassen. Thieu hatte abermals darauf verzichtet, sich mit dem Lieutenant herumzustreiten. Geduldig wartete er ab, bis auch die anderen beiden Inspectors die Überstellung der Leichen an die Gerichtsmedizin unterzeichnet hatten.

Nachdem die Toten endlich weggebracht worden waren, hatte Thieu sich verabschiedet. Faro und seine Mitarbeiter von der Spurensicherung erläuterten den beiden neuen Inspectors die unzähligen Indizien, die sie sichergestellt und in Plastikbeuteln verpackt hatten. Cuneo und Russell waren ganz bei der Sache; sie fühlten sich voll und ganz bestätigt durch die Ergebnisse der ballistischen Untersuchung, die sie dem Labor endlich hatten abringen können. Dieser Test, der an zwei bemerkenswert unbeschädigten Geschossen durchgeführt worden war, hatte eindeutig ergeben, dass Sam Silverman und Matt Creed durch dieselbe Waffe Kaliber .38 den Tod gefunden hatten.

Mit Genugtuung musterten sie jetzt genau so eine Pistole, eine Smith & Wesson mit abgefeilter Seriennummer, die unter einem Berg Socken in einer Schublade der Schlafzimmerkommode sichergestellt worden war. Zwei leere Geschosshülsen waren in der Kammer zurückgeblieben, in der noch vier Patronen steckten. Außerdem hatte man in derselben Schublade eine Schachel mit Munition Kaliber .38 entdeckt, in der acht Patronen fehlten. Dazu ein Bündel Geldscheine von unterschiedlichem Wert – insgesamt 2440 Dollar. Jede Banknote war in der oberen rechten Ecke mit einem roten Punkt markiert. Sowohl Wade Panos als auch Sadie Silverman, die getrennt voneinander vernommen worden waren, hatten erwähnt, dass Silverman die Geldscheine, die er zur Bank bringen wollte, rot zu kennzeichnen pflegte.

Als sie fast fertig waren – Faro hatte sich verabschiedet, ohne die neuen Inspectors mit seiner Theorie über den Fall zu belasten –, hatte Cuneo eine Idee. Er ging zum Schlafzimmerschrank; die Spurensicherung hatte bereits einen Blick hineingeworfen, nichts Auffälliges gefunden und die Tür wieder geschlossen. Natürlich waren die Kleider, die die beiden Opfer getragen hatten, bereits beschriftet und verpackt, doch Cuneo war in Thieus Bericht über den Tatort im Fall Creed etwas aufgefallen. Er hatte keine Minute gesucht, als er aufhörte, den *Bolero* vor sich hinzusummen. »Lincoln«, sagte er zu seinem Partner gewandt, »besorgst du mir bitte noch einen Beutel? Einen ziemlich großen.«

Ein Paar auffällig großer Schuhe in der Hand, tauchte er wieder auf. Es waren gut gearbeitete, teuer aussehende Mokassins aus hellbraunem geflochtenem Leder mit Bommeln. Die Sohlen waren abgewetzt, und am rechten Absatz sowie am Rand der Schuhsohle befand sich der Rest einer klebrigen, noch nicht vollständig getrockneten Masse. »Wenn es das ist, was ich denke«, meinte Cuneo, »können wir den Fall abhaken.«

Wie sich herausstellte, erübrigte sich eine Analyse der Flüssigkeit. Diesmal mussten die beiden ermittelnden Inspectors gar nicht erst eine E-Mail ans Labor schicken, in der sie baten, jemand möge doch das neue Beweisstück aus dem Justizgebäude abholen. Schließlich besaßen sie die Pistole – die mutmaßliche Mordwaffe –, und da sie die Geschosse aus den vorangegangenen Morden noch nicht in die Asservatenkammer zurückgebracht hatten, trugen sie sie ebenfalls bei sich. Also genehmigten sie sich wieder einen Hamburger bei Dago Mary's, während das Labor die Pistole abfeuerte und das neue Geschoss mit den anderen verglich.

Um eins waren sie wieder im Justizgebäude und führten mit Gerson ein Gespräch in dessen Büro. Zehn Minuten später erschienen sie im Zimmer von Richter Oscar Thomasino, einem ehrfurchtgebietenden Herrscher über den Gerichtssaal. Er hatte in dem Prozess, den er gerade verhandelte, eine Mittagspause anberaumt. In dieser Woche war er der Richter vom Dienst und somit für die Genehmigung von Durchsuchungsbefehlen zuständig. Er neigte bereits dazu, Cuneo und Russell zuzustimmen, denn erst letzte Woche hatte die DNA-Analyse eines Beweisstücks zur Verhaftung eines mutmaßlichen Vergewaltigers und Mörders geführt, das diese zwei Inspectors sichergestellt hatten. Thomasino selbst hatte den Durchsuchungsbefehl für die Wohnung des mutmaßlichen Täters unterzeichnet.

Er erhob sich von seinem Schreibtisch, auf dem sich die Akten türmten, und bat die beiden Männer in die kleine Sitzecke vor dem einzigen Fenster im Raum. »Sie haben offenbar eine ziemlich anstrengende Woche«, stellte er fest.

Russell nickte ernst. Selbstgefälligkeit nützte einem in den seltensten Fällen etwas. »Stimmt, Euer Ehren, wir sind ein paar Schritte weitergekommen.«

»Tja, es ist schon auffallend, dass immer wieder die tüchtigen Polizisten Erfolg haben, nicht wahr?«

»Danke, Euer Ehren.«

»Die Sache scheint wasserdicht zu sein«, fügte Cuneo hinzu. Er überreichte dem Richter den Antrag für den Durchsuchungsbefehl.

Thomasino prüfte das Formular sorgfältig. Auch wenn es sich bei den beiden um fähige Polizisten handelte, durfte man die Entscheidung, die Bürgerrechte eines Menschen zu verletzen, indem man seine Wohnung durchsuchte, nicht auf die leichte Schulter nehmen. Thomasino überlegte sich so etwas deshalb stets sehr genau. Nachdem er zu Ende gelesen hatte, blickte er auf. »Also. Wie genau passt dieser Holiday ins Bild? Ich sehe da noch keinen Zusammenhang.«

Cuneo ergriff das Wort. »Wir glauben, dass er mit den beiden anderen Männern – den Opfern in der Wohnung, in der wir heute Morgen die Pistole gefunden haben – zusammen war, als Silverman überfallen und ermordet wurde. Außerdem haben wir die Bestätigung, dass mit derselben Waffe vor zwei Tagen der Wachmann Matt Creed getötet wurde.«

»Aber die Männer von heute Morgen wurden nicht erschossen?«

»Nein, Sir. Jemand hat ihnen die Kehle durchgeschnitten«, erwiderte Russell.

»Und Sie glauben, dass es Holiday war?«

»Ja, Euer Ehren.« Mit eindringlicher Miene beugte Cuneo sich vor. »Die Übereinstimmung zwischen den Geschossen in den Fällen Silverman und Creed wurde erst heute Morgen festgestellt. Und auf der Grundlage dieser Erkenntnisse hatten wir vor, Terry und Wills zu verhaften.«

»Aber nicht Holiday? Warum ihn nicht?«

Russell rutschte auf seinem Sitz herum. »Er ist Barkeeper und hat gearbeitet, als Creed erschossen wurde. Also gehen wir davon aus, dass die beiden anderen, also Terry und Wills, Creed allein umgelegt haben.

»Vielleicht wusste Holiday ja gar nicht, dass sie planten, ihn zu ermorden«, fügte Cuneo hinzu. »Möglicherweise fand er, dass sie zu schießwütig wurden und ein Risiko darstellten. Und deshalb hat Holiday beschlossen, sie umzulegen.«

»Aber er wusste vermutlich vom Mord an Creed«, ergänzte Russell. »Den hatten sie sicher gemeinsam geplant.«

»Und aus welchem Grund?«, erkundigte sich Thomasino.

Cuneo setzte sich gerade hin und spann den Gedanken seines Partners weiter. »Weil Creed alle drei als die Täter im Fall Silverman identifiziert hatte. Sie hofften wahrscheinlich, dass er seine Aussage noch nicht zu Protokoll gegeben hatte.«

»Und wenn ich und Dan wiederholen, was Creed uns erzählt hat, ist das Hörensagen und würde nicht zugelassen, richtig?«, nahm Russell das Stichwort auf.

Ein Lächeln spielte um die Lippen des Richters. »Die Vorschriften, was Hörensagen betrifft, haben schon klügere Männer als mich aufs Glatteis geführt. Sie sagen, Holiday sei identifiziert worden? Warum ist er dann noch auf freiem Fuß?«

»Die Identifizierung fand im Dunkeln aus einer Entfernung von über fünfzehn Metern statt, Euer Ehren«, entgegnete Russell. »Das war dem Staatsanwalt zu wenig für eine Anklage.«

»Wir brauchten folglich weitere Indizien, die auf seine Mittäterschaft im Mord an Silverman hinweisen«, sagte Cuneo. »Und die haben wir erst heute Morgen bekommen – und zwar jede Menge.«

Thomasino strich sich übers Kinn, zupfte an seinem Ohrläppchen und kratzte sich dann am Nacken. Irgendetwas gefiel ihm noch nicht an der Sache. »Ich sehe, dass Sie viele Beweise gegen diese beiden toten Männer zusammengetragen haben, auch wenn es dazu jetzt ein wenig zu spät ist. Allerdings bin ich immer noch nicht sicher, ob ich wirklich eine Verbindung zu Holiday sehe.«

Cuneo trommelte vor Aufregung auf seine Oberschenkel. »Euer Ehren, er hat die beiden letzte Nacht ermordet. Creed hat ausgesagt, Holiday sei während des Überfalls und des Mordes an Silverman mit ihnen zusammen gewesen. Ich bin hundertprozentig sicher, dass wir in seiner Wohnung verwendbare Beweise finden, damit wir ihn als vierfachen Mörder dingfest machen können. Der Mann muss weg von der Straße.«

»Aber Sie brauchen für einen Durchsuchungsbefehl plausible Gründe. Das wissen Sie genau, meine Herren. Und ich glaube nicht, dass Sie etwas vorweisen können, das diesen Anspruch erfüllt.«

»Euer Ehren« – Russell berührte seinen Partner am Arm, damit er sich beruhigte; betont locker lehnte er sich in seinem Sessel zurück und schlug die Beine übereinander –, »ich habe mit eigenen Ohren gehört, wie Matt Creed die drei Männer, die Mr. Silverman beraubt und ermordet haben, eindeutig als Clint Terry, Randy Wills und John Holiday identifiziert hat.« Er wies auf das Formular in Thomasinos Hand. »Wie aus der eidesstattlichen Versicherung hervorgeht, haben wir in der Wohnung von Wills und Terry Banknoten mit Markierungen gefunden, die klar von Mr. Silverman stammen. Ähnliche Banknoten hoffen wir auch bei Mr. Holiday zu entdecken. Wir sind überzeugt davon, dass die drei unter einer Decke steckten.«

Der Richter kaute auf der Backe und dachte eine Weile schweigend nach. Dann kniff er die Augen zusammen und beugte sich vor. »Inspector Russell, haben Sie mit eigenen Ohren gehört, wie Mr. Creed die Täter identifiziert hat?«

»Ja, Sir.«

»Inspector Cuneo, ich frage Sie dasselbe.«

»Ja, Euer Ehren.«

Thomasino nickte. »Also gut. Vielleicht ist der Antrag auf einen Durchsuchungsbefehl nicht so deutlich formuliert, wie es eigentlich wünschenswert wäre. Ich möchte, dass Sie die Ergänzungen gleich an Ort und Stelle handschriftlich hinzufügen und mit Ihren Initialen abzeichnen. Das genügt mir.« Der Richter beugte sich vor und legte das Formular auf den kleinen Tisch zwischen ihnen. Dann war bis auf das Kratzen des Stiftes nichts mehr im Raum zu hören.

Holiday rief Michelle vom Ark aus zu Hause an. Sie hatte den Auftrag, eine Kritik über ein Restaurant in der Chestnut Street zu schreiben, und sie hatten geplant, gemeinsam dort zu Mittag zu essen. Doch das war jetzt nicht mehr möglich. Er berichtete ihr, Clint habe sich immer noch nicht blicken lassen, weshalb er wohl eine Doppelschicht würde einlegen müssen. Darum könnten sie sich erst spät heute Nacht sehen, nachdem die Kneipe geschlossen war. Da das Zweifamilienhaus, in dem er wohnte, gleich um die Ecke von dem Restaurant lag, bat er sie, kurz bei ihm zu Hause vorbeizuschauen, um ihm ein paar saubere Hemden und frische Unterwäsche zu holen. So würde er sich den langen Fußmarsch oder die Busfahrt nach Hause sparen können und nach der Doppelschicht früher bei ihr sein. Sein letztes Auto hatte er beim Pokern verloren, doch inzwischen festgestellt, dass er eigentlich keinen Wagen brauchte, weil sich sein Leben zum Großteil innerhalb eines relativ kleinen Radius abspielte. Meistens ging er die drei Kilometer zu Fuß zur Arbeit. Dank der vielen Hügel bekam er die Bewegung, die er dringend brauchte.

Nach dem Mittagessen, irgendwann zwischen zwei und drei Uhr, stieg Michelle die Treppe zu Holidays Wohnung hinauf. Er lebte schon seit mehr als fünfzehn Jahren in derselben Obergeschosswohnung in einem Zweifamilienhaus in der

Casa Street in Marina, die er noch zusammen mit Emma gekauft hatte. Drei Jahre lang hatten sie gemeinsam hier gewohnt. In einem Anfall von Vorsorgebedürfnis während Emmas Schwangerschaft hatte das junge Paar tatsächlich eine Hypothekenversicherung abgeschlossen, und so war die Wohnung nun, nach ihrem Tod, abbezahlt. Noch immer hausten Geister darin, weshalb Holiday so wenig Zeit wie möglich dort verbrachte. Dennoch musste er die Wohnung behalten, denn er hätte es sich nie leisten können, auch nur etwas annähernd Gleichwertiges zu mieten. Er besaß die Wohnung nun einmal – ebenso wie die Kneipe.

In dem kleinen Flur am Fuß der Treppe hatten drei Zeitungen gelegen, und Michelle hielt sie jetzt in der Hand, als sie den oberen Treppenabsatz erreichte und feststellte, dass die Tür angelehnt war. Vorsichtig drückte sie ein wenig dagegen, sodass sie sich einen Spaltbreit öffnete. Drinnen hörte sie unverkennbar Geräusche und Männerstimmen.

»Hallo?«, rief sie. »Ist jemand da?«

Die Stimmen verstummten. Schritte näherten sich. Die Tür schwang auf, und ein gut gekleideter, gepflegter Schwarzer stand vor ihr und sah sie finster an. »Kann ich Ihnen helfen?«

»Ist John zu Hause?«, fragte sie. »Wer sind Sie?«

Der Mann zog seine Brieftasche heraus und zeigte ihr seinen Ausweis. Ein zweiter Mann, ein Weißer, erschien hinter ihm im Flur. »Inspector Lincoln Russell. Mein Partner Dan Cuneo. Mordkommission.«

»Mordkommission?« Sie wich einen Schritt zurück. »Ist mit John alles in Ordnung?«

»Sprechen Sie von John Holiday? Ja, soweit wir wissen, schon.«

»Gut, und was tun Sie dann hier?«

»Wir durchsuchen seine Wohnung.« Inspector Russell griff in die Tasche und förderte ein Stück Papier zutage. »Wir haben einen Durchsuchungsbefehl.«

Der andere Mann trat vor. »Da wir gerade dabei sind, uns kennen zu lernen, würde ich gerne einen Ausweis sehen.«

»Von mir?«

»Ja, Ma'am. Wenn es Ihnen nichts ausmacht.«

Michelle erschien es nicht ratsam, diese Bitte abzulehnen, also wühlte sie verdattert in ihrer Tasche und ließ dabei die Zeitungen auf die Fußmatte fallen. Endlich fand sie ihren Führerschein und reichte ihn Russell, der etwas näher bei ihr stand. Dieser warf einen Blick darauf, zeigte ihn seinem Partner und gab ihn ihr zurück. »Gut, Ms. Maier, könnten Sie uns verraten, warum Sie hier sind?«

Michelle überlegte fieberhaft, ehe sie so überzeugend wie möglich erklärte: »Ich habe versucht, John zu erreichen, aber er geht nicht ans Telefon. Also dachte ich, ich komme vorbei und hänge ihm einen Zettel an die Tür. Ich fahre nämlich für ein paar Tage weg, und er passt dann immer auf meine Katzen auf.« Sie wusste, dass sie zu viel redete, aber das war vielleicht gut so. »Er kann hervorragend mit Katzen umgehen und vergisst nie, sie zu füttern. Und da ich schon mal hier war und die Zeitungen unten liegen sah, habe ich sie eben aufgehoben. Da habe ich bemerkt, dass die Tür ein Stück offen stand und dann ... tja, den Rest wissen Sie ja«, beendete sie stammelnd den Satz. »Tut mir Leid, wenn ich Sie gestört habe«, fügte sie hinzu.

Der schwarze Inspector drehte sich zu seinem Partner um und wandte sich dann wieder an sie. »Sie können uns nicht sagen, wo Mr. Holiday ist?«

»Nein, deshalb bin ich ja gekommen, um zu sehen, ob ...« Sie bedachte die beiden mit einem besorgten Blick. »Hat er etwa Schwierigkeiten?«

Cuneo trat einen Schritt vor. »Sie sollten sich vielleicht jemand anderen für Ihre Katzen suchen. Wenn er nach Hause kommt, geben wir ihm die Zeitungen.«

Damit war sie entlassen, sie konnte es kaum fassen. »Also gut.« Sie zwang sich, einen Moment abzuwarten, und hob dann zögernd die Hand, als überlegte sie, ob ein Winken angebracht war. »Tut mir Leid, dass ich Sie unterbrochen habe. Wiedersehen.«

»Also, was ist?«, fragte Gerson. Die drei saßen im Kreis in seinem Büro. Die Tür war geschlossen. »Sie haben ihm seine Kopie des Durchsuchungsbefehls an die Tür geklebt? An die Innenseite?«

»Ja, Sir.«

»Ich möchte nämlich nicht, dass die Sache wegen eines Formfehlers baden geht.«

»Nein, Sir«, erwiderte Cuneo. »Wir auch nicht. Es war eine legale Durchsuchung, streng nach dem Buchstaben des Gesetzes.«

»Und wo war das Zeug? Lag es einfach herum?«

Er meinte damit die drei Tüten, die die Inspectors mitgebracht hatten – ihre Glückssträhne nahm allmählich absurde Ausmaße an. In Holidays Badezimmer hatte Russell in einer Schublade einen alten mattroten Lederbeutel gefunden, der prall mit gemischten Scheinen gefüllt war. 3700 Dollar, wie sich herausstellte. Jede Banknote war mit einem roten Punkt in der oberen rechten Ecke gekennzeichnet. Und als ob das noch nicht genug gewesen wäre, stieß Cuneo, der sich im Schlafzimmer zu schaffen machte, einen Triumphschrei aus. Er war in einem Regal hinten im Wandschrank auf eine Zigarrenkiste gestoßen, die beim Hochnehmen klapperte. Sie enthielt sieben Ringe: fünf Verlobungsringe mit riesigen Diamanten und zwei Herrenringe. Einer der Herrenringe war sehr auffällig und mit einem Stein verziert, bei dem es sich nach Einschätzung der Inspectors um einen funkelnden Saphir handelte. Zwei der Ringe, einschließlich dem mit dem Saphir, waren noch mit Preisschildern versehen, die an weißen Fäden hingen. Auch die Preisschilder trugen rote Punkte: Silverman.

Cuneo nickte. »Wir haben auf der Herfahrt darüber gesprochen«, sagte er. »Wenn ich Zyniker wäre, würde ich nicht glauben, dass alles wie von selbst so gut zusammenpasst.«

»Du bist aber Zyniker, Dan«, meinte sein Partner. Er wandte sich an Gerson. »Die Sachen lagen nicht einfach herum, Sir. Holiday hatte sie versteckt. Nur nicht gut genug.«

»Verstehen Sie mich nicht falsch«, sagte Cuneo. »Ich will mich ja nicht beschweren. Ich freue mich. Ein Ausgleich für die vielen Male, wenn einfach nichts klappt. Vielleicht sollte ich nachher noch Lotto spielen.«

Gerson nickte. »Und Thomasino hatte den Durchsuchungsbefehl unterzeichnet?«

»Ja, Sir«, erwiderte Russell.

»Gut, dann schlage ich vor, dass Sie ihn sofort wieder aufsuchen …«

»Er leitet aber gerade eine Verhandlung«, wandte Cuneo ein.

»Dann unterbrechen Sie Eurer Ehren eben«, gab Gerson zurück. »Er hat gewiss nichts dagegen, das verspreche ich Ihnen. Drucken Sie vorher einen Haftbefehl aus und zeigen Sie ihm, was Sie dank seiner weisen Entscheidung gefunden haben. Damit ist sein Tag sicher gerettet. Wissen Sie, wo Mr. Holiday sich derzeit aufhält?«

»Dan hat von seiner Wohnung aus im Ark angerufen, sobald wir die Sachen gefunden hatten, Sir. Als eine Männerstimme geantwortet hat, haben wir aufgelegt. Er hat sicher keine Ahnung, dass wir solche Fortschritte gemacht haben. Und ganz bestimmt ist er es, der gerade hinter dem Tresen steht; schließlich ist sein Barmann tot. Wir können ihn also in aller Ruhe verhaften.«

»Also gut. Nachdem der Richter den Haftbefehl unterzeichnet hat, fahren Sie gleich hin und holen ihn ab. Brauchen Sie Verstärkung?«

»Wir schaffen das schon, Sir«, erwiderte Cuneo. »Er macht sicher keine Schwierigkeiten.«

Gerson überlegte kurz. »Meinetwegen, aber streng nach Vorschrift.«

»Ganz wie immer, Sir«, entgegnete Russell. »Ganz wie immer.«

»Glitsky, Lohnbuchhaltung.«

Es stieß ihm jedes Mal sauer auf.

»Lieutenant? Hier spricht noch mal Barry Gerson.«

»Ja, Sir.« Ohne Betonung. »Was kann ich für Sie tun?«

»Erstens möchte ich mich dafür entschuldigen, dass ich mich letztens so abweisend verhalten habe. Ich kann es Ihnen nicht verdenken, dass Sie sich für den Fall Silverman interessieren. Schließlich kannte Ihr Vater das Opfer, weshalb Ihre Neugier nur verständlich war. Ich habe überreagiert.«

»Danke. Und was ist zweitens?«

Die barsche Antwort ließ Gerson einen Moment innehalten, doch er erholte sich rasch wieder. »Zweitens dachte ich, dass Sie sich sicher freuen zu erfahren, welche hervorragende Arbeit Cuneo und Russell in den letzten Tagen geleistet haben. Ich glaube, sie haben den Fall Silverman aufgeklärt. Zumindest haben sie einiges herausgefunden, was Sie Ihrem Vater weitergeben können.«

»Ich höre.« Auf einmal klang Glitsky gar nicht mehr gelangweilt.

Gerson schilderte ihm die Beweise, die alle auf Terry, Wills und Holiday als Täter hindeuteten. Die Pistole in Terrys Schublade sei ganz sicher und auch nachweisbar die Tatwaffe bei den Morden an Silverman und Creed gewesen. Außerdem erwähnte er die rot markierten Geldscheine in der Wohnung in der Jones Street wie auch in Holidays Wohnung in Marina. Obwohl das Labor die klebrige Flüssigkeit noch nicht analysiert hatte, berichtete Gerson auch von den in Terrys Wohnung gefundenen Schuhen und ihrem mutmaßlichen Zusammenhang mit dem Mord an Creed. Zu guter Letzt erzählte er noch, dass in Holidays Wandschrank Schmuckstücke aus der Pfandleihe gefunden worden seien. Also war der Fall praktisch gelöst, alles sei wasserdicht.

Nachdem Gerson fertig war, seufzte Glitsky tief auf. »War das alles?«

»Das war es.«

»Und Holiday hat die anderen beiden ermordet? Letzte Nacht?«

»Macht ganz den Eindruck. Eine andere Möglichkeit gibt

es praktisch nicht. Thomasino hat Cuneo und Russell innerhalb von fünf Sekunden einen Haftbefehl ausgestellt. Sie sind gerade losgefahren, um ihn abzuholen.«

Glitsky brauchte ein paar Sekunden, um sich an diese neue Wirklichkeit zu gewöhnen. Die Grundregel während seiner dreißig Jahre bei der Polizei war immer gewesen, dass man die Beweise sprechen lassen sollte, und in diesem Fall schrien sie praktisch. Er hatte völlig falsch gelegen und mit seiner Einmischung die fähigen Kollegen, die in diesem Fall ermittelten, möglicherweise sogar behindert. Vielleicht, so dachte er finster, gehörte er inzwischen wirklich in die Lohnbuchhaltung. Offenbar war er nicht mehr so auf Zack wie früher. Glitsky holte tief Luft und atmete langsam aus. »Dann sollte ich mich auch bei Ihnen entschuldigen, Lieutenant. Wenn Wade Panos Ihre Jungs auf die richtige Fährte gebracht hat, habe ich mich wohl in ihm getäuscht.«

»Das ist schon in Ordnung, Abe.« Glitsky stellte fest, dass er mit dem Vornamen angesprochen wurde, ein Riesenschritt von der anfänglichen Anrede »Lieutenant«. »Sie wollten mir schließlich nur einen Gefallen tun.«

»Das dachte ich wirklich.«

»Ich glaube Ihnen. Diese privaten Wachdienste ... tja, Sie wissen es ja selbst. Manche haben Dreck am Stecken, das können wir mit Gewissheit annehmen. Aber Panos hat uns diesmal wirklich weitergeholfen. Wir hatten Glück, dass er mit uns zusammenarbeiten wollte. Wie dem auch sei, wenn Sie in Zukunft einen Tipp für mich haben, steht meine Tür immer für Sie offen. Sie haben viele Jahre an diesem Schreibtisch verbracht, und ich wäre ein Idiot, wenn ich das nicht ausnützen würde.«

»Danke, Barry, das weiß ich zu schätzen. Aber jetzt ist es Ihr Laden, ich halte mich raus.«

»Meinetwegen. Aber ich kann mich doch an Sie wenden, wenn ich einmal nicht weiterweiß? Abgemacht?«

»Abgemacht.«

Nachdem Glitsky aufgelegt hatte, saß er reglos und mit dem Rücken zum Schreibtisch da und starrte in den sonnigen

Nachmittag hinaus. Er hörte, wie der Wind um die Ecke des Gebäudes pfiff. Ein tiefer Seufzer entfuhr ihm. Trotz der einschmeichelnden Worte senkte sich die bittere Wahrheit über ihn wie ein Leichentuch: In der wirklichen Welt würde er, Glitsky, vermutlich nie wieder einen Fuß in die Mordkommission setzen. Man würde nichts mehr unternehmen müssen, um ihn von dort fern zu halten. Es war vergessen, aus und vorbei.

Eine lange Ära war zu Ende gegangen.

Eine Minute später drehte er seinen Stuhl herum, stand auf und ging in den Druckerraum, um nachzusehen, wie seine Mitarbeiter mit den Gehaltsschecks vorankamen. Morgen waren sie fällig. Das hatte jetzt oberste Priorität: Er musste dafür sorgen, dass die Schecks rechtzeitig fertig wurden.

15

Es war Nachmittag, und im Ark war nicht viel los, als Holiday Michelles panischen Anruf erhielt. Er hatte nur einen einzigen Gast – einen Mittfünfziger namens Wayne, der mit seiner Computerfirma Pleite gegangen war –, den er kurzerhand hinausscheuchte, indem er Unwohlsein vorspielte. Nachdem er die Tür hinter Wayne geschlossen hatte, nahm er sämtliches Geld aus der Kasse und ging ins Hinterzimmer, wo er die untere linke Schreibtischschublade öffnete. Diese enthielt eine Walther PPK .380 Automatik, eingewickelt in ein altes T-Shirt, und eine zu einem Viertel volle Schachtel mit Munition, die mindestens sechs Jahre alt war – vielleicht sogar noch älter. Holiday hatte die Pistole gekauft, als er vor fünfzehn Jahren seine Apotheke eröffnet hatte. Er konnte sich nicht erinnern, wann er zuletzt auf dem Schießstand gewesen war oder Patronen besorgt hatte. In all den Jahren, die er nun im Geschäft war, hatte sich nie die Notwendigkeit ergeben, die Waffe aus ihrem Versteck zu holen, nicht einmal, um jemandem damit zu drohen.

Nun jedoch war er felsenfest davon überzeugt, einen Grund dafür zu haben. Er lud die Kammer, entsicherte die Waffe, steckte sie in den Gürtel und verstaute die Munition in der Tasche seines dreiviertellangen Ledermantels. Dann schlich er sich zur Hintertür des Ark hinaus, schloss zweimal ab und setzte sich in Bewegung. Eine Stunde später war er bei Michelle.

Nun saßen sie schon seit über einer Stunde in der Wohnung. Als Michelle zufällig die Pistole bemerkte, stellte sich heraus, dass sie keine Freundin von Schusswaffen war. In ihrem Elternhaus hatte es nie Waffen gegeben, und sie würde auch jetzt keine dulden. Eigentlich hatte sie John nur vor der Polizei warnen wollen. Doch sie hatte nie über die Folgen nachgedacht oder darüber, wer dieser Mann, mit dem sie sich traf, wirklich war.

Als er mit einer geladenen Waffe bei ihr erschien, bekam sie es mit der Angst zu tun. Sie hatte das Gefühl, dass er ihr etwas vorgemacht hatte.

Sie sagte ihm klipp und klar, dass sie die Waffe nicht in der Wohnung haben wolle. Falls er sich dennoch für die Pistole entschied, müsse er gehen. Schließlich jedoch ließ sie sich widerstrebend auf einen faulen Kompromiss ein: Er würde die Pistole entladen und Waffe und Munition in eine Schlafzimmerschublade legen, sodass sie ihren Anblick nicht länger ertragen musste. Nicht etwa, weil sie es wirklich wollte, sondern weil ein Teil von ihr sich plötzlich ein wenig vor ihm fürchtete.

Anfangs hatte sie sich von ihm angezogen gefühlt – und daran hatte sich auch nichts geändert. Hatte sie ganz einfach die Augen davor verschlossen, dass er vielleicht nicht der Mann war, für den er sich ausgab? Nun musste sie sich damit auseinander setzen, dass sie es womöglich mit einem wirklichen Verbrecher zu tun hatte: die heruntergekommene Kneipe, die unstete Lebensführung, Freunde mit Vorstrafenregister, der starke Alkoholkonsum und eine frühere Verhaftung wegen einer Drogensache. Diese zweifelhaften Fakten hatte er mit einer leichtfertigen Geste abgetan oder wortreich darum herumgeredet. Sie hatte ihm so gern glauben wollen. Das Knistern zwischen ihnen war einfach stärker gewesen.

Natürlich hatte er auch seine sensiblen Seiten. Offenbar hatte er nach dem Tod seiner Frau und seines Kindes großen Schmerz und Einsamkeit erlitten. Er war hochintelligent, witzig, ein wundervoller Liebhaber. Sie hatte sich eingeredet, dass er sich eben entschieden hatte, seine gutmütige Art vor der

Welt geheim zu halten, da die Leute sie sonst nur ausnützen würden. Da Michelle mit ihrem Aussehen ebenso verfuhr, konnte sie dieses Verhalten, das ja nur der Selbstverteidigung diente, gut nachvollziehen.

Nun jedoch hatte John eine geladene Waffe in ihre Privatsphäre mitgebracht, die ihr heilig war. Die Mordkommission hatte seine Wohnung durchsucht. *Wie hatte sie nur so blind sein können*?

Und jetzt hatte sie ihm nicht nur bei der Flucht geholfen, sondern gewährte ihm auch noch Unterschlupf.

Nachdem er die Waffe weggeräumt hatte, stellte er sich neben sie. Sie hielt mit den Fingern die Lamellen der Jalousie auseinander und spähte auf die Straße hinab. Als er von hinten die Arme um sie legte, spürte er, wie sie sich versteifte. »Was ist?«

Sie ließ die Jalousie los und befreite sich aus seiner Umarmung. Dann wich sie einen Schritt zurück und drehte sich zu ihm um. »Ach, nichts, John. Was soll schon los sein?«

Er strich seine Schnurrbartenden glatt. »Ich habe die Pistole doch weggelegt, Michelle. Genau wie du mich gebeten hast.«

Sie verschränkte die Arme. »Wo warst du Freitagnacht?«

Er neigte den Kopf zur Seite. »Was ist denn mit Freitagnacht?«

»Das war die Nacht nach dem Donnerstag vor einer Woche, als du mich einfach stehen gelassen hast. Ich weiß, dass du genau weißt, wovon ich spreche. Chinatown. Wo warst du?«

»Keine Ahnung. Zu Hause vermutlich.« Er bemühte sich um einen beiläufigen Tonfall. »Ich fasse es nicht, wie viele Leute sich dafür interessieren, was ich letzte Woche an jedem einzelnen Abend getrieben habe. Vielleicht sollte ich mir einen Kalender drucken lassen und ihn verteilen.«

»Vielleicht solltest du mir besser antworten.«

»Das habe ich doch gerade getan, oder nicht? Ich war zu Hause.«

»Am Freitagabend?«

Er schien die vergangenen Tage im Geiste zurückzuverfolgen. »Ja. Tagsüber habe ich gearbeitet, dann an Clint übergeben, und anschließend bin ich zu Little Joe's essen gegangen. Danach bin ich nach Hause, habe ferngesehen und bin irgendwann eingeschlafen.«

»Das ist aber komisch«, meinte sie.

»Was ist komisch?«

»Als ich heute dort war und die Polizei angetroffen habe, habe ich die Zeitungen unten auf der Treppe aufgehoben. Es waren drei: Freitag, Samstag und Sonntag.«

»Michelle ...«

Sie unterbrach ihn mit einer Handbewegung. »Vergiss es. Fang gar nicht erst an. Ich mache jetzt einen Spaziergang. Wenn ich zurückkomme, sind du und deine Pistole verschwunden.«

Gina Roake hatte einundzwanzig ihrer achtundvierzig Lebensjahre als Verteidigerin verbracht. Nach ihrem Examen an der King Law School der UC Davis hatte sie die Zulassungsprüfung bestanden und mit fünfundzwanzig ihre erste Stelle bei der Staatsanwaltschaft von San Francisco angetreten. Da sie von Natur aus dazu neigte, Partei für die Unterdrückten, Armen, Unglücklichen und vom Pech Verfolgten zu ergreifen, hatte sie zwei Jahre später auf die Verteidigerseite gewechselt. Und wenn ihr der Erfolg häufig versagt blieb, lag das zum Teil auch daran, dass man als Verteidiger meist ohnehin zum Scheitern verurteilt war. (In vielen Fällen war es schon ein Grund zum Jubeln, wenn man ein Schuldbekenntnis in einer minderschweren Straftat beziehungsweise acht Jahre Knast anstelle von zwölf erwirken konnte.) Nachdem Gina dreizehn Jahre lang für andere Anwälte gearbeitet hatte, hatte sie schließlich ihre eigene, nunmehr florierende Kanzlei eröffnet, die sich ausschließlich mit Strafrecht beschäftigte.

Im Gegensatz zu Lennard Faro, der sich in dem Glauben wiegte, schon alles gesehen zu haben, kannte Gina Roake das Leben wirklich. Die Palette der Mandanten, die sie verteidigt – und, soweit möglich, auch als Menschen kennen gelernt – hatte, reichte von den Tiefen der Gesellschaft bis in die gehobenen Bildungsschichten hinein: wohlhabende Geschäftsleute und Hausfrauen aus der Vorstadt, die zu Mördern geworden waren; Kinder, die ihre Eltern umbrachten; Süchtige, die alle erdenklichen Drogen konsumierten; Sexualverbrecher – vom harmlosen Sonderling bis zum krankhaft Perversen; Diebe, Vergewaltiger, Betrüger, Taschendiebe, Ladendiebe (viele Ladendiebe!), Kleinkriminelle, Bandenmitglieder, Straßenräuber und eine Million betrunkener Autofahrer. Nichts konnte sie mehr überraschen. Der Mensch war beileibe nicht vollkommen, und dennoch hatte er es verdient, dass man ihn verteidigte.

Ihr Beruf und ihre Berufung, zwischen denen sie stets das Gleichgewicht halten musste, bestanden darin, den Gestrauchelten die beste Verteidigung zukommen zu lassen. Jeder von ihnen hatte sein Päckchen zu tragen; bei manchen waren es sogar mehrere, angefangen von bitterer Armut bis hin zu sexuellem Missbrauch, unsichtbaren Narben auf der Seele. Diese Dämonen forderten ihr Recht und zwangen ihre Opfer, Verbrechen gegen sich selbst und gegen die Gesellschaft zu begehen, die sie geschädigt und verletzt hatte. Gina hatte schon immer die Auffassung vertreten, dass Verbrechen angemessen bestraft werden mussten. Die Verbrecher selbst hingegen, die Menschen also, die diese Taten begangen hatten, sollte man gnädig behandeln und versuchen zu verstehen, was sie zu ihrer Tat veranlasst hatte.

Deshalb fühlte sie sich jetzt so verunsichert – war sich selbst fremd. Neben der Trauer, an die sie sich noch nicht annähernd gewöhnen konnte, wuchs ihr Bedürfnis, sich an denen zu rächen, die David – *David!* – das angetan hatten, und sie hatte das Gefühl, den Verstand zu verlieren. »Wenn ich die Typen kennen würde, Dismas, ich schwöre bei Gott, wenn sie jetzt vor mir sitzen würden, würde ich sie eigenhändig totschlagen. Und zwar mit Vergnügen.«

Hardy hatte sich mal wieder nicht konzentrieren können und etwas früher Feierabend gemacht. Am Zeige- und am Ringfinger der linken Hand trug er einen geschienten Verband.

Die anderen Finger hatte er auf dem Krankenhaustisch, an dem sie saßen, verschränkt. Vor ihnen standen unberührte Kaffeetassen. »Ich würde sagen, das ist ganz natürlich, Gina.«

»Nicht in meinem Fall; genau darauf will ich ja hinaus. Es ist das absolute Gegenteil von allem, woran ich je geglaubt habe. Aber ich würde die Schweine tatsächlich umbringen.«

»Das bezweifle ich.«

»Du würdest dich wundern.« Sie fuhr sich mit den Handflächen über die Wangen. »O Gott, was sage ich da? Ich drehe allmählich durch, Dismas. Wirklich. Was soll ich nur tun?«

»Hast du überhaupt geschlafen?«

Ihr mattes Auflachen ging in ein klägliches Hüsteln über. »Tut mir Leid«, meinte sie, als sie wieder Luft bekam. »Nein. Das mit dem Schlafen klappt nicht so recht. Bei dir ist es offenbar ähnlich.«

Hardy wollte Gina nicht mit seinen eigenen Problemen, seiner Wut und seinen Ängsten belasten. Also zwang er sich zu einem Lächeln. »Bei mir ging es gestern Abend ziemlich rund. Ärger mit dem Auto. Hast du David schon gesehen?«

Sie nickte. »Inzwischen lassen sie mich rein, so oft es geht. Ein oder zwei Stunden. Ich rede mir ein, dass er meine Hand drückt, aber ...« Niedergeschlagen schüttelte sie den Kopf und biss sich auf die Lippe. Dann fügte sie hinzu: »Seine Nierenfunktion lässt anscheinend nach.«

»Ist das schlimm?«

»Es gehört zu den Werten, die sie kontrollieren. Wenn die Nieren völlig versagen, wäre das natürlich eine Katastrophe.« Gina schloss die Augen und seufzte tief auf. »Ich versuche, mich innerlich darauf vorzubereiten. Ich fühle mich nur so ... hilflos, und ich bin so gottverdammt wütend. Wenn ich bei ihm sitze, flehe ich ihn an und rede auf ihn ein, als ob er mich hören könnte, als ob ...« Sie verstummte und blickte Dismas an. »Doch das brauche ich dir nicht zu erzählen. Du kennst das selbst.«

Er legte die Hand auf ihre. »Du bist ein großes Mädchen, also muss ich dir keine Vorträge halten. Aber wenn du ein bisschen schläfst, geht es dir sicher bald besser. Insbesondere, solange du hier sowieso nichts tun kannst.«

»Ich habe Angst, nicht hier zu sein, wenn er tatsächlich aufwacht.«

»Das wird er überstehen. Vielleicht bemerkt er es gar nicht. Ach, Quatsch, vergiss es, David, dem entgeht nichts.« Er zuckte die Achseln. »Trotzdem ...«

»Du hast vermutlich Recht. Ach, Sergeant Blanca war kurz hier. Er sagte, er hätte mit dir geredet. Aber er wusste noch nicht viel.«

»Bis vor einer halben Stunde hat sich daran nichts geändert.«

Schweigen entstand. Dann meinte Gina: »Und die Polizei wird auch nichts finden, richtig? Ich frage mich, ob es jemand war, den ich rausgepaukt habe. Ob so ein Schwein wieder frei herumläuft, weil ich so eine tolle Staranwältin bin. Wäre das nicht ein Witz?«

Hardy drückte ihre Hand. »Zerbrich dir nicht den Kopf darüber.«

»Ich weiß nicht mehr aus noch ein.«

Hardy fand, dass sie sich nun lange genug kannten und er Gina getrost ein wenig drängen durfte. »Gina, tut mir Leid, wenn ich wie eine hängen gebliebene Schallplatte klinge, aber was hältst du davon, nach Hause zu fahren und ins Bett zu gehen? Hinterlass den Schwestern deine Nummer. Sie werden dich anrufen, wenn sich etwas verändert. Du tust niemandem einen Gefallen.«

»Ich will sie trotzdem umbringen«, sagte sie, und ihre Bemerkung wirkte gar nicht so zusammenhanglos. Es war, als hätten sie die ganze Zeit lang über nichts anderes geredet.

»Ich verstehe dich«, erwiderte Dismas leise. »Und wenn es dich tröstet: Mir geht es genauso.«

Als Michelle feststellte, dass John nicht gegangen war, verharrte sie auf der Türschwelle. Sollte sie einfach umkehren und ihm mehr Zeit geben oder losziehen und selbst die Polizei verständigen? Doch ihre Unschlüssigkeit gab ihm Zeit für eine Erklärung.

Neben ihm dröhnte der Fernseher. Er stand im Mantel davor. Sie nahm an, dass er die Waffe wieder eingesteckt hatte.

»Tut mir Leid, ich habe dich nicht so bald zurückerwartet.« Zögernd machte John einen Schritt vorwärts und blieb dann stehen. »Pass auf, das alles tut mir schrecklich Leid. Ich wollte dich nicht anlügen. Ich habe nun mal die schlechte Angewohnheit ... Ach, egal, das spielt jetzt keine Rolle mehr. Ich verschwinde gleich. Ich wollte nur noch die Nachrichten sehen, um vielleicht zu erfahren, womit ich rechnen muss.«

Immer noch in Tarnuniform – einschließlich Mütze und Stiefeln – kam sie näher, als die Nachrichten begannen, und ließ sich auf der Bettkante nieder.

Da es sich um ein grausiges Verbrechen handelte, das in dieser Stadt geschehen war, brauchten sie nicht lange zu warten. Der attraktive Nachrichtensprecher mit der ernsten Miene war in seiner Einleitung noch keine zwanzig Worte weit gekommen, als John einen Satz nach vorn machte, um den Ton lauter zu stellen. »... die schauerlichen Morde im Tenderloin. Die Opfer wurden als Clint Terry und Randy Wills identifiziert. Terry, Barkeeper in einer Kneipe in der Innenstadt, war ein ehemaliger Footballstar mit ...«

»O mein Gott.« John ließ sich im Schneidersitz auf den Boden sinken. Während der Nachrichtensprecher weitere Einzelheiten meldete, stützte er den Kopf in die Hände und wiegte den Körper hin und her.

Der Bericht im Fernsehen ging weiter; es folgte ein Überblick über die damit zusammenhängenden Morde und darauf ein reißerisch aufgemachter Kurzfilm, der zeigte, wie die Spurensicherung angeblich »sehr wichtige Beweisstücke« am Tatort sicherstellte. Zum Abschluss hieß es, der Hauptverdächtige in diesem Fall, wie auch in den Mordfällen Sam Silverman und Matthew Creed von vergangener Woche, sei ein gewisser John Holiday.

Als sein Name fiel, blickte John endlich wieder auf. Sein vier Jahre altes Erkennungsdienst-Foto füllte den Bildschirm, und der Nachrichtensprecher endete mit den Worten, Holiday sei bewaffnet und gefährlich. Als die nächste Meldung begann, ging Michelle zum Fernseher, griff nach der Fernbedienung, die darauf lag, und schaltete das Gerät ab.

Den Kopf in die Hände gestützt, schaukelte John immer noch hin und her, auf und ab.

»John?« Sie berührte ihn an der Schulter. »John, ist alles in Ordnung?«

Als er den Kopf hob, war sie nicht sicher, ob er sie überhaupt wahrnahm. Seine Augen funkelten panisch, und seine Stimme war plötzlich ein raues, heiseres Flüstern, als er endlich das Wort ergriff. »Ich fasse es nicht, dass Clint und Randy tot sind. Sie können doch nicht einfach tot sein.«

Sie setzte sich ihm gegenüber auf den Boden, berührte ihn am Knie und ließ die Hand dort liegen.

Als die Sonne allmählich unterging, stahlen sich ein paar Strahlen durch die Jalousien und strichen die Wand über ihrem Bett hinauf. Irgendwo in der Nähe bellte ein Hund, ein anderer antwortete, dann verstummten beide.

Nach einer Weile räusperte Holiday sich zweimal und begann in ruhigem, sachlichem Ton, ohne sie anzusehen: »Das läuft bei mir immer so. Ich finde jemanden wie dich und tue dann alles, um es zu vermasseln, belüge dich oder mache sonst etwas, das du mir nicht verzeihen kannst …«

»Sei still«, sagte sie. »Sei einfach still. Ich verstehe schon. Oder glaubst du mir nicht, dass ich es kapiere? Ich weiß genau, was du tust und wie es immer bei dir läuft. Und willst du hören, warum? Weil es bei mir genauso ist. Auf diese Art und Weise behält man die Dinge im Griff, richtig? Man sorgt dafür, dass die Menschen, die man liebt, einen hassen lernen, sobald sie einem zu nahe kommen. Also habe ich jetzt folgende Frage an dich: Was wirst du tun? Damit meine ich, was dich und mich betrifft.«

»Du hast doch gesagt, ich soll verschwinden.«

»Richtig. Und du bist nicht gegangen, obwohl du fast eine Stunde Zeit hattest. Was bedeutet das für uns? Bedeutet es überhaupt etwas? Oder hattest du einfach nur Angst, rauszugehen, wegen ... wegen dieser Sache da? Und sag mir jetzt nicht, du hättest dir unbedingt die Fernsehnachrichten ansehen wollen.«

»Nein.«

»Was war es dann? Wenn du vorhast, weiter hier rumzuhängen, noch ein paar Streitereien vom Zaun zu brechen und dann abzuhauen, damit ich dich hasse, möchte ich dir die Mühe ersparen. Du kannst auch sofort gehen, ich wäre dir nicht böse. Denn wenn du es wieder tust, werde ich dich ganz sicher hassen. Das schwöre ich dir.« Sie stand auf, kehrte zum Fenster zurück und spähte wieder durch die Jalousien. Dann drehte sie sich zu ihm um. »Du hast keinen dieser Männer getötet, richtig?«

»Nein, ich habe noch nie jemanden umgebracht.«

»Weißt du, wer es war?«

Er nickte ernst. »Dieselben Leute, die die so genannten Beweismittel in meiner Wohnung versteckt haben.« Er sah sie an. »Ich begreife das nicht, Michelle. Meine letzte Information war, dass die Polizei Clint Fragen über Mr. Silverman gestellt hat. Und jetzt sind sie beide tot.«

Sie ging im Zimmer auf und ab und blieb am Bett stehen. »Dieser Anwalt, der dich beim letzten Mal verteidigt hat ...« Plötzlich hob sie die Hände. »Mein Gott, was rede ich da? Anwälte, Mörder und gefälschte Beweise. Mit so etwas will ich nichts zu tun haben, John, wirklich nicht.«

Er stand auf und kam auf sie zu. »Ich hätte mir auch etwas anderes gewünscht, aber ich kann nichts dafür. Am liebsten würde ich mich gar nicht damit beschäftigen. Und ich habe keine Ahnung, was passiert ist. Wenn dieser Albtraum je zu Ende ist, werde ich vielleicht einiges verändern.«

»Vielleicht. Einiges. Spitze.«

»Schon gut, streich das ›vielleicht‹. Bestimmt. Und eine ganze Menge. Aber zuerst muss ich mich mit dieser Sache befassen, findest du nicht? Was wolltest du gerade über meinen Anwalt wissen?«

»Ihr seid doch immer noch befreundet?«

»Wo bist du jetzt, John?«

»Bei einer Freundin. Ich habe das Ark abgeschlossen, und nach Hause gehe ich ganz bestimmt nicht.«

»Endlich benimmst du dich mal wie ein intelligenter Mensch. Und was kann ich für dich tun?«

»Keine Ahnung. Mit jemandem reden. Was immer du für angebracht hältst. Ich war es nicht, Diz, ich habe niemanden umgebracht. Ich habe Clint sehr gern gehabt. Mit Sam und Matt bin ich immer gut ausgekommen. Keine Ahnung, wie die Beweismittel in meine Wohnung geraten sind. Die ganze Sache ist einfach absurd.«

»Mit der Strategie, dass es zu absurd ist, um wahr zu sein, hatte ich bis jetzt noch nie Glück, John.« Hardy seufzte. »Also gut. Du hast gesagt, gegen dich sei ein Haftbefehl ergangen?«

»So hieß es wenigstens in den Nachrichten. Du kannst dich ja noch mal erkundigen.«

»Das werde ich. Aber ich möchte, dass du dir in der Zwischenzeit über etwas Gedanken machst. Falls gegen dich wirklich ein Haftbefehl besteht, kann ich dir als dein Anwalt nur raten, dich zu stellen. Anderenfalls darf ich nichts mehr mit dir zu tun haben.«

»Weshalb sollte ich mich denn stellen?«

»Dreimal darfst du raten, John.«

»Aber wenn ich es doch nicht war.«

»Schon gut.«

»Glaubst du mir nicht?«

»Das ist hier nicht die Frage. Wenn gegen dich bereits Haftbefehl ergangen ist, kann ich nichts anderes tun, als dafür zu sorgen, dass du dich stellst.«

»Das war als Anwalt gesprochen, Diz. Und was sagst du als Freund?«

»Ich fürchte, das ist ein und dieselbe Person, John. Pass auf, wenn du meinen Rat jetzt nicht annehmen willst, könnten wir beide es ja erst einmal überschlafen. Du denkst darüber nach, ich denke darüber nach. Vielleicht fällt einem von uns ja etwas ein.«

»Was hältst du von jetzt?«

»Was ist mit jetzt?«

»Ich komme sofort zu dir, und wir lassen uns etwas einfallen.«

»Wenn ich in diesem Fall nicht die Polizei verständige, würde ich einem flüchtigen Verbrecher Unterschlupf gewähren und meine Zulassung verlieren. Du bist für mich wie ein kleiner Bruder, das weißt du, aber es würde dir auch nichts nützen, wenn man mich aus der Anwaltskammer ausschließt.« Er hielt inne. »Hör zu, warum rufst du mich nicht morgen früh in der Kanzlei an? Vielleicht hat sich bis dahin ja etwas Neues ergeben. Ich spreche mit dem Staatsanwalt und stelle fest, was die gegen dich in der Hand haben. Du sagst, niemand weiß, wo du bist? Ich nehme an, dass du es einigermaßen bequem hast. Also halt den Ball flach.«

»Diz ... eigentlich hatte ich mir ja etwas anderes erhofft.«

»Was soll ich dazu sagen, John? Mehr kann ich nicht für dich tun.«

Nat Glitsky hatte zu Hause in den Nachrichten von den grausigen Morden im Tenderloin und dem Haftbefehl, der im Fall Sam Silverman ergangen war, erfahren. Nun saß er bei seinem Sohn am Küchentisch. Sie tranken Tee und aßen zum Nachtisch Abes Makronen. Zum ersten Mal seit Rachels Geburt hatten die Hardys zum Abschluss ihres gemeinsamen Abends nicht vorbeigeschaut, weshalb noch ein ganzer Teller voll übrig war.

Nat tunkte ein Plätzchen in den Tee und steckte das aufgeweichte Gebäckstück seiner Enkelin in den Mund. »Deine Tochter liebt diese Plätzchen«, stellte er fest.

»Alle lieben sie.« Treya stand hinter Abes Stuhl und legte ihm die Hände auf die Schultern. »Dismas findet, Abe sollte eine Plätzchenbäckerei eröffnen. Abes Mannamakronen.«

»Was für ein Name«, meinte Nat. »Der Name ist immer wichtig. Dieser Dismas ist gar nicht so dumm.«

Das gefiel Abe. »Ich werde es ihm von dir ausrichten. Er hat eine Schwäche für Komplimente. ›Gar nicht so dumm‹ – damit müsste der Rest der Woche eigentlich für ihn gerettet sein.«

Nat hielt Rachel noch einmal ein Stück Makrone an die Lippen und steckte es sich schließlich selbst in den Mund. Die Kleine streckte ihr Händchen aus und verzog erschrocken das Gesicht. Doch schon eine Sekunde später lächelte sie wieder, denn in Nats Hand war ein neues Plätzchen erschienen. Er ließ sie danach greifen, und sie spielten eine Weile Tauziehen, bevor er den Keks freigab. Rachel lachte überglücklich auf und stopfte ihre Beute in den Mund. »So ein braves Mädchen«, meinte Nat. »Ihr steht eine wunderbare Zukunft bevor. Eines Tages ist sie Inhaberin von Abrahams Mannamakronen.«

»Abes«, verbesserte Treya. »Nicht Abrahams.«

»Das ist kürzer«, ergänzte Abe. »Griffiger. Vielleicht gehe ich doch noch in die Bäckerbranche.« Treya, die inzwischen hinter Rachel stand, sah ihn an. Er erwiderte ihren Blick. »Das Bäckerhandwerk ist ein ehrenwerter Beruf. Bäcker backen vermutlich schon länger als Polizisten ...«

»... polizieren?« Treya lächelte ironisch. »Da wird kaum ein Unterschied sein. Vielleicht ein paar Monate länger.«

»Zwei Monate können eine lange Zeit sein, wenn man Daumenschrauben trägt.«

Nat sprang von seinem Stuhl hoch und beugte sich über den Tisch. »Er redet von Daumenschrauben. Im Plural. Und dabei sehe ich nicht einmal *eine*.« Er setzte sich wieder, als hätte er etwas bewiesen. »Und hat man bei der Mordkommission trotz des Gejammers und Gestöhnes sofort angerufen, nachdem sie wussten, wer Sams Mörder ist?«

»Ich glaube, es war ein gewisser Lieutenant Glitsky«, erwiderte Treya. »Der Paria aus der Bryant Street.«

»Das war reine Höflichkeit.«

»Höflichkeit, sagt er.« Nat schnaubte verächtlich.

»Ja, sagt er.« Treya warf ihrem Schwiegervater einen verschwörerischen Blick zu, dann setzte sie sich an den Tisch. »Und da ein Mordfall das Interessanteste und Wichtigste auf dieser Welt und deshalb auch das Einzige ist, worüber es sich zu reden lohnt, ist mir gerade eingefallen, dass Dismas und Frannie vermutlich aus diesem Grund gestern Abend nicht hier waren. Er ist doch immer noch John Holidays Anwalt, richtig?«

Abe nickte. »Ich glaube schon.«

Nat schien seinen Ohren nicht zu trauen. »Moment mal. Was höre ich da? Der Mann, der Sam umgebracht hat, ist ein Mandant von Dismas?«

»Das war er zumindest«, entgegnete Abe. »Und ich wette, er ist es immer noch.«

»Wird er versuchen, ihn freizukriegen?«

»Soweit ich weiß, ist Holiday noch gar nicht verhaftet worden, Dad. Aber wenn es dazu kommt, ja. Das ist Diz' Job.«

Bedrückt ließ sein Vater diese Information auf sich wirken. »Er würde einen vierfachen Mörder verteidigen? Hast du gesehen, was diese Bestie mit den Opfern angestellt hat?«

Abe schüttelte den Kopf. »Nein, ich weiß nur, dass sie umgebracht wurden.«

»Umgebracht wäre noch eine Gnade gewesen«, erwiderte Nat.

Er schilderte seinem Sohn einige Einzelheiten, die er aufgeschnappt hatte. Als er fertig war, verzog Treya angewidert das Gesicht. »Und Holiday wird wegen all dieser Morde gesucht?«

Abe hörte etwas aus ihrem Tonfall heraus, das er nicht hier und jetzt weiterverfolgen wollte. Allerdings hatten er und Treya John Holiday einige Male bei den Hardys getroffen, und der Mann hatte einen sympathischen Eindruck auf ihn gemacht. Auch Treya hatte ihn sehr nett gefunden. Und Glitsky hatte großes Vertrauen in die Menschenkenntnis seiner Frau. Er hatte genug Morde und Täter gesehen, um zu wissen, dass fast jeder – unter gewissen Umständen – zu einem Verbrechen fähig war. Allerdings hatte er keine Anzeichen dafür bemerkt, dass Holiday Drogen nahm – oft ein Grund für grausige, sinnlose Gewalttaten –, und auch von Hardy nichts dergleichen gehört. Falls Holiday in Silvermans Laden eingebrochen und dabei gestört worden war und falls Creed ihn in die Sackgasse verfolgt hatte, dann vielleicht …

Aber die Szene mit Terry und Wills, die sein Vater ihm gerade geschildert hatte?

»Was ist?«, fragte Nat, der den Blick zwischen Abe und Treya bemerkte hatte.

Abe zögerte. »Nichts«, antwortete er dann.

16

Rebecca saß vor ihrem Teller mit Rührei, das ihr Vater für sie gebraten hatte. Auch für Frannie und Vincent stand je ein Teller davon bereit, aber die beiden erschienen wie immer erst zehn Minuten nach Rebecca am Frühstückstisch. Bis dahin waren alle warmen Speisen meist kalt geworden – kaltes Rührei stellte in Hardys Augen eine Beleidigung der Natur dar –, was seine Frau und seinen Sohn aber nicht weiter zu stören schien.

Seine Tochter aß den ersten Bissen und sagte dann: »Mmmmmm!« Dann sah sie sich um. Ihr entging nichts, und es war nicht leicht, sie zu täuschen. »Wo ist die Zeitung?«, fragte sie ihren Vater.

Dieser nahm lässig einen Schluck Kaffee. »Ich weiß nicht.«

Sie legte die Gabel weg. »Was steht drin?«

»Was meinst du mit ›Was steht drin?‹?«

»In der Zeitung.«

»Ich habe doch gerade gesagt, dass ich nicht weiß, wo sie ist.«

Sie seufzte dramatisch auf. »Ha, ha, ha.«

»Ha, ha, ha«, wiederholte er, in dem Versuch, den Teenagertonfall nachzuahmen.

»Tu nicht, als wärst du nicht auf die Veranda gegangen, um sie zu holen, wie du es jeden Morgen machst. Geht es um einen deiner Mandanten?«

Nun war Dismas mit dem Seufzen an der Reihe. Er und Frannie hatten das Thema im Rahmen ihres Gesprächs über die zerschmetterte Windschutzscheibe erörtert und beschlossen, dass es besser für die Kinder sei, wenn er zuerst ein paar Fakten über die Verbrechen, die John Holiday zur Last gelegt wurden, sammelte, bevor er den beiden alles erklärte. Holiday war nicht gerade – anders als Abe – ein Onkel für sie, doch John war schon ein paar Mal bei den Hardys gewesen, und die Kinder hatten ihn sehr sympathisch gefunden, wenn auch aus verschiedenen Gründen. Rebecca gegenüber legte John eine offene und ritterliche Art an den Tag, die ihr in ihrer Eitelkeit schmeichelte, und Vincent behandelte er wie einen Erwachsenen, nicht wie einen kleinen Jungen. Auch war John mit ihm und Vincent zu Spielen der 49er und der Giants gegangen.

Seit die Kinder älter waren, waren sie – wie Dismas – süchtig nach dem allmorgendlichen *Chronicle*. Insbesondere Rebecca liebte die letzte Seite des Szeneteils mit den Kolumnen und den neuesten Nachrichten aus dem Jetset. Vincent trat eher in die Fußstapfen seines Vaters und las jeden Morgen Jeff Elliots »Stadtgespräch«. Doch am liebsten war ihm der Donnerstag, wenn McHugh und Stienstra abwechselnd über ihre Abenteuer in der freien Natur schrieben. Hardy und Frannie hatten dieses Interesse ihrer Kinder von den Anfängen mit der Comicseite an gefördert. Es war wichtig, über die neuesten Entwicklungen, die Gedanken seiner Mitmenschen und die Ereignisse auf der Welt informiert zu sein, denn schließlich lebte man nicht in einem Vakuum.

Doch hin und wieder hatte das auch seine Nachteile, zum Beispiel, wenn ein Mandant und Freund zufällig der Hauptverdächtige in vier Mordfällen war, von denen zwei die Züge unbeschreiblicher Grausamkeit trugen.

»Wer ist es denn?«, fragte Rebecca.

Hardy warf einen Blick zur Decke und sah sie dann an. »John Holiday.«

»Unmöglich!«

»Ich fürchte, doch.«

»Nicht John. Das kann nicht sein, Dad. Was soll er denn getan haben?«

Sie würde es ohnehin herausfinden. »Er soll angeblich mehrere Menschen umgebracht haben.«

»So einen Blödsinn habe ich ja noch nie gehört. John würde nie jemanden umbringen. Das *könnte* er gar nicht.«

»Ich glaube auch nicht, dass er es war.«

»Und was bedeutet *mehrere*?«

»Vier.«

»*Vier*? Jetzt mach mal nen Punkt, Dad.«

»Nicht meine Idee, Rebecca. Ich halte ihn auch nicht für einen Mörder. Aber in seiner Wohnung wurden Beweise entdeckt ...« Er hielt inne und griff nach ihrer Hand. »Pass auf, Rebecca. Ich werde heute mit ihm sprechen, dann sind wir ein wenig klüger. Aber ich habe meine Gründe, warum ich nicht wollte, dass ihr beide heute Morgen die Zeitung lest, okay? Zwei der ...«

Doch sie unterbrach ihn empört. »Was soll er denn gemacht haben?«

»Tja, genau das ist es ja. Das solltest du besser nicht wissen. Noch nicht.«

»Ich *will* aber!« Rebecca sprang so plötzlich auf, dass ihr Stuhl umkippte. »Er ist auch mein Freund. Du hast kein Recht, Zensur auszuüben.«

Dismas wusste, dass er wie ein typischer Erwachsener klang. Aber er konnte sich nicht bremsen. »Das ist keine Zensur, sondern ...«

»Ist es doch. Wo ist die Zeitung? Ich will sie sehen.«

»Rebecca ...« Auch er stand auf. »Bitte nicht ...«

Aber sie lief schon an ihm vorbei durch die Küche und nach hinten in die kleine Kammer, wo Altpapier und Leergut lagerten. Als er sie eingeholt hatte, hatte sie die Zeitung bereits aus ihrem Versteck hervorgewühlt. Entsetzt starrte sie auf das Titelblatt und stieß leise wimmernde Geräusche aus wie ein verletzter Welpe. Schließlich drehte sie sich, die Hand vor dem

Mund und mit Tränen in den Augen, zu ihm um. »O Gott!«, stöhnte sie. »O Gott!«

Plötzlich stand Vincent hinter ihnen. »Was ist denn hier los?«

Es dauerte fast eine Stunde, bis Hardy den Mietwagen abgegeben und seinen eigenen mit neuer Windschutzscheibe abgeholt hatte. Wieder stattete er dem Krankenhaus einen Besuch ab – Davids Zustand hatte sich noch immer nicht gebessert.

Als er schließlich in der Sutter Street eintraf, war es fast neun Uhr. Normalerweise ging es um diese Zeit hoch her, doch heute herrschte in der Kanzlei beklommene Stille. Der Empfangstisch, Phyllis' Reich, war verwaist. Als Hardy dort vorbeikam, begann eines der Telefone zu läuten. Er ließ es weiterklingeln.

Die Lichter in der Lobby waren noch nicht eingeschaltet. Die Tür des Büros am anderen Ende des Flurs, wo Norma, die Bürovorsteherin, residierte, war geschlossen, und Hardy sah durch die Jalousie, dass Phyllis dort saß und sich offenbar die Augen abtupfte. Der Wintergarten lag verlassen da. Keine Sekretärinnen standen plaudernd an der Kaffeemaschine oder am Kopierer. Hardy machte ein paar Schritte, um weiter den Flur entlangzuspähen, und bemerkte zu seiner Erleichterung Menschen – Sekretärinnen und Anwaltsgehilfinnen – an ihren Schreibtischen. Doch die Türen der meisten Anwälte waren geschlossen. Die Leute zogen sich zurück und igelten sich ein.

Eine der Türen am langen Flur im Parterre stand offen. Hardy ging hin und sah hinein. Amy Wu saß an ihrem Schreibtisch und kritzelte hektisch etwas in einen Notizblock. Als Hardy an die Tür klopfte, blickte sie auf und schenkte ihm aus Höflichkeit ein schiefes Lächeln. »Hallo. Wie geht es David?«

»Leider unverändert. Ist ziemlich ruhig da draußen.«

»Wirklich? Ist mir gar nicht aufgefallen. Jon, mein Anwaltsgehilfe, hat sich krankgemeldet, und jetzt renne ich schon den ganzen Morgen mit meinen Unterlagen ins Schreibbüro. Ich habe einen Antrag, der heute eingereicht werden muss, also …« Unvermittelt hielt sie inne und legte den Bleistift weg. »Tut mir Leid. Ist ja eigentlich unwichtig. Wie geht es dir? Was ist mit deiner Hand passiert?«

Hardy hielt sie hoch. »Dämlicher Unfall. Ich versuche gerade, mich zu motivieren, um rauf in mein Büro zu gehen und mich an die Arbeit zu machen.«

»Willkommen im Club. Ich glaube, ich bin hier unten die Einzige, die noch etwas erledigt kriegt, und das auch nur deshalb, weil ich mich selbst rausschmeißen müsste, wenn ich nach all der Mühe, die ich in die Sache gesteckt habe, die Antragsfrist versäume.« Sie wies mit dem Kopf nach draußen. »Die anderen … tja, das ist dir ja schon selbst aufgefallen.«

Er nickte. »Ich kann niemandem einen Vorwurf machen. Mir geht es genauso.« Er hielt inne, holte tief Luft und rückte dann raus mit der Sprache. »Aber ich habe mich gefragt, ob ich dich um einen Gefallen bitten könnte.«

»Aber klar. Worum geht es denn?«

»Könntest du die Augen offen halten und mich anrufen, wenn die anderen wieder aus ihren Zimmern kommen?« Als er ihren fragenden Blick bemerkte, fügte er hinzu: »Ich habe gehofft, mir ein paar Talente ausleihen zu können. Ich brauche schnell ein paar fähige Leute, wenn wir mit den eidesstattlichen Vernehmungen in der Sache Panos weiterkommen wollen. Da werden ziemlich viele Stunden fällig.«

Wus Verstand arbeitete. Nachdem sie Hardy argwöhnisch angesehen hatte, nickte sie. »Klar, beim ersten Lebenszeichen gebe ich dir Bescheid.«

»Danke. Und wenn du mit deinem Antrag fertig bist, könntest du eigentlich auch …«

Sie schüttelte den Kopf. »Ich kann nicht, Diz. Ich bin total überlastet, vor allem, wenn David noch länger wegbleibt. Aber ich werde Jon zu Hause anrufen. Ich hatte gerade den Einfall, dass er vielleicht gar nicht krank ist. Möglicherweise ist er zu dem Schluss gekommen, das sinkende Schiff zu verlassen …« Mit einem tiefen Seufzer hielt sie inne. »Was passiert, wenn er stirbt? Mache ich womöglich einen Fehler, wenn ich einfach weiterschufte?«

»Er hat noch immer Mandanten, Amy. Und die brauchen auch weiterhin gute Anwälte. Dafür hat David dich ausgebildet, richtig? Und deshalb brauche ich jetzt ein paar Leute: Ob mit oder ohne David – der Fall Panos wird eine große Sache.«

»Also machst du auf jeden Fall weiter?«

»In der Tat.« Er betrachtete sie fragend. »Natürlich. Warum zweifelst du daran?«

»Eigentlich aus keinem bestimmten Grund.« Doch nachdem sie eine Weile mit sich gerungen hatte, sprach sie es aus. »Es gibt Gerüchte, David sei wegen Panos zusammengeschlagen worden, um ihn einzuschüchtern. David selbst hat etwas von Einschüchterungsversuchen gegenüber Graham angemerkt, natürlich mit dem Zusatz, er sei kugelsicher. Und deshalb – inzwischen hat es nämlich jeder hier mitgekriegt – könnten die Leute ein wenig zurückhaltend reagieren, auch wenn es sich um anrechenbare Stunden handelt. Schließlich gehörst du ja nicht wirklich zur Kanzlei.«

Es war das erste Mal, dass Hardy mit diesem Problem konfrontiert wurde. Bis jetzt war ihm sein nicht geregeltes Arbeitsverhältnis in der Kanzlei Freeman & Kollegen stets als Vorzug erschienen. Er war nichts weiter als der Mieter von oben und ein Freund des Kanzleiinhabers und als solcher weder Fisch noch Fleisch. Kein angestellter Anwalt, kein Teilhaber, nicht einmal ein Berater – und deshalb ein unsicherer Kandidat. Die Freiheit und Unabhängigkeit, die das mit sich brachte, waren ihm sehr wichtig. Und wenn David ihm einen Fall zuschanzte, hatte er auch nichts dagegen einzuwenden.

Inzwischen jedoch fragte er sich, ob er die Klage an die offiziellen Mitarbeiter übertragen sollte, die, wenn David noch länger ausfiel (oder gar starb), über kurz oder lang würden Klinken putzen müssen.

Unter den angestellten Anwälten hielt Hardy Graham Russo für den zuverlässigsten. Er war früher einmal sein Mandant gewesen, und sie verstanden sich auch privat recht gut.

Vielleicht würde er – in einer Woche, wenn sie ihre augenblicklichen Fälle abgearbeitet hatte – auch Amy einsetzen können. Aber ansonsten hatte er von Davids Mitarbeiterschar nicht viel zu erwarten. Wenn David starb, würde er praktisch über Nacht nicht mehr die Dienste des Verwaltungsapparats – Norma, Phyllis, die Sekretärinnen und Anwaltsgehilfinnen, die für die anderen Anwälte arbeiteten – in Anspruch nehmen können. Und mit seinen beschränkten Mitteln wäre Hardy mit diesem Prozess auf verlorenem Posten.

Auch wenn er ihnen alle anrechenbaren Stunden der Welt versprach – die angestellten Anwälte waren keine Traumtänzer. Da es sich um einen Prozess mit Erfolgsbeteiligung handelte, konnten sie die Stunden in den Wind schreiben, wenn sie nicht gewannen. Und wovon sollte Hardy sie bis dahin bezahlen? Anders als Freeman hatte er nicht die Möglichkeit, auf ein Polster von Prozesshonoraren zurückzugreifen.

Und so würde der Prozess gegen Panos zu Ende sein, bevor er noch richtig angefangen hatte.

Es war ein Morgen der neuen Erkenntnisse. Abgesehen davon, dass ihm seine ungeklärte Position gegenüber Freemans Mitarbeitern zum ersten Mal richtig klar geworden war, dämmerte ihm zunehmend, wie sehr der Überfall auf David seinen Gegenspielern nützte – insbesondere dann, wenn er nicht überlebte. Die Gewalttat hatte die Wirkung eines Skalpells, das das Band zwischen ihm, Hardy, dem Prozess und Freemans Mitarbeitern fein säuberlich durchtrennte.

Die traurige Wahrheit lautete, dass Hardy allein in der Sache Panos nichts zu sagen hatte. Die Kläger waren allesamt Mandanten von David Freeman – nicht von Dismas Hardy. Einigen von ihnen war er nie begegnet. Hardy war kein gleichberechtigter Mitspieler und stellte für Panos keine Bedrohung dar. Er war nichts weiter als eine Fliege, die man wegschnippte, ohne einen Gedanken daran zu verschwenden. Und dieses Wissen spülte nun über ihn hinweg wie ein Säurebad. Offenbar merkte man ihm das an.

»Diz, hast du was?«

Er setzte ein gekünsteltes Grinsen auf. »Alles bestens«, erwiderte er. »Mir geht es prima. Könntest du Norma bitten, mich anzurufen, wenn sie aus ihrem Büro kommt?«

Hardys Büro befand sich im zweiten Stock und war der einzige benutzte Raum auf dieser Etage. Er nahm zwei Stufen auf einmal. Seine Bürotür war geschlossen, doch durch den Spalt darunter schimmerte Licht. Als er vor der Tür stehen blieb, hörte er ein leises, dumpfes Geräusch, das sich kurz darauf wiederholte. Offenbar warf jemand etwas gegen seine Wand, um sich die Wartezeit zu vertreiben. Hardy stellte den Aktenkoffer ab und drehte vorsichtig am Türknauf, der nicht nachgab. Da er in den letzten Tagen genügend Erfahrung mit Überfällen und anderen unangenehmen Überraschungen gemacht hatte, hatte er keine große Lust, seinen Horizont in dieser Hinsicht noch zu erweitern. Also drehte er sich wieder zur Treppe um.

Die Polizei würde in zehn Minuten hier sein. Und dann konnte derjenige, der in sein Büro eingebrochen war, den Beamten alles erklären.

Auf halbem Weg nach unten hielt eine Stimme ihn zurück. »Diz?« Oben auf der Treppe stand Holiday, grinste zu ihm hinab und hielt drei Dartspfeile hoch. »Ich dachte, ich hätte jemanden die Treppe raufpoltern gehört, aber ich wollte zuerst die Runde fertig spielen. Wo willst du hin?«

Hardy stieg die sieben Stufen, die er schon hinter sich hatte, wieder hinauf. »Ich wollte gerade die Polizei rufen, John. Das wäre eine gute Gelegenheit gewesen.« Er erreichte den Treppenabsatz, ging voran ins Büro und zog hinter Holiday die Tür zu. »Wie bist du hier reingekommen? War die Tür denn nicht abgeschlossen? Und was hast du hier gemacht?«

»Nur ein paar Pfeile geworfen. Unten am Empfang lag ein Schlüsselbund, und es war niemand da. Und da du auch noch nicht in deinem Büro warst, habe ich beschlossen, hier auf dich zu warten. Die Schlüssel habe ich wieder zurückgelegt.«

»Dein Glück.«

»Hier sieht es heute aus wie in einer Geisterstadt. Wo sind denn alle?«

»Es ist ein gesetzlicher Feiertag«, erwiderte Hardy, ohne eine Spur von Ironie.

»Hmm. Tja, aber du bist hier, wie ich feststelle, wenn auch ein wenig spät.«

Hardy hatte nicht die geringste Lust, den Grund für die vielen Verzögerungen zu erklären, insbesondere deshalb, weil das erste Ereignis der Schock seiner Kinder gewesen war, und zwar wegen des Mandanten, der ihm jetzt gegenüberstand. »Wir hatten einen Termin«, entgegnete er. »Im Übrigen hättest du mich anrufen sollen, falls du dich noch erinnerst. Hatten wir uns nicht darauf geeinigt?«

Holiday zuckte die Achseln und kehrte zurück zur Markierungslinie. »Ja, schon. Aber so können wir ja auch miteinander reden.«

Hardy umrundete seinen Schreibtisch und setzte den Aktenkoffer darauf ab. »Stimmt, John. Aber ich bin dein Anwalt und weiß zufällig, dass ein Haftbefehl gegen dich vorliegt. Also kann ich jetzt, wie ich dir gestern schon erklärt habe, nichts weiter tun, als dir dabei zu helfen, dich zu stellen.« Hardys Tonfall war gereizt. »Was hältst du davon, die Dinger kurz wegzulegen und mir deine Aufmerksamkeit zu schenken?«

Sofort drehte Holiday sich mit reumütiger Miene um. Er legte die beiden restlichen Dartspfeile auf Hardys Schreibtisch und breitete entschuldigend die Hände aus. »Ich dachte, das täte ich schon. Was ist denn mit deiner Hand passiert?«

Hardy betrachtete seinen Verband. Er würde sich bald eine witzige Antwort einfallen lassen müssen, doch im Moment fehlte ihm die Kraft dafür. »Ich habe sie mir gestoßen.« Er setzte sich hinter den Schreibtisch. »Hör mal, es tut mir Leid, John, aber ich stehe ein bisschen unter Stress. Vermutlich geht es dir ganz ähnlich.«

»Ach, was. Ist doch nur ein weiterer Haftbefehl.« Holiday ließ sich aufs Sofa fallen. »Also, was meinst du. Wie sieht der Plan aus?«

»Ich wünschte, ich hätte einen. Wie ich annehme, bist du nicht bereit, dich zu stellen?«

»Richtig geraten.«

»Tja, als dein Anwalt kann ich dir nichts anderes vorschlagen.«

»Und wenn du nicht mein Anwalt wärst? Schließlich habe ich dich ja noch nicht bezahlt, oder? Können wir nicht einfach nur Freunde sein?«

Hardys Mundwinkel bogen sich ein winziges Stück nach oben. »Können die Menschen nicht in Eintracht miteinander leben?«

»Genau, aber offenbar klappt das nicht so ganz. Aber wir beide könnten es wenigstens versuchen.«

»Selbst als dein Freund darf ich dir keinen Unterschlupf gewähren, weil du vor dem Gesetz auf der Flucht bist.«

Holiday zuckte die Achseln. »Du kannst ja behaupten, ich hätte dich als Geisel genommen.«

»Es wäre wirklich keine schlechte Idee, weißt du. Ich meine, dich zu stellen.«

Holidays Augen weiteten sich vor Entsetzen. »Bist du übergeschnappt, Diz? Im Gefängnis würde ich keine fünf Minuten überleben.«

»Warum nicht? Du kennst den Laden doch. Es wäre auch nicht schlimmer als beim letzten Mal.«

»Klar, nur mit dem Unterschied, dass mich diesmal jemand kaltmachen würde.«

»Warum denn das?«

»Weil diese Typen nun mal so vorgehen, Diz. Überleg doch. Ich bin der einzige Überlebende, und der Fall ist abgeschlossen. Wenn ich tot bin, passt alles zusammen. Niemand wird mehr nach dem wahren Täter suchen.«

»Und wer sollten diese Leute sein?« Ein Grinsen spielte um Hardys Lippen. »Willst du etwa sagen, dass Polizisten dabei sind? Dass sie dich im Gefängnis kriegen würden?«

»Sie haben Beweismittel in meiner Wohnung versteckt.«

»Die Polizei? Warum denn?«

»Keine Ahnung. Aber das ist nicht so an den Haaren herbeigezogen, wie du glaubst. So was passiert öfter.«

»Natürlich, John, natürlich.« Hardy kratzte an seiner Schreibtischunterlage herum. »Hör zu, lass es mich einmal kurz durchspielen. Wenn du für alle Morde ein wasserdichtes Alibi hast, könnten wir auf eine rasche vorläufige Anhörung bestehen und dich innerhalb einer oder höchstens zwei Wochen rausholen und von jeglichem Verdacht befreien.«

»Nicht, wenn ich vorher tot bin.«

»So weit wird es nicht kommen. Nicht im Gefängnis. Erinnerst du dich, wo du warst, als die letzten drei Opfer getötet wurden?«

»Klar. Bei zweien, Randy und Clint, bin ich ganz sicher: Ich habe gearbeitet. Weißt du, letztens war sogar ein Bulle im Ark, als ich noch gar nichts von Randy und Clint geahnt habe. Er hat mich gefragt, ob ich am vergangenen Abend Dienst gehabt hätte.«

»Was meinst du mit Bulle? Einen richtigen Polizisten von der Polizei von San Francisco?«

»Das dachte ich zumindest. Die Marke sah echt aus. Irgendein Chinese. Er arbeitet nicht mit Panos zusammen, das weiß ich genau.«

»Und was hat er dich gefragt?«

»Nur, ob ich in der Nacht zuvor um Mitternacht Dienst hatte und ob ich das beweisen könnte. Ich sagte Ja, und das schien ihm zu genügen. Deshalb haut es mich um, dass gegen mich ein Haftbefehl besteht. Sie wissen doch, dass ich Clint und Randy nicht umgebracht habe. Ich komme da nicht mehr mit.«

»Und was ist mit Creed?«

»Das Gleiche. Ich hatte Schicht, auch wenn nicht so viele Gäste da waren. Aber jemand erinnert sich sicher. Vielleicht glauben sie ja, dass ich im Fall Creed nicht selbst geschossen habe, sondern mit Clint und Randy unter einer Decke steckte.« Holiday hatte sich auf dem Sofa zurückgelehnt und die Hände hinter dem Kopf verschränkt.

Hardy saß lange da und fingerte an seinem Pflaster herum. »Hättest du was dagegen, mir noch mal zu erzählen, wo du in der Nacht warst, als Silverman umgelegt wurde? Bei unserem letzten Gespräch darüber war dein Alibi, um es mal milde auszudrücken, nicht gerade wasserdicht.«

Holiday richtete sich wieder auf, fuhr sich mit der Hand durchs Haar und zupfte an seinem Schnurrbart. Dann erwiderte er mit verlegener Miene: »Wenn du es so genau wissen willst: Meine Freundin und ich haben uns gestritten. Ich bin abgehauen und habe eine andere Frau aufgerissen, die ich nicht mehr wiederfinden könnte, und wenn mein Leben davon abhinge.«

»Das könnte durchaus sein, John. Nämlich, dass dein Leben davon abhängt.«

Holiday schüttelte den Kopf.

»Seid ihr zu ihr gegangen?«, fragte Hardy.

»Ja, ich glaube, es war ihre Wohnung.«

»Und wo war das?«

»Sie ist gefahren«, antwortete Holiday. »Ich habe gedöst. Keine Ahnung.«

»Und am Morgen?«

Holiday verzog das Gesicht. »Es gab keinen Morgen. Ich bin sofort danach weg ... Ich glaube, ich bin noch ein bisschen rumgelaufen.«

»Betrunken?«

»Wahrscheinlich. Bestimmt.«

Hardy verzog das Gesicht. »Das heißt, dass du für den Mord an Silverman kein richtiges Alibi hast.« Er wartete die Antwort nicht ab. »Und von wo aus hast du gestern angerufen?«

»Von der Wohnung meiner Freundin aus.«

Eine kurze Pause. »Noch eine?«

»Die richtige.«

»Die, von der du dich am Donnerstag getrennt hast?«

»Ja. Sie heißt Michelle. Ich bin bei ihr untergeschlüpft.«

»Das freut mich für dich. Das ist ja wunderbar. Und die Geschichte mit der Prominentengattin ...«

»Habe ich erfunden.«

»Spitze!«, rief Hardy aus. »Ist ja großartig. Darf ich dich mal was fragen? In der Zeitung stand, du hättest am Abend vor dem Mord bei Silverman viel Geld verloren. Ist das richtig?«

»Ja, aber ich bin nicht bei ihm aufgekreuzt, um es mir zurückzuholen. Wirklich nicht, Diz, ich schwöre es dir.«

»Du schwörst es mir. Das ist aber eine große Hilfe. Du hast mir auch geschworen, dass dein Alibi stimmt.« Verärgert schüttelte Hardy den Kopf. »Es wäre nett gewesen, wenn ich einen Teil davon schon letzte Woche gewusst hätte.« Er beherrschte sich, holte tief Luft und seufzte gereizt auf. »Okay, John, mein Vorschlag, dass du dich stellst, weil du keinen dieser Morde begangen haben kannst, ist plötzlich doch nicht mehr so gut. Du kommst zumindest für einen davon in Frage.« Er sah ihm ins Gesicht. »Wie soll ich dir glauben, dass du es nicht warst? Kannst du mir da weiterhelfen?«

»Ich sage es dir. Du kennst mich doch, Diz.«

»Ja, aber diese Lügen, John. Ich kann mir keinen Grund denken, warum du einen *Freund* anlügen solltest, wenn du nichts zu verbergen hast.«

»Ich hatte ein schlechtes Gewissen wegen der Sache mit Michelle und wollte sie nicht mit hineinziehen. Das ist die Wahrheit. Ich schwöre bei Gott.«

In diesem Moment läutete auf dem Schreibtisch das Telefon. Hardy griff nach dem Hörer. »Dismas Hardy.« Nachdem er eine Weile gelauscht hatte, richtete er sich auf, gab ein paar Silben von sich und hörte wieder zu. Dann legte er den Finger an die Lippen, wies auf Holiday und sagte in den Hörer: »Klar, ich habe es heute Morgen gelesen. Ich frage mich, ob …«

Mitten im Satz streckte er die Hand aus, drückte auf einen Knopf und unterbrach die Verbindung. »Das war ein Inspector von der Mordkommission namens Russell«, erklärte er. »Er wollte wissen, ob ich dich in letzter Zeit gesehen habe. Offenbar hat ihm jemand erzählt, dass ich dich das letzte Mal vertreten habe, und er dachte, du hättest dich vielleicht wieder an mich gewandt.«

»Dieser Jemand war wahrscheinlich ich. Er und sein Partner waren bei mir in der Kneipe.«

»Und du hast ihnen meinen Namen genannt?«

»Ja.«

»Spitze, John. Einfach große Klasse. Du lässt wirklich kein Fettnäpfchen aus.«

»Ich weiß, Diz, tut mir Leid. Hat er gesagt, wo er ist?«

»Dazu hatte er keine Gelegenheit. Wir können nur hoffen, dass er noch im Justizgebäude sitzt. Aber ich glaube, es wäre klug von dir, dich sofort zu verdrücken. Ich will nicht wissen, wo du bist, wenn sie mich erneut danach fragen, was sie sicher tun werden. Es würde mich wundern, wenn sie dich hier vermuten, aber geh sicherheitshalber durch die Garage und hinten raus. Ruf mich in einer Stunde an. Und jetzt verschwinde! Los!«

Als eine Minute später wieder das Telefon läutete, hob Hardy erneut ab. »Inspector Russell? Tut mir Leid. Wir haben in letzter Zeit ständig Ärger mit der Telefonanlage. Keine Ahnung, woran es liegt, aber es ist ziemlich lästig. Bei Ihnen auch? Ich fürchte, so was kommt öfter vor. Aber Sie hatten mich ja nach John Holiday gefragt. Ich bedaure, aber ich weiß nicht, wo er ist. Er ist nicht mehr mein Mandant.«

Russell erwiderte, er habe erst vor zwei Tagen mit Holiday gesprochen; dieser habe Hardy namentlich als seinen Anwalt bezeichnet und gesagt, sie träfen einander häufig und seien gute Freunde.

»Ich sage es ja nur ungern, Inspector«, entgegnete Hardy, »aber der Mann ist ein chronischer Lügner. – Klar. – Jederzeit. – Viel Glück.«

Die Laboruntersuchungen der am Tatort der Ermordung von Terry und Wills sichergestellten Beweisstücke ergaben, dass die klebrige Masse an dem Schuh aus Terrys Schrank mit der Probe übereinstimmte, die Thieu am Vortag am Tatort im Fall Creed genommen hatte: ein Gemisch aus Bremsflüssigkeit, tierischen Fetten, Erdnüssen und geschrotetem Pfeffer.

Thieu saß an seinem Schreibtisch und verglich die Niederschrift einer auf Band aufgenommenen Zeugenvernehmung mit dem Band selbst. Während Russell mit Holidays Anwalt telefonierte, um den Aufenthaltsort des Verdächtigen zu ermitteln, las Cuneo den Laborbericht über den Schuh und beschloss, sich bei dem erfahrenen Inspector zu bedanken und ihm die gute Nachricht mitzuteilen. »Echt spitze, was?«

Thieu legte den Bericht weg. »Mir reichen die Übereinstimmungen. Es ist dasselbe Zeug, richtig? Gute Arbeit. Und ich sehe, Sie haben in Holidays Wohnung noch weitere Indizien gefunden.«

»Wir hatten in den letzten Tagen eben Glück«, erwiderte Cuneo.

»Wenn man an Glück glaubt.«

»Was meinen Sie damit?«

»Nicht Bestimmtes. Es ist so selten, dass alles so gut zusammenpasst.«

»Dasselbe habe ich auch zu Gerson gesagt. Aber was soll ich tun? Einem geschenkten Gaul schaut man nicht ins Maul. Wasserdichter geht es nicht.«

Thieu erwiderte nichts darauf. Er hatte Niederschrift und Bleistift weggelegt. Nun nahm er den Kopfhörer ab, hängte ihn sich um den Hals und sah Cuneo forschend an. »Haben Sie gestern, nachdem ich die Wohnung von Terry und Wills verlassen hatte, dort noch etwas gefunden, das auf Holiday als Täter hinweist?«

»Nein, nicht direkt. Aber später am selben Tag haben wir Geld und Schmuck aus dem Überfall auf Silverman in seiner Wohnung sichergestellt.«

Thieu nahm das mit einem Nicken zur Kenntnis. »Das habe ich gehört. Aber keine blutigen Kleider und Schuhe. Nichts, was auf seine Täterschaft im Fall Terry und Wills hindeutet? Da ist doch viel Blut geflossen.«

»Er ist seitdem nicht mehr in seiner Wohnung gewesen. Auf der Vortreppe lagen die Zeitungen von drei oder vier Tagen.«

»Aha, das wäre eine Erklärung.«

»Vielleicht hat er in seiner Kneipe übernachtet, keine Ahnung. Oder er schläft bei einer Freundin.« Cuneo hatte seinen Stuhl umgedreht und sich rittlings darauf niedergelassen. Er fing an, mit den Fingern zu trommeln. »Aber das ist eine gute Idee. Wir untersuchen die Müllcontainer und Seitengassen zwischen dem Ark und Terrys Wohnung.«

»Man kann meiner Ansicht nach nie genug Beweisstücke haben.« Thieu lehnte sich auf seinem Stuhl zurück und faltete die Hände vor dem Bauch. Dann lächelte er höflich, wünschte Cuneo noch einmal viel Glück. Er müsse sich jetzt wieder mit seiner Mitschrift beschäftigen, sagte er.

17

Da Holiday sich nicht, wie mit Hardy abgemacht, eine Stunde später meldete, schlug dieser seinen Vormittag damit tot, dass er verschiedene nicht gerade begeisterte Anwälte in der unteren Etage besuchte und die noch zu vernehmenden Zeugen im Fall Panos anrief. Er musste alle über Freemans Zustand informieren und einen neuen Terminplan erstellen, sodass sie ab Mitte der folgenden Woche mit den Vernehmungen fortfahren konnten. Falls David bis dahin noch immer nicht einsatzfähig war, würde Hardy es eine Weile allein oder mit einem Minimum an Unterstützung versuchen.

Sosehr es ihn auch wurmte, wusste er, dass er sich Krolls Angebot einer außergerichtlichen Einigung noch einmal würde durch den Kopf gehen lassen müssen – vier Millionen erschienen ihm inzwischen als ziemlich reizvoll. Doch ob das Angebot noch galt, war fraglich. Hardy hatte in dieser Sache schon ungefähr dreihundert anrechenbare Stunden im Laufe von vier Monaten angesammelt und riskierte nun, all die Zeit und somit das Geld zu verlieren, wenn ihm nicht ein verhältnismäßig kurzfristiger Durchbruch glückte.

Drei volle Stunden nachdem Holiday sich aus seinem Büro geschlichen hatte, erhielt er auf der anderen Leitung einen Anruf, während er mit einem Mandanten sprach. Mittlerweile war Hardy ziemlich sicher, dass Inspector Russell sein Büro beobachtet und John beim Verlassen des Gebäudes festgenommen hatte. Er bat seinen Mandanten um einen Moment Geduld und schaltete auf die andere Leitung.

Kein Hallo, kein Name, nur das Wort »Riesenpimmel«, das zweimal wiederholt wurde. Dann war die Leitung tot.

Nach seinem Telefonat mit dem Mandanten legte Hardy auf und starrte in die Leere zwischen Schreibtisch und Dartsscheibe.

Es war Holidays Stimme gewesen, und offenbar hatte er die Befürchtung, dass Hardys Telefon abgehört werden könnte. Hardy dachte an Johns Angst, jemand könnte ihn im Gefängnis umbringen. Wenn er nicht am Ende seiner Geduld gewesen wäre, hätte ihn diese Paranoia amüsiert.

Hardy grübelte noch einige Minuten nach, stand dann auf, warf die beiden von Holiday an diesem Morgen liegen gelassenen Pfeile in die Scheibe – zweimal elf –, ging hinaus und vergewisserte sich, dass er die Tür auch richtig abgeschlossen hatte. In der Lobby herrschte wieder der Anschein von Normalität. Phyllis war an den Empfangstisch zurückgekehrt, und ihre Gegenwart vermittelte ein wenig Beständigkeit. Einer der Anwälte saß, sichtbar durch die Glaswände des Wintergartens, mit einem Mandanten zusammen. Normas Tür stand offen, und er sah sie an ihrem Schreibtisch telefonieren. Ein leises, kaum hörbares Gemurmel erfüllte den Raum. Die Mitarbeiter waren hier und versuchten weiterzumachen.

Gut, sagte er sich, sehr gut.

Als Hardy mit dem Wagen die Tiefgarage verließ, hatte sich der Himmel wieder bewölkt. Er war grau, und Nebelfetzen schwebten durch die Luft, während er sich durch den mittäglichen Verkehr quälte. Er hatte beschlossen, bei seinem Treffen mit Holiday zuerst die Honorarfrage anzusprechen. Freundschaft hin oder her – er würde eine Anzahlung verlangen, bevor er auch nur einen Finger für John Holiday krumm machte. Er konnte es sich nicht mehr leisten, kostenlos zu arbeiten. Holiday mochte seinetwegen seine Kneipe oder seine Eigentumswohnung verkaufen, um die Kosten zu decken, Hardy hatte es satt, den Wohltäter zu spielen.

Hardy wusste, was mit »Riesenpimmel« – abgesehen von der landläufigen Bedeutung – gemeint war. Es handelte sich um Holidays Bezeichnung für den Coit Tower, das phallische Wahrzeichen, das sich am Gipfel des Telegraph Hill erhob. Als Hardy über gewundene Serpentinen endlich den Parkplatz erreichte, hatte er sich in eine ziemliche Wut hineingesteigert. Der Gipfel mit seinen auf Stativen ruhenden Fernrohren ringsherum war ein beliebtes Ausflugsziel, denn man hatte von hier aus Blick auf Alcatraz, die Golden Gate Bridge, Sausalito und die Küste von Marin County, die, scheinbar nur einen Katzensprung entfernt, auf der anderen Seite der Bucht lag.

Um diese Uhrzeit wimmelte der Parkplatz normalerweise von Urlaubern und Touristenbussen. Doch als Hardy das Auto auf einem Parkplatz abstellte und die Wagentür öffnete – er hatte auf halber Höhe des Bergs die Scheibenwischer einschalten müssen –, stellte er erstaunt fest, dass weit und breit niemand zu sehen war. Der Parkplatz war in eine dicke Wolke aus Nebel und Nieselregen gehüllt, der einem bis ins Mark drang. Den Turm selbst, der sich rechts hinter ihm erhob, konnte man kaum erkennen. Er war völlig allein hier oben, und sein Auto war das einzige auf dem Parkplatz.

Typisch Holiday, dachte er. Warum hatten sie sich nicht in irgendeinem Restaurant oder in der Wohnung seiner Freundin treffen können? Verdammt, alles wäre gemütlicher gewesen als dieser Parkplatz hier. Aber natürlich hatte Holiday Hardy keine Chance gelassen, zu widersprechen oder eine Alternative vorzuschlagen.

Und nun war er nirgendwo zu sehen. Hardy blickte sich noch einmal in Richtung Turm um und spähte über die niedrige Mauer hinab in den Nebel. »John!«, rief er ins Leere. Er überquerte den Parkplatz zur Hälfte. Drehte sich um. Wartete. Formte die Hände vor dem Mund zu einem Trichter. »Hey, John! Ochs am Berg, Sonne, Mond und Sterne!«

»Das habe ich schon seit Ewigkeiten nicht gehört.«

»Gütiger Himmel.« Hardy sprang zur Seite, wirbelte herum und stand vor Holiday. »Wo kommst du denn her?«

»Ich war die ganze Zeit hier. Habe ich dich erschreckt?«

»Nein. Bei Nebel mache ich immer Luftsprünge.« Hardy schlug die Hand vors Herz. »O Gott.«

»Ein kleiner Schrecken hie und da tut dir gut. Das reinigt die Arterien.«

»Tja, die sind jetzt ganz sicher freigepustet. Nun muss ich wieder zu atmen anfangen.« Er blickte sich um. »Du hast dir einen tollen Treffpunkt ausgesucht. Besonders heute. Warum setzen wir uns nicht in mein Auto, bevor wir noch erfrieren? Hast du schon etwas entschieden?«

Sie gingen los. »In welchem Zusammenhang?«

»Oh, keine Ahnung. Was hältst du von … ?«

Hardy brach ab, als er aus dem Augenwinkel eine graue Limousine bemerkte, die, etwa fünfzehn bis zwanzig Meter rechts von ihm, langsam in den Parkplatz einbog. Das Beifahrerfenster war ganz heruntergekurbelt. Unwillkürlich beschlich ihn eine Ahnung, dass etwas nicht stimmte. Ohne nachzudenken, packte er Holiday am Oberarm.

»Was ist?«

Bevor er antworten konnte, beschleunigte das Auto plötzlich und bog scharf nach links ab, sodass sie direkt vor dem Beifahrerfenster standen, aus dem ein Arm ragte …

Entweder irrte sich Hardy und würde sich gleich zum Narren machen – oder sie beide würden in zwei Sekunden tot sein. Keine schwere Entscheidung also. »Runter! Auf den Boden!«, brüllte er.

Hardy ging in die Hocke, stieß Holiday beiseite, ließ sich auf den Asphalt fallen und rollte sich ab, als zwei schnell aufeinander folgende Schüsse und dann noch zwei hinter ihm krachten.

Wieder rollte er sich herum, sprang auf, rannte los und stolperte – seine Schuhe mit den glatten Ledersohlen rutschten auf dem nassen Boden ab – auf die schützende Mauer zu. Hinter ihm quietschten Reifen. Zwei weitere ohrenbetäubende Schüsse, kurz hintereinander.

Ein Geschoss prallte von der niedrigen Mauer direkt vor ihm ab. Er sah eine graue Wolke aus Betonstaub aufsteigen und spürte ein Kratzen an der Wange. War er getroffen worden?

Dennoch lief er weiter. Er musste sich in Sicherheit bringen.

Und dann hatte er die Mauer überwunden und taumelte und rutschte den steilen Abhang hinunter auf das Dach aus Ranken und Dornengebüsch zu.

Der dicke Stamm einer alten Zypresse bremste seinen Fall mit einer Wucht, die ihm den Atem raubte. Doch trotz des schmerzhaften Schlags gegen Rippen und Oberarm blieb Hardy nicht stehen.

Waren sie immer noch dort oben? Hatte er wieder das Quietschen von Gummi gehört? Bedeutete das, dass das Auto fort war?

Aber das spielte keine Rolle. Er war ihnen weiterhin schutzlos ausgeliefert.

Hardy zwang sich, den Hügel hinunterzurollen, kullerte den Abhang hinab, stoppte erst, als er sich auf Höhe der Lombard Street befand, und verharrte zwischen den Bäumen, wo er weder von oben noch von unten zu sehen war.

Hardy konnte sich nicht bewegen und hatte auch nicht das geringste Bedürfnis danach. Seine Rippen. War er angeschossen? Stand er unter Schock?

Um ihn herum herrschte Totenstille; der Nebel hüllte ihn ein, aber er empfand ihn nicht mehr als kalt. Kalter Schweiß stand ihm auf der Stirn. Sein Atem ging stoßweise. Sein gebrochener Finger an der linken Hand pochte und tat höllisch weh.

Als er die Haut rings um seinen Mund berührte und seine Hand betrachtete, bemerkte er Blut. Er rieb sich die Wange – wieder etwas Blut an seinem Finger.

Plötzlich bewegte sich etwas hinter ihm auf dem Abhang. Als er sich umdrehte, sah er Holiday auf sich zurutschen. John kam rasch und mühelos voran und schien unverletzt. Wenige Sekunden später hatte er Hardy erreicht.

»Diz? Alles in Ordnung?«

Hardy versuchte, tief Luft zu holen. Seine Rippen schmerzten, aber er konnte noch atmen. Außerdem war er offenbar nicht getroffen worden, und der Kratzer an seiner Wange … da war ihm beim Rasieren schon Schlimmeres passiert.

Die beiden Männer rappelten sich auf, klopften sich den Staub aus den Kleidern und blickten den Hügel hinauf. Als unter ihnen auf der Lombard Street ein Wagen vorbeifuhr, erstarrten sie, bis sie beide erkannten, dass es sich um einen weißen Geländewagen handelte, nicht um eine graue Limousine. Zunächst fehlten ihnen beiden die Worte.

Da der rechte Ärmel von Hardys Sakko nur noch an einem Faden hing, schlüpfte er hinaus und knüllte es zusammen. Auch der Ärmel seines Hemdes hing in Fetzen hinunter.

Holiday tippte auf die Stelle, wo es gerissen war. »Da habe ich mir aber einen tollen Anwalt genommen. Kleider machen Leute, Diz«, sagte er. »Hast du das nicht gewusst?«

Da nach der letzten Abzweigung nur ein einziger Weg den Telegraph Hill hinauf- und hinabführte, erschien es ihnen zu riskant, ihn zu nehmen und womöglich den Mördern wieder in die Arme zu laufen. Also pirschten sie sich durch Bäume und Gebüsch wieder zur Mauer hinauf. Hardys Auto war immer noch das einzige auf dem Parkplatz und stand nur drei Meter entfernt da. In Kauerstellung schlich Hardy sich zur Tür, öffnete sie, griff nach seinem Mobiltelefon und suchte wieder Deckung hinter der Mauer. Dann krochen er und Holiday ein paar Meter weiter den Abhang hinunter, von wo aus sie den Parkplatz gut im Auge hatten. Aber es tat sich nichts.

»Gut, jetzt hast du dein Telefon. Und was jetzt?«

»Jetzt rufe ich die Polizei.«

»Das gefällt mir gar nicht. Nicht, während ich hier bin.«

»Dann verschwinde eben. Aber ich werde das melden.«

»Warum? Was wirst du denen erzählen?«

»Ich werde ihnen sagen, was passiert ist.«

»Und was dann? Werden sie dann ermitteln? Etwas rauskriegen, was du nicht sowieso schon weißt? Und sich bei dir bedanken?«

»Keine Ahnung, John. Was weiß ich denn schon?«

»Dass jemand dir hierher gefolgt ist und dass uns derjenige umbringen wollte. Dass dein Kumpel Freeman im Krankenhaus liegt. Und jetzt zähl eins und eins zusammen: Panos steckt dahinter.«

»Ich will dir ja nicht widersprechen, John. Aber ich finde, dass die Polizei es erfahren muss.«

»Damit sie sofort aktiv wird?«

»Das will ich doch meinen.«

Holiday schüttelte den Kopf. »Mann, du bist echt ein hoffnungsloser Fall.«

Fünfundzwanzig lange Minuten vergingen, bis ein Streifenwagen erschien.

Währenddessen waren zwei Touristenbusse mitten auf den Platz gefahren und standen etwa dort, wo Holiday Hardy so erschreckt hatte. Ein paar andere Autos parkten kreuz und quer. Der Hügel hatte sich, wie Hardy fand, in einen gottverdammten Rummelplatz für Touristen verwandelt. Eine launische Brise hatte den Großteil des Nebels weggeblasen, sodass man die atemberaubende Aussicht wieder genießen konnte. Ein Grüppchen Japaner in Wintermänteln drängte sich an der Mauer, wo dicht vor Hardys Wagen eine Kugel eingeschlagen war. Begeistert spähten sie abwechselnd durch die Münzfernrohre und jubelten über die Aussicht.

Hardy hatte weniger Sinn für den Ausblick. Seine Rippen schmerzten, und obwohl er die Heizung im Auto eingeschaltet hatte, um nicht mehr zu frieren, zitterte er am ganzen Körper.

Als er die Autotür öffnete und den Streifenwagen heranwinkte, erschien ihm alles – der ganze Nachmittag, sein Erlebnis und auch dieser Augenblick – ziemlich unwirklich.

Nach seiner Rückkehr aus Vietnam und vor dem Jurastudium war Hardy als Polizist mit Abe Glitsky Streife gegangen. Er mochte Cops, hatte Verständnis für sie und konnte ihre Anliegen, Vorurteile und Methoden zum Großteil nachvollziehen. Nun stand er wieder vor zwei Vertretern dieser Art, zwei Klons namens Jakes und Warren, die auf den ersten Blick den beiden Männern, die sich gestern Nacht in North Beach um seine Windschutzscheibe gekümmert hatten, glichen wie ein Ei dem anderen: augenscheinlich fleißig, ehrlich, engagiert und jeden Tag der Lebensgefahr ausgesetzt, wodurch man sich zwangsläufig eine gewisse Abwehrhaltung, wenn nicht Zynismus zulegte.

Sie näherten sich, parkten neben ihm, stiegen gemeinsam aus, bemitleideten Hardy wegen seines Zustands und fragten, ob er ärztliche Hilfe brauche, was er ablehnte. Schließlich zückte Officer Warren einen Notizblock, und die Befragung begann.

»Also, was ist hier passiert? Die Zentrale sagte, es sei eine Schießerei gemeldet worden. Meinen Sie, genau hier?« Warren, der die Touristenbusse ringsherum betrachtete, konnte sich das nicht so recht vorstellen.

Hardy machte ihm daraus keinen Vorwurf. »Es war vor etwa einer Stunde, und es herrschte dichter Nebel. Man konnte keine zehn Meter weit sehen. Sonst war niemand hier oben.«

»Niemand?«

»Keine Menschenseele.« Die beiden Polizisten wechselten Blicke, aber Warrens Miene blieb sachlich.

»Nur ich und ein Mandant, den ich hier oben treffen wollte.«

Hardy wusste, dass es jetzt heikel werden würde, aber nachdem er beschlossen hatte, die Polizei zu rufen, wusste er, dass er die Wahrheit würde sagen müssen. Nur so konnte das Rechtssystem funktionieren. Also erzählte er ihnen, was es mit seiner Verabredung mit Holiday auf sich hatte.

Allerdings brachte ihm sein Bedürfnis nach Wahrheit keine Pluspunkte ein. »Soll das heißen, dass Ihr Mandant wegen Mordes gesucht wird?«, unterbrach Jakes. »Dass ein Haftbefehl vorliegt?«

»Richtig.«

»Und wo ist er jetzt?«

»Das weiß ich nicht.«

»Das wissen Sie nicht«, wiederholte Jakes.

Hardy wollte die Achseln zucken, aber seine Rippen hinderten ihn schmerzhaft daran. »Als ich Sie anrief, hielt er es für das Beste zu verschwinden. Ich war nicht in der Lage, ihn zurückzuhalten.«

»Haben Sie nicht versucht, ihn zum Bleiben zu überreden?«, fragte Warren.

»Natürlich.« Hardy drückte sich so neutral wie möglich aus. »Ich habe ihm geraten, sich zu stellen. Schließlich wäre er im Gefängnis momentan besser aufgehoben. Doch er hat die Sache anders gesehen.« Hardy bedachte die beiden Beamten nacheinander mit einem Blick. »Aber der springende Punkt ist, dass er tatsächlich mit mir hier war. Wenn es Ihnen nichts ausmacht, würde ich jetzt gerne weiter berichten, was passiert ist.«

»Okay, schießen Sie los«, meinte Jakes schließlich.

Hardy schilderte ihnen den Ablauf so präzise und knapp wie möglich. »Wir haben eine Weile unten im Gebüsch gewartet«, schloss er. »Dann sind wir durch das Gestrüpp zurückgeklettert ...«

»Moment mal«, wandte Jakes ein. Er ging zur Mauer hinüber und blickte in die Tiefe. »Sie haben sich wieder hier raufgequält? Warum haben Sie nicht die Straße genommen?«

Hardy erklärte es ihm, aber er hatte inzwischen den Eindruck, dass die beiden ihm ohnehin nicht glaubten. Dann ging er mit ihnen zu der Stelle hinüber, wo jetzt die Busse parkten, und beschrieb ihnen die graue Limousine und wie das Fahrzeug über den vorhin noch leeren Parkplatz auf sie zugebraust war. Hardy hatte die Reifen deutlich quietschen gehört, doch wegen des nassen Asphalts gab es keine Bremsspuren. Sechs Schüsse waren gefallen, aber niemand war getroffen worden, und es waren auch keine Patronenhülsen zu finden. Das Stückchen Zement aus der Mauer konnte vor eine Stunde, einer Woche oder vor sechs Jahren herausgebrochen sein.

Wieder zurück am Auto, sagte er: »Ich weiß, dass es komisch klingt. Aber es ist genau so passiert.« Er wies auf seine

zerrissenen Kleider, die Schramme in seinem Gesicht. »Sie glauben doch etwa nicht, dass ich mir das selbst zugefügt habe, oder? Mein Partner David Freeman liegt zurzeit auf der Intensivstation, weil er vor ein paar Tagen überfallen wurde. Das ist eine nachweisbare Tatsache. Ebenso wie der Umstand, dass mir vor einigen Tagen in North Beach die Windschutzscheibe eingeschlagen wurde. Auch dieser Vorfall ist polizeilich protokolliert worden.«

»Soll das heißen, dass Sie den Täter in all diesen Fällen zu kennen glauben?«, fragte Warren.

»Ja, Sir. Sein Name ist Wade Panos. Er ist Inhaber mehrerer Bewachungslizenzen. Vielleicht kennen Sie ihn ja.«

»Und Sie behaupten, dass dieser Mann versucht, Sie umzubringen? Und Ihren Partner?«

»In der Tat.«

»Und was ist mit Ihrem Mandanten? Holiday? Was hat er mit der Sache zu tun?«

»Jetzt«, erwiderte Hardy stockend, »wird es ein wenig kompliziert.

18

Normalerweise hielt Clarence Jackman keine offenen Sprechstunden ab. Nach einer langen und erfolgreichen Karriere als Inhaber einer Kanzlei war Jackman, ein dunkelhäutiger Afroamerikaner, fünfundsechzig Jahre alt, von ehrfurchtgebietender Statur und stets elegant gekleidet, vom Bürgermeister vor etwa drei Jahren zum Oberstaatsanwalt von San Francisco ernannt worden. Seitdem hatte er Macht und Einfluss, die mit diesem Posten einhergingen, so sehr schätzen gelernt, dass er auch für eine zweite Amtszeit kandidiert hatte. Inzwischen war er eine allgemein anerkannte Persönlichkeit.

Abe und Treya Glitsky betrachteten ihn – Letztere war seine Privatsekretärin – beinahe als Freund. Und dasselbe galt für Dismas Hardy ebenso wie für David Freeman, Gina Roake und andere Juristen, die sich regelmäßig bei Lou dem Griechen mit dem Staatsanwalt trafen und für ihn als eine Art informelles Küchenkabinett fungierten.

Als Hardy anrief, um einen Termin mit dem Staatsanwalt bat und sagte, er müsse *auf der Stelle mit Jackman sprechen*, holte Treya sich das Einverständnis ihres Chefs und plante die Termine des Nachmittags um. Kurz darauf kam Dismas zerschunden, erschöpft und schmutzig ins Vorzimmer gehinkt, ohne Sakko, Gesicht und Hände blutig und zerkratzt. Da scheuchte Treya ihn sofort hinein und schloss die Tür hinter ihnen.

Nachdem Jackman seine Anteilnahme ausgedrückt und sich vergewissert hatte, dass Hardy auch bequem auf einem der Polstersessel in seinem Büro saß, hörte er aufmerksam wie immer zu. Er hatte es sich in einer Sofaecke gemütlich gemacht und stützte sich schwer auf einen Ellenbogen. Der Daumen seiner rechten Hand ruhte unter dem Kinn; die Finger strichen rhythmisch über den Mundwinkel.

Als Hardy alles berichtet hatte, saß Jackman lange Zeit reglos da. Hardy wusste, dass er seine Gedanken nicht unterbrechen und ihn nicht drängen durfte. Schließlich richtete der Staatsanwalt sich auf und sah Hardy ins Gesicht. »Panos?«

Ein Nicken. »Ja, Sir.« Hardy war klar, dass Jackman das sicher nicht als gute Nachricht verstehen würde. Es war kein Geheimnis, dass Panos für jeden Wahlkampf in der Stadt spendete, damit sein Einfluss erhalten blieb, ganz gleich, wer auch gewann.

»Glauben Sie ernsthaft, dass er hinter diesen Übergriffen steckt?«

»Persönlich sicher nicht. Aber seine Leute ganz bestimmt.«

»Verzeihen Sie, dass ich das sage, Diz, Sie sind offenbar ziemlich aufgebracht, woraus man Ihnen natürlich keinen Vorwurf machen kann. Aber ich finde das ziemlich weit hergeholt. Wade ist kein Gangster.«

»Mit allem Respekt, Clarence, vielleicht sollten Sie sich ein paar meiner Zeugenbefragungen ansehen. Er ist nicht unbedingt ein Saubermann.«

Jackman schüttelte den Kopf. »Mag sein. Er arbeitet in einer harten Branche, und seine Methoden – insbesondere im Umgang mit denen, die ganz unter uns gesagt nicht unbedingt die Stützen der Gesellschaft sind – mögen auch an der Grenze zur Legalität liegen. Doch Sie sprechen von versuchtem Mord an unbescholtenen Bürgern. Das ist ein gewaltiger Unterschied, und offen gestanden kann ich mir nicht vorstellen, dass Wade so weit gehen würde. Warum sollte er das riskieren?«

»Vielleicht, weil David und ich gedroht haben, ihn in den Bankrott zu treiben.«

»Und wie wollten Sie das anstellen, Dismas? Haben Sie geglaubt, er ist nicht versichert?«

»Natürlich ist er versichert.«

»Also.« Eine Pause enstand. »Sie und ich wissen, wie es läuft, Diz. Für Panos ist es nichts anderes als eine dieser schikanösen Klagen. Vermutlich wird er persönlich keinen Cent bezahlen, selbst wenn es zu einem Prozess kommt, was vermutlich nicht der Fall sein wird. Man wird sich vergleichen. Es ist nichts Persönliches.«

Hardy lehnte sich zurück. »Nichts Persönliches? Schauen Sie mich an, Clarence. Ich würde sagen, dass es bereits ziemlich persönlich geworden ist. Jetzt werde ich alles in meiner Macht Stehende tun, damit er Pleite geht. Ich will, dass der Schweinekerl im Knast landet.«

Jackman seufzte. »Tja ... aber meinetwegen. Also nehmen wir mal an, Sie hätten Erfolg und seine Firma wäre am Ende. Er ist sowieso kurz vor dem Rentenalter und müsste sich irgendwann zur Ruhe setzen.« Er beugte sich vor und sagte leise und eindringlich: »Passen Sie auf, Diz, es ist nicht abzustreiten, dass hier jemand ein übles Spiel treibt. Erst David und dann Sie. Ich bin bereit einzuräumen, dass da ein Zusammenhang besteht. Verdammt, eine andere Möglichkeit gibt es praktisch nicht. Doch das bedeutet nicht, dass Wade der Schuldige ist.«

»Aber er ist es.«

Jackman runzelte die Stirn. »Falls das stimmt, werden die zwei ausgezeichneten und erfahrenen Inspectors, die wegen des Überfalls auf David ermitteln, sicher auf etwas stoßen.«

»Zwei?«

»Zwei.« Jackman spielte seine Trumpfkarte aus. »Auch wenn Sie es nicht ahnen, Diz, bin ich wegen der Sache, die David passiert ist, *wirklich stinksauer*. Ich glaube nicht, dass Sie oder sonst jemand sich vorstellen können, wie wütend ich bin. Deshalb habe ich Dan Rigby« – den Polizeichef – »gebeten, einen zweiten Mann auf den Fall anzusetzen, der Hector Blanca unterstützen soll. Heute Morgen hat ein Spurensicherungs-

team den ganzen Tatort abgesucht, und Sie wissen ja, wie häufig das sonst bei einem einfachen Raubüberfall geschieht. So gut wie nie. Außerdem werden die ermittelnden Beamten alle Hilfe bekommen, die sie benötigen. Diese Ermittlungen laufen obendrein unter einer eigenen Ereignisnummer.« Das war in der Tat ein großes Zugeständnis von Jackman. Denn eine Ereignisnummer bedeutete, dass alle Kosten, die mit den Ermittlungen in Zusammenhang standen, direkt aus der Stadtkasse und nicht aus den Haushaltsmitteln der betroffenen Einzelbehörde beglichen wurden – und das hieß praktisch unbegrenzte Finanzen.

Jackman fuhr fort: »Falls die Beamten etwas finden, das auf Wade Panos hindeutet – verdammt, und wenn sie auf Beweise gegen den Papst höchstpersönlich stoßen sollten –, werde ich ihn und jeden anderen Täter so schnell vor Gericht bringen, dass ihnen schwindelig wird.« In seiner Erregung war Jackman aufgesprungen. Nun lehnte er mit verschränkten Armen an seinem Schreibtisch. »Sofern Sie also auch nur den kleinsten Beweis dafür haben, dass Wade bei dem Überfall auf Sie oder auf David die Finger im Spiel hatte, möchte ich das jetzt sofort hören.«

Schweigend saß Hardy da und überlegte, wie weit er sich vorwagen sollte. »Es geht nicht nur um mich und um David«, sagte er. »Und nicht nur um versuchten Mord, sondern um tatsächlichen. Und außerdem um mehr als nur um einen.«

Jackman, der am Ende seiner Geduld angelangt zu sein schien, nickte zögernd. »Ich höre.«

Hardy schilderte seine Verschwörungstheorie: die Morde an Silverman, Creed, Terry und Wills und der Haftbefehl gegen seinen Mandanten. Jackmans Miene verfinsterte sich zusehends. Als Hardy mit dem Vorschlag endete, der Oberstaatsanwalt solle eine Grand Jury einberufen, um Panos' Unternehmen zu überprüfen – er sei sicher, man werde auf Hinweise stoßen, die wenigstens seine Mitarbeiter mit diesen Morden in Verbindung brächten –, wurde es Jackman schließlich zu bunt, ohne dabei laut zu werden.

»In anderen Worten: Nicht Ihr Mandant hat diese Morde begangen, sondern Panos. Jetzt soll er also auch noch ein Mörder sein.«

»Ja, Sir.«

»Und was ist mit der Polizei! All den Beweisen, die die Kollegen gesammelt, und den Zeugen, mit denen sie gesprochen haben?« Der Staatsanwalt redete sich in Rage. »Wenn ich mich nicht irre, Diz, haben Sie schon des Öfteren einen Menschen nicht deshalb verteidigt, weil er wirklich unschuldig ist, sondern weil niemand ihm seine Tat nachweisen konnte. Ist das richtig?«

»Ja, aber …«

»… aber ohne irgendwelche Beweise zu besitzen, behaupten Sie nun, Sie wüssten, dass Ihr Mandant unschuldig ist und dass stattdessen Wade Panos die Verbrechen begangen hat. Gebe ich Ihren Standpunkt richtig wieder?«

Hardy breitete die Hände aus. »Ich sage doch nur, dass es wert ist, sich die Sache einmal anzusehen. Mehr nicht.«

»Nein, Sie wollen viel mehr. Sie verlangen von mir, dass ich die Macht meines Amtes dazu einsetze, gegen einen unbescholtenen Bürger zu ermitteln, der zufällig Ihr Prozessgegner ist …«

»Clarence, das ist hier nicht …«

Aber Jackman unterbrach ihn mit einer Handbewegung. »Bitte, lassen Sie mich ausreden. Gleichzeitig beschuldigen Sie nämlichen unbescholtenen Bürger der Straftaten, die Ihrem eigenen Mandanten zur Last gelegt werden. Sie versuchen, meine Wut, die ich wegen des Überfalls auf David habe, auszunutzen. Wenn ich Sie nicht so gut zu kennen glaubte, würde ich fast annehmen, dass Sie ein zynischer Anwalt sind, der den Oberstaatsanwalt manipulieren will, um seinen Gegnern zu schaden.«

»Das ist nicht …«

Doch wieder fiel Jackman ihm ins Wort. »Ich muss Ihnen etwas sagen, Diz. Wenn einer Ihrer Mandanten Ihnen vorschlagen würde, so etwas von mir zu verlangen, würden Sie

ihn auslachen. Wenn Sie Wades Anwalt wären, und ich würde Sie zu mir zitieren, um über diese Vorwürfe zu sprechen, würden Sie mich verspotten. Wo sind die Beweise? Gibt es überhaupt auch nur den *kleinsten* Beweis?«

»Ich wette, dass es da welche gibt.«

»Tja, falls das so ist, haben offenbar weder Sie noch die Polizei sie gefunden. Und das, was sichergestellt wurde, weist offenbar auf die Schuld Ihres Mandanten hin. Wie ich gehört habe, sogar ziemlich eindeutig.« Er stieß sich von der Schreibtischkante ab, durchquerte wieder das Zimmer, nahm neben Hardy Platz und beugte sich in einer vertraulichen Geste vor. Offenbar war sein Ärger verraucht. »Diz, bedenken Sie doch, was Ihnen heute zugestoßen ist. Offenbar sind Sie schwer erschüttert. Eigentlich haben Sie mir nichts weiter erzählt, als dass das Rechtssystem seine Schwächen hat, und das wissen wir doch beide.«

»Niemand schaut in die richtige Richtung, Clarence.«

»Ich bin sicher, dass die Polizei den Hinweisen nachgeht. Das ist schließlich ihre Aufgabe.«

»Und die Polizei irrt sich nie, richtig?«

Und das war der Tropfen, der das Fass schließlich zum Überlaufen brachte.

Jackman ließ die Schultern hängen und stieß einen tiefen Seufzer aus. Dann stand er auf und setzte sich hinter seinen Schreibtisch. »Ich empfehle Ihnen, dafür zu sorgen, dass der Bericht darüber, was Ihnen und Ihrem Mandanten heute passiert ist, vollständig ist. Ich werde mit Polizeichef Rigby sprechen und veranlassen, dass Inspector Blanca eine Mannschaft zum Coit Tower schickt, bevor auch noch die letzte Spur verwischt ist.«

»Danke.« Hardy erhob sich. Die Besprechung war vorbei.

Doch Jackman hielt ihn an der Tür zurück. »Diz.«

Hardy drehte sich um. Jackman wies mit dem Finger auf ihn, um seine Worte zu untermauern. »Ich möchte, dass wir uns hier richtig verstehen: Falls wir je auf Verdachtsmomente

gegen Panos stoßen sollten, aber auch nur die geringste Gefahr der Unterstellung besteht, dass nur Anklage erhoben wurde, weil Sie mein Freund sind und nicht weil die Beweise für eine Verurteilung reichen würden, wird der Fall nicht aufgenommen. Wir würden uns beide blamieren. *Capisce*?«

»*Capisco.*«

»Also brauchen wir dieses Thema in Zukunft nicht mehr zu erörtern.«

Am liebsten wäre Hardy sofort nach Hause gefahren. Er wusste, dass er zum Fürchten aussah. Seine Rippen schmerzten, und seine linke Hand hatte wieder zu pochen begonnen. Doch es war bereits früher Freitagnachmittag; vielleicht würde er Blanca mit ein wenig Glück zu einer Wochenendschicht überreden können – nicht dass Glück etwas war, worauf er sich verlassen wollte, zumindest nicht heute.

Der Inspector der Bereitschaftspolizei war tatsächlich im Büro. Als Hardy vor seinem Schreibtisch stand, blickte Blanca durch ihn hindurch, bis Hardy das Wort ergriff. »Sergeant Blanca.«

Endlich sah Blanca ihn an und schien ihn zu erkennen. »Mr. Hardy? Verzeihung, ich hatte eigentlich mit einem Mann im Anzug gerechnet. Was zum Teufel ist denn mit Ihnen passiert?«

»Deshalb bin ich ja hier.«

»Tja.« Blanca richtete sich ein Stück in seinem Bürosessel auf. »Kommen Sie mit nach hinten, damit wir uns unterhalten können.«

Nachdem er Hardy einen Platz angeboten hatte, holte er ihm ein Glas Wasser und erkundigte sich währenddessen nach den Einzelheiten. Die zerschmetterte Windschutzscheibe. Der Bericht über die heutige Schießerei am Coit Tower, den er von den Einsatzbeamten bekommen würde. Blanca schrieb die Namen auf und machte sich eine Notiz, mit den Männern zu sprechen. Dann setzte sich der Sergeant wieder. »Also glauben Sie, dass es sich um denselben Täter handelt?«

»Es sind mindestens zwei Personen«, erwiderte Hardy.

»Okay, zwei, vielleicht drei. Und Sie sagen, diese Leute könnten auch Freeman zusammengeschlagen haben?«

Hardy nickte. »Ich habe keine Beweise, überhaupt keine, worauf Mr. Jackman mich gerade hingewiesen hat. Aber dennoch bin ich mir sicher, dass es dieselben Kerle sind.«

»Beim letzten Mal wollten Sie mir keine Namen nennen.«

»Aber ich habe Ihnen von der Klage erzählt, an der ich gerade arbeite.«

»Klar.« Plötzlich kam Blanca offenbar ein Gedanke, denn seine Augen leuchteten auf. Er griff nach dem gelben Notizblock, auf den er die Namen der beiden Polizisten notiert hatte. »Sie sagen auch, Sie hätten in Ihrer mehr als zwanzigjährigen Tätigkeit nie erlebt, dass jemand sich an den Anwälten der gegnerischen Partei gerächt hätte.«

»Stimmt, aber jetzt ist es anscheinend so weit.«

Blanca unterzog Hardys mitgenommenes Äußeres noch einmal einer kurzen Musterung. »Haben Sie jetzt einen Namen für mich?«

»Wade Panos.«

Blanca zuckte zusammen, als wäre er geschlagen worden. »Der Inhaber des Bewachungsunternehmens? Er ist der Größte in seiner Branche.« Er legte den Stift weg.

»Seine Männer, insbesondere ein Schlägertyp namens Nick Sephia, ich glaube, er ist Wades Neffe.«

Blanca brauchte nicht in seine Aufzeichnungen zu sehen. »Von dem habe ich auch schon gehört.«

»Das überrascht mich nicht. Als er noch für seinen Onkel arbeitete, war es seine Spezialität, leichten Mädchen Stoff unterzuschieben. Doch er hat auch schon Leute zusammengeschlagen. Inzwischen arbeitet er als Gorilla im Diamond Center. Ein richtiges Schätzchen.« Ein städtischer Beamter, der ihm aufmerksam zuhörte – das empfand er endlich einmal als eine nette Abwechslung. Hardy lehnte sich entspannt in seinem Sessel zurück. »Jackman sagt, Sie hätten einen Partner, der Sie bei den Ermittlungen im Fall Freeman unterstützt.«

»Stimmt«, erwiderte Blanca, »aber von welchen Ermittlungen sprechen Sie? Wir haben keine Zeugen, also niemanden, den wir befragen können, und Freeman ist noch immer nicht bei Bewusstsein.« Ehrlich bestürzt blickte er auf. »Auch beim zweiten Durchgang hat die Spurensicherung nichts gefunden, und damit meine ich, wirklich nichts. Wenn also nicht jemand hereinspaziert kommt und ein Geständnis ablegt, sind die Ermittlungen, wie Sie sie nennen, abgeschlossen.«

»Ich dachte, dass mein Missgeschick vielleicht ein Anlass wäre, sie wieder aufzunehmen. Möglicherweise könnten Sie an ein paar Bäumen rütteln und zum Beispiel überprüfen, ob Sephia ein Alibi hat.«

Zweifelnd schüttelte Blanca den Kopf. »Diese Spur ist ziemlich erkaltet, und wenn er Mittäter hatte, werden sie einander sowieso ein Alibi geben.«

»Gut. Aber ich bin keine erkaltete Spur. Jemand hat vor zwei Stunden auf mich geschossen. Man könnte doch bei Sephia anfangen und herausfinden, was er um diese Zeit so getrieben hat.«

»Okay. Haben Sie ihn eigentlich erkannt?«

Hardy schüttelte den Kopf. »Nur das Auto. Ein grauer Sedan, neues Modell. Dann die Pistole, und die hat, wie ich fürchte, meine ganze Aufmerksamkeit in Anspruch genommen.«

Blanca kicherte. »Ja, die Dinger haben das gewisse Etwas.«

»Ich finde, Sie sollten das, was mit mir passiert ist, als einen Aspekt im Fall Freeman einordnen. Wofür ich natürlich keine Beweise habe. Aber wenn Sie irgendwas rauskriegen, entweder oben am Coit Tower oder bei einer Vernehmung von Sephia …«

»Klar, schon verstanden, wird gemacht.«

Hardy brannte nicht unbedingt darauf, seiner Frau die Geschichte zu erzählen. Und in einer fairen, gerechten und gütigen Welt wäre sie auch nicht an einem Freitagnachmittag zu Hause gewesen, sodass er nach oben laufen, duschen und ei-

nen anderen Anzug oder sogar Freizeitkleidung hätte anziehen können. »Oh, ohne David gab es im Büro nicht viel zu tun, und so dachte ich, ich könnte ein bisschen Zeit mit dir und den lieben Kleinen verbringen.« Er hätte seine zerrissenen Sachen tief unten in der Mülltonne verstecken und seine Kratzer mit einer lustigen Anekdote über die angriffslustigen Katzen eines Mandanten erklären können.

Doch Frannie saß auf ein paar Kissen im Wohnzimmererker in ein Lehrbuch vertieft, sodass sie ihn sofort bemerkte, als er die Stufen zur Veranda hinaufstieg. Sie riss die Tür auf, noch bevor er sie erreicht hatte. »Was ist passiert?«

»Es ist nicht so schlimm, wie es aussieht«, entgegnete er.

Zwanzig Minuten später nahm er oben ein heißes Bad. Abgesehen von den Kratzern an den Händen hatte er schlimme Abschürfungen am Rücken davongetragen. Frannie saß am Badewannenrand und knäuelte nervös ein Handtuch zusammen. »Offenbar komme ich nicht ganz mit«, sagte sie. »Wer hat Silverman erschossen?«

»Das weiß ich nicht. Zumindest nicht genau. Vielleicht Sephia.«

»Und deshalb verdächtigst du auch Panos?«

»Genau. Falls er überhaupt informiert war.« Er seufzte auf. »Sie waren zu dritt. Und dieselben Täter müssen Silverman und Creed umgelegt haben, richtig?«

»Gut.«

»Aber warum musste Creed sterben?«

»Damit er den Polizisten von der Mordkommission nicht sagen konnte, dass er, was die Identifikation von John und seinen Freunden anging, doch nicht so sicher war.«

»Stimmt. Und wer profitiert davon?«

»Die wirklichen Mörder, wer immer sie auch sein mögen.«

»Exakt. Also haben sie beschlossen, Terry und Wills zu beseitigen, damit es so aussieht, als wäre John der Täter. So muss es gewesen sein. Die Polizei ermittelte gegen die drei und hatte keine anderen Verdächtigen. Deshalb versteckten die Täter die Tatwaffe in den Fällen Silverman und Creed und einen Teil der

Beute aus dem Raubüberfall aus Silvermans Laden in beiden Wohnungen, und bingo!«

»Aber eigentlich wollen sie gar nicht, dass John verhaftet wird«, kombinierte Frannie.

»Nein, sie wollen ihn tot. Dann hört die Fragerei nämlich auf, weil sich niemand mehr für das Thema interessiert. Das waren nur ein paar heruntergekommene Typen, die in gegenseitigem Einvernehmen aus dem evolutionären Kreislauf ausgeschieden sind. Ein wasserdichter und klarer Fall, und alle Beteiligten sind tot.«

»Stimmt nicht ganz. Du bist noch übrig.«

Kopfschüttelnd sah er sie an. »Sie hatten es auf uns beide abgesehen ...«

»Aber wie konnten sie wissen, dass ihr zusammen seid?«

»Keine Ahnung. Wahrscheinlich haben sie damit gerechnet, dass John irgendwann zu mir in die Kanzlei kommen oder dass ich ihn aufsuchen würde. Darum haben sie mich eine Weile beschattet. Beinahe wäre ihr Plan aufgegangen. Nur dass ich sie rechtzeitig bemerkt habe.«

»Wenn es also gar nicht um Davids Prozess geht, warum haben sie ihn dann überfallen?«

»Beziehungsweise uns beide, wenn man die Sache mit der Windschutzscheibe bedenkt. Möglicherweise haben sie zwei verschiedene Motive.«

»Das klingt doch ziemlich weit hergeholt, Dismas.«

Er nickte bedrückt. »Genau das waren auch Jackmans Worte, wenn ich mich recht entsinne.«

»Und die in den beiden Wohnungen sichergestellten Beweisstücke? Ist so etwas möglich? Bist du sicher, dass John bei dem Überfall auf Silverman nicht dabei war?«

Er zögerte und schüttelte dann den Kopf. »Nein.«

»Oder dass dieser Nick Sephia es war?«

Keine Antwort.

Frannie schnalzte mit der Zunge, stand auf und ging zur Tür. »Ich meine, ich kann mir auch nicht vorstellen, dass John jemanden umbringt, aber ...«

»Seinen Barmann und dessen Freund hat er ganz sicher nicht ermordet, Frannie. Er ist doch keine Bestie. Das glaube ich auf keinen Fall.«

»Okay, da stimme ich dir zu.« Sie drehte sich wieder zu ihm um. »Vielleicht könntest du mit dem Mann reden, der Abes Job übernommen hat.«

»Nein. Das geht nicht.«

»Warum?«

»Weil er einen Verdächtigen hat und ich der Anwalt dieses Mannes bin. Meine Aufgabe besteht darin, John bei ihnen abzuliefern, damit sie ihn festnehmen können. Wie ich dir gestern Abend schon erklärt habe, bin ich Verteidiger, weshalb sich mein Interesse an Recht und Gesetz darin erschöpft, meine Mandanten rauszupauken.«

»Aber Abe hat sich doch mit dir über den ein oder anderen Fall ausgetauscht.«

»Und das gehört zu den Dingen, die ich so an ihm schätze. Doch er hat sich deshalb mehr als einmal Schwierigkeiten eingehandelt und mir klipp und klar gesagt, dass er sich weigert, über diese Sache hier zu reden.«

»Vielleicht tut er es trotzdem, wenn er erfährt, dass auf dich geschossen wurde.«

Als Dismas seine Position in der Badewanne verlagerte, stöhnte er unwillkürlich auf. »Wahrscheinlich ist es einen Versuch wert«, meinte er. »Ich muss etwas unternehmen.«

Sie kam wieder näher, setzte sich auf den Badewannenrand und legte ihm sanft die Hand auf die Schulter. »Du hörst es vielleicht nur ungern, aber du solltest dir überlegen, ob du diesen Prozess nicht doch besser aufgibst. Schau nur, was mit David passiert ist, und lass es dir eine Warnung sein.«

Er dachte eine Minute ernsthaft darüber nach. »Vielleicht wird es ohnehin darauf hinauslaufen. Ich kann es mir nicht leisten, die Sache allein weiterzubetreiben. Aber es wäre sicher möglich, eine der großen Kanzleien zu überzeugen, den Fall zu übernehmen. Es könnte viel dabei herausspringen.«

»Wenn du gewinnst.«

»Das ist immer die Frage. Aber am liebsten würde ich Panos noch ordentlich einheizen, um wenigstens ein höheres Angebot für eine außergerichtliche Einigung und eine Übernahme der Spesen und des Honorars für die bereits geleisteten Arbeitsstunden herauszuschlagen. Aber das heute Morgen hatte meines Erachtens nichts mit dem Verfahren zu tun. Solange Freeman schachmatt gesetzt ist, wird die Sache, so hoffen sie, sowieso von allein einschlafen. Also galt der Anschlag gewiss hauptsächlich John.«

Frannie streichelte ihm die Schultern. »Möchtest du noch einen unerfreulichen Vorschlag hören?«

»Von dir? Immer.«

»Du könntest ihn auch fallen lassen, Dismas«, sagte sie zögernd.

Seufzend ließ er den Kopf hängen. »Nein«, entgegnete er schließlich. »Das ist zwar ziemlich verlockend, und vielleicht hat John es auch verdient, aber ich bringe es einfach nicht übers Herz.«

»Obwohl auch dein Leben in Gefahr ist?«

»Mag sein. Aber wahrscheinlich haben die Jungs es auf Johns Leben abgesehen.«

»Was für eine schlaue Schlussfolgerung: Obwohl sie deine Windschutzscheibe zerschlugen und auf dich geschossen haben, sind sie eigentlich nicht hinter dir her.«

Er grinste sie an. »Ich behaupte ja nicht, dass es unmöglich ist, es ist nur ziemlich unwahrscheinlich. Ich habe diesen Sergeant Blanca endlich dazu gebracht, Sephia unter die Lupe zu nehmen. Wenn er was findet, und das wird er sicher, passt plötzlich alles prima zusammen. Damit meine ich Silverman und die übrigen Morde.«

»Es passt zusammen? Wie das denn? Was haben die Angriffe auf dich und David mit den Morden zu tun? Wo ist die Überschneidung, die einen Zusammenhang ergibt? Von meiner Warte aus kann ich nur eine erkennen.«

»Und die wäre?«

»John Holiday.«

Blanca verlor keine Zeit, nachdem Hardy sich verabschiedet hatte. Er griff zum Telefon, rief die Auskunft an und ließ sich die Nummer von Georgia AAA geben. Nachdem er sich ein paar Minuten lang kreuz und quer durchs Haus hatte verbinden lassen, bekam er endlich den Sicherheitschef des Diamond Center an die Strippe, der ihm mitteilte, Nick Sephia habe sich für ein verlängertes Wochenende freigenommen.

Ein gutes Zeichen, dachte Blanca. Wenn er frei hatte, hatte er Zeit, in einer grauen Limousine herumzufahren und sich unbeliebt zu machen. Also gut. Nun wusste er, wo Sephia nicht war. Jetzt ging es nur noch darum, seinen Aufenthaltsort zu ermitteln.

Die Antwort, die ihm zuerst einfiel, war WGP – Panos' Firma –, und manchmal traf das Offensichtliche tatsächlich zu. Die tüchtig klingende Dame in Panos' Büro erwiderte, sie habe keine Ahnung, wo Nick Sephia sei, weil er nicht mehr für die Firma arbeite. Doch sie notierte Blancas Nummer und versprach, Wade Panos um Rückruf zu bitten. Drei Minuten später läutete Blancas Telefon: Es war Panos selbst. Sein Tonfall war lässig. »Darf ich Sie fragen, worum es geht, Sergeant?«

»Selbstverständlich. Ich wollte ein paar Worte mit Nick Sephia sprechen. An seinem Arbeitsplatz habe ich es bereits versucht, aber offenbar hat er heute frei.«

»Und Sie glauben, ich könnte wissen, wo er ist?«

»Soweit ich informiert bin, ist er Ihr Neffe.«

»Das stimmt.« Panos hielt inne. »Und daraus schließen Sie, dass ich über sein Kommen und Gehen im Bilde bin. Wie viele Neffen haben Sie, Sergeant? Können Sie mir sagen, wo sie sind? Wenn er nicht arbeitet, ist er vermutlich zu Hause. Seine Adresse weiß ich nicht auswendig, irgendwo in der Nähe der Gough Street, glaube ich. Kann sein, dass wir die Adresse oder die Telefonnummer in irgendwelchen Akten im Büro haben. Er hat eine Weile für mich gearbeitet, aber das wissen Sie wahrscheinlich bereits.«

»Ja, Sir.«

»Aber mein kleiner Bruder Roy trifft sich ab und zu mal mit ihm. Ich könnte ihn anfunken und fragen. Er hat heute Dienst.«

»Ich wäre Ihnen sehr dankbar.«

»Gut. Aber Sie haben mir immer noch nicht erzählt, worum es geht.«

»Ich dachte, das hätte ich. Ich wollte ein paar Worte mit ihm wechseln.«

Panos kicherte. »Entschuldigen Sie, Sergeant, aber unter Gesetzeshütern können wir den Unsinn doch lassen, okay? Meine Frage war, worüber Sie ein paar Worte mit ihm wechseln wollten.«

Blanca überlegte kurz. »Über seine mögliche Beteiligung an einer Straftat, einem Gewaltverbrechen.«

Eine lange Pause entstand. Dann erwiderte Panos mit bedrückter Stimme: »Ich bedaure, das zu hören. Eigentlich hatte ich gedacht, der Junge hätte sich gebessert. Schließlich hat er einen neuen Job. Er ist zwar ein wenig aufbrausend, Sergeant, aber eigentlich ist er ein guter Kerl.«

»Hier geht es nicht um einen Wutanfall«, entgegnete Blanca. »Und der Täter ist eindeutig kein guter Kerl.«

Panos seufzte. »Mein Gott. Die arme Rosie – das ist seine Mutter. Was diese Frau durchgemacht hat.« Wieder ein Seufzen. »Ich funke jetzt Roy an und frage ihn, ob er Ihnen helfen kann. Ach, noch etwas …«

»Ja, Sir.«

»Mich würde interessieren, woher Sie wissen, dass Nick für mich gearbeitet hat und dass er mein Neffe ist.«

»Ich habe mit jemandem gesprochen, der ihn kennt«, erwiderte Blanca.

»Ach, wirklich? Hieß dieser Mensch zufällig Hardy?«

»Es war ein Zeuge. Den Namen darf ich Ihnen nicht nennen.«

»Nein, natürlich nicht. Aber vielleicht interessiert es Sie – womit ich nicht behaupten will, dass er es war –, dass dieser Hardy und ich gegnerische Parteien in einer Millionenklage

sind. Er ist Anwalt, ein Winkeladvokat, wenn Sie die Wahrheit wissen wollen, und gibt nicht viel auf das Gesetz.« Etwa eine Minute lang schilderte Panos die wichtigsten Punkte des Prozesses – die Kläger, einige der Klagepunkte und die geforderte Summe.

»Passen Sie auf, dieser Typ erfindet alles Mögliche, wenn sich die Dinge nicht in seinem Sinne entwickeln«, beendete er ernst seine Ausführungen. »Damit will ich nicht behaupten, dass das etwas mit Ihren Fragen an Nick zu tun hat. Nick ist ein Hitzkopf, das stimmt. Doch dieser Hardy ist für seine Verstöße gegen die Standesordnung berüchtigt. Für schwere Verstöße. Tun Sie sich den Gefallen und hören Sie sich ein wenig um. Natürlich nur, wenn er es war, der Sie auf Nick gebracht hat. Ich wollte Sie bloß warnen. Roy wird sich übrigens jeden Moment bei Ihnen melden.«

Kurz darauf ging der Anruf wie angekündigt ein, und Roy Panos teilte Blanca mit, Nick sei mit einem Freund am vergangenen Abend nach Nevada gefahren, um dort das Wochenende zu verbringen – er hatte eine Schwäche fürs Pokern –, bevor im nächsten Monat wegen der Wintersaison alles überfüllt sein würde. Roy plante, heute Abend nach Dienstschluss nachzukommen. Wahrscheinlich würden sie sich tagsüber einfach in der gemieteten Hütte die Zeit vertreiben und nachts die verschiedenen Clubs besuchen. Er könne dem Sergeant gern die Telefonnummer der Hütte geben, falls dieser das wünsche.

Blanca wählte 775, die Vorwahl für Nevada, und die angegebene Durchwahl.

»Nein, hier ist Julio Rez. Doch, Nick ist hier. Einen Moment bitte.«

»Hier ist Nick Sephia. Wer spricht da?«

Da Blanca noch nie ein Wort mit Sephia gewechselt hatte, konnte er nicht sagen, ob er wirklich der Mann am Telefon war. Allerdings fand er es ziemlich unwahrscheinlich, dass sich jemand in den knapp fünfzehn Minuten seit seinem Anruf in Panos' Büro ein so kompliziertes Täuschungsmanöver einfallen lassen würde. Vor Gericht galt das natürlich nicht als Be-

weis, doch Blanca war felsenfest davon überzeugt, dass er mit Nick Sephia sprach; und wenn unterwegs kein Verkehr geherrscht hatte, befand er sich in diesem Moment tatsächlich vier Autostunden weiter östlich.

Was wiederum bedeutete, dass Sephia nicht vor drei Stunden auf Dismas Hardy hatte schießen können.

Doch was sollte er nun von Hardy halten? Blanca wusste es nicht. Noch nicht. Schon aus Mitleid mit David Freeman wollte er diesen Mann sympathisch finden und ihm vertrauen; doch plötzlich beschlich ihn ein mulmiges Gefühl.

Blanca betrachtete den Hörer in seiner Hand. Mehr hatte er von Nick Sephia gar nicht wissen wollen. Er legte auf.

Am Abend des letzten Arbeitstages in der Woche ging es in Barry Gersons Büro in der Mordkommission ziemlich hoch her. In dem kleinen, stickigen Raum drängten sich einige zumeist kräftige Männer. Alle standen. Jakes und Warren, die beiden Streifenpolizisten, die dem Notruf an den Coit Tower gefolgt waren, waren gleich nach Ende ihrer Schicht erschienen. Damit hatte alles anfangen. Da sie wussten, dass der flüchtige Mordverdächtige in den Zwischenfall um die Mittagszeit am Coit Tower – wobei sie nicht so recht an eine Schießerei glaubten – verwickelt gewesen war, hielten sie es für ihre Pflicht, ihre Informationen an die Mordkommission weiterzugeben. Gerson hatte selbstverständlich sofort Cuneo und Russell hereingerufen, die eigentlich nur noch ein wenig Verwaltungsarbeit erledigen und dann nach Hause hatten gehen wollen.

Nach dem Telefonat mit Nick Sephia hatte Hector Blanca den halben Nachmittag mit der interessanten Aufgabe verbracht, den Bericht über Hardys zerschlagene Windschutzscheibe nach dem Namen Panos zu durchsuchen. Danach beschloss er, Panos' Rat zu folgen und Erkundigungen über Hardy einzuziehen. Er wandte sich gleich an die beste Quelle, die ihm einfiel: den Oberstaatsanwalt, der seit dem Überfall auf Freeman immer für ihn zu sprechen war. Jackman stellte

Hardy nicht gerade ein strahlendes Leumundszeugnis aus: »Er ist ein guter Anwalt.« Dann: »*Verteidiger*, sollte ich besser sagen.« Kaum hatte Blanca den Namen Dismas Hardy fallen gelassen, war Jackmans Ton unversehens abgekühlt, woraus Blanca schloss, dass der Oberstaatsanwalt sich über Hardy geärgert haben musste.

Nach dem Telefonat versuchte Blanca, Jakes und Warren zu erreichen, um sich die Ereignisse am Coit Tower schildern zu lassen. Er wunderte sich, als der Sergeant vom Zentralrevier ihm mitteilte, die beiden Polizisten sprächen gerade in diesem Moment in der Mordkommission im dritten Stock vor, also eine Etage über ihm. Vielleicht könne er sie ja noch abfangen.

Also befand sich auch Blanca – als Letzter eingetroffen – in Gersons Büro. Zunächst hatte er befürchtet, David Freeman sei gestorben, als er das Wort Mordkommission hörte – obwohl Freeman doch überhaupt nichts mit Jakes und Warren zu tun hatte. Allerdings wusste er nichts von einem anderen Mord, der in Zusammenhang mit den Überfällen auf Freeman und Hardy stand. Nachdem Gerson ihm – ein wenig widerstrebend – Einlass in sein Büro gewährt hatte, versuchte er herauszufinden, worum es bei der Zusammenkunft überhaupt ging. Schließlich jedoch blieb ihm nichts anderes übrig, als das Gespräch zu unterbrechen.

»Verzeihung, ich höre hier ständig den Namen Holiday«, sagte er. »Ich dachte, wir wären wegen Hardy und vielleicht wegen Freeman hier.«

»Wer ist Freeman?«, fragte Gerson.

»Hardys Partner«, erwiderte Blanca. »Er liegt drüben im St. Francis auf der Intensivstation. Jemand hat ihn zusammengeschlagen, und zwar ziemlich brutal. Aber wer ist dieser Holiday?«

»Hardys Mandant«, entgegnete Gerson. »Gegen ihn besteht ein Haftbefehl wegen Mordes. Wegen vierfachen Mordes, um genau zu sein.«

»Moment mal, da blicke ich nicht ganz durch«, sagte Blanca. »Dieser Holiday war heute mit Hardy zusammen? Wann?«

»Als auf die beiden geschossen wurde«, antwortete Warren. »Gegen Mittag.«

»Vielleicht«, ergänzte Jakes.

Russell beschloss, sich in die Unterhaltung einzumischen. »*Vielleicht* was? Meinen Sie, dass Holiday *vielleicht* da war?«

»Nein, dass *vielleicht* auf sie geschossen wurde«, gab Jakes zurück. »Möglicherweise war Hardy ja auch allein.«

»Nein, das kann nicht sein!« Offenbar hatten Warren und Jakes den Fall bereits erörtert und waren verschiedener Ansicht. »Jakes sieht zu viel fern.«

»Hey!«, protestierte Jakes, und es klang gar nicht scherzhaft. »Nenn mir einen Beweis dafür, dass es tatsächlich passiert ist.«

»Ich habe diesen Hardy gesehen, und das reicht mir als Beweis. Der Typ war fix und fertig.«

»Das beweist gar nichts. Er hätte sich auch selbst so zurichten können.«

»Ja, aber warum?« Warren schüttelte den Kopf. »So einen Mist macht doch niemand.«

»Moment mal, jetzt aber Ruhe!«, sagte Gerson, dem es allmählich zu bunt wurde. »Officer Jakes, was wollten Sie gerade sagen?«

Der junge Mann räusperte sich. »Nur, dass wir die Umgebung sorgfältig abgesucht haben, Sir. Einiges an Mr. Hardys Geschichte erschien mir, tja, ein wenig fragwürdig.«

»Was zum Beispiel?«

»Zum Beispiel seine Behauptung, dass sonst niemand da war. Schließlich sprechen wir hier vom Coit Tower um die Mittagszeit.«

»Es war neblig, Doug, kapierst du es endlich?«

»Ruhig jetzt!«, fuhr Gerson ihn an. »Machen Sie weiter, Jakes.«

»Gut, es war neblig. Als ob es sonst nie neblig wäre. Wir sind hier in San Francisco: Die Leute wissen, was Nebel ist. Und sie fahren trotzdem zum Coit Tower. Also hat mich zuerst gewundert, dass er und Holiday allein da oben gewesen sein

wollten. Und als wir zwanzig Minuten später kamen, wimmelte es dort von Autos und Bussen. Okay, dann hat er was von quietschenden Reifen erzählt. Aber es gab keine Reifenspuren. Gut, da war ein abgebröckeltes Stück Zement, wo eine Kugel eingeschlagen ist, vielleicht aber auch nicht. Oh, und es wurden sechs Schüsse abgegeben, aus nächster Nähe ...«

»Aus einem fahrenden Auto«, platzte Warren heraus und hob entschuldigend die Hand. »Verzeihung, Sir.«

»Okay, aus einem fahrenden Auto, aber niemand wurde verletzt. Dann haben wir unten an der Lombard Street die Anwohner befragt. Einige Leute waren zu Hause, aber niemand hat einen Schuss gehört.«

Im Moment war das einzige Geräusch ein leises Summen – Cuneo. Niemand schien ihn zu bemerken.

»Gut«, sagte Gerson. »Und was bedeutet das?«

»Er glaubt nicht, dass es passiert ist«, sagte Cuneo. »Sondern dass Hardy die Geschichte erfunden hat.«

»Das ist richtig, Sir. Das glaube ich.«

Als Warren die Hand hob, zeigte Gerson auf ihn und nickte. »Schießen Sie los.«

»Ich habe diesen Hardy gesehen, Sir. Er war von Kopf bis Fuß zerkratzt. Nagelneuer schicker Anzug. Überall Verletzungen und Abschürfungen.«

Jakes ließ sich davon nicht anfechten. »Dieser Hügel ist ganz schön steil. Wenn man da in einem Anzug runterrollt, zerreißt er nun mal, und man zerkratzt sich.«

»Okay, meinetwegen, aber warum sollte jemand – *irgendjemand*, ganz zu schweigen von einem erfolgreichen Anwalt – so etwas tun?«

In Blanca wuchs das Erstaunen darüber, dass Hardy heute so viel Zeit in seinem Büro verbracht und in allen Einzelheiten über den Zwischenfall am Coit Tower gesprochen hatte, ohne es für nötig zu halten zu erwähnen, dass er den Mörder John Holiday juristisch vertrat und dass besagter Holiday während der Schießerei anwesend gewesen war. Er beschloss, etwas zu der Debatte beizutragen, räusperte sich, hob die Hand und

wandte sich an Gerson. »Wenn ich darf, Lieutenant, würde ich gern etwas hinzufügen.«

»Einverstanden.« Gerson sah sich um. »Wir hören.«

Blanca, der immer noch in der Tür stand, hielt ein Bündel Papiere hoch. »Das ist ein Bericht über einen anderen Zwischenfall, der sich Mittwochnacht in North Beach ereignet hat und in den Hardy ebenfalls verwickelt ist. Während er und seine Frau beim Abendessen im Fior d'Italia waren – sie haben das Essen übrigens stehen gelassen –, hat jemand angeblich die Windschutzscheibe ihres Autos eingeschlagen. Hardy sagte den Kollegen gegenüber, er habe einen Verdacht, was den Täter angehe, halte weitere Ermittlungen aber für überflüssig. Die Vandalen, so sagte er, hätten gewiss keine Spuren hinterlassen. Er hatte sich die Hand verletzt, und das Blut auf der Motorhaube, so sagte er, stamme von ihm. Er behauptete, er habe beim Anblick des Schadens vor lauter Wut mit der Faust gegen die Windschutzscheibe geschlagen.«

»Gut«, meinte Gerson. »Und worauf wollen Sie hinaus?«

»Auf zwei Dinge, Lieutenant. Erstens ist es möglicherweise wirklich so passiert, wie es den Anschein hatte. Vielleicht hat er sich die Hand aber auch bei dem Versuch verletzt, das Fenster selbst einzuschlagen, bevor er einen Wagenheber oder Ähnliches benutzt hat. Ebenso wie heute weist nichts darauf hin, dass seine Darstellung der Situation Hand und Fuß hat.«

Alle im Raum lauschten gebannt Blancas Ausführungen. Dieser sprach weiter. »Mein zweiter Einwand bezieht sich auf Officer Warrens Frage, warum jemand so etwas tun sollte. Die Antwort ist, dass Hardy in beiden Fällen einen Mann namens Wade Panos beschuldigt …«

»Wade Panos!«, rief Cuneo, aus seiner Trance gerissen. »Wade Panos läuft nicht herum und schlägt Autoscheiben ein. So etwas Dämliches habe ich ja noch nie gehört.«

Russell war gleichermaßen empört. »Soll das bedeuten, dieser Hardy hat tatsächlich Wade als denjenigen bezeichnet, der auf ihn geschossen hat?« Er sah Warren und Jakes um Bestätigung heischend an, und beide nickten.

Doch Blanca erwiderte: »Nicht ganz. Er sagte, vermutlich sei es nicht Panos selbst gewesen. Er habe einen Neffen namens Sephia ...«

»Klar«, erwiderte Cuneo. »Nick.«

»Nur dass Nick den ganzen heutigen Tag in Incline Village verbracht hat«, fuhr Blanca fort. »Seit gestern Abend. Roy Panos hat mir seine Nummer gegeben, und ich habe das nachgeprüft. Also kann er auf niemanden geschossen haben.«

»Roy ist in Ordnung«, meinte Cuneo.

»Kennen Sie ihn?«, erkundigte sich Blanca. »Oder den anderen?«

»Beide«, antwortete Russell. »Sie haben uns die Namensliste gegeben, die uns direkt zu Holiday geführt hat.«

Nun wurde es totenstill im Raum. »Mist«, zischte Jakes.

Nach einer langen Pause griff Blanca den Faden wieder auf. »Also haben wir hier das fehlende Teil des Puzzles. Hardy prozessiert derzeit gegen Panos. Er hat ihn wegen gewalttätiger Übergriffe in seinen Wachbezirken auf mehrere Millionen Dollar verklagt. Und dreimal dürfen Sie raten, wen sonst noch.« Als niemand etwas sagte, sprach er weiter: »Die Polizei von San Francisco. Wegen Fahrlässigkeit bei der Aufsicht.«

Höhnisches Lachen und Fluchen im ganzen Raum. Nachdem die erste Wut unter den anwesenden Kollegen verraucht war, wandte Warren sich als Erster wieder dem Thema zu. »Also hat Hardy das alles nur vorgespielt ... und warum?«

»Ich sehe da zwei Gründe«, erwiderte Gerson. »Erstens will er Panos ruinieren – und dazu braucht er vor Gericht mehr Munition. Und zweitens – und das ist wirklich das Allerletzte – möchte er den Geschworenen vermutlich den Floh ins Ohr setzen, dass Nick Sephia irgendwas mit den Morden zu tun hat, die auf Holidays Konto gehen. Die alte Soddit-Verteidigung.«

»Was ist denn das?«, fragte Jakes.

»*Some Other Dude Did It* – ein anderer war's«, erklärte Gerson. »Und, hoppla, vielleicht war dieser andere ja Nick Sephia. Hardy muss nur vernünftige Zweifel wecken. Wenn er

es schafft, den Geschworenen weiszumachen, dass Sephia auf ihn und seinen Mandanten geschossen hat …«

»So ein Schwein«, sagte Cuneo und gab damit die Meinung aller Anwesender wieder.

Einstimmig.

TEIL DREI

Holiday hatte sich Michelles Auto geliehen und fuhr auf einer Umgehungsstraße durch den Süden der Stadt. Hardy hatte ihn streng angewiesen, auf keinen Fall auch nur einen Fuß vor die Tür zu setzen, bis die Sache aus der Welt geschafft sei. Glitsky habe offenbar die nötigen Beweise, um ihre Gegenspieler festzunehmen und damit ihn, Holiday, von jeglichem Verdacht zu befreien. Er würde den Oberstaatsanwalt und selbst die Mordkommission vor vollendete Tatsachen stellen. Glitsky sage, alles würde gut werden; Holiday solle sich gedulden.

Das Problem war bloß, dass es sich eigentlich um Holidays Kampf handelte, nicht um den von Glitsky und Hardy. Diese Schweine hatten bereits zwei seiner Freunde auf dem Gewissen, versuchten ihn umzubringen und hatten ihm die Polizei auf den Hals gehetzt. Da konnte Hardy reden, so viel er wollte, es bestand kein Zweifel daran, dass seine Feinde Mittel und Wege finden würden, ihm den Garaus zu machen, wenn er erst einmal in Haft war. Panos hatte Beziehungen innerhalb des Polizeiapparats. Es ging um gewaltige Geldsummen. Diese Leute hatten bereits mehrmals getötet – und sie würden es wieder tun, ganz egal, wo. Sogar im Gefängnis.

Holiday warf einen Blick auf die Pistole auf dem Beifahrersitz und auf die restlichen Patronen in der Schachtel. Er griff nach der Waffe, wog sie in der Hand und legte sie wieder

weg. Dann wischte er sich den Schweiß von der Stirn. Ihm war warm, und er kurbelte das Fenster ein kleines Stück hinunter. Draußen war es kalt, bewölkt und windig. Er öffnete das Fenster noch ein Stück. Aber er schwitzte noch immer.

Er wusste, dass er auch einfach weiter nach Süden fahren konnte. Michelle würde erst spät nach Hause kommen, sodass niemand das Auto vermissen würde. Wenn er die Autobahn nahm, würde er das Umland von San Francisco in ein paar Stunden hinter sich haben und bis zum Abend in einem anderen Bundesstaat sein. Vielleicht sogar in einem anderen Land. Es war noch nicht halb zwei. Wenn er etwas Gas gab, könnte er es bis Mitternacht nach Tijuana schaffen. Und nachdem Glitsky und Hardy alles für ihn erledigt und die Behörden endlich begriffen hatten, dass Sephia und seine Freunde doch die Schuldigen waren, würde er einfach zurückkommen, das Ark wieder eröffnen und weitermachen wie bisher. Gut, es war sein Kampf, aber musste er ihn wirklich persönlich führen? War das nicht etwas für Idioten?

Doch was war mit Michelle?

Jahrelang hatte Holiday sich als tragische Gestalt gebärdet. Vom Leben gebeutelt, von der Liebe verletzt, vom Verlust gezeichnet, war es ihm angeblich nicht möglich gewesen, Verantwortung zu übernehmen. Die Frauen hatten immer verständnisvoll reagiert, und sicher würde auch Michelle Verständnis aufbringen. Er, John, war zu feinfühlig für diese Welt. Dass sein gebrochenes Herz jemals heilen würde, stand einfach nicht auf der Tagesordnung.

War er wirklich schon bereit, sich endgültig von diesem Theater zu verabschieden?

Ja. All das Umherirren, das Spielen, das Trinken hatte ihm nicht eine Minute wirklichen Glücks eingebracht – ebenso wenig wie die wechselnden Liebschaften. Glück, das kannte er erst wieder seit Michelle. Auch Dismas Hardy hatte ihn mit offenen Armen wie einen Bruder aufgenommen, seine Witze, seine Besuche und seine Katerstimmung erduldet; nur der Himmel wusste, warum. Sollten Diz und Michelle nun zu

weiteren Brandopfern auf dem Altar seines jämmerlichen Selbstmitleids werden?

Jetzt kam die letzte Abzweigung vor der Autobahn, doch John nahm sie nicht. Plötzlich von Angst ergriffen, wurde ihm klar, dass er nicht nach Mexiko fahren würde, sondern zum Pier 70, wo Glitsky alle Hilfe brauchte, die er kriegen konnte. Dismas hatte sich nicht festgelegt, ob er selbst dort sein würde – vielmehr hatte er es weit von sich gewiesen. Das sei Aufgabe der Polizei, hatte er beteuert. Zivilisten hätten dort nichts zu suchen, störten nur.

Aber John kannte Dismas. Er würde kommen.

Und nachdem die Sache aus der Welt geschafft war, würde Holiday sich endlich um das Ark, um Michelle und um seine sonstigen Angelegenheiten kümmern. Nämlich um sein Leben.

19

Am Samstagnachmittag führten Hardy und Glitsky mit leisen Stimmen ein ernstes Gespräch im Wohnzimmer. Plötzlich stand Vincent in der Tür. Er trug ein T-Shirt mit der Aufschrift »Jerry Rice, 49ers«, Tennisschuhe und wadenlange, weite Bermudas und war von oben bis unten mit Schlamm bespritzt. Hardy betrachtete seinen Sohn mit einer unheilvollen Vorahnung und kaum verhohlener Ungeduld.

»Dad«, sagte Vincent ohne Begrüßung. »Ich brauche eine Kettensäge.«

Obwohl Glitsky eigentlich gar nicht in Stimmung dazu war, spielte ein seltenes Lächeln um seine Lippen. »Wer tut das nicht, Vin? Wer tut das nicht?«

»Eine Kettensäge?« Hardy, dem noch immer der Rücken wehtat, hatte es sich in seinem Lesesessel bequem gemacht und die Füße hochgelegt. »*Eine Kettensäge?*«

»So was kann jeder irgendwann mal gebrauchen«, meinte Glitsky.

Vincent ließ sich nicht beirren. »Kann sein. Aber ich brauche sie sofort. Wirklich.«

»Wozu?«, erkundigte sich sein Vater.

»Um Zeug zu zersägen.«

»Siehst du«, sagte Glitsky. »Was hast du denn gedacht, Diz? Um Zeug zu zersägen. Was soll man sonst mit einer Kettensäge anfangen?«

»Ich habe mal in Venice Beach zwei Typen gesehen, die mit so einem Ding jongliert haben«, sagte Hardy. »Mit einer Kettensäge, einer Bowlingkugel und einem Ei. Das war stark!« Er drehte sich zu seinem Sohn um. »Was willst du denn zersägen, Vin?«

»Ein paar Bäume drüben im Park.« Er deutete in einer unbestimmten Richtung nach draußen. »Die Äste hängen über die Seitenlinie auf dem Footballfeld.«

»Welchem Footballfeld?«

»Dem am Ende der Straße. Wir haben fürs Turnier trainiert.«

Als Hardy sich vorbeugte, verzog er das Gesicht. »Da gibt es doch gar kein Footballfeld.«

»Doch. Wir machen uns eins.«

»Und dazu brauchen sie die Kettensäge«, fügte Glitsky hinzu. »Ist doch klar.«

Hardy kannte den Trainingsplatz der Jugendmannschaft gut. Es handelte sich um ein kleines Stück Land gleich links vom Eingang zu dem prunkvollen und majestätischen Palace of the Legion of Honor, einer der Sehenswürdigkeiten, die San Francisco zu bieten hatte. Hardy gehörte zu einer Gruppe von Vätern aus dem Viertel, die sich vor ein paar Jahren an die Parkverwaltung gewandt und ein Absperrgitter für das Spielfeld gefordert hatte, damit die Jungen eine mit Gras bewachsene ebene Fläche zum Trainieren bekamen. Die Parkverwaltung hatte sich irgendwann einverstanden erklärt, allerdings unter der Bedingung, dass es sich nur um eine vorübergehende Genehmigung für die Frühjahrsmonate handelte. Außerdem dürfe die Wiese auf keinen Fall dabei Schaden nehmen. Nach dem Aussehen seines Sohnes zu urteilen, hatte sich der Platz inzwischen offenbar in ein Schlammloch verwandelt, und nun verlangte er eine Kettensäge, um weiteres Land zu roden.

Hardy blieb also nichts anderes übrig, als seinem Sohn zähneknirschend die traurige Wahrheit zu erklären. Nachdem Vincent wieder losgezogen war, um seinen Mannschaftskameraden die Nachricht zu überbringen, lehnte er sich in seinem

Sessel zurück, schlug kurz die Hände vors Gesicht und seufzte tief auf. »Also, wo waren wir stehen geblieben?«

»Ist dir klar, dass keiner meiner drei Söhne jemals diese Worte zu mir gesagt hat?«

»Welche Worte?«

»Dad, ich brauche eine Kettensäge. Ich bin fast vor Rührung erstickt.«

»Ein wunderschöner Satz.«

»Jeder Vater sollte ihn mindestens einmal im Leben hören. Tja.« Ein dramatisches Seufzen auch von Glitsky. »Wenigstens habe ich ihn aus dem Munde *deines* Sohnes vernehmen dürfen. Das ist ein Trost. Ist die Kettensäge, mit der die Jungs in Venice jongliert haben, eigentlich gelaufen?«

»Ja.«

»Mit einer Bowlingkugel und einem Ei? War das Ei hart gekocht?«

»Keine Ahnung. Ich nehme es an.«

»Stell dir mal vor, es wäre roh gewesen. Das wäre doch ein Spaß ...«

»Abe.« Hardy unterbrach ihn mit einer Handbewegung. »Bitte.«

Glitskys Mundwinkel bogen sich nach unten. »Okay. Aber ich glaube, ich habe noch eine Kettensäge in der Garage, falls du es dir anders überlegst und eine ausleihen möchtest.«

»Ganz bestimmt nicht. Können wir das Thema Kettensäge jetzt fallen lassen?« Und als er Glitskys belustigte Miene sah, ergänzte er: »Na, du weißt schon ...«

Glitskys Grinsen wurde heftiger.

Hardy ignorierte es einfach. »Was die andere Sache angeht ... Ich grüble immer noch darüber nach, wer auf uns geschossen haben könnte, wenn es nicht Sephia war.«

»Und du bist sicher, dass er es nicht gewesen sein kann?«

»Blanca war bei unserem letzten Gespräch ziemlich überzeugt. Er sagte, er habe Nick in Nevada angerufen, wo er sich seit dem Vorabend aufgehalten habe. Also sei er es nicht gewesen. Aber wer bleibt dann übrig?«

»Vielleicht beschäftigt Wade ja noch ein paar andere Revolverhelden.«

In den sechsundzwanzig Stunden seit seiner Ankunft am Coit Tower hatte Hardy an fast nichts anderes mehr gedacht. »Aber es gibt doch keinen Grund, mir ans Leder zu wollen. Ich würde sowieso keine Bedrohung mehr für sie darstellen, falls David …« Seine Stimme erstarb.

»Vielleicht ist ihnen das nicht klar.«

Hardys Tonfall wurde heftig. »Meinst du damit, ich sollte ihnen sagen, dass ich den Krempel hinschmeiße? Soll ich einfach aufgeben?«

Beschwichtigend breitete Glitsky die Hände aus. »Ich meine überhaupt nichts. Meine Lieblingstheorie ist ohnehin, dass sie es gar nicht auf dich abgesehen hatten, sondern auf Holiday.«

»Und woher wussten sie, dass er dort sein würde?«

»Jemand ist jemandem gefolgt, so einfach ist das. So was kommt öfter vor. Der Verfolger kommt irgendwie dahinter, dass du zum Coit Tower willst, und fordert Verstärkung in einem grauen Sedan an. Und als der zwanzig Minuten später eintrifft, bis du schon vor Ort. Und dann heißt es: *Tut uns Leid, ist nicht persönlich gemeint, aber lebende Zeugen bringen eben Unglück.*«

»Mag sein«, erwiderte Hardy. »Aber was ist plötzlich mit Blanca los? Gestern am frühen Nachmittag war er noch der Musterpolizist und hat sich von mir haarklein alles berichten lassen. Eindrücke, Verdachtsmomente, jede Kleinigkeit hat ihn interessiert. Wir haben auch darüber geredet, dass David was gegen diese Schwachköpfe in der Hand hat … und dann, drei Stunden später, ist er wie ausgewechselt.«

»Vielleicht hat er inzwischen bei Lou gegessen und leidet jetzt an Magenschmerzen.«

Hardy war nicht in Stimmung für Witze. »Er ist sich sicher, dass Sephia es nicht war. Außerdem will er nichts gegen Panos unternehmen, bevor er keine Indizien vorweisen kann. Dann fragt er mich, warum ich ihm verschwiegen habe, dass ich oben am Coit Tower mit Holiday zusammen war. Ob ich das

nicht für wichtig gehalten hätte? Es ist, als wäre ich plötzlich der Verbrecher. So als hätte ich das alles nur erfunden, um ihm den Tag zu verderben. Am liebsten hätte ich ihn daran erinnert, dass ich derjenige bin, auf den geschossen wurde, das *Opfer* also. Jedenfalls meinte er, er werde mich anrufen, wenn sich etwas Neues ergibt. Worauf ich mich bestimmt nicht verlassen werde.«

»Vermutlich eine weise Entscheidung.« Glitsky stand auf, ging zum Kamin hinüber und schob ein paar der Glaselefanten auf dem Sims hin und her. »Und was hast du als Nächstes vor?«

»Deshalb habe ich dich ja angerufen. Obwohl ich es ja nur ungern zugebe, brauche ich offenbar deinen Rat.«

»Strategisch?«

»Emotional, philosophisch, strategisch, ganz egal.« Hardy beugte sich mühsam vor und ließ die schmerzenden Schultern kreisen. »Am Mittwoch demolieren sie mein Auto, und am Freitag schießen sie auf mich. Um ehrlich zu sein, bin ich ein wenig besorgt.«

Glitsky schaute durch die Jalousien an dem Fenster, das zur Straße zeigte. An seiner Schläfe zuckte ein Muskel. Als er das Wort ergriff, versuchte er seiner Stimme einen möglichst ruhigen Klang zu verleihen. »Es muss nicht so sein, aber vermutlich ging es nicht um dich, sondern um Holiday.«

»Am Mittwoch hat es aber *mein* Auto erwischt, Abe. Obwohl Holiday gar nicht in der Nähe war.«

»Das kann wirklich Zufall gewesen sein. Vandalismus.«

»Klar, genau wie der Angriff auf David.« Kurz hielt Hardy inne. »Komm schon, Abe, zwei Überfälle in drei Tagen. Du weißt genau, dass das kein Zufall war. Wie wär's mit einem kleinen Tipp, was ich jetzt unternehmen soll? Ich mag es nicht, wenn mir jemand an den Kragen will. Ganz zu schweigen von meiner Familie. Das macht mich ein bisschen nervös. Gestern Abend hatten wir zwei weinende Kinder hier. Frannie überlegt schon, ob sie sie aus der Schule nehmen soll, damit wir alle ein oder zwei Wochen wegfahren können.«

Glitsky nickte nur.

»Was ist?«, fragte Hardy.

»Du hast es gerade selbst gesagt. Wenn du ganz sicher bist, dass Panos dahintersteckt …«

»Natürlich ist es Panos! Ganz gleich, ob ich oder Holiday gemeint sind – nur Panos kommt in Frage.«

»Okay. Dann rufst du am besten Dick Kroll an und sagst ihm, dass du aussteigst, zumindest so lange, bis Freeman wieder einsatzfähig ist. Erkläre ihm die Situation, ohne ihm zu drohen oder ihm oder seinem Mandanten Vorhaltungen zu machen, sofern du juristisch die Möglichkeit dazu hast. Anschließend hast du erst mal deine Ruhe. Richtig?«

»Mag sein. Vielleicht.«

»Gut. Als Nächstes freundest du dich wieder mit Blanca an. Finde raus, was passiert ist. Wahrscheinlich handelt es sich um ein Missverständnis; du weißt ja, wie Polizisten reagieren können, wenn sie den Eindruck haben, dass man nicht ganz ehrlich mit ihnen gewesen ist. Entschuldige dich. Und natürlich musst du ihnen Holiday liefern.«

»Kommt nicht in Frage.«

Glitsky presste die Lippen zusammen. »Ach ja, deine berühmte Flexibilität.«

»Er will nicht wieder ins Gefängnis, Abe. Er war schon mal dort, und es hat ihm gar nicht gefallen. Außerdem glaubt er, dass Panos ihn umbringen lassen wird.«

»Im Gefängnis?« Glitsky lachte rau auf. »Das ist doch albern, und du weißt es ganz genau, Diz. Wade Panos mag auf der Straße eine große Nummer sein, doch im Grunde genommen ist er nichts weiter als ein Mietbulle, okay? Glaubst du, er hat im Gefängnis seine geheimen Spione, die nur auf seine Befehle warten? Vertrau mir nur dieses eine Mal: Die Wahrheit ist, dass dein Mandant im Knast sicherer ist als draußen, sofern es wirklich jemand auf ihn abgesehen hat.«

»Und was dann?«

»Was soll dann sein?«

»Nachdem ich vom Prozess zurückgetreten bin und John

im Gefängnis sitzt? Was passiert dann? Dann sind die anderen fein raus.«

»Wozu die Eile? Du wartest ab, was mit Freeman passiert, wartest, bis ein bisschen Gras über die Sache gewachsen ist. Notfalls besorgst du dir potente neue Partner und nimmst den Fall wieder auf. Was Holiday angeht, bestehst du auf einen raschen Prozess und lässt ihn aus Mangel an Beweisen freisprechen. Du hast doch gesagt, er hätte für alle Morde ein Alibi. Wenn das stimmt, ist er nach der Voranhörung auf freiem Fuß.«

»Und wieder auf der Straße, wo seine Gegner es erneut versuchen können.«

Glitsky lächelte zum zweiten Mal an diesem Tag, beinahe ein persönlicher Rekord. »Diz, ist er nun auf der Straße sicherer oder im Gefängnis?«

»Was hältst du von nirgendwo? Der Mensch, der diese Morde auf dem Gewissen hat, will sie John anhängen. Wenn er stirbt, ist der Fall angesichts der in seiner Wohnung gefundenen Beweisstücke abgeschlossen.«

Glisky kehrte zu seinem Sessel zurück, blieb vor seinem Freund stehen und sah ihn an. »Weil du gerade einen Schock erlitten hast und ich dich nicht in Verlegenheit bringen wollte, habe ich das unangenehme Thema Beweise bis jetzt vermieden.«

Hardy betrachtete ihn argwöhnisch. »Abe, ich schwöre bei Gott, dass gestern jemand auf uns geschossen hat. Wirklich. Ich mache dir nichts vor.«

Glitsky verzog überrascht das Gesicht. »Daran zweifle ich doch gar nicht. Aber was hat das mit …«

»Jemand hat Holiday diese Beweise untergeschoben. Das ist die Wahrheit. Und solche Tricks sind zufällig Nick Sephias Spezialität.«

»Was für ein Jammer nur, dass er nicht in der Stadt war.«

»Dem werd ich noch auf den Grund gehen.«

»Tja.« Glitsky erhob sich wieder und sah auf die Uhr. »Wenn du was Neues weißt, gib mir Bescheid. Inzwischen ruf

Kroll privat an und sprich mit deinem Mandanten. Sei überzeugend. Vielleicht ist bis heute Abend ja alles geregelt.«

Glitsky holte seine Frau und seine Tochter an dem Buchladen in der California Street ab, wo er sie zuvor abgesetzt hatte. Samstags fand dort stets eine Veranstaltung für Kinder statt, an der Rachel großen Spaß hatte. Und außerdem kamen sie auf diese Weise alle einmal aus dem Haus, was dringend nötig war. Treya setzte sich ans Steuer, während Abe sich umdrehte und seiner Tochter alberne Lieder vorsang, sie kitzelte, mit ihr lachte. Beide hatten ihren Spaß.

Treya legte ihm die Hand aufs Bein. »Warum bist du denn so guter Laune? Nicht, dass mich das stören würde.«

»Es ist mir tatsächlich gelungen, der Versuchung zu widerstehen, und darum gönne ich mir jetzt ein paar Minuten, um mich im Glanz meiner eigenen Tugendhaftigkeit zu sonnen.«

Sie warf ihm einen fragenden Blick zu. »Das ist aber nett. War die Versuchung weiblich?«

Er legte die Hand auf ihre. »Niemals im Leben! Diz war zwar sehr dezent, aber im Grunde genommen will er, dass ich nachsehe, ob bei der Mordkommission auch richtig gearbeitet wird. Ich habe höflich abgelehnt.«

»Was ist da los?«, verwunderte sich Treya. »Ist das eine Art Virus? Erst dein Vater, jetzt Diz.«

»Ich weiß. Doch ich kann ihm nicht böse sein. Er hat berechtigten Grund zur Sorge.«

»An seiner Stelle hätte ich auch Angst. Aber was hat er von dir erwartet?«

»Er glaubt, dass John Holiday ein Verbrechen angehängt werden soll. Und er möchte, dass ich diese Theorie an die richtige Stelle weitergebe.«

»An Lieutenant Gerson?«

»An wen sonst?«, brummte er. »An meinen guten Freund Barry, der gebannt an meinen Lippen hängt. Ich habe Diz erklärt, dass es so nicht funktioniert. Du wärst stolz auf mich gewesen.«

»Als ob ich das nicht ohnehin wäre«, sagte sie. »Aber es wird doch nach dem Täter ermittelt, der auf Diz geschossen hat, oder nicht?«

»Natürlich. Diz hat Anzeige erstattet, also müssen sie etwas unternehmen.« Er sah sie an. »Wo liegt also das Problem?«

»Dass jemand auf unsere Freunde schießt. Das ist ein ziemlich ernstes Problem, findest du nicht?«

Er schüttelte den Kopf. »Sie hatten es nicht auf Diz abgesehen.«

»Nein? Was wäre geschehen, wenn sie Holiday doch umgebracht hätten?«

»Was meinst du damit? Dann wäre er tot und …«

»Und damit wäre die Sache ausgestanden? Was ist denn mit den Morden, die er angeblich begangen haben soll? Diese Akten würden doch nach seinem Tod geschlossen, richtig?«

Glitsky antwortete nicht sofort.

»Verstehst du jetzt, worauf ich hinauswill? Klingt das logisch?«

Er nickte. »So ähnlich hat Diz auch argumentiert. Allerdings heißt das nicht zwangsläufig, dass es Panos oder einer seiner Leute war.«

»Doch der Täter muss in Silvermans Laden gewesen sein, richtig? Schließlich hat er das Geld und den Schmuck mitgehen lassen. Und hat der junge Mann, mit dem du geredet hast …«

»Matt Creed.«

»Genau. Hat dieser Creed dir nicht gesagt, dass es *nicht* Holiday und seine Freunde waren?«

»Nein. Er meinte nur, er sei sich nicht sicher.«

»Aber hatte er noch die Chance, das den Inspectors von der Mordkommission zu erklären? Hatte er eine Gelegenheit, bevor er erschossen wurde?«

»Ich weiß nicht.«

»Es wäre bestimmt interessant, das herauszufinden.«

Treya hatte vor dem Safeway-Supermarkt gehalten. Sie wollten noch einkaufen. Abe jedoch machte keine Anstalten

auszusteigen; er saß da und strich sich mit dem Zeigefinger über die Narbe. »Ich dachte, du wolltest nicht, dass ich mich einmische. Es ist nicht mein Job, hast du gesagt. Schon vergessen?«

»Nein, ich erinnere mich.« Sie schaute aus dem Fenster, dann fügte sie hinzu: »Du hast Recht. Ich hoffe nur, dass wirklich jemand ernsthaft nach den Leuten sucht, die auf Diz geschossen haben.«

»Ich könnte mich mal erkundigen. Schließlich betrifft es nicht die Mordkommission.«

»Gute Idee.«

Sie stiegen aus. Rachel, die in ihrem Babysitz eingeschlafen war, murrte, als Glitsky sich vorbeugte und sie herausholte. Er drückte sie an sich und wiegte sie sanft. Während Treya ein paar Schritte vorausging, sang er ihr den ganzen Weg über den Parkplatz etwas ins Ohr. Und als sie in den Sitz des Einkaufswagens geschnallt wurde, gluckste sie schon wieder übermütig und versuchte, ein Wort nachzuahmen, das ihr Vater ihr beibringen wollte. *»Ettette«*, plapperte sie lachend.

»Was willst du ihr denn beibringen?«, fragte Treya schmunzelnd.

Abe, der seine Lächelquote für heute schon aufgebraucht hatte, bedachte seine Frau mit einem ernsten Blick. »Einen wichtigen Begriff für die Kindheit«, entgegnete er.

»Und der wäre?«

»Kettensäge.«

Nat, der einen Haustürschlüssel besaß, hatte es sich offensichtlich gemütlich gemacht. Abe und Treya hörten das gewaltige Grollen, das seinen Schlaf begleitete, schon vom Gehweg aus.

Nat lag auf dem Wohnzimmersofa. Die Regel lautete, ihn nicht absichtlich zu wecken, doch ein gelegentliches zufälliges Geräusch aus dem Hintergrund galt als koscher und wirkte zumeist. Also legte Abe eine CD mit *Turandot* ein. Sein zwei-

ter Sohn Jacob war darauf in seiner ersten kommerziellen Aufnahme zu hören, wenn auch nur im Chor. Doch Abe schwor, seine Stimme heraushören zu können. Nachdem die Musik auf Zimmerlautstärke lief, verfrachteten sie Rachel mit ein paar Spielsachen in den Laufstall und packten in der Küche die Einkäufe aus.

Sie waren noch nicht mit der ersten Tüte fertig, als Nat schon in der Tür stand. Er kratzte sich den Kranz weißer Haare, der unter der Jarmulke hervorquoll, und zog den Pullover über den Gürtel. »Bei dieser Musik dachte ich für einen Moment, ich wäre gestorben und in den Himmel gekommen«, sagte er.

»Er klingt prima, findest du nicht?«

»Großartig.«

»Redet ihr über Jacob?«, fragte Treya. »Ich glaube, bei diesem Lied singt er gar nicht mit.«

Vater und Sohn wechselten einen Blick. »Was, du hörst ihn nicht?«, erkundigte sich Nat. Er hielt inne, lauschte und hob den Zeigefinger. »Da.«

»Aha.« Treya lächelte ihren Schwiegervater an und wandte sich wieder den Lebensmitteln zu.

»Sie hört ihn tatsächlich nicht«, meinte Abe.

»Doch«, protestierte sie. »Natürlich, er ragt wirklich heraus aus den vielen Stimmen. Es ist, als wäre er im Nebenzimmer.« Mitten im Auspacken hielt sie plötzlich inne und drehte sich mit ernster Miene zu Nat um. »Moment mal. Heute ist doch Samstag, Nat. Was machst du denn hier? Ist alles in Ordnung?«

Nat war gläubiger Jude und verbrachte viel Zeit in der Synagoge. Er hielt den Sabbat in Ehren und verließ samstags seine Wohnung nur, um zu Fuß zur Synagoge zu gehen, wo er bis Sonnenuntergang blieb. Heute jedoch sah er Treya verständnislos an, bis ihm der Grund wieder einfiel. »Ach, wegen dieser Sache mit Silverman.«

Abe, der gerade eine Tüte ausräumte, hielt inne. »Was ist damit?«

Er zuckte die Achseln. »Ich treffe mich heute mit Sadie. Außerhalb der Synagoge.«

»Wie geht es ihr?«, fragte Treya.

»Du weißt, wie es ist. Ein paar gute Augenblicke, dann wieder ein, zwei schlechte Tage. Es ist ja noch nicht lange her. Wir haben ihn gerade erst beerdigt. Wann ...?« Vor Trauer verlor Nat kurz den Faden. »Jedenfalls soll ich mich in ihrem Namen bei dir dafür bedanken, dass du ihr von diesem Mann erzählt hast, den sie festgenommen haben, diesem Freund von deinem Freund Hardy.«

»Sie haben ihn noch nicht verhaftet, Dad. Er ist auf freiem Fuß.«

»Ich könnte schwören, du hättest gesagt, dass er verhaftet ist«, beschwerte sich Nat.

»Nein, noch nicht.«

Nach einer Weile zuckte Nat wieder die Achseln. »Tja, das ist vielleicht auch besser so.«

»Besser so? Was soll das heißen?«

»Weil Sadie heute Morgen einen Bericht in den Fernsehnachrichten gesehen hat. Es ging um all die Beweisstücke, die in der Wohnung dieses Mannes gefunden wurden – das Geld und die Ringe und so. Insbesondere einen Ring mit einem Saphir.«

»Was ist damit?«

»Dass Sam nur einen Ring hatte, auf den diese Beschreibung passt – eben den da –, und der fehlte eindeutig nicht, als Sadie und ich Inventur gemacht haben. Erinnerst du dich? Wir waren noch nicht weit gekommen, als du hereingeplatzt bist, doch wir hatten die Schmuckvitrine durchgesehen. Und der Ring war an besagtem Abend noch da. Sadie ist überzeugt davon.«

»Vielleicht hat die Polizei einen ähnlichen Ring sichergestellt, Dad. Es hing jedenfalls ein Preisschild aus Sams Laden dran.«

Nat schüttelte den Kopf. »Natürlich war es Sams Ring, aber der lag noch in der Vitrine, als wir im Laden waren. Also

kann der Mörder ihn nicht während des Raubüberfalls gestohlen haben. Irgendwas ist da faul, denkst du nicht?«

Treya hatte sich von der Tüte, die sie gerade auspackte, abgewandt und sah ihren Schwiegervater an. »Ist Sadie wirklich ganz sicher, Nat?«

Nat musterte die beiden. »Nicht nur Sadie hat den Ring gesehen. Ich auch. Wir haben sogar darüber geredet, wie gut es sei, dass Sam ihn nie hat verkaufen müssen, weil es sein Lieblingsstück im Laden war. Er glaubte, dass der Ring Glück brachte. Beim Kartenspielen, wisst ihr. Also nein. Keine Frage. Der Ring war da.«

»Hat in letzter Zeit jemand auf dich geschossen?«

»Nein.«

»Hast du Kroll schon angerufen?«

»Das lasse ich mir noch durch den Kopf gehen.«

»Was ist mit Holiday?«

»Was soll mit ihm sein? Ist was passiert?«

»Ich wollte mich ja eigentlich nicht einmischen, das weißt du ja ...«

»Gute Entscheidung.«

»Finde ich auch. Doch leider ist sie nicht von Dauer. Es hat neue Entwicklungen gegeben.«

»Erzähl.«

Glitsky beschloss, dass es das Beste sei, wenn Sadie selbst bei der Polizei anrief. Ein Beitrag von seiner Seite würde – ganz gleich, wie er ihn auch verpackte – bestimmt nicht willkommen sein. Außerdem kam er sich zurzeit ohnehin ziemlich hilflos vor.

Sadie lebte in einem frei stehenden Bungalow in der Palm Avenue unweit der Synagoge. Von innen ähnelte das Haus einem blitzsauberen Lagerhaus für Nippes. Ob auf dem Fernseher oder dem Brotkasten in der Küche – auf jeder verfügbaren Fläche prangte ein Nippesfigürchen auf einem Spitzendeckchen: hier eine Puppe, dort ein Porzellanväschen und hier ein

Urlaubssouvenir. Coney Island! Disneyland! Niagara Falls! Der Grand Canyon!

Sadie räumte auf dem kleinen Tisch vor dem Sofa im Wohnzimmer eine Ecke für das Teegeschirr frei. Inzwischen war es draußen dunkel geworden. Zwei trichterförmige Wandlampen stellten die einzige Lichtquelle dar. Glitsky saß neben Sadie auf dem Sofa, sein Vater schräg gegenüber in einem Sessel.

Nachdem sie Glitsky Tee eingeschenkt hatte, beugte sie sich erwartungsvoll vor, während er versuchte, ihr den Zusammenhang zu erklären. »Da ich selbst Polizist bin, fragen Sie sich wohl, warum ich Ihre Informationen nicht persönlich weiterleite, zumal wir uns gut kennen. Sie sind mit Nat befreundet, und wir sind so etwas wie eine kleine Familie. Aber leider funktioniert es nicht so.«

»Ich habe Erfahrung mit Behörden«, erwiderte sie und legte eine knochige Hand auf seine. »Jemand hat Angst, Sie könnten die Lorbeeren ernten.«

»Das ist mit ein Grund. Aber hauptsächlich geht es darum, dass sämtliche Informationen über die beiden Inspectors von der Mordkommission laufen, die für diesen Fall – oder vermutlich für alle Fälle – zuständig sind.«

Sadie lächelte ihn an, als sei er nicht ganz bei Verstand. Ihre kühle, trockene Hand drückte seine, als wollte sie ihre Worte dadurch untermauern. »Ich tue, was Sie mir sagen, und rede, mit wem Sie wollen. Um zu wiederholen, was ich gesehen habe.«

»Ich habe es auch gesehen«, sagte Nat, worauf er einen dankbaren Blick von Sadie erntete.

»Gut, der Ring also, der Ring mit dem Saphir?«

»Ja, der ist besonders auffällig. Aber eigentlich wurde überhaupt kein Schmuck gestohlen, obwohl das natürlich schwer zu beweisen wäre.«

»Und warum das?«

»Weil die Diebe vielleicht ein Stück eingesteckt haben, das ich gar nicht kenne. Möglicherweise hatte Sam gerade an die-

sem Tag irgendwelche Edelsteine angenommen, von deren Existenz ich noch nichts wusste.«

»Natürlich, Sie haben vollkommen Recht.« Glitsky kam zu der Erkenntnis, dass er irrtümlicherweise angenommen hatte, Sadie könnte wegen ihres Alters nicht mehr ganz geistesgegenwärtig sein. Davon konnte keine Rede sein. »Und Sie können beschwören, dass der Saphirring in der Vitrine lag, als Sie mit Nat in den Laden kamen?«

»Ja. Daran besteht kein Zweifel. Wir – Nat und ich – haben ihn sogar in die Inventurliste eingetragen, bevor Sie kamen und uns wegschickten. Ich habe die Liste aufgehoben.«

Angesichts der peniblen Ordnung im Haus war Glitsky davon nicht weiter überrascht. »Sehr gut. Sie sollten sie mitnehmen, wenn Sie mit den Inspectors sprechen.«

»Also, rufen wir sie jetzt an?«, fragte sie. »Ich hätte das gerne hinter mich gebracht. Es ist einfach nicht richtig, dass der andere Mann …«

»John Holiday?«

»Ja, genau, so hieß er. Dass dieser Mr. Holiday … Tja, ich kann mir einfach nicht denken, dass er Sam umgebracht hat, um es einmal so auszudrücken. Vermutlich hat da jemand versucht, überschlau zu sein. Möglichweise wusste derjenige nicht – er kann es gar nicht gewusst haben –, dass Nat und ich am Abend davor im Laden gewesen waren. Wenn nur das Geld gefunden worden wäre, hätte die Sache ganz anders ausgesehen.«

Glitsky spürte, wie ein kleiner Schauder ihm den Rücken hinunterlief. »Darf ich Sie noch etwas fragen? Habe ich es richtig verstanden, dass Sam den Vertrag mit dem Wachdienst im letzten Sommer gekündigt hat?«

Sie nickte. »Es hat sich einfach nicht mehr gelohnt. Mr. Panos verlangte immer mehr Geld. Und wir hatten jahrelang keine Schwierigkeiten gehabt, also haben wir schließlich entschieden …«

Nat tätschelte ihr die Hand. »Schon gut«, sagte er. »Am

fraglichen Abend war sogar ein Wachmann vor Ort, und das hat deinem Mann auch nicht das Leben gerettet, richtig?«

»Stimmt«, erwiderte sie niedergeschlagen. »Du hast Recht. Du hast ja Recht. Das war nicht der Grund.«

»Ich wollte eigentlich darauf hinaus«, meinte Abe, »ob Panos' Firma noch einen Schlüssel zum Laden hat.«

20

Es war ein guter Tag für die 49er: Sie hatten die Green Bay Packers 21:3 geschlagen. Die Tickets, die Roy Panos Dan Cuneo geschenkt hatte, waren für ausgezeichnete Sitze an der 45-Yard-Linie. Die Sonne schien, kein Lüftchen regte sich. Doch auf dem Rückweg vom Candlestick Park zum Auto war es recht kühl, sodass Liz sich eng an ihn kuschelte und den Arm um seine Taille schlang.

Auch sie spürte das Vibrieren. »Was ist das?«

»Der Piepser«, erwiderte Cuneo und nahm das kleine Gerät vom Gürtel. »Mein Partner.«

Noch während er den Piepser in der Hand hielt, vibrierte er wieder; Cuneo sah Liz grinsend an. »Und noch ein Anruf.«

»Du musst ganz schön beliebt sein«, sagte sie.

»Und wie.« Doch als er die Nummer erkannte, verflog sein Lächeln. »Mein Chef.«

Mit dem Mobiltelefon, das er im Auto hatte, rief er zuerst Gerson an. Der Lieutenant teilte ihm mit, Silvermans Witwe habe heute angerufen. Sie habe neue und wichtige Informationen im Zusammenhang mit dem Mord an ihrem Mann. Gerson wollte, dass Cuneo zu ihr fuhr, um mit ihr zu sprechen, und gab ihm die Adresse.

»Wird gemacht«, erwiderte der Inspector. Er drehte sich zu Liz um. »Die Arbeit ruft.«

Liz setzte ein Schmollmündchen auf. »Es scheint dich nicht sehr zu stören.«

»Es ist ein wichtiger Fall«, entgegnete er. »Du weißt schon, die Sache Silverman.«

»Ich dachte, ihr hättet da schon einen Verdächtigen.«

»Richtig. Vielleicht hat ihn ja jemand aufgespürt. Das könnte der Grund sein.«

»Und was dann?«

»Dann habe ich möglicherweise die Chance, ihn zu verhaften.«

»Ganz allein?«

Er zuckte bescheiden die Achseln. »Wenn es sein muss.«

Sie grinste ihn an. »Du liebst deinen Beruf, richtig?«

»Ja, Ma'am, immer zu Diensten.«

»Aber woher soll ich wissen, dass diese beiden Anrufe nicht von deinen anderen Freundinnen waren?«

Er drehte sich zu ihr um. »Erstens, weil ich Polizist bin und Polizisten nie lügen. Und zweitens, weil ich keine anderen Freundinnen habe. Offen gestanden bin ich nicht sicher, ob ich überhaupt eine Freundin habe, obwohl ich gehofft hatte, das bald herauszufinden.«

Lächelnd nahm sie das Stichwort auf, beugte sich über den Sitz und näherte ihre Lippen seinem Mund. Ihr Kuss dauerte fast eine Minute und war alles andere als platonisch. Als sie sich voneinander lösten, meinte sie: »Was die Freundinnenfrage betrifft, kannst du in Zukunft antworten, dass du eine hast, falls du möchtest.«

Zum ersten Mal seit vielen Jahren war Cuneo wirklich versucht, etwas zwischen sich und seinen Beruf treten zu lassen. Mühsam holte er Luft, beugte sich vor und küsste sie wieder. Seine Hand tastete nach ihrer Brust. Sie legte eine Hand auf sein Bein, begann ihn zu streicheln, da meldete sich erneut der Piepser. Der Kuss endete, und Cuneo nahm mit einem Aufstöhnen das Gerät vom Gürtel. »Wieder Lincoln«, verkündete er. »Möchtest du ihn zurückrufen, um sicherzugehen, dass es kein Mädchen ist?«

»Schon gut«, sagte sie. »Ich denke, ich glaube dir. Wird das, womit du dir den Nachmittag vertreiben wirst, lange dauern?«

»Schwer zu sagen. Ich weiß noch nicht einmal genau, worum es geht. Aber wenn ich früher fertig bin, könnten wir vielleicht ...«

Sie fuhr ihm mit dem Finger über die Lippen, und er verstummte. »Das vielleicht kannst du streichen«, murmelte sie.

Auf dem Weg vom Truckee Airport zurück nach San Francisco ratterte der Kamov-Ka-32-Helikopter den Little Grand Canyon entlang, die kaum bekannte, aber majestätische Spalte, die der American River in die Sierra Nevada geschnitten hatte. Die beiden Passagiere Nick Sephia und Julio Rez saßen angeschnallt hinter Mikhail, dem Piloten. Eigentlich hätten sie nach zwei Nächten, die sie mit Glücksspielen und insgesamt vier Frauen verbracht hatten, erholt sein sollen. Doch um zehn Uhr an diesem Morgen hatte Sephias Onkel Roy angerufen und sie aufgeweckt, nicht einmal fünf Stunden nachdem Nick Trixie bezahlt hatte und in einen komaähnlichen Schlaf gefallen war. Roy hatte Nick mitgeteilt, er brauche sie beide in der Stadt und werde ihnen den Kamov schicken. Offenbar waren ihnen einige Fehler unterlaufen, die sie nun wieder ausbügeln mussten.

Selbst bei geschlossenen Fenstern konnte man sich im Hubschrauber kaum verständlich machen, was den übermüdeten Sephia allerdings nicht am Nörgeln hinderte. »Als ob wir in den letzten Wochen nicht schon genug geschuftet hätten. Roy ist übergeschnappt, uns wieder in die Stadt zurückzuholen. Wir sollten uns doch bedeckt halten.«

Rez zuckte die Achseln.

»Er hat gesagt, wir sollten dafür sorgen, dass die Sache echt gut aussieht. Haben wir nicht beide gefunden, dass der Ring die Sache abrundet? Und jetzt jammert er rum, was wäre, wenn es jemandem auffällt. Wem soll es denn auffallen, verdammt? Und was können wir jetzt noch dagegen unternehmen? Es ist nun mal passiert.«

Rez fixierte seinen Kumpel mit einem eiskalten Blick. »Du hättest Sam nicht erschießen sollen.«

»Das musste ich aber. Er hatte uns erkannt. Mich zumindest. Und Roy, der Schwachkopf, bleibt stehen, um den Schmuck anzuglotzen. Nur seinetwegen ... er ist genauso schuld wie ich.«

»Schon, aber er wird uns jetzt auch wieder rauspauken. Also lassen wir ihn einfach machen.«

»Hey, Julio, ich verrat dir mal was. Wenn uns hier jemand rauspaukt, dann sind das wir. Vielleicht ist dir noch nicht aufgefallen, wer bei der Sache mit Creed nicht dabei war. Und bei den beiden Schwuchteln hat er sich gar nicht erst blicken lassen.«

»Ist doch egal. Jedenfalls klappt der Plan, und der ist von ihm. Wenn wir nur cool bleiben, haben wir es bald hinter uns.«

»Ich bin cool.«

Rez musterte ihn. »Schon gut, du bist cool«, schnaubte er verächtlich.

»Und wer hat Holiday verfehlt? Und Hardy? Alle beide. Sechs Schüsse, und keiner hat auch nur einen Kratzer abgekriegt.«

»Und wer ist gefahren wie der letzte Henker?«, gab Rez zurück.

Beide schwiegen verärgert. Sephia schloss die Augen, verschränkte die Arme und versuchte, ein wenig Schlaf nachzuholen. Nachdem Rez zwei oder drei Minuten hinunter in die Wildnis geblickt hatte, beugte er sich vor und setzte seinen Kopfhörer auf. »Hey, Mikhail!«

Der Pilot wandte den Kopf. »Ja?«

»Wie viel Zeit haben wir noch?«

Mikhail hob die Schultern. »Mehr als genug. Lieferung bis morgen.«

»Du meinst wohl, Lieferung *nicht* bis morgen, du blöder Polacke. Warum kurvst du nicht ein bisschen mit uns durch die Gegend?«

Da Mikhail die komplizierte und völlig unerwartete Anweisung nicht richtig verstand, drehte er sich zu Rez um, der ihm mit Gesten bedeutete, dass er die Maschine wenden und ein wenig tiefer fliegen solle.

»Müssen Sie mal pinkeln?«, fragte Mikhail.

Rez schüttelte lachend den Kopf und wiederholte den Befehl.

Sephia spürte das Rucken und die Veränderung von Höhe und Geschwindigkeit, öffnete die Augen und richtete sich auf. »Was ist los?«, rief er Rez zu, der ihn offenbar nicht hören konnte. Also klopfte Sephia ihm auf den Arm und fragte noch einmal.

»Du wirst schon sehen. Ein kleiner Spaß.« Er wies auf die Kopfhörer. »Setz sie auf. Du wirst sie brauchen.« Dann sagte er ins Mikrofon: »Mikhail! Gut! Runter! Runter! So ist es schön. Langsam.«

Der Pilot setzte zu einem steilen Sinkflug an und schwebte in etwa zwanzig Metern Höhe über dem Fluss. Auf beiden Seiten erhoben sich hoch die Wände des Canyons. Plötzlich kippte rechts eine Canyonwand zur Seite, und eine mit Gras bewachsene Ebene tat sich auf, wo ein Rudel Hirsche weidete. Rez schnallte sich los und stieß unvermittelt die Tür auf. Dann klopfte er Mikhail auf die Schulter und zeigte nach unten. »Da!«, rief er. »Da!«

Er zog eine .45er Automatik aus dem Schulterhalfter und grinste Sephia an. Das etwa zwanzigköpfige Rudel schien den Lärm aus der Luft nicht richtig einordnen zu können. Alle Tiere setzten sich gemeinsam in Bewegung, hielten wieder inne und drängten sich zusammen. Mikhail, der endlich verstand, kreiste in geringer Höhe über den Tieren.

Aus der .45er wurden dicht aufeinander drei Schüsse abgegeben, die trotz des dröhnenden Rotors ohrenbetäubend knallten. Rez ließ ein schrilles Gelächter vernehmen, als der Helikopter sank und eine Kurve flog, und feuerte noch zweimal.

Nun stürmte das restliche Rudel, verfolgt vom Helikopter, davon. Rez riss seine Tür zu und stieß stattdessen die auf

Sephias Seite auf. Nachdem er seinem Kumpanen mit einem Schrei die Waffe in die Hand gedrückt hatte, deutete er nach unten. Die Hirsche befanden sich genau fünfzehn Meter unter ihnen und liefen verwirrt durcheinander.

Sephia nickte, nahm die Waffe, legte mit beiden Händen an und drückte rasch hintereinander dreimal ab. Als er noch einen Schuss abgeben wollte, stellte er fest, dass der Schieber zurückgerutscht und das Patronenlager offen war. Keine Munition mehr.

Doch Rez nahm ein neues Magazin aus der Jackentasche und reichte es ihm. Sephia ließ das alte auf den Boden fallen und lud nach. Der Schieber rastete ein, die erste Kugel rutschte ins Patronenlager. Wieder zielte er. Die Hirsche, die zunächst vor Schreck erstarrt waren, hatten wieder zu laufen angefangen, und Mikhail trieb sie auf ein Wäldchen zu.

Sephia schoss. Doch als er wieder abdrückte, war nur ein Klicken zu hören. Ladehemmung. Die erste Patrone steckte verbogen im Patronenlager. Sephia stieß einen Fluch aus. Die beiden Männer waren aufgeputscht von Lärm und Blutrausch.

Als die restlichen Hirsche das Wäldchen erreichten, zog Mikhail die Maschine steil hoch und wendete rasch. Rez lehnte sich aus der offenen Tür und blickte lächelnd nach unten.

Auf der Wiese lagen sechs Hirsche reglos im braunen Gras.

Cuneo läutete an Mrs. Silvermans Tür.

Hier draußen im westlichen Teil der Stadt war ein Wind aufgekommen. Immer wieder zogen hohe Wolken über den Himmel und verschleierten die Sonne. Schlagartig wurde Cuneo klar, dass aus dem sonnigen Morgen, der sich zu Hause in Alameda noch in so verheißungsvollem Licht gezeigt hatte, wieder nur ein deprimierender Herbstnachmittag geworden war.

Mrs. Silverman wirkte erschöpft, so als hätte sie nicht gut geschlafen. Sie war noch in Trauer und trug einen schwarzen Rock, einen schwarzen Pullover und eine dezente Perlenkette. Nachdem Cuneo sich an den Esszimmertisch gesetzt und die

Frage, ob er etwas trinken wolle, verneint hatte, stellte er seinen Kassettenrecorder auf. Routinemäßig sprach er die übliche Einleitung – seinen Namen, die Dienstnummer, das Datum und den Namen der Zeugin – darauf. Dann bat er Mrs. Silverman, ihm zu erklären, warum sie sich an die Polizei gewandt hatte. Sie kam sofort auf den Punkt, ohne dass Cuneo sie dazu ermuntern musste.

Als sie fertig war, fiel ihm zunächst nichts dazu ein. Er lehnte sich zurück und schlug die Beine übereinander. Schließlich sagte er: »Aber der Ring befand sich in Holidays Wohnung, Ma'am. Ich habe ihn selbst sichergestellt.«

»Das streite ich ja gar nicht ab. Ich sage nur, dass er nicht in derselben Nacht gestohlen worden ist, in der mein Mann erschossen wurde. Das ist nicht möglich.«

»Und was schließen Sie daraus?«

Als sie sich vorbeugte, wirkte ihre Gestalt in dem dämmrigen Raum wie ein schwarzer Schatten. »Nun, eigentlich dachte ich, dass Mr. Holiday ihn nicht genommen haben kann.«

»Warum nicht?«

»Tja ...«

»Vielleicht hat er die Ringe bei seinem ersten Besuch gesehen und ist noch einmal zurückgekehrt.«

»Aber ich habe den Laden an dem Abend, an dem ich mit der Inventur angefangen habe, abgeschlossen. Wie soll er denn hineingekommen sein?«

»Möglicherweise hatte er einen Schlüssel. War er nicht Stammgast bei diesen Pokerrunden?«

»Schon, aber Sam hat diesen Männern doch keinen Schlüssel zu unserem Laden gegeben. Mein Mann war schließlich nicht blöd, Inspector.«

»Nein, Ma'am. Das will auch niemand behaupten. Aber möglicherweise hat Holiday irgendwo im Laden einen Ersatzschlüssel gefunden, als er das erste Mal hier war. Möglicherweise befand sich auch einer in dem roten Beutel.«

Cuneos Bemerkungen schienen sie aus dem Konzept zu bringen. »Daran hatte ich gar nicht gedacht. Ich glaube aller-

dings nicht, dass Sam viele Ersatzschlüssel hatte. Und er hätte sie ganz bestimmt nicht offen herumliegen lassen.«

»Ein einziger hätte genügt.« Cuneo beugte sich vor und stützte die Arme auf den Tisch. »Mrs. Silverman, wir wissen es zu schätzen, dass Sie sich gemeldet haben. Mir ist klar, dass es eine sehr schwere Zeit für Sie ist und dass Sie alles tun wollen, um zu helfen. Jetzt haben Sie uns einen Hinweis darauf gegeben, wonach wir sonst noch in Holidays Wohnung suchen können. Wenn dort ein Schlüssel zu Ihrem Laden versteckt ist, den wir übersehen haben, werden wir ihn jetzt sicher finden, das schwöre ich Ihnen.«

Die kleine Ansprache hatte Mrs. Silverman offenbar nicht überzeugt, und Cuneo hatte den Eindruck, dass ihm das auch nicht gelingen würde. Mrs. Silverman seufzte tief auf. »Ich wollte nur verhindern, dass der Falsche für den Mord an Sam büßen muss.«

»Darüber würde ich mir nicht den Kopf zerbrechen. Wir haben den richtigen Mann erwischt. Das Geld ist der beste Beweis dafür, glauben Sie nicht?«

»Vermutlich schon.«

»Sie klingen aber ganz und gar nicht überzeugt.«

»Nein, ich ... es ist nur, dass ich den Eindruck hatte, der Ring könnte ihm ... wie sagt man das noch mal? ... untergeschoben worden sein.«

»Untergeschoben? Von wem denn?«

»Von jemandem, der Zutritt zum Laden hatte.«

»Und das bringt uns wieder zurück zum Schlüssel«, meinte er freundlich.

»Den Schlüssel, richtig. Übrigens nehme ich an, dass Wade Panos und seine Leute noch einen Schlüssel haben. Und zwar ist das viel wahrscheinlicher, als dass dieser Holiday einen gehabt haben könnte, denken Sie nicht? Schließlich haben Panos' Leute uns mal bewacht.«

Plötzlich war Cuneo ganz Ohr. Auf der Fahrt hierher hatte er in seinem Gedächtnis nach allem gekramt, was er über Mrs. Silverman wusste. Ihr Name war ihm gleich bekannt vorge-

kommen, und nicht nur deshalb, weil sie die Ehefrau eines Mordopfers war. Endlich erinnerte er sich daran, dass der Name auch gefallen war, als Gerson von Abe Glitsky erzählt hatte. Und als nun erneut der Name Panos fiel, war die Verbindung wieder da. Glitsky hatte Mrs. Silverman doch schon einmal benutzt, um Einfluss auf die Mordkommission zu nehmen. Glitsky stand in Verbindung mit den Anwälten, die gegen Panos prozessierten. Und hatte nicht *John Holiday* die Gegend nach Zeugen und potenziellen Klägern in diesem Prozess abgeklappert?

Holiday und Glitsky. Und dieser Anwalt. Hardy, der Typ, von dem Blanca gestern geredet hatte. Sie alle steckten unter einer Decke.

Und nun schreckte Glitsky nicht einmal davor zurück, diese trauernde alte Witwe für seine Zwecke einzuspannen, um das Gerücht zu verbreiten, der Ring sei Holiday »untergeschoben« worden – ein Wort, das sie offenbar gar nicht gekannt hatte. Cuneo lächelte und bemühte sich um einen möglichst freundlichen Tonfall. »Mrs. Silverman«, sagte er. »Ich würde mich an Ihrer Stelle nicht mit solchen finsteren Grübeleien quälen. Stehen Sie wegen dieses Falles eigentlich immer noch in Kontakt mit Lieutenant Glitsky?«

»Ich habe erst gestern Abend mit ihm gesprochen«, erwiderte sie. »Sein Vater Nat war Sams bester Freund. Ich habe ihn angerufen, als mir die Sache mit dem Ring auffiel. Und er hat mir geraten, mich an Sie zu wenden.«

Das kann ich mir vorstellen, dachte Cuneo. Und zwar, nachdem er dir vorgesagt hat, was du mir erzählen sollst. Er nickte nur. »Tja, das war aber klug von ihm. Aber er würde bestimmt das Gleiche sagen, wenn Sie ihn um Rat bitten würden: Wir sind heutzutage so sehr vom Fernsehen und vom Kino beeinflusst, dass wir eine überraschende Wendung, wie zum Beispiel untergeschobene Beweisstücke, praktisch erwarten. In der Wirklichkeit hingegen verhält es sich meistens so, wie es auf den ersten Blick aussieht.« Er beugte sich vor und senkte die Stimme zu einem verschwörerischen Flüstern. »Falls

es Sie beruhigt, ist John Holiday, ganz gleich, woher und wie er in den Besitz des Rings gelangt ist, vermutlich nicht der Mörder Ihres Mannes. Aber er war bei dem Raubüberfall dabei, um sich sein Pokergeld zurückzuholen. Dann hat Clint Terry die Nerven verloren und Sam erschossen. Alle Indizien weisen darauf hin, Ma'am. Wir haben genug gegen ihn in der Hand.«

Aufgeputscht vom Adrenalin, ging Cuneo die dunkle Auffahrt zu der ausgebauten Garage an der Silver Avenue hinauf, wo Liz zur Miete wohnte. Durch das Fenster sah er Kerzenlicht an der Wand flackern. Als er leise an die Tür klopfte, sprang über ihm eine Lampe an. »Wer ist da?«

»Liz, ich bin es, Dan Cuneo.«

»Dan wer?«

Doch dann erhellte sich das Fenster, und die Tür öffnete sich. Liz stand da und lächelte ihn an. Sie war barfuß und trug einen Bademantel aus grünem Frottee. Das feuchte Haar umrahmte ihr hüsches Gesicht wie ein Heiligenschein aus schwarzen Locken. Sie hatte ein Weinglas in der Hand. Cuneo hörte im Hintergrund einen Jazzbass wummern, und eine betörende Parfümwolke stieg ihm in die Nase, vermischt mit einem Duft, den er eindeutig als Marihuana identifizierte. »Hast du ihn verhaftet?«, fragte sie.

Eine Stunde später fühlte sich Cuneo so entspannt wie selten in letzter Zeit.

Als Bett diente eine Matratze auf dem Boden. Er lag nackt auf dem Rücken, einen Arm hinter dem Kopf, den anderen um die Schulter seiner neuen Freundin gelegt. Die Musik, die bei seiner Ankunft gespielt hatte, war zu Ende, und es war still in der Wohnung. Liz hatte die Decke hochgezogen und sich an ihn geschmiegt. Ihre linke Hand ruhte flach auf seinem Bauch, ein Bein hatte sie über seine Hüfte geschlungen. Der Kerzenschein tauchte den Raum in ein bernsteinfarbenes Licht.

»Jemand sollte Wade und Roy warnen«, sagte Cuneo. »Diese Typen meinen es ernst. Schließlich ist Glitsky ein hohes

Tier bei der Polizei und außerdem ein guter Kumpel von Clarence Jackman, dem Oberstaatsanwalt. Seine Frau ist sogar Jackmans Privatsekretärin.«

»Und sie stecken alle unter einer Decke?«

»Mein Boss wusste gar nicht, dass die Sache inzwischen bis zur Chefetage gedrungen ist. Jetzt fürchtet er, dass Jackman sich sogar damit befassen wird. Ganz bestimmt ist da eine Verschwörung im Busch.«

»Um Wade was anzuhängen?«

»Es macht fast den Anschein. Glitsky hat diese arme alte Dame so gut geimpft, du würdest es nicht glauben. Ob Wade nicht noch einen Schlüssel zu Sams Laden hätte? Vermutlich hatte sie gar keine Ahnung, wovon sie redete; Glitsky hat es ihr eingeflüstert.«

Liz stützte sich auf den Ellenbogen. »Bis jetzt habe ich den Namen Glitksy noch nicht in diesem Zusammenhang gehört. Dismas Hardy und David Freeman kenne ich natürlich. Die beiden sind nun schon seit fast einem Jahr hinter uns her. Ich weiß nicht, warum. Wade ist der netteste Mensch, den man sich denken kann. Letztes Jahr am Sekretärinnentag hat er mich ins Masa eingeladen. Das hat ihn sicher dreihundert Dollar gekostet. Außerdem habe ich in dieser Woche jeden Tag Blumen bekommen.«

»Du brauchst mir deinen Boss nicht schmackhaft zu machen. Er hat mir in diesem Fall mehr oder weniger die Arbeit abgenommen.«

»Du bist zu bescheiden.«

»Das glaube ich nicht. Aber ich finde, dass Wade vorsichtig sein sollte. Mit diesem Glitsky ist nicht gut Kirschen essen. Darüber muss Wade sich im Klaren sein.«

»Ich werde mal mit ihm reden. Doch was soll er schon tun? Das ist das Problem, wenn man nichts ausgefressen hat. Man kann der Gegenseite nicht das Handwerk legen, solange sie sich nichts zuschulden kommen lässt.«

»Vielleicht wird ja bald etwas unternommen.«

»Gegen Wade? Das möchte ich aber nicht.«

»Nein, gegen Glitsky. Der Oberstaatsanwalt oder sonst jemand könnte sich einschalten.«

»Ich fasse es nicht, dass es bei der Polizei so miese Typen gibt wie diesen Glitsky.«

»Ich weiß«, meinte Cuneo. »Aber die gibt es wirklich.«

21

Am Montagmorgen stand Paul Thieus Wagen, der Heizung wegen mit laufendem Motor, auf der Straße gegenüber von Glitskys Doppelhaushälfte. Als Abe und Treya kurz nach halb acht die Stufen herunterkamen, stellte Thieu den Motor ab, öffnete die Tür und stieg aus. Glitsky hielt inne, sagte etwas zu seiner Frau, ließ sie auf dem Gehweg zurück und überquerte die Straße.

»Du hättest ruhig anklopfen können, Paul«, sagte er.

»Ich dachte, es wäre besser, wenn wir uns nicht im Justizgebäude unterhalten«, erwiderte Thieu.

Thieu war noch keine fünfunddreißig Jahre alt, und Glitsky fiel plötzlich ein, dass er, abgesehen von Marcel Lanier, inzwischen der älteste Inspector bei der Mordkommission war. Er erinnerte sich an den Tag vor sechs Jahren, als er Thieu aus der Vermisstenabteilung angefordert hatte, damit er bei der Befragung der Mutter eines vietnamesischen Mordopfers dolmetschte. Damals wie heute war seine Miene bedrückt gewesen: Der einzige Fehler dieses Mannes war sein ausgeprägt ernster Charakter. Und heute Morgen wirkte er ganz besonders niedergeschlagen.

»Ich wollte eigentlich mit Treya ins Büro fahren«, sagte Glitsky.

»Ich kann dich mitnehmen und eine Straße vorher absetzen.«

Glitsky war zwar älter und ranghöher als Thieu, doch das spielte in ihrem Verhältnis zueinander keine große Rolle. Thieu war so clever, dass Glitsky seinen Vorschlag erst gar nicht in Frage zog. Er nickte, dann ging er zurück zu Treya, um es ihr zu erklären.

Sie war nicht unbedingt begeistert. »Sofern ich mich nicht irre«, erwiderte sie, »ist Paul noch bei der Mordkommission. Du hast ihn doch nicht etwa angerufen?«, fügte sie hinzu.

»Vielleicht geht es um seine Überstunden.« Das war ein lahmer Witz, wie Abe eingestehen musste.

»Oder um Sam Silverman.«

Am Vorabend hatte Nat angerufen und Sadies Gespräch mit Cuneo geschildert. Allerdings musste Glitsky zugeben, dass die Theorie des Inspectors ebenso viel für sich hatte wie seine eigene. Selbstverständlich konnte Holiday sich mithilfe eines Schlüssels erneut Zutritt zum Laden verschafft und den Ring an einem anderen Tag gestohlen haben. Doch nach Glitskys Ansicht hätte Cuneo zumindest die Möglichkeit in Erwägung ziehen müssen, dass jemand – nicht unbedingt Panos, wohl aber Silvermans Mörder – den Ring in Holidays Wohnung versteckt hatte. Es war schon seltsam: Offenbar sahen die Mordkommission und Panos die Dinge – selbst zweifelhafte oder belastende Tatsachen – in demselben Licht.

Während seiner Zeit bei der Mordkommission hatte Glitsky ganz andere Erfahrungen mit dem Inhaber des Bewachungsunternehmens gemacht.

Es war zwar immer noch nicht seine Aufgabe, doch seit dem Überfall auf Hardy ging es ihn sehr wohl etwas an. Selbst Treya hatte ihm darin zugestimmt.

Sie küsste ihn zum Abschied und schlug ein gemeinsames Mittagessen vor. Glitsky blickte ihr nach, als sie davonging, versenkte dann die Hände in die Taschen seiner Fliegerjacke und überquerte wieder die Straße.

»Ich ringe mit meinen Schuldgefühlen«, begann Thieu, nachdem sie losgefahren waren.

»Und wer gewinnt?«

»Anscheinend die Schuldgefühle. Sonst wäre ich nicht hier.« Er warf seinem ehemaligen Vorgesetzten einen raschen Blick zu. »Weißt du was über den Doppelmord im Tenderloin? Wills und Terry?«

Glitsky kicherte. »Treya hat es doch gleich gesagt.«

»Was?«

»Silverman.«

Thieu ließ das einen Moment auf sich wirken, dann nickte er. »Ich bin nicht für Silverman zuständig. Nicht mein Fall. Kennst du Cuneo und Russell?«

»Nicht persönlich.«

Thieu zuckte die Achseln. »Tja, die beiden ermitteln im Fall Silverman. Und ein paar Nächte später landet der Mord an dem jungen Creed, der der Hauptbelastungszeuge in der Sache Silverman war, auf meinem Tisch.«

»Ich hab's gehört«, erwiderte Glitsky.

»Du weißt darüber Bescheid?«

»Ein bisschen.« Er sah Thieu an und ergänzte: »Das, was ich in der Zeitung gelesen habe.«

Das Auto kam an einer roten Ampel zum Stehen. Thieu versuchte, Glitskys Miene etwas zu entnehmen. Doch es gelang ihm nicht. »Gut. Um es kurz zu machen: Zwischen Creed und diesen beiden armen Schweinen im Tenderloin besteht plötzlich ein Zusammenhang, weil Creed die beiden als Täter im Fall Silverman identifiziert hatte. Dann findet man eine Pistole in der Wohnung der beiden, und die ballistische Untersuchung bestätigt, dass sowohl Silverman als auch Creed damit erschossen wurden. Und alle sind glücklich, richtig?«

»Ich für meinen Teil schon«, sagte Glitsky.

»Nur, dass Creed auch noch einen dritten Namen genannt hat.«

»John Holiday.«

Thieus Mundwinkel hoben sich in einem leichten Grinsen. »Aber du verfolgst den Fall überhaupt nicht.«

Glitsky schüttelte den Kopf und verzog keine Miene. »Kaum.«

»Dann weißt du vermutlich auch nicht, dass ein Haftbefehl gegen Holiday besteht.«

»Ich hab so was läuten hören.«

»Okay, und jetzt kommen meine Schuldgefühle ins Spiel. Ich bin für keinen dieser Fälle zuständig. Gerson hat mir zwei davon unterm Hintern weggerissen, nachdem ich bereits den Tatort untersucht hatte.«

»Lass mich raten«, meinte Glitsky. »Du stehst in dem Konflikt, den Kollegen sagen zu müssen, dass sie einen Fehler gemacht haben.«

Wieder mussten sie an einer roten Ampel halten. Thieu drehte sich zu seinem Mentor um. »Noch schlimmer, ich will, dass sie die Sache vermasseln.«

Glitsky brauchte eine Weile, um das zu verdauen. »Was haben sie übersehen?«, fragte er dann.

Thieu erklärte Glitsky, er habe, als es offensichtlich wurde, dass Holiday durch Ausschlussverfahren zum Hauptverdächtigen in allen Mordfällen gemacht werden sollte, den angeblichen Täter an seinem Arbeitsplatz aufgesucht. Dort habe er sich vergewissert, dass Holiday ein verhältnismäßig wasserdichtes und, was noch wichtiger war, nachweisbares Alibi für den Mord an seinem Barmann Terry hatte. Holiday hätte ohne weiteres die Namen der Gäste, die ihn zumindest im Falle Wills und Terry entlasten konnten, genannt, hätte man den Haftbefehl gegen ihn nicht so überstürzt erlassen.

Außerdem, so sagte Thieu, sei es ein Schlag ins Gesicht der Vernunft, diesen grausamen, offenbar aus sexuellen Beweggründen verübten Mord als das Ergebnis eines Streits unter Dieben hinzustellen. Außerdem lag für einen Raubüberfall viel zu viel von Silvermans Geld herum. Holiday hätte doch gewusst, dass es irgendwo sein musste, und deshalb zumindest danach gesucht. Und es mitgenommen.

Thieus Auffassung nach – und er hatte gründlich darüber nachgedacht – kamen in diesem Fall nur zwei Szenarien in Frage. Das erste war das, welches Faro aufgezeigt hatte: ein

Aufrissversuch mit ungeplanten Folgen. Das zweite Szenarium hatte Thieu selbst entworfen: Der Mörder dieser beiden Männer war ein Psychopath, der grundsätzlich Freude am Töten hatte, in diesem Fall jedoch die Absicht verfolgte, Holiday, dem einzig überlebenden Verdächtigen, etwas am Zeug zu flicken. Doch der hatte – Pech für die bösen Buben – leider ein Alibi. Man musste blind sein, um nicht zu sehen, dass es sich um ein Täuschungsmanöver handelte – noch dazu ein ziemlich dilettantisches. Alles passte viel zu gut zusammen: der Stoff, das Geld, die Waffe, die Schuhe.

»Ach, und wenn wir schon bei den Schuhen sind.« Thieu, der nun seit fünf Minuten ununterbrochen redete, hielt kurz inne, um Luft zu holen. »Hast du von der zähen Flüssigkeit gelesen? Alles schön und gut. Schicke italienische Schuhe Größe 46. Und jetzt rate mal. Terry hat zwar 46 getragen, aber ein italienischer 46er fällt mindestens eine halbe Nummer kleiner aus als bei uns. Diese Schuhe waren auf keinen Fall seine. Noch dazu wo alle anderen Schuhe in seinem Schrank billige Treter waren, der Großteil davon Turnschuhe. Jeder, der genau hinschaut, hätte bemerken müssen, dass diese Schuhe nicht in das übrige Sortiment passten.«

»Aber die Inspectors haben eben nicht geschaut. Und du hast ihnen nichts davon gesagt.«

»Ein weiterer Grund für meine Schuldgefühle. Ich dachte, wenn sie schon für den Fall zuständig sind, sollen sie selbst die Augen aufmachen. Ein Schrank voller Latschen, und dann diese italienischen geflochtenen Schmuckstücke mit der klebrigen Flüssigkeit an der Sohle, und noch dazu eine halbe Nummer zu klein.« Thieu schüttelte den Kopf. »Das ergibt keinen Sinn. Wenn du meine Meinung hören willst, wusste jemand genau, wonach die Inspectors suchten, und hat Terry die Sachen untergeschoben.«

Glitsky regte keine Miene. »Komisch, dass du dieses Wort benutzt«, stellte er fest und schilderte Thieu rasch, was Sadie Silverman Cuneo gesagt und wie dieser ihre Vermutung gedeutet hatte.

Thieu klopfte mit den Fingern aufs Lenkrad. »Ich muss dem Lieutenant erzählen, was diese Witzbolde da treiben, ich muss einfach. Nur dass ...« Er brauchte den Satz nicht zu beenden. Polizisten verpetzten einander nicht. Auch wenn Gerson die Information schätzen würde, so würde Thieu für den Rest seiner Tage darunter zu leiden haben und noch mehr Außenseiter sein, als er es aufgrund seiner Hautfarbe, seiner Cleverness und seiner Körpergröße ohnehin schon war. »Es wäre viel besser, wenn Gerson von allein dahinterkommt.«

Auch deshalb, weil es dem guten Inspector Thieu die gewiss unangenehme Erklärung erspart hätte, warum er seine Ermittlungsergebnisse nicht gleich an Cuneo und Russell weitergegeben hatte, dachte Glitsky. Stattdessen hatte er seine eigenen Theorien entwickelt und die Kollegen weiter im Trüben fischen lassen. Nun hatte er deshalb ein schlechtes Gewissen, und Glitsky hatte vollstes Verständnis dafür. Doch die Schuldgefühle waren in diesem Fall tatsächlich angebracht; schließlich hatte er sich nicht korrekt verhalten.

Ein paar Straßen vor dem Justizgebäude hielt der Wagen am Randstein. Glitsky, die Hand bereits am Türgriff, sagte: »Hör zu, Paul, ich kenne zufällig Holidays Anwalt. Er wäre sicher bereit, ein paar der Zeugen, die ihm ein Alibi geben können, zu überprüfen. Vielleicht könnte er einen davon überreden, sich freiwillig zu melden und eine Aussage zu machen.«

»Weißt du, eigentlich kann mir dieser John Holiday ja egal sein, und ich würde auf keinen Fall seinem Verteidiger helfen, wenn er wirklich einen nötig hätte. Aber ich glaube einfach nicht, dass er Terry und Wills umgelegt hat.« Er wischte sich über die Augen, als wollte er das Bild vertreiben. »Ich habe Mist gebaut, richtig?«

»Willkommen im Club, Paul. Wenigstens fühlst du dich schlecht deswegen.«

»Aber vielleicht nicht schlecht genug, um es Gerson zu beichten.«

»Tja, die Tatsache ist, dass er sich dir gegenüber auch falsch verhalten hat.« Glitksy öffnete die Autotür, stieg aus und beugte sich noch einmal ins Wageninnere. »Warte ein oder zwei Tage ab. Inzwischen rufe ich Holidays Anwalt an und leite ein paar Dinge in die Wege.«

Holidays Anwalt fühlte sich uralt. Der Bluterguss auf seinem Rücken hatte sich in einen tellergroßen blauvioletten Fleck verwandelt, sodass er das ganze Wochenende kaum geschlafen hatte. Jede Drehung im Bett war eine Qual. Seine linke Hand pochte noch immer.

Glitsky rief an. Er hatte eine Menge zu erzählen: von Sadie und Cuneo, dem untergeschobenen oder nicht untergeschobenen Ring und von Thieu und dessen Theorie. Hardys Mandant hatte sich natürlich nicht gemeldet.

Am Sonntagabend nahm Hardy eine Schmerztablette und trank mit seinem Schwager vor dem Essen zwei Gläser Scotch. Anschließend genehmigte er sich mit Moses noch zwei Flaschen Wein. Und es wurde wieder einmal viel zu spät. Moses hatte in alkoholbeflügelter Leidenschaft gefordert, auf der Stelle Rache an Panos und seinen Leuten zu üben, bevor sie wieder gegen Hardy losschlagen konnten. Hardy war fast – schon ein bisschen mehr als fast – einverstanden gewesen. Denn er war wirklich stinksauer. Wahrscheinlich war das peinlich. Und albern. Schließlich verfrachtete Susan Moses ins Auto und fuhr ihn nach Hause.

Beide Frauen waren wütend auf ihre Männer. Genervt, erschöpft und verängstigt.

Um halb sechs stand Hardy schwer verkatert auf. Keine Chance mehr auf Schlaf, nicht mit *dem* Rücken, *dem* Kopf und *der* Hand. Zum ersten Mal seit Monaten war ihm sogar das Zeitunglesen zu lästig. Er verließ das Haus, bevor die anderen aufgestanden waren, und machte Station im St. Francis, um sich nach Davids Befinden zu erkundigen, der – in seinem Sterbebett? – so aussah, wie Hardy sich fühlte. Eine Stunde im Büro erbrachte eine Tasse Kaffee und vierzehn Minuten unzusammenhängendes Diktat. Er würde nie wieder Alkohol trinken.

Da er mit seiner Arbeit nicht weiterkam, kehrte er zurück zu seinem Auto, das in der Tiefgarage parkte. Vor lauter Verfolgungswahn ging er in die Hocke und blickte unter die Karosserie, ohne zu wissen, wonach er überhaupt suchte. Moses' eindringliche Warnungen wollten ihm nicht aus dem Kopf. Hardy stieg ein, hielt inne, zog den Hebel, der die Motorhaube öffnete, stieg wieder aus, umrundete den Wagen und hob den Deckel an. Auch am Motor war nichts Auffälliges zu entdecken.

Im Justizgebäude war Hector Blanca beschäftigt; es würde eine Weile dauern. Hardy wartete im Vorzimmer, während die Zeit verging. Eine halbe Stunde. Fünfundvierzig Minuten. Als er wieder am Empfang nachfragte, erhielt er die Antwort, er müsse sich noch ein paar Minuten gedulden.

Eine Stunde.

Schließlich schlug ihm die Sekretärin vor, er solle ein andermal wiederkommen. Sergeant Blanca könne heute Morgen wirklich keine Zeit mehr erübrigen.

»Tja, ich frage mich, ob Sie mir vielleicht helfen können.« Hardy ertappte sich bei dem scharfen, ungeduldigen Ton, der bei Bürokraten garantiert nichts weiter als einen ausdruckslosen Blick und ein gleichgültiges Achselzucken, wenn nicht gar offene Feindseligkeit hervorrief. Also versuchte er sich zu beherrschen – allerdings ohne großen Erfolg. »Hören Sie. Jemand hat letzten Freitag auf mich geschossen. Geschossen! Und ich habe gehofft herauszufinden, ob Sergeant Blanca oder einer seiner Kollegen schon Fortschritte bei den Ermittlungen gemacht hat.«

Die Sekretärin schüttelte den Kopf. »Haben Sie Anzeige erstattet? Tja, dann wird Ihnen der Sergeant Bescheid geben, sobald wir etwas wissen.«

Hardy kehrte durch den langen Flur in die Haupthalle zurück, wo in der inzwischen vorgerückten Stunde der übliche Radau herrschte, nur vielleicht ein wenig lauter als sonst. Die Schlange vor dem Verkehrsgericht erstreckte sich vom Kassenschalter bis hinaus zu den Aufzügen und zum Kiosk, wo

Hardy sich einreihte, um seine Bestellung abzugeben. Weiter vorn schrie ein Baby, während – nicht weit von ihm – zwei Fünfjährige einander kreischend jagten. Am Eingang zu dem Flur, wo die Gerichtssäle lagen, hielt ein Mann im Talar einer Gruppe von fünfzehn oder zwanzig Personen einen Vortrag auf Spanisch. Ein zerlumpter, barfüßiger junger Mann schob sich hinter ihn und bettelte ihn um Kleingeld an. Der Mann kramte ein paar Münzen aus der Tasche und ließ sie in die schmutzige Hand des Bettlers fallen.

Die Schlange vor der Kaffeebar rührte sich nicht; vielleicht war er ja auch versehentlich zwischen die Verkehrssünder geraten. Also ging Hardy nach einer Weile zu den Aufzügen, trat in einen, der gerade bereit stand, und drückte aus Gewohnheit die 3, Glitskys frühere Etage. Sechs Personen standen mit ihm in der Kabine, und keine der Sprachen, die er hörte, war Englisch. Als der Aufzug im dritten Stock hielt, stieg er aus und stand verloren in dem unerwartet menschenleeren und unheimlich stillen Raum.

Der Bereich vor den Aufzügen sah auf allen Etagen fast identisch aus, weshalb er schon ein Stück den Flur entlanggegangen war, um zu Glitskys neuem Büro zu gelangen, als er bemerkte, dass etwas nicht stimmte. Irgendetwas an der vertrauten Umgebung wirkte sonderbar.

Wieder blieb er stehen und sah sich um.

Aus einer Tür ein Stück weiter rechts kamen zwei Männer und näherten sich. Einer – grauhaarig, beleibt und mit Brille – trug einen gut geschnittenen hellbraunen Anzug. Der andere war ein uniformierter Wachmann. Die beiden schlenderten ihm entgegen und plauderten locker miteinander. Als sie noch etwa sechs Meter entfernt waren, erkannte Hardy den einen wieder. Er trat vor und versperrte ihnen den Weg. »Richard«, begrüßte er Kroll.

»Diz! Wie geht es Ihnen? Sie kennen Roy Panos? Roy, Dismas Hardy.«

»Klar.« Roys Lächeln verschwand. Er nickte zögernd, doch keiner der Männer hielt dem anderen die Hand hin.

Kroll setzte eine gewichtige Miene auf. »Und wie geht es David?«

»Ich fürchte, nicht sehr gut.«

»Keine Veränderung?«

Hardy schüttelte den Kopf. »Es sieht nicht gerade rosig aus, Richard.«

Kroll legte Hardy eine Hand auf den Arm. »Tut mir Leid, das zu hören. Kann ich etwas für Sie tun? Irgendetwas?«

»Ich glaube, im Krankenhaus versuchen sie, was in ihrer Macht steht. Waren Sie in der Mordkommission?« Hardy wies mit dem Kopf in diese Richtung.

»Was? O ja.« Kroll lachte bitter auf.«Ich habe mich nach dem Mord an dem armen Matt Creed erkundigt. Kannten Sie Matt?«

»Nein, leider nicht.«

»Netter Junge. Eine wirkliche Tragödie.«

»Ja«, erwiderte Hardy. »Ich habe von dem Fall gehört.«

»Oh, richtig. Tut mir Leid.«

»Sie brauchen sich nicht zu entschuldigen. Mein Mandant war es nicht. Er ist unschuldig.«

»Ja, selbstverständlich. Wollten Sie zu Gerson, um ihm das zu erklären?«

Hardy zwang sich zu einem Lächeln. »So ähnlich.«

»Tja, dann viel Glück.«

»Danke.«

Hardy machte sich auf den Weg zur Mordkommission, während Kroll und Panos zu den Aufzügen gingen. Er hörte, wie sie ihre Unterhaltung in gedämpftem Ton fortsetzten. Plötzlich durchschnitt Krolls Stimme die Stille. »Ach, Diz!«

Hardy wandte sich um.

»Was die andere Angelegenheit betrifft.« Er machte ein paar Schritte in die Richtung, aus der er gekommen war, und senkte die Stimme. »Ich weiß nicht, ob Sie es schon gehört haben. Es geht um Ihre Zeugin LaBonte.«

»Aretha? Was ist mit ihr?«

Kroll kam noch ein paar Schritte näher, setzte zum Sprechen an, hielt inne und begann von neuem: »Ich habe es gerade von Gerson erfahren. Dass sie gestern wieder wegen Prostitution festgenommen wurde, wussten Sie ja.« Kurz ließ er den Kopf hängen. Dann blickte er auf und sah Hardy in die Augen. »Mir ist klar, dass Sie in dieser Woche schon viele schlechte Nachrichten verkraften mussten, Diz, und ich möchte ja nur ungern zu Ihren Problemen beitragen ... Nun, Ihre Zeugin hat ihr Leben offenbar nicht mehr ertragen. Irgendwann letzte Nacht hat sie sich in ihrer Zelle erhängt.«

Als Hardy bemerkte, dass er in der Mordkommission gelandet war, ging er zur Treppe, um eine Etage höher zu Glitskys Stockwerk zu steigen. Nachdem die Flurtür sich hinter ihm geschlossen hatte, ließ er sich schwer auf die zweite Stufe fallen. Er beugte sich vor und stützte die Ellenbogen auf die Knie. Ihm war übel, und sein pochender Schädel ruhte auf dem Ballen seiner unverletzten Hand.

Hardy war nicht Aretha LaBontes Verteidiger gewesen, denn sie konnte ihn sich offen gestanden nicht leisten. Dennoch hatte er Aretha in den vergangenen sechs Monaten recht gut kennen gelernt. Sie war vierundzwanzig Jahre alt, schwarz und praktisch Analphabetin. Da sie keinen Zuhälter hatte, war ihr Leben als Prostituierte doppelt schwer gewesen, da niemand sie auf der Straße beschützte. Doch sie hatte einen festen Freund namens Damoan. Ungepflegt und in der uniformierten Kleidung seiner Gang, benahm dieser sich dennoch stets zurückhaltend und höflich; häufig begleitete er Aretha zu Einlassungen und Gerichtsterminen. Hardy hatte den Eindruck gehabt, dass die beiden – so unvorstellbar es sein mochte – miteinander glücklich waren.

Er und Freeman hatten einige Stunden damit verbracht, ihre Aussage mit Aretha durchzugehen. Hardy hatte mit ihr Kaffee getrunken, Witze gerissen, sie herumchauffiert – sie als aufrichtigen, geradlinigen und optimistischen Menschen mit einer erstaunlich positiven Lebenseinstellung kennen gelernt. Auch die allerschlimmsten Ereignisse schienen einfach von ihr abzuprallen. Vermutlich hatte sie in ihrem Leben schon zweihundert Nächte im Gefängnis verbracht. Sie hatte Hardy erklärt – und er glaubte ihr –, dass sie diese Erfahrung als nicht nur lästig bewertete. Einerseits hatte sie so ein wenig Freizeit, andererseits war es unangenehm und ärgerlich.

Krolls Bemerkung, sie habe wohl »ihr Leben nicht mehr ertragen« können, wollte keineswegs zu Hardys Eindruck von ihr passen. Ihr Aussehen hatte noch nicht unter ihrem Lebenswandel gelitten. Und obwohl Sephia versucht hatte, ihr Stoff unterzuschieben, konsumierte sie keine harten Drogen. Falls Damoan und sie sich nicht getrennt hatten – und bei ihrer letzten Begegnung in der vergangenen Woche hatten sie einen sehr verliebten Eindruck gemacht –, war sie die unwahrscheinlichste Selbstmordkandidatin, die Hardy sich denken konnte.

Er öffnete die Augen, hob den Kopf und stand mühsam auf. Als er sich umdrehte und die Treppe betrachtete, fragte er sich, ob seine Kraft wohl ausreichte, um sie zu erklimmen.

Kaum hatte Hardy Glitskys Büro betreten, verpasste dieser ihm ein Glas Wasser und vier Aspirin. Inzwischen war die Bürotür geschlossen. Mit finsterer Miene saß Glitsky hinter seinem Schreibtisch und spielte geistesabwesend mit einem Gummiband. »Wahrscheinlich war es doch so.«

»Das kann ich mir nicht vorstellen. Jemand hat sie umgelegt.«

»In der Zelle? Das ist nicht so leicht, wie es sich anhört, Diz.« Er ließ das Gummiband ein paarmal schnalzen. »Aber versteh mich nicht falsch. Ich will es nicht vollständig ausschließen.« Nach einer Weile fügte er hinzu: »Vielleicht hattest du Recht damit, Holiday nicht verhaften zu lassen.«

»Es war zwar nicht meine Entscheidung«, entgegnete Hardy. »Doch mittlerweile würde ich ihm auch davon abraten – wenn ich dazu Gelegenheit bekommen würde.«

»Du hast noch nicht mit ihm gesprochen?«

»Nicht seit Freitag. Ich weiß nicht einmal, wo er steckt.«

Glitsky zog das Gummiband auseinander und spähte hindurch.

»Da kannst du schauen, wie du willst«, erwiderte Hardy. »Es ist die Wahrheit. Er hat sich dünngemacht.«

»Meinetwegen. Gehen wir einmal davon aus, dass ich dir das abkaufe. Womit ich allerdings immer noch ein Problem habe, ist, wie Panos im Gefängnis etwas anstellen soll.«

»Möglicherweise gibt er seine Anweisungen durch die Mordkommission weiter.«

Glitsky schnaubte verächtlich. »Du träumst wohl.«

Hardy zuckte die Achseln. Es war ihm gleichgültig, dass Glitsky keinen Weg sah, *wie* es passiert sein könnte. Jedenfalls war es passiert. Aretha LaBonte war im Gefängnis zu Tode gekommen, und Hardy glaubte nicht an einen Selbstmord. Und dazu gab es eben nur eine einzige Alternative. »Lach nur«, sagte Hardy. »Aber ich habe sie gerade unten getroffen.«

Das Lachen war eher ein Schnauben, und es verstummte schlagartig. »Wen? Wo unten?«

»Roy Panos. Unten. Eine Etage tiefer.«

»In der Mordkommission?«

»Mit meinem besten Freund, Dick Kroll. Offenbar wollten sie sich nach dem Stand der Ermittlungen im Fall Creed erkundigen.«

Glitsky richtete sich auf. »Wonach denn? Den Schuhen?«

»Was für Schuhen?«

Glitsky brauchte nicht lange, um ihm alles zu erklären.

»Meinst du, Terry hätte Creed gar nicht erschossen?«

»Er könnte trotzdem der Täter sein. Eine halbe Schuhnummer ist nicht die Welt.«

»Nicht wenn sie größer ist, aber in diesem Fall ist sie kleiner. Wenn kein Schuh draus wird, heißt das Freispruch.«

Glitsky runzelte die Stirn. »Bitte«, stöhnte er, »verschon mich mit deinen Weisheiten. Allerdings frage ich mich, ob Panos darüber Bescheid weiß. Thieu hat es Gerson nämlich noch nicht gebeichtet.«

Hardy griff nach seinem Pappbecher und trank einen Schluck Wasser. Das Aspirin begann ansatzweise zu wirken. »Wenn es dich weiterbringt: Ich hatte den Eindruck, dass die beiden überhaupt nicht wegen Creed da waren. Kroll hat einfach nur den erstbesten Grund genannt, der ihm einfiel.«

»Okay, und das heißt?«

»Ich weiß nicht. Vielleicht hat es nichts zu bedeuten. Aber es könnte auch sein, dass sie alle gute Kumpel sind und gelegentlich Informationen austauschen.«

Glitskys Finger spannten das Gummiband. Seine Miene war ernst. »Demnach hätte Panos genau gewusst, welche Beweise noch gebraucht werden? Und damit auch, welche Beweisstücke er hinterlegen muss und wo.«

»Das hast *du* jetzt gesagt.«

»Genau davor habe ich Gerson gewarnt.«

»Wann war das?«

»Ganz am Anfang; gleich nach dem Mord an Silverman, als Wade den Inspectors seine Verdächtigenliste präsentiert hat.«

»Jemand muss Gerson aufklären«, sagte Hardy nach einer kurzen Pause.

»Er will es aber nicht wissen. Zumindest nicht von mir.«

»Und Clarence?«

»Was soll mit ihm sein?«

»Er wird keine große Lust haben, Anklage zu erheben, wenn die Beweise gefälscht sind. Du würdest ihm also einen Gefallen tun. Außerdem würde er dich – im Gegensatz zu anderen Anwesenden – anhören.«

»Dich nicht?«

Hardy hielt eine vollständige Erklärung für überflüssig. »Es geht um meinen Mandanten, Abe«, entgegnete er. »Überleg mal. »Du hingegen bist ein unbeteiligter Dritter.«

Glitsky öffnete auf Jackmans »Ja« die Tür. Der Oberstaatsanwalt, der lesend an seinem Schreibtisch saß, hatte offenbar mit Treya gerechnet und sah freundlich und erwartungsvoll auf. Als er jedoch Glitsky erkannte, verfinsterte sich seine Miene ein wenig. Er senkte den Blick, hob ihn wieder und setzte eine beherrschte, neutrale Miene auf.

Glitsky, der diesen Gesichtsausdruck bemerkte, blieb auf halbem Wege zum Schreibtisch stehen. »Entschuldigen Sie die Störung, Clarence, aber Treya meinte, Sie hätten vielleicht etwas Zeit, und es ist sehr wichtig.«

Mit einem gefrorenen Lächeln wies Jackman auf die Papiere auf seinem Schreibtisch. »Zeit ist relativ, Abe, und in unserem Beruf ist alles wichtig. Also, was kann ich für Sie tun?«

»Wie verstehen Sie sich mit Barry Gerson?«

Jackman hielt kurz inne. »Meinen Sie beruflich? Etwa so wie mit Ihnen, als Sie noch seinen Posten hatten. Warum?«

»Weil er benutzt wird. Er wird in eine sehr peinliche Situation geraten, und jemand muss ihn warnen. Aber dieser Jemand darf nicht ich sein.«

»Warum nicht?«

»Weil er glaubt, dass ich seinen Job will.«

Jackman schob seinen Stuhl ein Stück zurück und verschränkte die Hände auf dem Schreibtisch. »Daraus haben Sie auch kein Geheimnis gemacht. In den letzten anderthalb Jahren haben Sie mir das mindestens zehnmal gesagt.«

Glitsky nahm auf einem der Stühle vor Jackmans Schreibtisch Platz. »Stimmt. Aber er denkt aus irgendeinem Grund, dass ich seine Ermittlungen in einem bestimmten Fall behindere und versuche, ihn als Stümper hinzustellen, damit er gefeuert oder versetzt wird und ich seinen Posten kriege.«

»Und wie kommt er auf diesen Gedanken?«

»Das ist eine lange Geschichte. Doch im Großen und Ganzen liegt es daran, dass ich ihn um Informationen im Mordfall Silverman gebeten habe. Und der steht, wie sich herausgestellt hat, im Zusammenhang mit einigen anderen Fällen.«

»So ist es. Zumindest ist Gerson dieser Meinung.«

Glitsky schlug die Beine übereinander und kratzte sich an der Narbe. »Haben Sie mit ihm gesprochen?«

Ein Nicken. »Gestern.« Die Miene des Oberstaatsanwalts wurde noch ein wenig finsterer. »Am Sonntag. Zu Hause. Genau genommen waren Lieutenant Gerson und Dan Rigby dabei.«

Glitsky schluckte. Dan Rigby – der Polizeichef!

Jackman fuhr fort. »Der Polizeichef meinte, da Sie und Treya zu meinem, wie er es nannte, engsten Kreis gehörten – ebenso wie Dismas –, sollte ich ein Wort mit dem ein oder anderen oder am besten Ihnen allen reden und sehen, ob wir der Vernunft nicht zu ihrem Recht verhelfen können. Also ist Ihr Spontanbesuch heute gewissermaßen ein Glücksfall. Und wichtig, wie Sie bereits sagten.«

Ein höfliches Lächeln huschte über Jackmans Lippen. »Der Polizeichef erwähnte die Möglichkeit, gegen Sie und Diz wegen Verschwörung und Behinderung der Justiz in eben erwähnter Mordserie, die diesem … Holiday, richtig? … zur Last gelegt wird, Anklage zu erheben. Allerdings fand Rigby, dass es angesichts Ihrer früheren Verdienste und Heldentaten möglich sein müsste, Sie zu bremsen und Sie dazu zu bringen, Ihre, wie er es bezeichnet, irregeleitete Diffamierungskampagne gegen Wade Panos einzustellen.«

Zornig und ungläubig schüttelte Glitsky den Kopf. »Daran ist nichts irregeleitet, Clarence. Es ist die Wahrheit. Auf Diz wurde geschossen. Und was man Freeman angetan hat, wissen Sie ja. Sie haben ihn selbst gesehen.«

»Und das war Panos?«

»Ja.«

»Sind Sie sicher?«

»Ja, Sir. Absolut.«

»Und worauf begründet sich Ihre Gewissheit?«

Bei diesen Worten lehnte sich Glitsky zurück und stützte die Ellenbogen auf die Armlehnen seines Stuhls. An seinem Kiefer zuckte ein Muskel. »Ich habe eine Zeugin«, sagte er, »deren Aussage zufolge alles darauf hindeutet, dass die vorliegenden Beweise gefälscht sind. Vermutlich haben sie sich ihretwegen an Sie gewandt. Sadie Silverman.«

»Korrekt.« Jackman neigte den Kopf zur Seite. »Darf ich Sie etwas fragen, Abe? Woher haben Sie diese Zeugin? Welche

Rolle spielen Sie in diesem Fall? Warum mischen Sie sich überhaupt ein?«

»Sie hat mich angesprochen, Clarence. Durch meinen Vater. Die Initiative kam nicht von mir.«

»Gut, meinetwegen. Haben Sie ihre Aussage mit ihr erörtert?«

»Ich habe sie nicht geimpft, wenn Sie das meinen. Ich habe ihr nur zugehört und ihr dann geraten, die Mordkommission anzurufen.«

»Sie haben keinen Hinweis fallen gelassen, einer von Mr. Panos' Leuten könnte gefälschte Beweise am Tatort hinterlegt haben?«

Glitsky rutschte auf seinem Stuhl herum und biss sich auf die Unterlippe.

»Ich verstehe Ihr Schweigen als Bejahung.« Der Oberstaatsanwalt seufzte. »Wissen Sie was, Abe, ich sage es ja nur ungern, aber es gibt Leute, die meinen, Sie mischen sich ein, um einen persönlichen Vorteil daraus zu ziehen.«

»Das ist eine infame ...«

Jackman unterbrach ihn mit einer Handbewegung. »Wenn Sie zu Diz' Mannschaft gehören und er diesen Prozess gewinnt, könnte der Verdacht aufkommen, dass Sie eine Stange Geld dabei verdient haben. Auf Kosten der Stadt und der Polizei.«

»Aber ich gehöre nicht zu seiner ›Mannschaft‹.«

»Sie haben ihn im Zusammenhang mit dem Prozess gegen Mr. Panos nicht mit Informationen versorgt?«

»Schon, aber ...«

»Dann geben Sie also zu, dass der Anschein gerechtfertigt ist.«

»Ich bekomme kein Geld dafür, Clarence. Auch nicht im Fall eines Sieges.«

»Ich weiß nicht, ob ich an Ihrer Stelle damit prahlen würde«, sagte Jackman. »Man könnte Sie für nicht besonders schlau halten.« Er hielt inne. »Doch mich interessiert nicht, ob das alles nun wahr, unwahr oder sonderlich sinnvoll ist. Ich sage Ihnen nur als Freund, dass finanzielle Motive *innerhalb der Polizei* nicht nur plausibel, sondern sogar eindeutig erscheinen. Sie befinden sich auf sehr dünnem Eis, Abe.«

»Clarence …«

Wieder eine Handbewegung. »Lassen Sie mich noch etwas Persönliches hinzufügen.« Seine Stimme hörte sich weich und beherrscht an, und es war ihr keine Spur von Gereiztheit anzumerken. Doch Glitsky ließ sich davon nicht täuschen. So klang Jackman, wenn er innerlich kochte vor Wut; er hatte selbst miterlebt, wie der Oberstaatsanwalt in ebendiesem Tonfall die Todesstrafe für einen Angeklagten forderte. »Sie und Treya und auch Dismas und Gina Roake und selbstverständlich David Freeman gehören zu meinem ›engsten Kreis‹ – das ist kein Geheimnis. Wir sind Kollegen und noch mehr als das. Zwischen uns ist in den Jahren, die wir uns schon bei Lou treffen, eine wirkliche Nähe entstanden. Wir sind Freunde.«

»Ja, Sir, ich empfinde genauso.«

»Gut. Dann werden Sie mich sicher verstehen.« Jackman beugte sich vor. »Können Sie sich vorstellen, dass ich nicht alles in meiner Macht Stehende tun würde, um Ihnen zu helfen, wenn es Tatsachen, Beweise, Indizien – irgendeinen Anhaltspunkt – gäbe, der Ermittlungen gegen Mr. Panos und eine Untersuchung seiner Geschäfte rechtfertigte? Natürlich würde ich es tun. Und es kränkt mich, dass Sie daran zweifeln.«

»Ich zweifle ja nicht daran, Clarence. Deshalb bin ich heute zu Ihnen gekommen.«

»Aber Sie haben nichts in der Hand, was mich weiterbringt, Abe. Im Gegensatz dazu verfügt Lieutenant Gerson über zwei erfahrene Inspectors, die Aussage eines Augenzeugen und eine Unzahl von Indizien. Ich möchte nicht den Eindruck erwecken, ich wäre gewillt, Recht zu beugen, um meinen Freunden zu helfen. Mein Problem ist nicht Mr. Panos, sondern Sie und Dismas, die mich in eine untragbare Situation bringen. Bestimmt verstehen Sie das.«

»Das war nicht unsere Absicht.«

»Nein, da bin ich ganz sicher. Doch genau das ist dabei herausgekommen.« Jackman richtete sich auf und holte tief Luft. »Ich habe Diz das Gleiche gesagt wie Ihnen jetzt: Ehe nicht auf vorschriftsmäßigem Wege – das heißt durch die Mordkommission – neue Beweise ans Licht kommen, möchte ich dieses Thema nicht mehr mit Ihnen diskutieren. Ich werde kein Wort mehr darüber verlieren. Ist das klar, Abe?«

»Ja, Sir.«

»Also dann.«

22

Michelle war einkaufen gegangen; schließlich waren sie gezwungen, zu Hause zu essen, da ein gemeinsamer Restaurantbesuch ja wohl kaum in Frage kam. Holiday starrte durch die Jalousie in den bewölkten Tag hinaus. Dann warf er wieder einen Blick auf das Blatt Papier, das auf Michelles Küchentisch lag. Es war kurz nach zwölf Uhr mittags. Er hatte sich den letzten Rest aus der Bourbonflasche eingeschenkt, die er vor etwa einer Woche gekauft und aus der er sich seitdem immer wieder einen Schluck genehmigt hatte.

Doch heute wollte ihm der Drink einfach nicht schmecken. Er betrachtete das Glas, streckte die Hand aus und hielt inne.

Wieder wandte er sich dem Blatt Papier zu, auf das er vier Namen notiert hatte – Tom, Evan, Bryan (oder Ryan?), Leslie. An dem Abend, als Clint und Randy getötet wurden, waren noch mindestens vier oder fünf weitere Gäste in der Kneipe gewesen. Aber es gelang ihm einfach nicht, die Namen aus dem Sumpf seines Unbewussten herauszufischen. Nachdem Dismas seine Schimpftirade, weil er sich erst jetzt meldete, beendet hatte, hatte er gesagt, eine Bestätigung seines Alibis könne möglicherweise entscheidend sein. Und offenbar hatte Dismas' Freund Glitsky, der Bulle, vorgeschlagen, er solle eine Liste mit den Namen der Gäste zusammenstellen.

Selbstbewusst wie immer, hatte Holiday seinem Anwalt geantwortet, das sei überhaupt kein Problem, in höchstens einer Stunde hätte er die Namen zusammen, damit Hardy die Leute abklappern könne.

Tja, er hatte jetzt zwar eine magere Liste vor sich liegen, allerdings keine, die ihm oder sonst jemanden weiterbringen würde. Es handelte sich nur um die Vornamen von Gästen, mit denen er nicht einmal befreundet war, und als er länger darüber nachdachte, wurde ihm klar, dass er ihre Familiennamen ebenso wenig kannte wie ihren Beruf, ihre Adresse oder die Autos, die sie fuhren. Eigentlich waren sie ihm völlig fremd. Laufkundschaft.

Es amüsierte ihn, dass jeder von ihnen in der Lage wäre, ihn vor einer Verurteilung wegen Mordes zu bewahren. Doch wie wahrscheinlich war das? Schließlich ging es um den letzten Mittwochabend, der bereits seit fünf Tagen der Vergangenheit angehörte. Es war Holidays letzte Schicht am Tresen gewesen, und nun konnte er sich, obwohl er allen Grund dazu hatte, nur vage an vier Namen erinnern.

Wenn noch mehr Tage ins Land gingen, würde es nicht mehr der Mühe wert sein, so viel war ihm klar. Der typische Gast im Ark saß vermutlich jeden Abend in irgendeiner Kneipe, sodass seine potenziellen Retter sich womöglich nicht mehr sicher waren, an welchem Tag sie zuletzt im Ark gewesen waren. *Am Mittwoch?* Oder war man da vielleicht doch ins Lefty O'Doul's oder ins John's Grill gegangen? *Oder war das am Dienstag gewesen?* John hatte an beiden Tagen gearbeitet. Er legte den Stift weg, schloss die Augen und versuchte, sich an etwas zu erinnern, das den Mittwochabend für ihn oder einen seiner Kunden zu etwas Besonderem machen würde.

Aber es fiel ihm nichts ein.

Als er die Augen wieder aufschlug, sah er den Bourbon vor sich. Er nahm das Glas und schnupperte daran. Gutes Zeug, Knob Creek. Aber plötzlich erschien ihm das Zeug widerwärtig. Nicht der Bourbon selbst, aber die Macht, die er über ihn hatte. Die Gedächtnislücke, die ihn in seinen Bemühungen behinderte, sein Leben und seine Zukunft zu retten, hatte ihre Ursache in den vielen Gläsern aus einer Flasche genau wie dieser.

Die vielen Gedächtnislücken …

Er stand auf, ging zum Fenster und zog die Lamellen der Jalousie ein Stück auseinander. Die Stadt zeigte sich von ihrer schlechten Seite. Die Bucht war graugrün und mit schaumgekrönten Wellen gesprenkelt. Wieder schloss er die Augen und stellte sich die Kneipe vor, wie sie an diesem so bedeutsamen Mittwochabend gewesen war. Die Gesichter der Menschen, die genau vor seiner Nase gesessen hatten. Zweifellos hatte er mit einigen von ihnen gesprochen, Witze gerissen oder sich ihre Geschichte angehört. Obwohl an diesem Abend keineswegs die Gefahr eines Filmrisses bestanden hatte, war jetzt, fünf Tage später, alles wie weggeblasen.

Und so würde es gewiss auch bei den anderen sein.

Es war, als hätte er in diesen Stunden nicht gelebt. Als wären sie nie gewesen. Ebenso wie der heutige Tag in der Erinnerung wie weggeblasen sein würde, wenn er jetzt nach diesem Glas griff und es austrank.

Aber das spielte ja auch keine Rolle.

Doch plötzlich ergriff ihn die Erkenntnis, dass es durchaus wichtig war. Er wäre nicht so darauf erpicht gewesen, um sein Leben zu kämpfen und seinen guten Ruf wiederherzustellen, wenn seine Tage sich einfach weitergeschleppt hätten wie bisher – als eine Aneinanderreihung von leeren und sinnlosen Momenten. Doch nun hatte er die Leere satt. Offenbar war eine Bedrohung seines Lebens nötig gewesen, damit er es endlich begriff; anscheinend gerade noch rechtzeitig.

Das Gefühl überkam ihn völlig unvorbereitet, und er konnte es nicht länger leugnen: Er freute sich darauf, dass Michelle wieder durch diese Tür kam. Deshalb wollte er weiterleben. Ihretwegen.

Seinetwegen.

Holiday nahm das Glas und kippte den Inhalt ins Spülbecken. Nachdem er den Alkohol gründlich aus dem Glas gespült hatte, ging er zum Kühlschrank und schenkte sich Orangensaft ein.

Inzwischen war Michelle vom Einkaufen zurück. Es gab Tomaten und Mozzarella auf Sauerteigbrot mit Olivenöl, Essig und Meersalz. Im Supermarkt hatte es auch frisches Basilikum gegeben, das sie, Blatt für Blatt, auf ihre Brote legten. Dazu tranken sie San Pellegrino. Gerade waren sie mit dem Essen fertig, als Michelles Mobiltelefon läutete. Sie meldete sich und reichte John das Gerät. Sein Anwalt.

»Glück mit der Liste gehabt?«

»Dreieinhalb Namen. Bei einem Typen weiß ich nicht mehr, ob er Bryan oder Ryan heißt.«

»Und die Nachnamen?« Hardy war, wie meistens in letzter Zeit, nicht sehr guter Laune. »Nur Vornamen nützen uns nichts.«

»Ich weiß. Ich überlege weiter. Was hat sich inzwischen getan?«

»Nicht viel. Wenn du dort, wo du bist, bleiben kannst, rühr dich nicht von der Stelle.«

»Genau das hatte ich auch vor, Diz. Ist man bei der Suche nach den Leuten, die auf uns geschossen haben, schon weitergekommen?«

»Nicht sehr. Offen gestanden bezweifelt man stark, dass es überhaupt passiert ist.«

»Natürlich ist es passiert.«

»Das Problem ist nur, dass nichts darauf hinweist. Man unterstellt mir, ich hätte mir diese Abschürfungen und Blutergüsse selbst zugefügt, um Panos eins auszuwischen.«

»Hast du gesagt, dass es Sephia war?«

»Er war in Nevada.«

»Wann?«

»Als auf uns geschossen wurde. Oder zumindest zwei Stunden später.«

»Na und?«

»Die Fahrt dauert aber vier Stunden.«

»Nicht mit dem Hubschrauber. Das Diamond Center besitzt einen Hubschrauber, schon vergessen? Und Sephia arbeitet dort.« In der Leitung herrschte Schweigen. »Diz?«

»Ich bin noch dran. Ich hätte eine weitere Frage an dich.«

»Die Schlacht von Hastings: zehn sechsundsechzig.«

»Nein. Obwohl die Antwort stimmt. Die Frage lautet, warum Sephia bei Silverman war. Ich meine, beim ersten Mal.«

»Das ist zu einfach.«

»Tu mir den Gefallen.«

»Okay, was hältst du von etwa fünfzehntausend Dollar?«

»Das könnte ein Grund sein. Aber woher kommen die?«

»So viel hatte er am Abend zuvor verloren.«

Hardy sprach zögernd, als befürchtete er, sich verhört zu haben. »Ich dachte, du wärst derjenige gewesen, der so viel verloren hat.«

»Richtig. Wir hatten beide ziemliches Pech, aber Nicks Pech war größer. Bei Sam dagegen lief es blendend.«

»John, warum hast du das nicht schon früher gesagt?«

»Weil du mich nie gefragt hast, Diz. Niemand hat das. Das Thema kam einfach nicht zur Sprache.«

Er hörte ein Seufzen. »Okay, wer konnte sonst noch davon wissen?«

»Alle, die mitgespielt haben. Ich dachte, die Bullen wüssten das. So sind sie doch überhaupt erst auf mich gekommen.«

»Ich möchte dich ja nur ungern mit einer weiteren Liste behelligen, aber ich bezweifle, dass die Polizei ihre rausrücken wird.«

Dreißig Sekunden später kannte Hardy die Namen aller Pokerspieler. Jetzt hatte er noch eine Frage, die für Holiday genauso leicht zu beantworten war wie die erste. »Klar. Julio Rez und Roy Panos. Die drei stecken ständig zusammen. Fällt dir auf, dass sie auch gemeinsam bei dem Spiel waren?«

»Und wer ist dieser Rez?«

»Bei mir im Raum befindet sich eine Dame, ich kann also nicht offen sprechen.«

»Ein reizendes Früchtchen also?«

»Das trifft den Nagel auf den Kopf. Ich wette, dass er es war.«

»Was?«

»Rez. Der auf uns geschossen hat, während Nick fuhr. Oder umgekehrt. Aber was macht das schon für einen Unterschied.«

»Wenn man Roy Panos dazunimmt, sind es drei, richtig? Und das ist wichtig. Die magische Zahl.«

»Tja, ganz gleich, was es ist. Es sieht aus, als hättest du eine Menge Scheiße aufgewühlt.«

Nach einer kurzen Pause fuhr Hardy fort. Seine Stimme klang barsch. »Was soll das heißen, John? Ich tue für dich, was ich kann.«

»Das streite ich doch gar nicht ab. Und ich werde dir ewig dankbar sein. Aber die traurige Wahrheit ist, dass du nur genau das tust, was du auch solltest.«

»Was ich sollte? Hier gibt es kein *sollte*, John. Ich erweise dir schlicht und ergreifend einen Gefallen. Also sei froh darüber.«

»Leck mich, Diz. Du machst es, weil ich ohne dich gar nicht in dieser Patsche stecken würde.«

»Ohne mich? Mein Gott ...«

»Verschon mich. Wer hat denn mit diesem ganzen Mist angefangen? Ein kleiner Tipp: Es war nicht Panos, denn der hat sich um seinen eigenen Kram gekümmert, bis ein paar Anwälte beschlossen haben, ihn abzuschießen und dabei ein hübsches Sümmchen zu verdienen.«

»Weißt du eigentlich, was er getrieben hat, John?«

»Na und? Er hat ein paar Vorschriften verletzt. Sind Freeman und du plötzlich die Schutzengel des Tenderloin? Willst du mir weismachen, ihr wärt aus Sorge um die Gerechtigkeit und aus reiner Menschenliebe hinter ihm her?«

»Sprich mal mit meinen Mandanten.«

»Das habe ich, Diz. Ich weiß eine Menge über sie. Verdammt, die Hälfte von ihnen habe ich selbst aufgestöbert. Alle ohne Ausnahme Nutten, Diebe, Räuber und Betrüger. Und, ja, gut, einigen wurde der Stoff untergeschoben. Was für eine Tragödie! Die meisten haben sowieso Erfahrung mit Drogen. Besser, als wenn Panos sie hätte zusammenschlagen lassen, was er ebenso gut hätte tun können.«

»Und das wäre ebenfalls illegal gewesen.«

»Bitte, bitte, verschon mich mit deinem selbstgerechten Gelaber. Du machst es fürs Geld. Tatsache war, dass Panos eine Dienstleistung zur Verfügung gestellt hat, die die Polizei nicht …«

»Willst du ihn etwa jetzt verteidigen?«

»Nein, ich sage nur, dass du auch mit drinsteckst. Von Anfang an. Es war nie eine Frage der Moral, sondern einfach nur ein Interessenkonflikt.«

»Spitze. Ich danke dir für deinen Beitrag. Also hat niemand Recht? Was war mit Silverman? Oder mit Freeman?«

»Kollateralschäden. Alle beide. Der unvermeidliche nächste Schritt. Was hätte Panos tun sollen? Seinen Neffen den Wölfen zum Fraß vorwerfen? Sich zu Tode prozessieren lassen? Verdammt, er hat dir vier Millionen Dollar angeboten, damit du von der Bildfläche verschwindest, und du hast Nein gesagt. Schon vergessen? Was hast du denn von ihm erwartet? Dass er dir eine Glückwunschkarte schickt?«

»Ich finde, wir sollten einfach abhauen«, meinte Michelle.

»Wohin denn?«

»Irgendwo hin. Einfach nur weg.«

»Und was dann?«

»Keine Ahnung. Leben, einfach leben.«

»Wir würden nicht leben, sondern uns verstecken.«

Er saß ihr gegenüber auf der Couch. Sie hatte sich im Sessel am Fenster niedergelassen. Nun streckte sie die Hand aus, öffnete die Jalousie einen Spaltbreit und schloss sie wieder. »Tun wir das nicht jetzt schon?«

Er schmunzelte. »Es wird nicht mehr lange dauern. Mein Anwalt hat ein paar Ideen.«

»O ja, es klang, als wärt ihr echt gute Kumpel.«

Holiday ging darüber hinweg. »Wenn ich fliehen würde, würde es außerdem so aussehen, als hätte ich Dreck am Stecken.«

»Ich sage es ja nur ungern, John, aber das Gleiche gilt auch, wenn du dich nicht stellst.«

»Ich habe gehofft, das würde dir nicht auffallen.« Er nahm ihre Hände. »Es wird klappen, Michelle. Auf ganzer Linie. Unser Leben. Ich will es nicht als Flüchtling beginnen. Ich habe diese Verbrechen nicht begangen.«

»Ich glaube dir«, erwiderte sie. »Aber die Polizei scheint viel gegen dich in der Hand zu haben.«

»Das lässt sich leicht erklären. Eine kleine Veränderung des Blickwinkels. Es waren drei andere Typen, und Hardy kennt sie. Er wird ihre Namen in Gegenwart der richtigen Leute fallen lassen. Du wirst schon sehen. In zwei oder drei Tagen wird der Haftbefehl zurückgezogen, und wir haben es ausgestanden.«

Hardy nahm sich vor, eines Tages ein Buch mit dem Titel *Warum einfach, wenn es auch kompliziert geht?* zu schreiben, und zwar als Begleitband zu *Man hat's nicht leicht – Ein Ratgeber für Eltern, die glückliche und ausgeglichene Kinder großziehen wollen.* Die Inspiration für das heutige Kapitel bezog er – nachdem seine Wut ein wenig verraucht war – aus dem Versuch, mit zweien der Männer von Holidays Pokerliste, Fred Waring und Mel Fisher, ein Gespräch zu führen.

Beide standen im Telefonbuch. Rückblickend betrachtet, wurde Hardy klar, dass er das sofort als eines der Täuschungsmanöver der Natur hätte erkennen müssen, die ihm vorgaukeln wollte, diese Gespräche würden problemlos zu erledigen sein. Dabei hätte er es wirklich gebrauchen können, dass endlich mal etwas klappte.

Nach dem heutigen Vormittag war er völlig erschöpft. Und dass er mit dem schlimmsten Kater der Welt aufgewacht war, hatte die Lage nicht gerade verbessert. Dann der Besuch bei David im Krankenhaus, gefolgt von dem langen, vergeblichen Warten auf Blanca, der Begegnung mit Kroll und Roy Panos sowie ihrer Neuigkeit über Aretha LaBonte. Und zu guter Letzt noch der Streit mit John über die Frage, wer Schuld an diesen Entwicklungen trug. Er hatte es wirklich nicht nötig, sich von seinem Mandanten so einen Mist anzuhören, weder heute noch sonst irgendwann.

Auch wenn er sich jetzt, da seine rasende Wut sich ein wenig gelegt hatte, eingestehen musste, dass Holiday teilweise Recht haben könnte.

Während der letzten beiden Stunden hatte er sich in seinem Büro verbunkert und sich, feuchte Papierhandtücher über den Augen, aufs Sofa gelegt. Schließlich rappelte er sich, immer noch von Kopfschmerzen geplagt, auf, um die beiden Nummern seiner Zeugen nachzuschlagen. Als Erstes wählte er die von Fred Waring. Kurz darauf fand sich Hardy am anderen Ende der Börsenmakler-Hotline von Bernard Rulker & Co. wieder. *Wenn Sie auf Englisch fortfahren möchten, drücken Sie die Eins. Wenn Sie ein neues Konto eröffnen wollen, drücken Sie die Zwei. Wenn Sie bereits Kunde bei Rulker sind ...* und so weiter und so fort. Nachdem Hardy sich durch diesen Irrgarten gearbeitet hatte, hoffte er leichtsinnigerweise, nun endlich einen echten Menschen an die Strippe zu bekommen. Doch das *Bitte warten Sie, bis einer unserer Makler für Sie zur Verfügung steht* war nur die Einleitung *(Wir danken für Ihre Geduld. Bitte warten Sie)*, begleitet von einer Synthesizerversion von *Satisfaction*, deren Dauer Hardy auf exakt vier Minuten stoppte.

Als sich endlich eine sympathisch klingende Frauenstimme meldete, schaltete Hardy den Lautsprecher ab. Er bat darum, mit Fred Waring verbunden zu werden, und erfuhr, dass dieser eine Woche Urlaub auf Hawaii machte. Nein, sie habe keine Nummer, wo er zu erreichen sei. Ob er vielleicht mit jemand anderem sprechen wolle?

Mel Fisher besaß einen Anrufbeantworter, auf dem Hardy drei Nummern – Büro, privat und mobil – und zudem ein paar

Angaben darüber hinterließ, wer er war und worum es sich handelte. Er überlegte, ob er hinzufügen sollte, dass es um Leben oder Tod ging, wollte aber nicht zu dramatisch erscheinen.

Zwanzig Minuten später hob er wieder den Kopf vom Sofa. Es war ein Witz. Er brachte nichts zustande, obwohl es so viel zu tun gab. Wieder bot das Telefonbuch verheißungsvolle Möglichkeiten. Fisher wohnte in der Taylor Street, nur ein paar Ecken von seinem Büro entfernt. Erfüllt von Selbsthass, kam Hardy zu dem Schluss, dass der steile Weg über den Nob Hill genau die Strafe war, die er verdiente. Es gelang ihm, den Brechreiz lange genug zu unterdrücken, um aufzustehen und die Treppe hinabzusteigen.

Im Empfangsbereich, einer eiförmigen Insel in Freemans kreisrunder Lobby, stand Norma, die Bürovorsteherin, die Hände auf die Theke gestützt, da und unterhielt sich angeregt mit Phyllis. Beide Frauen arbeiteten schon seit Jahren in der Kanzlei – jedenfalls schon viel länger, als Hardy hier Mieter war – und galten nicht gerade als seine glühenden Bewunderinnen. Schließlich war er weder in der Kanzlei noch bei David angestellt, beanspruchte trotzdem einen beträchtlichen Teil der Zeit des großen Mannes und machte von Kopierer, Fax und anderen Bürogeräten sowie den Bürostunden der Mitarbeiter nach seinem sprunghaften Gutdünken Gebrauch. Hardy konnte von sich ebenfalls nicht behaupten, dass er die zwei Frauen sehr mochte. Doch ihr Anblick – sie drehten sich nach ihm um, als er aus dem Treppenhaus kam – zwang ihn, die Schultern zu straffen und Zuversicht auszustrahlen.

Überraschenderweise richtete Norma sich auf und winkte ihn heran. Sie war eine stämmige Frau von Anfang fünfzig und das Sinnbild der von Freeman geforderten Tüchtigkeit. Sie kleidete sich modisch, ohne dabei übertrieben elegant zu sein, und offenbar fehlte ihr das Gen, das für den Humor verantwortlich war. Für Hardy verkörperte sie den Prototyp einer Bürovorsteherin in einer Anwaltskanzlei.

»Hallo, meine Damen«, sagte er in aufrichtigem, ernstem und feierlichem Tonfall. »Wie kommen Sie hier unten zurecht?«

»Nicht sehr gut«, antwortet Norma. »Ganz und gar nicht.« Hardy hatte die gedrückte Stimmung, die seit dem Tag nach dem Überfall in der unteren Etage herrschte, zwar gespürt, konnte sich aber nicht vorstellen, warum Norma ausgerechnet mit ihm darüber sprechen sollte. Doch sie fuhr fort: »Mr. Freeman hat so viele Talente, dass er sich nie Gedanken über einen Notfall wie diesen gemacht hat. Solange er jeden Tag hier erschien, hat alles geklappt wie am Schnürchen.«

»Er hatte auch immer eine gute Verwaltungsfachkraft«, sagte Hardy.

Norma lächelte. »Tja, vielen Dank, aber wie ich gerade sagte, bin ich inzwischen ziemlich ratlos. Ich kann nicht einmal die Gehaltsschecks ausschreiben, die bald fällig wären.«

»Jeden Tag rufen Mandanten an. ›Wo ist David?‹ ›Wann kommt David zurück?‹ Was soll ich ihnen antworten?«, schaltete sich Phyllis ein.

Hardy zuckte angesichts des panischen Tonfalls von Freemans unbeirrbarer, tüchtiger und belastbarer Türhüterin zusammen. »Ich würde ihnen einfach erklären, dass ihre Probleme in guten Händen sind und dass David, wie wir alle hoffen, bald wieder bei uns ist …«

»Aber sie verlangen ein genaues Datum, und das kann ich ihnen nicht geben.«

Norma reichte ihr ein Papiertaschentuch und wandte sich wieder zu Hardy um. »Ich habe keine Ahnung, was ich den Leuten sagen soll. Deshalb haben wir, Phyllis und ich, uns gedacht, dass Sie, obwohl Sie eigentlich ja kein Mitarbeiter der Kanzlei sind, sondern eher … tja … Sie haben einfach mehr Erfahrung als die angestellten Anwälte … und wir dachten, Sie könnten vielleicht eine Erklärung abgeben.« Plötzlich verlor sie die Fassung. »Mr. Hardy, hier bricht das Chaos aus. Ich weiß nicht, was ich tun soll.«

Einen Moment lang ließ Hardy den Kopf hängen. Sein Schädel pochte, und er hatte Sehstörungen. »Ich tue, was ich kann, Norma, aber ich garantiere nicht, dass die Leute auf mich hören werden. Schließlich bin ich da oben nur Mieter, und das ist allgemein bekannt. Aber wenn Sie glauben, dass es etwas nützt …« Er ließ seinen Blick durch den Flur in den Wintergarten und den menschenleeren Kopierraum schweifen. Überall herrschte ein Unheil verkündendes Schweigen. »Wie lange, meinen Sie, den Laden am Laufen halten zu können? Angenommen, dass David nicht …« Er stellte fest, dass er den Satz nicht beenden konnte.

»David hatte immer viel Bargeld im Haus. Wie oft habe ich ihm deshalb nicht in den Ohren gelegen, aber jetzt könnte ich vielleicht einen Teil davon benützen …« Sie biss sich auf die Lippe und schloss einen Augenblick nachdenklich die Augen. »Die angestellten Anwälte schreiben noch Honorarnoten aus, und wir haben Eingänge. Wenn ich Zugang zu einem Teil dieser Gelder hätte …« Wieder hielt sie inne. »Bestenfalls noch einen Monat, Mr. Hardy, wenn er nicht wieder gesund wird.«

»Aber das wird er doch, oder?«

Sie nickte bedrückt. »Natürlich. Damit wollte ich nicht andeuten … Es ist nur, dass ihn niemand ersetzen kann.«

»Nein. Das weiß ich.« Er legte ihr die Hand auf die Schulter. »Sagen Sie mir einfach, wann. Ich werde da sein.«

Zu seinem Erstaunen trat sie auf ihn zu, schlang die Arme um ihn und drückte ihn an sich, sodass ihm ein scharfer Schmerz durch den Rücken schoss. »Danke«, sagte sie. »Danke.«

Nach ein paar weiteren aufmunternden Worten durchquerte er die Lobby und stieg die geschwungene Treppe hinunter, die im Parterre in einem prunkvollen Foyer endete. Normalerweise ging es hier geschäftig, ja sogar fröhlich zu. Freeman war zwar ein Sklaventreiber, aber auch ein hervorragender Anwalt mit einem außergewöhnlichen Talent, seine Mitarbeiter zu motivieren.

Hardy blieb stehen und lauschte wieder dem Schweigen, das oben herrschte.

Das Ende der Welt erschien ihm plötzlich sehr real.

Hardy hatte zwar sein Mobiltelefon bei sich, aber es läutete nicht, während er sich die steile Taylor Street hinauf, über den

Nob Hill und auf der anderen Seite wieder drei Blocks bergab quälte. Als er Fischers Adresse erreichte, hatte es immer noch nicht geklingelt. Hardy, der sich sagte, dass jemand, der beim Nachhausekommen eine dringende Nachricht vorfand, selbstverständlich sofort anrufen würde, rechnete eigentlich nicht damit, jemanden anzutreffen, als er läutete. Doch dann hörte er eine Stimme durch die Gegensprechanlage.

»Wer ist da?«

»Mr. Fisher. Mein Name ist Dismas Hardy. Ich hatte Sie wegen John Holiday angerufen.«

Der November wurde immer kühler. Die Wolkendecke hatte sich verdichtet, und die Brise war zu einem Wind aufgefrischt, der ihm bis ins Mark drang und an ihm zerrte, während er auf der Vortreppe wartete. Ganze zehn Sekunden vergingen. Er wollte schon zum zweiten Mal klingeln – es gab eben kein Leben ohne Komplikationen –, als der Türöffner schnarrte. Er stemmte sich gegen die Tür.

Das Haus hatte zwei Stockwerke und keinen Aufzug, und als Hardy oben ankam, stand Fisher in der Tür, als wolle er die Wohnung dahinter mit seinem Leben verteidigen. Er sah aus wie Ende sechzig, mit breiten Schultern und einem grauen Haarkranz. Bekleidet war er mit einer Khakihose, Tennisschuhen und einem schwarzen Sweatshirt mit der Aufschrift »Oakland Riders«. Obwohl der alte Mann Hardy nur knapp bis an die Schulter reichte, wirkte er ausgesprochen reizbar. »Also gut«, verkündete er, noch bevor Hardy die letzte Stufe erreichte. »Was ist denn so dringend mit diesem Mistkerl John Holiday? Zum Teufel mit ihm.«

Hardy blieb in etwa vier Metern Entfernung stehen, hob beschwichtigend die Hände und trat dann noch einen halben Meter vor. »Ich habe nur ein paar Fragen.«

»Sind Sie sein Anwalt?«

»Richtig.«

»Dann hätte ich eine Frage an Sie: Können Sie eigentlich noch in den Spiegel schauen?«

»John hat niemanden umgebracht.«

»Pah! Und wie ist Sams Kram dann in seine Wohnung gekommen? Durch Außerirdische?«

»Durchaus möglich«, entgegnete Hardy. »Ich habe gehört, Sie wären bei der letzten Pokerrunde dabei gewesen.«

»Ja. Was dagegen?«

Plötzlich ertappte Hardy sich bei einer Frage, die ihm bisher noch gar nicht in den Sinn gekommen war. »Hat die Polizei schon mit Ihnen gesprochen?«

Zum Glück schien das Fishers Wut zu bremsen. »Was meinen Sie mit ›gesprochen‹?«

»Sie wissen schon. Eine Aussage zur Pokerrunde. Wer dabei war, wer wie viel gewonnen hat …«

Fisher betrachtete ihn argwöhnisch. »Nein. Mit mir hat niemand gesprochen. Wenigstens nicht die Bullen.«

»Also doch jemand?«

»Das habe ich nicht behauptet.« Er sah Hardy trotzig an. »Mit mir hat niemand gesprochen.«

»Kam Ihnen das nicht seltsam vor? Schließlich haben Sie am Vorabend von Sams Tod an einer Pokerrunde teilgenommen. Und kein Polizist hatte Fragen an Sie?«

»Ich war ja nicht dabei, als er ermordet wurde. Sie wussten, wer es war.«

»Also glauben Sie, dass John noch einmal zu Silverman gegangen ist, um sich das verlorene Geld zurückzuholen?«

»Das sagt man wenigstens. Ja.«

»Hat an diesem Abend sonst noch jemand Geld verloren? Eine große Summe?«

Fischer tat so, als denke er angestrengt nach. »Nein«, erwiderte er schließlich mit dem Brustton der Überzeugung, schüttelte den Kopf und wiederholte: »Nein.«

»Und Sie mussten so lange überlegen, bis Sie sich wieder erinnert haben?«

Das brachte den alten Mann noch mehr auf die Palme. »Nein. Ich habe ein ausgezeichnetes Gedächtnis. Holiday war an diesem Abend der große Verlierer.«

»Sonst niemand?«

»Herrgott, was wollen Sie denn noch von mir? Ich habe doch alle Fragen beantwortet. Jetzt reicht es.« Er wich zurück zur Tür und streckte die Hand danach aus.

»Sie wirken ein wenig nervös, Mr. Fisher. Haben Sie Angst? Befürchten Sie, ich könnte Ihnen wehtun? Hat Ihnen jemand gedroht, Sie würden Schwierigkeiten bekommen, wenn Sie die Wahrheit erzählen?«

Nun war die Angst unverkennbar. »Ich habe die Wahrheit gesagt! Der ganze Kram wurde in Johns Wohnung gefunden. Also besteht kein Zweifel, dass er es war.«

Hardy kam näher. »Und deshalb braucht man auch nicht mehr zu erwähnen, wer in dieser Nacht sonst noch Geld verloren hat, richtig?«, zischte er. »Wenn diese Leute Sam nicht auf dem Gewissen haben, warum wollen sie dann verhindern, dass die Leute peinliche Fragen stellen, die die Polizei auf eine falsche Fährte bringen könnten? Warum, Mr. Fisher?«

Fisher starrte Hardy aus ängstlich aufgerissenen Augen an. Dann richtete er sich unvermittelt auf. »Ich muss nicht mit Ihnen reden«, sagte er, schlüpfte hinter die Tür und knallte sie Hardy vor der Nase zu.

»Vor Gericht werden Sie mir antworten müssen«, brüllte Hardy die Tür an, dass es durchs ganze Treppenhaus hallte. Vor Wut keuchend wartete er ab.

Nach einer Weile drehte er sich um, ging nach unten und trat in den bitterkalten, windigen Nachmittag hinaus.

Auf dem Rückweg in sein Büro rief er Glitsky mit dem Mobiltelefon an. Vielleicht hatte Abes Gespräch mit Jackman ja etwas gebracht.

»Nein«, erwiderte Glitsky.

»Er hat dich nicht einmal angehört?«

»Angehört hat er mich schon, aber er hat mich nicht verstanden.«

»Abe, allmählich wird es absurd. Clarence kennt uns doch.«

»Offenbar nicht gut genug. Allem Anschein nach haben du und ich uns dazu verschworen, die Justiz zu behindern. Ich säge an Gersons Stuhl, handle hinter seinem Rücken und sabotiere die Arbeit seiner Inspectors, um ihn als unfähig hinzustellen und meinen alten Job zurückzubekommen. Außerdem kooperiere ich in der Klage gegen Panos mit dir, und wenn du gewinnst, kann ich mich getrost zur Ruhe setzen.«

»Könntest du mir erklären, wie das funktionieren soll? Wie kannst du von meinem Prozess profitieren?«

»Da gibt es sicher eine Methode.«

»Wenn du dahinter gekommen bist, sag mir bitte Bescheid.« Eine Pause. »Und Clarence glaubt das?«

»Da bin ich nicht sicher, wenigstens nicht persönlich. Aber die Verleumdungskampagne gegen uns scheint so erfolgreich zu sein, dass er sich öffentlich nicht mehr mit uns blicken lassen kann.«

»Abe«, sagte Hardy. »Diese Leute haben auf mich geschossen.«

»Das habe ich auch erwähnt.«

»Und wie hat er darauf reagiert? Verdammt, er hat mich doch gleich anschließend gesehen und weiß, dass ich das nicht erfunden habe.«

»Das ist für Clarence nicht das Thema.«

»Aber er *kennt* uns doch. Wir sind die *good guys.*« Wobei er sich nach seiner Debatte mit Holiday in dieser Hinsicht nicht mehr ganz so sicher war. »Vergleichsweise«, fügte er hinzu.

»Nicht mehr. Nicht heute. Heute funktioniert das System streng nach Vorschrift. Beweise sprechen eine eindeutige Sprache, wie es so schön heißt. Und selbige Beweise schreien eben förmlich, dass Holiday ein kaltblütiger Mörder ist und dass du auf seiner Seite stehst. Und das macht dich zu einem Bösewicht, daran gibt es nichts zu rütteln. Und weil wir beide Freunde sind, erstreckt sich dieses Urteil natürlich auch auf mich.«

»Nur dass es sich um gefälschte Beweise handelt.«

»Ja«, sagte Glitsky. »Aber das wäre ein anderes Thema.«

23

Inzwischen war Hardy – seine dritte Stippvisite an diesem Tag – wieder im Büro und schlug die Zeit bis zu der von Norma für fünf Uhr angesetzten Besprechung im Wintergarten tot. Norma hatte ihn gebeten, ein paar Worte vor der Belegschaft zu sprechen. Er hatte Schuhe und Jacke ausgezogen, lag, den Arm über die Augen gelegt, auf dem Sofa und dachte darüber nach, dass ihm kein weiterer halbwegs legaler Weg offen stand, um seine Interessen zu verteidigen. Jackman hatte er nicht überzeugen können, und bei der Mordkommission hatte er ebenfalls keine Chance.

Also blieb ihm nur noch die Möglichkeit, die Sache publik zu machen und dadurch Druck auszuüben. Da Freeman und er schon häufig zu diesem Mittel gegriffen hatten, überraschte es ihn ein wenig, dass es ihm nicht schon früher eingefallen war.

Jeff Elliot, sein Freund und Verfasser der Kolumne »Stadtgespräch« beim *Chronicle*, war für heute mit der Arbeit fertig. Er antwortete Hardy, er sei gern bereit, sich für eine Stunde heiteren Geplauders bei ihm einzufinden, solange für ihn eine Geschichte dabei herausspringe. Allerdings müsse Hardy ihm den Behindertenparkplatz in der Tiefgarage freihalten – Elliot litt an multipler Sklerose. Also ging Hardy nach unten und stellte sich bis zu Elliots Eintreffen in die Parklücke. Nachdem sich der Journalist blitzschnell und geschickt in den Rollstuhl geschwungen hatte, fuhren die beiden Männer mit dem Aufzug hinauf in den zweiten Stock.

Elliot beobachtete, wie Hardy Kaffee holte und sich ächzend in einem Besuchersessel niederließ. »Wer hat dich denn vermöbelt?«

Hardy zwang sich zu einem Lächeln. »Ich dachte, ich würde es ziemlich gut tarnen.«

»Da hast du falsch gedacht. Du wankst herum wie ein lebender Toter.« Elliot stellte die Tasse weg. »Also, was ist passiert?«

»Meinen Kater beiseite gelassen, ist es genau das, worüber ich mit dir reden wollte.« Vorsichtig machte Hardy es sich im Lehnsessel gemütlich und schilderte in zeitlicher Reihenfolge die wichtigsten Punkte. »Und jetzt glauben alle, Abe und ich hätten uns miteinander verschworen, um Panos mit illegalen Mitteln fertig zu machen.«

»Und warum solltet ihr das tun?«

»Um den Prozess zu gewinnen, an dem David und ich gearbeitet haben.«

»Warum in der Vergangenheitsform?«

»Weil es allmählich danach aussieht. Obwohl ich mich da noch nicht festlegen will.« Mühsam setzte Hardy sich anders hin. »Es war eine von Davids brillanten Ideen. Die nur klappen, solange er sich selbst darum kümmert. Allein komme ich anscheinend nicht weiter. Ich kann mich nicht bezahlen, geschweige denn die Mitarbeiter, die wir beschäftigt haben. Und jetzt haben meine Zeugen auch noch damit begonnen, das Zeitliche zu segnen. Und das sage und schreibe im Gefängnis.« Er erzählte Elliot von Aretha LaBonte. »Offiziell spricht man von Selbstmord.«

»Doch du glaubst, dass Panos irgendwie dahintersteckt?«

»Ich weiß zwar nicht, wie er es angestellt hat, aber ja.«

»Hat er im Gefängnis Leute, die für ihn arbeiten?«

Hardy hob die Hand. »Ich weiß, wie weit hergeholt es klingt.«

»Das ist noch milde ausgedrückt.«

»Aber noch unglaubwürdiger erscheint mir diese Häufung von Zufällen. Der Überfall auf David, meinetwegen. Vielleicht auch noch meine eingeschlagene Windschutzscheibe. Aber die Schüsse auf mich und dann Arethas Tod. Da muss jemand dran gedreht haben. So etwas passiert nicht einfach.«

Elliot hatte einen Notizblock gezückt und machte sich Notizen. »Okay, da wäre Freemans Prozess. Panos will euch einschüchtern.«

»Und das hat er bereits geschafft, indem er David ausgeschaltet hat.«

»Doch du hast keine Beweise dafür?«

»Null.«

Elliot ließ seinen Kugelschreiber klicken.

»Was ist?«, fragte Hardy.

Der Journalist schüttelte den Kopf. »Ich versuche, einen Zusammenhang zwischen deinem Prozess und all diesen Morden zu erkennen. Angefangen bei Silverman. Ich sehe da keine Verbindung.«

»Hinter allem steckt Panos, Jeff.«

»Das streite ich ja gar nicht ab. Ich bin absolut bereit, deine These zu glauben. Du musst sie mir nur besser erklären.«

Hardy sackte in seinem Sessel zusammen, holte tief Luft und fing ganz von vorn an. Nach zehn Minuten war er am Ende seines Berichts angelangt. Dann fuhr er sich mit der rechten Hand an die Stirn, massierte sich die Schläfen. Er sah Elliot mit einem tiefen Seufzer an. »Mir ist absolut klar, wie übel es sich anhört, Jeff. Aber John war es nicht. Er hat meine Windschutzscheibe nicht beschädigt. Er hat keine Gorillas angeheuert, um auf uns beide zu schießen. Es waren Panos und seine Bande.« Hardy richtete sich auf und beugte sich mit eindringlicher Miene vor. »Und ich kann keine Menschenseele dazu bringen, mir zu glauben. Wie soll ich Panos' Leute stoppen, bevor sie den nächsten Versuch starten?«

Elliot hatte die Kaffeetasse in der Hand und den Arm auf

die Lehne seines Rollstuhls gestützt. Nun nahm er einen Schluck, um ein wenig Zeit zu gewinnen. »Also, Diz, ich glaube dir. Nur damit das zwischen uns geklärt ist. Okay. Ich glaube dir jedes Wort. Wenn du es sagst, ist es die Wahrheit. Reicht dir das?«

Hardy nickte.

»Gut. Nachdem wir das abgehakt hätten, bleibt noch die Frage, was ich tun kann, um dir zu helfen. Und das würde ich liebend gern, schon allein aus dem Grund, dass es eine fantastische Story ist.«

»Also schreib sie. *Bandenchef setzt Rathaus unter Druck.* Damit gewinnst du den Pulitzer-Preis.«

»Das wäre ein Spaß«, erwiderte Jeff. »Aber zuerst brauche ich eine Kleinigkeit, die eine unabhängige Instanz wie zum Beispiel mein Chefredakteur als Beweis dessen akzeptiert, dass es sich wirklich um Fakten handelt und nicht um die wilden Hirngespinste eines Verteidigers, der seinen Mandanten rauspauken will. Nimm's nicht persönlich.«

»Nein, natürlich nicht. Schon verstanden.«

»Aber wir sprechen hier von Mord, Diz. Von mehrfachem und ziemlich brutalem Mord. Außerdem ist Wade Panos nicht irgendein Kleinkrimineller. Wenn ich das drucke, ohne Beweise dafür vorlegen zu können ... tja, du kennst es ja.«

»Was genau brauchst du?«

»Nicht viel«, erwiderte Elliot. »Doch wenn du ein derart gewaltiges Gedankengebäude errichtest, muss zumindest ein winziges Fundament aus unangreifbaren Fakten darunter sein.«

Hardy unternahm einen erneuten Anlauf und erläuterte die verschiedenen Schwachstellen der polizeilichen Ermittlungen: der Holiday untergeschobene Ring, Sadies Aussage und die Art und Weise, wie Cuneo sie gedeutet hatte; die eine halbe Nummer zu kleinen teuren italienischen Schuhe sowie die Tatsache, dass Thieu Holidays Alibi überprüft und es als glaubhaft eingestuft hatte.

Als er fertig war, runzelte Elliot die Stirn. »Es tut mir Leid, das sagen zu müssen, aber das sind alles keine wasserdichten Beweise.«

Inzwischen war Hardy aufgestanden und hinkte durch sein Büro. Elliots Worte ließen ihn an der Dartsscheibe innehalten. »Diese Gangster können doch nicht so geschickt vorgegangen sein, dass man, wenn man ihre Wohnungen durchsuchen würde …«

Doch Elliot schüttelte den Kopf. »Und wer sollte das tun? Mit welcher Begründung? Dazu wäre ein erster Verdachtsmoment nötig.« Er klappte seinen Notizblock zu. »Vielleicht machen sie ja beim nächsten Mal einen Fehler.«

»Vielleicht bin ich ja beim nächsten Mal wieder dran. Oder Abe. Und vielleicht schießen sie dann nicht daneben. Ich will nicht, dass es ein nächstes Mal gibt.«

»Ich kann dich verstehen.« Elliot blickte zum Fenster. Draußen dämmerte es. Dann sah er auf die Uhr. »Ich will ja nicht hetzen, aber ich muss los. Wenn ich nicht pünktlich zum Abendessen nach Hause komme, haut Dorothy mich windelweich.«

Am Aufzug drückte Hardy auf den Knopf fürs Untergeschoss und trat dann hinaus in den Flur. Als die Türen sich bereits schlossen, rollte Jeff vor bis zur Lichtschranke, um sie zu stoppen. Er betrachtete Hardy. »Sobald du auf veritable Beweise stößt, rufst du mich sofort an, einverstanden?«

Im Wintergarten hatten sich etwa dreißig Personen versammelt. Wenige – wie Graham Russo und Amy Wu – waren Hardys Freunde. Andere wiederum – Phyllis und Norma zum Beispiel – hatten sich bislang als bestenfalls höfliche Gegenspieler gezeigt. Die restlichen Anwesenden verkörperten einen ziemlich guten Querschnitt durch die erwachsene Bevölkerung dieser Stadt. Die Jüngsten waren Anfang zwanzig, Phyllis war mit sechzig die Älteste. Ein kurzer Blick in die Runde ergab, dass alle Hautfarben und beide Geschlechter in einem ausgewogenen Verhältnis vertreten waren. Hardy fand es amüsant, dass es Freeman – der die in San Francisco allenthalben propagierte politisch korrekte Haltung ebenso ablehnte wie Gleichstellungsgesetze jeglicher Art – gelungen war, seine Kanzlei mit einer so breiten Palette an Talenten auszustatten.

Als Hardy sich, gebeugt und erschöpft, in den Konferenzraum schleppte, spürte er die erwartungsvolle Stimmung, die ihm entgegenschlug. Auch wenn er zurzeit in juristischen Kreisen als Unberührbarer galt, wurde er hier zu seinem Erstaunen mit offenen Armen aufgenommen. Und er war stolz darauf, mit dieser Gruppe fähiger Menschen zusammenarbeiten zu können. Obwohl er eigentlich nicht richtig zu ihnen gehörte, genoss er eindeutig ihren Respekt, denn schließlich hatten sich alle versammelt, um ihm zuzuhören. Jemand schloss die Tür, und kurz darauf war es totenstill im Raum. Hardy stand am Kopf des ovalen Tisches und ließ den Blick über die Schar seiner Zuhörer wandern.

»Wir alle wurden angegriffen«, sagte er. »Wir fühlen uns überrumpelt, wütend, zutiefst betroffen. Wir fürchten uns vor dem, was morgen, nächste Woche oder danach geschehen könnte. Wir haben hart an unseren Projekten und Fällen gearbeitet, die wir jetzt womöglich aufgeben müssen. Und wir fragen uns, welchen Sinn die vielen investierten Stunden und die Mühe gehabt haben. Ich kann dazu nur sagen, dass der Wert der Dinge, die wir tun, darin liegt, unsere Aufgabe so gut wie möglich zu erfüllen, und wir dürfen auch jetzt nicht in unseren Anstrengungen nachlassen.

Wir alle hoffen und beten, dass die Dinge wieder so werden mögen wie früher. Doch wir müssen der Möglichkeit ins Auge sehen, dass es vielleicht nicht dazu kommen wird.

Also lautet die tatsächliche Frage, wie wir alle mit dieser Ungewissheit und dem drohenden Wandel umgehen. Mein einziger Vorschlag ist, Trost in unserer Familie, bei unseren Freunden oder – wenn vorhanden – im Glauben zu suchen. Falls morgen hier Schluss sein sollte – und das könnte geschehen –, haben wir wenigstens die beruhigende Gewissheit, dass wir alles Menschenmögliche getan haben, um ein großes

Erbe mit Würde und Stil zu bewahren. Wenn Veränderungen stattfinden, werden wir bereit für sie sein, weil wir den Mut nicht verloren haben. Kehren jedoch wieder normale Zustände ein, können wir alle stolz darauf sein, dass wir auch in den dunkelsten Stunden niemals von unserem Kurs abgewichen sind.«

24

Treya und Abe Glitsky saßen in ihrem Auto, das ganz in der Nähe ihres Hauses in einer Parklücke stand. Treyas letzte Bemerkung hatte sich fast so angehört, als ergreife sie Partei für Clarence Jackman. »Also stellt er quasi mich und Diz an den Pranger?«, fragte Abe.

»So sieht er das nicht.«

»Er hat ja gar nicht richtig zugehört.«

»Tja«, sagte sie. »Er hat politische Verpflichtungen. Schau mich nicht so an. Ich stehe absolut auf deiner Seite und versuche nur, dir seine Sichtweise zu erklären. Und um eines klarzustellen: Ich finde auch, dass die Sache zum Himmel stinkt. Ich bin stocksauer. Was erwartet er denn von dir?«

»Ganz einfach, dass ich mich raushalte.«

»Kannst du das? Willst du das?«

»Ich weiß nicht«, erwiderte er. »Ständig sage ich mir, dass es ja nicht mein Fall ist und dass es mich nichts angeht.«

»Obwohl man auf Diz geschossen hat.«

»Nachdem Freeman überfallen wurde. Und möglicherweise hängt auch der Tod dieser Prostituierten damit zusammen, die sich angeblich aufgehängt hat. Und niemand scheint in der Lage zu sein, diesen Leuten das Handwerk zu legen.«

»Was auch nicht heißt, dass es deine Aufgabe ist, oder?« Sie berührte ihn am Bein. »Das war keine Kritik, sondern eine ernst gemeinte Frage.«

Er legte die Hand auf ihre. »Gut. Für mich stellt sich die Situation folgendermaßen dar: Laut Diz kann man den Prozess mehr oder weniger vergessen. Die Übergriffe auf Freeman, Aretha und vielleicht auch auf Diz waren erfolgreich. Nehmen wir mal an, dass Sephia und seine Kumpane dahinterstecken. Dann haben sie ihr Ziel eigentlich erreicht. Niemand hat sie erwischt, und die Bedrohung ist aus der Welt. Mehr brauchen sie nicht zu unternehmen. Also kann ich die Sache dabei bewenden lassen, und zwar ruhigen Gewissens, weil es nicht meine Aufgabe ist. Verstehst du, was ich meine?«

»Ja.«

»Doch wie passt Holiday ins Bild? Außerdem muss die Bande ihn immer noch ausschalten, um wieder ruhig schlafen zu können. Und dann vielleicht auch noch Diz. Und wenn ich davon ausgehe, sehe ich nicht, wie ich mich raushalten soll, solange ich dazu beitragen kann, sie aufzuhalten.«

»Nein.« Sie seufzte. »Ich auch nicht.«

»Und wie soll ich vorgehen? Soll ich mich an die Spielregeln halten? An wessen Spielregeln denn?«

»Tja«, sagte sie. »Das ist das Problem.«

»Mein Gott, Roy, es sollte doch ganz schnell gehen, du weißt doch. *Peng, peng, peng*, und alles vorbei. Und nun ist die Kacke am Dampfen.« Sie saßen auf Wades Terrasse, wo dieser gerade letzte Hand an ein Puzzle legte. Er hatte seinen Bruder zu sich nach Hause zitiert, nachdem Liz ihm erzählt hatte, was sie von ihrem Freund wusste: Irgendein Lieutenant namens Glitsky, früher Leiter der Mordkommission, war offenbar ein guter Freund von Silvermans Witwe und dahintergekommen, dass der Ring nicht während des Überfalls auf Silvermans Laden gestohlen worden war. »Was hat die beiden nur auf die dämliche Idee gebracht, Ringe zu klauen? Die Ringe waren absolut überflüssig. Ohne die Dinger hätte alles geklappt wie am Schnürchen. Was haben die sich nur dabei gedacht?«

Roy, der gerade von der Schicht kam, trug noch Uniform. Wie so oft in Gegenwart seines intelligenten und einflussreichen älteren Bruders fühlte er sich nervös und befangen. »Genau das habe ich ihnen auch gesagt, Wade. Nur das Geld und den Beutel, mehr nicht. Aber Julio fand, mit dem Ring würde es noch echter aussehen.«

Wade verzog das Gesicht. »Julio ist ein Idiot. Ein Psychopath und ein Idiot.«

»So schlimm ist er auch wieder nicht. Er wollte nur helfen.«

»Verschon mich damit«, erwiderte Wade. »Du hast ja gesehen, was der kleine Scheißer mit Freeman gemacht hat. Meine Anweisung lautete nur, den Alten für ein paar Tage aus dem Verkehr zu ziehen, damit er sich ein paar Gedanken über seine Arbeitsbelastung macht. Und was tut dieser Schwachkopf? Er legt ihn um.«

»Das weiß ich ja noch gar nicht. Freeman ist tot?«

»*Noch* nicht. Aber das hat er sicher nicht Rez zu verdanken.« Angewidert schüttelte Panos den Kopf. »Ich sag dir was: Dieser Typ macht mir richtig Angst. Keine Ahnung, warum Nicky sich mit so einem Schlächter rumtreibt. Mein Gott, was er mit den beiden Schwuchteln angestellt hat! Zwei Kugeln hätten den Zweck doch genauso erfüllt, im Gegenteil, besser. Dann kriegen die zwei noch eine Chance, die Sache zu Ende zu bringen, und verfehlen Holiday. Verdammt. Wenn er tot ist, haben wir es hinter uns.« Er platzierte ein großes Stück, das er bereits zusammengefügt hatte, in eine Ecke des Puzzles. »Das ist ja wie bei der wunderbaren Brotvermehrung. Wir dachten, wir hätten alle beseitigt, die wir loswerden wollten. Und stattdessen müssen wir uns jetzt mit dreien herumschlagen, von denen einer zu allem Überfluss ein gottverdammter Lieutenant ist. Mein Gott! Wann hört das auf, Roy? Wie soll das enden?«

Roy wischte die Handflächen an den Armlehnen seines Stuhls ab. »Genau wie immer, Wade. Der Plan hat sich nicht geändert. Das Ganze ist mit Holiday vorbei. Irgendwann lässt er sich in seiner Wohnung oder vielleicht bei seinem Anwalt blicken, oder er landet im Knast. Früher oder später muss er ja auftauchen. Dann legen wir ihn um, und niemand wird sich mehr den Kopf darüber zerbrechen, ob er nun unschuldig war oder nicht.«

»Was ist mit dem Anwalt?«

»Wer wird ihn bezahlen, nachdem Holiday ins Gras gebissen hat? Warum sollte er sich weiter für den Fall interessieren?«

»Und wenn er es doch tut? Wenn dieser Glitsky nicht locker lässt?«

»Die geben schon auf. Mach dir keine Sorgen.«

»Sorgenmachen ist aber mein Hobby.«

Roy zwang sich zu einem Grinsen. »Komm schon, Wade, du kennst es doch. Holiday ist ein Mandant von diesem Typen, jemand, mit dem er sich nur für Geld befasst. Außerdem: Hardy und Glitsky haben schließlich beide Familie, verdammt. Falls einer von ihnen weiter Fisimatenten macht, kriegt er von uns eins vor'n Bug geknallt. Und dann wird er die Sache fallen lassen wie eine heiße Kartoffel. Vielleicht sollten wir das demnächst tun, damit sie uns nicht mehr im Weg rumstehen.«

»Was meinst du mit ›eins vor'n Bug‹? Mit Gewalt provozierst du nur weitere Schwierigkeiten. Und wenn Rez dabei ist, wirst du den Rest deines Lebens damit beschäftigt sein, die Angelegenheit zu vertuschen.«

»Ich rede nicht von Gewalt, nur von einem kleinen Denkanstoß.«

Wade unterbrach ihn mit einer Handbewegung. »Hör auf damit, ich will es gar nicht wissen. Unternimm einfach etwas!«

Gerade verließ Hardy nach seinem abendlichen Besuch das Krankenhaus, als Gina hereinkam. Sie war businessmäßig gekleidet und sagte, sie habe den ganzen Nachmittag bei Gericht verbracht. Schließlich müsse das Leben weitergehen. Wie sei die Lage? Irgendwelche Veränderungen?

Doch es gab nichts Neues, und die beiden saßen wieder einmal an einem Tisch am Krankenhauskiosk. Gina war äußerst besorgt darüber, wie schlecht Diz aussah und wie niedergeschlagen er klang. Esse er auch genug? Könne er schlafen? Er müsse besser auf sich achten.

»Ich gebe mir Mühe«, erwiderte er. »Aber ich habe außerdem ein Problem, bei dem du mir vielleicht helfen kannst.«

Sie nickte. »Ich versuche es.«

Er holte tief Luft. »Ich weiß, wer David zusammengeschlagen hat. Kommt dir der Name Nick Sephia bekannt vor?«

Das tat er. Gina erinnerte sich an den angeblichen »Unfall« im Sommer, bei dem Sephia sich umgedreht und Freeman vor dem Gerichtssaal zu Boden gestoßen hatte. »Bist du sicher, dass er es war?«

Hardy überlegte kurz. »Jenseits aller vernünftigen Zweifel, und es würde dir sicher genauso gehen.«

»Gut. Und wo liegt das Problem?«

Er gab ihr einen Überblick über seine Gespräche mit Blanca, schilderte die Positionen von Jackman und Glitsky und kam zu guter Letzt auf Silverman und Holiday zu sprechen. »Jedenfalls«, schloss er, »war Blanca anfangs sehr kooperativ, hat aber seit einiger Zeit offenbar keine Lust mehr, einen Finger für mich krumm zu machen. Irgendjemand hat ihm eingeredet, dass ich nur Theater spiele, um Holiday rauszupauken.«

»Aber es hat doch jemand auf dich geschossen.«

»Das scheint eine Glaubensfrage zu sein.« Er zuckte die Achseln. »Ich kann dir das nicht richtig erklären, Gina. Jedenfalls eilt dir vermutlich nicht derselbe schlechte Ruf voraus, der Abe und mir offenbar anhaftet. Du bist Freemans Verlobte. Wenn du vielleicht nochmals mit Blanca reden würdest? Dich wird er sicher anhören.«

»Und was soll ich sagen? Oder tun?«

Hardy zwang sich zu einem Lächeln. »Erstens könntest du ihm etwas ausrichten. Als ich Blanca etwa zwei Stunden nach dem Überfall mitgeteilt habe, ich wüsste ziemlich sicher, wer auf mich geschossen hat, hat er Sephias Alibi überprüft und herausgefunden, dass der Typ in Nevada war, also mindestens vier Autostunden entfernt.«

Gina runzelte nachdenklich die Stirn. »Damit ist er aus dem Schneider.«

»Das hat Blanca auch angenommen. Und ich habe es ebenfalls geschluckt, bis John Holiday mich darauf hingewiesen hat, dass Nick den Helikopter des Diamond Center benutzen kann. Fünfundvierzig Minuten bis zur Grenze des Bundesstaates.«

Gina sah ihn lange an, ehe sie sagte: »Verzeih mir, wenn ich wie eine Verteidigerin klinge, aber das bin ich nun einmal schon mein ganzes Leben lang: Nur weil Nick Zugriff auf einen Hubschrauber hat, muss er noch lange nicht auf dich geschossen haben.«

»Nein, natürlich nicht. Aber es bedeutet zumindest, dass meine Vorwürfe nicht völlig aus der Luft gegriffen sind. Ich habe Panos und seine Leute nicht willkürlich beschuldigt, wie Blanca anscheinend glaubt. Andererseits wollen sowohl Blanca als auch Jackman herausfinden, wer David überfallen hat, da bin ich mir sicher. Und ich sage dir, dass es Sephia war. Wenn *du* den Vorfall zwischen David und Sephia vom letzten Sommer erwähnst, ebenso wie Krolls Drohung bevor … bevor es passiert ist, werden sie möglicherweise Sephia überprüfen. Und so Gott will, lässt sich Blanca überzeugen, einen Durchsuchungsbefehl zu beantragen.«

Gina blickte ins Leere.

»Woran denkst du?«, fragte er.

»Was? Oh.« Sie hob die linke Hand, sodass er den Diamantring sehen konnte. »Ich habe mir eben nur ausgemalt, wie der heutige Tag für mich wäre. Ich meine, als seine Ehefrau.« Das Lächeln fiel ihr ebenso schwer wie Dismas. »Auf keinen Fall so.« Dann fügte sie unvermittelt hinzu: »Aber die Antwort ist ›Ja‹. Natürlich spreche ich mit Blanca und mit wem immer du willst. Hat er vormittags Dienst?«

»Ja.«

»Also gut.« Wieder schweifte ihr Blick in die Ferne. »Darf ich dich was fragen? Woher weißt du es?«

»Was?«

»Dass dieser Sephia es war. Hast du irgendwelche Beweise?« Die Frage traf offenbar einen wunden Punkt, denn es kostete ihn sichtlich Mühe, sich zu beherrschen. Gina berührte seine Hand. »Diz, ich stehe auf deiner Seite, aber es ist eine berechtigte Frage.«

»Das ist es bestimmt. Jeff Elliot hat sie auch gestellt.«

»Also?«

»Tja, um offen zu sein, habe ich es allmählich satt. Ich weiß, dass es Sephia war. Was soll ich tun? Zuschauen, wie er weiter Leute umbringt, während ich Beweise für seine früheren Morde suche?«

Sie holte tief Luft. »Ich fürchte, auch darauf lautet die Antwort ›Ja‹. Natürlich dürste ich nach Rache, falls er jemanden umgebracht oder David zusammengeschlagen hat, aber du brauchst trotzdem …«

»Also schießt du nicht zurück, wenn er dich angreift?«, fiel Hardy ihr ins Wort.

»Doch. Wenn jemand auf dich schießt, verteidigst du dich im selben Moment. Das, wie du besser als jeder andere weißt, nennt man Notwehr. Falls du den Schützen dabei zufällig tötest, schlägst du zwei Fliegen mit einer Klappe: Du beweist, dass er der Mann mit der Waffe war, und du kriegst deine Rache. Aber wenn auf dich geschossen wird und du hinterher mutmaßt, wer es war, kannst du nicht zwei Tage später bei dem Betreffenden auf der Matte stehen und ihn abknallen. Denn was wäre, wenn sich, obwohl er eindeutig als Täter in Frage kam, herausstellt, dass er es doch nicht war?«

»In diesem Fall ist es nicht so.«

»Nein? Wo liegt der Unterschied?« Wieder berührte sie seine Hand. »Ich will nur darauf hinaus, dass du dir selbst schadest, Diz.« Nach einer Minute Schweigen fügte sie hinzu: »Du musst nur einen Beweis finden, mehr nicht. Zumindest einen, der dir selbst genügt, auch wenn das Gesetz ihn nicht anerkennt. Du musst es wissen. Wirklich wissen.«

Leise fluchend schüttelte Hardy den Kopf. Wieder entstand Schweigen, das schließlich von Gina gebrochen wurde. »Ich habe einen schrecklichen Gedanken«, meinte sie.

»Ich habe eine Vorliebe für alles Schreckliche. Worum geht es?«

»Ich besitze einen Schlüssel zu Davids Wohnung.« Der Gedanke schien von ihr Besitz zu ergreifen. »Wenn man einen persönlichen Gegenstand von David in Sephias Tasche findet und Blanca das zufällig mitbekommt, würden die Verdachtsmomente vielleicht für eine Hausdurchsuchung reichen. Ich fasse es nicht, dass so etwas über meine Lippen kommt.«

»Und wenn sie seine Wohnung durchsuchen, haben sie ihn«, sagte Dismas. Es machte ihm sichtlich Spaß, den Gedanken weiterzuspinnen. »Der untergeschobene Gegenstand wäre nur die Eintrittskarte. Dann würden sie etwas Hieb- und Stichfestes entdecken – zum Beispiel Blutflecke auf seiner Kleidung. Und die müsste es meiner Meinung nach zuhauf geben.«

»Richtig. Wir würden lediglich eine legale Hausdurchsuchung in Gang bringen.«

Sie sahen einander aufgeregt an, fast wie ein heimliches Liebespaar. Jeder malte sich aus, wie es wohl sein mochte, gegen das Gesetz zu verstoßen und diese Mistkerle mit ihren eigenen Mitteln zu schlagen.

Schließlich kehrte Hardy in die Wirklichkeit zurück. »Eine wundervolle Idee, Gina, aber vielleicht ist das gar nicht nötig.«

»Ich würde es sowieso nicht fertig bringen«, sagte sie.

»Ich glaube, ich auch nicht.«

»Wahrscheinlich ist das gut so. Deshalb sind die ja die Bösen, und wir sind die Guten.«

»Richtig«, erwiderte Hardy. »Wenn wir uns nicht ans Gesetz halten, sind wir genauso böse wie sie. Aber warum habe ich trotzdem das Gefühl, dass dieses Bild irgendwie schief ist?«

Der Abend hatte für Dismas und Frannie nicht gut begonnen. Und nach Abes ungewöhnlichem und dringendem Anruf, mit dem er sich und Treya einlud, um zu besprechen, wie es nun weitergehen würde, versprach der weitere Abend auch nicht angenehmer zu werden. Sie saßen in der Küche. Eine Stunde zuvor, beim Abendessen, waren die Kinder angesichts der Erkenntnis, dass auf ihren Vater geschossen worden und er ernsthaft verletzt worden war, völlig außer sich geraten.

Auch wenn sie die Lage nicht ganz verstanden, ahnten sie die Gefahr. Am Abend zuvor waren Onkel Moses und Tante Susan bis spät nachts dagewesen. Rebecca und Vincent waren mit ihren jüngeren Cousins in den hinteren Teil des Hauses verbannt worden, während die Erwachsenen tranken und sich stritten. An diesem Morgen hatten ihr Vater und ihre Mutter kaum ein Wort gewechselt. Wollten sie sich etwa scheiden lassen? Warum hatte jemand versucht, Dad wehzutun? Plante gar jemand, ihn umzubringen? Wie würden sie sich dagegen wehren? Was würde Dad unternehmen? Er würde die Täter doch finden, oder? Dafür sorgen, dass sie verhaftet wurden? Welche Rolle spielte die Polizei? Schwebten auch sie in Gefahr?

Hardy fiel es schwer, diese Fragen ausweichend zu beantworten, insbesondere deshalb, weil Frannie ihm dabei keine große Hilfe war. Sie war immer noch wütend wegen der ganzen Situation; allerdings richtete sich ihr Zorn hauptsächlich gegen ihren Bruder. Auch hatte sie sich seit sechs Uhr in der Früh mit den zunehmenden Ängsten der Kinder beschäftigt, während ihr verkaterter Ehemann schon längst im Büro geweilt hatte.

»Ich will nicht so leben«, verkündete Frannie. »Ich weiß nicht, wie diese Leute es geschafft haben, uns das anzutun.« Sie sprachen ungewöhnlich leise, damit Vincent und Rebecca, die in den Zimmern hinter der Küche ihre Hausaufgaben erledigten, nicht noch mehr Grund zur Sorge bekamen. Hardy hatte das Gefühl, dass die Anspannung das Haus bei jedem Geräusch vibrieren ließ.

Er durchquerte die Küche und schlang die Arme um seine Frau. Sie lehnte sich an ihn. »Ich bin ratlos«, sagte sie. »Ich fühle mich so ohnmächtig.«

»Deshalb kommen Abe und Treya ja vorbei«, erwiderte er. »Damit wir vier Pläne schmieden können.«

»Aber ich verstehe nicht, warum die Polizei oder Clarence Jackman dir nicht einfach glauben. Das treibt mich in den Wahnsinn. Du hast doch nichts verbrochen.«

»Genau das ist ja das Komische daran. John Holiday meint nämlich, dass ich die ganze Sache erst ins Rollen gebracht hätte. Ich und David.« Als Frannie ihn verdattert ansah, ergänzte er: »Wegen unserer Klage gegen Panos.«

»Wie bitte? Das ist doch blanker Unsinn. Du hast mehr als ein Dutzend Mandanten, die dieser Panos auf die eine oder andere Weise geschädigt hat. Was kannst du denn dafür?«

»Dasselbe habe ich ihm auch zu erklären versucht. Offenbar kann Mr. Panos tun und lassen, was ihm gefällt, und wenn jemand wie ich ihn auf seine Fehler aufmerksam macht, trägt derjenige die Schuld.«

»Das hat John wirklich gesagt?«

»Mehr oder weniger.«

»Das macht mich wütend.«

»Also bist du offenbar auch ein schlechter Mensch. Wie dem auch sei, ich habe versucht, ihm zu verdeutlichen, dass ich zwar nicht der Inbegriff der Moral bin, aber mich innerhalb der Grenzen des Gesetzes bewege. Panos hingegen verstößt gegen das Gesetz. Wenn das kein großer Unterschied ist!«

»Hat John das kapiert?«

»Nicht wirklich. Richtig oder falsch interessiert ihn nicht sehr. Ich hätte eben auf derartige Vorkommnisse gefasst sein müssen, wenn ich mich mit Panos anlege.«

»Ich fühle mich wie in einem Albtraum: Ich ertrinke, doch es stehen Menschen am Ufer, die mich retten könnten. Und obwohl ich rufe und rufe, hört mich keiner.«

»Ich weiß«, sagte Dismas. »Ich weiß.« Genau so sah ihre Situation aus. Er und Frannie durchlebten dasselbe Grauen.

Oder vielleicht doch nicht ganz. Sie lehnte sich an die Anrichte, die Knöchel über Kreuz, die Hände zwischen den Knien, und ließ den Kopf hängen. »Ist dir klar, dass das schon immer meine größte Angst war? Dass jemand diese ganze Juristerei persönlich nehmen und sich an dir rächen könnte?

Oder an uns? An mir und den Kindern? Und du hast immer beteuert, dass so etwas nie passieren könnte. Doch jetzt ist es offenbar so weit.«

»Ich weiß.« Er lehnte sich an die gegenüberliegende Anrichte. »Was soll ich dazu sagen? Ich hätte nie damit gerechnet.«

»Aber jetzt ist es so weit ... Vielleicht sollten wir alles überdenken.«

»Was?«

Sie sah ihn an. »Na, alles eben ...«

»Alles umfasst aber eine ganze Menge, Fran. Ich hoffe, du meinst damit nicht unsere Beziehung.«

»Nein, eigentlich nicht ... Aber unser Leben. Wenn es zu gefährlich ist ...«

»Das hier ist eine Extremsituation, Fran, nicht unser Leben. Unser Leben ist bisher schön gewesen. Das ist es immer noch.«

»Ich halte das nicht mehr aus. Wenn den Kindern etwas zustoßen würde ...«

Hardy kam einen Schritt näher. »Das wird nicht passieren.«

»Hör auf damit!«, sagte sie so heftig, dass er stehen blieb. »Sag nicht, dass es nicht passieren wird. Du kannst nicht wissen, was passiert. Schließlich hast du mir immer versprochen, dass *so etwas* auch nicht geschehen kann.«

Hardy wich zurück und holte Luft. »Was soll das heißen? Was hast du vor?«

»Keine Ahnung!« Ihre Augen blitzten zornig. »Möglicherweise sollten wir einfach wegziehen. Irgendwo anders von vorne anfangen. Du könntest dir einen anderen Beruf suchen.«

»Und wie genau willst du das anstellen? Wovon sollen wir zum Beispiel leben?«

»Irgendetwas ergibt sich schon.«

»Etwas, das uns vier ernährt, mit zwei Kindern, die in ein paar Jahren aufs College gehen? Ich kann mir nicht vorstellen, wie das klappen soll. Und was dann? Sollen wir das Haus verkaufen?«

»Das könnten wir tun.«

»Frannie, das geht nicht.« Wieder kam er näher, zögernd diesmal. »Hör zu. Ich will keinen anderen Beruf. Ich liebe ihn, dafür habe ich studiert, und ich bin gut darin. Und ab und zu kann ich sogar etwas bewirken.«

»Aber dein Beruf ist eine Gefahr für uns alle, Dismas, verstehst du das nicht?«

Dismas nahm seine letzte Kraft zusammen. Er stand jetzt hinter ihr und legte ihr die Hände auf die Hüften. Er wusste, dass es ihn große Mühe kosten würde, seinen Tonfall zu beherrschen, und als er sprach, war seine Stimme kaum mehr als ein Flüstern. »Siehst du nicht, dass genau das hier auf dem Spiel steht? Unser Leben und die Art, wie wir es gestalten wollen? Ein paar Arschlöcher tauchen auf, bedrohen uns und unser Leben, und was verlangst du von mir? Dass ich alles zusammenpacke und davonlaufe? Was wären die Folgen?«

»Du wärst zumindest am Leben.«

»Wir leben jetzt auch, und wir gehören hierher. Wir haben nur Angst.«

»Und wir müssen uns mit dieser Angst abfinden?«

»Manchmal, ja. Manchmal müssen wir das. Hoffentlich nicht zu lange.« Er berührte ihre Wange. »Hör zu, Fran, es gefällt mir ebenso wenig wie dir, aber man darf diese Schweine einfach nicht gewinnen lassen. Gelegentlich provozieren sie einen so sehr, dass man kämpfen muss, wenn man nicht einfach das Feld räumen will. Sonst nehmen sie sich, was sie wollen, nur weil niemand da ist, der sie daran hindert. Und das wird so bleiben, ganz gleich, wohin wir auch ziehen und was wir tun.«

25

Kurz vor Mitternacht marschierte Michelle, im Tarnanzug und mit heftig gegen ihre Rippen klopfendem Herzen, die Casa Street hinauf, überquerte sie an der Kreuzung Marina Boulevard und ging auf der anderen Straßenseite wieder zurück. Da aus den im Bürgersteig ausgesparten Quadraten vereinzelt ein hoher Baum wuchs, wurde das Licht der Straßenlaternen ein wenig gedämpft. Dennoch war sie sicher, dass sie es bemerken würde, falls in einem der zu beiden Seiten am Straßenrand stehenden Autos ein oder zwei Personen saßen. Sie sah niemanden.

Diesmal ließ sie die Zeitungen liegen und schlich leise, aber zwei Stufen auf einmal nehmend, die Treppe hinauf. Oben angekommen, empfand sie auf einmal eine solche Leere im Kopf, dass sie schon befürchtete, sie könnte in Ohnmacht fallen. Als sie die Ohren spitzte und auf ein verräterisches Geräusch horchte, hörte sie nichts als ihren eigenen Herzschlag, der ihr in den Ohren pochte. Wider Willen pirschte sie sich noch einmal die Treppe hinunter und suchte erneut mit Blicken die Straße ab.

Wieder oben angelangt, öffnete sie die Fliegengittertür, zuckte zusammen, als ein Quietschen ertönte, und wartete noch einmal eine Minute lauschend ab. Dann steckte sie rasch den Schlüssel ins Schloss, machte auf und zog die Tür hinter sich zu.

Sie stand in der Dunkelheit, bis ihre Augen sich an die Lichtverhältnisse gewöhnt hatten. Nach einer Weile ließen die Strahlen der Straßenlaterne schemenhafte Umrisse entstehen, die sich nach einer Weile zu Gegenständen verdichteten, sodass sie sich bewegen konnte, ohne sich irgendwo zu stoßen. Ihr Auftrag war ganz einfach: Sie sollte John ein paar Kleider, die inzwischen angesammelten Rechnungen, ein Scheckbuch und seine Geldautomatenkarte holen, sofern sie Letztere in seinem Schreibtisch fand.

Eigentlich hatte Michelle es erst auf der Vortreppe mit der Angst zu tun bekommen. Das ganze Vorhaben erschien ihr plötzlich unbeschreiblich leichtsinnig. Doch nun war sie bereits in der Wohnung.

Der Parkettboden des Altbaus knarzte, als sie den Flur entlang zu Johns Schlafzimmer schlich. Sie kannte den Weg, und das Knarzen war ihr bis jetzt noch nie aufgefallen. Doch nun war es, als schrien die Dielen unter ihren leichten Schritten gequält auf. Was war, wenn die Nachbarn von unten aufwachten und die Polizei riefen? Sie blieb stehen und presste sich an die Wand. Obwohl es kühl im Flur war, brach ihr der Schweiß aus. Sie war nicht für so etwas geschaffen. Aber nun blieb ihr nichts anderes übrig, als weiterzumachen. Im hinteren Teil des Flurs erzeugte der Boden zum Glück weniger Lärm. Wenn sie schneller ging …

Sie hatte eine kleine, aber starke Taschenlampe und eine Einkaufstasche zum Umhängen mitgebracht, die dehnbar war, sodass alles hineinpassen würde. Also eilte sie zuerst zur Kommode: Socken und Unterhosen lagen in der obersten Schublade, die Hemden in der nächsten, dazu noch eine fest zusammengerollte Jeans. Nun war die Tasche fast voll, doch sie hatte ja beinahe alles beisammen. Es fehlten nur noch das Scheckbuch und die Post.

Zunächst schien sich der rollbare Schreibtischdeckel nicht von der Stelle zu rühren. Sie richtete sich auf, holte tief Luft und packte die beiden Griffe. Als sie heftig daran zog, gab das alte Holz endlich nach, und der Deckel schnellte rumpelnd und krachend nach oben. Eine ganze Minute rührte sie sich nicht von der Stelle und wagte kaum zu atmen. Doch von unten war kein Geräusch zu hören. Es war ganz still. In der Ferne heulte eine Sirene, um schon im nächsten Moment wieder zu verstummen.

Das Scheckbuch und die Automatenkarte befanden sich in der oberen mittleren Schublade, genau wie John gesagt hatte. Weiter hinten entdeckte sie ein auf dem Gesicht liegendes Foto, das sie innehalten ließ. Vorsichtig setzte sie die Taschenlampe auf dem Schreibtisch ab, griff mit beiden Händen nach dem Bild und stellte es vor sich auf.

Natürlich waren es Emma und Jolie. Das hätte sie eigentlich wissen müssen. Gebannt musterte sie im Schein der Taschenlampe die Gesichter der beiden Menschen, die John geliebt und verloren hatte, und konnte den Blick nicht mehr davon abwenden. Das Foto war das genaue Gegenteil einer gestellten Aufnahme mit gekünsteltem Lächeln und vorgespielter Lebendigkeit. Sie wusste, dass er es vermutlich deshalb aufgehoben und gerahmt hatte. Das Baby wurde gerade gefüttert und saß in seinem Kinderstühlchen, voller Vorfreude auf den Bissen, der, nach dem sauberen Gesichtchen zu urteilen, wahrscheinlich der erste war. Die Mutter hielt der Kleinen den Löffel hin. Obwohl Michelle Züge von John, insbesondere den Mund, an dem Kleinkind wiedererkannte, ähnelte es eher seiner Mutter. Auf diesem Foto trugen beide dieselbe Miene zur Schau: Faszination und Erwartung. Sie waren voller Leben. So jung.

Ein Geräusch aus nächster Nähe riss sie aus ihren Träumereien. In ihrer Nervosität und Hast griff sie nach der Taschenlampe und stieß dabei das Foto um, sodass es gemeinsam mit der Taschenlampe zu Boden krachte. Das Glas zerbrach mit einem schockierenden Geräusch. Danach herrschte wieder Totenstille in der plötzlichen Dunkelheit.

Aber es war eine andere Stille als zuvor. Michelle saß wie angewurzelt auf ihrem Stuhl, zitterte am ganzen Leib und war nicht in der Lage, sich zu rühren. Dabei malte sie sich aus, dass sich jemand in Hörweite befand, der wie sie die Ohren spitzte. Sie schlug die Hand vor den Mund, damit man sie nicht atmen hörte, und versuchte vergeblich zu schlucken.

Jemand war an der Fliegengittertür, sie quietschte. Eine Sekunde später hörte sie, wie sich ein Schlüssel im Schloss drehte. Das Flurlicht ging an, und eine Männerstimme rief. »Hier spricht die Polizei. Ich bin bewaffnet. Kommen Sie raus, damit ich Sie sehen kann.«

Michelle wollte aufstehen, überlegte es sich dann aber anders. »Ich bin im Schlafzimmer, links am Flur«, erwiderte sie. »Ich habe die Hände über dem Kopf und bewege mich nur, wenn Sie es sagen.«

Wie beim letzten Mal waren sie zu zweit, doch es waren nicht dieselben. Der Asiat, der beim Hereinkommen mit der Waffe auf sie gezielt hatte, steckte sie ins Halfter und kam dann mit hochgehaltener Brieftasche näher, um ihr seine Dienstmarke zu zeigen. Er forderte sie auf, sich zu erheben, und stellte sich als Sergeant Paul Thieu von der Mordkommission von San Francisco vor. Ohne Zeit zu verlieren, tastete er sie rasch und gründlich ab. Was sie hier zu suchen habe?

Michelle entschied sich, bei ihrer bewährten Geschichte zu bleiben. »Ich passe auf Johns Wohnung auf, während er weg ist.«

»Ach, wirklich? Könnte ich bitte Ihren Ausweis sehen?«

Nervös fingerte sie in der Brusttasche ihres Tarnhemdes herum und holte dann die Brieftasche mit ihrem Führerschein heraus. Nachdem er ihn kurz geprüft hatte, zeigte er ihn seinem Partner. Dieser hatte einen Aktenkoffer dabei und war ziemlich klein, dunkelhaarig und gut gekleidet; er trug ein Kinnbärtchen. Er gab ihr den Führerschein zurück. Thieu musterte sie von unten bis oben und schien zufrieden zu sein. »Gut, ich frage Sie noch einmal: Was haben Sie hier zu suchen?«

»Ich habe Ihnen doch gerade erklärt …«

Geduldig, aber mit entschlossener Miene schüttelte der Sergant den Kopf und wies auf die Tasche zu ihren Füßen. »Diese Tasche ist voller Männerkleidung, und das Ding da scheint ein

Scheckbuch zu sein. Und das bringt mich zu dem Schluss, dass wir Sie bei einem Einbruch ertappt haben.«

»Nein! Das stimmt nicht. Wirklich nicht.« Flehend sah sie zuerst den einen, dann den anderen der beiden Männer an. »Schauen Sie.« Sie griff in die Tasche. »Ich habe einen Schlüssel. Den Schlüssel, den John mir gegeben hat. Ich bin nicht eingebrochen. Er ist ein Freund von mir. Ich passe auf seine Wohnung auf.«

»Und die Kleider?«, wiederholte Thieu und wies erneut mit dem Finger auf die Tasche.

Sie überlegte rasch und setzte eine vergnügte Miene auf. »Das ist Wäsche. Ich wollte sie gerade zurückbringen.«

»In der Dunkelheit? Um ein Uhr morgens? Sie sind aber eine tolle Freundin. Erwarten Sie, dass wir Ihnen das glauben?«

»Tja, natürlich bezahlt er mich dafür. Zwar nicht viel, aber ...«

»Wissen Sie, dass gegen Mr. Holiday ein Haftbefehl vorliegt? Wegen Mordes?«

»Ich ... ich weiß. Ich habe es gehört. Aber es muss ein Irrtum sein. John könnte nie jemandem etwas antun.«

»Wissen Sie, wo er ist?«

»Nein. Meinen Sie jetzt gerade?«

Thieu wandte sich an seinen Begleiter. »Hast du mich so verstanden, dass ich jetzt gerade gemeint habe, Len? Hattest du diesen Eindruck?«

Der andere Mann nickte und sagte zu ihr: »Er meint, jetzt gerade.«

»Nein, ich habe keine Ahnung, wo er steckt. Deshalb bin ich ja hier. Ich habe schon seit ein paar Tagen nichts von John gehört. Es ist schon fast eine Woche.« Plötzlich leuchteten ihre Augen auf. »Wissen Sie, ich bin am Freitag auch hier gewesen«, plapperte sie weiter. »Als Ihre Kollegen da waren.«

»Welche Kollegen?«

»Die Männer mit dem Durchsuchungsbefehl. Sie hatten Ausweise. Ein Schwarzer und ein Weißer.«

»Cuneo und Russell«, entgegnete der andere Mann.

»Gut. Und diese Inspectors haben mit Ihnen gesprochen?«

»Genau wie Sie. Sie haben meinen Ausweis kontrolliert und mir ein paar Fragen gestellt.«

»Und warum waren Sie am Freitag hier?«

»Genau aus demselben Grund wie heute. Ich wollte Johns Zeitungen in die Wohnung legen.«

»Mir ist aber aufgefallen, dass sie noch unten liegen.«

Sie schüttelte den Kopf. »Nur die der letzten drei Tage. Ich wollte sie mitnehmen und wegwerfen, wenn ich gehe.«

»Und das haben Sie alles unseren Kollegen Cuneo und Russell erzählt?«

»Wenn sie so hießen.«

»Und die haben Sie einfach gehen lassen?«

Thieu steckte in der Klemme.

Heute am frühen Abend hatte er Lieutenant Glitsky gesagt, dass er mit Faro die Wohnung in Augenschein nehmen wolle. Das Risiko erschien ihm verhältnismäßig gering. Doch nun entpuppte sich ein alter Spruch als wahr, der besagte, dass eine gute Tat niemals unbestraft blieb.

Denn eigentlich war diese Fahrt zu Holidays Wohnung als Gefallen gedacht gewesen, wenn auch als einer mit einem Hauch von Eigeninteresse. Thieu war zu der Besprechung in Hardys Haus gestoßen. Glitsky, Hardy und ihre Ehefrauen waren wegen des Konflikts mit Panos offenbar schwer erschüttert. Thieu hatte Abe schon seit Jahren nicht mehr so wütend erlebt, und Treya – in Thieus Augen sonst der Inbegriff von Vernunft, Geduld und Humor – schien am Rande eines Nervenzusammenbruchs zu sein.

Thieu, Glitsky und Hardy waren sich darin einig gewesen, dass die Durchsuchung der Wohnung sie weiterbringen könnte. Es war wohl ihre einzige Chance, Beweise zu finden, die auf Sephia, Roy Panos und Rez als Täter in diesen Mordfällen hindeuteten. Eine offene Konfrontation mit diesen Männern kam nun mal nicht in Frage, also hatten sie sich zähneknirschend für diesen Weg entschieden.

Schließlich waren sie übereingekommen, Thieu solle mit Len Faro der Wohnung einen Besuch abstatten und sich nach Fingerabdrücken umsehen. Die Spurensicherung hatte nur die betreffenden Stellen, wo die belastenden Indizien im Fall Silverman entdeckt worden waren, untersucht, jeden Gegenstand fotografiert und Fingerabdrücke genommen. Doch die restliche Wohnung – das Geschirr in der Spüle, die Türgriffe und die Armaturen im Bad – hatten sie sich nicht vorgenommen.

Wenn die Fingerabdrücke eines der Verdächtigen in der Wohnung sichergestellt wurden, würde die Frage, woher die Holiday untergeschobenen Beweisstücke stammten, die Ermittlungen auf den wahren Täter lenken.

Aus Thieus Blickwinkel hatte die Sache nur den Haken, dass er sich offiziell raushalten musste. Er war weder für den Fall Sam Silverman noch für die darauf folgenden Morde zuständig. Welchen Vorwand konnte er also vorbringen, wenn er sich mitten in der Nacht Zutritt zu Holidays Wohnung verschaffte, um dort nach Fingerabdrücken zu suchen?

Eines musste er diesen Anwälten lassen: Sie waren ganz schön gerissen, und Hardy gehörte eindeutig zu dieser Sorte. Thieu würde die Aktion einfach erst erwähnen, wenn er Ergebnisse hatte. Und was Lennard Faro betraf, tat Thieu seinen beiden Kollegen Cuneo und Russell von der Mordkommission nur einen Gefallen, indem er im Haushalt eines Mordverdächtigen nach dem Rechten sah. Die abgenommenen Fingerabdrücke kamen ins Labor. Faro wusste nicht, worum es ging, interessierte sich nicht dafür und würde auch nicht nachfragen. Wenn die Resultate da waren und wenn es sich um die Fingerspuren von Verdächtigen aus dem Umfeld Panos' handelte, stand zumindest fest, dass dieser in den Fall verwickelt war. Dann konnte Thieu von Mann zu Mann mit Gerson sprechen und ihm beichten, er habe von Anfang an Zweifel an den Beweisen und an Cuneos und Russells Auslegung gehabt.

Perfekt.

Bis diese Frau aufgekreuzt war.

Er nahm ihr kein Wort ihrer Geschichte ab und war tief in seinem Innersten sogar gekränkt, dass sie überhaupt versuchte, ihm ihr Märchen aufzutischen. Am liebsten hätte er ihr Handschellen angelegt und sie zur Vernehmung mit ins Justizgebäude genommen. Doch dann hätte er vor dem Problem gestanden, Gerson erklären zu müssen, warum er überhaupt hier gewesen sei. Das ganze Kartenhaus würde in sich zusammenstürzen, wenn er sich nicht auf die Fingerabdrücke von Panos oder einem seiner Spießgesellen stützen konnte. In diesem Fall konnte ihm durchaus blühen, dass man ihn aus der Mordkommission verbannte und ihn womöglich sogar degradierte.

Und noch etwas anderes verkomplizierte die Angelegenheit: Thieu war ganz sicher, dass der flüchtige John Holiday sich in diesem Augenblick in der Wohnung dieser Michelle Maier befand. Bestimmt war sie hier, um ihm saubere Sachen und seine Automatenkarte zu holen, damit er an sein Geld kam. Wenn er und Len sie jetzt nach Hause fuhren, konnten sie Holiday hinter Schloss und Riegel bringen und morgen Helden sein.

Nur dass Glitsky Holiday für unschuldig hielt. Auch Thieus Ansicht nach wiesen die Indizien nicht auf ihn als Täter hin. Und gute Polizeiarbeit bestand darin zu ermitteln, ob es nicht vielleicht einen weiteren Kreis von Verdächtigen gab. Außerdem hatte diese Ms. Maier ihm ja einen Vorwand geliefert. Schließlich hatten erst vor drei Tagen Cuneo und Russell mit ihr gesprochen, ohne dass diese es für nötig gehalten hätten, sie zu überprüfen. Thieu verstand die Welt nicht mehr. Da Ms. Maier nicht in ihr Bild passte, hatten sie ihre Verbindung zu Holiday nicht durchschaut. Und dabei war ihre Ausrede am Freitag sicher ebenso leicht durchschaubar gewesen wie heute.

Sie hatte sogar ihren Ausweis kontrollieren lassen. Also wussten Cuneo und Russell theoretisch genauso viel über sie wie Thieu. Allerdings hätte es ihn gewundert, wenn einer der beiden auf den Gedanken gekommen wäre, ihren Namen und ihre Adresse aufzuschreiben. Oder sich die Daten – wie er – einzuprägen.

John Holiday war nun mal *ihr* Verdächtiger. Und es war *ihr* Fall, nicht seiner.

Sollten sie sich doch damit abmühen.

All das schoss Thieu während der kurzen Befragung von Michelle Maier durch den Kopf.

»Und die Kollegen haben Sie einfach nach Hause geschickt?«

»Ja, Sir.«

Thieu wandte sich an Faro und zuckte in einer übertriebenen Geste die Achseln. »Tja, Ms. Maier, dann haben Sie heute Nacht offenbar wieder Glück. Inspector Faro und ich müssen hier noch eine Menge technischer Details klären. Und da Sie unseren Kollegen ja Namen und Adresse genannt haben, gehe ich mal davon aus, dass sie vorschriftsmäßig überprüft worden sind. Einverstanden, Len?«

Faro zupfte an seinem Kinnbärtchen. Im Rang eines Inspectors war er kein Ermittler, sondern beschäftigte sich mit Forensik und der Analyse von Spuren am Tatort. Was ihn betraf, war die Gegenwart dieser Frau nur insofern von Bedeutung, dass sie gerade dabei gewesen war, Spuren zu verwischen, und deshalb war es das Beste, wenn sie so schnell wie möglich von hier verschwand. »Und fassen Sie beim Rausgehen nicht noch was an. Lassen Sie die Post hier!«, wies er sie an.

Michelle traute ihren Ohren nicht. Doch dann hob Thieu die Hand und winkte ihr zu wie einem Kind. »Fahren Sie vorsichtig«, sagte er.

»Wirklich? Ich kann gehen?«

Der Sergant nickte unwirsch.

»Danke, ich meine, es tut mir Leid, ich habe nur …« Sie bemerkte die Einkaufstasche zu ihren Füßen, bückte sich und hob sie auf. Dann marschierte sie an den beiden Polizisten vorbei und zur Wohnungstür hinaus.

26

Seit er nach einer Genesungszeit von anderthalb Jahren die ärztliche Erlaubnis hatte, wieder zur Arbeit zu gehen, hatte Glitsky keinen einzigen Tag versäumt. Doch bei einem sehr frühen Frühstück – nicht einmal das Baby war schon wach – meinte er jetzt zu Treya, er könne seine Zeit besser nützen, wenn er heute dem Büro fern blieb. »Aber möchtest du was Lustiges hören?«

»Mit Vergnügen.«

»Ich habe ein schlechtes Gewissen.«

»Weshalb? Weil du dir einen Tag freinimmst?«

»Weil ich mich krank melde, obwohl ich kerngesund bin. Das habe ich bis jetzt noch nie getan.«

»Soll das ein Witz sein?« Treya legte ihren Bagel auf den Teller. »Kein einziges Mal?«

»Ich habe ja gesagt, dass es lustig ist.«

»Ich lach mich kaputt. Allerdings glaube ich, ich auch nicht. Kein Wunder, dass wir so gut zusammenpassen. Wahrscheinlich sind wir die einzigen zwei Menschen in ganz Amerika, die sich noch nie krank gemeldet haben.«

»Jetzt habe ich aber ein Problem. Ich hatte nämlich gehofft, du könntest mir erklären, was ich am besten sage, wenn ich anrufe. Und jetzt stellt sich heraus, dass dir auch die Erfahrung fehlt.«

»Ich glaube nicht, dass es da eine allein selig machende Methode gibt. Man ruft an, hinterlässt eine Nachricht …«

»Schon, aber ich bin doch angeblich krank. Soll ich zum Beispiel ein bisschen stöhnen?«

»Meinst du, die würden das merken?«

Abe zog einen Schmollmund. »Das war gemein.«

»Ich bin heute in gemeiner Stimmung.« Das traf bereits seit dem Vortag zu, nämlich seit Abes Besprechung mit Jackman. Glitsky hätte nicht gedacht, dass Treya so wäre. »Ich habe auch noch nicht entschieden, ob ich ins Büro gehe«, sagte sie. »Und damit meine ich: auch in Zukunft. Wie kann dieser Mensch es wagen, so mit dir umzuspringen?«

»Es war nicht persönlich gemeint.«

»Genau darauf will ich ja hinaus, Abe. Er hätte sich persönlich verhalten müssen. Schließlich hat er seinen Posten zur Hälfte dir und Dismas zu verdanken.«

»Mag sein. Aber wir sind ganz sicher nicht der Grund, warum er ihn behält.« Glitsky nahm eine Scheibe Lachs, rollte sie zusammen und schob sie in den Mund. »Weißt du, dass ich als Kind Lachs für den Gipfel aller Köstlichkeiten hielt? Leute, die Lachs aßen, waren supererfolgreich, wie zum Beispiel Filmstars. Wenn mir jemand erzählt hätte, dass eines Tages ich, ein einfacher Polizist, regelmäßig zu Hause Lachs verspeisen würde, hätte ich denjenigen ausgelacht. Und schau uns an. Manchmal kann ich es noch immer nicht fassen.«

»Das war zwar sehr dezent«, meinte sie, »aber ich habe es trotzdem bemerkt. Du hast das Thema gewechselt, weil du keine Lust hast, über Clarence zu sprechen. Ich für meinen Teil muss meinem Ärger noch ein bisschen Luft machen.«

»Das kannst du gern tun, wenn du willst. Allerdings liegt er nicht auf ganzer Linie falsch. Diz und ich haben wirklich nichts in der Hand, und Clarence' Reaktion hat vermutlich maßgeblich dazu beigetragen, dass wir erst mal nach Beweisen suchen, anstatt uns in Anschuldigungen zu ergehen. Und dass er am Wochenende Anrufe von Washington und Rigby erhält« – dem Bürgermeister und dem Polizeichef – »ist für mich ein hilfreicher Hinweis darauf, wie viel Einfluss Panos hat. In gewisser Weise war Clarence' Standpauke ein heilsamer Schock für mich. Das hat er wohl auch beabsichtigt.«

»Bestimmt.«

Glitsky zuckte die Achseln. »Wie du bereits so scharf beobachtet hast, muss er politisch denken. Im Augenblick hat er die Macht, und er ist der beste Oberstaatsanwalt, den wir seit Jahren hatten. Er will diese Macht behalten, und das kann ich ihm nicht zum Vorwurf machen. Für ihn steht viel auf dem Spiel.«

»Und das rechtfertigt die Mittel?«

»Manchmal. Nicht immer. Ich glaube, Clarence versucht gerade selbst, dieses Gleichgewicht zu finden. Wenn Diz und ich in diesem Fall wirklich einen Durchbruch schaffen, ist er bestimmt sofort mit von der Partie.«

»Glaubst du das im Ernst? Nach dem, was er euch beiden angetan hat?«

»Absolut.«

Treya biss von ihrem Bagel ab und trank einen Schluck Tee. »Gut, ich gehe zur Arbeit. Aber seinen verdammten Kaffee kann er sich selber holen.«

Um Viertel vor acht hatte Glitsky dem Aufseher über den Parkplatz des Diamond Center seine Dienstmarke unter die Nase gehalten. Zwei Stunden später saßen Hardy und er immer noch in dessen Auto, das in einer VIP-Parklücke gleich neben dem Eingang gegenüber dem Georgia AAA Diamond Center stand. Hardy, dem noch immer sämtliche Knochen weh taten, döste unruhig hinter dem Lenkrad, bis Glitsky ihm kräftig auf die Schulter klopfte. »Panos«, verkündete er.

Es war Roy, zu Fuß und in Uniform. Er blieb an der großen Doppeltür stehen, sah auf die Uhr, ging zur Ecke, schaute in beide Richtungen, kehrte zur Tür zurück und warf erneut einen Blick auf die Uhr. Die Entfernung zwischen ihm und dem Auto betrug keine zwanzig Meter. Die beiden Männer rutschten in ihren Sitzen hinunter und harrten der Dinge, die da kommen würden. Und die ließen auch nicht lange auf sich warten. Zwei Männer stiegen aus einem Auto und schlenderten, keine anderthalb Meter entfernt, an ihnen vorbei. Wieder tippte Glitsky Hardy auf die Schulter und zeigte mit dem Finger nach hinten. Sephia trug einen wadenlangen schwarzen Ledermantel, Rez eine enge schwarze Baumwollhose und einen braunen eng anliegenden Pullover, den er im Hosenbund stecken hatte.

Sie gingen zu Roy hinüber, der sie an der Tür erwartete. Dieser verlor keine Zeit und begann sofort, aufgeregt und wütend zu gestikulieren. »Das nächste Mal bringen wir so ein Richtmikrofon mit und nehmen alles auf Band auf«, sagte Glitsky, und als Hardy nichts erwiderte, fügte er hinzu: »War nur ein Scherz, Diz.«

Aber Hardy antwortete immer noch nicht. Schweigend saß er da und beobachtete das Dreigespann auf der anderen Straßenseite. Nach ein paar Minuten des Debattierens schien Roys Wut verraucht zu sein. Und dann war die Besprechung zu Ende, so plötzlich, wie sie begonnen hatte. Roy setzte seinen Streifengang fort. Sephia und Rez traten durch die Doppeltüren des Diamond Center und verschwanden im Gebäude.

»Also«, sagte Hardy, »die drei stecken unter einer Decke, aber das wussten wir ja schon. Ich würde zu gerne reingehen und ein Wörtchen mit Nick wechseln.«

»Was würde das bringen?«

»Keine Ahnung. Wahrscheinlich nichts. Aber es wäre ein Spaß, ihn ein bisschen zu ärgern, indem ich zum Beispiel Zweifel an der Herkunft seiner Mutter äußere und ihn in Gegenwart von Zeugen dazu provoziere, mich zu schlagen.«

»Nett, dass du wieder zu Spaß aufgelegt bist. Ich sage es ja nur ungern, aber heute Morgen war deine Gesellschaft ganz und gar nicht anregend.«

»Stimmt, aber dafür hatte ich gestern Abend jede Menge Ideen. Apropos: Hast du schon was von Thieu gehört?«

Glitsky schüttelte den Kopf. »Ist noch zu früh.« Sein Blick hing weiterhin an der Eingangstür. »Siehst du? Da sind sie schon wieder. Duck dich.«

Doch sie hätten sich diese Vorsichtsmaßnahme sparen können. Sephia hatte eine unbeschriftete Papiertüte in der Hand und ging mit Rez so dicht am Wagen vorbei, dass Abe und Hardy ihn hätten berühren können. Aber die beiden waren ins Gespräch vertieft und marschierten einfach weiter.

»Was jetzt?«, fragte Hardy.

»Meine Herren, lassen Sie die Motoren an.«

Sie waren bereit. Glitsky drehte sich um und sagte dann: »Okay.«

»Das ist übrigens das Auto«, ergänzte Hardy, nachdem er sie hatte vorbeifahren lassen, und machte sich an die Verfolgung.

»Welches Auto?«

»Der graue Sedan. Den haben sie an dem Tag gefahren, als sie auf mich und John geschossen haben. Diese Typen sind so von sich überzeugt, dass sie sich sogar die Mühe gespart haben, einen Wagen zu mieten oder zu stehlen. Ist das zu fassen?«

Glitsky zog den Block heraus und notierte sich das Nummernschild. Inzwischen fuhren sie auf der Geary Street in westlicher Richtung und hielten ein paar Wagenlängen Abstand, ohne dass ein anderes Fahrzeug sich zwischen sie schob. »Apropos Spaß: Wenn uns jemand einen Durchsuchungsbefehl ausstellen würde, wäre es sicher interessant, ein bisschen in diesem Auto rumzukramen.«

»Spaß? Siehst du!«, sagte Hardy. Doch während er das Wort aussprach, ließ er die Schultern kreisen. Er sah nicht unbedingt so aus, als amüsierte er sich.

Sie folgten dem Wagen durch ein Gewirr von Einbahnstraßen, bis sie die Van Ness Avenue und schließlich die Mission Street erreichten. An der 21. Straße bogen sie rechts ab und stoppten schließlich vor einem gut gepflegten, frei stehenden viktorianischen Haus. Hardy fuhr weiter, während die beiden Männer ausstiegen. Sephia hatte beim Gehen beide Hände in den Taschen seines schwarzen Mantels. Von der Papiertüte war nichts mehr zu sehen.

Hardy hielt ein paar Häuser weiter an. »Was soll das werden?«, fragte er.

»Keine Ahnung.« Glitsky schrieb die Adresse auf. »Vielleicht eine Drogenübergabe? Keine Ahnung.«

Sie mussten keine zehn Minuten warten. Als die beiden Männer aus dem Haus kamen, hatte Rez einen Aktenkoffer bei sich. Sie stiegen wieder ins Auto, und die Verfolgungsjagd ging weiter.

Als sie gegen Mittag zum Parkplatz des Diamond Center zurückkehrten, hatten sie zwischen dem Mission District, Diamond Heights und einer von einem Tor geschützten Prunkvilla in St. Francis Wood vier ähnliche Stopps eingelegt. Hardy und Glitsky waren mittlerweile zu dem Schluss gekommen, dass die Umtriebe der beiden Jungs auf keinen Fall koscher waren. Doch es blieb ihnen nicht viel Zeit, um Theorien aufzustellen, als sie in einer Ladezone standen und darauf warteten, dass Nick und Rez weiterfuhren. Hardy hatte gerade den Motor ausgemacht, als er einen Blick in den Rückspiegel warf und verkündete: »Okay, es geht wieder los.«

Im selben Moment läutete Hardys Mobiltelefon. Er beobachtete, wie Sephia und Rez, nun beide mit Aktenkoffer, die Straße überquerten. Doch schon im nächsten Augenblick achtete er nicht mehr auf sie, denn er hörte die Stimme seiner Frau schluchzen. »Dismas«, stieß sie hervor. »Bitte ...«

»Was ist los, Fran? Kannst du mich verstehen. Beruhige dich.«

»Ich will mich aber nicht beruhigen!«, schrie sie. Dann: »Dismas, du musst nach Hause kommen.«

»Das werde ich, aber ...«

»Bitte! Sofort!«

»Ist etwas passiert? Soll ich die Polizei rufen?«

»Nein, aber es ...« Ihr Atem ging stoßweise. »Komm einfach nach Hause.«

»Ja, gut, ich bin unterwegs, aber was ist ...«

»Das kann ich nicht erklären. Du musst es sehen. O Gott, ich muss die Schule anrufen.«

»Die Schule? Warum? Sind die Kinder … ?«

»Ich muss die Schule anrufen«, wiederholte sie nur und legte auf.

»Fran? Frannie?« Er starrte auf das stumme Telefon.

»Was ist los?«, fragte Glitsky.

»Nichts Gutes«, erwiderte Hardy. Ein Muskel zuckte an seinem Kiefer. »Was immer es auch ist, es ist nichts Gutes. Sie will die Schule anrufen.« Er drehte sich zu seinem Freund um. »Pass auf, Abe, ich muss jetzt Schluss machen und sofort nach Hause.« Er startete den Motor. »Ich kann dich unterwegs absetzen.«

»Nein.« Glitsky sprang bereits aus dem Wagen. »Fahr nur.«

Als das Auto losschoss, spritzte der Kies in alle Richtungen.

Holiday saß allein in einem Zimmer im Yerba Buena Motel an der Ecke Van Ness Avenue und Lombard Street, keine drei Häuserblocks von Michelles Wohnung entfernt. In der letzten Nacht war sie völlig verstört und panisch nach Hause gekommen. Sie war sicher, dass ihr die Polizisten, die sie in seiner Wohnung ertappt hatten, gefolgt waren. Also mussten sie beide sofort verschwinden. Deshalb waren sie zu Fuß hierher gegangen. Michelle hatte sie beide unter ihrem Namen angemeldet.

Und nun war sie weg. Sie musste für den *Sunset* eine Reportage über Bonsais schreiben, und sie war noch am Anfang ihrer Recherchen. Er solle einfach im Zimmer auf sie warten, hatte sie ihn angewiesen. Sie würde am Nachmittag zurückkommen und etwas zu essen mitbringen. Inzwischen hatte er Hardy dreimal im Büro angerufen und jedes Mal widerstrebend Michelles Mobilfunknummer hinterlassen. Aber offenbar hatte sein Anwalt den Tag freigenommen. Als John einmal einen Blick aus dem Fenster riskierte, stand draußen auf dem Parkplatz ein schwarzweißer Streifenwagen. Kurz darauf war er fort, doch die Angst blieb.

Er wusste, dass es noch schlimmer werden würde und dass er etwas unternehmen musste. Er konnte nicht einfach hier herumsitzen.

Als das Zimmermädchen klopfte, ließ er sie herein und ging in den kleinen Supermarkt an der Ecke gegenüber. Wenigstens prangte sein Foto heute nicht mehr auf den Titelseiten sämtlicher Zeitungen. Er kaufte einen Liter Milch, einen Liter Apfelsaft, sechs Äpfel, einen Schokoriegel und den *Chronicle*. Bei seiner Rückkehr war das Zimmermädchen fertig.

Er trank die Milch und verspeiste einen Apfel und den Schokoriegel. Dann las er den *Chronicle* und stellte auf Seite zwei zu seiner Zufriedenheit fest, dass er noch immer nicht aufgespürt worden war, obwohl die Suche andauerte. Anschließend versuchte er es erneut bei Hardy: immer noch nicht da.

Zu guter Letzt holte er sich ein sauberes Handtuch aus dem Bad und breitete es wie eine Tischdecke über das Nachtkästchen. Er nahm die Pistole aus der Jackentasche und vergewisserte sich, dass keine Patrone in der Kammer und kein Magazin im Griff steckte. Nachdem er die Waffe mit dem Handtuch abgewischt hatte, prüfte er das Schloss, spähte in den Lauf und feuerte eine imaginäre Salve ab. Er wunderte sich, dass das Magazin nur noch vier Patronen enthielt. Er öffnete die Schachtel und legte noch drei ein, sodass die Waffe voll geladen war. Dann betätigte er das Schloss, um eine Patrone in die Kammer zu befördern, entfernte das Magazin und steckte noch eine Patrone hinein.

Zu guter Letzt schob er das Magazin in die Waffe.

Nun war er auf alles vorbereitet.

Thieu hatte kaum geschlafen, aber da er sich ohnehin nur selten mehr als fünf Stunden gönnte, machte ihm das nichts aus. Nachdem er und Faro Holidays Wohnung auf Fingerspuren durchsucht hatten, war er zu dem Schluss gekommen, dass Dismas Hardys Strategie einen kleinen Haken hatte. Thieu musste irgendwie einen Weg finden, Sephia und Rez unverfänglich in ein Gespräch über ihre möglichen Besuche in Holidays Wohnung zu verwickeln. Schließlich war es nicht sein Fall. Andererseits war er der erste Inspector am Tatort gewesen, als Terry und Wills ermordet worden waren. Und deshalb waren seine Bedenken, dass an diesem Tatort etwas verändert worden sein könnte, absolut berechtigt.

Deshalb traf er kurz vor zwei im Diamond Center ein und fand sich zehn Minuten später in einem kleinen Vorzimmer wieder, das von den Ausstellungsräumen abging. Dort erläuterte er den beiden privaten Sicherheitsleuten Sephia und Rez sein Problem. »Ich bin auch weiterhin für das Absichern des Tatorts zuständig«, log er, »und ich weiß, dass Sie beide« – er warf einen Blick auf seinen Notizblock – »und Roy Panos meinen Kollegen Cuneo und Russell sehr weitergeholfen haben. Stimmt das?«

»Ein bisschen«, erwiderte Sephia. »Aber das war hauptsächlich Roy.«

»Ja, den habe ich schon.« Thieu wollte das Thema Roy rasch abhaken, um nicht näher erläutern zu müssen, was er mit »den habe ich schon« gemeint hatte. »Aber Ihre Namen sind auch gefallen.«

Sephia blickte Rez fragend an. Dann zuckte er die Achseln. »Wir haben nur ein paarmal mit ihnen geredet.«

»Aber Sie haben sie nie begleitet? Waren Sie nie in der Wohnung von Terry und Wills?«

»Warum sollten wir?«, gab Rez zurück. »Oder behauptet das jemand? Warum fragen Sie nicht Ihre Kollegen?«

Thieu spielte den Unschuldigen. »Die sind heute unterwegs, um Zeugen zu befragen, und haben mich gebeten, das abzuklären. Wir wollen nur wissen, wer in der Wohnung ein und aus gegangen ist. Das ist eine ganz einfache Frage, die wir auch sämtlichen Nachbarn stellen. War einer von Ihnen beiden jemals dort?«

Rez sah Sephia an. Dann wanderte der Blick beider Männer zu Thieu. »Nein, natürlich nicht.«

Nun hatte Thieu sie in der Tasche. Als er den Kassettenrecorder zückte, konnten sie sich schlecht weigern, ihre Aussage zu wiederholen. Und als er fertig war, ließ er die Falle zuschnappen. »Übrigens«, sagte er, während das Band weiterlief, »war einer von Ihnen eigentlich je in der Wohnung von John Holiday?«

Über eine Stunde lang lief Glitsky durch die Stadt. Seine Gedanken sprangen zwischen Hardy, der offensichtlich zu einem Notfall nach Hause gerufen worden war, und der Odyssee von Sephia und Rez hin und her. Schließlich landete er in David's Deli, wo er sich an die Theke setzte und ein Pastrami-Sandwich sowie ein Selleriesoda bestellte. Er sah auf die Uhr. Obwohl er sehr in Sorge war, wollte er Hardy etwas Zeit geben, um sich um das Problem zu kümmern. Es schien zwar etwas Ernstes zu sein, aber wenn er Glitskys Beistand oder seine Hilfe gebraucht hätte, hätte er ihn längst schon angerufen.

Wieder schaute er auf die Uhr. Wenn er das Sandwich hinunterschlang, würde er noch rechtzeitig im Justizgebäude sein, um einen halben Arbeitstag abzuleisten. Er konnte ja behaupten, er fühle sich schon besser. Damit würde er den Mitarbeitern ein gutes Beispiel geben.

»Nein«, sagte er laut. Unvermittelt stand er auf, zog die Jacke aus und hängte sie über die Lehne seines Stuhls, um den Platz freizuhalten. Vom Münztelefon aus rief er Treya in der Arbeit an, doch eine andere Frau meldete sich unter ihrer Durchwahlnummer. Glitsky runzelte die Stirn. »Ich versuche, Treya Glitsky zu erreichen.«

»Tut mir Leid, aber sie ist nicht da. Spreche ich mit Lieutenant Glitsky?«

»Ja.«

»Treya ist heute schon früher nach Hause gegangen, Lieutenant. Für den Fall, dass Sie anrufen, hat sie hinterlassen, dass Sie sich so schnell wie möglich bei ihr melden sollen. Außerdem sollen Sie sehr vorsichtig sein.«

»Zu Hause anrufen?«

»Das hat sie gesagt. Sie ist ziemlich überstürzt aufgebrochen und meinte, sie würde versuchen, Sie anzupiepsen.«

Er legte auf und wühlte in seinen Taschen nach Münzen, als sich auch schon sein Piepser meldete. Er wählte seine Privatnummer. »Treya, ich bin's. Sag, dass mit Rachel alles in Ordnung ist.«

Immer wenn Treya ihre Stimme so sehr beherrschte, war sie ernsthaft wütend. »Ihr geht es gut, aber du solltest besser nach Hause kommen.«

»Was ist los?«

»Ich glaube, du würdest es als Drohung bezeichnen. Eine Drohung gegen Rachel.«

»Was für eine Drohung?«

»Nur ein Foto von ihr. Ein Polaroid. Nach dem, was sie und Rita anhaben, wurde es vermutlich gestern aufgenommen. Rita hält sie auf dem Klettergerüst. Jemand hat Rachel rot eingekringelt.«

Nun verstand Glitsky, warum Hardy es auf einmal so eilig gehabt hatte. Auch Frannie war in Todesangst. Offenbar hatte auch sie ein kürzlich geknipstes Polaroid von ihren Kindern erhalten. Die Botschaft war unmissverständlich. Wir wissen, wo eure Kinder sind. Und wir können sie uns jederzeit schnappen.

Gebt auf, wenn euch etwas an ihnen liegt.

27

Bei einer Überprüfung von Fingerabdrücken verglich für gewöhnlich ein Computer die fraglichen Spuren mit den Daten ortsbekannter Verbrecher. Doch da Thieu in diesem Fall bestimmte Verdächtige im Blick hatte, bat er Faro, die in den Wohnungen von Holiday sowie Terry und Wills sichergestellten Fingerabdrücke denen von Rez, Panos und Sephia gegenüberzustellen.

Kurz vor halb vier hatte Thieu die Ergebnisse erhalten; trotz des Verkehrs glaubte er, es noch rechtzeitig ins Justizgebäude zu schaffen, um Gerson die Nachricht zu überbringen, bevor der Lieutenant Feierabend machte. Da er zuerst Glitsky informieren wollte, schaute er im vierten Stock vorbei – um festzustellen, dass sein alter Mentor sich krank gemeldet hatte. Er traute seinen Ohren nicht. Soweit Thieu wusste, war dergleichen während Glitskys Zeit in der Mordkommission niemals vorgekommen. Aber er hatte schließlich seine Privatnummer. Nachdem Thieu die Tür von Glitskys Büro hinter sich geschlossen hatte – da der Chef durch Abwesenheit glänzte, schien sich niemand für den Laden verantwortlich zu fühlen –, ging er zum Schreibtisch, um den Anruf zu tätigen. »Abe? Was ist denn los? Du hörst dich nicht gut an.«

»Nein, mir geht es prima, Paul. Kann sein, dass ich eine Grippe ausbrüte. Mehr nicht. Was tut sich so?«

»Ich habe die Ergebnisse der Fingerabdruckuntersuchung.

Du und Hardy, ihr hattet Recht. Sephia und Rez haben sich überall in Holidays Wohnung zu schaffen gemacht. Und ich habe auf Band, wie sie abstreiten, jemals dort gewesen zu sein.«

Glitsky klang unbeschreiblich müde. Selbst Thieus wundervolle Nachricht schien ihn nicht im Mindesten aufzuheitern. »Spitze, Paul.« Es war fast, als langweilte ihn die Angelegenheit. »Und was machst du jetzt?«

»Ist wirklich alles in Ordnung?«

»Ich weiß nicht.« Eine lange Pause entstand. »Möglich, dass ich in den nächsten Tagen nicht ins Büro komme. Ich nehme an, du wirst mit Gerson sprechen.«

»Klar. Ich zeige ihm die Ergebnisse. Man kann es fast mit bloßem Auge sehen. Zu Gerson wollte ich als Nächstes. Ich bin gerade in deinem Büro.«

»Tja, kannst du mir noch einen letzten Gefallen tun?«

»Klar, was immer du willst.«

»Ich will, dass du mich und Hardy aus der Sache raushältst.«

»Das geht nicht, Lieutenant. Schließlich war es eure Idee. Wenn wir die Typen anhand dieser Beweise festnageln können, müssen die Leute hier, ich meine damit die Kollegen, erfahren, dass der Tipp von euch war.«

Mit einem Mal verfiel Glitsky wieder in den altbekannten Tonfall – barsch, scharf und keinen Widerspruch duldend. »Paul, ich möchte, dass du mir jetzt gut zuhörst. Die Leute brauchen nicht zu erfahren, dass ich es war. Oder Dismas, um genau zu sein. Es ist vielmehr äußerst wichtig – äußerst wichtig, verstehst du? –, dass es aussieht, als hätten wir nichts damit zu tun. Überhaupt nichts!«

»Aber ...«

»Kein Aber. Wenn du es schaffst, die Information über Gerson ins System einzuspeisen, bist du der Held. Und du hast es auch verdient. Schließlich hast du die ganze Arbeit gemacht.«

»Heldentum interessiert mich nicht, Abe. Ich will keine Lorbeeren ernten, die mir nicht zustehen.«

»Vergiss es. Ich habe mich in diesem Fall ohnehin schon viel zu weit aus dem Fenster gelehnt. Mit solchen Typen ist nicht zu scherzen. Sie könnten sich an uns rächen. Also werden weder Hardy noch ich erwähnt. Wenn die Kerle geschnappt werden, dann, weil die Polizei einen guten Job gemacht hat. Und mehr steckt nicht dahinter, okay?«

»Okay.« Thieu gefiel das gar nicht. »Ich an deiner Stelle würde es den Leuten, die mich angeschwärzt haben, nur zu gerne unter die Nase reiben, bis sie so klein mit Hut sind.«

»Ich aber nicht. Denk dran, ich bin in der Lohnbuchhaltung.« Eine Pause entstand. »Du kapierst es immer noch nicht, richtig?«

»Nein, tut mir Leid, ich verstehe kein Wort.«

»Gut, ich glaube, du hast ein Recht darauf, den wahren Grund zu kennen.« Glitskys Tonfall veränderte sich abermals, wurde vertraulich, leise und eindringlich. »Sie haben meine Familie bedroht, Paul, meine kleine Tochter. Und auch Hardys Kinder. Und es ist ihnen ernst damit. Ich will keinesfalls den Eindruck erwecken, dass wir hinter der Sache stecken. Ganz im Gegenteil sollen sie glauben, dass wir *nichts* damit zu tun haben. Nachdem sie zu lebenslanger Haft plus hundert Jahre verurteilt worden sind, können wir meinetwegen anfangen, ein paar Leute, die auf unserer Seite stehen, dezent daran zu erinnern, dass wir auch einen winzigen Anteil daran haben. Aber was die Öffentlichkeit angeht, bin ich raus aus der Sache. Ebenso wie Hardy. Wir haben uns zurückgezogen, bevor du überhaupt auf den Gedanken mit den Fingerabdrücken gekommen bist. Okay?«

»Okay.«

»Und sprich direkt mit Gerson. Lass Cuneo und Russell aus dem Spiel.«

»Das war auch meine Absicht.«

»Gut. Schau, dass du ihn noch erwischst. Also los.«

Thieu blickte aus dem einzigen Fenster in Glitskys Büro. Die Sonne war gerade untergegangen, doch mit ein wenig

Glück würde er Gerson noch an seinem Schreibtisch antreffen.«

»Bin schon weg«, sagte er.

Thieu saß nun bereits seit über zwanzig Minuten hinter Gersons geschlossener Tür und traute seinen Ohren nicht. Anfangs hatte der Lieutenant mäßig interessiert gewirkt und Thieus Ausführungen gelauscht: wie er am Tatort des Mordes an Terry und Wills Verdacht geschöpft hatte – die Schuhe und die auffällig zahlreichen so gut ins Bild passenden Indizien – bis zu seiner Erkenntnis, dass Holiday die Beweisstücke womöglich untergeschoben worden waren.

»Was für angeblich untergeschobene Beweisstücke? Haben Sie das von Glitsky?«

»Lieutenant Glitsky? Nein, Sir. Das habe ich von niemandem. Es war ganz allein meine Idee.«

»Nur Sie allein sind darauf gekommen?«

»Ja, Sir.«

»Und wer hat die Fingerspuren für Sie sichergestellt?«

»Len Faro, aber er hat bloß das Handwerkliche erledigt und wusste nicht, worum es ging. Es ist auch noch niemand über die auf Band aufgenommene Aussage informiert. Keine Menschenseele.«

Gerson holte tief Luft. »Also gut. Wo haben Sie von diesen so genannten untergeschobenen Beweisen gehört?«

Thieu rutschte auf seinem Stuhl herum. »Erinnern Sie sich an Sadie Silvermans Aussage, Sir? Cuneo hat ihr nicht geglaubt, aber ich dachte …«

»Niemand hat es geglaubt, Sergeant. Niemand ist davon ausgegangen, dass Holiday Beweise untergeschoben worden sind.« Missbilligend schüttelte Gerson den Kopf. »Aber fahren Sie fort.«

Während Thieu weitersprach, stellte er fest, dass Gerson nicht etwa erfreut war, sondern stattdessen zunehmend ungeduldig, ja geradezu gereizt reagierte. »Wir können also davon ausgehen, Sir«, schloss er seinen Bericht, »dass Sephias und

Rez' Fingerabdrücke ganz klar beweisen, dass die beiden in Holidays Wohnung waren. Was sie rundheraus abstreiten. Umso mehr ist es nahe liegend, dass sie dort waren, um die belastenden Beweisstücke zu verstecken.«

Gerson schlug die Beine übereinander und stützte sich mit dem Ellenbogen auf den Computertisch hinter sich. »Ich versuche zu verstehen, wie Sie darauf kommen, Sergeant. Ich gebe mir wirklich Mühe. Und vielleicht bin ich wegen meinem Ärger darüber, dass Sie auf eigene Faust in Fällen ermitteln, die ich anderen Kollegen übertragen habe, ja ein wenig begriffsstutzig. Aber« – er hob eine Hand – »die Sache läge natürlich anders, wenn Sie wirklich etwas Hieb- und Stichfestes vorzuweisen hätten. Zumindest könnte man dann leichter darüber hinwegsehen.«

»Mit allem Respekt, Sir, aber die Beweise springen einem geradezu ins Auge!«

»Mir nicht. Sie besitzen Aussagen von Sephia und Rez, die bestätigen, dass die beiden nicht in der Wohnung von Terry und Wills waren. Und Sie haben auch keine Fingerabdrücke der beiden an diesem Tatort gefunden.«

»Damit hatte ich nicht gerechnet, Sir. Schließlich waren sie dort, um ihre Opfer umzubringen. Sicher haben sie alles in der Wohnung abgewischt oder Handschuhe getragen.«

»Allerdings ändert das nichts an der Tatsache, dass keine Fingerabdrücke am Tatort gefunden wurden. Ich verstehe nicht, wie Sie daraus zwingende Schlüsse ziehen können.«

»Weil es nicht von der Hand zu weisen ist, dass ihre Fingerabdrücke bei Holiday sichergestellt wurden, wo die zwei angeblich ebenfalls nie waren.«

Gerson holte tief Luft. »Sergeant, diese Männer haben im vergangenen Jahr einige Male zusammen Poker gespielt. Vielleicht hatten sie in jüngster Zeit einen Streit – keine Ahnung –, aber sie haben sicher auch privat Umgang miteinander gepflegt, und das wahrscheinlich unter anderem in Mr. Holidays Wohnung. Wenn Sie sie zur Rede stellten, würden sie bestimmt zugeben, dass sie Ihnen eine Lüge aufgetischt haben. Sie würden sagen, sie hätten gewusst, dass Holiday des Mordes verdächtigt wurde, und hätten nicht in die Sache hineingezogen werden wollen.« Gerson legte die Kassette in ihrer Hülle unter einen Briefbeschwerer auf den Computertisch.

»Aber, Sir, die Tatsachen sprechen doch für sich ...« Thieu hielt inne. »Sie müssen zugeben, dass zumindest etwas faul an der Sache ist. Meiner Ansicht nach sollten wir uns Sephia und Rez einmal gründlich vornehmen«, fügte er hinzu.

Der Lieutenant lehnte sich zurück und seufzte tief auf. »Möglicherweise haben Sie Recht«, sagte er. »Ich weiß nicht, warum ich mich so gegen Ihre Theorie sträube. Alle Ihre Erklärungen ergeben Sinn. Es liegt wohl daran, dass mir dieser Fall vom ersten Tag an Kopfschmerzen bereitet hat.« Gerson fuhr sich tatsächlich mit der Hand an den Kopf. »Ich muss mal. Bin gleich zurück.«

Thieu beugte sich vor, stützte die Ellenbogen auf die Knie und ließ den Kopf hängen. Natürlich hatte er die von Gerson erhobenen Einwände auch in Erwägung gezogen. Es gab nun einmal keine einfachen Lösungen. Aber das war ja nichts Neues. Allerdings würden jedem gewissenhaften Polizisten eine ganze Reihe von Fragen an Sephia und Rez einfallen, die reichten, um sich die beiden zumindest einmal vorzuknöpfen und sie in den Kreis der mutmaßlichen Verdächtigen in dieser Mordserie einzubeziehen. Und wenn nur, um sich die Blamage und die Unannehmlichkeiten zu ersparen, die drohten, wenn sich herausstellen sollte, dass man John Holiday fälschlicherweise verhaftet hatte. Zumal das Beweismaterial auch andere Interpretationsmöglichkeiten offen ließ.

Doch bis zu diesem Abend – bis zu diesem Augenblick – schien Gerson nicht bereit gewesen zu sein, diese Zwischentöne wahrzunehmen. Schließlich hatte er einen Verdächtigen, Beweise und einen Haftbefehl. Warum, zum Teufel, sollte er also weitersuchen?

Nun kehrte der Lieutenant zurück, ließ sich wieder auf seinem Drehstuhl nieder und machte eine beschwichtigende Handbewegung. »Ich bitte um Verzeihung dafür, dass ich in dieser Angelegenheit so stur gewesen bin, Paul. Eigentlich sollte ich mich freuen, wenn ein Inspector so viel Eigeninitiative zeigt. Es könnte wirklich nichts schaden, diese beiden Typen in ein Vernehmungszimmer zu sperren und sie vor laufender Kamera ein bisschen in die Mangel zu nehmen. Wenn sie weich werden …« Gersons Miene erhellte sich, und er beugte sich ein wenig vor. »Aber es würde Spannungen vermeiden, wenn wir Dan und Lincoln mit an Bord holen. Sind Sie einverstanden?«

Thieu erinnerte sich an Glitskys Warnung, er solle sich direkt an Gerson wenden und die beiden zuständigen Inspectors außen vor lassen. Doch Gersons Reaktion hatte diesen Vorschlag hinfällig gemacht. Wenn diese Morde jemals aufgeklärt werden sollten, führte an Cuneo und Russell kein Weg vorbei. »Klar. Wenn Sie das wünschen, Sir.«

Gerson drehte sich um und wählte eine Telefonnummer. »Hallo, sind Cuneo und Russell noch im Haus? Wissen Sie vielleicht, wann sie … ? Aha. Wirklich? Okay, danke.« Er hängte ein.

»Offenbar werden sie gleich mit dem Hubschrauber eintreffen. In fünf Minuten.« Nicht nur der Polizeihubschrauber sowie die Helikopter der Highway-Polizei, sondern auch welche, die Privatfirmen wie Georgia AAA gehörten, benutzten den markierten Landeplatz auf dem Dach des Justizgebäudes. »Ich glaube, ich habe dieses Zimmer heute den ganzen Tag noch nicht verlassen, Paul. Was dagegen, wenn wir uns ein bisschen die Beine vertreten und die zwei oben abholen? Ich könnte frische Luft gebrauchen.«

»Klar. Warum nicht?«

Gerson schnappte sich seine Jacke vom Haken an der Tür. Sie schlenderten durch die Mordkommission und auf den Flur hinaus, wo Gerson sich nach rechts wandte. Thieu folgte ihm. Im Büro der Inspectors, wo sich um diese späte Stunde niemand mehr aufhielt, holten sie sich von einem Haken in einem Nebenzimmer den Schlüssel, den man brauchte, um mit dem Aufzug bis hinauf zum Dach zu fahren. Die Fahrt nach oben verlief in einvernehmlichem Schweigen.

»Vorsicht«, sagte Gerson, als er über die niedrige Schwelle nach draußen trat. »Es ist ziemlich dunkel geworden.«

Inzwischen war es tatsächlich stockfinster, und es wehte ein kalter, schneidender Wind.

Thieu vergrub die Hände in den Taschen. Er zitterte vor Kälte. Wegen der heftigen Brise würde es ihn nicht wundern, wenn er das Rattern des Rotors beim Anflug nicht hören würde. Er drehte sich um und hielt Ausschau nach dem Hubschrauber, aber er war noch nicht zu erkennen.

Die Stadt trug ihr Festtagsgewand. Obwohl es noch ein paar Wochen bis Thanksgiving waren, brannte vielerorts in der Innenstadt schon die Weihnachtsbeleuchtung. Während Thieu die Aussicht genoss, fragte er sich, warum er nicht öfter hier heraufkaum. Man war völlig abgeschieden von der Welt, insbesondere um diese Uhrzeit, wenn der Verkehr noch dicht, aber hier oben kaum zu hören war, und die Sterne zum Anfassen nah zu sein schienen. Er trat ein paar Schritte an die Dachkante und wollte sich dann umwenden, um den Lieutenant zu fragen, aus welcher Richtung der Hubschrauber sich nähern würde.

Doch er hatte kaum zur Drehung angesetzt, als ihm zwei kräftige Hände einen heftigen Stoß in den Rücken versetzten. Da er die Hände noch in den Taschen hatte, konnte er sich nicht wehren. »Moment mal!«, rief er noch. »Moment mal!« Doch seine Füße prallten bereits gegen den unteren Rand der Brüstung, noch ehe ihm klar geworden war, dass ihn jemand gestoßen hatte. Nichts konnte mehr verhindern, dass sein Körper vornüber ins Leere kippte.

Thieus letzter vollständiger Gedanke, bevor der freie Fall alles bis auf die Todesangst auslöschte, war, dass Gerson doch eben im Büro des Inspectors angerufen hatte, um herauszufinden, wo Cuneo und Russell steckten. Er hatte mit jemandem gesprochen, und nur eine knappe Minute später waren sie am selben Büro vorbeigekommen, um den Schlüssel zu holen. Aber niemand war mehr da gewesen. Das hätte ihm auffallen müssen; er hätte Verdacht schöpfen sollen; er hätte …

28

Susan Weiss, Moses' Frau, tat ihr Bestes, um die überraschend über sie hereingebrochene Krise zu meistern. Doch sie fühlte sich schlichtweg überrumpelt durch das unangemeldete Eintreffen der Familie ihrer Schwägerin in ihrer Vierzimmerwohnung in Height Ashbury. Die Situation überforderte sie. Ungläubig lauschte sie der Geschichte der Hardys: Sie seien nach Einbruch der Dunkelheit aus ihrem Haus geflohen und hätten sich unterwegs immer wieder vergewissert, dass niemand sie verfolgte; Susan traute ihren Ohren nicht.

Offenbar hatte niemand auch nur einen Gedanken daran verschwendet, dass die Drohung gegen die Kinder der Hardys sich auch auf die Familie Weiss-McGuire – also ihre eigenen Töchter Brittany und Erica – erstrecken könnte. Susan hoffte inständig, dass Panos nicht wusste, dass Moses und Frannie Geschwister waren. Doch die Angst ließ sie dennoch nicht los. Susan, die von Beruf Cellistin und ihrer Weltanschauung nach Pazifistin war, versorgte ihre Nichte und ihren Neffen mechanisch mit einem Abendessen. Dann holte sie ihnen Schlafsäcke und machte wie eine Schlafwandlerin das Klappsofa für Hardy und Frannie zurecht.

Susan wusste, dass Moses es als seine Pflicht betrachtete, Frannie zu beschützen. Auch wenn ihr Mann ein guter Mensch mit reinem Herzen war, so war er – und das machte ihr schon immer zu schaffen – der Gewalt nicht abgeneigt. Er hatte schon unzählige körperliche Auseinandersetzungen hinter sich: Kneipenschlägereien, Prügeleien auf dem Rugbyfeld und sonstige Handgreiflichkeiten. Moses hatte wie ihr Schwager Dismas in Vietnam gekämpft; die beiden Männer hatten Menschen getötet, etwas, woran Susan lieber nicht dachte.

Heute Abend jedoch ließ es sich nicht verdrängen.

Rebecca und Vincent würden am nächsten Tag, vielleicht auch länger, nicht zur Schule gehen. Und auch Frannie würde ihren Seminaren fern bleiben. Dismas war weggegangen, um mit Glitsky die Lage zu erörtern: Abhängig davon würde er entscheiden, ob er wirklich mit seiner Familie untertauchen musste. Die Alternativen waren, sich entweder ins nächste Flugzeug zu setzen oder sich zumindest in einem Hotel außerhalb der Stadt einzumieten.

Moses hatte Dienst im Shamrock.

Obwohl es längst Schlafenszeit war, saßen Susans Töchter immer noch gebannt lauschend auf dem Fußboden und ließen sich von der Angst und Aufgeregtheit ihrer Cousins anstecken. Plötzlich – und ohne dass Susan etwas dazu beigetragen hätte – war ihre ganze Familie in eine Welt aus Drohungen, Gewalt, Intrigen und Terror verstrickt. Sie war machtlos gegen ihre Wut: auf ihren Mann, der darauf bestanden hatte, dass die Hardys bei ihnen unterschlüpften. Und auf Dismas und Frannie, weil sie das Angebot angenommen hatten.

Susan ging in die Küche, wo die arme Frannie das Geschirr unters fließende Wasser hielt und es in die Geschirrspülmaschine stapelte. Nachdem Susan das restliche Geschirr zum Spülbecken gebracht hatte, half sie ihr, die Spülmaschine einzuräumen, und stellte bald fest, dass sie ihren Zorn gegen Frannie nicht aufrechterhalten konnte. Auch ihre Schwägerin bewegte sich wie ein Roboter und schien von der Situation völlig überfordert zu sein. Susan empfand Mitleid mit ihr.

Frannie hielt den letzten Teller unter den Wasserstrahl, stellte ihn auf den Stapel, der noch eingeräumt werden musste, und drehte das Wasser ab. Sie ließ den Kopf hängen. Susan legte den Arm um sie. »An was denkst du gerade?«, fragte sie.

Frannie seufzte. »Daran, dass wir vielleicht doch wegziehen müssen.«

»Wohin?«

»Egal. Einfach nur weg von hier. Wenigstens für eine Weile. Ich kann die Kinder doch nicht mehr in diese Schule gehen lassen. Oder nach Hause.«

Susan verstand, was sie meinte. Sie hatte die Polaroid-Aufnahmen gesehen, die Dismas in einem Plastikbeutel mitgebracht hatte: Die beiden Kinder standen am Gartentor vor dem Haus, die Rucksäcke auf dem Rücken und auf dem Weg zur Schule. Ein Stück dahinter war verschwommen Frannie zu erkennen. Der Fotograf konnte keine zehn Meter entfernt gewesen sein. Die Oberkörper der Kinder wurde von einem roten Kreis mit Fadenkreuz eingerahmt.

Dieses Bild sollte Susan lange nicht loslassen. »Vielleicht«, sagte sie, »geht es wirklich nur darum, dass Dismas den Prozess aufgibt.«

Frannie stellte das Wasser wieder an und griff nach einem bereits gespülten Teller. »Er hat ihren Anwalt schon angerufen. Aber was ist, wenn gar nicht die Leute dahinterstecken, die er verdächtigt?« Sie erschauderte. »Ich stelle mir nur vor, wie der Mann, der das Foto gemacht hat, in seinem Auto sitzt. Genau dort, Susan, zum Anfassen nah. Nur, dass er beim nächsten Mal nicht nur eine Kamera dabeihaben wird. O Gott.« Wieder erschauderte sie, und ihre Schultern begannen zu zittern. Sie schlug eine nasse Hand vors Gesicht.

Susan drückte ihre Schwägerin fest an sich. Sie wusste nicht, was sie ihr antworten sollte.

Verglichen mit Nat Glitskys Zweizimmerwohnung, war Abes Doppelhaushälfte das Tadsch Mahal. Wie die Hardys waren auch Abe und Treya zu dem Schluss gekommen, dass sie sich sicherer fühlen würden, wenn sie wenigstens diese eine Nacht nicht zu Hause verbrachten. Sie hatten ebenfalls bis Einbruch der Dunkelheit abgewartet und auf der Fahrt immer wieder Ausschau nach Scheinwerfern gehalten, um sich zu vergewissern, dass niemand ihnen folgte.

Nun saßen die Erwachsenen im winzigen Wohnzimmer, während Rachel nebenan in Opas Bett schlief. Abe hatte sich am Ende des Couchtischs vorgebeugt, sodass von ihm fast nur Ellenbogen und Knie zu sehen waren. Nach eingehender Diskussion mit Treya und seinem Vater war er bereit gewesen, das nächste Polizeirevier zu verständigen. Nachdem man dort erfahren hatte, mit wem man es zu tun hatte, wurde Glitsky mit dem Leiter der Dienststelle, der eigens aus dem Feierabend geholt werden musste, und dem Sergeant von Dienst verbunden.

»Also gut.« Inzwischen freute sich Dismas über jedes Anzeichen von Hilfsbereitschaft. »Wenigstens tut sich etwas. Was haben sie gesagt?«

Glitsky machte seine Hoffnungen sofort zunichte. »Eigentlich waren sie nicht sehr interessiert. Hattest du nicht auch diesen Eindruck, Trey?«

»Das wäre noch übertrieben«, sagte sie und, zu Dismas gewandt: »Sie haben sich einen Dreck darum geschert, das würde es besser treffen.«

»Obwohl ihr ihnen das Foto gezeigt und ihnen die ganze Geschichte erzählt habt?«

»Natürlich.«

Dismas beugte sich vor, sodass er nur noch auf der Kante des Holzstuhls saß, den Nat aus der Küche geholt hatte. »Wie können sie sich nicht dafür interessieren? Was vergeben sie sich denn dabei?«

»Ein schlechter Scherz«, höhnte Treya. »So etwas kommt ständig vor.«

»*Ständig*? Haben sie das wirklich gesagt?«

»Nicht wortwörtlich. Offenbar dachten sie, dass Abe es im Grunde genommen bestätigen könne, und waren ein wenig peinlich berührt, als das nicht der Fall war.«

»Ich habe sie dann darauf hingewiesen, dass ich selbst eine

Zeit lang Streifenpolizist war und nicht täglich mit so etwas zu tun gehabt hätte. Nicht einmal jedes Jahr.«

»Und was haben sie darauf geantwortet?«

»Nichts. Sie machten sich nicht einmal die Mühe, mir zu widersprechen. Dann haben sie gefragt«, fügte Abe hinzu, »was wir denn jetzt von ihnen erwarten würden. Sie sollten sich ein paar Leute vorknöpfen, habe ich vorgeschlagen, denn schließlich wüssten wir, auf wessen Konto es ginge.«

»Und jetzt lass mich raten: Sie haben erwidert, sie würden die Streifen rund um die Schule und euer Haus verstärken. Für weitere Maßnahmen bräuchten sie eine Anweisung aus dem Justizgebäude.«

»Du bist ein Hellseher«, sagte Treya mit Galgenhumor.

»Und die Sache war nicht einmal, dass sie mir nicht geglaubt hätten«, fuhr Abe fort. »Was nach den Ereignissen der letzten Tage eine regelrechte Erleichterung war. Ihre Einstellung war eher: ›Klar, wir können das Foto ins Labor schicken, und was dann?‹«

»Ja, aber am besten gefiel mir«, ergänzte Treya, »als der Captain uns von den Drogenhändlern erzählt hat, die in den Sozialwohnungsblocks die Familien tyrannisieren. *Wenn ihr uns bei unseren Geschäften behindert und uns stört, machen wir euch und eure Kinder kalt, kapiert?*«

»Und was lernen wir daraus?«, erkundigte sich Hardy.

Treyas Mund verzog sich zu einem sarkastischen Lächeln. »Die Moral von der Geschicht? Die ging, glaube ich, irgendwo während des Erzählens verloren. Jedenfalls sollten wir uns vor Augen halten, dass es gar nicht so ungewöhnlich ist, bedroht zu werden.«

Abe griff das Stichwort auf. »Und ausgerechnet wir sollten doch wissen, dass die Polizei nicht in der Lage ist, ein Verbrechen zu verhindern. Sie kann nur – vielleicht – anschließend aufräumen.«

»Spitze, es freut mich, das zu hören«, sagte Dismas. »Und was unternehmen wir bis dahin? Und mit ›wir‹ meine ich nicht die Gesellschaft. Also, was machen wir jetzt?«

»Ich habe Clarence angerufen«, sagte Treya, »und die gute Nachricht ist, dass er allmählich anfängt, euch beiden zu glauben. Er macht sich große Sorgen.«

»Schön für ihn«, sagte Dismas und stieß hörbar die Luft aus. »Besser spät als nie. Und wie lautet die schlechte Nachricht?«

»Die kennen wir schon«, erwiderte Abe. »Was soll er tun? Was kann er tun? Er hat zwar Mitgefühl mit uns, aber was nützt uns das? Er hofft nur, dass der große Unbekannte niemanden umbringt.«

»Dasselbe hoffe ich auch.« Dismas' Geduldsfaden war bis zum Zerreißen gespannt. »Aber was heißt hier ›großer Unbekannter‹? Wir kennen ihn doch: Panos.«

»Wade?«, fragte Abe. »Oder Roy? Oder Sephia und Rez? Oder ein anderer seiner Mitarbeiter, den wir noch gar nicht kennen?«

Dismas wusste, worauf er hinauswollte. Er schüttelte angewidert den Kopf und blickte schließlich auf. »Ich habe Kroll angerufen und ihm gesagt, dass ich die Klage zurückziehe.«

»Was hast du zum Thema Holiday gesagt?«

»Nichts. Und er hat auch nicht danach gefragt. Warum?«

»Weil ich, egal was einige Leute denken, mit deiner Klage nichts zu tun habe. Wenn es also nur um den Prozess ginge, gäbe es keinen Grund, mich zu bedrohen.« Abe holte tief Luft. »Jemand könnte weiter versuchen, den wahren Hintergründen dieser Morde auf den Grund zu kommen, damit die Mordkommission ihren Verdacht gegen Holiday noch einmal überdenkt. Und wer von uns beiden könnte das sein?« Er nickte. »Deshalb wollen sie uns einschüchtern. Uns beide.«

»Tja, er ist aber mein Mandant. Was erwarten die denn von mir? Dass ich das Mandat niederlege?«

»Ich glaube, dieser Gedanke könnte ihnen gekommen sein.«

Dismas blickte die Anwesenden eindringlich an. »Das geht nicht.«

»Niemand verlangt es von dir«, sagte Treya. »Aber er ist ja nicht Abes Mandant.«

»Was soll das heißen?«

Abe richtete sich auf. »Ich werde nicht mehr versuchen, die Verdachtsmomente gegen Holiday zu entkräften. Von jetzt an lasse ich Recht und Gesetz ihren Lauf.«

»Unser Freund, das Gesetz«, sagte Dismas verächtlich.

»Manchmal trifft es wirklich zu. Ich habe heute am späten Nachmittag mit Paul Thieu gesprochen. Verzeiht mir« – Abe wedelte mit der Hand – »wegen dieses Durcheinanders habe ich total vergessen, es euch zu erzählen. Wie von uns vorgeschlagen, ist er gestern Nacht losgezogen und hat in Holidays Wohnung ein paar Fingerabdrücke sichergestellt. Von Sephia und Rez, wem sonst. Dann hat er sich von den beiden die Aussage besorgt – auf Band, versteht sich –, dass sie nie dort gewesen sind.«

»Diese Schweine!« Dismas schüttelte die Faust. »Ich hab's doch gewusst! Also ist John aus dem Schneider?«

»Kann sein. Aber nur, wenn Gerson die Konsequenzen daraus zieht. Allerdings habe ich Paul Stein und Bein schwören lassen, dass er mich raushält, ganz gleich, was auch passiert. Kein Lob, keine Vorwürfe, gar nichts. Ich bin fertig mit der Angelegenheit.«

»Wenn nachgewiesen werden kann, dass Sephia und Rez bei John waren, gilt das für uns beide.«

»Ich wiederhole«, sagte Abe, »vielleicht. Ich warte mit der Siegesfeier, bis ich den offiziellen Startschuss bekomme. Wenn diese Typen bereits hinter Gitter säßen, würde ich mich viel besser fühlen. Aber selbst falls unsere Verdächtigen festgenommen werden, könnte es dennoch eine ganze Weile dauern, bis das Verfahren gegen Holiday eingestellt wird. Also würde ich mich an deiner Stelle lieber weiter bedeckt halten.«

Um halb elf verließ Hardy Nats Wohnung. Davor hatte er Frannie angerufen, doch Susan, die noch wach war, hatte ihm mitgeteilt, seine Frau sei vor lauter Erschöpfung auf dem Klappsofa eingeschlafen. Hardy war zwar nicht minder erledigt, fühlte sich aber so aufgedreht, dass er selbst mithilfe einer Wagenladung Valium nicht hätte einschlafen können. Vielleicht aber würden ja ein, zwei Bierchen etwas nützen. Er erklärte Susan, er werde ihrem Mann noch einen Besuch abstatten und möglicherweise erst nach Lokalschluss nach Hause kommen. Also keine Sorge.

An die fünfzig Gäste waren noch im Shamrock. Es war einer jener Abende, an denen eine aufgekratzte Stimmung herrschte – wie Hardy es im Laufe der letzten Jahre schon etliche Male erlebt hatte. Mit dem fortschreitenden Abend geriet die kritische Masse Mensch unversehens unter den Einfluss genau der richtigen Mischung aus Alkohol, Lärm und erotischem Knistern. Die Musikbox, die schon um die Ecke in der 10. Straße, wo Hardy den Wagen geparkt hatte, zu hören gewesen war, plärrte *Wanna Talk About Me* von Toby Keith bis an die Belastbarkeitsgrenze der Lautsprecher. Auf beiden Fernsehern lief laut ein Footballspiel. An allen vier Dartsscheiben herrschte reger Betrieb, sämtliche Barhocker waren besetzt, und auf Stühlen, Sofas und Stehplätzen drängten sich die Menschen.

Hardy arbeitete sich durch die Menge, nickte einigen Bekannten zu und wechselte hie und da ein paar Worte. Das Shamrock war die älteste Kneipe der Stadt und bestand nun seit knapp einhundertundzehn Jahren. Es war zwar klein – die Distanz vom Eingang bis zu den Barhockern betrug gerade mal vier Meter –, doch Hardy brauchte eine Weile, bis er sich zum Tresen vorgekämpft hatte. Er hängte seinen Mantel auf und duckte sich hinter die Theke.

Moses hatte alle Hände voll zu tun, um sämtlichen Wünschen nachzukommen. Dismas gab etwas Eis in ein Halbliterglas sowie einen Spritzer Zitrone und füllte es dann mit Soda vom Fass auf. Nachdem er die Hälfte in einem Schluck geleert hatte, eilte er seinem Schwager zu Hilfe und kam fast eine Stunde lang nicht mehr zur Ruhe. So groß die Gästeschar auch war, verhielten sich alle bemerkenswert freundlich, geduldig und gesittet. Sie bestand hauptsächlich aus Stammgästen, die nur ihren Durst stillen wollten, ohne Streit zu suchen. Die Musikbox dudelte weiter, und irgendwann fiel es Dismas auf, dass es sich um Oldies handelte. Und das galt eigentlich auch für ihn selbst, wie er die Drinks einschenkte, Bier zapfte, kassierte und mit witzigen Bemerkungen um sich warf; für ein richtiges Gespräch ging es viel zu hoch her. Er und McGuire arbeiteten wieder in dem Rhythmus, den sie damals vor zwanzig Jahren perfektioniert hatten, als Hardy der Herrscher über den Tresen gewesen war – lange vor seiner Ehe, vor den Kindern, vor der Karriere.

Inzwischen hatte sich sein Leben von Grund auf verändert – und zwar schon seit einer geraumen Weile. Ihm fehlte die Freude, die es ihm bereitete, eine anspruchslose Tätigkeit rasch und geschickt auszuführen. Wenn jemand einen Drink bestellte, konnte er ziemlich sicher sein, dass derjenige ihn nicht belog. Er wollte wirklich nur etwas trinken. Hardy servierte, kassierte und gab das Wechselgeld zurück. Vielleicht bekam er auch ein Trinkgeld. Ende der Geschäftsbeziehung.

Als er aufblickte, stellte er zu seiner Überraschung fest, dass er endlich einen Moment Zeit hatte. Die meisten Gäste waren gegangen. Hardy schwitzte vor Anstrengung, aber es war, als hätte in ihm etwas nachgegeben. Der gewaltige Druck war verschwunden, fast als hätte er eine Woche Urlaub an einem sonnigen Strand hinter sich. Sogar die Schmerzen in seinem Rücken hatten endlich nachgelassen. Und auch die Hand hatte er den ganzen Abend lang uneingeschränkt benutzen können, auch wenn die Verletzung noch etwas schmerzte, wenn er die Stelle berührte. Nun gestattete er sich kurz die Hoffnung, dass er seinen Gegnern mithilfe von Paul Thieus Ermittlungsergebnissen einen Strich durch die Rechnung machen konnte. Und dann wäre seine Familie wieder außer Gefahr.

Moses stellte die Fernseher auf stumm und die Musikbox leiser und näherte sich vom anderen Ende des Tresens. Er legte Dismas eine schwere Hand auf die Schulter und bedankte sich für seine Hilfe. »Wo kamen die denn alle so plötzlich her?«, fragte er.

»Offenbar hat sich herumgesprochen, dass ich hier sein würde. Verdammte Fans.« Hardy grinste zum ersten Mal seit einer guten Woche. Fast direkt über seinem Kopf, hinter ihm auf dem Fernsehschirm, war kurz Paul Thieus Gesicht zu sehen; die Spätnachrichten liefen. McGuire blickte auf, aber er kannte Thieu nicht.

Es hätte auch keine Rolle mehr gespielt.

Sie verlegten die letzte Runde ein wenig vor, scheuchten die Nachzügler hinaus, schlossen um halb eins und füllten die Regale wieder auf. Anschließend zählten sie das Geld – 1428 Dollar, unfassbar für einen Dienstagabend. Ohne zu fragen, schenkte Moses seinem Schwager einen ordentlichen Macallan ein, wie er selbst einen trank. Die beiden setzten sich über Eck ans dunkle Ende des Tresens, weit weg von den Fenstern. Dismas glaubte, nie wieder schlafen zu können – doch er hatte ja auch erst vor zwei Tagen geschworen, nie wieder Alkohol zu trinken, und was war nun? Die Notbeleuchtung über der Kasse und die Straßenlaternen draußen tauchten den Raum in ein Licht, das etwa so hell war wie das des Vollmonds.

Während sie Flaschen eingeräumt und Fässer gerollt hatten, hatte Dismas angedeutet, dass er sich inzwischen ein klein wenig zuversichtlicher fühle. Doch erst jetzt hatten sie Zeit für ein richtiges Gespräch, und sein Schwager nahm ihm den Optimismus nicht ab. »Ja«, sagte er. »Klingt prima. Aber was ist, wenn sie Panos und seine Leute nicht schnell genug erwischen und die in der Zwischenzeit beschließen, sich an euch schadlos zu halten? Willst du dieses Risiko eingehen?«

»Ich weiß nicht, was mir anderes übrig bleibt, Mose.«

»Ich schon.«

»Ja, ja, losziehen und sie zuerst abknallen. Das hast du mir bereits vorgeschlagen. Trink doch noch einen.«

»Du glaubst wohl, ich mache Witze.«

Dismas nippte an seinem Scotch. »Nein, aber das ist doch Unsinn. Wenn du das tust, bist du ein Mörder. Daran ist nicht zu rütteln.«

»Ich würde sagen, dass es Notwehr war.«

»Und wie willst du das begründen? *Dich* bedroht doch niemand.«

Moses stieß verächtlich die Luft aus. »Ich lasse nicht zu, dass jemand Frannie etwas zuleide tut, Diz.«

»Wenn es dich tröstet, Mose, ich auch nicht.«

»Aber du unternimmst nichts, um die Brüder zu stoppen.«

Langsam stellte Dismas sein Glas ab. »Genau genommen habe ich eine ganze Menge getan, weshalb ich nun guten Grund zu der Annahme habe, dass die Gefahr geringer ist als noch vor drei oder vier Stunden. In diesem Moment werden diese Typen wahrscheinlich verhaftet.«

»Und dann kommen sie vor Gericht und bekennen sich einer geringen Straftat für schuldig ...«

»Es handelt sich hier um mehrfachen Mord, Mose. Also lebenslänglich ohne Bewährung.«

»Und deshalb kann dir nichts mehr passieren?«

»Genau.«

»Werden die Bullen sie auch gewiss alle kriegen? Bist du sicher? Und haben sie etwa keine Leute, die wissen, dass du dahintersteckst?« Moses stellte sein Glas weg. »Was ich nicht begreife, Diz, ist, warum du dich noch auf das Gesetz verlässt, obwohl du selbst hinreichend die Erfahrung gemacht hast, dass es dich überhaupt nicht schützen kann. Du brauchst dir nur die Ereignisse der letzten paar Wochen anzuschauen.«

»Vielleicht liegt es an der Abmachung, die wir getroffen haben. Wir verstoßen nicht gegen das Gesetz, und als Gegenleistung sorgt das Gesetz dafür, dass uns nichts zustößt.«

»Und das glaubst du wirklich? Hast du eigentlich arme schwarze Freunde, Diz? Kennst du irgendwelche *cabróns*?«

Dismas verdrehte die Augen. »Jetzt geht das schon wieder los.«

»Genau. Hast du dir je überlegt, warum es in den Latino-Vierteln so viel Gewalt gibt? Oder in den Sozialwohnungs-blocks?«

»Nein, Mose, über so etwas denke ich grundsätzlich nicht nach. Ich denke überhaupt nicht, weil ich ein reiches, weißes Arschloch bin.«

»Das hast *du* gesagt.«

»Pass auf!« Dismas hob den Zeigefinger. »Im Grunde genommen bestätigst du meine Argumente doch. Weißt du, warum es in den Armenvierteln so gewalttätig zugeht? Weil die Menschen dort den Glauben ans Gesetz verloren haben! Und weißt du auch, woran das liegt? Weil es sie nicht schützt und weil sie deshalb glauben, es selbst in die Hand nehmen zu müssen.«

»Richtig. Genau darauf wollte ich hinaus, verdammt.«

»Und ich versuche, dir zu erklären, welche Folgen es hat, wenn man sich erst einmal entschließt, diesen Standpunkt einzunehmen, sich selbst zu verteidigen und gegen das Gesetz zu verstoßen.«

»Wenigstens rettet man damit seine Haut.«

»Eben nicht. Im Gegenteil, die Chancen, dass man abgeknallt wird, erhöhen sich dadurch. Und warum? Weil Pablo dir droht, dich umzulegen, wenn du ihn bei seinen Drogengeschäften störst. Du möchtest aber nicht, dass deine Kinder mit Rauschgift in Berührung kommen, und weil die Polizei dir nicht hilft, beschließt du, stattdessen Pablo kaltzumachen. Pablo hat jedoch einen Bruder namens José, der nicht glaubt, dass die Justiz dich bestrafen wird, und der dir deshalb den Hintern wegschießt. Das ruft *deinen* Bruder, *deinen* Vater oder *deine* Mutter auf den Plan ... Verstehst du jetzt, wozu das führt?«

»Aber schau doch nur mal an, in welcher Situation du gerade steckst. Du und deine Familie, ihr wurdet aus eurem Haus vertrieben. Wo ist jetzt dein Gesetz? Wer beschützt dich?«

»Aber das Gesetz gilt trotzdem. Pass auf, Mose. Wenn Panos keine Angst haben müsste, dass jemand gegen ihn vorgeht, hätte er sich mich schon längst vorgeknöpft. Er hätte die Kinder entführen oder gleich erschießen können, anstatt sie nur zu fotografieren.«

»Offenbar vergisst du, dass er bereits einige Leute erschossen hat.«

»Ganz und gar nicht. Aber wenn ich überzeugt davon bin, dass der Sinn des Gesetzes darin besteht, Einzelpersonen wie dir, mir und natürlich auch Panos die Gewalt aus den Händen zu nehmen, kann ich doch keinen Privatfeldzug gegen ihn rechtfertigen. Sobald ich mich so verhalte, bin ich im Grunde genommen nicht besser als er, und zwischen uns besteht kein moralischer Unterschied mehr.«

»Ach, du Scheiße! Er haut dir eine runter, und du darfst nicht zurückschlagen? Findest du das in Ordnung?«

»Ich sage nur, dass man vom Gesetz nichts mehr zu erwarten hat, wenn man es bricht. Und ich bin nicht bereit, diesen Grundsatz aufzugeben. Schon aus Prinzip.«

»Absoluter Schwachsinn, wenn du mich fragst.«

»Ach, ja? Und was passiert, wenn einer der Schüsse, die du auf Panos oder Sephia abfeuerst, danebengeht und eine arme alte Oma tötet, die ein Haus weiter am Frühstückstisch sitzt? Oder eine Mutter, die ein paar hundert Meter entfernt ihren Kinderwagen vorbeischiebt? Das ist gar nicht so aus der Luft gegriffen – ein nicht seltener Nebeneffekt einer gottverdammten Schießerei aus einem fahrenden Auto. Wenn die Lawine erst mal ins Rollen geraten ist, gibt es kein Halten mehr. Völlig Unbeteiligte kommen zu Tode. Diese unschuldigen Menschen fordern vom Gesetz, dass es dich bestraft. Und sie haben allen Grund, davon auszugehen, dass es auch passiert. Völlig unabhängig davon, dass du gar nicht mit der ganzen Sache angefangen hast. Sobald du mitmachst, gehörst du zu den Bösen. Und damit basta.«

Moses hob sein Glas an die Lippen, ließ die Eiswürfel kreisen und trank einen Schluck. »Wenn ich genau wüsste, wer diese Fotos gemacht hat, würde ich mich an das Arschloch anschleichen und ihm eine Kugel ins Hirn pusten. Und zwar noch heute Nacht, ich schwöre bei Gott.«

»Und dein Leben wäre danach nie mehr dasselbe.«

»Ich müsste es ja nicht überall herumerzählen. Kein Mensch wüsste von meiner Verbindung zu dir und Frannie. Die Bullen würden also gar nicht auf die Idee kommen, mich zu vernehmen.«

»Und wenn sie es doch täten? Was würde dann aus Susan und den Kindern werden?«

Moses schüttelte den Kopf. »So weit wird es nicht kommen. Pass auf, Diz, jeden Tag bringt irgendein Bandenmitglied ein anderes um. Willst du behaupten, dass die Polizei in diesen Fällen je gründlich ermittelt? Wer wird sich schon groß aufregen, wenn ein bekannter Drecksack wie Sephia eines gewaltsamen Todes stirbt? Kein Mensch. Wahrscheinlich nicht einmal seine Familie, falls er überhaupt eine hat.«

Dismas nickte versonnen. »Ich würde auch nicht unbedingt heulend mit den Zähnen knirschen.«

»Siehst du!«

»Aber es ist ein Unterschied, ob jemand einfach so stirbt oder ob du aktiv dazu beigetragen hast.«

»Wir hatten beide schon den Finger am Abzug, Diz. Wir haben Menschen umgebracht, die wir nicht einmal gehasst haben. Und wir wissen, dass wir es wieder tun könnten, wenn es nötig ist. Meine Frage ist, wie lange du dich von diesen Typen unter Druck setzen lassen willst, bis du dich endlich wehrst?«

»Vermutlich ziemlich lange. Bis es wirklich Notwehr ist.«

»Das heißt, bis sie dir etwas angetan haben, richtig?«

»Ja, damit könntest du Recht haben.«

»Und du findest das gut? Kannst du damit leben?« Als sein Schwager besorgt die Stirn runzelte, traten die Falten in seinem Gesicht im Dämmerlicht deutlich hervor. »Ich *hoffe*, dass du damit leben kannst. Und deine Familie auch. Ich hoffe es wirklich.«

Dismas leerte sein Glas. »Ich auch, Mose. Ich auch.«

Hardy, noch immer in Jeans und Pullover, hatte es sich auf dem Zweisitzer im hinteren Teil der Wohnung bequem gemacht. Susan hatte den früheren Wäscheraum zu einem Musikzimmer für ihre Schüler umfunktioniert. Es war still hier und weit weg von den Schlafzimmern; er wollte die anderen nicht mit seiner Ruhelosigkeit stören. Durch das einzige große Fenster schienen die Lichter herein, die sich bis zum Presidio-Park erstreckten. Doch auch die malerische Aussicht aus dem fünften Stock konnte Hardy nicht fesseln. Er starrte ins Leere, zusammenhanglose Gedanken schossen ihm durch den Kopf.

Seit er sich kurz hingelegt und das Schlafen bald wieder aufgegeben hatte, kam ihm immer wieder David Freeman in den Sinn, sosehr er sich auch dagegen sträubte. Er stellte sich vor, wie sein Freund auf der Intensivstation im Bett lag. Vermutlich hatte er dauerhafte Schäden davongetragen, selbst wenn er die Verletzungen überlebte, was Hardy kaum noch zu hoffen wagte. Eine kalte Vorahnung durchdrang ihn, begleitet von der wieder erwachten Überzeugung, dass er es mit kaltblütigen Männern zu tun hatte. Vielleicht hatte der Umstand, dass es ihnen bisher nicht gelungen war, John Holiday aufzuspüren und zu töten, ihre Risikobereitschaft noch erhöht. Denn wenn sie ihn nicht fanden, würden sie, da war Hardy ganz sicher, über kurz oder lang auffliegen – weshalb sie ihn so schnell wie möglich erwischen mussten. Außerdem war Hardy felsenfest davon überzeugt, dass sie versuchen würden, durch ihn an seinen Mandanten heranzukommen.

Ein weiterer Gedanke, den er kaum zu denken wagte, drängte sich ihm doch immer wieder auf wie ein lästiges Insekt und ließ sich ein ums andere Mal auf der Oberfläche seines Bewusstseins nieder: Er würde sich von Holiday trennen müssen – zumindest, bis Gras über die Sache gewachsen war. Er musste Kroll anrufen, damit er die Nachricht übermittelte. Wie Moses gesagt hatte, kam die Sicherheit seiner Familie an erster Stelle. Da er von Holiday noch nicht einmal eine Anzahlung erhalten hatte, hatte er den Fall offiziell noch gar nicht übernommen.

Schließlich würde Holiday, wie er sich sagte, auch ohne ihn zurechtkommen. Die Indizien würden ihn freisprechen. Also brauchte Hardy sich nicht mehr um ihn zu kümmern. Doch diese Rechtfertigungen nagten an ihm.

»Dad?«

Wie aus einem Traum gerissen schreckte er hoch.

»Hallo, Rebecca.«

»Ist alles in Ordnung?«

»Klar. Ich kann nur nicht schlafen, sonst ist nichts. Wie geht es meinem kleinen Mädchen?« Sechzehn Jahre alt, einen Meter fünfundsechzig, fünfzig Kilo. Sein kleines Mädchen.

»Ich weiß, dass du es nicht gerne hörst«, sagte sie. »Aber ich habe Angst.«

»Ach, Kleines.« Als er aufblickte, erkannte er eine schimmernde Tränenspur auf ihrer Wange. »Komm her.« Er rutschte ein wenig zur Seite und klopfte auf das Polster neben sich. »Setz dich zu deinem alten Herrn.« Wie gern hätte er ihr geantwortet, dass es keinen Grund gab, sich Sorgen zu machen, und er hätte die tröstende Lüge fast ausgesprochen, doch er brachte es nicht über sich. Sie war inzwischen zu alt dafür und würde sich wie ein kleines Kind behandelt fühlen.

Sie hatte die Füße untergeschlagen und schmiegte sich unter seinen Arm – der weiche Flanell ihres Morgenmantels, die seidige Fülle ihres langen Haars. Zunächst schien sie nicht mehr zu verlangen, und er streichelte geistesabwesend ihr Haar, wie er es schon in ihrer Kindheit getan hatte. Dann spürte er, wie sie fast unmerklich ihr Gewicht verlagerte, und sie seufzte leise, doch hörbar auf. »Wie fühlst du dich?«, fragte er. »Ein bisschen besser?«

»Ein bisschen.«

»Aber immer noch Angst?« Sie nickte.

»Tja.« Er konnte dem Wunsch, sie zu trösten, nicht widerstehen. »Vielleicht ist es ja gar nicht so schlimm, wie wir anfangs gedacht haben …«

»Und die Fotos, Daddy …«

»Ich weiß, ich weiß, das hat uns allen Angst gemacht. Es hat also geklappt, richtig? Aber ich war heute Abend bei Onkel Abe, und ich glaube, jetzt besteht eine gute Chance, dass die Polizei etwas unternimmt ... irgendetwas.«

»Was zum Beispiel?«

»Zum Beispiel, diese Leute zu verhaften. Es hat neue Erkenntnisse gegeben. Jetzt muss die Polizei reagieren. Und dann wird alles wieder wie früher.«

»Und wenn sie doch nichts tut?«

Hardy seufzte. »Das werden sie bestimmt, Rebecca. Darüber brauchst du dir nicht den Kopf zu zerbrechen.«

»Und deshalb kannst du auch nicht schlafen? Weil du keine Angst hast?«

Hardy drückte sie fester an sich. Manchmal war sie einfach scharfsinniger, als gut für sie war, dachte er. »Ein bisschen Angst habe ich schon noch«, räumte er ein.

Rebecca machte sich los, setzte sich auf und sah ihn an. »Ich verstehe diese Leute einfach nicht. Warum lassen sie deine Familie nicht in Ruhe, wenn sie es eigentlich nur auf dich abgesehen haben?«

»Weil sie wissen, dass sie mir mit nichts mehr wehtun können.«

»Gut, aber was erwarten sie von dir? Dass du einfach verschwindest? Ich meine, die logische Folgerung wäre doch, dass du noch wütender wirst und dich dafür an ihren Familien rächst. Oder nicht?«

Wieder hatte Hardy das Gefühl, dass er nicht ganz aufrichtig sein konnte. »Das würde ich niemals tun, weil es nicht richtig wäre.«

»Warum nicht? Obwohl die anderen angefangen haben? Ich wette, du würdest es doch tun, das weiß ich genau.«

»Tja, zum Glück sind sie ja nicht gegen dich oder Vincent gewalttätig geworden, weshalb wir es nicht ausprobieren müssen. Das will ich eigentlich auch gar nicht. Ich bin wegen dem, was sie bis jetzt angerichtet haben, schon wütend genug.« Diesmal konnte er die Lüge nicht verhindern. »Aber ich glaube, es ist mehr oder weniger vorbei, Rebecca. Morgen Nacht um diese Zeit liegen wir wieder in unseren eigenen Betten. Du wirst sehen.«

»Und wenn nicht?«

»Dann eben übermorgen Nacht.«

Sie runzelte die Stirn. »Jetzt willst du nur, dass ich mich besser fühle.«

»Nicht nur jetzt, sondern immer«, erwiderte er.

»Aber ich muss wissen, was wirklich los ist.«

»Was wirklich los ist ...« Er holte tief Luft. »Ich bin nicht sicher, was wirklich los ist, Rebecca. Und ich hätte dir das gerne erspart.«

»Ich stecke doch schon mittendrin, Daddy. Schließlich sind wir hier.«

»Ich weiß.« Er drückte sie wieder an sich. »Ich weiß.« Hardy schlang den Arm fester um sein kleines Mädchen. »Offenbar war ich dir heute Nacht keine große Hilfe, was?«

»Ich habe immer noch ein bisschen Angst, wenn du das meinst.«

Hardy seufzte. »Genau das meine ich.«

»Du kannst mich nicht vor meinen Gefühlen beschützen, Daddy.«

»Das ist es ja, was mir das Herz bricht.« Wieder einmal fragte er sich, ob er sie überhaupt vor irgendetwas beschützen könne, und er wurde erneut von Wut ergriffen. Trotz all seiner Lippenbekenntnisse überkam ihn plötzlich die Gewissheit, dass er jeden, der seiner Tochter etwas antat, kaltblütig ermorden würde. Und vielleicht konnte es nicht schaden, ihr das trotz seiner gegenteiligen Beteuerungen von gerade eben zu erklären. »Ich habe zwar gerade gesagt, ich würde nichts unternehmen können, falls dir etwas zugestoßen wäre, aber wenn ich es verhindern könnte, wenn es ...« Er beendete den Satz nicht. »Ich meine das rein hypothetisch, Rebecca. Aber ich würde niemals zulassen, dass dir jemand wehtut.«

Ihre zögernde Frage ließ ihm fast die Tränen in die Augen treten. »Und was machen wir jetzt?«

»Das weiß ich noch nicht genau, Schatz. Doch deine Mutter und ich werden auf euch aufpassen, ganz gleich, was passiert. Vielleicht«, fügte er hinzu, »wenn ich John Holidays Mandat niederlege ...«

»Das darfst du nicht. Er ist schließlich dein Freund.«

»Richtig.« Kindermund tut Wahrheit kund, dachte Hardy. »Ich weiß. Möglicherweise kann ich ihnen ja vormachen, dass ich ihn nicht mehr vertrete.« Wieder hielt er inne, denn er hatte hinzufügen wollen: »Und ihnen eine Falle stellen.« Dann fuhr er fort: »Pass auf, gehen wir mal davon aus, es bestünde eine gute Chance, dass diese Leute in ein oder zwei Tagen im Gefängnis sitzen.«

»Und dann sind sie nicht mehr hinter uns her?«

»Nein.« Er stupste sie zärtlich am Kinn. »Wahrscheinlich sind sie schon jetzt nicht mehr hinter dir her.«

Voller Hoffnung blickte sie zu ihm auf. »Versprochen?«

Hardy zögerte. Denn in seiner Familie gab es eine Regel, die besagte, dass ein Versprechen ein Versprechen war, heilig und nicht zu brechen. »Ich glaube es wirklich nicht«, erwiderte er schließlich.

Er spürte, wie sie erschauderte. »Das ist kein Versprechen.«

»Nein«, sagte er, »aber nah dran.«

29

Hardy öffnete die Eingangstür zur Kanzlei und durchquerte das Foyer. Oben an der Treppe angekommen, blieb er eine Weile im Empfangsbereich stehen. Zum ersten Mal seit dem Überfall auf David schien wieder Leben in die Büros eingekehrt zu sein. Im Wintergarten saßen sechs Personen, offenbar bei einer eidesstattlichen Vernehmung. Drei Anwälte und ein paar Gehilfinnen standen, ins Gespräch vertieft, an der Kaffeemaschine. Im Hintergrund brummten die Kopierer. Vielleicht war es ja Zufall, dass gerade jetzt so viel Betrieb herrschte. Phyllis hatte den Kopf gesenkt und war mit mehreren gleichzeitig läutenden Telefonen beschäftigt, sodass er sie nicht fragen konnte.

»Mr. Hardy. Dismas.« Plötzlich stand Norma neben ihm. »Wir haben Sie gestern vermisst. Ist alles in Ordnung?«

Hardy wusste nicht, was er darauf antworten sollte. Er hatte ganz und gar nicht den Eindruck, dass alles in Ordnung war. Seine Familie versteckte sich noch immer bei den McGuires. Er schlief nicht mehr als vier Stunden pro Nacht. David war noch nicht wieder zu Bewusstsein gekommen. Und soweit er informiert war, befanden sich Sephia und Panos auch weiterhin auf freiem Fuß.

»Ich frage nur, weil Sie nicht im Büro waren«, fuhr sie fort. »Ein paar von uns haben sich Sorgen gemacht.«

»Ich musste einiges außer Haus erledigen«, erwiderte er.

»Und das hat den ganzen Tag gedauert.« Mit einem höflichen Lächeln wies er durch die Lobby auf die Treppe, die zu seinem Büro führte. »Am liebsten würde ich die Berge auf meinem Schreibtisch gar nicht ansehen, aber ich sollte mich besser an die Arbeit machen.«

»Natürlich. Ich ... ich wollte mich nur bei Ihnen bedanken.«

»Wofür?«

»Für Ihre aufmunternden Worte letztens am Abend.« Mit einem Nicken deutete sie zur Kaffeemaschine hinüber, wo geschäftiges Treiben herrschte.

»Tja.« Er hatte nicht den Eindruck gehabt, dass die Anwesenden nach seiner kleinen Ansprache am Freitag in *standing ovations* ausgebrochen waren. Er hatte sich von allen verabschiedet und sich so schnell wie möglich verdrückt, ein wenig peinlich berührt, weil er sich so hatte mitreißen lassen und zu viel von sich preisgegeben hatte. Gewiss hatte er insbesondere einigen jüngeren Mitarbeitern, aber auch den zynischeren unter den Kollegen Stoff für Hohn und Spott geliefert, und er konnte sich das Gekicher gut vorstellen, das hinter seinem Rücken losgebrochen war. Er bereute, dass er sich einverstanden erklärt hatte. Warum hatte er die Angelegenheit nicht wenigstens mit Humor genommen und alle zum Lachen gebracht?

Doch Norma legte ihm die Hand auf den Arm. »Sie brauchen nicht so bescheiden zu sein. Sie sehen ja selbst, dass Sie den anderen Mut gemacht haben.«

Hardy konnte zwar nicht leugnen, dass sich die Atmosphäre gebessert hatte, aber ... »Ich glaube nicht, dass das mein Verdienst ist.«

»Tja, auch wenn Sie das nicht so sehen«, sagte Norma, »die anderen sind zumindest dieser Ansicht. Und ich wollte mich einfach noch einmal bei Ihnen bedanken und Ihnen sagen, wie viel es mir bedeutet hat. Und der Kanzlei. Sie haben genau den richtigen Ton getroffen. Schauen Sie sich nur um.«

Hardy hatte schon genug gesehen, und er war froh darüber. Doch noch immer war David im Krankenhaus, noch immer war die Situation seiner Familie ungewiss, und er war noch nicht in der richtigen Stimmung, um Purzelbäume zu schlagen. Dennoch ließ er den Blick noch einmal durch die Lobby schweifen. »Tja«, seufzte er. »Es freut mich, dass ich helfen konnte. Und jetzt« – wieder wies er mit dem Finger zur Treppe – »ruft mich die Tretmühle.«

Er ging hinüber zur Empfangstheke und sah Phyllis fragend an. Sie bat ihn mit einer Handbewegung um Geduld. Nachdem sie mit einem perfekt heruntergespulten »Freeman und Kollegen, bitte bleiben Sie in der Leitung« den letzten Anrufer ruhig gestellt hatte, lächelte sie Hardy zu, als wäre sie froh, ihn zu sehen. Etwas ganz Neues. »Lieutenant Glitsky hat heute Morgen schon dreimal angerufen. Er sagt, es sei dringend.«

Glitsky hatte aus der Morgenzeitung von Thieus Tod erfahren; man vermute einen Selbstmord. Eine absurde These, wie er fand, und er fühlte sich in dem Verdacht bestätigt, der schon seit einiger Zeit in ihm gärte. Sofort beschloss er, heute nicht ins Büro zu gehen. Schließlich war er von Beruf Polizist, und er würde nun endlich richtige Polizeiarbeit leisten – auch auf eigene Faust, wenn es sein musste.

Hardy hatte bereits mit Holiday gesprochen und seinem Mandanten noch einmal eingeschärft, er solle sich bloß nicht blicken lassen und sich ansonsten keine Sorgen machen; sie hätten eindeutige Beweise gefunden, die ihn vielleicht bald entlasten würden. Als Gina Roake anrief, telefonierte Hardy gerade auf der anderen Leitung, und zwar schon zum zweiten Mal an diesem Vormittag mit einem Richter, diesmal mit Oscar Thomasino. Der erste, Timothy Hill, hatte Hardy mit seinem Ansinnen, den Haftbefehl gegen Holiday zurückzuziehen, abblitzen lassen, noch fast ehe er sein Anliegen hatte aussprechen können. »Sorgen Sie dafür, dass Ihr Mandant sich stellt, Diz. Dann führen wir ein Verfahren durch. So ist nun einmal der Ablauf, und das wissen Sie ganz genau.«

Auch Thomasino, der Hardy schon seit vielen Jahren kannte und achtete, erwiderte, er wisse nicht, was er in diesem

Fall tun könne. Er sei gern bereit, bei Jackman oder Batiste ein gutes Wort hinsichtlich Hardys und Glitskys Glaubwürdigkeit einzulegen, doch er glaube nicht, dass das viel nützen würde.

Als Hardy endlich Gelegenheit hatte, Gina in ihrer Kanzlei zurückzurufen, schilderte sie ihm mit kaum verhohlener Wut ihr Gespräch mit Hector Blanca, insbesondere was den Helikopterflug nach Nevada anging. Der Inspector von der Bereitschaftspolizei habe ihr gesagt, er wolle zwar gern helfen, doch seine Vorgesetzten seien übereinstimmend der Auffassung, dass der angebliche Überfall auf Hardy und John Holiday niemals stattgefunden habe.

Was David Freeman betraf, habe Blanca sich gerade eben mit dem Krankenhaus in Verbindung gesetzt. Es täte ihm sehr, sehr Leid – vielleicht wisse Ms. Roake es ja noch nicht –, aber offensichtlich drohten nun auch seine Nieren zu versagen. Blanca hatte Gina Roake auf Anhieb sympathisch gefunden und war ihr gegenüber möglicherweise offener als gewöhnlich. Es stehe zu befürchten, so sagte er ihr, dass es sich bald um einen Mordfall handeln würde, der dann nicht mehr unter seine Zuständigkeit fiele. Gina solle ihren Verdacht auf jeden Fall der Mordkommission melden.

Hardy zeigte sich bestürzt und schilderte ihr dann die jüngsten Entwicklungen. Gina hatte gar nicht geahnt, wie sehr sich die Angelegenheit hochgeschaukelt hatte – die Drohungen gegen die Familien, der mutmaßliche Mord an Paul Thieu –, und es schien ihre Wut noch zu schüren. Als sie erfuhr, dass Glitsky zu Hardy ins Büro kommen wolle, um die Lage zu erörtern, erwiderte sie, sie werde ebenfalls da sein. Man müsse etwas unternehmen, und sie wolle auch dazu beitragen.

Also saßen Abe, Gina und Dismas – alle in gedrückter Stimmung – an diesem windigen und bewölkten Mittwochvormittag um den Couchtisch in Hardys Büro. Hardy hatte Kaffee gekocht, doch Glitsky hielt sich natürlich an Tee. Er hatte sich mit Blick auf Hardys Bürotür in einem Sessel niedergelassen. Er habe sich, nachdem er heute Morgen von Thieus Tod gelesen habe, endlich an Special Agent Bill Schuyler vom FBI gewandt. Dieser habe sich Abes Theorie zwar aufmerksam angehört, aber erwidert, es würde ein paar Tage dauern, eine Einsatztruppe zusammenzustellen, sofern sein Vorgesetzter ihm überhaupt grünes Licht gab. Ob Glitsky den Leiter der Mordkommission wirklich der Mittäterschaft in einer Vertuschungsaffäre und mehreren Mordfällen beschuldigen werde? Schuyler meinte, die Sache würde sicher lustig werden, erfordere jedoch einen gewissen Personaleinsatz und außerdem Zeit.

»Die wir nicht haben.«

»Aber wenn sich das FBI tatsächlich in etwa einer Woche einschaltet, ist doch genug ...«, begann Gina.

Aber Hardy schüttelte den Kopf. »Sofern sie überhaupt etwas unternehmen, kann das Jahre dauern. Abhöraktionen, Beschattungen, Hintergrundermittlungen. Vielleicht der Versuch, einen V-Mann einzuschleusen. Bis dahin sind unsere Indizien verschwunden. Bis dahin sind wir längst tot.«

»Außerdem«, fügte Glitsky hinzu, »haben diese Leute gerade Paul Thieu umgebracht ...«

»Angeblich«, wandte Gina ein.

»Nein, wirklich.« Glitskys finstere Miene beendete die Debatte. »Und wir haben guten Grund zu der Annahme, dass sie für Diz oder mich ein ähnliches Schicksal vorgesehen haben. Diz hat Recht, Gina. Seine Prognose ist mitten aus dem Leben gegriffen. Wir haben keine Zeit.«

»Und was schlägst du vor?«, erkundigte sich Gina.

Glitsky saß reglos da, den Blick auf seine Füße geheftet, und sagte mit untypisch leiser, kaum hörbarer Stimme: »Ich habe gehofft ... Ich wollte hinfahren und selbst ein paar Verhaftungen vornehmen.«

Hardy starrte ihn an und suchte nach Anzeichen dafür, dass Glitsky einen Witz gemacht hatte. Aber er entdeckte nichts dergleichen. Und das schockierte ihn.

Erst Moses. Jetzt Abe.

Abe sah Dismas und Gina nacheinander an, ehe er fortfuhr: »Vielleicht kann ich sie über Nacht in San Mateo County einsperren lassen und einen Richter dazu bringen, mich anzuhören.« Hardy wusste, dass es nie dazu kommen würde. Unter diesen Umständen würde kein Richter Einsicht zeigen. Schließlich hatte er selbst an diesem Vormittag ja auch keinen Richter gefunden, der bereit war, etwas zu unternehmen. So etwas war nicht die Aufgabe von Richtern, und das wussten er, Abe und Gina ganz genau. Aber er beschloss, Abe den Faden erst einmal weiterspinnen zu lassen.

Doch es kam nicht dazu. Ein hastiges Klopfen ertönte, und die Tür des Büros öffnete sich. John Holidays schlaksige Gestalt schob sich in den Raum. »Wie geht es euch?«, sagte er, ein leutseliges Grinsen auf dem Gesicht. Er trug einen Lammfellmantel, das lange blonde Haar hatte er unter einem australischen Schäferhut mit einseitig hochgesteckter Krempe verborgen. Als er das offensichtliche Erstaunen der Anwesenden bemerkte, schmunzelte er und schloss die Tür.

Glitsky war aufgestanden. Und nun folgte Hardy seinem Beispiel. »John, was zum Teufel machst du hier?«, fragte er.

Mit einem bedauernden Blick auf Hardy trat Glitsky vor. Ihm blieb nichts anderes übrig. Schließlich war er Polizist, und dieser Mann wurde wegen Mordes gesucht. »Ich fürchte, Sie sind verhaftet«, sagte er.

Holidays Vergnügen über die geglückte Überraschung verflog schlagartig. Nachdem er Glitsky verständnislos angestarrt hatte, warf er Hardy einen raschen Blick zu. Dann wandte er sich um, als wollte er wieder durch die Tür hinausspazieren. Doch als er sich erneut den anderen zuwandte, hatte er eine Pistole in der rechten Hand. Obwohl er damit auf den Boden zielte, entging keinem im Raum, was das zu bedeuten hatte.

»Ich glaube nicht, dass hier jemand verhaftet wird«, erwiderte er. Sein ruhiger Tonfall und der weiche Tennessee-Akzent ließen ihn nicht weniger entschlossen wirken. »Also, Lieutenant, wenn Sie sich jetzt bitte wieder setzen würden. Ich verlange von Ihnen nicht, dass Sie mir Ihre Waffe aushändigen, denn ich halte Sie für einen Gentleman. Aber strecken Sie bitte die Hände aus, damit ich sie sehen kann. Dann können wir vier ein höfliches Gespräch miteinander führen.«

Glitsky ließ sich wieder auf seinen Stuhl fallen.

Hardy blieb stehen und verschränkte die Arme vor der Brust. »Mein Gott, John, was soll das? Wie bist du hergekommen?«

»Meine Freundin hat mich hinten in der Seitenstraße abgesetzt. Ich bin durch die Tiefgarage reingegangen und mit dem Aufzug hochgefahren. Keine Angst, ich bin sicher, dass mir niemand gefolgt ist.«

»Deswegen mache ich mir keine Sorgen. Hast du schon mal davon gehört, dass man sich auch sein eigenes Grab schaufeln kann?«

»Ein schlimmer Fehler«, ergänzte Glitsky.

Holiday konnte dem nur zustimmen. »Aus Ihrer Warte schon. Aber ich hatte keine Ahnung, dass sonst noch jemand hier sein würde.«

»Warum stecken Sie nicht die Waffe weg?«, schlug Gina vor. Dann wandte sie sich an Hardy: »Wie ich annehme, ist das dein Mandant.«

Hardy stellte die Anwesenden einander vor. Holiday verbeugte sich höflich, allerdings ohne den Blick von Glitsky abzuwenden.

»Und was willst du hier?«, wiederholte Hardy.

»Um offen zu sein, Diz, hatte ich einen mächtigen Hüttenkoller. Außerdem habe ich gedacht, dass du und ich vielleicht einen Weg finden, wie ich mich stellen kann, solange meine Sicherheit garantiert ist. Die Sache mit deinen Kindern ...« Seine Stimme erstarb. »Jedenfalls wird das aufhören, wenn Panos glaubt, dass sie mich haben. Habe ich Recht?«

Hardy zuckte die Achseln. »Kann sein, dass du nicht ganz falsch liegst. Und was die Sache mit den Kindern angeht – weißt du, dass Abe dasselbe Problem hat?«

Holiday drehte sich zu Glitsky um. »Muss ich die Pistole in der Hand behalten, Lieutenant, oder können wir zu einer vorübergehenden Einigung kommen?«

»Was mich betrifft, sind Sie immer noch verhaftet. Wenn ich diesen Raum verlasse, nehme ich Sie mit.«

»Das glaube ich nicht.«

Fast hätte Glitsky aufgelacht. »Wollen Sie auf mich schießen, um mich daran zu hindern? Sie können mit Ihrer Waffe machen, was Sie wollen; aber damit nützen Sie Ihrer Sache nicht, was Ihnen Ihr Anwalt sicher bestätigen wird.« Er warf Hardy einen Hilfe suchenden Blick zu.

Hardy jedoch verharrte stocksteif auf seinem Stuhl und starrte mit glasigen Augen ins Leere.

»Diz, hast du was?«, fragte Gina, die ihm gegenübersaß.

Er zwang sich, wieder in die Wirklichkeit zurückzukehren. »Was? Nein, alles okay. John, steck jetzt die verdammte Knarre weg. Die Regel lautet, dass man mit so einem Ding nicht rumfuchtelt, wenn man nicht plant, es auch zu benutzen.«

»Und wenn ich bereit dazu wäre?«

»Dann wärst du ein noch größerer Idiot, als ich gedacht habe, was ich mir nur schwer vorstellen kann. Niemand hier glaubt, dass du jemanden umgebracht hast, okay? Also brauchst du jetzt auch nicht damit anzufangen.« Er gab Holiday keine Gelegenheit zu einer Antwort, sondern wandte sich an die anderen. »Abe und Gina, ihr müsst mir helfen. Wir nehmen an, dass Gerson Thieu vom Dach gestoßen hat, richtig?« Aus dem Augenwinkel sah er, wie Holiday die Pistole in den Gürtel steckte. »Die Frage ist, warum? Warum gerade gestern?«

Glitsky hatte sich schon eingehend damit beschäftigt. »Weil Thieu beweisen konnte, dass Sephia und Rez in seiner Wohnung waren« – er deutete mit dem Kopf auf Holiday – »obwohl sie das abgestritten haben.«

»Also, John, waren die beiden deines Wissens nach je bei dir?«, fragte Hardy.

»Soll das ein Witz sein?«

»Ich verstehe das als ›Nein‹. Das habe ich mir gleich gedacht. So.« Er drehte sich zu den anderen um. »Und das bedeutet doch, dass Thieu Gersons Ansicht nach der Einzige war, der diese Information besaß. Weshalb hätte er ihn umbringen sollen, wenn morgen schon der Nächste auf der Matte steht und ihn auf dasselbe Problem anspricht?«

»Und inzwischen hat Gerson die Kassette bestimmt schon vernichtet«, merkte Glitsky an.

»Vielleicht auch nicht«, wandte Gina ein. »Wenn er nämlich glaubt, dass sonst niemand von der Sache weiß.«

Hardy nickte Glitsky zu. »Du kannst davon ausgehen, Abe, dass Gerson nicht weiß, dass du es weißt.«

»Das tut er sicher nicht. Ich hatte Paul ausdrücklich gebeten, dich und mich rauszuhalten. Und wenn es jemanden gab, der sich daran hielt, war er das.«

»Siehst du.« Hardy breitete die Hände aus.

»Worauf willst du hinaus?«, fragte Glitsky. »Offenbar bin ich ein bisschen schwer von Begriff, aber ich verstehe das nicht.«

»Okay, dann noch mal ganz langsam. Was genau hat Paul dir erzählt?«

»Nur, dass er in Holidays Wohnung Fingerabdrücke von Sephia und Rez sichergestellt hat. Außerdem hatte er eine Kassette mit ihrer Aussage und war gerade auf dem Weg nach unten, um sie Gerson vorzuspielen.« Er zuckte die Achseln. »Mehr habe ich auch nicht zu bieten.«

Hardy warf einen Blick quer durch den Raum. »Ist dir klar, was das bedeutet, Gina?«

Sie nickte.

Er wandte sich wieder zu Glitsky um. »Abe, jetzt kannst du zu einem Richter gehen und eine eidesstattliche Versicherung dahingehend abgeben, dass hinreichende Verdachtsmomente bestehen, um Gersons Büro und vielleicht sogar sein Haus nach der Kassette zu durchsuchen.«

Gina rutschte nach vorn. »Willst du damit sagen, dass Abe sich einen Durchsuchungsbefehl für Gersons Haus und Büro besorgen soll, ohne dass es sonst jemand bei der Polizei erfährt?«

»So ist es. Jetzt haben wir endlich hinreichende Verdachtsmomente und die Chance, sie zu nutzen.«

Glitsky schüttelte den Kopf. »Unmöglich. Selbst wenn Gerson die Kassette und die Berichte noch nicht beseitigt hat – was ich an seiner Stelle schon längst getan hätte –, würden die Beweise noch immer nicht ausreichen. Und mit meiner Karriere wäre es aus und vorbei.«

»Aber es ist unsere einzige Chance. Wir müssen Gerson in die Mangel nehmen.«

Glitsky dachte angestrengt nach. »Versteh mich nicht falsch. Ich finde die Idee prima, aber sie führt zu nichts.« Er sah Hardy an. »Um es hinterher weiterhin mit Panos zu tun zu haben, der weiß, dass wir – also du und ich, Diz – an der Sache drangeblieben sind.« Abermals schüttelte er den Kopf. »Ich glaube nicht, dass ich ausreizen möchte, wie weit er geht.«

Holiday, der bis dahin schweigend zugehört hatte, mischte sich nun mit ruhiger Stimme ein. »Was halten Sie stattdessen von folgendem Vorschlag? Sie könnten diesen Gerson anrufen und ihm sagen, dass Sie mich haben.«

»Was meinen Sie mit *haben*?«, erkundigte sich Glitsky.

»Sie hätten mich verhaftet und wollten mich nun an ihn übergeben. Aber Diz, mein Anwalt, hätte kein Vertrauen in den üblichen Dienstweg. Er wolle mich niemandem außer Ihnen ausliefern, Lieutenant. Gerson würde Ihnen das bestimmt abnehmen.«

»Und was soll uns das bringen, John? Was nützt es dir?«, fragte Hardy.

»Wenn Gerson weiß, dass Sie, Lieutenant, zu einem bestimmten Zeitpunkt mit mir an einem einsamen Ort sein werden ...«

»Du würdest in einen Hinterhalt laufen«, sagte Hardy. »Das kommt überhaupt nicht in Frage.«

Doch Glitsky gefiel der Vorschlag. »Wenn wir die ganze Bande unter einem Vorwand ...«

Auch Gina schien Feuer gefangen zu haben. »Falls er mit der Panos-Bande aufkreuzt, ist das allein schon ein hinreichender Verdachtsmoment, Abe. Dann könntest du alle festnehmen.«

Glitsky, Holiday und Hardy starrten sie an.

Nach einer Weile errötete sie und fügte tonlos hinzu: »Du bräuchtest Verstärkung. Polizisten natürlich.«

Glitsky fuhr fort, als wären diese Worte nie gefallen: »Also rufe ich Gerson an, teile ihm den Treffpunkt mit und erkläre ihm, dass nur ich, du, Diz, und dein Mandant da sein werden, der sich mir stellen will. Und dass ich John nach der Festnahme persönlich zur erkennungsdienstlichen Behandlung ins Justizgebäude bringe. Außerdem betone ich, dass sonst kein Mensch, auch nicht er, dabei sein darf, weil Holiday sonst einen Rückzieher macht. Insbesondere er nicht. Dann wird er glauben, dass wir drei ganz allein zum Treffpunkt kommen.«

»Okay«, sagte Hardy. »Und dann?«

»Die Sache ist, dass Gerson nur einen einzigen Grund haben kann, um dort aufzutauchen …«, erwiderte Glitsky.

Gina schüttelte den Kopf. »Das ist keine gute Idee, Abe. Das Risiko für dich wäre viel zu groß. Gerson kreuzt bestimmt nicht allein auf.«

Glitsky nickte. »Das stimmt wahrscheinlich. Und dann gäbe es keinen Zweifel mehr an seiner Schuld und daran, dass die Bande Dreck am Stecken hat. Richtig? Nicht, dass ich welche hätte, aber das wäre ein wasserdichter Beweis.«

»Nur dass es vier oder fünf gegen einen stehen würde«, sagte Hardy.

»Sobald ich auch nur eine Spur von den anderen entdecke, fordere ich Verstärkung an«, erwiderte Glitsky.

Das glaubst du doch selbst nicht, dachte Hardy.

Glitsky fuhr fort: »Anschließend gehe ich zu Batiste und erzähle ihm, was passiert ist. Dann müssen sie uns einfach anhören.«

Hardy stand auf, ging zum Fenster und drehte sich um. »Kommt nicht in Frage, Abe. So klappt das nicht. Das wäre Selbstmord.«

»Tja, wenn sie es schaffen, mich umzulegen, was ich stark bezweifle, habe ich in diesem Raum drei Zeugen, die alles beschwören könnten.«

»Egal, Abe, aber ich erlaube es nicht.«

Glitskys Mundwinkel bogen sich ein winziges Stück nach oben. »Ich weiß, dass es deiner Weltanschauung widerspricht, Diz, doch du hast das nicht zu entscheiden. Es ist mein Job.«

»Dann fordere gleich Verstärkung an.«

»Mit welcher Begründung? Ich bin in der Lohnbuchhaltung tätig, schon vergessen? Außerdem würde bestimmt etwas durchsickern und die Gegenseite wäre gewarnt.« Glitsky stand entschlossen auf. »Der Plan ist gut, Leute. Vielleicht ist es unsere einzige Möglichkeit, bevor sie wieder zuschlagen, und das darf ich nicht zulassen.« Er ging zu Hardys Schreibtisch, griff zum Telefon und wählte die Nummer.

Die anderen sahen betreten zu, während Glitsky die wenigen Worte aussprach, nach denen es kein Zurück mehr geben würde.

»Lieutenant Gerson bitte. Hier spricht Lieutenant Abe Glitsky. Ja. Ich habe es schon gehört. Schlimme Sache mit Paul, aber deshalb rufe ich nicht an. Es geht um John Holiday. Ich habe ihnen gesagt, die beiden sollen sich direkt an Sie wenden, aber wie Sie vielleicht wissen, ist sein Anwalt ein Freund von mir und ...«

Es dauerte nur knapp fünf Minuten, alles in die Wege zu leiten. Holiday und Hardy würden, so sagte Glitsky, um vier Uhr am Treffpunkt erscheinen. Pier 70 war eine meist menschenleere und einsame Hafenanlage, an der sich baufällige Bootsschuppen und die Ruinen alter Lagerhäuser drängten. Glitsky wisse nicht, warum sie sich einen so abgelegenen Treffpunkt ausgesucht hätten, aber ...

»Weil Gerson dann nicht behaupten kann, er wäre zufällig in der Gegend gewesen.«

»Was hältst du davon, wenn John und ich wirklich zusammen mit dir dort erscheinen?«

Glitsky musterte die beiden nacheinander mit ernster Miene und sah dann Gina an. »Ich habe doch nicht den Eindruck vermittelt, dass das überhaupt zur Debatte steht? Das kommt gar nicht in Frage.«

»Moment mal …« Holiday stand auf.

Glitsky unterbrach ihn mit erhobener Stimme, die keinen Widerspruch duldete. »So, jetzt gehe ich mal für ein, zwei Minuten auf die Toilette am anderen Ende des Flurs. Diz, du bist für deinen Mandanten verantwortlich. Ich erwarte von dir als Vertreter des Gesetzes, dass du den Gefangenen bewachst, bis ich zurück bin. Du musst mir dein Wort darauf geben.«

Feierlich hob Hardy die rechte Hand. »Ich schwöre.«

»Also gut.« Glitsky verließ den Raum.

Gina Roake, Glitsky und Hardy standen unten in der Lobby. Oben in Hardys Büro hatte Glitsky bei seiner Rückkehr von der Toilette sehr glaubhaft Zorn und Enttäuschung vorgespielt, als er feststellte, dass Holiday »geflohen« war. Gina und Dismas beteuerten, er habe sie erneut mit der Waffe bedroht, sodass sie ihn nicht hätten aufhalten können.

Nun bemerkte Hardy, dass Phyllis hinter dem Empfangstisch aufstand. Als sie um die Theke herumkam, fing sie seinen Blick auf und wies mit dem Kopf auf Normas Büro, wo sie abwartend auf der Schwelle stehen blieb. Hardy nahm Ginas Arm und führte sie auch in diese Richtung. Glitsky folgte ihnen.

Sie alle drängten sich hinter Phyllis, als Norma den Hörer auflegte und den Kopf hängen ließ. Ihre Schultern sackten nach vorn. Als sie schließlich aufblickte, liefen ihr Tränen die Wangen hinunter.

Wortlos nickte sie den Menschen, die in der Tür standen, zu. Zu einer weiteren Bestätigung schien sie nicht in der Lage zu sein. Neben Hardy schlug sich Phyllis die Hand vor den Mund und begann zu schluchzen.

30

Nach dem Besuch in Hardys Büro kehrte Glitsky in sein leeres Haus zurück. Am liebsten hätte er bei Nat vorbeigeschaut, um seinen Vater und seine Tochter zu sehen, aber er kam zu dem Schluss, dass er es besser bleiben ließ. Er hielt sich vor Augen, dass sich dieser Tag nicht grundlegend von den anderen unterschied. Zugegeben, die Situation war kritisch und betraf ihn persönlich, doch so erging es zahlreichen Polizisten, die tagtäglich mit Fällen wie diesen konfrontiert wurden. Manchmal musste man sich eben in die Schusslinie begeben. Berufsrisiko.

Der Plan bereitete ihm Kopfzerbrechen. Doch auch diese Ungewissheit war ihm vertraut – ein schwacher Trost. Er erinnerte sich, dass er am Anfang seiner Laufbahn häufig Verhaftungen an Orten vorgenommen hatte, wo er nicht hatte wissen können, was ihn – meist kurz vor Morgengrauen – nach dem Aufbrechen der Tür erwartete. Würden es drei verängstigte Kleinkinder sein, die mit ihrer Mutter in einer Ecke kauerten? Ein aufgekratzter Junkie, der spontan beschloss, den Nächstbesten als Geisel zu nehmen? Ein Schlägertyp in Rage? Ein dunkles Zimmer voller Bewaffneter, die nichts mehr zu verlieren hatten? Oder vielleicht auch nur ein schläfriger, verkaterter Bürger auf der Verliererseite, dem es gleichgültig war, ob er morgen im Gefängnis aufwachte, wo es wenigstens wärmer und sauberer war und es regelmäßige Mahlzeiten gab.

Wie viele Male hatte er nicht schon vor derartigen Situationen gestanden? Er kannte die Grundregeln und versuchte, sich möglichst viele Alternativen offen zu halten und stets flexibel und auf alles vorbereitet zu sein. Natürlich trug man eine kugelsichere Weste. Man hatte genügend Munition und mindestens zwei geladene Pistolen bei sich, damit man nicht in einem unpassenden Moment nachladen musste. Die Erfahrung hatte ihn gelehrt, dass es in der Hitze des Gefechts um einiges schwerer war, ein leeres Magazin auszuwerfen und ein neues einzulegen, als einen das Fernsehen glauben machte. Selbst in seiner Jugend hatten seine Hände gezittert, wenn er unter Druck stand oder in Gefahr schwebte. Und so war es immer noch. Deshalb konnte er sich gut vorstellen, wie er im kritischen Augenblick am Magazin herumnestelte und die kostbare Munition auf den Boden fallen ließ.

Also holte er zwei Pistolen aus dem Schlafzimmersafe. Seine Alltagswaffe war eine Glock 9 mm Automatik, eine gute Pistole, handlich und einfach in der Bedienung. Doch jetzt griff er zusätzlich nach seinen beiden Colt .357 – zwei Revolver mit maßgefertigten Gummigriffen. Die verdammten Dinger hatten wegen der schweren Munition – .357er-Kugeln, handgefüllte Patronen, Hohlspitzgeschosse – einen gewaltigen Rückstoß, doch wenn es ernst wurde, was durchaus geschehen konnte, brauchte Glitsky etwas, das einen Mann zweimal um die eigene Achse wirbeln ließ und ihn umwarf, wenn es ihn nur in den kleinen Finger traf. Ein Treffer in einen größeren Muskel sorgte dafür, dass das Geschoss sich verflachte und den Widerstand der Zielperson umgehend brach. Ein Treffer in den Torso war ein Todesurteil.

Glitsky saß auf dem Bett, steckte die Patronen in den Zylinder des ersten Revolvers, ließ ihn zuschnappen und wiederholte das Ganze mit dem anderen. Zwölf Schuss weniger als aus zwei Automatik, doch auch die Gefahr einer Ladehemmung oder Fehlzündung war geringer. Schnelllade-Vorrichtungen, um beim Nachladen keine Zeit zu verlieren. Auch wenn viele seine Meinung nicht teilten, bevorzugte er seine Revolver.

Er zog das Hemd aus, ging zum Schrank und nahm die kugelsichere Weste von dem Haken, wo sie nun schon seit etwa zehn Jahren unbenutzt hing. Plötzlich wurde er von Bedauern ergriffen, als ihm klar wurde, dass er sich die letzten achtzehn Monate Krankenhaus-Odyssee und die langwierige Genesung hätte sparen können, wenn er täglich eine kugelsichere Weste zur Arbeit getragen hätte. Dann hätte er vermutlich nur eine Rippenprellung und Blutergüsse am Bauch erlitten. Die langen Monate mit Infusionen, Antibiotika, Schläuchen und Monitoren hätte es nie gegeben – ganz zu schweigen von den Schmerzen, den Schuldgefühlen und den Selbstzweifeln.

Er schüttelte sich, um diese Gedanken zu vertreiben. Es brachte nichts, sich mit Vorwürfen zu zermürben. Er hatte einen Fehler gemacht, indem er sich unvorbereitet in eine potenziell gefährliche Situation begeben hatte. Und das würde er nie wieder tun.

Nachdem er das Hemd wieder über die Weste gezogen und zugeknöpft hatte, betrachtete er sich im Spiegel. Mit Sakko würde es niemand bemerken. Und da er täglich Schulterhalfter trug, war er das Gefühl unter dem linken Arm gewöhnt, auch wenn die Haltevorrichtung für den Revolver ein wenig auftrug. Einen Revolvergürtel hatte er seit seiner Zeit als Streifenpolizist nicht mehr benutzt, und es erstaunte ihn ein wenig, wie bequem die Waffe an seiner rechten Hüfte ruhte.

In der Stadt war es auch für November außergewöhnlich kalt, sodass es auf einem Pier, der in die Bucht hinausragte, vermutlich noch ungemütlicher sein würde. Also zog Glitsky anstelle seiner üblichen Fliegerjacke aus Leder seinen alten dunkelblauen Skiparka mit Daunenfutter an. Er schloss die untersten Knöpfe und überprüfte noch einmal im Spiegel, ob man den Revolvergürtel auch wirklich nicht sah.

Er schaute fast nie in den Spiegel. Am College hatte er nur so zum Jux erzählt, er habe seine Narbe in der Highschool bei einer Messerstecherei mit einer Jugendbande davongetragen. In Wirklichkeit handelte es sich um einen schlichten Unfall auf dem Stufenbarren im Sportunterricht. Doch ganz gleich, was auch die Ursache gewesen sein mochte, die Wunde war nicht richtig geheilt, und seither vermied er es, sie anzusehen. Ähnlich erging es ihm mit seinen blauen Augen, die aus dem dunklen Gesicht leuchteten und die ihn befangen machten. War er schwarz wie seine Mutter oder ein netter jüdischer Junge wie sein Vater? Als junger Mann waren ihm diese äußerlichen Details zu verwirrend erschienen, und schließlich wurde ihm klar, dass sie keine Bedeutung hatten. Es kam nur auf sein Inneres an. Und das galt auch für alle anderen Menschen.

Nun jedoch blieb er noch einen Moment vor dem Spiegel stehen und versuchte seinem Spiegelbild einen Hinweis darauf zu entnehmen, wer er heute war. Warum tat er das? Er hatte eine wundervolle Frau, eine süße kleine Tochter. Zahlreiche Gründe, um weiterzuleben. Hatte er wirklich keine andere Wahl? Gab es denn keine Kollegen, die im Laufe der Jahre seine Freunde und Verbündete geworden waren, an die er sich jetzt wenden und die er wenigstens um Verstärkung bitten konnte? Was wollte er eigentlich erreichen?

Er ging die Betreffenden im Geiste durch: Polizeichef Rigby? Nein. Dessen Stellvertreter Batiste? Nein. Jackman? Nein. Lanier? Unmöglich. Das FBI? Keine Zeit. Paul Thieu? Tot. Was sollte er denn tun? Zum Bürgermeister laufen? Jeder Kollege, der sich mit ihm einließ, gefährdete zumindest seine Karriere. Außerdem war Glitsky schon immer ein Einzelgänger gewesen und hatte während seiner gesamten Berufsjahre als Inspector nie einen Partner gehabt. Später, als Lieutenant, war er als Gerechtigkeitsfanatiker verschrien gewesen, der sich stets buchstabengetreu ans Gesetz hielt. Er hatte immer geglaubt, dass die Kollegen ihn wenigstens respektierten, wenn sie ihn schon nicht mochten. Doch die jüngsten Ereignisse ließen ihn sogar daran zweifeln.

Allerdings konnte er es sich nicht leisten, sich Gedanken über die Meinung seiner Mitmenschen zu machen. Er war nur für seine Familie verantwortlich. Und er durfte nicht zulassen, dass jemand sie bedrohte. Da er von den Leuten, deren Aufgabe es eigentlich war, keine Hilfe erwarten konnte, musste er die Sache eben selbst in die Hand nehmen. Und zwar auch allein, wenn es sein musste.

Ein letztes Mal betrachtete er den Mann mittleren Alters, der ihm aus dem Spiegel entgegensah. Nachdem er dreimal in der Herzgegend auf seine kugelsichere Weste geklopft hatte, holte er tief Luft und stieß einen schweren Seufzer aus. »Okay«, sagte er.

Er hatte Pier 70 rasch und spontan aus einer Reihe möglicher Treffpunkte ausgesucht, die ihm während seines Telefonats mit Gerson eingefallen waren. Zuerst hatte er an den Rand des Parkplatzes am Candlestick Point gedacht, wo seine Gegner ihm keine Falle stellen konnten und wo, falls es zu einer Schießerei kam, ein geringeres Risiko herrschte, dass unschuldige Passanten in Mitleidenschaft gezogen wurden. Andererseits jedoch gab es auf dem Parkplatz so gut wie keine Möglichkeit, in Deckung zu gehen. Wenn Gerson mit einer ausreichenden Anzahl von Komplizen aufkreuzte, um ihn zu umzingeln, würde er, Glitsky, allein mitten auf einer Betonfläche stehen. Gerson würde sofort bemerken, dass Holiday nicht dabei war. Und sogar ein mittelmäßiger Schütze konnte ihn auch auf mehrere hundert Meter Entfernung abknallen.

Zufällig hatte Glitksy, so wie die meisten Mitarbeiter im Justizgebäude, Pier 70 vor drei Jahren näher kennen gelernt, und zwar als wichtigsten Tatort und Schauplatz der Schlussszene eines Films, wie ihn bedeutende Hollywood-Regisseure ständig irgendwo in der Stadt drehten. Etwa drei Monate lang hatten die Filmleute das Justizgebäude zu ihrem Hauptquartier ernannt, und keiner der Mitarbeiter hatte sich der Stimmung ganz entziehen können. Einer von Abes Inspectors namens Billy Marcusik ergatterte sogar eine Sprechrolle mit namentlicher Erwähnung im Abspann des Films – der sich zu guter Letzt als schauderhaftes Machwerk entpuppte – und spielte gewissermaßen sich selbst. Nach Abschluss der Dreharbeiten kündigte Billy bei der Polizei und zog nach Los Angeles. Aber Abe hatte ihn seitdem in keinem Film mehr gesehen. Jedenfalls dachte in jenen ruhmreichen Tagen fast jeder Polizist, jede Sachbearbeiterin und auch so mancher Richter im Justizgebäude, dass er demnächst als Star entdeckt werden könne, wenn er sich nur lange genug an die Fersen des Regisseurs heftete. Als sich die Dreharbeiten ihrem Ende näherten, strömten die städtischen Mitarbeiter scharenweise zum Pier 70, entweder in der Hoffnung, als Komparse engagiert zu werden, oder aber um die Dummköpfe anzuglotzen, die sich tatsächlich Chancen ausrechneten.

Es war kurz nach ein Uhr, als Glitsky den Wagen parkte. Er hatte Gerson gesagt, er werde um vier Uhr da sein, doch Zuspätkommen brachte Unglück. Er wollte absolut sicher sein, dass er der Erste war, und vorher die Umgebung Zentimeter um Zentimeter erkunden. In einer namenlosen Straße mit niedrigen Lagerhäusern und Garagen blieb er stehen. Sie verlief ein paar Häuserblocks westlich des Ufers der Bucht namens Central Basin. Mitten auf der Straße befanden sich nicht mehr benutzte Eisenbahngleise. Während der Dreharbeiten war diese Straße das Hauptquartier der Produktion gewesen: Wohnwagen, in denen die Stars sich während der Drehpausen aufhielten, dazwischen Scheinwerfer, Rollwagen und hunderte von Menschen. Nun blieb Glitsky eine Weile hinter dem Steuer sitzen, ließ die Umgebung auf sich wirken und hielt Ausschau nach irgendetwas Auffälligem.

Er sah nichts als eine menschenleere Straße. Ein Windstoß von der Bucht trieb dicken Staub über die Motorhaube des Wagens. Zeitungen und Bonbonpapiere flatterten in der Tür eines leeren Ladengeschäfts auf der anderen Straßenseite. An der Ecke parkte ein anderer Wagen, doch Glitsky war bereits einmal daran vorbeigefahren, um sich zu vergewissern, dass er leer war.

Er stieg aus, ging vor bis zur Ecke und blickte nach rechts über die Bucht. Pier 70 war die letzte in einer Reihe von sechs oder sieben Landungsbrücken, die nach Norden ins Wasser ragten. Die Piers gingen von einer relativ großen betonierten Fläche aus, die ihn an den Candlestick Point erinnerte. Allerdings gab es hier fast keine Parkplätze. Offenbar war dieses Gelände früher zum Be- und Entladen und zum Abstellen von Containern benutzt worden. Doch in den letzten zehn Jahren hatte man die Piers in diesem Bereich der Bucht verfallen lassen.

Die Hände in den Taschen und den Kopf wegen Wind und Staub gesenkt, ging Glitsky auf kürzestem Wege zu dem gedrungenen gelblichen Gebäude, das den Eingang zum ersten Pier bildete. Die nächsten drei Piers waren von ähnlicher Bauweise: ein riesiges lagerhausähnliches Gebäude, aus dem der eigentliche Pier herausragte; dahinter lag eine Ladezone für Boote. Alles war menschenleer.

Pier 70 war einen knappen halben Kilometer lang und etwas über zwanzig Meter breit. Auf der östlichen Seite des Piers gab es nur wenige freie Flächen, die Zugang zu den darunter liegenden Docks boten. Der war mit verschiedenen, wie Eisenbahnwaggons hintereinander stehenden, einstöckigen Lagerschuppen bebaut. Auf der linken Seite erstreckte sich eine verhältnismäßig breite asphaltierte Straße, auf der Glitsky – inzwischen hatte er die Waffe aus dem Schulterhalfter gezogen und hielt sie in der Jackentasche verborgen – den Pier entlangging. Er spähte in verschiedene Hauseingänge und Nischen. Es war offensichtlich, warum der berühmte Regisseur dieses Fleckchen Erde für die Schlussszene ausgesucht hatte. Mit seinen heruntergekommenen niedrigen Holzgebäuden, zum Teil ohne Dach, ähnelte der Pier dem Szenenbild in einem alten Westernfilm, einschließlich der falschen Fassaden.

Doch Glitsky war nicht in der Stimmung, den morbiden Reiz oder den künstlerischen Wert dieses Ortes zu würdigen. Als er das Ende des Piers erreichte, war er auf drei Seiten von Wasser umgeben. Es gab keine Möglichkeit zur Flucht. Nun wurde ihm klar, wo er sich verstecken musste, und zwar hinten am Anfang des Piers, in einem der Gebäude. So war jeder Neuankömmling gezwungen, ihn zu passieren und sich damit selbst den Fluchtweg abzuschneiden. Dann gab es keinen Weg mehr zurück.

Nur noch an ihm vorbei.

Obwohl Glitsky den Rückweg in der halben Zeit schaffte, erschien es ihm wie der längste Fußmarsch seines Lebens. Tür um Tür passierte er mit vorgehaltener Pistole, den Blick stets aufs Ende des Piers und die freie Fläche davor gerichtet. Nichts zu sehen. Alles war menschenleer.

Nun war er nicht mehr Polizist, sondern Jäger. Ein Polizist zog nicht die Waffe, ohne dass ein Verdächtiger oder eine besondere Gefahrensituation ihm einen Anlass dafür bot. Wenn er die Waffe gezogen hatte, dann tat er das für jeden sichtbar. Und sobald auch nur die leiseste Chance einer Schießerei bestand, forderte er Verstärkung an.

Auf einem Pfosten gegenüber landete eine Möwe und stieß ein hämisches Kreischen aus. Ein wenig erschreckt von dieser Naturerscheinung, drehte Glitsky sich hastig um und machte sich rasch auf die Suche nach einem geeigneten Versteck.

Er fand es in einem niedrigen scheunenähnlichen Gebäude, etwa zwanzig Meter vom Anfang des Piers entfernt. Es hatte weder eine Tür noch eine Rückwand, sondern war von halbhohen Trennwänden durchzogen, die es in mehrere vier mal drei Meter große Boxen unterteilte; vermutlich hatten sie einmal Pferde oder Rinder beherbergt. Auf dem Hinweg hatte Glitsky einen flüchtigen Blick hineingeworfen und war zu dem Schluss gekommen, dass die Trennwände kein gutes Versteck darstellten, da sie nur einen Meter zwanzig hoch waren und von hinten Licht hereinfiel.

Doch nun gefiel ihm der Schuppen aus denselben Gründen recht gut.

Er steckte die Waffe wieder weg. An der Rückseite des Gebäudes betrachtete er das Wasser und kehrte dann zur Vorderfront zurück. Wieder war eine Möwe – vielleicht war es auch dieselbe – auf einem nahe gelegenen Pfosten gelandet und stieß ein ohrenbetäubendes Gekreische aus. Als Glitsky sich in dem Schuppen umsah, fand er ein rostiges Scharnier, das er nach dem Vogel warf. Das Wurfgeschoss ging daneben und fiel mit einem explosionsartigen Geräusch ins Wasser. Die Möwe jedoch rührte sich nicht von der Stelle und krakeelte weiter.

Glitsky schob den Ärmel zurück und sah auf die Uhr. Es war zehn vor zwei. Der Wind pfiff durch die Ritzen. Im düstergrauen Himmel über ihm war kein Fleckchen Blau zu erkennen. Irgendwo zwischen den Hintergrundgeräuschen glaubte er, ein *Plopp* wie von einer zufallenden Autotür zu hören. Wieder blickte er auf die Uhr. Die Zeit schien stehen geblieben zu sein. Er stellte fest, dass seine Hände feucht von Schweiß waren.

Im asphaltierten Niemandsland erschien eine Gestalt. Es war ein Mann, allein und zu Fuß.

Nachdem Glitsky sich vergewissert hatte, dass es weder Gerson noch einer aus Panos' Mannschaft war, zeigte er sich und blieb in der Tür stehen, wo man ihn gut sehen konnte. Überraschungen unter bewaffneten Männern konnten rasch zu unliebsamen Zwischenfällen führen, und er hatte keine Lust, es darauf ankommen zu lassen. Noch nie im Leben hatte er eine solche Erleichterung empfunden, wie jetzt beim Anblick von John Holiday. Bis zu diesem Moment hatte er sich nicht eingestanden, dass er insgeheim mit Verstärkung gerechnet hatte. Jedenfalls war er sehr froh darüber.

Als Glitsky ihn heranwinkte, begann Holiday zu laufen. Kurz darauf standen sie gemeinsam in der dunklen Scheune und spähten nach draußen.

»Wo ist Dismas?«, erkundigte sich Glitsky.

»Keine Ahnung. Ich dachte, er wäre vielleicht bei Ihnen.«

»Nein.« Dann: »Sie sind allein gekommen? Warum?«

»Das habe ich mich auch schon gefragt.« Holiday zuckte die Achseln. »Sie haben Gerson erzählt, Sie würden mich ausliefern. Also dachte ich, dass es möglicherweise besser aussieht, wenn ich tatsächlich hier bin. Sozusagen damit Sie ein Gespräch eröffnen können.«

»Kann sein, dass er sich gar nicht blicken lässt«, wandte Glitsky ein.

»Und wenn er nicht aufkreuzt, müssen Sie mich festnehmen, ich weiß. Das haben wir heute schon mal durchgekaut.« Holiday zupfte an seinem Schnurrbart, wahrscheinlich, um ein Grinsen zu unterdrücken. »Tja, Lieutenant, ganz gleich, was passiert: Wenn es zu einem Kampf kommt, ist es doch wohl hauptsächlich meiner.«

Glitskys Blick glitt seinen Lammfellmantel hinab bis auf halbe Höhe des Oberschenkels. »Sind Sie noch bewaffnet, John?«

Diesmal konnte Holiday ein Schmunzeln nicht unterdrücken. »Ich weiß nicht, warum Sie diesen wunderschönen Nachmittag mit solchen Fragen verderben wollen. Nein, bin ich nicht. Mein Anwalt hat mir eröffnet, dass es gegen das Gesetz verstößt und dass mein heutiges Erscheinen Rückschlüsse auf meine Kooperationsbereitschaft zulässt. Wenn Sie darauf bestehen würden, mich zu durchsuchen, wäre ich wirklich gekränkt.«

Glitskys Ton klang belustigt, als er erwiderte: »Scheint, als hätten Sie wirklich mit Diz geredet. Ist Ihnen auf dem Herweg jemand aufgefallen? Wenn nicht, dachte ich, dass wir am besten hinter diesen Trennwänden warten, bis die Jungs an uns vorbeigegangen sind – falls überhaupt jemand kommt. Wie finden Sie das?«

»Sie führen das Kommando. Ich bin nur hier, um mit Ihnen in der Scheiße zu wühlen.«

Angesichts dieses Kraftausdrucks runzelte Glitsky die Stirn. Dann betrachtete er wieder das Niemandsland. »Wenn Gerson allein ist, lassen wir ihn passieren. Dann folge ich ihm. Sie bleiben hier und hören zu. Wenn wir beide zurückkommen, um Sie abzuholen und ins Justizgebäude zu bringen, werde ich Sie abtasten. Und es wäre schlau von Ihnen, wenn Sie sich bis dahin nicht bewaffnet hätten.« Ein kühles Lächeln. »Verstehen

Sie mich? Falls Sie versuchen zu fliehen – sagen wir mal durch die offene Rückwand –, haben Sie gute Chancen, erschossen zu werden. Habe ich mich klar genug ausgedrückt?«

»Ich verstehe immer besser, warum Dismas Sie so sympathisch findet.«

Glitsky nickte. »Er ist für seine miserable Menschenkenntnis berüchtigt.« Plötzlich kniff er die Augen zusammen und neigte leicht den Kopf. »Hören Sie das?«

Gerson musterte den Pier.

Durch das dunstige Nachmittagslicht spähte er die asphaltierte Straße entlang. Die letzten Gebäude da draußen waren kaum zu erkennen, und das Ende des Piers schien mit dem graugrünen Wasser der Bucht zu verschwimmen.

In der letzten Nacht hatte er kein Auge zugemacht. Dass er Thieu vom Dach gestoßen hatte – eine übereilte, spontane Aktion –, war womöglich ein Fehler gewesen. Nicht deshalb, weil man ihn des Mordes verdächtigen könnte, diese Wahrscheinlichlichkeit war sehr gering. Das Problem war vielmehr, dass er jetzt und bis in alle Ewigkeit unlösbar mit Panos verbunden sein würde. Denn natürlich wusste Wade über Thieu Bescheid. Wade war immer im Bilde. Er hatte angerufen, sobald er es erfuhr, und sagte, er freue sich über so viel Hilfsbereitschaft. Er werde nicht vergessen, wer seine Freunde seien. Auch schon beim Tod der Prostituierten im Gefängnis war er in Wades Machenschaften verstrickt gewesen, aber da hatte er wenigstens nicht selbst Hand angelegt. Jemand aus dem Büro des Sheriffs hatte das übernommen, und Gerson hatte nichts weiter zu tun brauchen, als die Angelegenheit einfach zu ignorieren.

Aber mit Thieu war es etwas anderes. Was nicht hieß, dass Gerson den selbstgerechten, neunmalklugen kleinen Mistkerl je sympathisch gefunden hätte. Doch als er bemerkte, wie die Schlinge sich um Nicks und Julios Hals zusammenzog, hätte er es zuerst mit einer anderen Strategie versuchen müssen – vielleicht hätte er Thieu Geld, eine Gehaltserhöhung oder einen

Job im Diamond Center anbieten sollen. Viel Geld fürs Nichtstun. Damit auch Thieu bis zum Hals mit drinsteckte.

Zumindest hätte er, Gerson, mit Wade reden und sich Rat holen müssen. Aber stattdessen hatte er die Nerven verloren.

Und nun stand er hier am Pier 70.

»Lieutenant!«

Gerson drehte sich um. Er war erst ein paar Meter den Pier entlanggegangen, und nun stand Glitsky hinter ihm.

»Lieutenant«, gab Gerson zurück und trat näher.

»Ich dachte, ich hätte Sie gebeten, sich nicht hier blicken zu lassen. Ich wollte Holiday selbst abliefern.«

Das Lächeln verflog. »Aber ich kann ihn nirgendwo sehen.«

»Und das dürfte auch so bleiben, wenn *er* Sie zuerst gesehen hat.«

»Früher oder später wird er das ohnehin – und zwar im Justizgebäude.«

Glitsky machte eine halbe Drehung, als wollte er sich umschauen, damit er unbemerkt den Revolver aus dem Schulterhalfter nehmen konnte. Jetzt würde er den Mistkerl verhaften und die Karten auf den Tisch legen.

Doch da ließ ihn eine Bewegung im Niemandsland aufmerken. Zwei Männer eilten auf den Pier zu, während ein dritter bereits in die Knie gegangen war und den Arm ausstreckte. Metall blitzte auf. Jemand zielte mit einer Waffe auf ihn.

Glitsky riss den Revolver aus dem Halfter und ließ sich blitzschnell nach links fallen. Im nächsten Moment gingen zwei Schüsse los. In der Schießausbildung wurden stets die Vorzüge von aus je zwei Schüssen bestehenden Salven gepriesen, und Glitsky rollte sich weiter, während es hinter ihm – diesmal viel näher, Gerson! – tatsächlich wieder zweimal knallte. Immer noch ohne Deckung, lag er auf dem Bauch und hielt den Revolver mit beiden Händen vor sich ausgestreckt.

Gerson war vielleicht fünfzehn Meter entfernt – ein Abstand, aus dem ein akkurater Treffer gerade noch möglich war – und hatte sich zur Seite gewandt, während er näher kam. So gab er kein besonders gutes Ziel ab, doch Glitsky legte dennoch auf seinen Oberkörper an, feuerte rasch zwei Schüsse ab und rollte sich weiter, während rings um ihn die Kugeln einschlugen. Er fand sich in einer Ecke wieder, wo ein Gebäude einen halben Meter weiter in die Straße ragte als seine Nachbarn. So war er zwar ein wenig vor Gerson geschützt, allerdings vom Anfang des Piers aus noch immer gut zu sehen, wo Sephia, Rez und Roy Panos vorrückten. Inzwischen hatten sie den Pier erreicht.

Er musste sich dennoch vor Gerson in Acht nehmen, der sich um den Schuppen herum heranpirschen würde, der auch Glitsky als Kugelschutz diente. Andererseits musste er auch das Feuer auf das Trio eröffnen, sonst war er ein toter Mann. Gerade hatte er sich aufgerappelt, als erneut eine Salve losging und eine Kugel nur wenige Zentimeter von seinem Kopf entfernt in den Putz einschlug.

An der Hausecke angekommen, feuerte er noch einmal auf gut Glück auf Gerson, wirbelte herum und stellte fest, dass die Salve, die er gehört hatte, offenbar von John Holiday in der Scheune abgefeuert worden war. Die Killer kamen auf ihn zugeschlendert – beinahe lässig, da sie glaubten, ihn in der Falle zu haben. Doch schon im nächsten Moment wälzte sich Roy Panos auf dem Boden und schrie, er sei getroffen worden. Sephia und Rez stoben auseinander und pressten sich an die Fassaden, um vor dem unerwarteten Beschuss in Deckung zu gehen.

Gerade hatten sie die kugelsicheren Westen angezogen, als sie die ersten Schüsse von der Straße hörten. McGuires Pick-up raste über das Niemandsland, sodass der Kies in alle Richtungen spritzte, und kam schleudernd am Anfang von Pier 70 zum Stehen.

Hardy sprang aus dem Wagen, bevor er richtig gestoppt hatte. Die Situation war ihm auf den ersten Blick klar. Es war bereits eine heftige Schießerei im Gange; beißender Pulverdampf lag in der Luft. Ein Mann lag auf dem Boden, Glitsky saß irgendwo mitten im Getümmel fest, Sephia und Rez hatten sich in zwei Schuppeneingänge verkrochen, und ein anderer Mann, den Hardy nicht kannte, drückte sich an die Wand eines Lagerhauses.

Als Sephia und Rez ihn bemerkten, eröffneten sie ohne zu zögern das Feuer.

Eine Kugel prallte von der Motorhaube des Pick-ups ab.

McGuire, der schutzlos auf der Fahrerseite saß, duckte sich, rutschte hinüber, kroch aus dem Wagen, kauerte sich, das Gewehr in der Hand, neben Hardy hinter den Vorderreifen und hielt Ausschau. Als auf dem Pier ein weiterer Schuss hallte, sah er, wie Sephia und Rez wieder in Deckung gingen.

»Wer ist das?«, fragte McGuire.

»Keine Ahnung«, erwiderte Hardy. »Aber wenn er auf diese Typen schießt, gehört er offenbar zu uns.«

»Ja, aber er ballert trotzdem in unsere Richtung. Was soll dieser Mist.«

»Das passiert eben, wenn alle in einer Reihe stehen.«

Und genau das war offensichtlich das Problem. Von seinem Standort aus konnte McGuire nicht mit dem Gewehr auf einen Gegner schießen, der sich zwischen ihm und Glitsky befand, weil eine verirrte Kugel den Lieutenant hätte treffen können. Und aus demselben Grund zielte jeder Schuss von Glitksy – ebenso wie von Holiday (Hardy und McGuire wussten nicht, dass er es war) – mehr oder weniger in ihre Richtung. Deshalb hätten sie sich eigentlich über Eck zu ihren Gegnern positionieren müssen, doch jeder Versuch, die Stellung zu wechseln, war lebensgefährlich.

Weitere Schüsse schlugen in den Pick-up ein, sodass der Wagen erzitterte.

»Fünfundvierziger«, stellte Hardy fest.

»Wir müssen sie unter Druck setzen«, sagte McGuire.

In diesem Augenblick kam John Holiday, der sich offenbar dieselben Gedanken zum Thema Angriffswinkel gemacht hatte, aus dem schützenden Schuppen gestürmt. Nachdem er drei oder vier Meter weit in die Mitte der Straße gelaufen war, blieb er unvermittelt stehen, wirbelte herum und legte fast quälend langsam mit beiden Händen auf Gerson an, der ebenfalls abdrückte und sich fallen ließ.

Holiday gab den ersten Schuss ab, aber dann sank er zu Boden.

»Jetzt! Jetzt! Jetzt!«, brüllte McGuire.

Weitere Schüsse knallten auf dem Pier, doch sie hatten keine Zeit, um sich zu überlegen, was genau geschah. Alles war in Bewegung, und Hardy konzentrierte sich auf Sephia und Rez, während McGuire die von Holiday geschaffene Ablenkung nutzte, um das Heck des Pick-ups zu umrunden. »Wir kommen, Abe!«, rief Hardy, stürmte hinter dem Wagen hervor und folgte McGuire mit zwei Schritten Abstand. Tief geduckt eilten die beiden weiter.

»Nach rechts, nach rechts!«, schrie McGuire und riss das Gewehr hoch.

Als Hardy, immer noch im Laufschritt, den Pier erreichte, bemerkte er Sephia, der sich weiter vorn auf dem Pier in einen Hauseingang kauerte. Moses würde sich um ihn kümmern.

Rez war seine Aufgabe. Er stand etwa zwei Meter dichter zum Anfang des Piers. Mit der linken Hand hob Hardy die Pistole und versuchte, rasch anzulegen und zu feuern. Doch er hatte nicht mehr an den gebrochenen Knochen in seiner Hand gedacht. Sein Griff war zu schwach, der Rückstoß riss ihm die Waffe aus der Hand, sodass sie scheppernd auf den Asphalt fiel.

Ein ohrenbetäubendes Getöse ertönte, als Sephia das Feuer eröffnete und sein Magazin leer schoss. McGuire richtete sich auf und feuerte kurz aufeinander zwei Schüsse ab. Aus dem Augenwinkel sah Hardy, wie Sephia zurückgeschleudert wurde. Glasscherben rieselten auf ihn hinab, als er in sich zusammensackte.

Doch Rez hatte inzwischen eine Automatik in jeder Hand. Beide Arme waren ausgestreckt. Er schien zu lachen, während er auf Hardy zielte, der sich nur knapp fünf Meter vor ihm befand. Hardy, der einen verzweifelten Satz nach seiner Waffe machte, spürte einen Schlag gegen die Brust; er stürzte zur Seite und landete dann auf dem Rücken.

John Holiday lag auf dem Boden mitten auf dem Pier.

McGuire und Hardy griffen vom Pick-up aus an.

Es war Glitskys einzige Chance, seine Position zu ändern, und er ergriff sie, indem er sich von der Hauswand löste und gleichzeitig versuchte, Gersons Position auszumachen. Er war zwischen Gerson und der Panos-Bande eingekeilt gewesen und konnte diese Stellung unmöglich länger halten. Nun hatte er durch Holidays Eingreifen und das Eintreffen des Pick-ups ein paar Sekunden gewonnen.

Hinten, am Anfang des Piers, hörte Glitsky einen Gewehrschuss, dann noch einen, gefolgt von mehreren Schüssen aus einer Pistole. Offenbar feuerte jemand mit beiden Händen eine Automatik ab. Ein rascher Blick sagte ihm, dass Hardy am Boden lag.

Im Zickzackkurs stürmte Glitsky aus dem schützenden Schuppen.

McGuire, der noch als Einziger auf dem Pier sichtbar war, hatte zwei Schüsse auf Nick Sephia abgegeben. Auch wenn dieser das überleben sollte, war Glitsky sicher, dass er keine Karriere als Tänzer mehr machen würde. McGuire hatte die Geschosshülsen ausgeworfen und schickte sich gerade an nachzuladen. Das kostete Zeit, ein paar Sekunden nur, und Rez nutzte sie, um aus seinem Versteck hervorzupreschen. Die Automatik in der ausgestreckten Hand, stieß er einen wilden Kriegsschrei aus, als er auf McGuire zustürzte. Als er auf einen guten Meter herangekommen war, legte er mit der Rechten auf McGuires Kopf an und drückte ab.

Aber es geschah nichts. Die Waffe hatte Ladehemmung. Rez starrte sie wütend an und schleuderte sie dann zu Boden. Glitsky, der nur knapp sechs Meter entfernt in der Tür eines Schuppens in Deckung gegangen war, konnte förmlich spüren, wie Rez mit einem Mal klar wurde, dass er ja noch eine Waffe in der anderen Hand hielt. Doch im selben Moment, als Rez den linken Arm hob, ließ McGuire den Lauf einrasten.

Gleichzeitig hatte sich Glitsky gegen die Tür gelehnt, er zielte, umfasste den Revolver mit beiden Händen und drückte zweimal ab. Die erste Kugel traf Rez unter dem rechten Arm und durchschlug Lunge und Herz, die zweite ging ins Leere. Doch sie wäre auch nicht nötig gewesen. Nicht einmal ein Erschießungskommando hätte schnellere Arbeit leisten können, denn Rez war tot, noch ehe er den Boden berührte.

Das Echo der Schüsse war noch nicht verklungen, als gleichzeitig zwei weitere zu hören waren. Der eine kam vom Anfang des Piers her, der andere knallte in Glitskys Rücken. Als er, die Waffe mit beiden Händen umfassend, herumwirbelte, sah er Gerson, der keine drei Meter von ihm entfernt im Zeitlupentempo die verputzte Wand des benachbarten Lagerhauses hinunterglitt und eine Blutspur an der schmuddeligen Mauer hinterließ. Wieder drehte Glitsky sich um und sah, wie Dismas sich, die Pistole in der Hand, langsam aufrappelte und Moses auf ihn zulief.

Eine jähe Totenstille senkte sich auf die Szenerie, sodass Glitsky sich wie gelähmt fühlte. Er ließ die Hände sinken und lehnte sich schwer an Tür des Schuppens. Doch dann fiel sein Blick auf Holiday, der Glitsky eindeutig das Leben gerettet hatte. Reglos lag er auf dem Asphalt. Wenn er noch lebte, musste er, Abe, jetzt einen Krankenwagen rufen. Jede Sekunde zählte.

Im nächsten Augenblick scharten sich Glitsky, Hardy und McGuire um ihren am Boden liegenden Verbündeten. Holiday bewegte sich nicht. Glitsky ging in die Hocke und tastete nach der Stelle an Holidays Hals, wo der Puls sein musste. Plötzlich durchschnitt eine Frauenstimme die Stille.

»Runter mit dem Ding!«, befahl sie. »Passt auf, Jungs!« Alle drehten sich um, zogen die Waffen und gaben beinahe gleichzeitig eine letzte Salve ab.

Langsam näherte sich Gina Roake der Leiche des Mannes, der sich umgedreht und auf sie geschossen hatte, als sie den Warnschrei ausstieß.

Jetzt lag Roy Panos flach auf dem Boden, die Waffe ausgestreckt und noch immer auf Gina gerichtet. Wenn sie nicht gerufen hätte, hätte er zumindest einen von ihnen getötet. Keiner hatte mehr damit gerechnet, dass er noch am Leben war.

Die Pistole auf den Kopf des Toten gerichtet, stand sie vor ihm und versetzte ihm einen Tritt, als wäre er eine tote Ratte. Dann wandte sie den Blick zu den drei Verbündeten und kam mit hängenden Schultern auf sie zu.

Keiner der Beteiligten hätte hinterher zu sagen vermocht, wie lange die Schießerei gedauert hatte. Aber alle hätten schwören können, dass es mindestens zehn Minuten gewesen waren. Doch in Wahrheit waren zwischen dem ersten und dem letzten Schuss in dieser Schlacht nur eine Minute und zweiundzwanzig Sekunden vergangen.

31

Len Faro blieb kurz am erleuchteten Rand des Tatorts stehen, bevor er über die Absperrung trat. Dabei dachte er, dass die letzten beiden Wochen wohl die blutigsten gewesen waren, die er seit seinem Dienstantritt erlebt hatte. Bei seiner Ankunft an Pier 70 dämmerte es bereits, und es herrschte geschäftiges Treiben. Drei Fernsehteams, einige Rundfunkreporter, sechs Streifenwagen, ein paar Zivilfahrzeuge, zwei Krankenwagen und der Transporter des Gerichtsmediziners standen kreuz und quer auf dem Platz vor dem Pier. Die Limousine gehörte, so vermutete Faro, einem hohen Tier bei der Stadt.

Aber dann, so grübelte er weiter, konnte es sich kaum um eine Bandenschießerei handeln, womit man in diesem Teil der Stadt immer wieder rechnen musste. Er schlängelte sich durch die Autos, zeigte dem Uniformierten am Absperrband seine Dienstmarke und stieg darüber. Die Scheinwerfer von Fernsehkameras und Fahrzeugen erleuchteten den Tatort. Doch selbst ohne das helle Licht hätte Faro auf den ersten Blick erkannt, was für ein Gemetzel sich hier abgespielt hatte.

Er erreichte die erste Leiche, die gleich am Anfang des Piers lag, und wandte sich an das Spurensicherungsteam von der Tagschicht, das den Toten untersuchte. »Bandenschießerei?«, fragte er Gretchen, die an diesem Abend Dienst habende Fotografin. Schließlich lagen deutlich sichtbar vier Leichen herum, und womöglich befanden sich weitere in den Gebäuden. So ein

Blutbad kannte Faro bis jetzt nur im Zusammenhang mit Schüssen aus fahrenden Autos oder Racheaktionen im Dunstkreis des organisierten Verbrechens.

Doch auch Gretchen wirkte verstört, eine Frau, für die Gewalt buchstäblich Alltag bedeutete. »Gerson«, sagte sie. Zuerst verstand er das als Frage, ob der Lieutenant bereits verständigt und zum Tatort gerufen worden sei.

»Wahrscheinlich schon«, begann er und hielt dann inne. »Was ist mit ihm?«

Sie wies mit dem Kopf etwa fünfzehn Meter den Pier hinauf, wo eine andere Männergruppe einen weiteren Toten umringte, der an einer blutverschmierten Mauer lehnte. War das da drüben etwa Frank Batiste? Der stellvertretende Polizeichef erschien nie an einem Tatort, wenn nicht etwas ausgesprochen Ungewöhnliches vorgefallen war. Faro begann zu laufen und stand fünf Sekunden später neben der Gruppe: Cuneo und Russell von der Mordkommission, John Strout, der leitende Gerichtsmediziner, und zwei Spurensicherungsexperten von der Tagschicht. Alle hatten wegen des schneidenden Windes die Hände in den Taschen vergraben. Um sie zu erreichen, musste Faro eine dritte Leiche auf dem Pier passieren, die unter einem Haufen von Glasscherben in einer Tür lag. Die Gesichter anderer Inspectors von der Mordkommission – Darrel Bracco, Sarah Evans, Marcel Lanier – tauchten plötzlich inmitten der Menschenschar auf.

Schließlich hatte sich Faro einen Weg zu dem Opfer gebahnt. Mein Gott, dachte er.

Barry Gersons Augen standen offen. Niemand hatte ihn bislang bewegt, und er saß mit fast ausgestreckten Beinen und leicht nach rechts geneigt. Als Faro sich vorbeugte, erkannte er zwei kleine Löcher vorn an seiner Jacke. Er richtete sich auf und ließ den Blick durch die Runde wandern. »Wie ist das passiert?«

»Wir sind gerade dabei, uns einen Reim darauf zu machen, Sergeant.« Batiste hatte sich in der Mordkommission hochgearbeitet – er war vor Glitsky Lieutenant gewesen –, und er kannte sich mit Mordfällen aus. »Ich habe von diesen Inspectors« – er wies auf Cuneo und Russell – »gehört, dass diese Männer eine gemeinsame Vergangenheit haben.«

Faro, der kein Wort verstand, betrachtete den toten Lieutenant und wandte sich dann wieder an Batiste. Aber Cuneo wies den Pier entlang und erwiderte: »Der erste Tote da hinten ist John Holiday, Len. Dahinter liegt Roy Panos. Sagen Ihnen die Namen was?«

»John Holiday kenne ich zwar nicht«, erwiderte Faro, »aber natürlich seinen Namen.« Er hielt inne, da er wusste, dass seine nächsten Worte einschlagen würden wie eine Bombe. Doch es war seine Pflicht, sie auszusprechen. »Ich war vor ein paar Nächten in seiner Wohnung. Mit Paul Thieu.«

Alle Köpfe fuhren ruckartig zu ihm herum. Russell und Cuneo wechselten einen bedeutungsschweren Blick. »Und was hatten Sie beide dort zu suchen?«, fragte Cuneo.

»Holiday war schließlich unser Verdächtiger«, ergänzte Russell.

Batiste erwiderte ärgerlich: »Verschonen Sie mich mit diesem Mist! Sergeant, soll das heißen, Paul Thieu war auch daran beteiligt?«

»Es macht ganz den Eindruck, Sir, finden Sie nicht?«

»Und deshalb hat er sich umgebracht?«

»Daran muss es nicht gelegen haben«, wandte Cuneo ein. »Vielleicht hatte er auch andere Gründe.«

»Oder es war gar kein Selbstmord«, sagte Faro. »Möglicherweise hat ihn ja jemand umgelegt.«

»Warum denn?«, sagte Russell schnell.

»Keine Ahnung. Um ihn zum Schweigen zu bringen?«

»Worüber?«, fragte Cuneo.

Faro zuckte die Achseln. Er hatte keine Antwort darauf. Stattdessen deutete er auf die übrigen Leichen. »Und wer sind die anderen?«

Batiste nannte die Namen. Als Faro sie hörte, nickte er. »Erst gestern, Sir, hat Inspector Thieu mich gebeten, die Fingerabdrücke, die wir in Holidays Wohnung gefunden hatten, mit denen dieser Typen zu vergleichen. Sie waren in Holidays Wohnung gewesen.«

»Und was sagt uns das?«

»Ich weiß nicht, Sir.« Faro blickte sich um. »Holiday und diese Männer müssen etwas gemeinsam gehabt haben.«

Dem stellvertretenden Polizeichef gefiel diese Entwicklung der Dinge gar nicht, was ihm auch deutlich anzumerken war. Er bedachte die Umstehenden mit finsteren Blicken, betrachtete dann die Leichen von Gerson und Holiday und musterte den Tatort. »Was zum Teufel wird hier gespielt? Hat jemand einen Vorschlag?«

»Sie halten hier die Stellung«, meinte John Strout. »Ich mache währenddessen einen kleinen Spaziergang und besuche meine restliche Kundschaft. Jimmy.« Der Gerichtsmediziner marschierte, begleitet von einem Spurensicherungsexperten, den Pier entlang.

Nachdem er fort war, wechselten Cuneo und Russell noch einen Blick, der Batiste nicht entging. »Raus mit der Sprache, Leute. Wenn Sie auch nur glauben, dass Sie etwas wissen, wäre jetzt der richtige Moment, es auszusprechen.«

Cuneo räusperte sich. »Lincoln und ich haben letztens mit Roy Panos zusammengearbeitet.« Er zeigte mit dem Daumen. »Das ist der erste Tote da hinten.«

»Was meinen Sie mit *zusammengearbeitet*?«, hakte Batiste nach.

»Er war Wachmann ...«

»Ein Verwandter von Wade?«

»Ja, Sir. Sein Bruder. Er war unser Informant.«

»In welchem Zusammenhang?«

»Anfangs im Mordfall Silverman. Dann im Mord an Matt Creed, auch einem Mitarbeiter von Panos ...« Das Eingeständnis fiel Cuneo schwer. Wieder räusperte er sich. »... und im Doppelmord im Tenderloin.«

Batiste verschränkte die Arme. »Soll das heißen, dieser Panos war ein Informant in sage und schreibe vier Mordermittlungen?«

Russell sprang für seinen Partner in die Bresche. »Es bestand ein Zusammenhang, Sir.«

»Das will ich auch schwer hoffen. Gut. Und was hatte Paul Thieu damit zu tun?«

Wieder wechselten die beiden Männer von der Mordkommission einen Blick. Irgendwann wurde es sowieso ans Licht kommen, also setzte Cuneo seine Beichte fort. »Er war ursprünglich für Creed und die Morde im Tenderloin zuständig.«

Batiste verstand nicht ganz. »Aber dann wurden die Fälle Ihnen beiden zugeteilt?«

»Richtig.« Cuneo nickte. »Der Lieutenant hat sie uns übertragen. Schließlich bestand ein Zusammenhang zum Fall Silverman, in dem wir bereits ermittelten. Er fand das die praktischste Lösung.«

»Aber Thieu hat trotzdem weiterermittelt? Warum sollte er das tun?« Als Batiste dafür nur verständnislose Blicke erntete, wandte er sich wieder an Faro. »Sergeant, mich würde interessieren, was Sie dazu beizutragen haben.«

Faro zupfte an seinem Kinnbärtchen. »Offenbar hatte er ein paar Zweifel.«

»Was für Zweifel?«

»Was die Indizien am Tatort im Tenderloin anging.«

»Das hat er Ihnen gesagt?«

»Nur andeutungsweise.«

»Nichts Genaues also?«

»Nicht wirklich, Sir. Falls er mehr wusste, hat er es mir verschwiegen.«

»Und welchen Grund hat er Ihnen genannt, als Sie zu Holiday fuhren? Worum ging es da?«

»Ich sagte doch bereits; wir wollten Fingerabdrücke sicherstellen.« Faro drehte sich zu den Inspectors um. »Er meinte, er wolle euch einen Gefallen tun.«

»So ein Schwachsinn«, erwiderte Cuneo. »Wir haben ihn nicht darum gebeten.« Er war wütend und gab sich keine Mühe, das zu verbergen. Wenn Batiste nicht dagewesen wäre, hätte er Faro vermutlich eins übergezogen. »Eine derartige Anfrage hätten wir direkt an die Spurensicherung gerichtet, Len, wie wir es immer tun, und das wissen Sie ganz genau. Das macht mich wirklich sauer«, fügte er hinzu.

Batiste achtete nicht auf ihn. »Also gut.« Er wies auf Cuneo und Russell. »Schreiben Sie das in Ihren Bericht, am besten ganz oben.« Wieder betrachtete er die Umgebung. »Was zum Teufel ist hier passiert? Was hatte Barry hier draußen zu suchen? Es muss etwas mit diesem Bewachungsunternehmen zu tun haben, glauben Sie nicht? Wie viele Mitarbeiter dieser Firma sind dabei umgekommen?«

»Zwei«, entgegnete Russell. »Roy Panos und Matt Creed.«

»Eigentlich müssen wir Nick Sephia auch dazuzählen«, ergänzte Cuneo. »Er hat früher für Panos gearbeitet und ist außerdem sein Neffe.« Er wies auf die Leiche. »Der da drüben in der Tür ist es.«

»Mist.« Batiste seufzte tief auf. »Hat schon jemand Wade angerufen? Wo ist Lanier?« Er drehte sich um und rief: »Marcel!«

Lanier, der neben Sephias Leiche gekauert hatte, kam herbeigelaufen. »Ja, Sir?«

»Sie sollten versuchen, Wade Panos zu erreichen, damit er auf der Stelle hierher kommt. Sein Bruder Roy und sein Neffe Nick sind unter den Toten. Möglicherweise weiß er was.«

»Was glauben Sie?«, fragte Lanier.

»Dass jemand, der für Panos arbeitet, eine Art Abkommen treffen wollte.«

»Nicht mit Holiday«, wandte Cuneo ein. »Panos und er konnten sich nicht leiden.«

»Wie interessant«, sagte Batiste. »Dann frage ich mich, wo er war, als das hier passiert ist. Tja, dazu kommen wir noch. Ach, Marcel, habe ich nicht irgendwo gelesen, Sie hätten die Prüfung zum Lieutenant bestanden?«

»Ja, Sir.«

»Gut, herzlichen Glückwunsch. Dann leiten Sie jetzt den Laden hier.« Er wies in die Runde. »Die Beamten erstatten Ihnen Bericht, und Sie kommen damit zu mir. Ich weiß, Sie werden mir eines Tages dafür danken. Leute« – der stellvertretende Polizeichef wandte sich an Cuneo und Russell –, »Marcel ist jetzt der Boss, okay?« Dann drehte sich Batiste um, betrachtete Barry Gersons Leiche, ging in die Hocke und schüttelte bedruckt den Kopf. »Was zum Teufel haben Sie sich dabei gedacht, ohne Verstärkung herzukommen?«

Marcel Lanier war nun schon seit zwanzig Jahren bei der Mordkommission. In dieser Zeit hatte er die gleiche Einstellung gegenüber Wade Panos entwickelt wie Glitsky. Auch als er letztens die Kluft zwischen seinem alten und neuen Chef hatte überbrücken wollen, war das Bewachungsunternehmen Gegenstand der Auseinandersetzung gewesen. Doch der Schuss war nach hinten losgegangen.

Das hatte nicht unbedingt zu einer positiven Einstellung gegenüber Wade Panos geführt, und er wollte ihm in der Vernehmung ein wenig auf den Zahn fühlen. Bevor er Cuneo und Russell ins Labor geschickt hatte, um Thieus Fingerabdruckaktion abzuklären, hatte er die beiden Inspectors aufgefordert, die Ereignisse seit Sam Silvermans Tod und ihre Deutung kurz für ihn zusammenzufassen. Die Rolle, die Roy und Wade Panos darin gespielt hatten, erschien ihm, gelinde gesagt, äußerst merkwürdig.

Lanier hielt sich nun schon seit über drei Stunden am Pier 70 auf, und seit seiner Ankunft hatte sich seine Laune nicht unbedingt gebessert. Inzwischen war er durchgefroren bis aufs Mark. Von der ihm so plötzlich aufgebürdeten Verantwortung fühlte er sich ein wenig überfordert, und er war angeekelt von dem Grauen, das er hatte mit ansehen müssen. Die Medienvertreter hatten sein Missvergnügen – wenn das überhaupt möglich war – noch gesteigert. Überall am Pier hatten Reporter ihre Lager aufgeschlagen und prügelten sich nun förmlich um Exklusivinterviews und Sensationsnachrichten. Angestrahlt vom künstlichen Licht der Polizeischeinwerfer, waren alle fünf Leichen untersucht, verpackt und abtransportiert worden. Doch die Spurensicherungsteams durchkämmten noch immer Zentimeter um Zentimeter den Pier.

Panos war mit seinem Anwalt – seinem *Anwalt*? – eingetroffen, gerade noch rechtzeitig, um zu sehen, wie sein Bruder und sein Neffe in den Wagen des Gerichtsmediziners verladen wurden. Lanier hatte Wade Panos und seinen Rechtsbeistand höflich gebeten, sich ein wenig zu gedulden. Er wolle Panos ein paar Fragen stellen, um einen Teil des Geheimnisses gleich an Ort und Stelle lüften zu können. Dann hatte er so getan, als hätte er alle Hände voll damit zu tun, den verschiedenen Teams Anweisungen zu erteilen, sodass aus den wenigen Minuten eine halbe Stunde wurde.

Nun klopfte Lanier an die Scheibe von Panos' Wagen, öffnete die rückwärtige Tür und stieg ein. Er streckte die Hand aus, schüttelte die von Panos und sprach ihm – ganz der nette Kerl – sein Beileid aus. Dann zückte er das tragbare Aufnahmegerät und stellte es, nachdem er um Einverständnis gebeten hatte, zwischen sie auf die Lehne des Sitzes. Er kam sofort auf den Punkt. »Also, haben Sie eine Vorstellung davon, was da passiert sein könnte?«

»Aber natürlich habe ich eine, und zwar eine verdammt gute.«

»Dann erzählen Sie mal.«

»Er hat doch nicht wirklich gesagt, dass er glaubt, ich sei tatsächlich *dort* gewesen.« Ungläubig schüttelte Glitsky den Kopf. »Der Typ hat vielleicht Nerven. Gibt es irgendwelche Indizien dafür?«

»Du hast doch hoffentlich nicht irgendwo deine Initialen eingeschnitzt, oder, Abe?«, sagte Treya, die völlig ruhig wirkte. »Das ist eine alte Unart, die er sich abzugewöhnen versucht, Marcel. Wohin er auch kommt. Wehe, es gibt einen Baum … Er ist schlimmer als ein Hund.«

Lanier schmunzelte. »Da sind keine Bäume. Auch keine Initialen.«

»Wie soll ich es bloß ausdrücken, Marcel? Ob es wohl daran liegt, dass ich nicht dort war?«

Glitsky hatte die Beine übereinander geschlagen, sich auf dem Sofa zurückgelehnt und einen Arm um seine Frau gelegt. Es war kurz vor acht Uhr, und die Familie, einschließlich des Großvaters, hatte vor etwa zwanzig Minuten das Abendessen beendet. Wegen Inspector Laniers Besuch hatte Nat sich erboten, ein Auge auf Rachel in ihrem Laufstall zu haben, während er das Geschirr spülte. Sie konnten hören, wie er Lieder aus *Anatevka* sang, um die Kleine bei Laune zu halten. Lanier saß den Glitskys gegenüber in einem Sessel, eine Cola light vor sich auf dem Tisch.

Nun zog er eine verdrießliche Miene. »Ich muss dich das fragen, Abe. Panos hat nicht direkt behauptet, dass du dort warst, aber er hat angedeutet, es könnte so gewesen sein. Und als ich erfuhr, dass du nicht im Büro gewesen bist ...«

»Klar, kein Problem, das würde mir genauso gehen.« Glitsky beugte sich vor. »Schau, ich mache kein Geheimnis daraus, Marcel, dass Panos nicht unbedingt ein Freund von mir ist. Wann habe ich dir von ihm erzählt? Vor einer Woche? Damit du Barry warnen konntest. Allerdings hat das offenbar nichts genützt.«

»Aber du warst nicht im Büro.«

»Stimmt. Und ich war auch nicht krank. Wo war ich also?«

»Richtig. Das ist die Frage.«

»Um welche Uhrzeit geht es ungefähr?«

»So gegen zwei.«

Glitsky musste nicht lange überlegen. »Ich war mit Gina Roake in David Freemans Wohnung. Du kennst doch Freeman?«

»Klar.«

»Tja, vielleicht hast du es noch nicht gehört, leider ist er heute im Krankenhaus gestorben. Gegen Mittag. Gina wollte einen Anzug von Freeman für die Beerdigung raussuchen, und ich dachte, es wäre besser, wenn ihr jemand dabei Gesellschaft leistet. Sie war total fertig, Marcel. Jedenfalls war der Anzug, den sie fand, nicht mehr zu gebrauchen, und sie hatte vergessen ... Es war ein langer Nachmittag. Tut mir Leid, aber sie wird es bestätigen. Außer, Panos unterstellt ihr, dass sie auch dabei war. Draußen am Pier, meine ich.«

»Sie könnte eine Haubitze dabeigehabt haben«, sagte Treya. »Habt ihr Geschosse von einer Haubitze sichergestellt, Marcel?«

»Aber, aber«, meinte Glitsky zu seiner Frau. »Er macht nur seinen Job.«

»Ich finde das alles schrecklich.« Treya stand auf. »Tut mir Leid, Marcel, aber ich bin in letzter Zeit ein bisschen reizbar.« Sie ging in die Küche.«

»Gina Roake wird mein Alibi bestätigen, Marcel. Ich war bei ihr. Wenn sie nicht im Büro ist«, fuhr er fort, »R-O-A-K-E – versuch es in Freemans Kanzlei. Die wissen sicher, wo sie steckt. Dismas Hardy hat wahrscheinlich auch ihre Nummer.«

Lanier notierte sich alles in seinen Block und seufzte auf. »Okay, noch eine Frage, Abe, wenn es dir nichts ausmacht. Wie konnte also Roake dich erreichen, wenn du doch bei Hardy im Büro warst?«

Glitsky lehnte sich entspannt zurück. »Sie ist vorbeigekommen, um in Freemans Kanzlei nach dem Rechten zu sehen, und Hardy hat sein Büro im selben Gebäude. Wir waren gerade fertig, und Gina brauchte jemanden, der sie in Freemans Wohnung begleitet. Also bin ich eben mitgefahren. Als guter Samariter.«

»Und was wolltest du bei Hardy?«

»Deshalb habe ich mir doch zwei Tage freigenommen. Wir haben gemeinsam versucht, jemanden dazu zu bringen, gegen die Typen, die heute erschossen worden sind, zu ermitteln.«

»Warum?«

»Weil wir bedroht wurden und Hardy glaubte, die Übeltäter zu kennen.« Hardy, Glitsky, McGuire und Gina Roake hatten sich darauf geeinigt, sich bei den gewiss folgenden Vernehmungen so nah wie möglich an die Wahrheit zu halten. »Und ich war derselben Ansicht.«

»Und wen wolltet ihr überzeugen? Management und Personalführung?« Damit war die frühere Abteilung für interne Angelegenheiten gemeint, die wegen Dienstvergehen ermittelte.

»Nein. Sagen wir mal, Hardy hat sich an ein paar Richter gewandt, während ich eine andere Strafverfolgungsbehörde informiert habe.«

»Außerhalb der Polizei? Soll das heißen, du warst beim FBI?«

»Ich habe mit einer anderen Behörde gesprochen«, wiederholte Glitsky. »Doch das ist jetzt sowieso hinfällig, Marcel. Es geht nur darum, dass ich einen Teil dieser Arbeit in Hardys Kanzlei erledigt habe, weil es im Justizgebäude zu einer peinlichen Situation hätte kommen können.« Glitsky, die personifizierte Unschuld, breitete die Hände aus. »Du weißt doch, dass Gerson mich gleich nach unserem Gespräch in der Sache Silverman zurückgepfiffen hat.«

»Na und?«

»Tja, ich konnte mich aber nicht raushalten.« Wieder lehnte er sich zurück und setzte eine sachliche Miene auf. »Schau, Silvermans Witwe ist eine Freundin von mir. Sie hatte eine Frage und hat sich deshalb an mich gewandt. Ich habe sie an Cuneo und Russell weiterverwiesen. Dann hatte Paul Thieu Zweifel wegen einiger Indizien und kam damit ebenfalls zu mir.«

»Und du hast mit ihm gesprochen?«

»Kurz.«

»Glaubst du, es könnte mit seinem Tod zu tun haben?«

»Ich halte es für möglich. Selbstmord begangen hat er bestimmt nicht.«

»Und wer hat ihn umgebracht?«

»Keine Ahnung, Marcel. Ich wünschte, ich wüsste es.«

Lanier verzog das Gesicht. »Ein objektiver Beobachter könnte behaupten, dass du in die Sache verwickelt warst, Abe.«

»Das habe ich auch nie abgestritten. Nachdem meine Familie bedroht wurde, habe ich die Sache selbst in die Hand genommen. Das hättest du genauso getan.«

»Gut. Und genau das hat Panos heute auch behauptet. Nämlich, dass du die Jungs umlegen wolltest. Die Typen, die erschossen wurden.«

»Und Barry Gerson wollte ich auch ans Leder?« Glitsky gestattete sich einen leicht ironischen Unterton. »Und zwar mit der Unterstützung von John Holiday, der wegen Mordes gesucht wurde? Soll das heißen, du glaubst, dass ich die Finger mit im Spiel hatte, Marcel?« Er lehnte sich zurück, und sein Tonfall wurde versöhnlicher. »Ich habe versucht, eine koschere Lösung zu finden.« Er seufzte. »Also gut. Am besten sage ich dir die Wahrheit. Kennst du Bill Schuyler vom FBI? Sprich mit ihm.«

»Und was hatte Hardy damit zu tun?«

»Hardy war überzeugt, dass diese Typen Holiday ein Verbrechen anhängen wollten. Er hat mit einigen Richtern telefoniert. Da kannst du dich ebenfalls erkundigen. Pass auf, Marcel, ich weiß nicht, was Barry – und auch Holiday – am Pier wollten, aber diese Kerle waren schlechte Menschen, und es wundert mich nicht, dass es ihnen endlich jemand heimgezahlt hat. Aber wenn du glaubst, dass ich dort war oder etwas damit zu tun habe ...« Er ließ die Worte im Raum schweben.

Mit einem tiefen Seufzer stellte Marcel sein leeres Glas auf den Tisch. »Wenn du nicht dort warst, warst du eben nicht dort, Abe. Ich muss nur alle Punkte abklären. Richte deiner Frau aus, es täte mir Leid, wenn ich sie aufgeregt habe. Entschuldige die Störung.«

Lanier ging zur Tür, und Glitsky hielt sie ihm auf. »Wenn wir Panos mal außer Acht lassen, Marcel, wie viele Leute werden wohl dort gewesen sein?«

Laniers Augen blickten müde. »Laut Spurensicherung mindestens sechs, vielleicht sogar zehn. Jede Menge Kanonen verschiedenen Kalibers, aber einer kann auch mehrere Waffen dabeigehabt haben. Auf jeden Fall ein Gewehr. Möglicherweise waren es ja auch siebentausend Mazedonier in voller Kriegsausrüstung.« Erschöpft zuckte er die Achseln. »Frag nicht, Abe, wir tappen alle im Dunkeln.«

»Das war Norma«, verkündete Hardy, »aus der Kanzlei.«

Frannie, die am Esstisch über einem Lehrbuch saß, blickte auf. »Wie geht es ihr?«

»Den Umständen entsprechend.«

Sie legte das Buch weg. »Was gibt es?«

»Sie hat gerade einen Anruf von Lieutenant Lanier von der Mordkommission erhalten. Einer der Anwälte hat Überstunden gemacht und ihm ihre Privatnummer gegeben. Er wollte wissen, wo ich den ganzen Nachmittag gewesen bin. Sie hofft, dass es in Ordnung war, einfach zu antworten, ohne es vorher mit mir abzuklären. Ich habe gemeint, ja selbstverständlich. Sie hat ihm auch Phyllis' Nummer gegeben und wollte wissen, worum es ging.«

»Und was hast du erwidert?«

»Dass ich keine Ahnung habe.«

Frannie schob ihren Stuhl zurück und strich sich eine widerspenstige Haarsträhne aus der Stirn. Dann schlug sie die Hand vors Herz. »Und was hat sie zu Lanier gesagt?«

»Dass ich in meinem Büro gewesen bin.«

»Den ganzen Nachmittag?«

»Bis kurz nach drei. Ich hätte gearbeitet.«

Hardy hatte im Wagen die kugelsichere Weste ausgezogen. Auf dem Weg zum Ghirardelli Square und zum Municipal Pier, wo Moses die Waffen und möglichst auch die Westen beseitigen wollte, hatte Hardy ihn gebeten, ihn in der Sutter Street abzusetzen. Dort hatte er sich durch die Garage gepirscht und war mit dem Aufzug in den zweiten Stock gefahren. In seinem Büro war er in den Anzug geschlüpft, der dort im Schrank hing. Anschließend – es war gerade drei Uhr – war er über die Treppe in die Lobby zurückgekehrt. Die schmutzigen Kleider, die Bergstiefel und die restliche Ausrüstung hatte er in einen Wäschesack verpackt, den er auf dem Heimweg bei St. Vincent de Paul entsorgen wollte. An der Rezeption hatte er ausgiebig mit Phyllis geredet – über David und wie furchtbar sein Tod für sie alle war. Dann hatte er einen Blick in Normas Büro geworfen und gesagt, er könne sich nicht konzentrieren, weil er dauernd an David denken müsse. Deshalb wolle er jetzt nach Hause fahren. Vielleicht sollte sie seinem Beispiel folgen. Schließlich konnten sie ja am nächsten Tag einen erneuten Anlauf unternehmen, die Scherben zusammenzukehren. Die Bürovorsteherin war aufgestanden und hatte ihn noch einmal umarmt. Vor lauter Schmerzen an der Stelle, wo die Kugel gegen seine Schutzweste geprallt war, sei er beinahe in Ohnmacht gefallen. Doch Norma nahm wahrscheinlich an, dass seine Tränen Freeman galten. Und in gewisser Hinsicht stimmte das ja auch.

»Sie hat also gesagt, ich sei den ganzen Tag da gewesen, und hofft, dass das richtig war.«

»Und was hast du geantwortet?«

»Es sei doch die Wahrheit. Was soll daran falsch sein?«

Die Überstunden wurden allmählich zum Normalzustand.

Um halb elf saß Lanier immer noch an seinem Schreibtisch in der Mordkommission. Obwohl er gerade zum vorübergehenden Leiter der Abteilung ernannt worden war, hatte er nicht vor, in nächster Zeit Gersons Büro zu betreten, selbst wenn man ihn offiziell auf dessen Posten beförderte. Cuneo und Russell saßen mit Leichenbittermienen da, aber Lanier konnte nicht von sich behaupten, dass er Mitleid mit den beiden hatte. Offenbar waren ihre Ermittlungen schon ganz zu Anfang ernsthaft aus dem Ruder gelaufen, und nun, nach dem heutigen Gemetzel, sahen sie aus wie begossene Pudel.

Cuneo konnte sich heute nicht ruhig halten. Er bearbeitete gerade ein unsichtbares Schlagzeug – Tomtom, Fußtrommel, Hi-Hat und hin und wieder ein Klirren des Beckens. Lanier fragte sich, was sich in seinem Gehirn gerade abspielte, denn er schien nichts von seinen Trommelexperimenten zu bemerken. »Ich kapiere einfach nicht, warum Thieu sich bei Holiday umschauen wollte. Was wusste er, das wir nicht wissen?«

»Die Frage ist eben, Dan, was wir überhaupt wissen.«

»Worüber?«

»Die Fingerabdrücke in Holidays Wohnung zum Beispiel. Was haben sie zu bedeuten? Waren die Typen etwa befreundet?«

»Sie haben bei Silverman zusammen gepokert«, erwiderte Cuneo. »Aber ansonsten haben sie sich vermutlich nicht privat getroffen. Nein, das glaube ich nicht.«

»Aber sie hätten Holiday doch mal besuchen können.«

»Das bezweifle ich.« Ein Trommelwirbel. »Ich kann es mir nicht vorstellen.«

»Moment mal, Dan, Moment mal«, wandte Lanier ein. »Ich habe nicht gefragt, ob sie in Holidays Wohnung waren. Denn das ist bekannt. Die Fingerabdrücke beweisen es. Der springende Punkt ist, was sie dort wollten?«

»Vielleicht haben sie ein oder zwei Mal dort Poker gespielt.«

»Und warum, wenn sie nicht befreundet waren?« Lanier sah die beiden nacheinander an. »Ich bin auch nicht besser informiert als Sie, okay? Wahrscheinlich weiß ich sogar weniger über diese Fälle. Ich bitte Sie beide nur, sich zu überlegen, warum Paul wegen dieser Fingerabdrücke umgebracht worden sein könnte – sofern es ein Mord war. Was könnte das bedeuten?«

Ausdruckslose Mienen, bis Cuneo unvermittelt in seinem Gezappel innehielt. Plötzlich herrschte Totenstille im Raum.

»Was ist, Dan?«, fragte Lanier.

Cuneo blickte auf und stieß einen langen Seufzer aus. »Es bedeutet, dass sie Holiday was untergeschoben haben«, erwiderte er. »Genau so, wie Mrs. Silverman angenommen hat ... und wenn das stimmt ...« Wieder hielt er inne und starrte zu Laniers Schreibtisch hinüber.

»Was sollen sie ihm untergeschoben haben, Dan?«, hakte Lanier nach.

»Die Beweisstücke, die wir in Holidays Wohnung gefunden haben«, gab Cuneo zurück. Er griff sich an die Schläfen und drückte so fest zu, dass seine Finger sich weiß verfärbten. »Mannomann!«

Michelle saß in dem großen Sessel an ihrem Panoramafenster. Draußen war nichts als schwarze Nacht. Neben ihr brannte grell eine Leselampe, sodass sich das Zimmer und ihr eigenes trauriges Gesicht in der Fensterscheibe spiegelten. Obwohl sie sich in eine Decke eingemummelt hatte, fühlte sie sich unbehaglich, und sie kauerte sich zusammen. Auf dem Beistelltischchen stand ein unberührtes Glas Weißwein neben einem Umschlag. In der Hand hielt sie, was in dem Kuvert gewesen war: zwei Seiten ihres eigenen Briefpapiers, kein Briefkopf, keine Schmuckleiste, nur ein naturweißer, von Holzfasern durchsetzter starker Bogen.

Seit sie den Brief vor zwanzig Minuten zum zweiten Mal gelesen hatte, saß sie reglos da; in ihrem Kopf herrschte Leere, doch inzwischen konnte sie wieder klar genug sehen, um sich noch einmal über das Schreiben zu beugen.

> Liebe Michelle,
> wie du besser als jeder andere weißt, habe ich die Marotte, als der größte Luftikus der Welt gelten zu wollen. Auf diese Weise bleiben die Erwartungen – sowohl meine an mich selbst als auch die meiner Freunde – nämlich niedrig. Ich verspreche anderen nie mehr als ein bisschen Spaß im Hier und Jetzt, und da ich nicht vorgebe, über Gefühlstiefe und Ernsthaftigkeit zu verfügen, ist auch niemand enttäuscht, wenn ich aussteige, mich verdrücke, mich betrinke oder zudröhne. Oder wenn ich mir einen der dummen und peinlichen Ausrutscher leiste, die mich schon viele Freundschaften und meine Selbstachtung gekostet haben.
>
> Wenn ich mich an meine Ehe mit Emma erinnere – insbesondere an die ersten Monate nach Jolies Geburt –, frage ich mich manchmal, was aus dem Menschen geworden ist, der ich damals war, als es plötzlich, eine kurze Zeit lang, richtig war, die Dinge wichtig zu nehmen.
>
> Als ich das Leben tatsächlich wichtig nahm.

So seltsam es sich anhören mag, aber damals wünschte ich mir wirklich, dass Em und Jolie Erwartungen an mich stellten und alles von mir verlangten. Bis dahin war ich stets vor Verantwortung weggelaufen und hatte mir eingeredet, dass ich nur ein Witzbold, ein leichtsinniger Mensch sei. Vielleicht hatte ich ja auch Angst, ich könnte versagen, wenn ich versuchte, mehr zu sein. Es ist eine nicht von der Hand zu weisende Tatsache, dass man nicht versagen kann, wenn man einfach gar nichts tut. Das ist narrensicher.

Doch dann geschah etwas Merkwürdiges. Meine beiden Mädchen brachten mir bei, dass mein Leben umso schöner wurde, je mehr ich zuließ, wie viel sie mir bedeuteten. Ich gab mir immer mehr Mühe, und zu meinem Erstaunen hatte ich dabei Erfolg. Zum Beispiel war ich treu, weil ich es sein wollte. Plötzlich brauchte ich keine Affären mehr zur Rückversicherung, für den Fall, dass Em mir den Laufpass geben würde, weil ich sie nicht verdiente. Oder für den Fall, dass sie mich betrog. Ich wusste einfach, dass so etwas nie passieren würde. Ich glaubte an uns, so abgedroschen das auch klingen mag. Ein Teil meines Fundaments hatte sich verschoben und neu festgesetzt. Nun konnte ich endlich locker lassen, durchatmen und das Leben genießen.

Ich weiß nicht, welcher Persönlichkeitsanteil mir bislang Angst vor einer festen Beziehung eingeflößt hatte. Doch mit der Zeit wurde das Leben, das ich mit den beiden führte, das Allerwichtigste für mich. Ich, Em und Jolie. Sie waren meine ganze Welt.

Und natürlich war es eines Tages vorbei.

Was für ein leichtgläubiger Riesenidiot ich gewesen war, an dieses Leben zu glauben! Anzunehmen, dass es von Dauer sein könnte. Wie banal und dämlich.

Tja, so etwas würde mir nie wieder passieren!, schwor ich mir. Jetzt kam es mir nur noch darauf an, ein bisschen Spaß zu haben und bloß keinen Moment innezuhalten.

Ich riskierte mein Geld, meinen Job – alles, denn dann machte es auch nichts mehr, wenn ich absolut versagte. Nur wer ganz unten ist und keine Hoffnung mehr hat, hat die totale Freiheit. Es spielt sowieso nichts eine Rolle, richtig? Ich brauchte nur nach jeder Möglichkeit zu greifen, um mich zu amüsieren, mehr erwartete ich nicht. Glück war nichts weiter als ein Moment. Der Gedanke, dass das Leben wieder Form gewinnen und erfüllend sein könnte, kam überhaupt nicht mehr in Frage.

Warum schreibe ich das jetzt?

Weil sich wieder etwas in mir bewegt hat. Dich zu kennen hat mich verändert. Und zwar grundlegend. Ich fühle mich, als hätte ich die schrecklichen Dämonen endlich zur letzten Ruhe gebettet. Ich weiß nicht, auf welches Ziel du und ich zusteuern, aber ich möchte dir sagen, dass ich mich auf einmal freuen würde, wenn du Erwartungen an mich hättest. Ich will meine guten Seiten wieder entdecken und sie leben. Ich will es versuchen und versuchen und immer weiter versuchen, selbst wenn ich manchmal versage. Der Versuch ist das Wichtigste.

Verstehst du, was ich meine?

Heute, an diesem Nachmittag, gibt es noch etwas, das ich erledigen muss. Eine andere Verpflichtung, eine Ehrensache, wenn dieses Wort nicht zu abgedroschen klingt. Irgendwie scheint alles zusammenzugehören. Erwartungen und Verantwortung. Und auf einmal macht mir das nichts mehr aus. Ich freue mich sogar darauf.

Wenn du das liest, bin ich nicht zurückgekommen. Diesmal liegt es daran, dass es die Umstände nicht zuließen, nicht weil ich es nicht versucht hätte. Doch ganz gleich, was auch mit mir geschieht, sollst du wissen, dass das Leben schön ist und dass ich, als ich heute diese Wohnung verließ, so glücklich und so voller Hoffnung auf die Zukunft gewesen bin wie noch nie in meinem Leben.

Ich liebe dich von ganzem Herzen.

EPILOG

32

Ende November setzte sich ein Hochdruckgebiet vor der Küste fest, sodass in den letzten drei Tagen eine Rekordkälte herrschte. Die Höchsttemperaturen betrugen nur um die fünf Grad plus, doch wegen des Windes entsprach die gefühlte Kälte laut Wetterbericht fünf Grad minus.

An diesem Feiertag war Vincent Hardy als Erster aufgestanden. Da an den letzten Abenden im Wohnzimmerkamin ein Feuer gebrannt hatte, brauchte er nur den *Chronicle* vom vergangenen Tag zusammenzuknüllen und ein wenig in die Glut zu pusten, um das Feuer wieder zu entfachen. Als sein Vater kurz nach acht herunterkam, knisterten schon drei Eichenscheite. Vincent saß im Schneidersitz etwa anderthalb Meter entfernt von den Flammen und starrte hinein.

Hardy war barfuß und trug Jeans und ein altes graues Sweatshirt. Nachdem er die Kaffeetasse auf den Boden gestellt hatte, setzte er sich ebenfalls.

»Tolles Feuer. Gut gemacht.«

»Danke.«

»Fröhliches Thanksgiving.«

Schweigen.

»Schläft Rebecca noch?«

»Glaube schon.«

»Wieder auf dem Boden in deinem Zimmer?«

»Ja.« Dann: »Ist okay. Es stört mich nicht.«

»Nein, ich weiß.«

Hardy griff nach der Kaffeetasse und blickte ins Feuer. Vincent rutschte ein paar Zentimeter näher, Hardy legte den Arm um ihn und drückte ihn kurz an sich.

»Sie hat eben einfach nur Angst. Dauernd sieht sie das Bild …«

»Und was ist mit dir?«, fragte Hardy.

Er spürte, wie sein Sohn die Achseln zuckte. »Ich denke nicht daran.«

»Wirklich nicht?«

»Ja.«

Ein Knacken ertönte, das Feuer sprühte Funken, flammte auf und beruhigte sich dann wieder. Hardy warf einen verstohlenen Blick auf seinen Sohn. Er hatte die Hände ineinander verschränkt und schien von dem Feuer fasziniert zu sein.

»Denn falls du doch Angst hast«, meinte Hardy schließlich, »und falls du dir wegen irgendwas Sorgen machen solltest …«

Vincent befreite sich von Dismas' Arm und sprang unvermittelt auf. »Ich denke einfach nicht daran, okay?«

»Schon gut, Vin, schon gut.«

Sein Sohn sah zu ihm hinunter. Tränen schimmerten in seinen Augen. Dann drehte er sich um und marschierte aus dem Zimmer.

Dismas stand auf und lief ihm nach. »Hey, Vin! Warte. Renn bitte nicht einfach davon. Es ist okay. Komm zurück. Alles in Ordnung.« Vincent blieb stehen und drehte sich um. »Komm zurück. Bitte. Umarm deinen alten Herrn.«

Der Junge seufzte tief auf und leistete der Aufforderung Folge. Er stand kurz vor seinem vierzehnten Geburtstag und war noch gut dreißig Zentimeter kleiner als sein Vater. Als er nah genug herangekommen war, legte Dismas den Arm um seine Schulter und küsste ihn rasch auf den Scheitel. »Alles okay«, wiederholte er.

Dann ließ er seinen Sohn los und ging hinaus über den mit Raureif bedeckten Rasen, um die Morgenzeitung zu holen.

Zum Abendessen gab es den obligatorischen Truthahn mit Füllung, Kartoffelpüree, Preiselbeersauce und Rosenkohl. Treya brachte ihre berühmten mit Marshmallows kandierten Süßkartoffeln und grüne Bohnen mit Mandeln mit. Susan steuerte Spinatsalat mit Mandarinen bei, und Abe hatte für alle, die keine Kürbispastete mochten, Makronen gebacken. Selbst Nat gelang mit seinen Zwiebeln in Sahnesauce eine große Überraschung. Sie zogen den Tisch auf beiden Seiten aus, sodass er das gesamte Esszimmer und das halbe Wohnzimmer einnahm und Platz für fünfzehn Personen bot.

Moses war mit Susan und den Mädchen erschienen. Die Familie Glitsky bestand heute nicht nur aus Abe, Treya und dem Baby, sondern auch aus Nat und den älteren Kindern, die zu Thanksgiving zu Besuch waren. Orel und Rainey waren aus ihren jeweiligen Colleges gekommen, und selbst Isaac, Abes Ältester, hatte es aus Los Angeles geschafft, wo er – nur vorübergehend, wie er sagte – auf einer Baustelle arbeitete. Jacob, der Opernsänger, war der einzige fehlende Glitsky, denn er befand sich gerade auf einer Europatournee.

Nach dem Essen wurde der Tisch wieder zusammengeklappt. Die großen Kinder spülten gemeinsam an die einhundertfünfzig Geschirrteile, während die älteren Erwachsenen im Wohnzimmer Kaffee oder ihre Drinks zu sich nahmen. Inzwischen hatten sich fast alle im Wohnzimmer versammelt, und man spielte St. Peter/St. Paul.

Hardy fand, dass Gesellschaftsspiele Spaß machten. Ebenso wie Gespräche, die Geschichten und Witzeleien während des Essens. Es war schön, einen ganzen Nachmittag lang auf der Straße Football zu spielen. Und gemeinsam zu kochen. Die ganz alltäglichen kleinen Dinge.

Es gab also keinen Grund, Wade Panos zu erwähnen. Oder die Tatsache, dass er auch weiterhin putzmunter und womöglich inzwischen eine noch größere Bedrohung war. Dessen waren sich alle in jedem wachen Augenblick, und manchmal auch im Schlaf, nur allzu deutlich bewusst. Mehr als einmal war Hardy, keuchend und in Schweiß gebadet, aus dem Schlaf hochgeschreckt. Frannie und die Kinder hatten in der ersten Woche Nacht für Nacht und seitdem immer wieder Albträume, aus denen sie schreiend aufwachten.

Allerdings hatte Hardy sich während der vergangenen Wochen insgeheim die Hoffnung gestattet, dass ihre kleine Machtdemonstration Panos zumindest hatte aufhorchen lassen. Möglicherweise hatten sie es ja geschafft, ihn einzuschüchtern. Allerdings war Hardy noch nicht so weit, das laut auszusprechen. Vielleicht bald.

Inzwischen waren sie zu Scharaden übergegangen. Abe versuchte, Peter, Paul & Mary nachzuahmen, was ihm nicht sehr gut gelang. Wenn er Pech hatte, würde er noch eine Weile schauspielern müssen.

Hardy nützte die Gelegenheit, aufzustehen und in die leere Küche zu gehen. Aus dem Wohnzimmer hallte lautes Gelächter durchs Haus, und Hardy stellte fest, dass er es nicht mehr ertragen konnte. Als er die Hintertür öffnete, die zu seiner Werkstatt führte, sah er Moses allein an der Werkbank sitzen und sich an einem Drink festhalten. »Hallo«, sagte Hardy. »Du verpasst gerade was Tolles. Abe versucht sich als Schauspieler. Ein erhebender Anblick.«

Moses hob den Blick. »Wie ich feststelle, lässt du dir die Show auch entgehen.«

Dismas schloss die Tür hinter sich und nahm einen Schluck aus Moses' Glas. »Wie läuft's bei dir?«

Ein Achselzucken. »Gut.«

»Du klingst wie mein Sohn. Eine Silbe pro Satz. ›Gut.‹ ›Toll.‹ ›Schön‹.«

»Okay, vielleicht geht es mir doch nicht so gut.« Moses trank einen großen Schluck Scotch. »Ich mache mir Sorgen, und frag jetzt bloß nicht, warum.«

»Ich mir auch. Ist Panos wirklich am Ende? Werden die Bullen uns auf die Schliche kommen?«

Moses nickte. »Du hast's erfasst.«

»Okay, die Antworten lauten folgendermaßen: Erstens, vielleicht nicht, und zweitens, vielleicht schon. Sonst noch was?«

»Ich mache mir außerdem Gedanken darüber.«

»Schuldgefühle?«

Moses hob den Kopf. »Nein«, sagte er. »Keine Schuldgefühle.«

»Ich auch nicht. Es war nötig.«

»Zweifellos. Aber immer so tun zu müssen, als wäre nichts gewesen ...«

»Wer tut so?«

»Ach, niemand«, erwiderte Moses. »Nur alle heute beim Abendessen. Und jeden Tag zu Hause.«

»Und was willst du?«

»Ich weiß nicht. Ich wünschte nur, es hätte nie angefangen.«

»Du meinst, du wünschst dir, es gäbe nichts Böses auf der Welt?«

Moses leerte sein Glas und sah Dismas aus blutunterlaufenen Augen an. »Ja, kann sein.«

»Tja, gibt es aber leider«, entgegnete Dismas und legte seinem Schwager die Hand auf die Schulter. »Vermutlich werden wir uns dran gewöhnen müssen.«

33

Stadtgespräch
VON JEFFREY ELLIOT

NACH DEN GESTRIGEN RAZZIEN DURCH DIE POLIZEI und das FBI in einigen Luxusvillen von San Francisco und im Georgia AAA Diamond Center in der Innenstadt haben sich die Schockwellen noch nicht geglättet. Der AAA-Geschäftsführer Dmitri Solon, ein junger russischer Einwanderer mit einer Schwäche für Designeranzüge und ein Leben in Luxus, der sich in nur wenigen Jahren als Kunstkenner und politischer Wohltäter einen Namen gemacht hat, bleibt verschwunden. Er unterhielt gut dokumentierte und enge Verbindungen mit einigen hochrangigen (und inzwischen peinlich berührten) städtischen Beamten, einschließlich des Bürgermeisters und des Oberstaatsanwalts; sein Helikopter russischer Bauart, der, Schmuck und Edelsteine an Bord, zwischen Flughafen und Innenstadt pendelte, war zu einem vertrauten, wenngleich störenden Anblick über unseren Dächern geworden.

Soweit der Autor informiert ist, wurden bei der gestrigen Razzia anderthalb Millionen Dollar in bar sowie fast fünfzehn Kilo Kokain und Heroin sichergestellt. Die Hausdurchsuchungen erfolgten, nachdem sechs Monate lang wegen des Vorwurfs der Geldwäsche und des Drogenhandels gegen die Besitzer verschiedener Anwesen im Mission District, in Diamond Heights und in St. Francis Wood ermittelt worden war. Die Machenschaften wurden mit Diamanten von Georgia AAA finanziert, welche wiederum vom russischen Minister für Edelsteine und -metalle aus dem russischen Staatsschatz abgezweigt und in der Diplomatenpost an Bord von Linienmaschinen hierher nach San Francisco gebracht wurden.

Zu den Beschuldigten, die im Rahmen der gestrigen Razzien festgenommen wurden, gehört auch Wade Panos, ein einflussreicher Parteispender, dessen Unternehmen WGP Enterprises offziell den Sicherheitsdienst bei Georgia AAA versieht und dem Diamond Center auch die Fahrer zur Verfügung stellt. Mr. Panos' Fahrer sollen die Verteilung der illegalen Ware an die verschiedenen Übergabestellen geplant und ausgeführt haben.

Wie Quellen bei Polizei und FBI bestätigen, nahmen die Ermittlungen wegen Unregelmäßigkeiten bei Georgia AAA im vergangenen November ihren Anfang, als Lieutenant Abraham Glitsky zufällig zwei von Mr. Panos' Fahrern beobachtete, die ein verdächtiges Verhalten an den Tag legten. Aus reiner Neugier folgte er ihnen zu verschiedenen Adressen. Als die städtischen Stellen – darunter einige Empfänger von Panos' politischen Spenden – sich weigerten, aktiv zu werden, leitete Glitsky die Informationen an die Bundesbehörden weiter.

Dass sich der Dunstkreis der Beteiligten im Laufe der Ermittlungen immer mehr ausweitet, gibt Lieutenant Marcel Lanier von der Mordkommission Anlass zur Besorgnis. Nicht zuletzt deshalb zieht er in Erwägung, die Untersuchung des so genannten Hafenmassakers vom letzten November noch einmal aufzunehmen. Zwei der Opfer dieser Schießerei, Nick Sephia und Julio Rez, waren als Kuriere bei Georgia AAA beschäftigt. Ein dritter Toter, Roy Panos, abeitete für seinen Bruder bei WGP.

Unter der Bedingung, dass ihre Anonymität gewahrt wird, haben bereits erwähnte Quellen bei der Polizei geäußert, die beiden Männer, Sephia und Rez, könnten die Wachleute gewesen sein, die ursprünglich den Verdacht von Lieutenant Glitsky erregt hatten. Außerdem war Sephia ein Neffe von Wade Panos.

Nach Auffassung des FBI könnte es sich bei einigen Mitarbeitern von Georgia AAA durchaus um angeworbene Mitglieder organisierter russischer Verbrecherbanden handeln. Möglicherweise hat ein Interessenkonflikt zwischen der Panos-Gruppe und diesem Personenkreis eine wichtige Rolle in der Schießerei auf Pier 70 gespielt, bei der fünf Männer, unter ihnen Lieutenant Barry Gerson von der Mordkommission, getötet wurden. Die Polizei geht davon aus, dass außer den fünf Opfern noch mindestens sieben weitere Personen an dem Kampf beteiligt waren. Bis jetzt ist noch niemand verhaftet worden, und es besteht die Wahrscheinlichkeit, dass die Täter mittels diplomatischer Immunität – und des Helikopters von AAA – gleich im Anschluss an das Verbrechen das Land verlassen haben.

Zu guter Letzt hat der Anwalt Dismas Hardy die Polizei aufgefordert, die Ermittlungen im Mordfall Sam Silverman wieder aufzunehmen, die zu einem Haftbefehl gegen John Holiday geführt haben. Holiday, ein Mandant von Hardy, gehört ebenfalls zu den fünf Männern, die auf Pier 70 starben. Hardy ist zuversichtlich, dass die Beweise, auf die sich der Haftbefehl gegen seinen Mandanten stützt, dem Verstorbenen von Sephia und Rez untergeschoben wurden. Hardy kann zwar Holidays Anwesenheit auf Pier 70 nicht erklären, merkt aber an, dass die Behörden, was Lieutenant Gersons Gegenwart angeht, ebenso im Dunkeln tappen. Er vertritt die These, Holiday sei im Besitz von Beweisen gewesen, die Rez' und Sephias Schuld an den ihm vorgeworfenen Verbrechen belegen, weshalb er sich Gerson habe stellen wollen.

Allerdings habe die Panos-Gruppe von diesem Vorhaben erfahren und sie in einen Hinterhalt gelockt.

»Er war ein netter Kerl«, sagte Hardy. »Und ich möchte, dass er von jeglichem Verdacht freigesprochen wird.«

Häufig liegt auf den hohen Pässen des John Muir Trail auch Anfang Juni noch Schnee.

Michelle Maier und ihre Begleiterin waren tags zuvor in Tuolumne Meadows im Yosemite-Nationalpark aufgebrochen und hatten die Nacht in Lyell Fork gezeltet. Obwohl die Ranger sie vor den verschneiten Wegen gewarnt hatten, wollten sie heute noch den Donohue Pass überqueren und auf der anderen Seite etwa dreihundert Meter absteigen. Da man so früh im Jahr nur selten andere Camper traf, waren die beiden Frauen noch keiner Menschenseele begegnet.

Michelle plante, noch vier Tage in der Wildnis zu verbringen und dann nach San Francisco zurückzukehren. Dort wollte sie ein Flugzeug nach Barcelona nehmen, wo sie sich für den ganzen Sommer in einem Gourmet-Kochkurs angemeldet hatte. Dazu musste sie ihre Wohnung aufgeben, in der sie schon seit ihrer Studentenzeit lebte. Es wäre zwar möglich gewesen, sie unterzuvermieten, aber sie wollte nach Abschluss des Kurses an nichts gebunden sein. Was war, wenn man ihr anderswo eine Stelle als *sous-chef* in einem Spitzenrestaurant anbot? Oder wenn sie einfach in Europa bleiben wollte?

Mit ihrer Begleiterin war sie noch nicht lange befreundet. Gina war die erste, wenn auch nicht die einzige Freundin, die sie seit John Holidays Tod gewonnen hatte. Michelle hatte angenommen, dass sie bei Johns Beerdigung in Colma allein oder zumindest die einzige Frau sein würde. Doch dann stand Gina Roake mit einigen Männern, von denen einer Johns Anwalt gewesen war, am Grab.

Nach der Beisetzung hatten die anderen Michelle in eine irische Kneipe eingeladen. Da sie Gina für eine von Johns Verflossenen gehalten hatte, hatte sie zunächst nicht mitgehen wollen. Doch dann erfuhr sie von Ginas Schicksal – auch sie hatte ihren Verlobten durch eine Gewalttat verloren, und zwar am selben Tag, an dem John gestorben war. Schließlich setzten sich alle Trauergäste zusammen und redeten, bis es dunkel wurde und die Männer nach Hause mussten. Michelle und Gina waren in der Kneipe geblieben. Und hatten sich betrunken.

Am nächsten Tag – beide waren am Rande einer Alkoholvergiftung – hatte sie Gina zur Beerdigung ihres Verlobten begleitet. Dieselben drei Männer kamen, die auch schon zu Johns Beisetzung erschienen waren. Außerdem noch etwa sechshundert weitere Freunde und Bekannte von David Freeman, der offenbar eine wichtige Persönlichkeit gewesen war, auch wenn Michelle noch nie von ihm gehört hatte.

Die beiden trauernden Frauen waren sich rasch sehr nahe gekommen. Gemeinsam hatten sie ihre erste Wanderung unternommen – ein paar Kilometer rings um den Tilden Park in Oakland im letzten Januar. Vor ein paar Wochen hatten sie an San Franciscos »Bay to Breakers« teilgenommen, einem Walking-Marathon. Um in Form zu kommen. Nur so zum Spaß. Mindestens einmal pro Woche gingen sie zusammen essen, für gewöhnlich in ein Lokal, das Michelle kannte.

Als sie das erste Mal im Jeanty at Jack's gewesen waren, war Michelle in ihrem üblichen Tarnanzug erschienen und sich anschließend ein wenig albern vorgekommen. Deshalb hatte sie mit der Zeit ihren Stil – oder besser den Mangel daran – überdacht. Seit kurzem hatten sich die beiden Frauen angewöhnt, sich zum Essen schick anzuziehen. Selbst in San Francisco, wo allein stehende Frauen schon rein statistisch benachteiligt waren, rissen sich die Männer um ihre Gesellschaft und gaben ihnen so manchen Drink aus. Obwohl keiner dieser Annäherungsversuche zu mehr führte, waren sie doch sehr schmeichelhaft. Und sie stellten keine Bedrohung mehr da.

Michelle fragte sich, wovor um alles in der Welt sie nur solche Angst gehabt hatte.

Und natürlich wusste sie die Antwort: vor allem. Ihre schrillen, albernen Klamotten zum Verkriechen. Das Sichverstecken in den Ecken von Restaurants und Bibliotheken. Kommunikation per E-Mail. Die kleine vertraute Welt ihrer kleinen vertrauten Wohnung.

Inzwischen war es früher Abend. Die beiden Frauen wanderten noch immer, während die Schatten allmählich länger wurden. Als sie um eine Kurve bogen, mussten sie plötzlich ins Sonnenlicht blinzeln, das sich in einem Eisfeld spiegelte. Es bedeckte den ganzen Weg.

»Wenigstens wissen wir jetzt, warum uns niemand entgegengekommen ist«, sagte Gina. Sie nahm den Rucksack ab und trank einen großen Schluck Wasser. Dann verzog sie das Gesicht. »Ich kann mich einfach nicht an den Geschmack von diesen Jodpillen gewöhnen.«

»Ich nehme sie nicht mehr«, erwiderte Michelle.

Gina hielt mitten im Trinken inne. »Warum würge ich das Zeug noch runter? Ich dachte, hier oben wimmelt es von Giardias.« Damit war ein ganz besonders unangenehmer Darmparasit gemeint.

»Mag sein. Aber mein Dad war oft hier und hat nie was genommen. Und er hat sich auch nie was geholt.« Michelle zuckte die Achseln. »Wenn ich im letzten Jahr etwas gelernt habe, Gina, dann ist es, dass es auf der Welt gefährlich zugeht. Wirkliche Sicherheit gibt es nicht, obwohl es ein Trost sein kann, so zu tun, als ob. Doch in Wirklichkeit ist man überall von Risiken umgeben. Und deshalb trinke ich jetzt das gottverdammte gut schmeckende, nicht mit Jod versetzte Wasser.«

Gina nahm noch einen Schluck aus ihrer Feldflasche und verzog wieder das Gesicht. »Hältst du mich für ein Weichei, wenn ich es nicht tue?«

»Na klar.« Ein breites Grinsen. »Aber wen interessiert schon, was ich denke? Mach, was du willst. Ich mag dich trotzdem.«

Michelle stand auf, klopfte sich den Hosenboden ab und betrachtete die Eisplatte, die sich vor ihnen erstreckte. »Apropos Risiko«, meinte sie. »Willst du weitergehen? Vielleicht sollten wir besser umdrehen.«

Auch Gina hatte sich erhoben. »Und die beste Aussicht in der Sierra verpassen? Lieber sterbe ich bei dem Versuch.«

»Also weiter?«

»Volle Kraft voraus, meine Liebe.«

DANKSAGUNG

Ich danke meiner Verlegerin und Lektorin Carole Baron, dass sie mich während so vieler Jahre meiner Karriere immer wieder ermutigt und unterstützt hat. Insbesondere danke ich für ihr wirklich außergewöhnliches Interesse und ihre Bemühungen von Anfang an, als sich dieses Buch, das sich in so mancher Hinsicht von meinen übrigen Romanen unterscheidet, noch in der Entwurfsphase befand. Mitch Hoffmans Intelligenz und Einblick waren ein ebenso wichtiger Beitrag zum Ergebnis; außerdem weiß ich seine ausgeglichene Stimmung und seine Offenheit zu schätzen – Eigenschaften, die recht selten sind.

Mein Freund und Agent Barney Karpfinger ist für mich nach wie vor eine unbeschreibliche Stütze. Wann immer ich eine Dosis Ruhe, Weisheit oder Stilsicherheit brauche, kann ich mich an ihn wenden. Seine Aufgeschlossenheit für dieses Buchprojekt und seine Begeisterung bereits im Anfangsstadium haben viel zur Entstehung des Romans beigetragen.

In San Francisco war mir der unvergleichliche Al Giannini wie immer eine große Hilfe. Er hat mich von der Entwurfsphase bis zum tatsächlichen Schreiben begleitet. Sein Wissen über den Kosmos von Recht und Gesetz in San Francisco bildet den Grundstein der gesamten Hardy/Glitsky-Serie, und auch dieses Buch ist hierbei keine Ausnahme. Shawn Ryan von der Polizei von San Francisco vermittelte mir Einblicke in seine umfangreichen Kenntnisse, was die verschiedensten Handfeuerwaffen angeht; darüber hinaus waren seine Schilderungen, was es bedeutet, unter Beschuss zu stehen, eine Bereicherung. Der stellvertretende Bezirksstaatsanwalt Jerry Norman steuerte ebenfalls wichtige Details bei.

Peter J. Diedrich verdanke ich einen Großteil der Hintergrundinformationen, die Skandale um das San Francisco Diamond Center in den späten Neunzigern betreffend, die sich wirklich ereignet haben. Außerdem mixt Dr. med. Peter J. Diedrich auch weiterhin die besten Martinis im ganzen Universum.

In meinem direkten Umfeld ist meine Assistentin Anita Boone nicht nur selbst ein kreatives Genie, sondern auch eine unverzichtbare Hilfe, da sich bei ihr eine wundervolle Persönlichkeit mit einer übermenschlichen Tüchtigkeit verbindet. Sie ist wirklich einmalig, und ohne sie würde ich wohl sehr bald die Waffen strecken. Der begabte Romanautor Max Byrd ist mir nicht nur ein guter Freund, sondern auch ein aufmerksamer Leser, der mir in vielen Entstehungsstadien dieses Buches eine Hilfe war. Barbara Vohryzek mit ihrem »guten Karma« spielt eine große Rolle in meiner täglichen schriftstellerischen Tätigkeit, und ich möchte mich dafür bedanken, dass sie daran gedacht hat, mich in ein derart positives Arbeitsumfeld einzubeziehen.

Meine Kinder, Jack und Justine, sind mir noch immer eine Quelle der Inspiration. Ich denke, es ist ihnen gelungen, meine Bücher – insbesondere dieses – um eine wichtige nicht erwachsene Perspektive zu bereichern. Sie sind zwar nicht Rebecca und Vincent, aber Dismas Hardys Kinder wären ohne sie nicht diese facettenreichen Persönlichkeiten.

Zu guter Letzt möchte ich das Werk zweier ausgezeichneter Autoren würdigen, die mich in vielerlei Hinsicht zu diesem Buch inspiriert haben. Niemand hat die Geschichte der Schießerei am OK Corral je besser erzählt als Loren Estleman in seinem Buch *Bloody Season*. Inzwischen habe ich es fünfmal gelesen, und es fasziniert mich immer mehr. Carsten Strouds

Black Water Transit könnte in seiner Einzigartigkeit in Ausführung, Handlung und Tonfall als Vorlage für den modernen Thriller dienen. Diesem Werk zumindest diente das Buch dazu. Der Sprachduktus in beiden Texten führte dem Autor wieder einmal die Macht des unerwarteten, des originellen und des inspirierten Wortes vor Augen. Danke, Leute, ihr schreibt einfach großartig!